LA SOCIÉTÉ DU MYSTÈRE

Dominique Fernandez est né à Paris en 1929. *Porporino ou les mystères de Naples* lui a valu le prix Médicis en 1974, et *Dans la main de l'ange* le prix Goncourt en 1982. Dominique Fernandez a été élu à l'Académie française en 2007.

Paru au Livre de Poche :

L'ART DE RACONTER

AVEC TOLSTOÏ

LA COURSE À L'ABÎME

JÉRÉMIE ! JÉRÉMIE !

NICOLAS

ON A SAUVÉ LE MONDE

PISE 1951

RAMON

SIGNOR GIOVANNI

TRANSSIBÉRIEN

DOMINIQUE FERNANDEZ
de l'Académie française

La Société du mystère

roman florentin

GRASSET

ISBN : 978-2-253-07157-0 – 1re publication LGF

« La peinture ne m'a jamais donné ce plaisir-là. Et j'étais mort de fatigue, les pieds enflés et serrés dans des bottes neuves : petite sensation qui empêcherait d'admirer le bon Dieu au milieu de sa gloire, mais que j'ai oubliée devant le tableau des *Limbes.* Mon Dieu, que c'est beau ! Je fus tout ému pendant deux heures. On m'avait dit que ce tableau était du Guerchin : j'adorais ce peintre au fond du cœur. Point du tout ; on me dit deux heures après qu'il était d'Agnolo Bronzino, nom inconnu pour moi. »

STENDHAL

Journal, 26 septembre 1811, dans l'église Santa Croce à Florence, devant le tableau de Bronzino, *La Descente du Christ aux limbes*, extase qui provoqua ce qu'on appelle « le syndrome de Stendhal ».

« Je les comprends, il est devenu d'une beauté, il a l'air d'une espèce de Bronzino, il est vraiment admirable. »

Marcel PROUST

Palamède de Charlus, au sujet de Morel, convoité des hommes comme des femmes (*La Prisonnière*, 1923).

AGNOLO BRONZINO
PARLE DE SES ENFANCES
AUPRÈS DE SON MAÎTRE
JACOPO PONTORMO

1

En furetant

Je furetais dans la bouquinerie de Borgo Ognissanti, près du bar où une lesbienne (je le déduis moins de sa forte carrure et du bandeau de garçon qui comprimait ses cheveux que des deux tableaux de Tamara de Lempicka affichés à son mur, en face du comptoir, fort insolites au pays des grands peintres de la Renaissance où cette Polonaise scandaleuse des années 1920 me paraissait aussi malvenue qu'un chien dans un jeu de quilles), une lesbienne, donc, m'avait comme chaque matin versé, d'une main décidée, un peu de poudre de cacao sur le plus délicieux cappuccino de Florence, nectar aussi doux et onctueux que le geste avait été énergique. Dans cette ville où quand une femme est belle elle l'est avec toutes les grâces et la finesse de l'androgyne, c'était l'unique dont le sein impérieux sur le point de déborder du corsage et le biceps saillant sous la manche de mousseline faisaient penser à une de ces Amazones qui ont tiré à l'arc contre les Achéens. Un seul Rubens pour tant de Botticelli ! Une George Sand, là où toutes se piquent de rivaliser avec

Béatrice ! Je m'amusais chaque jour de cette exception. Dans la « cité du lis », sans doute le lieu où se rencontrent le plus grand nombre de jeunes poitrines harmonieusement proportionnées et bombées avec discrétion, j'explorais chaque rue, chaque ruelle : le hasard m'amènerait-il à croiser une autre héroïne de la rébellion contre les hommes ? Mais non, il n'y avait qu'une seule Amazone à Florence, pour lutter contre l'hégémonie du beau idéal féminin.

Cette librairie de livres anciens est spécialisée dans les ouvrages d'art ou relatifs aux artistes. Peu d'albums sur les modernes (mais un très beau, justement, sur Tamara de Lempicka, où j'appris, mais bien plus tard, que j'avais eu tort de m'étonner de sa popularité à Florence). Un volume ouvert par hasard, et certainement ignoré du libraire, captiva mon attention. Chronique ou roman, j'ignore comment qualifier cette histoire vieille de plus de quatre siècles, pas plus que je ne sais la date où elle fut imprimée. Le nom placé en tête, et la surprise, le choc que me causa la première phrase, puis le nom de l'auteur que je ne fus pas long à deviner (à moins qu'il ne s'agisse d'un faux, mais trop de détails d'époque et de petits faits qu'il ne pouvait être que seul à connaître me prouvent l'authenticité de son texte), auraient suffi à me faire acquérir le livre sans discuter le prix. Le carton ordinaire de la reliure n'annonçait pas la richesse du contenu. Il m'en coûta quarante euros, somme dérisoire pour ce trésor. Un des deux peintres italiens de la Renaissance que j'aime le plus racontait la vie de l'autre, et, par contrecoup, la sienne.

De témoignage aussi direct, il n'existe aucun autre pour cette époque. Je suppose que l'auteur le rédigea dans sa vieillesse, décidé à répondre aux malveillances et aux calomnies de Giorgio Vasari, premier historien de l'art italien et référence pour des siècles, loyal dans la plupart de ses jugements, sauf à l'égard de Jacopo Pontormo, dont il a compromis la renommée par un verdict perfide.

Pourquoi Bronzino (car c'était lui l'auteur, lui qui racontait la vie de celui dont il avait été l'élève préféré), pourquoi Bronzino avait-il choisi cette forme de narration romancée ? C'est une chance pour moi. Puisqu'il avait pris certaines libertés et fait appel à son imagination là où ses notes ne lui fournissaient qu'un canevas, je me sens autorisé, au moment de transcrire ses mémoires pour le lecteur de 2017, à intervenir par des précisions, des retouches, voire de brefs commentaires. Des coupures, des raccourcis ne me semblent pas moins utiles. Parfois, il « fait » de la littérature. N'est-il pas meilleur quand il écrit vite ? J'aurai le souci constant d'éviter que dans le récit d'événements et d'idées qui occupaient le monde sous les pontificats lointains de Léon X, Clément VII, Paul III, Paul IV, Pie IV, Pie V, ne s'infiltrent des anachronismes choquants.

On me reprochera d'avoir poli et amendé le style ; au seizième siècle, le langage était plus rugueux. Mais c'est à nous qu'il paraît plus rugueux. Pour les gens du seizième siècle, c'était le parler usuel, reflet de leurs mœurs moins aimables. Les mœurs se sont adoucies ; le langage, à l'imitation des mœurs, s'est civilisé. Ne pas gommer les aspérités du style originel donnerait le sentiment d'une reconstruction artificielle ; en conserver la rusticité, parfois grossière, relèverait du pastiche. Faut-il supprimer la fourchette parce qu'on mangeait jadis avec ses doigts ?

Voici les premières pages, à peine arrondies, qui fournissent d'emblée le ton de l'époque, le cadre historique de l'action, la personnalité et certaines des opinions de Pontormo à l'âge environ de trente ans ; pages où l'on verra quelque différence, déjà, entre son caractère abrupt et celui plus traitable de Bronzino.

Jacopo m'a-t-il violé, à quatorze ou quinze ans, comme beaucoup de ses confrères le faisaient, usant de leurs élèves pour le bien de ceux-ci, selon une coutume réprouvée par les prudes et sévèrement condamnée par les lois mais répandue dans les ateliers ? Je ne saurais ni l'affirmer ni le nier. Il était si affectueux, si bon avec moi, il m'a entouré de tant de prévenances et initié à son art avec une sollicitude si désintéressée, qu'il me paraît improbable qu'il m'ait refusé le complément physique indispensable à l'éducation d'un artiste. Il m'avait accepté comme apprenti et logé dans sa maison avec d'autres élèves, avant que je ne fusse en âge de donner la moindre garantie d'avoir un avenir dans la peinture.

Je n'ai d'autre indice de ce qui a pu se passer autrefois, qu'une conversation commencée sur un tout autre sujet, quatre ou cinq ans plus tard, près du Ponte Vecchio, le jour de mes dix-sept ans [*donc le 17 novembre 1520, soit dit en passant, pour éviter au lecteur moderne une recherche dans le dictionnaire*].

Un mystère (il y en eut bien d'autres) entourait cet homme. Pontormo n'était pas son nom, mais celui du village où il était né, à mi-chemin entre Florence et Pise, dans le Valdarno. Carrucci était son vrai patronyme. Orphelin à dix ans – ses parents étaient morts de la peste –, le magistrat des Pupilles l'avait placé chez un enlumineur de missels. Le soir de mon anniversaire, accoudé près de lui sur le parapet du fleuve, devant le soleil qui se couchait du côté de l'église San Miniato dont la façade s'effaçait déjà dans l'ombre de la colline, je lui faisais part de mon étonnement qu'il eût renié, en quelque sorte, un père dont la mort précoce eût dû lui rendre le souvenir plus précieux. Il se fâcha.

— Porter un nom « de famille » qui n'est pas « mon » nom personnel ? Jamais.

— Ne dois-tu pas à ton père et à ta mère [*il le tutoyait déjà*] d'être qui tu es ?

— Je leur dois... Je leur dois... Ils m'ont trompé dès ma naissance.

— Trompé ?

— Trompé et opprimé, à peine né. La première violence qu'ils m'ont faite, n'est-ce pas de m'avoir imposé un baptême que je n'avais pas demandé ?

Abasourdi, effrayé, je crus avoir mal entendu. Personne au monde n'avait jamais mis en doute la nécessité du baptême. Un homme que je tenais pour raisonnable ne pouvait avoir proféré ce qui n'était pas seulement un reproche inouï, mais un affreux blasphème.

Il reprit, énervé de mon air incrédule :

— N'ont-ils pas profité de ce que je n'étais pas en âge de m'y opposer pour me prendre par les pieds et me plonger dans une bassine d'eau froide ?

— N'était-ce pas le seul moyen de te rendre chrétien !

— Le christianisme consiste-t-il à jeter dans l'eau froide, avec un peu de sel, un nouveau-né qui n'entend mot à ce qu'on lui marmotte ?

Qu'on ne juge pas Bronzino sur l'épouvante dont il dit avoir été saisi. Il se signa trois fois, à toute vitesse, et se demanda si son maître n'était pas possédé par le diable. Je le trouve bien honnête de se peindre tel qu'il était à cet âge.

— Deuxième violence : ce prénom, l'avais-je choisi ?

Comme je protestais contre cette nouvelle impiété, affirmant qu'il devait être bien aise d'avoir été placé sous la protection d'un aussi grand saint que Jacopo, qui n'est autre que Jacques le Majeur apôtre, un des trois seuls spectateurs, avec son frère Jean l'Évangéliste et saint Pierre, de la glorieuse transfiguration de Jésus sur le mont Thabor :

— Contes de nourrice, me dit-il, que tu as tétés avec le lait de ta mère ! L'éducation, sache-le, est faite de bontés cyniques et d'abus criants. Ma pauvre sœur Ilaria ! Mariée à quinze ans à un homme qu'elle n'avait jamais vu et qu'elle n'aima jamais ! Sans même songer à se rebeller, elle se laissa conduire à l'autel, aussi docile qu'une génisse menée à l'abattoir.

— Tu la blâmes d'avoir menti quand elle a prononcé devant le prêtre le « oui » sacramentel ?

— Je blâme la société, le gouvernement, les pouvoirs religieux et civils d'avoir permis à un prêtre, parfaitement au courant des circonstances honteuses de ce mariage, de lier pour la vie une innocente à un homme qu'elle n'avait pas choisi, dont elle ne voulait pas, que ses parents lui avaient imposé.

Puisqu'il n'était d'accord ni sur le baptême ni sur le mariage, je pensai que sur le terrain politique il se montrerait plus souple.

— Reconnais, Jacopo, que nous avons la chance de vivre sous une famille accommodante. Les Médicis sont si puissants, que leur influence s'étend jusqu'à Rome, où le neveu de Laurent le Magnifique est donné comme prochain pape. Les retombées de cette élection ne pourront être que bénéfiques pour nous.

— Réfléchis un peu. Es-tu sûr que nos ducs te laisseront toujours peindre ce que tu auras envie de peindre ? Et qu'il n'y aura pas, après le neveu de Laurent, un autre nouveau pape d'une famille hostile à celle des Médicis ? Nul ne peut prévoir la forme des prochains gouvernements, ni leur degré de bienveillance à notre égard.

Je le pressai de m'éclaircir sa pensée, cette matière n'étant rien moins que subsidiaire.

— Tu vois de l'autre côté du fleuve cette église ?

— San Frediano, avec sa jolie coupole ?

— *Un corno*, sa jolie coupole ! Je te parle de l'église qui est à côté, sans coupole, Santa Maria del Carmine, mille fois plus précieuse.

— Oui, je la vois.

— Y es-tu retourné récemment ?

— Non, pas depuis que tu m'y as emmené.

— Cours-y alors, dépêche-toi.

— Pourquoi me presser tant ?

— Demain sera peut-être trop tard. N'as-tu pas entendu la rumeur ? Les moines grondent, offensés et furieux de l'Adam peint tout nu, le sexe volumineux, à l'entrée d'une de leurs chapelles, il y a exactement cent ans. À l'occasion de cet anniversaire, ils ont demandé la permission de mettre fin à une telle inconvenance, par un voile ou quelque autre moyen de couvrir l'outrage fait à leur piété. L'archevêque a reçu une requête en ce sens. Il a ri de leur pudibonderie. « Masaccio était le protégé de Cosimo, le premier des Médicis, à qui Florence doit d'être Florence. Ce peintre nous est sacré, aussi sacré que le Beato Angelico. Tout ce qu'il a fait de sa main doit être conservé intact. »

— Alors, il n'y a pas lieu de s'inquiéter, tu vois bien, Jacopo.

— Mais avec l'arrivée du prochain archevêque ? Cours à Santa Maria del Carmine, avant que l'Adam ne soit dénaturé.

Puis il sauta à une autre idée. Les brusqueries et le décousu de sa pensée ne m'étonnaient plus.

— Tu as dix-sept ans, Agnolo. Moi neuf ans de plus.

— Eh bien ?

— On nous voit souvent ensemble.

— Rien ne me rend plus fier, Jacopo !

— Je n'ai pas de femme et toi pas de fiancée.

— Je suis encore bien jeune !

— Quelques années encore, et tu seras suspect.

— Oh ! Les Médicis, toute la cour protègent les artistes.

— Sornettes !

Il fit un geste d'agacement.

— Notre archevêque s'en va, comme je viens de te le dire. Celui qu'on nous annonce pour lui succéder ne prêche que par le Lévitique et saint Paul.

J'ouvris de grands yeux stupides.

— Bien plus, il déclare apocryphe le chapitre du deuxième livre de Samuel sur David et Jonathan. Enfin, conclut Jacopo de plus en plus irrité en voyant sur ma figure que je ne comprenais rien à cette nouvelle allusion, appelles-tu libre un pays où il ne nous appartient même pas de choisir notre religion ?

— Choisir ? Choisir ? Mais il n'y a qu'une religion, Jacopo.

Mal m'en prit de paraître ignorer le grand mouvement de contestation qui secouait l'Europe.

— Tu ânonnes ce qu'on t'a rabâché. N'as-tu pas plus de cervelle qu'un perroquet des îles ? Une religion ? Mais pourquoi précisément celle où nous sommes nés ?

Je ne pouvais me douter que la prédication d'un moine allemand avait planté dans son esprit les premiers germes de l'hérésie. Ce qu'il disait ne me sembla qu'une bravade, conforme à son habitude d'encourager ses élèves à l'indiscipline. Chaque fois que je lui manifestais mon bonheur de l'avoir pour maître, il s'emportait.

— Maître ! J'ai failli à mon enseignement si je ne t'ai pas appris à te passer de maître. Il n'y a qu'un principe pour l'artiste : désobéir.

Bronzino ajoute que beaucoup de croyances qu'il avait « tétées avec le lait de sa mère » et reconnues ensuite, sous l'influence de Jacopo, n'être que des opinions toutes faites, comme allant de soi et ne nécessitant pas d'être passées au crible, s'étaient dissipées bientôt de son esprit comme naguère les notes de soprano tombées de sa voix à la mue. Il avait peur, cependant, au moment de commencer à écrire ses mémoires, quarante-cinq ans après cette discussion, que sa familiarité avec le présent duc Cosimo, sa docilité aux commandes, ses portraits officiels, nombreux, de la duchesse Eleonora et de leurs enfants, ses emplois à la cour, et jusqu'à son habileté à cacher le contenu subversif de ses œuvres, ne le fissent taxer de complaisance et accuser de n'avoir rempli qu'à moitié le devoir d'insoumission promis à son maître défunt.

2

Je pose pour le garçon nu de *La Visitation*

Désobéir : il n'avait pas tardé à me l'illustrer, son credo, par un exemple qu'il me coûte de rapporter, si provocante a été la bravade. À peine installé chez lui, j'avais appris à mes dépens jusqu'à quels excès pouvait l'emporter son mépris des usages. Jamais la première des règles ne fut bafouée avec autant d'audace. Je n'étais plus un enfant, mais un adolescent aux formes déjà bien découplées sans être encore mûres.

Bronzino affirme qu'il fit la connaissance de Jacopo alors qu'il avait entre treize et quatorze ans, Jacopo vingt-deux. Assis sur le seuil de la boucherie familiale, à Monticelli, faubourg de Florence, il avait pris un caillou devant lui dans le chemin et s'amusait à dessiner sur le sable des figures d'animaux. La boucherie étant renommée au-delà des limites du faubourg, Jacopo, d'estomac délicat, espérait s'y procurer quelque viande plus à sa convenance. Il se pencha sur les dessins, remarqua celui d'une vache, fut saisi de la ressemblance du modèle à sa reproduction, parlementa dans la boutique avec le boucher, demanda la permission d'emmener le gamin. Sa mère pleura. Son père se frotta les mains. L'occasion de placer son fils chez un peintre qui le préparerait au métier le plus lucratif de Florence lui paraissait miraculeuse. Jacopo acheta une tranche de veau. Agnolo ficela son baluchon, où sa mère avait glissé un petit crucifix de faïence. Tous deux partirent à pied pour la ville.

Le couvent de la Santissima Annunziata, au fond de la place du même nom bordée sur tous les côtés d'arcades si élégantes, appartient aux Servites de Marie, moines dédiés à l'adoration perpétuelle de Marie. Ils avaient commandé une fresque à Pontormo, une Visitation, *pour le cloître extérieur de l'église, dit cloître des ex-voto, à cause de la grande quantité d'images pieuses que suspendent aux murs pour la remercier de sa divine intervention des malades soudain guéris par la Madone. Commande d'autant plus insigne qu'il en était encore à ses débuts et qu'on lui confiait une des plus belles et plus fameuses églises de Florence. La fresque devait être terminée pour le 31 mai, jour qui commémore dans le calendrier liturgique la visite de la jeune Marie à sainte Élisabeth.*

Jacopo fit construire une palissade devant le mur à décorer. Il me poussa à l'intérieur de la clôture et ferma le portillon derrière moi. Pendant qu'il me tenait l'échelle double, apparut peu à peu, devant mes yeux ravis, une très belle fresque pénétrée de tout le sentiment religieux prescrit par le sujet.

— Comme c'est beau ! m'écriai-je.

— *Un corno…* marmonna-t-il.

C'était son mot favori, chaque fois que, pensant être poli, il évitait de se prononcer plus crûment. Après avoir poussé de côté l'échelle, nous nous étions reculés et appuyés contre la palissade pour avoir une vue d'ensemble. Tout en haut d'un escalier laissé vide pour donner plus de majesté à leur rencontre, Élisabeth s'agenouille devant Marie qui tend les bras pour la relever. Une foule de personnages étagés dans le fond entoure les deux cousines. Animée et vivante, la scène est brillamment colorée. Je ne pus retenir une nouvelle exclamation.

Il me saisit par le poignet et dirigea ma main vers la moitié inférieure de la fresque.

— Regarde, idiot ! Ouvre les yeux ! L'escalier !

Cet escalier n'avait rien de particulier, sauf qu'il était vide de tout personnage, si j'excepte une femme assise dans le coin gauche, simple figurante, dépourvue d'intérêt. Je ne comprenais toujours pas où il voulait en venir. Soudain, il m'entoura les épaules de son bras, que je n'osai écarter. Puis, d'une voix dont l'accent avait changé – comme elle était devenue plus douce, tout à coup, plus insinuante ! – il me demanda :

— Ne penses-tu pas, très cher Agnolo, que la fresque est incomplète ?

— Mon seigneur et guide, non, je la trouve merveilleusement finie, et tous les Florentins seront de cette opinion.

— Qu'ai-je à faire de l'opinion du vulgaire ? C'est la tienne qui m'importe. Regarde bien, là, à droite, sur les marches, il y a trop d'espace vide. Je veux y ajouter, pour être le pendant de la femme assise à gauche, mais peinte avec plus de caractère, une figure qui attirera l'œil de ce côté et ôtera à l'ensemble l'aspect convenu qu'une telle scène présente toujours.

— Convenu, pourquoi ? Ne s'agit-il pas d'un des plus grands mystères que les Évangiles nous invitent à méditer ?

— Quand l'Église n'aura plus le monopole des commandes et que nous serons libres de choisir nos sujets, nous aurons autre chose à raconter que ces fables à dormir debout.

Il ne daigna pas, devant mon air ahuri, s'expliquer davantage, m'estimant à juste titre d'un esprit encore trop puéril pour admettre que tout, dans l'Évangile, ne doit pas être cru sur parole.

Je me contentai, humblement, de lui faire une question pragmatique.

— Comment un personnage tiendra-t-il sur ces marches ?

— Il faudra qu'il soit assez petit lui-même, assez souple et intelligent pour s'accroupir et rassembler ses membres dans ce coin.

— Seul un enfant ou un très jeune adolescent…

— Tu l'as dit.

Je lui proposai alors de lui amener un de mes camarades qui me paraissait convenir pour ce rôle. Il avait déjà en tête son idée, car, descendant son bras et me prenant cette fois par la taille, il me dit :

— Pourquoi chercher ailleurs quand j'ai contre moi celui auquel aucun autre ne peut se comparer ?

Je rougis sous l'éloge, tout en me gardant de m'enorgueillir d'un choix qui n'était dû qu'au hasard. Il devait terminer la fresque tant que le mur restait humide et, comme il m'avait *sous la main*, au sens propre comme au sens figuré, il entendait profiter de l'occasion. Nécessité technique. Doutant encore, cependant, de mériter un tel honneur, et mesurant tout à coup à quel danger je m'exposais en acceptant de figurer à mon âge dans une fresque destinée au public, promotion trop soudaine pour ne pas me faire accuser de présomption et de vanité, je me dégageai de son étreinte et feignis de croire qu'il avait plaisanté.

— Ce n'est pas bien, lui dis-je, de se railler d'un pauvre garçon comme moi.

— À la bonne heure, dit-il en riant, ta modestie est charmante. Je t'aime encore mieux comme ça. Où as-tu pris que je ne suis pas sérieux ? Et maintenant, si tu veux me faire vraiment plaisir, déshabille-toi.

Nous étions entrés dans la belle saison et j'étais habillé légèrement. Outre qu'il n'y a pas d'inconvénient à ôter une partie de ses habits au milieu du mois de mai, cette demande n'avait rien d'extraordinaire, puisque dans les tableaux que j'avais vus à Florence, au milieu de saints habillés de pied en cap peints dans les retables au-dessus des autels, en apparaît toujours un largement dévêtu, saint Laurent ou plus souvent saint Sébastien. La variété des pagnes, caleçons, bouts de draperie, linges de pudeur, feuilles d'arbre est infinie. Michelangelo, lui, ne s'était pas encombré de scrupules. Le plus admiré de tous nos sculpteurs avait gagné ses titres de gloire en dressant quinze ans plus tôt, devant le Palazzo Vecchio, place de la Signoria, en plein centre de la ville, un homme gigantesque complètement nu.

Effrayé de la chétivité de mes organes comparés aux formes épanouies de cette statue devenue l'emblème de Florence, je me rassurai en pensant que je n'aurais à me dénuder que de ce qu'il est permis d'enlever sans nuire à la décence ni à la gravité requises pour une peinture religieuse. Je retirai donc ma chemise, mes hauts-de-chausse de futaine, mes chaussons, et me tins devant lui, assez embarrassé d'être en simple caleçon.

— Ôte-moi le reste. Ôte-moi tout.

— Dans cette enceinte sacrée ?

— La clôture ne nous protège-t-elle pas des regards ? Personne ne te verra. Que crains-tu, petit sot ? Tu n'as pas encore de poils, ta petite voix flûtée me le garantit.

En vérité, une dizaine de poils je les avais déjà eus, mais je me les étais arrachés devant la glace.

— Alors, qu'attends-tu ?

— Est-ce bien nécessaire ? bredouillai-je.

— Le mur sèche déjà. Veux-tu ruiner deux mois de travail et d'efforts ?

Ce dernier argument balaya mes hésitations. En un instant je fus tel qu'il souhaitait me voir. Je ne songeai plus à éprouver de la gêne, tant le sentiment de contribuer à la finition de ce qui serait un chef-d'œuvre me donnait de contentement. Qui étais-je, pour contrecarrer son grand dessein ?

Un peu d'histoire de la peinture et de théorie de cet art s'impose ici. Je serai bref et si possible clair. Comme modèles de sainte Marie, de sainte Élisabeth et des comparses, Jacopo avait suivi l'usage, qui était de prendre, non des personnages réels, des modèles vivants, mais des figures peintes par d'autres artistes avant lui. Il s'était inspiré de Ghirlandaio, de Fra Bartolomeo, d'Andrea del Sarto, de la même façon que Ghirlandaio, Fra Bartolomeo et Andrea del Sarto, déjà, avaient puisé leurs modèles dans les tableaux de leurs prédécesseurs. Raphaël lui-même ne peignait pas d'après nature mais en s'inspirant de la statuaire antique. La grande idée de Jacopo était de rompre avec cette tradition, en introduisant des sujets peints sur le vif, et voilà pourquoi, m'expliqua-t-il, ma présence était si nécessaire. Concevais-je quelle révolution il apporterait dans la peinture, après un siècle où la création n'avait consisté pour les peintres qu'à transformer des figures empruntées à leurs devanciers ? Lui, continua-t-il, mettrait un être vivant dans sa fresque, et ce n'est pas pour une autre raison qu'il avait besoin d'un enfant, et d'un enfant tout nu, dont la jeunesse et la nudité souligneraient, symboliquement, « comme la fleur jaillit du bouton », le début d'une nouvelle période dans l'histoire de l'art. Tout faraud de cette métaphore, sans m'aviser de son caractère spécieux, je me sentis flatté du rôle auquel il m'avait destiné.

Pour me préparer à ce rôle, il réunit quelques planches qui avaient servi à la construction de la palissade et les échelonna en forme d'escalier. Puis, m'ayant pris par la main, il m'assit sur la deuxième de ces marches improvisées.

Je devais pencher la tête en avant, écarter les jambes, tendre la gauche à l'horizontale, replier l'autre, prendre appui sur le genou droit, enfin poser mes bras de chaque côté sur la planche, de manière à préserver mon équilibre et combattre l'ankylose. J'obéis à ses instructions, avec cette conséquence, pour moi embarrassante, qu'il me fallait garder mes cuisses largement ouvertes. Il me fit blond, alors que j'étais de cheveux noirs. Pour le reste, c'était mon portrait. Comment ne pas céder à quelque appréhension, en me disant que je serais vu par toute la ville, de face, dans cette posture aussi bizarre qu'impudique ? Néanmoins, le plaisir l'emporta sur la gêne.

Quel scandale, le 31 mai !

« C'est une honte », s'écrièrent plusieurs voix, lorsque la palissade eut été retirée et la fresque dévoilée, devant une foule d'ecclésiastiques, de courtisans, de magistrats, de notables, de badauds accourus pour l'occasion. « *Una vera vergogna.* » « On ne voit que ce gamin, au premier plan. » « Il efface les saintes figures par sa présence déplacée. » « Dont rien n'atténue l'indécence. »

Le doyen de la Santissima Annunziata ferma les yeux, joignit les mains et s'absorba dans une prière.

Les plus furieux pointèrent un doigt vers mon sexe qui s'étalait, en effet, sur la marche, parfaitement dessiné et bien en vue entre mes cuisses ouvertes à 180 degrés par le grand écart, ainsi que Jacopo me l'avait prescrit. Une jeune femme, entourée de ses quatre enfants, m'apostropha directement.

— Petit morveux, ne sais-tu pas qu'il faut dissimuler ce qu'il ne convient pas de montrer ?

— *Pudenda*, proféra gravement le prieur de San Marco, venu en voisin.

Je ne savais où me cacher. Je n'aurais pas dû accompagner Jacopo ni assister avec lui à l'inauguration. Il me semblait que tout le monde fixait son regard entre mes jambes. On fouillait sous mes vêtements, on me déshabillait.

— Si Jacopo a mis dans la peinture d'une scène entre toutes sacrée *une telle chose* et que cette chose est placée à hauteur de nos yeux, précisément à l'endroit où elle ne saurait être plus en vue, qui peut nous garantir qu'il a été sincère en prétendant être descendu en pureté d'âme et de cœur dans le profond mystère de la Visitation ?

L'accusation de provocation et de blasphème n'était pas loin de s'abattre sur Jacopo. Il sentit le danger.

— Cours jusqu'à mon atelier, me glissa-t-il à l'oreille, et rapporte-moi ce que je t'ai montré.

Ah ! Il savait comment s'y prendre avec les Florentins ! Leurs convictions religieuses et morales ne les gouvernent qu'en apparence ; la foi dans l'art et la révérence envers les grands maîtres ont sur eux plus d'empire. Il avait mis de côté, « en cas de péril » m'avait-il dit, une gravure d'après Raphaël. Je revins en courant, la gravure sous le bras. Stupéfaite, l'assistance découvrit, dans un détail de *L'École d'Athènes* si fameuse, la source de ce qui paraissait un instant plus tôt une offense à la religion. Jacopo ne m'avait peint qu'en partie *d'après nature* : pour la pose, il s'était inspiré du personnage de Diogène placé par Raphaël sur une des marches qui mènent au portique où discutent les philosophes. Diogène est assis à l'écart de la foule qui se presse autour de Platon et d'Aristote. On compara mon emplacement au sien : je me tenais moi aussi *à l'écart* des saintes femmes.

Et, pour compléter l'analogie, j'étais assis comme lui *sur la deuxième marche* de l'escalier. Nos attitudes, nos silhouettes, l'inconfort de la pose étaient si semblables, le tassement de nos membres si pareillement insolite, l'écartement de nos jambes si comparable, la contorsion exigée de nous par la précarité de notre équilibre si frappante, qu'on était forcé de reconnaître l'hommage du jeune peintre à son grand aîné. La seule différence était que j'étais tout nu, et Diogène recouvert en partie d'une toge, mais nul ne songea à soulever cette objection, ni à relever qu'à la place d'un vieillard décati et laid, jambes nues mais fripées et desséchées par l'âge, absorbé dans une lecture difficile, j'étais un vif petit drôle qui s'exhibe gaiement.

La similitude des deux figures suffit à retourner les Florentins. La magie d'une image classique retrouvée leur fit oublier qu'à un octogénaire chauve s'était substitué un imberbe chevelu. À l'indignation première succédèrent de bruyants suffrages. On congratula Jacopo, on l'embrassa.

De cette scène mémorable Bronzino retiendrait qu'un peintre habile peut dire à la fois *une chose et une autre,* à la fois *une chose et son contraire. Ici, en l'occurrence, Jacopo avait réussi ce tour de force de rendre hommage à une idole nationale et,* en même temps, *par une superposition de sens inaperçue du public, de contrefaire le modèle devant lequel il avait feint de se prosterner. Le mélange de la révérence et de l'irrévérence s'était avéré doublement payant. Bronzino n'oublierait pas la leçon. La révérence attire à l'artiste la faveur des pouvoirs, qui se félicitent de sa docilité ; l'irrévérence lui vaut l'admiration des connaisseurs, à qui n'échappent ni le double langage ni l'adresse à tromper. Il s'assure, par cette ruse,* à la fois *la sécurité et la gloire.*

J'ajoute, à l'appui de cette réflexion, que Michel-Ange avait déjà usé d'un stratagème analogue, en faisant croire que son David *n'était qu'une illustration du courage civique et de la droiture morale. Les autorités de Florence avaient admis la fiction de la* nudité citoyenne *et du* sexe héroïque. *Masaccio, avant Michel-Ange, n'avait pas eu cette prudence. Pas de seconde lecture possible pour son* Adam *de Santa Maria del Carmine, dont le sexe épais ne peut être justifié que par l'abondance de la liqueur séminale. Il a payé cher cette franchise : le voile ou caleçon prédit par Pontormo, évité à l'occasion du centenaire mais appliqué cent cinquante ans plus tard par ordre du bigot Cosimo III, sous forme d'un rameau feuillu, n'a été retiré qu'à la fin du vingtième siècle.*

3

Histoire de Berto, le garçon couvert d'or

Un des frères du couvent des Servites, Fra Macario de' Rossi, intendant de la communauté, avait deviné que les propos désobligeants échangés sur mon compte avaient causé en moi du trouble, et que sous mon air assuré et vaillant je me posais plus d'une question. Ne m'étais-je pas damné en posant tout nu devant Jacopo ? Pourquoi, sans une arrière-pensée illicite, avait-il construit cette palissade et pris tant de précautions ? J'aimais beaucoup Fra Macario, que le doyen de la Santissima Annunziata avait chargé de mon instruction. Il sut gagner ma confiance par une égalité, une douceur, une simplicité de caractère qui me changeaient agréablement des sautes d'humeur de Jacopo. Sa barbe abondante mais taillée avec soin contrastait avec celle hirsute et broussailleuse de mon maître.

Il m'apprenait à lire, en italien, en latin, m'initiait à la Bible (dont il sautait des passages, je n'osais lui demander pourquoi), me donnait au réfectoire des conseils, sans que mon amour-propre eût à en souffrir. « Quand tu te sers de l'eau, ne remplis ton verre qu'à moitié, même si tu as très soif. N'essuie pas tes doigts sur la nappe. Ne jette pas les os de poulet sous la table. » L'excellente éducation que j'avais reçue dans ma famille, me disait-il, et pour laquelle il bénissait mes parents, ne pouvait m'avoir préparé à traiter avec les prélats et les nobles, quand je me serais fait un nom et que, recherché par leurs hautes seigneuries, je devrais savoir me tenir dans le monde.

Souvent, au souvenir de ce qui s'était passé dans le cloître de la Santissima Annunziata, mon esprit s'absentait de la lecture. Je trébuchais sur des passages de la Bible qu'il m'avait pourtant commentés.

— Agnolo, tu ne m'as pas écouté. Dis-moi ce qui te préoccupe.

C'est en vain que je protestai. Il me fit gentiment le reproche de ne pas lui ouvrir mon cœur.

Ses fonctions d'intendant et d'approvisionneur du couvent l'avaient mis en relation avec mon père, boucher à Monticelli, et avec ma mère, aide-bouchère le jour et brodeuse la nuit au service de Julien de Médicis. La manière dont ils m'avaient élevé lui avait fait une si bonne impression, qu'il ne voulait pas que le couvent se fournît en viande ailleurs que dans leur boutique, bien que celle-ci fût située en dehors de la ville, de l'autre côté de l'Arno, sur une colline à une demi-heure de marche du centre. J'étais reconnaissant à Fra Macario de saisir chaque occasion de me vanter les qualités morales et éducatives de mon père et de ma mère, en sorte que je n'eusse pas à rougir de mon origine si modeste.

— Jacopo n'a pas eu la même chance que toi. Orphelin avant l'âge de dix ans, il a été trop tôt livré à lui-même, sans boussole pour se guider dans l'existence. La peste avait emporté à la fois ses parents et ses grands-parents, ses oncles et ses tantes, tous les siens, tous ses proches. Tu ne dois donc pas t'étonner des bizarreries que tu as déjà notées dans son caractère. Comme un fleuve qui n'est pas endigué, son imagination déborde à l'improviste. Tu découvriras d'autres de ses fantaisies et extravagances. Privé de toute famille, de tout soutien domestique, dépourvu de repères, en marge du train ordinaire de la vie, il n'évalue pas toujours les conséquences de ses actes. L'autre jour, la foule accourue à l'inauguration a été mise en présence de quelque chose dont il n'avait pas mesuré l'incongruité.

Ce discours était un peu difficile pour moi. Mon regard vide l'alerta.

— Les gens ont pris ta nudité si embarrassante pour toi – ne le nie pas ! – pour une provocation qui les a choqués non moins qu'elle t'inquiète et t'agite, je le vois à tes fréquentes distractions. Tu n'as pourtant pas à rester sur une impression qui t'honore mais n'en est pas moins sans fondement. Car, écoute-moi bien, la nudité présente plusieurs sens différents. Dans les débuts de l'humanité, elle fut le signe de l'innocence. L'homme et la femme, avant le péché, ignoraient ce qu'était un vêtement, sans éprouver le moindre embarras. Leur peau suffisait à les couvrir. Le chapitre II de la Genèse, verset 25, est formel là-dessus : « Or tous deux étaient nus, l'homme et la femme, et ils n'en avaient point honte. »

— Mais alors, excusez-moi de vous interrompre, pourquoi l'Adam de Masaccio dérange-t-il autant les moines du Carmine ? Au nom de quel principe condamnent-ils une peinture qui se conforme en tout point au récit de la Genèse ?

— Tête de linotte, réfléchis avant de parler ! Ils auraient tort de ne pas la condamner et ne pas exiger qu'on l'amende, et ils perdraient la grâce du Seigneur, parce que, entre le chapitre II et le chapitre III de la Genèse, *a fortiori* entre l'époque de la création du monde et la nôtre, n'y a-t-il pas eu, selon toi, un événement capital, qui a créé la nécessité du vêtement ?

J'avais hâte de réparer ma bévue. Aussi m'empressai-je de répondre :

— Il y a eu le péché originel.

— Brave garçon ! Nos yeux ne peuvent plus voir sans répulsion ce qui apparaissait naturel au temps du paradis terrestre. Après le péché, il ne s'est plus trouvé que les païens pour ne pas coudre des feuilles de figuier et s'en faire des ceintures, comme Adam et Ève en éprouvèrent aussitôt le besoin. Plus tard, des tuniques de peau ont remplacé ce voile trop sommaire, enfin l'art de découper et de coudre les étoffes s'est développé, au grand soulagement des consciences.

— Ma mère est brodeuse, et mon oncle, du côté de mon père, est tailleur ! dis-je fièrement.

— *Deo gratias !* Les Grecs, les anciens Romains se mettaient nus en plus d'une circonstance publique, aux bains, au gymnase, ils couraient nus dans les stades sous les yeux de milliers de spectateurs. Les chrétiens ont mis un terme à cette pratique indécente. Or, dans la fresque de *La Visitation*, c'est justement le paganisme que tu symbolises, le paganisme dont cette visite de la Sainte Vierge à sainte Élisabeth alors grosse de saint Jean-Baptiste annonce la fin. Tu as remarqué comment, par contraste avec les nobles et saintes figures massées *en haut* de l'escalier, *au sommet* des marches, Jacopo t'a fait te recroqueviller *en bas*, sur une marche *inférieure*. Tu *baisses* la tête et fixes le sol, *au-dessous* de toi. Les autres portent la tête *haute*, toi tu l'inclines et regardes *par terre* : signe que le petit païen que tu représentes, blotti dans un coin, abattu, mou, sans réaction, reconnaît la victoire du christianisme. Jacopo ne t'a donné cet emplacement et cette pose que pour établir la supériorité de l'ère nouvelle et en proclamer la gloire. Ne manque pas de faire valoir auprès de tes parents, dont la piété pourrait s'offusquer de te voir exposé dans cet état devant le public, cette preuve indirecte du triomphe de la Parole divine.

En réalité, je n'étais pas sûr qu'une telle intention eût guidé Jacopo ; il m'en eût fait part lui-même, au lieu de me recommander d'être gai et naturel, malgré ma pose contorsionnée ; mais je me sentais si apaisé par les paroles de Fra Macario que je les pris pour argent comptant, sans me vexer du qualificatif « mou », bien inapproprié, à mon avis.

— Enlever ses vêtements, reprit-il, comporte une autre signification, positive celle-ci, et dont tu ne peux qu'être fier. Par ce geste on rejette, pour renaître à la vérité, ce qui nous a été imposé par la coutume, on disparaît du monde pour rejaillir dans la lumière, purifié. Si le grain ne meurt, comment porterait-il son fruit ?

— Jacopo ne va-t-il plus peindre que des personnages nus ? Forcera-t-il ses modèles à se déshabiller ?

Fra Macario rit de ma naïveté.

— Non, bien sûr. Tu as constaté à quelle méprise il s'est exposé. Il a tenté avec toi une expérience limite qu'il ne tentera sans doute jamais plus. Tu dois être d'autant plus heureux qu'il t'ait choisi comme figure du baptême. Tu es *re-né* sous son pinceau, il a éloigné de toi, pour te rendre à l'état de nature, ce que tu avais reçu de ton milieu. Tu sais que les enfants trouvés, on les dépose tout nus dans le tour installé à l'entrée des couvents, pour signifier qu'ils n'ont plus de famille, plus rien qui les rattache à la coutume, à la société. Toi, certes, tu n'es pas de cette espèce, puisque tes parents sont connus et qu'ils peuvent être cités en exemple. Nul plus que moi ne les estime et ne les admire. Mais Jacopo a élu en ta personne une sorte de *trovatello* idéal, de créature extraite du néant, miraculeusement protégée de toute contamination sociale pour n'être plus baignée que de la lumière de Dieu. Tu peux lui en rendre grâce, car il a mis en toi, en te peignant blond au mépris de la vérité, par une décision arbitraire qui ressortit à l'utopie, ce germe d'absolu qui prédispose à un grand destin. Tu es né une seconde fois, dépouillé des oripeaux de la civilisation.

Je ne répondis rien, tant ce dithyrambe m'avait laissé sceptique. Ôter un caleçon découpé dans un vieux tablier de boucher peut-il *dépouiller* qui que ce soit d'un *oripeau de la civilisation* ? Outre cela, n'était-il pas contradictoire de m'affirmer que je représentais dans la fresque tantôt *un païen vaincu par le christianisme*, tantôt *un élu baigné de la lumière de Dieu* ? Enfin, je n'étais nullement dans les conditions où se trouvent les petits malheureux abandonnés dans un tour. Pourquoi Fra Macario me parlait-il de ces infortunés, privés de toute famille, confiés à la charité des moniales, puisqu'il était le premier à me vanter l'excellence du milieu où j'avais grandi ? Il me cachait donc la vérité ; et de découvrir qu'un homme aussi droit n'était pas incapable de mentir augmenta mon trouble.

Peut-être n'étais-je pas le fils de mes parents ? Peut-être m'avaient-ils adopté ? Les cas de substitution d'enfant n'étaient pas rares à Florence. Chaque couvent possède un tour pour les orphelins ou les bâtards. En un instant, mon esprit partit sur cette piste que rien ne justifiait, sinon le désir d'innocenter Fra Macario. Ma folle imagination fit le reste. Quand Fra Macario se fut retiré dans les bureaux de l'intendance pour commander au boulanger de San Lorenzo trois quintaux de farine, j'eus honte de mes cheveux : ils étaient noirs, alors que le *trovatello* idéal, l'enfant marqué par le destin, celui qu'on brûle de réincarner, qu'on ait ou non des parents, qu'on soit païen ou chrétien, ce miracle de jeunesse et de grâce, quintessence de ce qui n'existe qu'en rêve, Jacopo, pour qu'il soit véritablement miracle, l'avait peint blond de la couleur des blés. Le reste de mon portrait était conforme à la réalité, sauf sur ce point, qui aurait souligné mon enracinement biologique.

Pris d'une soudaine confusion, je courus jusqu'au faubourg de Monticelli, où sans rien dire à personne je fouillai dans la remise attenante à la maison de mes parents. Pour broder les nappes et les rideaux d'apparat de Julien de Médicis, ma mère trempait son fil dans une substance liquide extraite d'une poudre d'or, mixture dont la recette, trouvée un demi-siècle plus tôt, avait fourni à Benozzo Gozzoli la couleur qu'il avait étendue sur les éperons des Rois mages, sur les broderies de leurs vêtements, sur les housses, les brides, les caparaçons de leurs chevaux. La brillance ne s'était pas altérée avec le temps, gage de réussite pour mon dessein.

Je mis au fond d'un seau la dose de mixture qui aurait suffi à dorer en entier l'équipement de Gaspard, puis le remplis d'eau claire tirée du puits de nos voisins. Ayant plongé la tête jusqu'au ras des sourcils dans la préparation, je l'y maintins en comptant jusqu'à vingt, le temps prescrit pour la teinture. Quand je me relevai, j'étais blond ! Ma mère, d'abord surprise de voir son fils transformé en séraphin, battit des mains de plaisir et courut prévenir son mari.

— Nous ne nous sommes pas trompés, en le faisant baptiser Agnolo, car la prévision s'est réalisée, il est maintenant de la couleur des anges.

Mon père montra moins d'enthousiasme. Occupé à dépecer un mouton, il grommela que je ferais mieux de garder les pieds sur terre au lieu de me tournebouler la caboche, mais, comme il venait de livrer une moitié de bœuf au palais Médicis et en avait profité pour regarder de nouveau les peintures de Benozzo Gozzoli, avec plus d'ébahissement encore et d'admiration que la première fois, il se radoucit et finit par me féliciter. Chef de la section locale des *popolani*, il n'était pas mécontent de prouver que l'or, s'il appartient aux princes, ne messied pas au peuple.

Mon initiative reçut un tout autre accueil de la part de Jacopo. J'étais revenu en courant à son atelier, fier de lui montrer par quel ingénieux moyen j'avais réduit la distance entre le garçon qu'il avait peint dans sa fresque et celui qui lui avait servi de modèle. Il ne m'eut pas plus tôt aperçu qu'il blêmit puis m'entraîna sous la pompe à eau et frotta mes cheveux à fond, jusqu'à ce que la dernière trace d'or eût disparu. À peine eut-il fini qu'il fondit en larmes.

— Je ne vous plaisais pas en blond, mon seigneur et maître ?

Les sanglots l'empêchaient de parler. Mona Clorinda, occupée au ménage dans l'atelier, prit une carafe d'eau à la pompe et la lui jeta au visage.

— Le blond n'est-il pas la couleur idéale ? Celle qui *ressortit à l'utopie* ? N'est-ce pas votre conviction aussi ? Et les plus grands peintres ne l'ont-ils pas également partagée ? Le saint Jean de Masaccio, la Vénus de Botticelli, les anges de Raphaël, tous sont blonds, vous me l'avez dit cent fois. J'ai pensé que, si vous consentiez à me reprendre comme modèle, il vous serait agréable d'en avoir un plus conforme à votre goût.

— L'enfant devait être blond sur la fresque, mais il ne doit pas l'être dans la vie ! Pas dans la vie ! Je voulais ressusciter Berto, mais sans perdre celui qui l'a remplacé !

— Excusez-moi, mon seigneur et maître, vos paroles sont aussi mystérieuses qu'une de ces paraboles que Fra Macario m'explique dans les Saintes Écritures. En quoi puis-je être mêlé à une histoire de perte et de résurrection ?

À ces mots, prononcés sans aucune intention de l'offenser, il se remit à pleurer.

— Ce n'est pas ta faute, très cher Agnolo, mais, par cette remarque d'une cruauté involontaire, tu as ravivé en moi la douleur d'un des épisodes les plus affreux de ma vie.

Je ne lui posai aucune question. C'est de lui-même qu'il me raconta ce qui suit.

— Tu sais que le fils de Laurent le Magnifique fut élu pape. À peine connue la nouvelle, Florence prépara de grandes fêtes pour accueillir son concitoyen. Chargé de décorer le char allégorique dédié à l'Âge d'or, j'avais repéré un très bel enfant chez mon boulanger. J'allai trouver celui-ci et lui dis : « Prête-moi ton garçon que je veux déguiser et placer au sommet d'un char qui parcourra les rues de la ville à la gloire de notre nouveau pape Léon X. » Et lui, de m'objecter : « Il n'a que treize ans, et je crains qu'il ne sache se tenir sur un char qui parcourra la ville à la gloire de notre nouveau pape Léon X. » « Treize ans, répondis-je, c'est ce qu'il me faut. Tu n'as pas idée comme il te fera honneur. » Je mis dix couronnes dans la main du boulanger et il me céda le garçon. Pendant que nous construisions le char et qu'il m'aidait de ses bras déjà robustes à serrer les écrous, je me pris de tant d'affection pour lui, que je voulus qu'il surpassât les figurants de tous les autres chars. Ah ! très cher Agnolo, je crains de ne pouvoir arriver au bout de mon récit, tant le remords m'étouffe. Je suis le seul responsable de ce qui est arrivé.

Il but un peu d'eau fraîche.

— Le jeune Berto – il s'appelait Berto – était d'une grâce incomparable. Dans ma sotte inconscience je crus bien faire en enduisant son corps d'une substance analogue à celle dont tu as imprégné tes cheveux. Victime de mon adulation coupable, il se retrouva doré des pieds jusqu'à la tête. Non seulement ses cheveux et son visage, mais son torse nu, ses bras, ses jambes resplendirent sous l'or dont je les avais recouverts. Pendant le défilé il capta tous les regards, comme l'aimant attire le métal par une action magnétique. Droit comme une idole, sans s'appuyer à la barre de protection, il n'était que lumière et éclat. Mêlé à la longue procession partie de Santa Maria Novella, résidence des papes à Florence, je ne le quittai pas des yeux. Quand je le vis chanceler et se rattraper à la barre, j'attribuai à la fatigue de cette journée excessivement longue un malaise inexplicable pour un garçon d'une telle vigueur, qui avait à lui seul fixé les roues du char aux essieux. Il eût été encore temps de le secourir, comme je viens de te sauver par une friction énergique. Mais nous avions à peine dépassé Orsanmichele, et les quartiers d'Oltrarno restaient à parcourir. Déjà les habitants de Santo Spirito et de San Frediano avaient envoyé des députations pour nous presser de traverser le fleuve. Berto, qui semblait exténué, tomba une première fois devant le palais Pitti, où une foule immense attendait le cortège. Plus loin, devant Santa Maria del Carmine, il s'évanouit. Le lendemain, dans la boulangerie de son père où je l'avais transporté moi-même, il mourait, intoxiqué par le fatal enduit dont je ne me consolerai jamais d'avoir badigeonné son corps.

En proie à une sauvage douleur, il s'arrachait les cheveux et se griffait au visage. « Oh ! Mon pauvre petit… » balbutiait-il entre deux convulsions. Me confondant avec ce Berto, il se colla à moi par une étreinte désespérée, dont la violence et le mouvement passionné épuisèrent le reste de ses forces. Il tomba sur le plancher, s'affaissa, ne bougea plus. Si Fra Macario ne m'avait averti des bizarreries de son caractère, je me serais enfui terrorisé. Mona Clorinda et tous les apprentis s'étaient sauvés aux premiers symptômes de la crise. Je m'accroupis sur le plancher et lui soutins la tête, comprenant que c'était le soulager que de lui permettre de répéter, entre deux râles, ces paroles insensées :

— Oh ! Mon pauvre petit, je t'ai tué… Pardonne-moi… Tu étais si beau, et je t'ai tué… Va-t'en, Agnolo, va-t'en… ! Je l'avais peint tout en or, là exactement où tu te trouves, et il avait treize ans comme toi [*J'en avais quatorze, précise Bronzino*], et il resplendissait comme un lever de soleil au-dessus de la foule extasiée… Écarte-toi de moi… Va-t'en… !

De temps en temps il levait un bras, m'agrippait au poignet et par un geste qui contredisait ses paroles semblait vouloir m'attirer à lui. Je ne le quittai que lorsqu'il fut tombé à nouveau, sans connaissance.

4

Efforts de Jacopo pour me garder comme modèle

L'année suivante, Jacopo fut de ceux appelés à décorer la chambre nuptiale qu'un riche bourgeois de Florence, du nom de Salvio Borgherini, commerçant parmi les plus prospères de Toscane, destinait à son fils Pier Francesco, dans leur palais du très central et recherché Borgo Santissimi Apostoli. Sa fortune reposait sur d'immenses vignobles dans le Chianti, et le palais, orné sur trois étages de bossages en diamant, donnait une première mesure de leur étendue, de leur fertilité, de leur *rendement*. Le sujet imposé aux peintres – les aventures légendaires de Joseph et de ses frères – présentait à l'esprit de cet homme soucieux de « la gloire de sa famille » plusieurs épisodes propres à la rehausser par des rapprochements rien moins que hasardeux. Un incident surtout, à mettre en rapport avec « l'honneur en péril » des siens et de son négoce, comme il nous le dit d'un ton solennel mais sans préciser en quoi consistait la menace, l'avait décidé à choisir ce personnage biblique. La chambre devait être prête pour le jour du mariage, fixé au début du mois qui précède Pâques. Une douzaine de tableaux en orneraient les murs, tout autour du lit conjugal : tâche trop considérable pour qu'un seul peintre pût y suffire dans un délai aussi bref.

À peine pressenti, Jacopo relut la Genèse pour se pénétrer des aventures de Joseph. Comme elles sont un peu compliquées, il alla demander conseil à Fra Macario.

Au moment de partir pour la Santissima Annunziata où le frère nous attendait :

— Viens avec moi, m'ordonna-t-il, et ouvre tes oreilles à ce qu'il va nous dire.

Son intention était non seulement de m'associer à son travail pour me perfectionner dans le métier de la peinture, mais de me faire poser dans l'une ou l'autre des scènes qu'il aurait à peindre.

— Et celui que je peins doit connaître à fond l'histoire du personnage qu'il incarne, ajouta-t-il avec une insistance bizarre.

Ici je suis forcé d'abréger le récit trouvé dans le volume du seizième siècle, car Bronzino, fasciné par celui que la Genèse décrit « beau de tournure comme de visage », s'étend sur les tribulations de Joseph avec une prolixité que nous ne tolérons que lorsque Thomas Mann les raconte dans les quatre volumes de son beau roman. Que nous importe que le jeune garçon, jalousé par ses frères aînés à cause de la préférence que lui accordait leur père Jacob, ait été précipité par eux au fond d'un puits et ensuite vendu à des Ismaélites dont la caravane traversait le désert, enfin revendu en Égypte au majordome du Pharaon ? Mais quand nous apprenons que ce majordome s'appelait Putiphar, nous sursautons et notre intérêt soudain avivé s'excite sur ce nom fameux. Putiphar ! Qui aurait oublié la scène où son épouse Rébecca, conquise par la beauté de Joseph, un jour où ils étaient seuls à la maison, le saisit par l'habit et l'emmena dans sa chambre ? « Couche avec moi », lui ordonna-t-elle sans détour. Joseph s'enfuit en laissant un pan de son vêtement entre les mains de la débauchée.

Les autres histoires de Joseph importaient peu au vieux Salvio. Elles ne serviraient qu'à garnir les murs. Un seul de ses exploits lui tenait à cœur : la résistance à la tentation. Les avances immorales de Rébecca et la fuite sans ambages de Joseph rappelleraient chaque jour à sa belle-fille les devoirs d'une épouse fidèle et la honte qui retombe sur la femme adultère. Pour un tableau de cette importance, le vieux Salvio réclama un peintre affermi. Jacopo, trop jeune, évincé d'emblée, ne s'avoua pas vaincu. Je n'ai compris que plus tard pourquoi il s'obstinait à vouloir peindre cette scène : il m'aurait pris, quitte à me vieillir un peu, pour modèle de Joseph. Parmi toutes ses autres bizarreries, celle-ci n'était pas la moindre : il accordait une confiance illimitée dans le pouvoir magique de l'art. En l'occurrence, il pensait que celui qui aurait éconduit *dans un tableau* une femme impudique réfléchirait avant de céder *dans la vie* aux avances d'un sexe aussi peu digne de foi.

Les discussions entre Jacopo et le propriétaire des vignes furent longues et ardues. L'opiniâtreté était égale de part et d'autre. Le vieux Salvio, pour donner plus d'éclat à cette apologie de la chasteté, exigeait un « nom », une « signature ». Il pensait faire appel à rien de moins que Fra Bartolomeo ; sinon, à Andrea del Sarto ; ou à Perugino, bien que celui-ci ne fût pas florentin. Jacopo tenait bon. Il eut l'imprudence de dire qu'il m'aurait choisi comme modèle pour Joseph. Le vieux Salvio, qui commençait à céder, se reprit.

— Joseph avait alors au moins vingt-cinq ans. Tu ne peux confier le rôle d'un adulte à un garçon qui vient d'en avoir quatorze. Un mineur qui sera encore impubère !

Jacopo invoqua tous les passages de la Bible où les inconséquences d'une chronologie fantaisiste n'embarrassent pas les lecteurs.

— Seigneur Salvio, on apprend que Jacob atteignit cent trente ans avant d'expirer et de se réunir à ses aïeux. Joseph vécut jusqu'à cent dix ans. Abraham est crédité de trois cents ans. Il en avait cent et sa femme Sarah quatre-vingt-dix quand leur fils Isaac leur naquit.

— Là n'est pas la question. Non seulement j'ai choisi pour la chambre nuptiale de mon fils les aventures de Joseph, mais je veux que sur le mur qui fait face au lit conjugal s'étale précisément la scène où le jeune homme fait preuve de sa fermeté. Je veux cet emplacement pour deux raisons. Je t'ai dit la première : ma belle-fille aura sous les yeux, pour s'exhorter à la continence, la honte qui s'attache à l'épouse adultère. Voici la seconde : son mari Pier Francesco, sujet à d'étranges écarts, [« *Quel mystère est-ce là ? » se demanda Jacopo*], n'aura pas moins de profit à méditer sur ce spectacle. La réaction indignée de Joseph, son horreur du péché lui montreront comment un honnête homme résiste aux tentations quelles qu'elles soient.

— Fort bien, mais je ne vois pas pourquoi Agnolo ne serait pas tout indiqué pour incarner la vertu intraitable.

— L'âge ! L'âge !

— Agnolo sait prendre la pose qu'on lui indique.

— Il aurait sept ans de plus, que je ne trouverais rien à redire.

— Je vous comprends de moins en moins, seigneur Salvio.

— Dieu merci, s'écria le vieillard, le scandale n'est donc pas si public que je pouvais le craindre !

— Quel scandale ?

— Bonté divine, tu dois être le seul à ignorer quelque chose qui m'accable et grève des années et des années d'efforts. Moi qui voulais faire de ma maison une des entreprises les plus respectées de Florence !

Jacopo répéta qu'il n'entendait goutte à ces allusions.

— Hélas, reprit le vieux Salvio, ce n'est plus un secret que pour toi. Pier Francesco a été surpris une nuit sur les berges de l'Arno en commerce avec un gamin de quinze ans qui sortait de l'atelier de Sodoma. La rumeur qui lèche les murs de notre maison et en sape les fondements n'a-t-elle pas frappé ton oreille ? Maintes affaires semblables sont remontées au jour. Vingt fois mon fils s'est compromis avec des imberbes. Les magistrats ont assez de preuves pour instruire le procès qu'ils comptent ouvrir avant les prochaines Pâques.

— Avant les prochaines Pâques ? dit Jacopo, qui avait blêmi à cause des applications qu'il faisait des sévères lois de Florence à lui-même. Voilà pourquoi, reprit-il avec effort, vous avez avancé la date du mariage du seigneur Pier Francesco avec la belle et puissante madonna Margherita Acciaioli.

— Nous éteignons ainsi les soupçons des Acciaioli, intransigeants sur ce point, et obtenons des magistrats un non-lieu. Garde-toi donc d'offrir à la vue de mon imprudent fils qui le contemplerait au moment de se coucher et au moment de se lever, sur le mur en face de son lit, un garçon dont l'âge le rejetterait dans de nouvelles folies dont il devrait fatalement rendre compte à la justice, pour la ruine définitive et de sa réputation et de la mienne. Sois le bon pasteur qui ramène la brebis égarée au troupeau. Arrache-la, selon la parole d'Ézéchiel, de tous les lieux où elle s'est fourvoyée, dans les nuées et les ténèbres.

Fra Bartolomeo étant mort subitement, et Perugino retourné dans son Ombrie natale, Andrea del Sarto fut le peintre choisi pour cette tâche. Jacopo dut se contenter des épisodes du puits et de la caravane.

5

Jacopo réussit à faire mon portrait

Il n'en avait pas fini avec les déconvenues. Pourtant, la dernière histoire de Joseph lui offrait une occasion de me peindre qui paraissait cette fois indiscutable. Joseph, devenu père, conduit ses deux fils, Éphraïm et Manassé, pour les faire bénir par le vieux Jacob, son père, dans la tente où le patriarche agonise, après qu'il a vu en songe une échelle mystérieuse, apportée par les anges, dressée de la terre au ciel. Joseph a donc ici entre trente et quarante ans, et ses deux fils, de douze à quatorze. Le vieux Salvio, qui avait deviné l'intention de Jacopo, donna son consentement, mais sous condition.

— Je t'autorise à prendre Agnolo pour modèle d'un des jeunes garçons ou même des deux si tu veux, pourvu que tu l'habilles d'une robe qui le couvre du cou aux genoux, cache de lui ce qui doit rester caché, enfin l'enveloppe avec non moins de bienséance et d'honnêteté qu'une draperie s'enroule autour d'un homme fait. Les fils de Joseph ne sauraient se rendre que dans une tenue très stricte auprès du lit de mort de leur grand-père. L'instant est suprême, la visite solennelle, l'avenir de l'humanité en jeu. De ces deux enfants, bénis par Jacob veuf de Rachel, ne sortiront pas moins que les deux demi-tribus d'Israël. Veille à ne les montrer que pénétrés d'une gravité au-dessus de leur âge et vêtus en conséquence.

Cette insistance sur « l'honnêteté » du vêtement, cette recommandation, pesamment allusive, de ne laisser découvertes ni ma poitrine ni mes cuisses, parurent injurieuses à Jacopo. Il ne savait pas que ses goûts étaient connus à Florence aussi fâcheusement. À quel point la malveillance et la délation étaient prêtes à fondre sur lui, il n'en avait qu'un vague soupçon. Outré de colère, il me prit par la main et courut se plaindre auprès d'un camarade peintre de son âge, qui se faisait appeler, bien qu'il ne fût pas roux, « Rosso Fiorentino ». Un tel surnom, choisi volontairement, l'entraînerait plus tard, comme nous le verrons, à de funestes excès. Pour l'heure, c'était un compagnon plein d'humour, à l'esprit vif et mordant. Ils s'étaient connus pendant leur bref passage dans l'atelier d'Andrea del Sarto.

— Mon cher Rosso, le métier devient impossible, si ce que nous avons à cœur ne peut être exprimé. J'ai renoncé à mettre Agnolo dans mon tableau, car j'aurais dû l'entortiller dans les plis d'une robe et en faire un adulte déjà esclave des règlements.

— Est-ce si grave ? Calme-toi.

— Me calmer ? *Un corno* ! On m'a ordonné d'observer les « convenances », *même pour des enfants.*

— Cela t'apprendra à travailler pour des bourgeois. Je ne suis pas étonné que le sieur Borgherini t'ait parlé ainsi. Quand il vous invite à dîner, c'est un homme à vous dire devant chaque plat ce qu'il coûte. Il t'assomme avec le nom de ses vins et le compte des tonneaux qu'il réussit à vendre chaque année.

— Tu sais combien j'admire *L'Assomption de la Vierge* que tu as peinte dans le cloître de la Santissima Annunziata, à côté de ma *Visitation*. C'est une peinture de premier ordre qui t'a valu de justes éloges. Mais reconnais qu'elle aurait surpassé en beauté tout ce qui se fait aujourd'hui à Florence si tu n'avais pas été obligé de noyer tes figures dans des flots d'étoffes qui ne laissent même pas deviner où s'attachent leurs membres.

— Peut-être, dit Rosso.

Il ne partageait pas la folie de Jacopo, mais ne voulait pas contredire son ami.

— Nos tableaux, tu as raison, ont l'air de réclames pour les marchands de tissu. Je déteste la couleur verte. C'est le drapier Agostino Benintendi, ami intime du vieux Salvio, qui m'a imposé de mettre en vert le personnage central. Ayant acquis je ne sais combien d'aunes de drap épinard, il avait besoin, pour écouler son stock, d'une bonne publicité.

La discussion dura un long moment, de plus en plus obscure pour le jeune Bronzino. Il dit qu'il ne peut la rapporter en entier car elle dépassait de loin son entendement. Il ne comprit que des années plus tard une phrase prononcée par Jacopo (mais qui le frappa tellement qu'il s'en souvenait mot pour mot malgré sa complication) : « Ne sera-t-il plus possible de nous donner le plaisir de nous montrer différents de ce que l'opinion voudrait nous obliger à être ? »

Jacopo finit par accepter, à contrecœur, le compromis imaginé par Rosso et approuvé par le vieux Salvio. Je figurerais dans le tableau mais comme un simple témoin. Je serais l'écolier qui rentre tout harnaché du collège et se trouve assister par hasard à l'agonie de Jacob. Assis sur une marche du trottoir, j'interroge un autre écolier : qui est ce patriarche qui impose ses mains tremblantes sur la tête de deux jeunes garçons de notre âge ?

Cet enfant recroquevillé au premier plan, en bas et au milieu du tableau, dans un costume qui ne le flatte pas, c'est moi. De dépit, Jacopo m'a attifé de la façon la plus disgracieuse possible. Je suis coiffé d'un bonnet qui empêche de voir mes cheveux à part une mèche de chaque côté. Le bonnet est presque noir, la robe dont je suis habillé brune, commune et sans grâce. Je serre d'une main contre moi le pan de mon vêtement comme si je m'excusais d'exister, et de l'autre je m'agrippe à une sacoche qui pend de mon épaule. L'accoutrement est informe, la pose contrainte. Je montre un visage pâle, tendu, anxieux, où je lis aujourd'hui tout ce qui devait s'agiter dans mon cœur : la surprise d'avoir eu à m'emmitoufler avec tant de soin, sans laisser paraître le plus petit morceau de peau, devant celui qui aimait à me peindre nu, la crainte d'avoir déplu soudain à Jacopo. Ainsi fagoté, j'avais l'air d'un épouvantail. Consulter le bon et sage Fra Macario ? Je n'aurais osé aborder un tel sujet avec lui. Je sentais d'instinct qu'avec un religieux on ne peut pas tout dire. « Ne pose pas de ces questions à un humble moine. » J'avais déjà eu cette réponse. Si on le compare à l'enfant éveillé et fripon de *La Visitation*, ce portrait de moi qu'a fait Jacopo quelque temps après est le portrait d'une solitude et d'une angoisse.

Le soir du jour où il eut terminé et remis au vieux Salvio le tableau, Jacopo me retint dans son atelier.

— Il est trop tard pour rentrer chez toi.

Traverser à cette heure la ville endormie m'exposerait à de mauvaises rencontres. Il avait loué avec l'argent de la commande une maisonnette via Laura, non loin de la Santissima Annunziata, église à laquelle il restait attaché. On n'accédait au dernier étage, où il avait installé son atelier, que par une échelle et une trappe.

— Buvons un peu de ce vin, me dit-il, après avoir retiré l'échelle, refermé la trappe derrière nous et vérifié que son serviteur était reparti.

Il avait remplacé la vieille mona Clorinda, sous prétexte qu'elle mettait dans les pâtes trop d'huile et pas assez de sel, par un Bastiano, d'une vingtaine d'années.

Il se déshabilla dans un coin et revêtit une robe de chambre en éponge pourpre dont il noua, d'une main si lâche que le peignoir, intentionnellement ou non, bâillait à chaque mouvement, la cordelière tressée de fils d'or.

— Le seigneur Borgherini m'a cédé à moitié prix deux douzaines de bouteilles en provenance de ses meilleurs vignobles.

— Je ne bois pas de vin, excusez-moi.

— *Un corno* ! Nous devons fêter l'achèvement des travaux.

— Mon père m'a fait promettre de ne pas toucher au vin avant l'âge de dix-huit ans.

— Ton père est sage et je le tiens en haute estime, mais il changera d'avis lorsqu'il saura que son fils a paru assez mûr pour figurer dans la chambre nuptiale qui unira dans leur descendance le sort des deux puissantes familles Borgherini et Acciaioli. J'ai accompli scrupuleusement les consignes du seigneur Salvio. Tu as remarqué qu'autour de toi et un peu partout dans le tableau j'ai disposé beaucoup de marmots dans la foule, afin que le seigneur Pier Francesco, selon le vœu de son père qui craint que l'affaire de l'Arno ne mette en fuite la clientèle, honore abondamment son épouse sans lésiner sur la procréation. Tu as noté aussi que je t'ai mis au premier plan, afin de te désigner, devant tout Florence, comme mon élève préféré et mon disciple chéri.

— J'ai juré à mon père de rester abstème.

— Abstème ! Fra Macario t'aura appris ce mot, dont le sens est aussi navrant que la sonorité charmante. Soit, dit-il en rebouchant la bouteille. Mais cette défense ne concerne que le vin. Nous allons boire de cette liqueur.

Et, comme j'hésitais, plein de répugnance, à tremper mes lèvres dans le verre qu'il m'avait rempli à ras bord, il le vida sur un gros baba qu'il me força à avaler, pendant qu'il dévorait une quantité invraisemblable de morceaux de lard roulés dans de la poudre de gingembre. La tête me tourna, je crus que j'allais tomber.

— Mets-toi là, petit. Voudrais-tu me reprocher un jour de t'avoir refusé ce que Léonard eut en cadeau de son maître Verrocchio, Michel-Ange de son maître Ghirlandaio, Raphaël de son maître Perugino ?

Je me souviens maintenant que l'événement eut lieu cette nuit-là. Bien qu'à moitié ivre, j'avais compris d'emblée où il voulait en venir. J'éprouvais un peu de frayeur, oui, mais moins que de fierté à recevoir l'adoubement dont tous mes camarades n'étaient pas jugés dignes. Jacopo m'indiqua la position qui me ferait le moins souffrir.

— Ne crie pas, petit. Emploie ton souffle à respirer profondément.

6

Voyage à Venise

Quelque temps après, Jacopo m'emmena à Venise, par Forlì, Ravenne et Chioggia, la seule route un peu sûre. Du Milanais au royaume de Naples, Français et Espagnols se faisaient la guerre. La péninsule fourmillait de mercenaires suisses, de lansquenets allemands, de reîtres à la solde qui de François Ier, qui de Charles Quint. Partout des embuscades, des fusillades, des attaques à main armée. La Toscane n'était pas à l'abri. À dix lieues de Florence, c'était déjà l'aventure. La violence n'épargnait pas les civils. Venise, restée à l'écart des convoitises étrangères, vivait en paix.

Pour le maître-autel de l'église Santa Maria Gloriosa dei Frari, Titien venait d'achever, après deux ans de travail, une grande *Assomption de la Vierge*. L'inauguration solennelle aurait lieu le 20 mars. Nous partîmes deux jours avant. Des esprits mal tournés ricanèrent en apprenant que Jacopo offrait à son apprenti un voyage coûteux. Il n'eut cure de ces médisances.

— Jamais Titien, disait-il, n'a reçu de commande aussi importante ; l'événement dépasse les frontières de Venise ; et tout peintre digne de ce nom se doit d'y assister et d'y faire assister son élève.

Je remarquai cependant qu'il avait retenu nos places dans la première voiture du matin, celle qui part avant l'aube. Il ne prit congé de personne, comme s'il voulait couper court à de nouvelles insinuations. Les chevaux s'élancèrent quand les vapeurs de la nuit flottaient encore sur l'Arno. Les premières lueurs de l'aurore nous rejoignirent de l'autre côté des Apennins. Il m'eût enlevé, que notre départ n'eût pas été entouré de plus de précautions et de mystère.

À quinze ans, inexpérimenté comme j'étais, je ne sus ni apprécier à sa juste valeur la toile de Titien, ni deviner l'ironie sous l'enthousiasme affiché par Jacopo. « Quel superbe tableau ! Quel chef-d'œuvre ! » s'exclama-t-il en sortant de l'église des Frari, où nous nous étions mêlés à une foule considérable.

Le doge entouré des membres du Grand Conseil et des principaux dignitaires présidait à la cérémonie. La magnificence et l'éclat des costumes éclipsèrent à mes yeux la beauté du tableau.

Jacopo retourna chaque jour aux Frari. Nous logions chez un cousin de Salvio Borgherini prénommé Tommaso et titulaire, avec son frère Attilio, d'un comptoir de soieries sur les Zattere. Cet aimable commerçant, habitué aux usages vénitiens, nous avait proposé deux chambres séparées, deux chambres sur cour.

— Préférez-vous la vue sur le canal ? Mais de ce côté je n'ai à vous offrir qu'une seule chambre avec un grand lit.

Je mourais d'envie de cette chambre et de ce grand lit, moins à cause du va-et-vient des embarcations sous la fenêtre, que parce que j'espérais transformer en habitude ce qui n'avait eu lieu qu'une seule nuit.

— Les deux chambres, avait dit sèchement Jacopo.

Pendant qu'il étudiait et copiait *L'Assomption*, je flânais dans les églises et poussais la porte de ceux des ateliers pour lesquels j'avais des lettres de recommandation. Je fus frappé, moins par la manière et le coloris des Vénitiens – comme je l'aurais été quelques années après, plus intéressé par les questions techniques et les problèmes formels de la peinture – que par le choix de leurs sujets. Leurs modèles sont presque tous féminins. Sous le prétexte de faire des Vénus, des Danaé, des Flore, des « Suzanne au bain », des nymphes, ou sans prétexte, ils ne font poser que des femmes. En outre, ils ne craignent pas de les montrer toutes nues et de face. Très peu d'hommes, et jamais d'hommes nus. Je vis même dans un tableau champêtre deux jeunes gens habillés de pied en cap et assis dans un pré, qui jouent du luth pour deux femmes complètement dévêtues. J'étais d'autant plus étonné que les Florentins font l'inverse. Non seulement ils privilégient les modèles masculins, mais, à rebours de ce qui a lieu à Venise, ils habillent les femmes et déshabillent les hommes. Cette différence entre le goût des deux villes fut pour moi d'une grande instruction. Je notai aussi que ces femmes nues des Vénitiens apparaissent le plus souvent couchées, au milieu de paysages verdoyants, et qu'elles sont toujours épaisses, voire grasses, à l'unisson avec la luxuriance du décor végétal. Le foisonnement des herbes où elles gisent indolentes correspond à l'abondance et à la mollesse de leurs chairs. À commencer par le *David* de Donatello, l'homme à Florence n'est montré que debout, en position verticale, élancé, bien pris. L'homme nu, vertical, mince et agile des Florentins porte un défi à la femme nue, couchée, affaissée et replète des Vénitiens.

Il n'y a de mince, chez ceux-ci, de net, de vif et d'un dessin enlevé, que leurs gondoles.

Je me faisais ces réflexions dont mon jeune âge excusera la simplicité, en attendant de retrouver Jacopo. Il ne tarissait pas d'éloges sur le tableau des Frari, mais ces éloges ressemblaient de plus en plus à un dénigrement. Avant de regagner chacun notre petite chambre, nous restions ensemble dans le salon à converser avec notre hôte, qui, fort dévot et porté sur une piété active, avait participé avec son frère au financement de *L'Assomption*. Jacopo voulait rester poli mais sa mimique le trahissait. Il tirait sur ses doigts pour en faire craquer les jointures, ses lèvres se pinçaient, il se mouchait sans raison, enfin, par dix autres signes de malaise, avait l'air de rejeter ce qu'il venait de porter aux nues.

— Rien à dire, répétait-il, vous avez raison de l'admirer et d'en être fiers, tout est splendide dans cette peinture, la noblesse des visages, la plénitude et la santé des corps, la perfection physique dont ils rayonnent, le mouvement qui les soulève, l'amplitude et la solennité des gestes.

Tommaso se rengorgeait, j'étais seul à noter un fléchissement dans la voix de Jacopo. « Noblesse », « amplitude », « santé » lui écorchaient la bouche.

— Nous sommes comme aspirés par ce large souffle lyrique. Ce n'est pas seulement le miraculeux enlèvement de la Vierge, c'est l'apogée du beau idéal. À la suite des apôtres, nous suivons des yeux l'essor de Marie dans le ciel, nous tendons les bras vers cette figure *épanouie*, nous aspirons à nous fondre dans cette assomption *radieuse* qui nous entraîne à monter toujours plus haut. Rien ici ne rappelle le sombre mysticisme qui met tant d'austérité dans le goût allemand. On sent que le souvenir des temps heureux du premier christianisme s'est glissé dans le sentiment religieux du peintre. Son tableau reflète la belle humeur dont rayonnaient les néophytes.

L'accent démentait les paroles. Je commençais à deviner Jacopo. La vision équilibrée, robuste, optimiste des Vénitiens, leur manière de peindre des visages invariablement sereins, invariablement lumineux, non seulement lui étaient étrangères, mais encore lui répugnaient. « Épanouissement » : il avait en horreur aussi bien la notion que le mot. « Belle humeur » : il ne pouvait la souffrir pour lui-même, préférant de loin l'atrabile. Sans doute, résolu d'avance à suivre sa propre voie, n'était-il venu à Venise que pour vérifier ce qu'il savait déjà. Vierges ou Vénus, Assomptions ou parties de campagne, Saintes Familles ou bergeries, peintes par Giorgione, Titien, Véronèse ou Palma, toutes ces femmes, toutes ces scènes se ressemblent par l'arrondi du dessin, l'accord des couleurs entre elles, la correction des enchaînements, la cohérence harmonieuse des parties. L'art trop abondant, trop riche, étalé avec trop de confiance, l'art uni comme un tapis de gazon, cette totalité heureuse dont rien ne vient rompre la plénitude, cette opulence qui comble l'œil et ravit l'âme, voilà qui était si loin du caractère et des convictions de Jacopo, qu'il avait voulu s'en rassasier – s'en rassasier jusqu'à la nausée, pour trouver dans son dégoût un encouragement à rompre avec ce modèle.

— Ces Vénitiens, me dit-il pendant le voyage de retour, vivent repliés dans leur cocon, sans se rendre compte du danger qui menace leur petit confort et sape les fondements de leur civilisation plus que les boues remuées par la mer ne minent les pilotis de leurs palais. Tommaso et son frère Attilio croient que cet équilibre entre Dieu et l'homme, ce « miracle », comme ils disent, dont s'enorgueillit notre siècle, leur permettront de vendre de plus en plus de soieries. Comme les guerres d'Italie ne les affectent pas de façon directe, ils se bouchent les yeux sur les bouleversements qui ravagent notre sol. Notre pays est en train de basculer dans l'inconnu, Agnolo. Placés comme nous sommes aux avant-postes, sur la route de Rome à Milan, nous suivons, nous, avec épouvante les mouvements des armées. On ne tardera pas à faire le siège de nos places. Avons-nous le droit d'ignorer plus longtemps ce qui en découlera pour ce fameux *humanisme* dont on nous rebat les oreilles ? Tout sera bientôt à feu et à sang.

« Bouleversements qui ravagent notre sol », « siège de nos places » : voilà un langage qui surprend, dans la bouche de Pontormo. Il ne s'intéressait pas du tout à la politique ni aux opérations militaires, le fait est avéré. Ce qu'il adviendrait de « notre pays » le laissait indifférent. A-t-il jamais pris parti pour les Français ou pour les Espagnols ? Quand il déplore devant Bronzino

leur rivalité, c'est qu'il a besoin, paradoxalement, de se rassurer. Il est moins pénible pour un homme en proie au doute et à l'anxiété de les expliquer par des circonstances extérieures que par sa propre névrose. Une cause extérieure, vérifiable, est comme un étai sur lequel on s'appuie. Les débuts – presque imperceptibles – de ses troubles mentaux, les premiers signes – encore très légers – de déséquilibre, il devait déjà en avoir peur. Sans doute pensait-il y remédier en les attribuant aux événements historiques qui secouaient l'Italie. Les malheurs publics lui fournissaient une raison objective *de se sentir angoissé.*

7

Étonnante conséquence du voyage à Venise

À peine rentré à Florence, il chercha le moyen de contrebalancer *L'Assomption* de Venise. Le peintre et l'homme étaient également blessés : le peintre par l'aisance souveraine de Titien, l'homme parce que faire preuve comme Titien d'autant de santé mentale et de confiance dans la vie ne peut qu'offenser une nature mélancolique. Une vision noire et désabusée du monde avait toujours manqué à Florence. Aussi, impatient de montrer qu'une peinture qui déplaît n'est pas forcément de qualité inférieure, Jacopo accepta-t-il la commande de messire Francesco Pucci. Inconsolable de la mort prématurée de son fils, cet auditeur des comptes désirait placer un tableau dans la chapelle funéraire qu'il venait d'acquérir dans l'église de la via dei Servi. Le contrat fut signé le 9 juin. Jacopo se mit au travail le jour même, décidé à terminer cette *Sacra Conversazione* (Vierge, Enfant et saints) avant le terme de l'année, afin, fit-il savoir par des déclarations publiques, qu'on ne se souvînt pas du millésime 1518 seulement pour le chef-d'œuvre des Frari. Le désir de ne pas laisser la suprématie à Venise fut jugé une cause plausible de sa précipitation, dont le vrai motif ne m'avait pas échappé.

Il se mit au travail au dernier étage de sa maison, entouré de tant de précautions et si jaloux de son nouvel ouvrage qu'il ne voulut même pas recevoir dans son atelier celui qu'il appelait son « élève préféré », son « disciple chéri ». Seul Bastiano était admis à lui monter de la nourriture. Le tableau fut achevé en quelques semaines. Il fallut le descendre par la fenêtre pour l'emporter jusqu'à l'église. Sous forme de pyramide, autour de la Vierge et de l'Enfant, Jacopo avait entassé une demi-douzaine de saints et un couple de *putti.* De cette assemblée, réunie pour fêter dans l'allégresse la venue du Christ, émane un relent méphitique qui oppresse. Les corps, plus que maigres, sont malingres, émaciés. Comme embarrassés d'eux-mêmes, ils prennent des poses si contrefaites et alambiquées, qu'on dirait qu'ils s'infligent d'affreuses contorsions. Et les visages, surtout ! creusés, rongés par l'angoisse (l'angoisse de Jacopo), lunatiques. Et les yeux ! enfoncés dans les orbites et cernés d'une épaisse, pesante ombre noire, ronds, écarquillés et béants comme les orifices d'un puits. Quel malaise chez tous ces personnages ! Entendent-ils hurler le loup-garou, pour avoir l'air si égarés ?

Que Jacopo ait voulu donner un coup de pied dans les convenances, défier la religion du beau idéal, jeter aux orties tout ce qui faisait la gloire de la peinture italienne, non seulement à Venise mais aussi à Florence, à Rome, ce n'était que trop évident. Allez à San Michele Visdomini, cette église de la via dei Servi. La virtuosité sans défaut de Titien, l'élégance de Botticelli, la sérénité de Raphaël, Jacopo les avait tournées en dérision. À la place de ces manières aisées et gracieuses, rien que des lignes instables, des contours flous, des figures grimaçantes. Leurs sourires dégénèrent en sous-entendus ambigus. Saint Joseph et saint Jean l'Évangéliste, affalés, décrépits, l'œil vide, donnent un piètre exemple pour des canonisés. Saint François penche la tête et minaude avec une afféterie indigne d'un esprit illuminé par Dieu. La Vierge Marie au regard exorbité a l'air d'une de ces folles qui surgissent dans les cauchemars. Les enfants eux-mêmes paraissent désorientés et contraints. Aucune liberté dans leurs gestes : des mines chafouines, fausses, peu engageantes. Le petit saint Jean-Baptiste regarde le spectateur avec un rire qui voudrait être hilare mais se contracte en rictus.

Adieu le culte de la perfection harmonieuse ! Place aux fantasmes [« *fantasticherie* »] de Jacopo ! Son intention crève les yeux. Les personnages de *L'Assomption* avaient un aspect trop sain ? Les siens auraient l'air souffreteux ou dément. Masaccio, Piero della Francesca, Raphaël, Michel-Ange péchaient, comme Titien, par une confiance exagérée dans l'homme ? Il montrerait le squelette sous la chair. La « nature » devait être la maîtresse et l'institutrice des peintres ? Il s'inscrirait en faux contre ce lieu commun. La « sainteté » n'inspirait que des figures vénérables ? Ah ! on verrait bien. On vit, on s'étonna, on se frotta les yeux pour être sûr qu'on avait vu. Une première, dans l'histoire de notre art. La rupture du contrat qui l'avait fondé. Quel office resterait à l'art, s'il n'avait plus pour but de charmer l'œil ? À quoi bon les artistes, s'ils cessaient de fournir par des sensations agréables un contrepoids aux misères de la vie ? Jacopo résiliait le pacte conclu depuis Giotto. Il brisait cet accord entre l'homme et l'univers appelé « Renaissance ». Était-ce un titre de gloire ? Un sujet de blâme ? La lubie d'un moment ? Une agression préméditée ?

Ils furent plus d'un à se poser ces questions, quand le tableau fut dévoilé, l'après-midi du 15 décembre, au milieu d'une assistance nombreuse attirée par la réputation grandissante de Jacopo.

Bordée d'avis hostiles :

— Une *Sacra Conversazione*, cela ?

— Parlez-moi plutôt d'un rendez-vous de spectres.

— De goules.

— De lémures.

Timides protestations :

— Mais réussir à faire tenir neuf personnes à la fois dans un espace aussi restreint, trouvez-vous que ce n'est rien ?

— Le Beato Angelico n'y est jamais arrivé.

Tir serré de répliques :

— Malheureux ! Vous croyez défendre ainsi cette parade d'estropiés ?

— Vous osez comparer cette collection de grabataires à des créatures mystiques ?

— Que Sa Sainteté Léon X est venu bénir.

— Je donnerais ces neuf moribonds pour le quart de l'aile d'un des anges peints dans une des cellules de San Marco.

— Jacopo a-t-il choisi ses modèles parmi les patients du proche hôpital des Innocents ?

Nouvel effort pour le justifier :

— Il habite à deux pas, via Laura.

Redoublement de sarcasmes :

— Grand bien lui fasse, mais, s'il aime fréquenter la morgue, qu'il ne vienne pas nous la mettre sous le nez !

— Saviez-vous que la très sainte Vierge Marie était affligée d'un strabisme qui la faisait loucher ?

Les partisans de Jacopo étaient rares mais tenaient bon.

— Les personnages sont moins figés que ceux de Raphaël.

— Ils bougent, ils se démènent ! La vie !

Éclat de rire général. On se tapait les cuisses.

— Un *putto* se grime-t-il à peine né ?

— L'Enfant Jésus lui-même a eu sa couche de fard.

— Pardi ! C'est du khôl rapporté de Venise, où des marchands égyptiens l'ont mis à la mode.

— La vie ! Ils ont tous l'air de sortir d'un caveau, et de s'être maquillés pour avoir le teint moins plombé.

— Brrr… On croit voir les ombres tristes et lasses que Dante fait errer dans les limbes.

— Elles claquent des dents.

De telles gentillesses n'étaient pas nouvelles pour Jacopo. Je fus néanmoins choqué de les entendre débitées avec tant de hargne, et inquiet de voir que Jacopo avait serré les poings et pâli. Qu'on lui préférât ce fade Angelico devait lui être particulièrement dur. Les esprits s'échauffaient. On en vint aux injures. Je reçus un horion. Je ne sais comment l'esclandre aurait fini, sans une intervention inopinée qui fit taire les ragots.

Messire Pucci, encore accablé par le deuil, n'était pas présent à l'inauguration. Son frère Leon Battista l'avait remplacé.

— Eh quoi ? rétorqua-t-il vivement, vous lui reprochez un tableau trop sombre, trop chargé, où manqueraient légèreté et joie de vivre ? Oubliez-vous que mon frère le lui a commandé pour orner la chapelle funéraire de son fils disparu dans des conditions si tragiques ? Plus d'enjouement aurait été sacrilège. Jacopo a honoré le contrat.

La foule se dispersa. Jacopo refusa mon offre de le raccompagner. Il s'en alla, seul, amer et crispé, aussi malheureux que fier d'être incompris. Ne restèrent autour de Leon Battista que quelques amis pour le féliciter d'avoir réduit au silence la malveillance et le dénigrement. Je suis sûr pourtant que même les plus favorables au tableau s'alarmèrent d'une dépréciation, pour eux si désolante, de tout ce qui faisait à leurs yeux le charme de la peinture.

8

Une villa à décorer

La « rumeur » dont le seigneur Borgherini s'alarmait pour son fils commençait à atteindre Jacopo. Justifie-t-elle la hâte, ostensible et pour moi cynique, avec laquelle il se mit au service des Médicis ? J'en fus d'abord choqué, parce qu'elle ne me paraissait pas conforme à celui qui m'avait prêché le devoir d'insoumission et venait d'en donner par son tableau un exemple si éclatant.

Autre sujet de perplexité et de peine : il avait changé d'attitude envers moi. Le choix des deux chambres séparées à Venise n'avait pas été une lubie. Désormais, les jours où il m'admettait dans sa retraite, il se gardait de tout geste un peu tendre. Nous étions seuls pourtant. Qu'avait-il à craindre ? Il ne m'embrassait même pas quand je surgissais de la trappe ; le seul contact qu'il me permettait était de lui baiser la main. Il me tendait la main gauche, celle qui ne tient pas le pinceau, la main qui n'a pas plus de valeur que toute autre main. Je vous laisse à penser combien j'en étais quinaud.

Chassés de Florence en 1494, les Médicis y étaient revenus en maîtres en 1512, après la parenthèse républicaine, et rien dorénavant ne semblait menacer leur pouvoir. Jacopo fit le portrait de l'ancêtre et fondateur de la branche, Cosimo il Vecchio [*Côme l'Ancien*], homme d'affaires et banquier, proclamé par ses concitoyens, dès sa mort en 1464, *Pater Patriae*. Il le peignit de profil, d'après une médaille de l'époque, assis sur un trône de pierre, vêtu et coiffé de rouge vif. L'œil est rusé, la moue finaude et sceptique, les mains serrées l'une contre l'autre, les doigts crispés comme ceux d'un avare. Je fus content de noter ces détails : Jacopo gardait quelque esprit critique, s'il suggérait par quels moyens retors on réussit à amasser une fortune. En même temps il flattait la famille, en mettant à côté du vieillard deux branches de laurier, l'une coupée et morte, l'autre pleine de sève et de vigueur : allusion à la reconquête de Florence après l'éclipse de huit ans. Il entortilla autour de la branche reverdie une banderole portant une inscription en latin tirée de Virgile :

UNO AVULSO NON DEFICIT ALTER

Le charitable Fra Macario n'eut pas la cruauté de me demander le sens de cette devise. Prenant les devants, il me la traduisit lui-même : « Si un rameau est arraché il reste l'autre. »

— Félicite Jacopo, me dit le bon moine, pour son extrême habileté. Car le laurier n'est pas seulement l'arbre consacré à Apollon, l'attribut dont on couronne les poètes. Il renvoie aussi aux deux Laurent

– Lorenzo dérivant de *lauro* –, Laurent le Magnifique, auquel la famille doit d'être devenue plus illustre qu'aucune autre au monde, et Laurent duc d'Urbino, mort l'année dernière, trop jeune pour avoir montré sa valeur. Ce laurier répare l'imprudence de ces mains qui dénoncent la lésinerie de l'homme d'argent.

Fra Macario envisageait pour moi un avenir de peintre et ne pensait pas qu'on pût réussir dans ce domaine sans de puissants appuis politiques.

— Plus l'origine d'un artiste est obscure, plus il doit rechercher l'amitié des princes. Les flatter n'est pas un acte de courtisanerie, et tu n'as pas le droit de qualifier de lâche celui qui pour compenser une inégalité de fortune a besoin de leur protection.

Est-il vrai qu'il parla ainsi au jeune garçon ? On peut en douter, tant le propos a l'air de préparer par un effet d'annonce ce que Bronzino est devenu. Fra Macario acheva de le convaincre en lui apprenant quelle autre raison avait poussé son maître à quêter la faveur des Médicis. Léon X ayant conçu pour les peintres florentins, ses compatriotes, un projet de vaste envergure, Jacopo voulait être au nombre de ceux qui seraient choisis.

Il s'agissait de décorer la villa que Laurent le Magnifique s'était fait construire, sans avoir pu en voir l'achèvement, à trois lieues et demie de Florence, sur la route de Prato, au pied des monts Apennins, et à laquelle son fils, après qu'il fut devenu pape, souhaitait mettre une dernière touche de beauté, afin de réaliser par le mariage de l'œuvre peinte et du cadre champêtre le grand rêve humaniste de concordance entre l'esprit et la nature.

Jacopo avait alors vingt-cinq ans, moi seize, et je remercie le Ciel d'avoir été assez mûr pour apprécier à leur juste valeur les longues heures passées avec lui à Poggio a Caiano – si scandaleuse qu'en eût été l'issue. N'ayant aucun soupçon de l'épreuve qui m'attendait dans la villa, je pus m'émerveiller sans réserve lorsque je la découvris, de loin, sur une légère éminence, ouverte au paysage environnant. Jacopo avait fait arrêter la voiture à quelque distance, en sorte que nous apparut dans toute sa plaisante harmonie et sa majesté solitaire l'incomparable édifice. Parfaite de proportions et d'équilibre, la villa est élevée de deux étages au-dessus d'un socle d'arcades.

La vue m'arrache un cri joyeux, Jacopo se contente de sourire, Fra Macario tisse des louanges assez plates au Saint-Père, grâce à qui ce « chef-d'œuvre d'architecture » va recevoir une « décoration appropriée ». Les autres peintres conviés au grand œuvre nous ont suivis dans une seconde voiture et descendent pour se joindre à nous. Réunis pour cette première visite, nous admirons ensemble l'élégance rythmique des pilastres en brique du soubassement, les six colonnes du péristyle, le fronton triangulaire, la frise en faïence vernissée. Pour discrètes qu'elles soient, de telles enjolivures confèrent à cette maison de campagne la dignité d'un temple antique. Laurent ne voulait pas un château, mais une retraite *alla buona*, construite au milieu des champs, sobre, décidément rustique. Une ferme modèle (déjà en fonction quand la villa n'était pas terminée) compléterait le domaine, où l'on expérimenterait de nouvelles méthodes d'agriculture et d'élevage, destinées à augmenter le bonheur de ses sujets. La résidence serait donc exempte de luxe et d'ostentation. Les architectes avaient su concilier cette modestie avec la noblesse d'un palais. La signature des Médicis se réduisait aux six boules de leur blason, insérées dans le tympan du portique.

Andrea del Sarto exprime la pensée générale quand il cite Vitruve et Leon Battista Alberti et déclare qu'on ne pourrait rien ajouter à cette villa, rien en retirer, sans nuire à l'ensemble.

— La perfection y est mathématique. Ce n'est pas affaire de goût ou de jugement. La largeur de la façade est exactement de trois fois sa hauteur.

Mais le temps presse, comme nous l'indique le cadran solaire, et nous devons prendre connaissance des lieux avant le coucher du soleil. Nouvelle stupeur, nouvelles exclamations. Point de cour intérieure, comme il est d'usage dans les palais de ville, mais, à la place de cet espace à ciel ouvert cru jusqu'alors indispensable, une vaste salle, oblongue, haute de deux étages, dont les murs blancs sont encore nus. À chaque extrémité du plafond en arceau, une lunette, de la forme d'un demi-cercle, laisse entrer la lumière par un œil-de-bœuf percé en son milieu.

C'est dans cette salle, dit aux peintres le seigneur intendant Goro Gheri, homme de confiance de Léon X et directeur du chantier, qu'ils auront à travailler. Les murs devront être recouverts de fresques qui illustreront, sous le voile d'épisodes tirés de l'histoire antique, les fastes du gouvernement médicéen. Il assigne à chacun son emplacement et le sujet à traiter.

Une des deux lunettes est attribuée à Jacopo. Il a pour mission d'y célébrer la vie à la campagne, l'alternance des saisons, le cycle des mois, la variété des travaux champêtres. Comme la salle est très haute et la lunette si élevée qu'il aura besoin d'un échafaudage, la principale difficulté sera de faire apparaître d'en bas, avec toute la netteté et l'éclat nécessaires, les différentes figures.

— Le Saint-Père vous donne carte blanche, seigneur Jacopo, conclut le seigneur Gheri. Sachez qu'il serait agréable à Sa Sainteté de voir évoqué le retour à l'Âge d'or, par allusion à la paix et au bien-être apportés jadis à Florence par le gouvernement éclairé de son père.

Au début, il ne sembla pas que Jacopo eût mûri quelque dessein extraordinaire. Au lieu de s'attaquer tout de suite à la lunette, il s'attardait dans les jardins d'agrément qui entourent la villa. Il errait sous les pins, se perdait dans le labyrinthe des buis. La serre regorgeait de fleurs, mais il n'y entrait que pour quelques minutes. Leur parfum, pour moi exquis, lui montait à la tête. « Voilà que la migraine me reprend », disait-il. La migraine, dont j'ai compris plus tard qu'elle n'était que le signe des rapports difficiles qu'il entretenait avec son corps. Plus que les variétés de la flore, nombreuses et rares, l'attiraient du côté de la ferme les espèces animales, celles-ci des plus communes. Il s'amusait à observer les vaches. Mon père m'avait appris à reconnaître les diverses races de bovins, et Jacopo m'écoutait avec attention lui détailler les caractéristiques de chacune. Le seigneur Gheri, décontenancé de ces marques d'intérêt mais respectueux de la volonté du pape, exposa les avantages retirés de la traite du lait.

— La quantité de fromages obtenue par nos fermiers suffit à ravitailler la Toscane, en sorte qu'il est devenu inutile d'importer de Lombardie cette denrée. *Provolone*, *ricotta*, plus le *pecorino* tiré des brebis, portent désormais l'estampille de Florence et sont vendus moins cher. Je vous prie de remarquer comme nos étables sont bien tenues, la paille changée chaque jour, l'eau des abreuvoirs renouvelée soir et matin, les bêtes lavées et brossées.

— Excusez-moi, seigneur intendant, mais je les préférerais dans leur état naturel.

— La nature des vaches est d'être sales.

— Eh bien ! je les aimerais mieux sales. Laissez-les autour de la mare patauger dans la boue.

Abasourdi, l'intendant rentra dans la villa.

Jacopo éclata de rire.

— Sa Sainteté veut du bucolique, de la poésie. Si je peignais sur les murs de la villa de la bouse de vache et de la crotte de mouton, ce brave homme y laisserait sa place.

Nous poursuivions l'exploration des terrains et des bâtiments agricoles aménagés au fond du parc. Une portée de gorets nourris au petit-lait et au son plut beaucoup à Jacopo. Il revenait tous les jours observer comment ils grandissaient et s'émerveilla qu'ils devinssent si vite de respectables cochons. Les paons, malgré leur pittoresque plumage, ne l'intéressaient pas du tout. Les oiseaux rares qui peuplaient les bosquets, les colibris et les paradisiers importés des tropiques, les faisans, les cailles, les bartavelles, les perdreaux élevés pour la chasse, les poissons aux écailles argentées dont fourmillaient les étangs, tout ce qui m'enchantait le laissait froid.

Nous logions dans une dépendance que le seigneur Gheri avait mise à notre disposition. Un valet et un majordome nous servaient, prévenances qui me délectaient, mais dont Jacopo, pour qui elles étaient aussi nouvelles que pour moi, ne semblait même pas s'apercevoir. Il occupait au rez-de-chaussée une chambre pourvue de toutes les commodités. Je devais me contenter d'une soupente à l'étage. Les jours de pluie, il restait dans sa chambre, absorbé dans la lecture des Anciens, comme si je n'avais pas existé. Je le rejoignais pour le repas du soir, où il ne mangeait que des légumes, car seule la viande dépecée, coupée et attendrie par mon père convenait à son estomac. Il me faisait presque honte d'accepter du majordome une cuisse de poulet ou une côtelette d'agneau. Tout en mâchant d'insipides brocolis, il me vantait l'imagination des vieux poètes romains. C'est dans leurs fables, me disait-il, qu'il trouverait comment illustrer le programme « Âge d'or » indiqué par le pape.

9

J'en rougis encore

Enfin il se mit au travail. Je montais avec lui, par une échelle qu'il retirait derrière nous, sur l'échafaudage dressé au bout de la grande salle. L'œil-de-bœuf remplissait un tiers de la lunette. Jacopo utilisa adroitement les parties disponibles. Des personnages grandeur nature pouvaient tenir, assis ou couchés, sous la fenêtre. Il décida de mettre, dans cette bande inférieure, comme figures tutélaires, conformément aux souhaits du pape, les quatre divinités agraires que sont le vieillard Vertumne, dieu des jardins et des vignobles, le jeune Saturne, qui fertilise le sol, Diane, assimilée à la lune, pourvoyeuse de rosée, Pomone, nymphe protectrice des fruits et des moissons. Vertumne et Saturne assis à gauche, l'un en casaque jaune, l'autre en manteau violet, répondent aux deux femmes à demi couchées de l'autre côté, Diane en robe de nuit, Pomone, en houppelande verte, coiffée d'un châle blanc, appuyée sur une faux.

Derrière ces quatre figures garantes de l'abondance, Jacopo éleva un mur imaginaire sur lequel il jugea bon de peindre, à califourchon de part et d'autre de l'œil-de-bœuf, vifs, remuants, joviaux, espiègles, les cheveux au vent, les deux fils du nourricier des cochons, deux polissons de l'âge que j'avais quand il m'avait mis dans *La Visitation*. Il les peignit tout nus et presque dans la même attitude que celle qu'il m'avait fait prendre, les jambes largement écartées et le sexe posé bien en vue sur le mur, comme il avait étalé le mien sur la marche.

— Est-ce bien nécessaire ? murmurai-je.

Ce qui me frappait et me désolait, c'est qu'il eût voulu réintroduire, quatre ans après, dans la même tenue et la même pose, une figure qui avait éveillé le blâme, et dont la reproduction à l'identique, sans lui apporter aucun surcroît de renommée, aggraverait les soupçons.

Le seigneur Gheri, venu en inspection, reconnut les modèles des deux galopins, parut interloqué, mais, supposant que ce n'était là qu'un état provisoire et que des vêtements leur seraient ajoutés congrûment, il s'empressa de louer Jacopo pour les branches et les fruits qu'il avait disséminés à profusion autour des enfants. Pêches, cerises, figues, prunes, suspendues en guirlandes ou luisant au milieu des feuillages, épis de blé et trèfles de Hollande composaient cet hymne à la fécondité de la nature qu'avait souhaité Léon X.

— Tu m'as demandé, me dit à quelques jours de là Jacopo, s'il était bien nécessaire de mettre ces enfants nus. Ne comprends-tu pas qu'ils rentrent parfaitement dans le programme voulu par le pape ? Il souhaite que j'évoque l'Âge d'or, parce que son père Laurent, Laurent le Magnifique, en a ramené la splendeur à

Florence. Or, comment les hommes vivaient-ils dans cette époque mythique ? Ils vivaient et ils allaient nus, Agnolo chéri, parce que l'absence de ce qui couvre le corps symbolise l'innocence, l'innocence des débuts du monde, lorsque aucune entrave, aucun préjugé ne restreignait la liberté physique.

Allait-il me resservir le passage de la Bible que Fra Macario m'avait cité pour m'expliquer l'origine du vêtement ?

Il devina ma pensée.

— Entre l'Âge d'or des païens et le paradis terrestre de l'Ancien Testament, il n'y a aucune différence. Polythéistes ou voués à un seul Dieu, les hommes de tous les temps ont eu besoin de se créer un jardin idéal. Là au moins, se disaient-ils, nous marchions sans impédiments et sans gêne, pareils aux plantes qui jaillissent nues de la terre. Là, chacun ignorait que sa vie privée dût être séparée de sa vie publique.

— Se peut-il qu'un pape s'abandonne à une telle rêverie ?

— Ma fresque ne sera pas terminée, reprit-il sans m'écouter, tant que je n'y aurai pas introduit, en plus de ces imberbes qui ne rendent pas suffisamment l'idée, un homme nu, adulte ou presque adulte, déjà mûr et bien formé. Il me faut un modèle qui incarne par sa virilité prometteuse l'abondance de vie et de sève qui caractérise cette utopie.

— Personne ainsi fait ne voudra poser pour vous ! m'écriai-je.

— Sauf un de mes amis, rétorqua-t-il en me lorgnant du coin de l'œil.

Je me mis à trembler, je pâlis, car j'avais deviné où il voulait en venir.

— Vous n'y pensez pas, seigneur Jacopo !

— Et pourquoi n'y penserais-je pas ?

— Parce que je n'ai plus treize ans et que vous n'avez pas le droit de me déshabiller.

— Pas le droit ? Si je le tiens du Saint-Père lui-même !

— Avec moi ça ne marche pas, je le démasque, votre sophisme de l'Âge d'or.

— Bon, c'est un sophisme, je te l'accorde. Tu es un malin, toi ! Parlons sérieusement. Veux-tu entrer dans l'histoire de la peinture ? Veux-tu qu'on dise de toi, dans cinquante ans, dans cent ans, dans mille ans : « Agnolo di Cosimo a permis de briser les conventions » ? Veux-tu que la postérité proclame : « S'il n'avait pas donné son accord, ce défi incroyable eût été impossible, lui seul a permis de *franchir la limite* » ? Je te donne cette chance inouïe d'être le premier homme, le premier homme fait, à figurer nu en peinture, et tu la refuserais ? Je t'épargne le bout de tissu qu'on bricole sur les hanches de saint Sébastien, et tu réclamerais pour toi ce chiffon ridicule ?

— C'est impossible, seigneur Jacopo. J'ai seize ans accomplis. Ma puberté est achevée, tous mes poils ont poussé et forment une épaisse toison.

— Justement, là sera ma révolution : peindre non pas un enfant ignorant de la séduction qu'il exerce, mais un homme jeune et nu, dans sa gloire et son épanouissement virils.

La discussion dura longtemps. La fierté d'avoir été choisi pour cet événement historique et le refus qu'opposèrent les autres modèles pressentis vinrent à bout de ma répugnance. Les deux fils du fermier, gaillards de plus de vingt ans, s'étaient récusés. Même insuccès auprès du mitron qui nous apportait les fouaces, garçon de belle prestance. Je voyais Jacopo si mécontent de sa fresque, et comme prêt à l'effacer, que je ne pus lui résister plus longtemps – avec l'espoir qu'il me ferait prendre la pose la plus honnête possible. C'était mal le connaître, moi qui pourtant le fréquentais depuis longtemps.

Il avait fait élever sur le sol de la grande salle, haut de quatre pieds, pour y installer ses modèles, un mur de brique semblable au mur peint sur la lunette. Quand je fus entièrement nu devant lui, il commença par écarter les mains que j'avais croisées pudiquement. Puis il m'assit sur le mur en m'obligeant à feindre de cueillir loin au-dessus de ma tête une branche de laurier, en sorte que je dus mettre en extension mon bras gauche, allonger et déployer mon torse, durcir mes tétons, bander mes muscles avec le maximum d'indécence. Pour ne pas perdre l'équilibre, je n'eus d'autre moyen que de m'appuyer du bras droit sur le mur. Résultat : j'ouvris mes cuisses à 180 degrés. Il avait obtenu ce que je redoutais : mon sexe avec sa pilosité crépue reposait sur le mur, détaché, isolé, mis en évidence. C'est lui qu'on voit d'abord et c'est sur lui que le regard s'arrête. Encore obtins-je de Jacopo qu'il glissât un linge sous mes fesses, pour qu'on ne vît pas la raie entre les deux globes rebondis.

Que dis-je, « mon sexe » ? Je devrais dire « ma queue », tant il la fit longue et la dessina avec soin, jusqu'au méat fendu sur le gland. Pour se moquer des doctes qui déguisent sous le nom pompeux de *phallus* ce qui n'est pas plus « noble », pas plus « grec », qu'une queue de nature purement animale – je ne crois pas trahir sa pensée –, il mit au-dessous de moi, entre le vieux Vertumne et le jeune Saturne, le chien du fermier. Ce chien, roux pâle, se tient debout sur ses pattes, le museau tendu en avant. Il est représenté de face, en raccourci, et de son corps on note surtout la queue, *coda*, à demi dressée, seule partie visible de son arrière-train. La queue du chien penche vers la droite, la mienne incline vers la gauche, de sorte qu'à nous deux nous formons un *contrapposto* très raffiné mais d'une portée obscène. Mes jambes pendent de chaque côté du chien et, jusque dans mes orteils, peints avec une virtuosité si rare qu'ils paraissent remuer, éclate l'avidité du plaisir.

Jacopo parut très satisfait de son effet.

— Les hommes de l'Âge d'or, me dit-il, n'établissent pas de hiérarchie entre les êtres animés. Tous participent à la grande fête de la vie. La sève monte et abonde également dans tous les corps qu'elle divinise.

J'étais d'autant plus troublé que le jeune Saturne, peint sous mon pied gauche, tournait la tête, levait et fixait les yeux – des yeux avides, obstinés, quémandeurs – sur le paquet bien fourni de mes *pudenda*, comme eût dit le prieur de San Marco. Qu'adviendrait-il, lors du dévoilement de la lunette ? La direction et la gourmandise de ces yeux forceraient l'assistance à tourner le regard précisément vers ce point. Mort de honte, je pensais à ce que dirait Fra Macario, à ce que dirait l'intendant, quand ils découvriraient comment Jacopo avait interprété la volonté du pape. Il me semblait impossible d'éviter un esclandre.

Le jour vint où, ayant fait enlever l'échafaudage, il montra la fresque terminée, non seulement à Fra Macario et à l'intendant, mais au prieur du couvent des Servites, au cardinal gouverneur de Florence, au camerlingue du Saint-Siège qui solderait le compte, au gonfalonier de Florence suivi des principaux magistrats. Debout derrière leurs seigneuries, j'attendais tremblant le verdict. Admirable circonspection mondaine, qui élude les questions épineuses ! Leurs seigneuries s'extasièrent devant la fraîcheur du paysage, citèrent les *Bucoliques* de Virgile et les *Métamorphoses* d'Ovide, rivalisèrent d'érudition pour identifier les quatre divinités peintes sous le mur, se félicitèrent de la place occupée par les lauriers, s'amusèrent de la présence du chien, mais la prudence diplomatique les empêcha de voir ce grand escogriffe tout nu.

La hauteur élevée à laquelle j'étais situé fut le pain bénit qui les tira d'embarras. Les voilà frappés d'une myopie soudaine, alors qu'ils avaient fort bien distingué les figues des pêches, les cerises des prunes, et mesuré la grosseur des épis de blé. Leurs regards, cependant, en dépit de leur subite infirmité, revenaient sans cesse, comme celui de Saturne, loucher vers l'objet du scandale. Ils étudiaient, je le voyais dans leurs mines aigres-douces, dans leurs regards fuyants, sur leurs lèvres pincées, le moyen de ne pas laisser impunie cette triple offense à la religion, à la morale et à l'institution des enfants. Chacun préparait le réquisitoire qu'il mûrirait à loisir dans sa cure, son office ou son bureau. En attendant, le cardinal déclara que la salle devait rester fermée et interdite à quiconque tant que ne l'aurait pas inaugurée le Saint-Père. Or, comme Léon X était déjà venu à Florence pour les fêtes de son couronnement et qu'on le disait fort malade, une nouvelle visite paraissait peu probable. L'ouvrage de Jacopo était pratiquement condamné.

10

À quoi j'avais échappé

À quoi j'avais échappé, je ne l'ai su que plus tard, en examinant le cahier de ses dessins. Études de corps, de têtes, de jambes, ébauches d'attitudes, esquisses de draperies, beaucoup de nus, surtout, exécutés comme préparation à la fresque. Il n'en avait utilisé qu'une partie. Une seule personne, avant moi, avait eu connaissance de l'ensemble des dessins, ce Giovanni Battista di Jacopo Guasparre qui se faisait appeler Rosso Fiorentino. Jacopo et lui, comme je l'ai dit, avaient débuté ensemble dans l'atelier d'Andrea del Sarto. Dix ans plus tard, après l'élection de Clément VII de la famille des Médicis, Rosso était parti pour Rome tenter sa chance auprès du nouveau pape. Jacopo l'avait alors prié d'emporter les dessins de Poggio a Caiano et de les cacher loin de Florence. Il craignait d'être traîné en justice si la police mettait la main dessus. On ne plaisantait pas sur ces affaires avec les nouveaux ducs, j'en sais quelque chose.

Rosso se récusa. Il a transcrit la discussion au terme de laquelle la prudence l'emporta sur l'amitié.

« Il veut me confier certains dessins dont la découverte, partout où j'irais, me perdrait. Son audace est peut-être respectable – je trouve pourtant qu'il est allé trop loin. Il n'y a aucune raison en tout cas pour que j'en supporte les conséquences. »

Quelque brouille dut survenir entre les deux amis. Un détail avait dû hérisser Rosso. Celui-ci nota, deux jours plus tard :

« Le ton a monté. Il a essayé, en vain, de me convaincre, en m'expliquant ce qu'il entendait par cette fameuse *queue*, objet de notre litige.

« — Ne sommes-nous pas, m'a-t-il affirmé, les maîtres de l'allégorie et du langage crypté ? Le détail qui te fâche n'est que le symbole d'une vérité si vaste que son étendue nous échappe. Ce que tu prends au premier degré dépasse infiniment le sens littéral auquel tu t'arrêtes. Que représentons-nous dans l'histoire de l'art ? Comment serons-nous vus par la postérité ? Que dira-t-on de nous, sinon que nous avons exprimé la phase finale de la Renaissance ? Première génération : Masaccio, Masolino, Filippo Lippi, Paolo Uccello, Piero della Francesca. Deuxième génération : Léonard, Botticelli, Ghirlandaio, Filippino Lippi, Perugino. Troisième génération : Michel-Ange et Raphaël, qui remplissent à eux seuls leur époque et ne semblaient pas devoir être surpassés. Sauf que… Sauf que nous arrivons, nous, la quatrième génération, toi, moi, notre ami Benvenuto Cellini, et j'espère bientôt le petit Agnolo. À ces trois premières générations, étincelante galaxie dont l'éclat aurait pu nous paralyser, n'ajoutons-nous pas, nous, un *supplément* ? Un *appendice* ? Une *extrémité* ? Un *aboutissement* ? Aux siècles futurs nous apparaîtrons, je te le prédis mon cher Rosso, comme le terme ultime de la Renaissance, pourquoi ne pas dire alors la *queue* de ces grands siècles ? Ne parle-t-on pas de la *queue* de la comète, pour désigner cette traînée lumineuse qui suit, prolonge, embrase le corps céleste d'une dernière clarté ?

« Je n'eus pas envie de rire, tant son exaltation défiait la raillerie.

« — Ce n'est pas tout, reprit-il : car dès que nous serons reconnus et salués selon notre mérite, le public affluera devant nos tableaux et nos fresques. Le cloître de la Santissima Annunziata sera trop petit pour le contenir ; les frères du couvent des Servites devront organiser des tours de visite. Nos œuvres futures susciteront le même engouement. Partout où nous laisserons des témoignages de ce que nous valons, tu verras accourir la foule. Pour les admirer, tous feront la *queue.* Déjà, on supplie Pier Francesco Borgherini de laisser visiter sa chambre pour que nos *Histoires de Joseph* ne restent pas plus longtemps ignorées. Il y a *queue* devant le palais. Sais-tu que les deux angelots que tu as peints pour le retable du Spedalingo sont copiés çà et là ? Que cet autre qui joue du luth appuyé sur le manche de son instrument va être gravé en médaille ? Que le blason de Léon X que tu as peint pour la Santissima Annunziata a tellement plu aux Pandolfini qu'ils ont demandé la permission de le reproduire au fronton de leur palais ?

« Je l'ai regardé, passablement ahuri. Puis je me suis ressaisi :

« — Mais pourquoi as-tu pris pour modèle et pierre de touche de tes expériences le petit Agnolo ? Pourquoi l'as-tu rapproché de ce chien ? Quelle lubie t'a pris de souligner cette comparaison par un parallélisme qui n'a pu que le choquer ? Il n'a encore rien peint, et nous ne savons même pas s'il deviendra jamais un peintre.

« — Je l'ai choisi, m'a-t-il rétorqué, précisément pour le forcer à devenir peintre. Quelle force alors aura l'émulation de la *queue* ! Le goût que nous essayons d'imposer, Agnolo en sera l'expression ultime, le point final, la véritable...

« — J'ai compris, dis-je en l'interrompant, pour l'empêcher de prononcer une fois de plus le mot dont il s'était infatué avec une obstination qui me mettait mal à l'aise.

« Inquiet pour Agnolo, ce garçon sympathique qu'il entourait d'une affection selon moi excessive, et sur qui il projetait la folie de son calembour, je lui demandai :

« — Bon, mais dans ce cas, Jacopo, ne crains-tu pas que ton influence ne le pousse non seulement à se lancer dans la peinture, mais à adopter aussi, pour suivre ton exemple et t'imiter... un genre de vie bien dangereux ?

« — Ah ! pleutre, s'écria-t-il, j'avais eu vent, par quelques allusions échappées à Fra Macario, que tu étais tombé entre les mains de l'Église, mais je ne me serais jamais douté qu'elles t'avaient étranglé. Va ! Tu ne peindras jamais que des sujets religieux. Tu feras des Assomptions, des Dépositions, des Mariages de la Vierge, des Christs en gloire, des Christs morts, mais tu n'atteindras jamais à cette liberté à laquelle nous a initiés Michel-Ange.

« Pour ne pas céder à la colère, j'ai refermé le cahier de ses dessins et suis sorti sans me retourner. J'avais hâte de partir pour Rome. »

Cher et regretté Rosso, à qui ce séjour romain fut fatal ! Sois sûr que la *Déposition* que tu as laissée à Volterra t'assure une place de choix dans la quatrième génération. Le sujet était rebattu ; avec quelle violence ne l'as-tu pas renouvelé ! J'éprouve chaque fois la même commotion. Quel bond en avant, depuis ton *Assomption* de la Santissima Annunziata ! Avoir fait des yeux verts au vieillard sur l'échelle ! À saint Jean des cheveux roux ! *Roux comme la queue du chien de Jacopo* ! Ah ! La comparaison m'a échappé ! Maudite soit cette couleur ! On a bien raison de considérer les roux comme possédés du diable. Hélas ! Tu seras le premier à payer, pour ce surnom que tu t'es choisi, toi qui n'étais pas né roux, la folie d'une telle décision.

Revenons en arrière. Le pape Léon X, comme ce n'était que trop prévisible, mourut sans être retourné à Florence. La contrariété qui en résulta pour Jacopo ne fut pas sans altérer son esprit. Faute d'avoir été bénies par le Saint-Père, les fresques de Poggio a Caiano n'étaient vues de personne. La résidence, abandonnée, restait fermée. Le duc s'était installé dans une autre maison de campagne, à Careggi. Le seigneur Gheri avait regagné Rome. Jacopo m'emmenait avec lui sur un âne que lui prêtait le garçon boulanger. Nous arrivions devant la villa. Il se faisait ouvrir, par les fils du fermier, la grande salle. Ces malotrus nous saluaient à peine et nous toisaient d'un regard méprisant. L'un, espérant voir le pape, avait cru que Jacopo avait le pouvoir de le faire venir. De sa déception, il concluait :

— C'est pas un si bon peintre que ça.

— Tu te trompes, disait son frère. Tout est de la faute de ce morpion. J'parie qu'il n'aurait pas hésité à montrer son trou du cul. Quand Sa Sainteté a été prévenue de ce qu'Elle verrait, Elle a renoncé au voyage. On serait dégoûté à moins. Qui que c'est qu'a envie de regarder entre les cuisses d'une fiotte (*finocchio*) ?

Ces visites n'étaient pas moins une humiliation pour moi qu'une torture pour Jacopo. Vide de meubles, humide, désolée, la salle dont on n'ouvrait plus les œils-de-bœuf sentait le moisi. Attaquées par les champignons, les peintures se détérioraient. Le piquant agreste avait pâli, les lauriers perdu leur fraîcheur, l'air de fête disparu. Une morne flétrissure décolorait l'Âge d'or. À ma confusion, le seul détail que j'aurais voulu ne plus voir ressortait d'autant plus impudemment que le reste s'était presque évanoui.

— Petit, me disait-il, regarde ce qu'il m'en coûte d'avoir été moi-même !

Puis, poussant un cri sauvage dont l'écho retentissait sous la voûte :

— Mais justement non, ce courage d'être moi-même, je ne l'ai pas eu. Il ne me reste donc rien, de ce travail de deux ans, ni la reconnaissance que j'en espérais, ni la satisfaction du rêve accompli. J'ai menti, en posant là ma signature.

Les trois lettres : « I. F. P. » étaient peintes en effet sous la jambe droite de Vertumne.

— J'ai menti, reprit-il, en prétendant que « Jacopus Fecit Picturam ». Ne prends pas cet air stupide. Ce que tu vois n'est pas digne de celui que tu appelles ton maître. C'est une œuvre soumise au respect humain, à l'espoir de la voir louée par un pape et encensée par l'opinion. J'ai choisi un compromis qui me déshonore. Ce n'est ni chèvre ni chou. Avec ce résultat que j'ai perdu sur les deux tableaux, celui de la conscience intérieure comme celui de la consécration officielle.

Je ne pouvais rien comprendre à ce désespoir, puisque je ne connaissais pas les dessins préparatoires et la censure que s'était imposée Jacopo. Il me semblait que ce qu'il avait osé avec moi était assez provocant comme cela. Maintenant que je connais les dessins, je puis me représenter ce qui le tourmentait autant, et pourquoi il se traitait de lâche et de traître – à tort évidemment, car il n'avait obéi pour finir qu'à l'instinct de conservation.

Sa première idée, pour Vertumne, fut de montrer le dieu beaucoup plus jeune que dans la fresque, et entièrement nu. Vingt-cinq ans, l'âge qu'il avait alors. Une sorte d'autoportrait. La pose est très différente de celle adoptée pour la version finale : il le dessine de face, à la pierre noire, mettant une main en auvent sur son front afin de se protéger du soleil. Accroupi, il écarte les cuisses et croise les pieds devant son sexe, en sorte que celui-ci ne devrait pas être visible. Mais Jacopo n'a pas résisté à l'envie de le mettre en valeur, par une liberté prise avec l'anatomie. On le voit fort bien, ce sexe, on ne voit que lui. Posé à l'horizontale sur le mur, à côté et trop loin du pubis pour ne pas contredire la vraisemblance, il capte, il absorbe l'attention. Que fait-il là, séparé de l'aine, mis de côté, gardé *pour la bonne bouche* – si on me consent ce jeu de mots équivoque ? Ce n'est plus un organe qui prolonge le bas-ventre, mais un membre qui existe en soi, qu'on met en montre, dont on fait parade, objet autonome, surgi on ne sait d'où. Par une audace supplémentaire, dont je ne connais pas de précédent et qui restera selon moi sans imitateur, *il coso* [*une note de l'éditeur signale ici que l'auteur, pour éviter d'écrire crûment :* il cazzo, *a forgé cet hybride, par masculinisation – quand même, il fallait bien ! – de* la cosa *(« la chose », ridicule au féminin)*], *il coso*, déjà fort bien dessiné, est détaillé avec moins d'amour que le gland. Sorti entièrement du prépuce et jaillissant de l'orifice qu'il déborde, posé délicatement sur le mur tel un fruit qu'on laisse mûrir, le voilà tout renflé, dodu, appétissant comme une fraise. [*Nouvelle note de l'éditeur : « Le jeu de mots n'avait donc rien d'équivoque. Il disait tout ! »*]

Un autre dessin me concerne. C'est moi, c'est mon portrait à seize ans, les cheveux ébouriffés, les traits juvéniles. Je porte une main à mon front, mais ce n'est pas pour me protéger du soleil, car j'écarquille les yeux, j'entrouvre la bouche, je tressaille, apeuré, comme si je venais d'être surpris dans une activité illicite ou de découvrir un spectacle interdit. Je suis dessiné non plus à la pierre noire mais à la sanguine, ce qui donne à mon corps la chaude sensualité de la première adolescence. Avec cela, pourtant, je suis bien bâti et pourvu d'une forte musculature. Le torse et les membres sont d'un homme. Une seule de mes jambes, la gauche, est repliée sous moi, l'autre relevée jusqu'au genou. Pour ne pas basculer, je prends appui sur le bras gauche. Mes cuisses sont assez écartées pour qu'on le voie, *il coso.* Quelle a été la première idée de Jacopo ? L'avait-il fait au repos et mou ? Il n'a pas dû en être satisfait, car, posant la sanguine, il a repris la pierre noire. Surgi comme une fusée de l'entrejambe, mon sexe se dresse à la verticale, dessiné d'un trait ferme dont la pierre noire accentue la vigueur. Par suite de ma pose contorsionnée, le gland arrive à hauteur du nombril. *C'est la première et la seule érection jamais osée en art.* Peut-être même, si j'en juge d'après le pointillé qui jaillit du bout et retombe sur la cuisse, a-t-il réalisé son fantasme : je décharge, j'éjacule. L'œil écarquillé, la main retirée précipitamment et plaquée sur le front, le corps en déséquilibre prenant appui sur le bras gauche, ces gestes et cet effarement traduiraient alors la surprise, la violence et l'effroi du spasme. Au revers du dessin, Jacopo a griffonné : « Drôlement bien monté, le petit ! », grossièreté qu'il ne se serait jamais permis d'exprimer à haute voix.

Du coup, je me suis livré aux plus extravagantes suppositions. Rêvait-il que je lui fisse à seize ans ce dont il ne s'était pas privé lorsque j'étais, je ne dis pas impubère, mais d'un âge encore trop tendre pour le satisfaire dans l'emploi, réciproque, auquel (peut-être) il me destinait ?

Avec Jacopo, cependant, il faut y aller prudemment, et l'on ne saurait jurer de ce qu'ont été ses intentions. Ces dessins en disent trop pour ne pas cacher des secrets. Dans son esprit, il s'était renié en n'osant ni se peindre ni me peindre comme il aurait voulu. Du point de vue des autorités, il avait passé la mesure ; mais du sien, respecté la limite. Son état d'âme devait être semblable à celui du vaurien qui ayant commis un assassinat se fait condamner pour avoir dérobé un chandelier ; il porte en lui la gloire du crime, mais on ne le punit que pour un larcin.

J'ai essayé de montrer ces dessins à des érudits qui depuis sa mort s'appliquent à écrire l'histoire de Jacopo. À peine s'ils y jettent un coup d'œil. Je doute qu'ils en tiennent jamais compte. Puisque lui-même n'y a pas donné suite, ces esquisses sont sans valeur à leurs yeux, telle est la logique des historiens. Apprenant que Giorgio Vasari préparait la deuxième édition de ses *Vies*, augmentée, entre autres, de celle de Jacopo – envers lequel, je tenterai d'expliquer pourquoi, il se montrerait si sévère –, j'ouvris pour lui le portefeuille. Il le referma aussi vite qu'un chirurgien recoud un corps où il vient de découvrir un organe mortellement atteint.

— *Requiem aeternam dona eo*, dit-il en secouant la tête. Si tu veux rendre service à la mémoire de ton ancien maître, fais disparaître ce qui ne donnera que trop raison à ses détracteurs. Empresse-toi de cacher de telles preuves. Ou mieux : détruis-les.

Bien entendu, je n'ai pas suivi ce dernier conseil. Je garde les dessins, mais avec la conviction qu'ils ne seront jamais ni publiés ni exposés.

Pauvre Bronzino, s'il savait ce qu'il est advenu de ce qu'il croyait être seul à connaître ! Tout s'est mondialisé, on fait son marché sur Internet, qui affiche plusieurs des dessins préparatoires, y compris celui du pointillé clandestin. Cliquez sur « pontormo poggio a caiano ».

AGNOLO BRONZINO RACONTE CE QU'IL PENSE DEVOIR À BENVENUTO CELLINI

11

La rixe

Un veuf, ami de mes parents, venait souvent, accompagné de sa fille, nous voir à Monticelli et partager notre déjeuner. Selon la coutume qui prévalait alors, un garçon et une fille nubiles n'étaient jamais laissés tête à tête. Après de brèves salutations, nous passions à table, tous les cinq. Les viandes de notre boucherie formaient le gros du menu. Assise en face de moi, proche et en même temps distante, tout me plaisait en Adriana. Je la trouvais jolie. Elle portait des robes élégantes. Ses petites dents pointues, très blanches, se plantaient avec grâce dans le veau. Entre deux morceaux, elle s'essuyait la bouche et me souriait, sans se départir d'une charmante modestie. Une fois, au moment de s'en aller, elle me donna en présence de son père une entaille où ses traits étaient gravés dans l'agate. « Merci, Adriana. » « Je t'en prie, Agnolo. » Elle n'avait guère de conversation, mais d'adorables lèvres roses. J'aurais voulu les baiser, tout en sachant que cette envie n'était pas sincère, puisque nos parents, qui ne nous quittaient pas des yeux, nous auraient immédiatement séparés. Ce que je souhaitais n'était pas possible ; possible, l'aurais-je souhaité ?

À peine le repas fini, je courais à Florence jusqu'à la via Laura. Jacopo ne laissait monter ses visiteurs qu'après les avoir épiés par la fenêtre ; pour moi, il faisait une exception ; je l'appelais de la rue ; dès qu'il reconnaissait ma voix, il descendait l'échelle.

Je me souviens de ce lundi où il me dit, encore rouge d'indignation et de fureur :

— Figure-toi que ce matin Giusto m'appelle ; je regarde ; il est avec une fille, qu'il me présente comme sa fiancée. « Ta fiancée, Giusto ? » « Oui, Jacopo, la noce est pour septembre. » Je déchire aussitôt son contrat dont je lui jette les morceaux par la fenêtre, et j'interdis à cet insolent de venir prendre chez moi des leçons.

Bien m'en a pris, pensai-je, de n'avoir jamais mentionné devant lui Adriana. Pourtant, je m'étais trompé sur le compte de cet homme décidément imprévisible, car le jour où il me surprit à regarder en cachette l'entaille, au lieu de se fâcher et de se mettre en colère, il me donna une petite tape sur l'épaule et me dit, de son ton habituel, mi-affectueux, mi-ironique :

— Eh ! gentil Agnolo, toi aussi, il va bientôt falloir te marier !

— Ne vous moquez pas de moi. Je suis bien trop jeune, Jacopo !

— Tes parents doivent y songer.

— Chaque chose en son temps !

— N'y a-t-il pas dans leur voisinage quelque jolie fille à ton goût ?

— Un garçon ne se marie pas avant vingt-cinq ans…

— *Un corno !*

— S'il se marie.

Sans paraître remarquer ce conditionnel glissé à dessein, il commença la leçon. J'apprenais peu à peu les divers procédés du métier. Peinture *a fresco*, sur un mur encore frais, à exécuter rapidement… Peinture « murale », sur un enduit déjà sec ; elle ne tient qu'avec un agglutinant, huile, colle, gomme adragante… Peinture *a tempera*, quand cet agglutinant est de l'œuf… Peinture sur bois… Peinture sur toile… Je repartais riche de conseils et de préceptes, mais quelque chose en moi d'inconnu à moi-même réclamait d'autres manières de mon maître. Je sentais monter en moi, par toutes les fibres de mon corps, une sourde impatience, qu'il avait l'air d'ignorer. Parfois il me jetait un coup d'œil qui paraissait chargé d'intentions, mais ces instants étaient brefs et sans suite. Chaque soir, il me renvoyait chez mes parents, même quand le jour était déjà tombé, sans craindre pour moi les mauvaises rencontres pendant la traversée nocturne de Florence, prétexte qu'il avait utilisé autrefois – *cette fois-là, inoubliable* – pour me garder près de lui.

Une nouvelle rencontre, aussi excitante qu'inattendue, me délivra de cette attente – mais à quoi j'aspirais, je ne le sus qu'une fois comblé, lorsque l'accomplissement de mon désir m'en eut révélé la nature. L'homme dont je vais parler maintenant n'y allait pas par quatre chemins. Ses façons de faire ne me plurent pas d'abord, tant j'en fus effarouché.

Je devais au plus pur des hasards d'avoir fait sa connaissance, attiré par un grand raffut via degli Alfani, alors que descendant la via dei Servi je rentrais de bon matin d'une visite à Fra Macario. L'excellent moine auquel m'attachaient tant de liens vieillissait, et je sentais le devoir d'aller une fois par mois à la Santissima Annunziata réitérer ma gratitude à celui que l'âge et la surdité condamnaient à un pénible isolement.

Via degli Alfani, presque à l'angle de la via dei Servi, se trouvait la boutique d'un joaillier assez fameux, devant laquelle un homme seul ferraillait contre quatre ou cinq commis en chemise.

— Ah ! ribauds, criait-il en distribuant des coups d'épée, je saurai bien vous vider de vos tripes, avant que vous n'ayez le temps de vous repoitrailler !

Un des combattants tomba à ses pieds. Un flot de sang sortit de sa bouche. Il se tordit sur le pavé, ses membres se détendirent d'un coup, il resta sans vie. Lui, de plus belle, sans s'inquiéter d'un meurtre qui pouvait le faire pendre :

— Voilà comme on punit les lâches et les menteurs de votre espèce !

Malgré leur supériorité numérique, il prenait l'avantage. Le patron sortit de la boutique, armé d'un couteau.

— Maître Pompeo, lui dit l'inconnu sans se démonter à la vue d'un nouvel adversaire, je te conseille de rentrer chez toi. Sinon envoie un de tes apprentis chercher un confesseur pour sauver ton âme, car un médecin n'aura que faire ici.

Je m'étais arrêté à l'angle des deux rues, désertes à cette heure matinale. Sidéré par un tel mélange de courage, d'insouciance et de goguenardise, j'attendais anxieux l'issue du combat. L'homme, bien découplé, d'une souplesse et d'une dextérité hors du commun, n'avait pas plus de vingt-quatre ou vingt-cinq ans. L'affaire dura peut-être un quart d'heure, à la suite de quoi maître Pompeo et ses employés déconfits rentrèrent dans la boutique en tirant le cadavre derrière eux. Ils mirent les barres à la porte et les contrevents aux fenêtres. Resté maître du terrain, l'inconnu essuya tranquillement son épée. Il m'aperçut. Sans crainte que je puisse le dénoncer, il s'approcha et me tendit la main.

— Prends-en de la graine, me dit-il, pour le jour où tu auras à expédier des marauds.

— Ne craignez-vous pas, lui dis-je, les conséquences de ce qui vient de se passer ? Car il y a eu mort d'homme, apparemment.

— Quelles conséquences ? Ne sais-tu pas que je travaille pour le duc ? Ce larron de Pompeo m'accusait de lui avoir volé les pierreries destinées à l'aiguière de Son Excellence illustrissime. Suis-je homme à souffrir les insultes d'un coquin ? D'ailleurs, où as-tu pris cette philosophie de laquais, ce lieu commun qui pose la vie en bien suprême ? Sache que la vie toute seule, séparée des qualités qui en font le mérite, la vie d'un fripon n'est pas une propriété si importante.

Escomptant l'effet que produirait sur moi un nom qui courait déjà sur toutes les lèvres, il me dit, en seigneur décidé à se faire obéir d'un vassal :

— Je suis Benvenuto Cellini.

Je me reculai avec admiration et m'inclinai en retirant mon béret.

— Vous êtes Benvenuto Cellini !

— Je suis Benvenuto Cellini, répéta-t-il, souverain.

— Je vous connaissais pour votre bravoure en orfèvrerie, mais j'ignorais ce que vous valiez par l'épée.

En même temps, j'avais honte de ne pas être intervenu dans le combat pour lui prêter main-forte. Quel couard devais-je paraître à ses yeux ! Il devina mon embarras, car, s'approchant de moi et décrochant la petite dague que je portais au côté, il l'examina avec dégoût et me dit d'un ton méprisant :

— Quel couteau à beurre est-ce là ? Qui t'a équipé de ce jouet d'enfant ? On ne peut rien faire avec une arme aussi maigrichonne et d'un acier aussi mal trempé. Viens avec moi, je t'en donnerai une autre, avec laquelle tu pourras te défendre vaillamment.

— Me défendre, oui, Benvenuto, car je n'aurai jamais la témérité d'attaquer le premier.

Satisfait de me voir reconnaître la trempe de son caractère et la valeur de son bras, il me prit par le poignet et m'emmena, par la via degli Alfani et la via Guelfa, jusque chez lui, via Chiara. J'essayai de dégager mon poignet, il le serra plus fort. Sans se gêner, pendant tout le trajet, il me tâta l'avant-bras, tantôt doucement, tantôt par une pression autoritaire. Soucieux de faire meilleure figure que celle que je lui avais présentée jusqu'alors, je lui dis :

— Je suis Agnolo di Cosimo, et bien que mon père ne soit qu'un boucher de Monticelli, il a voulu que j'acquière assez de lettres pour devenir clerc de notaire. Cette profession ne m'attirant pas, je me suis tourné, avec son approbation, vers la peinture, à laquelle m'a initié messire Jacopo Pontormo. Un frère servite de la Santissima Annunziata a complété mon instruction en langue italienne. Je possède aussi des rudiments de latin.

— Jacopo ? Un ami à moi, bien qu'il soit d'un caractère opposé au mien. C'est un maniaque qui vit en sauvage, mais le plus excellent des peintres qui puisse te guider. Je ne doute pas que tu réussisses si tu écoutes ses conseils... Mais j'y pense, est-ce qu'il t'a déjà...

Sur cette phrase interrompue, il me regarda d'un drôle d'air, comme s'il cherchait à soupeser quel genre de garçon j'étais.

— Quel âge as-tu ?

— Bientôt dix-neuf ans.

— Ah ! Ce doit être alors chose faite ! s'exclama-t-il sur un ton bizarre, où il entrait autant de satisfaction que de déception.

Il me dévisagea une nouvelle fois, des pieds à la tête, avec une insistance gênante.

Nous longions le côté de l'église San Barnaba quand, pour me tirer d'embarras, je lui demandai :

— Je croyais que vous étiez en Angleterre, pour aider Pietro Torrigiano à orner le tombeau du roi.

— En effet, Pietro m'avait choisi pour l'accompagner. Nous devions enrichir de sculptures en bronze ce tombeau, dans l'abbaye d'*Ovestmistero* où ils enterrent leurs rois. Occupés à nos préparatifs, nous étions encore à Florence, quand il me raconta, pour se faire valoir, qu'un jour de leur lointaine jeunesse il copiait, en compagnie de Michel-Ange, dans la chapelle Brancacci du Carmine, les fresques de

Masaccio. Alors qu'ils comparaient leurs dessins, Michel-Ange s'était moqué de son peu d'habileté. « Ni une ni deux, je lui assène un coup de poing si violent sur le nez, que l'os se brise et le nez part de travers. J'étais vengé. » Le nez de Michel-Ange si traîtreusement rompu, aucun médecin, Agnolo, ne fut capable de le remettre en état. Moi qui admire tant les œuvres de notre divin maître, aussi bien en peinture qu'en sculpture, cette vantardise et l'offense faite au prince de notre art par un sot doublé d'une canaille m'ont causé une telle fureur que j'ai renoncé au voyage d'Angleterre.

Il s'était échauffé au souvenir de cet épisode. Revenant à lui, et me prenant cette fois-ci au-dessus du coude par le bras, qu'il palpa à son aise sous l'étoffe, il se radoucit jusqu'à me dire, après de nouvelles caresses dont il me sentait frissonner :

— Je suis heureux d'être resté, puisque sans ce contretemps je ne t'aurais pas rencontré. Nos chemins se sont croisés au bon moment. Cher Agnolo, si tu as autant de lettres que tu le dis, je pense que tu me seras très utile pour le projet que j'ai en tête. Mais d'abord, cesse de me parler en étranger. Entre amis qui se sont compris sitôt qu'ils ont fait connaissance, seul le « tu » est de mise.

12

L'atelier

Il est impossible de suivre le narrateur dans tous les détails du récit emphatique de l'époque passée auprès de Benvenuto Cellini. Celui-ci cherchait à briller et à surprendre. Toute action lui était bonne pour étonner ses contemporains. Trop naïf pour s'en aviser, Bronzino s'émerveilla de le voir ne rester dans la maison de ses parents, via Chiara, que le temps de se changer, bien que le sang qui tachait en plusieurs endroits son pourpoint prouvât le nombre et peut-être la gravité de ses blessures. Le torse et l'avant-bras avaient souffert, mais quand la signora Cellini accourut pour le panser, il la repoussa avec colère. Il s'appliqua lui-même un onguent et se frotta les côtes avec des gestes circulaires et cabalistiques. Bronzino, remarquant une sorte de toison en éventail sur sa poitrine, se demanda si à lui aussi du poil pousserait là. Benvenuto ne sourit à sa mère et ne consentit à lui raconter l'incident que lorsqu'elle lui eut apporté une nouvelle chemise et un nouveau justaucorps, dans lequel il se pavana devant le grand miroir posé contre le mur, entre des violes et des luths. Une harpe était suspendue à une poutre. Bronzino s'étonna de ces nombreux instruments. Son père, lui dit Benvenuto, avait été fifre dans l'orchestre de Laurent le Magnifique, et, vaniteux de ce souvenir, aurait voulu l'engager dans la même voie. Il lui avait fait donner des leçons de flûte, qui l'avaient dégoûté à jamais de la musique, à cause de la déformation que cet instrument imprime aux traits du visage, en donnant plus d'épaisseur à la bouche et moins de courbure aux lèvres.

Par la place du Marché et le Borgo dei Nelli, il conduisit son nouvel ami via de' Calderai (rebaptisée depuis de' Pucci) jusqu'à l'atelier de son maître Francesco Salimbene, l'orfèvre le plus important de l'époque et le chef de leur corporation. Bronzino nota qu'en passant devant le palais Médicis, Benvenuto avait fait une petite révérence, qui pouvait passer pour une marque de déférence aussi bien que d'ironie. Dans l'atelier, une douzaine de garçons à peine sortis de l'enfance, dont l'un ne semblait pas avoir plus de treize ans, s'affairaient à enchâsser des pierreries et à ciseler des vases d'argent et d'or, sous la direction d'un garçon un peu plus jeune que Benvenuto.

Il devait avoir mon âge [*dit Bronzino à qui nous rendons la parole*] et s'appelait Giovan Battista. Benvenuto l'avait-il choisi pour sa prestance ? Un Apollon. Il passait nonchalamment entre les apprentis. Ses conseils se limitaient à des chiquenaudes distribuées au hasard. Il n'en était pas moins respecté de ce petit monde turbulent, parce qu'il se promenait dans les rangs en faisant reluire la lame d'une petite dague qu'il ne cessait de fourbir avec le revers de sa manche, une manche de satin à crevés, brodée de soie. Quant à Francesco Salimbene, plus intéressé à la vente qu'au perfectionnement des joyaux et des pièces d'orfèvrerie qui sortaient de sa fabrique, il passait le plus clair de son temps dans sa boutique du Ponte Vecchio, quartier général des orfèvres et des marchands de bijoux, et ce jour-là je ne le vis pas. Les marteaux, les maillets, les poinçons remplissaient l'atelier du plus gai des vacarmes. On tapait, on cognait, on martelait dans tous les coins. Les uns frappaient des sceaux, des monnaies, des médailles, les autres sertissaient des cabochons et des gemmes, creusaient des entailles ou sculptaient en relief des agates, des améthystes, des onyx pour en faire des camées.

À l'entrée de Benvenuto, tous s'interrompirent et bondirent de leur tabouret pour l'accueillir et fêter son retour par des applaudissements et des cris.

— *Pueri te salutant !*

— *Benvenuto a Benvenuto !*

— Un nom prédestiné ! lui dis-je.

— Agnolo, Angelo, ce n'est pas mal non plus !

Le plus jeune des élèves lui sauta au cou avec effusion. Benvenuto le baisa sur les lèvres, puis l'écarta, attira à lui Giovan Battista et le baisa aussi sur les lèvres, avec plus d'insistance. Le travail reprit aussitôt. La présence de celui qui de toute évidence avait supplanté le patron dans la direction des travaux et régnait en maître sur cette nuée de beaux garçons accroissait leur ferveur. Tous n'étaient pas beaux, du moins à mon goût ; ceux à qui manquait la grâce la compensaient par un supplément de virilité, bien distinct sous l'étoffe tendue de leurs chausses.

Benvenuto allait de l'un à l'autre, encourageait celui-ci, reprenait celui-là, guidait par le poignet les plus novices, rectifiait une erreur, grondait au besoin l'auteur d'une maladresse, mais toujours doucement et sans rudoyer personne. Il les prenait par les épaules, par le cou, quelquefois par la taille, caressait un dos, une nuque, posait un baiser sur une joue. Cette familiarité était du goût de chacun.

— Quand il sort et nous quitte, nous ne savons jamais, me dit Giovan Battista, s'il ne s'attirera pas quelque méchante affaire par sa témérité. Il entretient ainsi notre joie de le revoir.

Parmi tous ces jeunes gens se trouvait une fille, et j'en éprouvai une sorte de soulagement, en pensant à ce que mon père eût dit s'il m'avait vu dans ce milieu si étranger à la clientèle de sa boucherie. Cette fille était encore plus jolie qu'Adriana, mais je ne fus pas long à m'apercevoir que c'était comme les autres un garçon, habillé en fille, maquillé en fille, paré en fille, orné à chaque oreille d'une perle encerclée dans un anneau. Ses camarades semblaient trouver des plus normaux cet accoutrement. J'étais choqué, pour Adriana, qu'un garçon eût emprunté l'apparence et les manières gracieuses de son sexe. Mon amour pour Adriana se ralluma, en comparant la supériorité de la nature à ce qui ne pouvait en être qu'une parodie. J'aurais voulu leur prouver leur erreur, mais craignant leurs moqueries je n'osais leur montrer la précieuse entaille, que je me contentais de toucher au fond de ma poche comme un talisman. Il faut avouer que Diego – tel était son nom – les surpassait tous en beauté et en grâce. Il aurait pu rivaliser avec l'Antinoüs antique sans la couche de fard passée avec trop de complaisance sur ses joues. Benvenuto lui avait apporté en cadeau une chaîne d'or à laquelle était suspendu un petit diamant. Il la lui mit au cou et l'amena devant un miroir.

— Est-ce bien là Diego que je vois ? s'écria le jeune travesti.

— Oui, dit Benvenuto, c'est bien là ce Diego dont aucun bijou ne sera assez digne de rehausser le plus beau teint qu'on puisse voir à Florence.

Quelle atmosphère joyeuse dans cet atelier ! Quelle énergie communicative ! J'en oubliais presque de m'offusquer de la licence qui n'était pas moindre que l'entrain. Le duc était venu avec la duchesse et toute leur cour s'informer des progrès de son aiguière. Qu'on juge, par l'honneur insigne de cette visite, en quelle considération était tenu Benvenuto. Il me montra ce magnifique objet, auquel ne manquaient plus que le col et le bec.

— Ce seront le col et le bec d'un cygne, en or rehaussé de turquoises.

Chacun put voir, aux explications détaillées qu'il donnait au nouveau venu, que Benvenuto ne lui ménageait pas sa sympathie. J'étais gêné de ces marques d'affection qui risquaient par leur promptitude excessive de me nuire auprès de ceux dont j'espérais par un comportement modeste me faire de bons camarades. Les joues enfarinées de Diego ne pouvaient pâlir davantage sous l'épaisse couche du fard blanc, mais y apparurent, sous forme de taches roses, les premiers signes de la jalousie.

Benvenuto me conduisit ensuite à l'étage, où il s'était installé une chambre à son usage particulier. Meublée d'une table de toilette où il avait aligné plusieurs fioles à parfum et d'un lit à deux places dont on n'avait pas réparé le désordre, elle donnait par une lucarne sur la coupole de Brunelleschi. Je redoutais ce tête-à-tête, mais, sans profiter de ce que nous étions seuls, dans un lieu clos et hors de vue de quiconque, il sortit d'un coffre une liasse de papiers couverts de signes désordonnés d'écriture et me dit, avec beaucoup de précautions comme s'il avait craint un refus :

— J'aime tendrement les petits apprentis de maître Salimbene, mais il n'y en a pas un sur quatre qui sache lire correctement. J'ai pris l'habitude de noter ici les principaux faits et gestes de ma vie, et je voudrais savoir si le projet qui m'est venu en tête mérite considération. De ces notes, vaut-il la peine de faire un livre ? Il ne m'échappe pas qu'avant l'âge de quarante ans un homme ferait mieux de se taire et d'accumuler les expériences. Emporte ces pages, toi qui as des lettres. Tu t'y connais même en latin ! Donne-moi, franc et libre, ton avis, j'aurai confiance dans ton jugement, quel qu'il soit. Va-t'en maintenant. Nous devons nous atteler à un nouveau et considérable travail, pour lequel ces garçons ne sont pas très bien formés. Le cardinal Ippolito veut offrir au pape un calice serti de pierres précieuses ; après avoir comparé mon modèle à celui de Salimbene, il m'a choisi pour exécuter le calice ; le délai fixé est trop court ; mais c'est pour moi une occasion inespérée d'établir définitivement ma valeur et de confondre mes ennemis. Je ne veux rien négliger pour réussir dans cette tâche. File, qu'est-ce que tu attends ?

Ébloui de l'honneur qu'il faisait à un inconnu en lui confiant son manuscrit, je pris congé et rentrai chez moi sans avoir besoin de repasser par l'atelier. Un escalier privé conduisait directement de sa chambre à la rue. Je me souviens d'avoir sauté de joie et dansé jusqu'à l'Arno, puis ralenti sur le pont Santa Trinità, enfin marché au pas dans la montée jusqu'à Monticelli, moins à cause de la pente que par crainte de ce qui m'attendait à la maison. À mesure que j'approchais de la boucherie, je me demandais avec une appréhension grandissante comment j'annoncerais à mon père un engouement aussi subit pour un homme rencontré il y avait une heure à peine.

13

La salamandre

Il me secouait par l'épaule.

— Le tailloir, nom de Dieu !

Impatient de lire, je m'étais bouché les oreilles.

— Le tailloir, *porco Giuda* !

Il reprit en hurlant :

— Que diable trouves-tu d'utile dans ce tas de vieilles paperasses ? Ah ! toujours la même chose… Tu as le nasibus si enfariné de ce galimatias qu'on peut plus te demander le moindre service. Monsieur se croit de la haute ! Après le tailloir t'iras me chercher la hache et l'égouttoir pour le sang. Et plus vite que ça ! T'oublies qu'on est samedi, jour d'affluence ?

J'avais parlé à mes parents de ma rencontre, d'abord sans insister, puis, malgré l'imprudence, avec autant de chaleur que peut mettre un esprit qui s'éveille à évoquer un événement dont il pressent qu'il va changer sa vie. Rixe via degli Alfani, atelier de Salimbene, ascendant de Benvenuto sur les élèves de son maître, merveilles qui sortaient de ses mains, aiguière commandée par le duc, calice destiné au pape, je leur avais tout raconté – sauf le déguisement de Diego, dont je ne savais d'ailleurs que penser.

Dans le coin de la boutique le plus éloigné de l'étal, j'avais installé une table et une chaise. De temps en temps, quand je le voyais plus détendu, je lisais à mon père des passages du manuscrit, avec l'espoir qu'il partagerait mon excitation.

« Quiconque a fait fructifier la graine que Dieu a déposée en lui, quiconque s'est distingué par une œuvre de valeur, ou qui paraisse en valoir la peine, devrait avec la sincérité de l'honnête homme écrire sa vie de sa propre main, pourvu qu'il soit digne de foi et son récit véridique. »

Mon père était le meilleur des hommes. Rarement je l'avais vu fâché. Quand son corps sanguin et massif était saisi d'un accès de violence, celle-ci passait tout entière sur les bêtes, à les abattre, à les dépecer, à leur arracher leurs entrailles, à les couper en morceaux. Il ne levait jamais la main sur ma mère et me traitait moi-même avec le plus extrême ménagement. Il surveillait d'habitude son langage, par égard pour ses pratiques, car en toutes choses il avait le sens de *l'utile*. Tout devait servir à vendre plus de viande à plus de clientes. Quand une parole plus grossière lui échappait, c'était après des ripailles avec les équarrisseurs et les bouchers de San Lorenzo. Ce jour-là, cependant, il jura et parut sur le point de s'emporter. Peut-être parce qu'il ne savait pas lire et que, tout en me voulant instruit, il souffrait de l'écart qui se creusait entre nous. À moins que sur le compte de mon nouvel ami il n'eût prêté l'oreille à des rumeurs d'où il ressortait que la fréquentation de l'orfèvre n'était pas plus souhaitable que cela pour des jeunes gens insuffisamment avertis.

— Sacrebœuf ! fit-il, quand j'eus fini de lui lire la profession de foi de Benvenuto, je les enc..., ceux qui se vantent gros comme le bras de leur honnêteté et sincérité. Messer Bracco Alboni m'a refilé l'autre jour un veau mongane en m'assurant qu'il tétait sa mère dans les pâturages de Val di Chiusi. « La meilleure viande de Toscane, foi d'honnêtes Alboni que nous sommes. Notre famille a-t-elle jamais menti ? » Il me gonflait de cette rengaine en me réclamant un prix proportionné à la qualité supposée de sa marchandise. Qu'il aille se faire f... Une carne de Pontedera n'aurait pas été plus dure. Putain, il m'a bien eu, le ladre. Et toi, *figliolo mio*, fais gaffe. Je crains que tu te sois pris les couillons un peu vite avec ton coupeur de jarrets. À ta place j'y regarderais à deux fois.

Contrarié de voir mon père mettre en doute la bonne foi des artistes, par une confusion entre les pratiques commerciales toujours sujettes à filouterie et les principes sacrés qui nous guident dans notre profession, mais décidé à négliger une semonce à ne mettre au compte que de l'ignorance, je ne pouvais m'arracher à la lecture du manuscrit. Le récit de bagarres héroïques, de coups de main spectaculaires, d'assauts à des maisons retranchées, d'enlèvements de collégiens dans le dortoir des pensionnats, de rapts de bonnes sœurs arrachées au cloître, enfiévrait d'autant plus mon esprit que j'aurais été incapable moi-même, par tempérament comme par éducation, de déployer une telle énergie et de braver avec autant d'aplomb. Insolences, insultes, provocations, échauffourées, duels, bastonnades, cet homme se livrait sans frein à ses impulsions. Rien ne le retenait ; ni ce qui est en exécration à l'Église, ni ce que prohibe l'État ne constituait pour lui un obstacle ; chaque semaine rallongeait la liste de ses exploits. Les principes religieux dans lesquels ma mère m'avait élevé, le respect que mes parents m'avaient inculqué de la paix et de l'ordre publics, indispensables à la bonne marche de leur commerce, me faisaient craindre que rien, hélas ! jamais rien ne m'arriverait d'extraordinaire, comme dans la vie de Benvenuto. Quelle modeste destinée serait la mienne, en comparaison de ce que je lisais à chaque page !

Adriana venait quelquefois nous rendre visite en fin d'après-midi, accompagnée non de son père mais de sa tante. La signora Ponti, célibataire à trente ans, n'étant pas étouffée par le préjugé, j'avais la permission de faire avec Adriana une courte promenade dans les environs de la boucherie, jusqu'à la chapelle de San Vito, où elle me faisait agenouiller à côté d'elle pour adresser une prière à la Vierge de plâtre posée sur l'autel. « Montre-moi *notre* entaille », me disait-elle. Je sortais l'entaille de ma poche et la posais devant elle sur le marbre de la balustrade. « Jure de la porter toujours sur toi. » Ces serments, qui m'auraient flatté naguère, ces promenades, qui m'auraient plu, m'assommaient. Je n'y voyais que le désagrément d'avoir à interrompre ma lecture.

Presque tous les jours, en mentant à mon père sur le lieu et le but de mes sorties, je courais chez Benvenuto lui rendre compte de mes impressions. L'épisode de la salamandre m'avait paru obscur.

— Ah oui ! c'est un de ceux qui m'ont le plus marqué dans mon enfance. Je me reproche de l'avoir mal raconté. Ta remarque me pousse à envisager des corrections. Rajoute-les de ta main d'après ce que je vais te dire. J'avais cinq ans environ. Le froid était intense, un bon feu de chêne crépitait dans la cheminée. Mon père s'affairait à entailler une plaque d'ivoire pour le clavecin de messire Del Buono. J'aperçus en fixant les yeux sur le brasier un petit animal. Semblable à un lézard, il avait choisi pour se récréer l'endroit le plus ardent de la fournaise. Sans se brûler, il dansait dans les flammes. Je le montrai à mon père qui posa à l'instant ses outils pour m'appliquer le plus violent soufflet qui ait jamais atterri sur une joue. Puis il me dit, avec toute la douceur du monde : « Je ne te frappe pas pour une mauvaise action, cher enfant, ni par envie de te frapper, mais pour que tu te souviennes du jour où t'est apparue une créature si rare qu'il n'est pas sûr qu'autre personne en ait jamais vu. » Quelle leçon ! Que je sais gré à mon père de cette gifle ! Dès le plus jeune âge elle m'a orienté vers les arts du feu, le sertissage des bijoux, la frappe des monnaies, la gravure des médailles, la fonte des statues. Oui, en m'inculquant l'amour de ces métiers où la beauté de l'ouvrage dépend de notre capacité à soutenir la vue des flammes pour y opérer la transmutation des métaux, mon père a décidé de mon avenir.

« Mais puisque tu lis de si près mon pauvre manuscrit et t'intéresses à ces gribouillages dépourvus de toute valeur et qui n'en acquerront peut-être que grâce à ce que tu y ajouteras de ta main, je vais te récompenser de ta peine en te faisant découvrir quelque chose qui complétera ton instruction.

Nous étions seuls dans sa chambre, les bruits de l'atelier ne montaient même pas jusqu'à nous et, de nouveau, devant le lit défait qui avait beaucoup servi, je n'étais pas sans éprouver quelque appréhension. Allait-il me proposer ce qu'il semblait pratiquer librement avec ses apprentis ? Bronzino, Bronzino, ne sois pas hypocrite ! Sans doute rêvais-tu déjà d'être totalement à lui. Mais tu ne te sentais pas encore prêt. La religion, la morale, le respect humain… Ses élèves, eux, n'avaient pas tant de problèmes. Séparés de leur famille ou sans famille (enfants trouvés comme Diego), ils couchaient à l'atelier. Toi, tu vénérais tes parents, tu les retrouvais chaque soir, ils t'avaient nourri de principes que tu n'aurais pas trahis inconsidérément. Allons, Bronzino ! Tu continues à tergiverser. Avoue une autre raison, nullement secondaire, peut-être la principale : n'avais-tu pas honte de ton inexpérience ?

Je me levai vivement et m'approchai de la porte, prêt à m'enfuir. Il se mit à rire et me dit :

— Tu as pris les devants, car nous allons sortir et aller voir un tableau.

14

La Madone des harpies

Déambuler avec Benvenuto reste parmi mes plus beaux souvenirs. Le privilège d'être florentin, il m'en fit prendre conscience. Avant de le connaître, jamais je n'avais pensé à me dire : « Tu es à Florence ! Tu es de Florence ! » Mon père ne descendait de Monticelli que pour se ravitailler au marché de San Lorenzo. Ma mère n'avait jamais traversé l'Arno. Comme toutes les personnes qui n'ont pas l'esprit spécialement agile (Dieu me garde de critiquer ma mère !), elle s'arrêtait à des détails sans aller à l'essentiel. À l'entrée du pont, elle regardait les canards dans l'eau, puis, quand elle pensait à visiter le Duomo ou le Baptistère, c'était l'heure de rentrer. J'étais resté peu curieux de ma ville. Benvenuto connaissait à fond chaque quartier. Il m'emmenait partout. Aucun détail insolite ou piquant ne lui échappait.

— Regarde, il a chié sur cette horreur de Bandinelli, me dit-il en me montrant une fiente de pigeon tombée sur le nez de saint Jérôme.

Il haïssait Baccio Bandinelli, nouveau venu dans la sculpture et personnage déjà en faveur, avec qui il aurait à se mesurer lorsque, de l'orfèvrerie et de la gravure des médailles, pleinement aguerri, il passerait au « grand genre ».

On bavardait au marché avec les commères, on entrait dans un cabaret, dans une église. Il allumait des cierges devant les autels, puis, dans la foulée, me poussait derrière les buissons surprendre les garçons qui se baignaient nus dans le fleuve. Un jour il se déchaussait pour suivre derrière le porte-croix une procession de *Scalzi*, le lendemain il m'apprenait à fracturer les tabernacles, à voler des ciboires. Chaque fois que j'étais tenté de me rebeller contre son cynisme, il me surprenait par un élan de piété. Inversement, quand je pensais être rassuré par ce qu'il me montrait de sérieux, de « responsable », il me faisait honte de mon ingénuité.

À San Lorenzo, il alluma une bougie devant *L'Annonciation de la Vierge Marie*. Le tableau de Filippo Lippi m'émerveilla. Il observa l'air absorbé, dévot, avec lequel je contemplais la Madone.

— Son visage est si pur ! m'exclamai-je.

— Et que dis-tu de l'angelot à genoux devant elle, qui tient une longue tige de lis à la main ?

— Il est bien joli aussi. Ses joues roses et lisses, son petit nez enfantin, ses yeux candides nous garantissent qu'il est à l'abri du péché. Tout le tableau respire l'air éthéré des cimes.

— Sais-tu, carafon d'eau bénite, que Filippo Lippi était moine, qu'il en pinça pour la nonne du couvent voisin, qu'il l'enleva, qu'il l'engrossa, et la prit ensuite pour modèle de cette jeune vierge sans tache ? L'angelot est le petit garçon né, dans *l'air éthéré des cimes*, de leur union *si pure*.

Embarrassé de ma niaiserie, je crus me rattraper en m'extasiant sur les tombeaux de la vieille sacristie. Il me conseilla d'attendre, avant d'épuiser mes réserves d'admiration, le moment où Michel-Ange aurait fini d'aménager le lieu des nouvelles sépultures. Sa science des monuments était infaillible. Les palais, devant lesquels j'étais passé tant de fois incapable de distinguer un bossage rustique d'un bossage en dégradé, lui fournissaient l'occasion de me raconter l'histoire des grandes familles de notre ville. J'aimais ces promenades, non seulement parce que la vivacité de sa parole redonnait vie aux édifices et ravivait chez le petit Bronzino la gloire d'être florentin, mais parce que je sentais rejaillir sur moi une partie du prestige de Benvenuto. J'observais que tout le monde, à son passage, s'inclinait avec respect. Si quelque impudent osait le regarder en face, il lui faisait baisser les yeux en tirant à demi son épée. Aux abords du Ponte Vecchio, du plus loin qu'ils le reconnurent, les orfèvres se recommandèrent à Dieu par des signes de croix. J'aurais voulu être présenté à Salimbene, mais Benvenuto n'avait pas envie de lier conversation avec quiconque. Il m'entraîna place de la cathédrale.

Tous les curieux, amassés autour du Baptistère, s'écartèrent pour le laisser approcher des portes, la porte d'Or et les deux autres, devant lesquelles il s'agenouilla tour à tour et m'obligea à m'agenouiller. Puis nous atteignîmes la Badia. À peine maître Pompeo qui se promenait de ce côté nous eut-il aperçus qu'il s'esquiva dans une ruelle. Après le palais du barigel et le Borgo dei Greci, nous parvînmes, dans le quartier de Santa Croce, au but de notre promenade. Benvenuto frappa à la petite église San Francesco de' Macci du pommeau de son épée.

Le frère gardien reconnut le signal et s'empressa de nous ouvrir. Il nous conduisit jusqu'au maître-autel et souleva avec d'infinies précautions la bâche qui recouvrait un tableau de grande taille. C'était un ouvrage déjà ancien d'Andrea del Sarto, mais qui ne serait officiellement dévoilé que dans quelques jours. Andrea avait peint une *Madone à l'Enfant*, entre deux saints.

— Le sculpteur Sansovino, nous dit fièrement le moine, a posé pour saint Jean.

— Le grand Sansovino, celui du Baptistère ? demanda Benvenuto.

— Non, pas Andrea, mais Jacopo.

— Ah ! Jacopo n'est que l'élève d'Andrea, m'expliqua Benvenuto. De son vrai nom Jacopo Tatti, il a pris celui de Sansovino par affection. Les artistes aiment à s'identifier complètement à leur maître.

Il se souviendrait de cette coutume, dit le narrateur, quand le jeune Alessandro Allori lui demanderait la permission de se faire appeler Bronzino. J'ai coupé ce passage, qui anticipe de trop loin sur la suite de l'histoire.

Andrea del Sarto avait eu l'idée incongrue de jucher la Madone sur un piédestal et de peindre, sur chacune des quatre arêtes de ce piédestal, une créature ailée, squelettique, poilue, grimaçante, aux seins flasques et aux membres grêles, qui tenait de la chauve-souris, de la locuste, de la sphinge et de la chienne.

Benvenuto était plié de rire.

— L'inauguration, me dit-il, aurait dû avoir lieu depuis cinq ou six ans, quand le tableau venait d'être fini, mais ce détail peu ragoûtant contredit tellement l'idéal de douceur, de paix, de majesté, de détachement du monde que devrait suggérer le thème sacré entre tous de la Madone à l'Enfant, que le cardinal a décidé de surseoir jusqu'à ce qu'on trouve à cette apparence de blasphème une explication plausible. Le peintre se refusant à tout commentaire – et tu vas comprendre pourquoi –, le ministre des couvents de la province de Toscane, monseigneur Antonio Sassolini, a enfin résolu l'énigme. Le prochain prêtre qui montera en chaire exposera dans son homélie que la Vierge immaculée n'est juchée au-dessus de ces monstres et dans la proximité de leur infection que pour assurer sa domination sur les hideurs du péché. Personne avant monseigneur Sassolini n'avait déchiffré les paroles gravées sur le socle. Approche-toi et lis.

Je m'approchai et lus non sans peine ces lignes écrites en latin abrégé :

Jaillies du puits de l'Abîme,
des sauterelles se répandirent sur la terre
munies du dard vénéneux des scorpions.

— Apocalypse de saint Jean ! m'exclamai-je. Mes parents sont fort dévots, et je me souviens du temps où un prêtre de leur paroisse venait leur lire l'Ancien et le Nouveau Testament. Pour les maintenir dans la crainte de Dieu, il leur lisait précisément le passage qu'Andrea a choisi. Je me rappelle fort bien ma frayeur, quand il arrivait à la conclusion. Il y était dit que ces sauterelles ayant des queues pareilles à celles des scorpions ont le pouvoir de torturer les hommes pendant cinq années et cinq mois. Cinq années et cinq mois ! Cette précision m'épouvantait.

— Andrea s'est inspiré de ce passage, selon toi ?

— Qu'il ait stigmatisé ainsi le péché me semble une excellente chose, Benvenuto. Le triomphe de l'Église sur le paganisme ne saurait être illustré avec plus d'éclat. La Madone foule aux pieds et fait rentrer sous terre, par le seul rayonnement de sa maternité divine, les larves échappées de l'enfer.

— Ah ! le bon petit élève des frères servites ! Que j'aime ta simplicité, Agnolo ! Je pincerais ton nez, il en sortirait encore de l'encens ! Sais-tu la plus grande sottise que puisse commettre un homme ?

Rouge de confusion, je cherchai en vain une réponse qui fût de nature à lui plaire.

— C'est de se marier, Agnolo. Andrea serait devenu le premier peintre de sa génération si son caractère avait été à hauteur de son talent. La veuve qu'il a épousée le plie à son caprice et soumet son esclave à une telle surveillance que les pirates barbaresques n'en exercent pas de plus tatillonne sur les chrétiens qu'ils ont enlevés. Elle contrôle chaque minute de son temps, entre à l'improviste dans son atelier, vérifie au sou près ses dépenses, exige qu'il rentre avant la nuit, retire une heure après le coucher du soleil la clef de la porte de leur maison et cache cette clef sous son oreiller. Jalouse au-delà de ce qui est permis à une femme mariée, elle le torture par des accusations incessantes, des soupçons gratuits et toutes sortes de souffrances et de vexations très nuisibles à son art. Par exemple, elle lui interdit de prendre pour modèle d'autres femmes que la sienne, en sorte que toutes ses saintes et Madones se ressemblent, et que les accusations de monotonie qu'on lui adresse ne sont pas totalement infondées. Il avait fait poser une servante pour le mariage mystique de sainte Catherine. Elle a renvoyé la servante, brisé la palette, jeté les couleurs qui avaient servi pour le tableau, jeté le pinceau, et fini par détruire le tableau. « Mystique, mon œil ! Vise-la un peu ! Une vraie traînée ! » Car elle s'exprime en ces termes choisis. Bien pis, elle a essayé de l'empêcher de se rendre en France à l'invitation du roi François Ier qui avait déjà attiré dans ses châteaux plusieurs peintres italiens. Léonard fut du nombre, et tu sais qu'il s'est trouvé si bien en France qu'il y est resté jusqu'à sa mort. Un sursaut de sa volonté permit à Andrea de partir, elle le harcela alors de lettres si pleines de doléances et de récriminations que, se sentant coupable, il se hâta au bout d'un an de rentrer au foyer, abandonnant les avantages d'une situation bien rémunérée et le plaisir de fréquenter une cour des plus brillante.

« C'est une chipie, une mégère, une goule, tu comprends, que cette Lucrezia del Fede, et pour se venger d'être despotisé par une femme, il l'a ravalée et ridiculisée sous les traits de ces harpies peintes sur le piédestal de la Madone. Apprends par cet exemple comment notre art peut nous dédommager de notre vie. Si un jour on te tourmente sans raison, sache que ta revanche est au bout de ton pinceau.

« Mais le tableau vise bien au-delà de l'anecdote conjugale. Le détail horrifiant qu'Andrea y a introduit n'atteste pas seulement la rancœur d'un mariage malheureux : ce quatuor de striges stigmatise l'engeance féminine tout entière. Chaque femme est une harpie et une goule. Ne laisse jamais une femme te régenter. Il y en a plus d'une à ressembler à Lucrezia. Sauterelles armées d'un dard, elles piquent, brûlent, torturent les hommes beaucoup plus longtemps que pendant cinq ans et cinq mois. Toute leur vie ! Qui d'entre nous ne se rebellerait contre le joug qu'elles veulent nous imposer ?

« Mais cela, bien entendu, conclut Benvenuto en riant à nouveau, ne doit pas être rendu public. Andrea pourrait être soupçonné de n'avoir dénoncé le supplice du mariage que pour se donner la permission de courir après des plaisirs moins décevants.

15

L'auberge de Ferrare

Benvenuto ne m'en dit pas plus ce jour-là. J'aurais pu m'alarmer d'allusions aussi peu douteuses. Soit parce qu'il avait de quoi se contenter avec les garçons de l'atelier, soit qu'il ne se sentît pas de goût particulier pour ma personne, il semblait pour le moment ne me vouloir amuser, surprendre et aguerrir qu'en me faisant participer aux épreuves de force où il s'engageait témérairement. Tout en me traitant chaque jour avec une affection croissante, il se gardait de ces gestes qu'on appelle osés. Il pourvoyait à mes dépenses, payait pour moi au cabaret, m'acheta un bonnet de laine le jour où le froid tua cent cinquante pigeons. Il cisela lui-même la poignée de la dague dont il me fit présent. J'avais très peur qu'il ne m'obligeât à lui rendre pain pour fouace. Mais autant il en prenait à ses aises avec ses apprentis, autant *il se gênait avec moi*, je ne trouve pas de meilleure expression pour indiquer la *distance*, si contraire à ses habitudes, qu'il s'obligeait à respecter envers celui que ses vingt ans et son innocence ne pouvaient pas ne pas tenter. Je me demande encore à qui de nous deux tenait le principe de cette distance. Craignait-il d'abîmer ce qui faisait ma valeur à ses yeux ? Diego et les autres, les trouvait-il *trop faciles* ? Ou ne se pressait-il pas, assuré de m'avoir à sa disposition ?

Nous revenions une fois de Venise, où il était allé s'assurer que n'était jamais apparu et n'existait de nos jours aucun orfèvre ni sculpteur de quelque mérite, parce que les arts de l'orfèvrerie et de la sculpture, me dit-il avec mépris pour les Vénitiens, supposent d'abord la maîtrise et la fermeté du dessin, dont seuls les Florentins possèdent les techniques et le talent.

— Ils clament tous, à Venise : la couleur ! la couleur ! Belle façon de se cacher leurs limites ! Leurs tableaux ne valent pas plus cher que les pots de peinture qu'ils leur coûtent. Quand notre Botticelli fait une Vénus, elle a les contours nets, la pureté anguleuse d'un garçon. Leurs Vénus, leurs Flora, leurs Danaé à eux ne sont que des masses de chairs indistinctes, des paquets de cellulite, des mollassonneries à pleurer, où tu ne reconnaîtrais ni la clavicule ni le pli de l'aine.

Cette opinion recoupait si bien les impressions de mon premier séjour à Venise, que je gobais ces énormités bouche bée. Il en aurait proféré de plus absurdes, que je n'y aurais pas entendu malice.

Le pittoresque de Venise fut aussi l'objet de ses sarcasmes. À cet amoureux des pierres précieuses et des ciselures sophistiquées, seule plaisait l'architecture austère. Il ne voulait que des façades d'un bloc, sans balcons ni enjolivures. Comme je m'extasiais devant la Ca' d'Oro, il traita de « gothique » la façade ajourée. « L'or, petiot, n'a sa place qu'ici », me dit-il en étendant au-dessus du canal ses mains ornées de plusieurs bagues dont le soleil fit étinceler la monture. Une gondole, dont la coque relevée aux deux bouts me paraissait si élégante, surtout en comparaison avec nos barques plates de l'Arno, ne trouvait grâce à ses yeux que si le gondolier avait moins de vingt ans et des grègues ajustées au plus près.

Une nuit que nous nous promenions dans les parages du Rialto, quartier des prostituées, il fut extrêmement choqué de leur voir les bras et les jambes découvertes, et même les seins à nu. L'une d'entre elles l'agrippa au passage et lui prit la main qu'elle plaqua sur son téton. Il hésita un moment à la suivre, puis, pour ne pas me laisser seul, renonça à un plaisir pour lequel il n'avait qu'un penchant modéré. Il tordit le téton à la fille, la traita affectueusement de *bagascia*, enfin lui donna un demi-ducat pour la dédommager de l'avoir pincée aussi fort.

— Je les trouve bien hardies ! dit-il à l'ami chez lequel nous étions descendus.

— Sur commande, dit Nicola. Elles exhibent *leurs appas* sur commande. Ne sais-tu pas qui leur a ordonné de se promener à demi nues et d'aguicher par tous les moyens les passants ? Monseigneur le cardinal archevêque en personne ! Le décret signé de sa main est affiché à la porte des églises.

Benvenuto s'étonna d'une pareille mesure. Ce fut peut-être la seule fois de sa vie où il fit preuve de naïveté.

Nicola se mit à rire.

— Gros nigaud ! Tu ne devines pas ? Monseigneur veut détourner les Vénitiens de la mode importée récemment de Turquie. L'herbe poussera entre les dalles, la République sera bientôt dépeuplée, si on laisse proliférer les mœurs orientales.

Ce prétexte parut à Benvenuto du plus haut comique ; il en fit des gorges chaudes toute la nuit. Il riait d'autant plus fort qu'il avait honte de n'avoir pas compris tout de suite la haute politique de Son Éminence.

Puis il me dit :

— Tu devrais en tâter, toi aussi. Il n'y a pas d'expérience inutile. Et pas de choix qui tienne si tu ne t'es pas montré capable du choix opposé. Tu dois avoir tout essayé, avant de te dire : « J'en suis. » Sinon tu ne chasseras pas le doute que tu as eu peur de faire flanelle devant *le puits aux sots.* Demeurés ceux qui s'en délectent, d'accord, crétins et débiles s'ils croient que c'est *le pot aux roses*, mais ce n'est pas une raison pour ne pas vérifier ce qu'ils éprouvent. Vas-y, je te donne deux ducats.

Je fis semblant de n'avoir pas entendu. D'ailleurs je n'étais pas sûr d'avoir saisi ces multiples allusions.

Le lendemain, il mit sens dessus dessous la boutique d'un bourrelier qui voulait lui vendre trop cher une selle turque (exprès *turque*, pour narguer l'archevêque) dont il désirait me faire cadeau. Le bourrelier et ses apprentis se jetèrent sur lui et l'obligèrent à déguerpir. N'ayant pas calculé que la plupart des ruelles débouchent sur le vide, il tomba dans un canal en essayant d'échapper à ses poursuivants. Peu s'en fallut qu'il ne se noyât dans l'eau vaseuse, son manteau s'étant accroché à un pieu d'amarrage. Il se débarrassa de son manteau et remonta indemne à la surface. Je dus le tirer par les épaules puis le défaire d'un poisson mort agglutiné et d'un épi de maïs emmêlé à ses longs cheveux. Au lieu de se tourmenter pour le poisson mort, présage sinistre pour un chrétien, l'épi de maïs [*« granturco », en italien*] le mit en joie. Il était mort de rire en me répétant : « C'est le *grain turc*, d'accord, selon l'étymologie officielle. Mais moi je dis que c'est aussi le *grand Turc*. Il s'est collé à moi par turcomanie. »

Ses déboires n'auraient pas entamé sa gaieté, sans l'acharnement du bourrelier. Plainte ayant été déposée contre lui pour saccage et destruction de biens, les magistrats prononcèrent un arrêt d'expulsion. Pour éviter l'humiliation d'être reconduit dans la galère du Petit Conseil, Benvenuto décida de partir de bonne heure avant l'arrivée des sbires. Un jeune matelot taciturne qui refusa de se faire lutiner nous transporta sur sa barque jusqu'au village de terre ferme où nous avions laissé les chevaux. « Sans rancune », dit Benvenuto au beau marin. Et d'ajouter, en lui laissant un gros pourboire : « Mais la prochaine fois, que je te retrouve *turquifié* ! » Je quittai cette belle ville avec le regret de n'avoir pas eu le temps d'entrer à nouveau à Saint-Marc. Elle me plaisait beaucoup, cette basilique, à cause des coupoles si différentes de celles de Florence et des mosaïques dont nous n'avons pas l'équivalent.

Après une longue chevauchée dans la plaine du Pô, nous dûmes passer la nuit à Ferrare. L'aubergiste voulut être payé d'avance, pour la seule chambre qui restait libre. Spacieuse et commode, elle était meublée de deux lits jumeaux. Benvenuto protesta que partout ailleurs on a l'habitude de ne payer que le lendemain matin.

L'autre tenait bon :

— J'entends être réglé sur-le-champ, et à ma guise, pour une chambre qui a vue sur le château de messeigneurs les ducs d'Este.

Benvenuto lui rétorqua qu'il faisait nuit, qu'il avait regardé par la fenêtre et n'avait vu aucun château, ni de ducs ni d'autres princes au monde.

— Canaille, les gens qui veulent agir à leur guise doivent d'abord créer un monde à leur guise, parce que dans celui-ci de telles prétentions restent sans effet.

Le ton monta. Je poussai du coude Benvenuto pour l'inciter à se contenir. Il insulta copieusement l'hôtelier mais dut céder.

J'étais très fatigué du voyage, mais, à peine installé dans notre chambre et couché dans mon lit, je ne pus trouver le sommeil. Enragé d'avoir perdu la face, Benvenuto ne cessait de m'interroger sur la façon dont il pourrait se venger.

— Je ne quitterai pas l'auberge sans faire payer son avarice à ce pendard.

Il envisageait tantôt de mettre le feu à la maison, tantôt d'égorger les quatre chevaux logés dans l'écurie à côté des nôtres.

— Qu'en penses-tu, Agnolo ?

Je ne pensais qu'à dormir mais j'eus encore la force de lui objecter que ces représailles ne me sembleraient excellentes que lorsqu'il y aurait ajouté le moyen de nous enfuir sans être vus ni repérés.

Il feignit de se rallier à mon bon sens, grommela quelque chose à propos de « la selle turque » qu'il finirait bien par se procurer pour m'édifier *turquement*, puis se retourna vers le mur et me laissa dormir.

Le lendemain matin, dès potron-minet, nous voilà en route pour Florence. À peine étions-nous sortis de la belle ville de Ferrare, par la seule porte du rempart ouverte de si bonne heure, qu'il rebroussa chemin sous prétexte qu'il avait oublié une ceinture à laquelle il attachait un grand prix. Je le suivis, inquiet. L'aubergiste dormait encore. Benvenuto monta dans la chambre. J'attendais en bas. Benvenuto redescendit au bout d'un temps qui me parut plus long que celui nécessaire pour récupérer une ceinture.

Nous repartîmes au galop. Au premier relais il s'arrêta et me dit :

— Je l'ai bien eu, ce maraud ! Retiens bien ce que je vais te dire, car je veux que tu l'insères dans l'histoire de ma vie. Tu vois cette arme ? poursuivit-il en jouant avec son poignard. Je n'ai pu la planter dans le ventre de ce ribaud, comme il le méritait, mais elle n'est pas restée complètement inutile. J'ai découpé en bandes les draps et les couvertures de nos deux lits, puis les rideaux de la fenêtre. Pour finir j'ai crevé les matelas. Le préjudice montera à plus de cent écus.

De tels débordements pour une simple chamaillerie ? Comme je n'avais pas l'air de les approuver, il ajouta :

— Quelle tête tu fais, Agnolo ! Ton père ne t'a donc pas injecté du sang de bœuf dans les veines ? Apprends qu'il n'y a pas de plus grand plaisir que de défier le monde et mettre le désordre dans l'ordre qu'il veut nous imposer. Que tu sois dans ton droit ou dans ton tort, que ta conscience t'y autorise ou te le défende, n'obéis qu'à ta propre loi.

16

Le calice du pape

L'affaire du calice commandé par le cardinal Ippolito à l'intention du pape fut autrement importante et dangereuse pour Benvenuto.

Il avait conçu un très beau projet dont il me montra le modèle en cire : une coupe ovale, soutenue par deux chevaux cabrés que retiennent par la bride deux dompteurs nus et musclés. C'était rendre un triple hommage : au prénom grec du cardinal, Hippolyte qui noue et dénoue le licou de ses ouailles, à l'œuf contenu dans ses armes, enfin à la domination spirituelle qu'il étendait bien au-delà de la Toscane.

— Le délai de trois mois est bien court, Éminence, mais si vous me fournissez l'or et les pierres précieuses à temps, vous serez servi selon votre désir.

Au bout d'un mois, aucun supplément d'or, aucun rubis ou diamant n'avait été livré.

— Je subodore là quelque manœuvre d'un de mes rivaux, me dit Benvenuto. Note chaque détail de cette affaire. Rira bien qui rira le dernier.

Comme l'or n'arrivait toujours pas, il enferma le calice dans une armoire dont il confia la clef à son favori, le beau Giovan Battista, l'Apollon de son atelier. Puis il recommença à façonner des bijoux pour le seigneur Alessandro Serristori, dont l'épouse lui avait commandé un collier et des bagues.

Le cardinal dépêcha deux de ses camériers.

— À quand la livraison ?

On voyait à leur corpulence qu'ils mangeaient grassement et à leur face enluminée qu'ils n'étaient pas peu fiers de leur embonpoint. Benvenuto détestait les panses qui débordent des côtes, les ventres qui ont l'air de garde-manger, les trognes épanouies. Les questions grossières, jetées à la volée, comme un os à un chien, sans user du pronom personnel ni du verbe, ne lui étaient pas moins odieuses.

— Enseignez-moi plutôt, leur répondit-il, comment cuire du pain sans farine.

— Nous t'accordons un sursis de dix jours. Passé ce délai, si le calice n'est pas prêt...

— Un muet qui se mette à chanter serait un prodige dont il faudrait louer le Seigneur.

Ces propos rapportés au cardinal irritèrent fort Son Éminence. Elle envoya un peu d'or mais retint les rubis et les diamants promis. Quelque temps plus tard, les deux camériers se présentèrent de nouveau à l'atelier et tinrent ce langage à Benvenuto :

— Nous voyons bien que malgré ton zèle, dont nous ne doutons pas, tu n'as guère le temps de terminer ce travail pour la date fixée. Son Éminence a donc pensé t'être agréable en te soulageant d'une si lourde obligation. Remets-nous le calice, car il se trouve qu'un autre orfèvre est tout disposé à l'achever.

— Quel serait cet autre orfèvre ?

Ils ne voulurent pas lui révéler son nom.

— Dites à Son Éminence que cet ouvrage m'a déjà coûté beaucoup de peine, de nombreuses heures de travail, et que je n'entends pas qu'il se gâte entre les mains de quelque animal ignorant qui prétendra marcher dépourvu de jambes.

De pourpres, les deux envoyés du cardinal virèrent à l'écarlate. Le plus gros s'étrangla d'indignation. L'autre tomba dans le piège.

— Celui que tu appelles un animal ignorant n'est autre que messire Pompeo, qui a la confiance aussi bien de Son Éminence le cardinal, dont il crée par son art les sceaux, que de Son Excellence le duc, dont il frappe les monnaies.

— Ah ! cet âne de Pompeo ! Je me doutais bien d'où venait le coup.

Alors, n'y tenant plus, malgré mes efforts pour le raisonner, car j'entrevoyais les conséquences d'une telle rébellion, Benvenuto s'écria :

— Traîtres ! Vous voulez me ruiner ! Ce scélérat a manigancé tout le complot. C'est lui qui fait courir le bruit que je n'arriverai jamais à bout du calice. La prochaine fois je le rosserai si bien qu'il réclamera l'extrême-onction. Dites à Son Éminence que je suis prêt à lui rendre les cinq cents écus payés d'avance, mais que je garde pour moi le calice.

Les camériers répliquèrent :

— Une œuvre d'art appartient à celui qui en a fait la commande et la paie de son argent.

— Non, messeigneurs, une œuvre d'art appartient à celui qui la crée. Tirer de l'argent de sa bourse est à la portée de tout le monde, alors qu'un orfèvre est unique. Prétendre le contraire serait faire montre d'un entêtement borné, stupide et proprement asinesque, esprit qui n'est certainement pas celui que nous connaissons à Son Éminence.

Les camériers feignirent d'ignorer l'ironie du compliment. Les choses semblaient devoir en rester là, lorsque quelques jours plus tard ils revinrent accompagnés de quatre archers suisses prêtés par le gouverneur.

— Son Éminence nous mande vers toi, afin que tu nous remettes le calice ou que nous te conduisions en prison.

En costume bicolore fait d'un justaucorps serré à la taille et d'une culotte moulante, ces archers avaient la plus jolie tournure. Benvenuto les dévisagea de haut en bas et déclara qu'il serait enchanté d'être conduit en prison par d'aussi aimables geôliers.

— Le mignon joujou que tu as là ! dit-il en saisissant l'arc du plus jeune, un rustaud, trapu et robuste, assez laid à mon goût, mais visiblement bien fourni de ce que Benvenuto appréciait le plus chez un garçon.

Sous prétexte d'examiner l'arc, il pressait dans sa main la main du jouvenceau.

— Alors, dirent les camériers, tu t'obstines ? Tu ne veux pas nous remettre le calice ? Tu refuses d'obtempérer aux ordres de Son Éminence ?

— Je ne reconnais que Dieu pour maître. Lui seul a pouvoir sur moi et peut m'ordonner ce que j'ai à faire. Je n'autorise aucun de ses ministres à intervenir dans ma conduite. Un ange descendrait du ciel pour me la dicter, que je le renverrais poliment.

Ce n'était pas seulement une nouvelle insolence. Mettre en cause le rôle des intermédiaires dans le gouvernement des âmes, nier la légitimité des relais entre Dieu et les hommes, récuser les anges (et la Madone, l'évincerait-il aussi ?), pouvait faire accuser Benvenuto de sympathie pour les réformés allemands, au moment où Rome ameutait la chrétienté contre Luther. Ce renégat ne proclamait-il pas – et c'était l'hérésie qu'on lui pardonnait le moins – que la relation directe suffit à pourvoir au salut ?

L'affaire se serait mal terminée, si le duc, alerté par la rumeur publique (d'une telle célébrité jouissait déjà Benvenuto), n'avait prononcé une ordonnance de non-lieu. L'insolent fut relâché au bout d'une semaine, presque fâché d'abréger son séjour en prison. Déflorer le jeune archer et s'en faire papaouter chaque soir dans l'obscurité du cachot ne lui avait coûté que la moins chère de ses bagues.

Je me tourmentais à l'idée qu'il ne sortirait pas indemne d'une nouvelle incartade.

Benvenuto est un immense artiste, me disais-je ; mais comment État au monde pourrait-il laisser libre d'agir un homme qui ne respecte aucun pacte, ne craint aucune autorité ? S'il observait les contrats, les dates de livraison, les conditions fixées, s'il témoignait de quelque déférence envers ceux qui lui passent des commandes, s'il payait au moins de quelque politesse les puissants dont il dépend, en quoi son honneur serait-il atteint, sa réputation amoindrie ?

Sans être spécialement timoré, je me promettais d'avoir une conduite différente, continue Bronzino, qui nous frappe ici par la précocité de son intelligence politique. Il reproche à Benvenuto de s'être payé de mots. Narguer le cardinal, était-ce vraiment une marque d'indépendance ? La belle affaire, que de s'en vanter autant ! Sans la protection du duc, il eût moisi derrière les barreaux. Bronzino ne veut pas accabler son ami ; mais on le sent ferme sur sa position réservée. Retenons de cette affaire du calice la pensée qu'il formula à cette occasion. Il s'en ferait une devise sur laquelle il se réglerait dans ses rapports avec le duc et la cour : « On ne peut braver un pouvoir sans s'appuyer sur un autre. »

L'ancien secrétaire de la seconde chancellerie venait de faire paraître Le Prince, *traité de la vie publique et de la manière de rester en faveur ; mais on doute que Bronzino ait lu ce texte ; il ne le mentionne jamais. De tout temps une forme de sagesse réaliste imprègne les Florentins. Les Médicis avaient donné l'exemple, en bâtissant leur fortune sur la banque et l'usure, et en agissant toujours avec la diplomatie la plus fine : ils flattaient et comblaient d'égards et de bienfaits un des États voisins de Florence quand leur armée en attaquait un autre. Machiavel n'a fait que concentrer dans son livre la tendance naturelle de ses concitoyens : ménager la chèvre et le chou. Plus que Benvenuto Cellini, emporté par l'esprit de bravade au-delà de toute limite, et surtout que Jacopo Pontormo, menacé par la folie, Bronzino est typique de l'esprit florentin, alliage de hardiesse et de prudence, de goût de l'aventure et de sens de l'équilibre. Cette différence explique que nous puissions faire confiance au présent manuscrit plus qu'à la* Vie de Benvenuto Cellini par lui-même, *fanfaronne et hâbleuse : il émane d'un homme qui garde en toute circonstance la tête sur les épaules et juge des choses selon l'effet qu'elles produisent.*

Pour autant, il est loin de nous paraître un esprit froid et intéressé, incapable d'enthousiasmes. Nous le voyons souvent regretter ce qu'il vient de dire, et se demander si le contraire ne serait pas plus vrai. Ainsi, tout de suite après avoir formulé sa pensée sur la nécessité de compenser un acte de rébellion par un geste d'obédience, il se désavoue lui-même par cette exclamation : « Si je fais part à Benvenuto de mes réserves sur sa conduite, pourvu qu'il ne m'écrase pas de son mépris en me traitant de limaçon ! J'en serais anéanti. La seule idée qu'une telle opinion sur moi soit possible me prouverait que j'ai tort, et que lui seul a raison. À Dieu ne plaise que la postérité détecte dans aucun de mes tableaux le reflet d'une âme adulatrice. »

17

Benvenuto poursuit mon éducation artistique

N'étais-je plus assez jeune pour intéresser Jacopo ? Ou bien, de plus en plus replié sur lui-même, vivait-il dans un isolement si tragique que toute présence humaine lui pesait ? Il ne sortait plus de chez lui, n'abaissait plus son échelle, refusait les visites, décourageait ses amis.

La nouvelle année arriva sans qu'il m'envoie, à la première heure du matin, comme il en avait pris l'habitude, son serviteur Bastiano me transmettre ses vœux. J'en fus d'abord attristé. Puis je me dis : « Il est au-dessus de ces conventions, et il m'estime assez pour m'en croire moi-même exempt. » Cette pensée ne me consolait pas entièrement. « A-t-il oublié que l'amitié se nourrit de petits signes dont l'absence est une marque d'insensibilité ? » Toute ma journée s'écoula dans l'incertitude, le doute : j'oscillais entre la fierté d'être jugé assez libre pour me passer des civilités d'usage, et la tristesse de me croire délaissé.

La peste qui dévasta Florence lui fournit l'occasion d'une retraite encore plus complète. Il se retira, à une lieue et demie de la ville, dans la chartreuse de Galluzzo, où les moines lui demandèrent de peindre pour les lunettes de leur cloître des scènes de la Passion du Christ. Il les fit sèches, raides, pauvres de dessin comme chiches de coloris. Lorsqu'elles nous furent dévoilées, quelques mois plus tard, la déception nous rendit muets. Le bouleversement moral apporté par l'épidémie ne suffisait pas à expliquer leur échec. Carence inventive, gravité anguleuse, ankylose théologale... Quel recul depuis la fresque de Poggio a Caiano ! Ce n'étaient que corps émaciés, poses dolentes, maigreurs gothiques où Benvenuto reconnut, jointe à l'action délétère de la peste sur l'esprit fragile de Jacopo, l'influence de ces peintres allemands dont les œuvres marquées par la prédication luthérienne contre l'art et la beauté frappaient d'une impression pénible les imaginations déjà ébranlées par les ravages du fléau.

Pour obéir à mes parents, je me tins confiné avec eux à l'intérieur de la boucherie, dans ce faubourg de Monticelli éloigné du centre de l'infection. Benvenuto traversa le danger avec autant d'aisance qu'il déjouait les traquenards de ses rivaux. Giovan Battista, son élève préféré, fut du nombre des victimes. Benvenuto pleura le mort et, sans craindre la contagion, alors que le reste des apprentis avaient pris la fuite, procéda lui-même à la sépulture. Dès que le fléau fut écarté, il m'emmena de nouveau en promenade dans Florence et en excursion dans les environs. Alerte, ouvert, disponible, impatient de découvrir des choses nouvelles et de me faire découvrir celles qu'il connaissait, comme s'il ne portait pas le plus cruel des deuils.

Plus d'un pensa qu'il n'avait pas de cœur. Les gens croient qu'une profonde souffrance engendre nécessairement un afflux de bile noire. Benvenuto n'ignorait pas la mélancolie, mais refusait de s'y abandonner. Éprouver une vive douleur, oui : je le surpris qui sanglotait, plusieurs semaines après sa mort, sur la tombe de Giovan Battista ; mais se complaire dans son chagrin, jamais ; encore moins étaler sa douleur en public.

« Qui n'a pas quelque ennui ou tourment ? » avait-il coutume de dire. « Santé, argent, famille, carrière, amours, nous avons tous de quoi nous plaindre ou maudire le sort. Est-ce une raison pour faire peser nos souffrances sur les autres ? N'ont-ils pas eux-mêmes assez de déplaisirs ? La *delectatio morosa* est la plus insensée des passions ; elle ne remédie pas au coup que tu as subi ; elle n'entre pour rien dans ce qui touche le salut ; elle ajoute à l'affliction plus qu'elle n'est utile à l'apaiser. C'est en outre une grande lâcheté que de ne pas garder pour soi ce qui rend malheureux. Sois accablé au-dedans de toi, mais cache-le à ton entourage. L'élégance consiste à rester gai en toute circonstance. »

Il me donna la bague qu'il avait forgée pour Giovan Battista, et qu'il me fit jurer de porter toujours à mon doigt. Gravée à l'intérieur de l'anneau, je lus cette devise : « La gaieté est la forme suprême du courage. »

Je ne saurais assez insister sur ce que je dois à Benvenuto pour mon instruction. Comme il haïssait l'enseignement doctoral, il émaillait ses leçons d'anecdotes où, disait-il, l'intelligence trouve plus à s'aiguiser et à s'aguerrir qu'en écoutant des exposés savants. Voici quelques échantillons de cette pédagogie libre. Jamais école buissonnière ne fut plus profitable à cerveau encore mal dégrossi.

HISTOIRES DE SALOMÉ

Peintes au fond de la cathédrale de Prato, dans l'abside. Décoratives plutôt que belles. Jolies couleurs. « Ah ! tu ne sais pas regarder ! » Je regardai avec plus d'attention et m'avisai d'un détail en effet surprenant : la similitude absolue entre la tête de saint Jean et la tête de celui qui le décapite. Le peintre les a faites exactement pareilles. On pourrait substituer l'une à l'autre. Comme je m'en étonnais : « Qui est juste ? Qui est injuste ? me dit-il. À qui donner raison ? Au saint ou au bourreau, puisqu'on ne les distingue pas ? Ils sont interchangeables. Pourquoi vénérer l'un et stigmatiser l'autre ? Entre ce qui paraît être le bien et ce qui paraît être le mal, garde-toi, Agnolo, de juger. Examine les raisons et les mobiles de chacun. Le saint est peut-être un vantard qui se fait gloire de son sacrifice, et le bourreau un pauvre employé municipal qui a une famille à nourrir. »

SA MAIN

Pendant qu'il me tenait ce langage hérétique, il tendait le bras vers la fresque et du bout de sa canne m'en indiquait les détails. J'étais fasciné par sa main.

Elle n'était pas précisément petite, mais nerveuse, souple, allongée, élégante, serrant bien. Brune et musclée, avec des attaches nobles et fermes.

L'ÉCUELLE VIDE

Filippo Lippi avait peint ces *Histoires de Salomé*. L'histoire du moine et de sa nonne amusait énormément Benvenuto. À Florence, dans la chapelle de la confrérie de Santa Maria della Neve, il se postait devant la célébrissime *Vierge à l'Enfant*, jusqu'à ce que des bourgeois florentins et des visiteurs étrangers, poussés, comme il disait, par *le devoir d'admirer*, se fussent amassés en assez grand nombre. Il leur racontait alors, en haussant la voix, le scandale du rapt et de la fornication sacrilège. Les visages autour de nous changeaient d'expression. Benvenuto y lisait l'effort de trouver encore quelque mérite à ce tableau, malgré leur gêne de reconnaître dans le modèle de la Mère de Dieu la maîtresse d'un moine. Il s'esclaffait en les regardant. Outrés de sa mine goguenarde, ils s'en allaient au bout de quelques instants, négligeant, dans leur hâte à quitter cette peinture *blasphématoire*, de verser leur obole dans l'écuelle du frère gardien.

« Quel hasard providentiel ! Leur conscience se réveille juste à temps pour leur épargner la dépense de quelques deniers. As-tu jamais vu miracle mieux synchronisé ? L'indignation morale les sauve du péché d'avarice. »

UN HYPOGRAMME VENGEUR

« Si les Espagnols ne nous barrent pas le passage, nous irons un de ces jours à Spolète. C'est là qu'est inhumé Filippo Lippi, assassiné par les frères de cette Leonora Buti qu'il avait séduite. Vingt ans après sa mort, Laurent le Magnifique fit élever dans la cathédrale un tombeau aux deux amants. Ne pouvant châtier les assassins, ni rendre publique l'inhumation de la nonne à côté du moine, ni même faire inscrire le nom de la relapse sur la tombe du peintre, Laurent voulut venger le couple par une épitaphe de son cru. Sache que la science secrète de l'anagramme pratiquée dès l'Antiquité par l'oracle de Delphes, par Lucrèce, par Sénèque, permet de glisser dans un texte un *mot thème* (ou hypogramme). On le confie à certaines lettres éparpillées çà et là, et qui, si on les regroupe, dévoilent le nom interdit. Deux vers constituent l'épitaphe latine gravée sur la tombe de Filippo Lippi.

Marmoreo tumulo Laurentius me condidit ;
Ante humili polvere tectus eram.

Tu lis d'abord :

Laurent m'a abrité dans cette sépulture de marbre ;
Avant je n'étais couvert que d'une humble poussière.

En apparence, rien que de très honnête ; c'est l'antithèse classique, que le plus prude approuverait. La science coquine de l'hypogramme te révèle ceci :

Marmoreo tumulo **L***aurentius m***E** *c***ON***didit ;*
*Ante humili p***O***lvere tectus e***RA***m.*

Mets certaines lettres en majuscules et en caractères gras, aboute-les, qu'obtiens-tu ? L-E-ON-O-RA ! La nonne est ensevelie avec le moine, l'Église mystifiée, la renégate couchée dans la tombe auprès de celui avec qui elle couchait de son vivant, le déshonneur absous, les amants scandaleux réunis. »

DONATELLO

De tous les artistes du passé, Donatello était son favori, car celui qui deviendrait le plus grand sculpteur de son siècle avait d'abord été orfèvre. Benvenuto non seulement le vénérait mais voyait dans sa carrière le modèle de celle qu'il entendait lui-même suivre, quand il serait assez mûr et sûr de ses moyens pour passer de l'or au bronze, du cabochon d'émeraude à la sculpture en marbre, du bibelot à la grande forme.

« J'ai mis des bagues au doigt des jeunes filles ; des aiguières sur la table des princes ; des tiares sur la tête des papes. Je mettrai des bustes dans les palais des rois ; des Christs dans les temples de Dieu ; des statues sur les places publiques. Je suis déjà le premier en orfèvrerie ; je ne serai pas le second en sculpture. »

Le *David* de Donatello, exposé dans la salle d'audiencc du palais du Parti guelfe, lui paraissait très supérieur à celui de Michel-Ange place du Palazzo Vecchio.

« Oui, quoi qu'elle m'en coûte, je fais cette exception. Michel-Ange n'a aimé dans le héros biblique que la force physique, l'assurance tranquille, la conscience de la mission à remplir, le courage civique, la détermination. Une hauteur de quatre mètres, une musculature de portefaix, des mains aussi fines que des battoirs : voilà de quoi tuer le désir. Combien Donatello lui a insufflé plus de grâce et de charme ! Et sans doute de vérité. Sais-tu qu'il était allé à Rome prendre la mesure des statues grecques ? Il s'est souvenu que David n'était qu'un enfant. Une matière aussi rebelle que le bronze, il l'a attendrie jusqu'à lui faire prendre le galbe, la fragilité, la souplesse d'un corps de quinze ans. Ce fut, en 1435, quand le père de ton père n'était pas encore né, un véritable coup d'État. Donatello avait osé le premier nu masculin *grandeur nature* depuis les Grecs, grandeur nature et *intégral*. Et plus hardi que ceux de l'Antiquité, tant il se déhanche avec une mollesse inconnue des athlètes, gymnastes, lanceurs de poids et discoboles de cette époque, que les sculpteurs craignaient de ne pas faire assez *virils*. Tourne autour, et tu auras un spectacle qui te fera peut-être revenir sur tes préventions. Si, si ! ne te défends pas, le bon garçon que tu es, élevé par ces honnêtes citoyens que sont ton père et ta mère, trouve dans ma conduite plusieurs choses à redire. Tourne, tourne autour du *David*, et ne rougis pas de ce que tu verras. Regarde et dis-moi s'il est rien d'aussi adorable que ce dos, cette ligne entre les omoplates, cette chute de reins, ce cul, cette raie creusée entre les fesses. À damner un concile entier et celui qui en sort pape ! Le comble, c'est cette paire de bottines fantaisie et ce petit chapeau à fleurs entremêlé de fils d'or et incliné sur le front, accessoires de toilette qui siéraient mieux à une fille. Comme ce sont les seules pièces de vêtement sur ce corps entièrement nu, ils détonnent avec une impudence merveilleuse. Tout nu, mais en chapeau et en bottines ! »

ORSANMICHELE

Avec Benvenuto, j'avais l'impression de frôler à tout moment un danger qu'il écartait lui-même par un changement subit d'attitude. En sortant du palais du Parti guelfe, où je m'étais refusé à comprendre ce qu'il avait voulu insinuer, il me conduisit à l'église Orsanmichele, qui tiendrait bientôt un si grand rôle dans ma vie. Devant les statues des quatorze saints protecteurs des Arts, logées dans les niches des pilastres, il m'invita à prier.

« Celui-ci est saint Jean l'Évangéliste, qui veille sur l'Art de la soie et de l'orfèvrerie ; ma prière sera courte mais fervente. Vers saint Éloi, sous la garde duquel se sont placés les forgerons, je me tourne avec une égale humilité. Voici, de la main de Donatello, saint Georges, patron des armuriers, et saint Pierre, qui assure la protection des bouchers. Reviens ici avec ton père. Il n'a peut-être pas eu l'occasion de mesurer la grande considération dont il jouit, lui et les gens de son métier. Fais-lui ce plaisir de lui montrer qu'on les honore à l'égal des membres des professions les plus nobles. »

Il ne manquait pas une occasion de me louer d'avoir un père et une mère aussi bons et larges d'esprit. S'il avait su la méfiance qu'il inspirait à mes parents ! Il fabriqua pour ma mère un crucifix d'ivoire. Et pour mon père, dont ce cadeau ne modifia pas l'opinion, un manche de hache incrusté de malachite.

DISPUTE AVEC LE PRIEUR DU COUVENT DE SAN MARCO

— Quelle déception, mon Père ! La cellule n° 3 est fermée.

— Comme c'est curieux ! Le peintre Jacopo Pontormo a voulu, lui aussi, la revoir. Il a insisté : « La cellule n° 3 seulement. » Qu'avez-vous tous à la préférer ?

— Curieux ! Pourquoi donc ? Nul n'ignore que le Beato Angelico y a peint son *Annonciation*, celle de ses fresques où il a pénétré de plus près le mystère des Saints Évangiles.

— Aucun autre motif, mon fils, ne te poussait à entrer dans la cellule n° 3 et à y conduire ce jeune homme ?

— Le désir, mon Père, de retremper nos âmes dans la haute spiritualité du Beato.

— Sais-tu qui a occupé longtemps cette cellule, avant d'être nommé prieur du couvent ?

— Instruisez-moi, mon Père.

— Ma bouche se tord de dégoût en prononçant un tel nom. L'indigne Jérôme Savonarole logeait dans cette cellule, que je vais faire murer pour y enfermer à jamais le remugle de ses prêches. L'infâme ! Prôner la nécessité de réformer l'Église sans en demander l'autorisation au pape ! Oser s'en prendre à la personne de Sa Sainteté elle-même !

— Alexandre VI, cependant, ne donnait pas l'exemple de la sainteté !

— Personne n'a le droit de contester l'autorité de celui qui a succédé à saint Pierre.

— Mais procréer des enfants, pratiquer la simonie…

— L'Esprit saint se pose où il veut.

— Botticelli et Michel-Ange ont soutenu Savonarole.

— *Humanum est errare.*

— C'était pour eux la figure de l'homme libre.

— Que Dieu leur pardonne !

— Vous le trouvez donc si coupable ?

— On l'a brûlé vif.

— Vous devez être satisfait.

— On en brûlera d'autres !

— La réforme qu'il prônait a échoué, il me semble.

— Mais son ombre exécrable continue à obscurcir la chrétienté. Le renégat allemand Martin Luther vient de prononcer en Allemagne un sermon où il présente Savonarole comme un « précurseur » de l'hérésie qu'il professe, et sa mort comme celle d'un « martyr ». Il dit aussi que ce n'est pas nécessaire, pour le salut de l'âme, de respecter les obligations religieuses.

— Je suis bon chrétien, mon Père.

— Cela ne suffit plus.

— Cela ne suffit plus d'être bon chrétien ?

— Si tu n'ajoutes : je suis bon catholique.

— Qu'entendez-vous par : catholique ?

— J'aurais dû dire : sujet obéissant du pape, sans l'adjectif « bon », tout à fait superflu.

— Il y a donc de bons et de mauvais chrétiens ?

— Il y a les sujets obéissants du pape et les autres.

— Mais la Parole insufflée dans les Saints Évangiles n'a-t-elle pas précédé de beaucoup l'existence des papes ?

— Ah ! Crains de te laisser gagner toi aussi par Satan ! *Humanum est errare, sed diabolicum perseverare.*

18

Comment Benvenuto se tira d'un pas difficile

Enfin ce que je redoutais depuis si longtemps arriva. Il fallait bien qu'à force de défier les pouvoirs et de se placer au-dessus des lois, Benvenuto en vînt à braver celle qui pardonne le moins d'être bafouée. Ses mœurs étaient connues de tout Florence ; mais ce qu'il se permettait dans l'atelier ou dans sa chambre restait cantonné entre quatre murs. Quelle mouche le piqua pour étaler en public, exposer à l'opprobre et au châtiment ce que l'honneur (selon mon point de vue d'alors) comme la prudence (dont je n'ai pu hélas me débarrasser complètement) ordonnent de tenir caché ?

Le duc aimait organiser ce qu'il appelait des « disputes philosophiques ». Artistes, lettrés, érudits, prélats, banquiers, grands marchands, directeurs de fabriques, présidents d'officines, étrangers de marque se réunissaient dans le palais de via Larga. Par beau temps, les séances avaient lieu dans le jardin, près de la vasque de granit. Benvenuto y participait volontiers, non seulement pour le plaisir de la discussion, mais parce que le sculpteur Baccio Bandinelli y étant assidu, il espérait trouver une occasion de le ridiculiser publiquement. Bandinelli, son aîné de sept ans, tout balourd et sans talent qu'il était, avait comme je l'ai dit les faveurs de la cour. Il recevait les commandes officielles et reculait ainsi l'époque où Benvenuto pourrait se faire valoir dans un art encore nouveau pour lui.

L'avant-veille de la réunion que je vais décrire, Diego, le garçon que Benvenuto habillait en femme et adonisait à outrance, tomba sur une ronde de police en sortant de la cathédrale. Arrêté pour infraction aux lois sur le costume et le maquillage, il fut condamné à un mois de prison. L'incident fit grand bruit dans la ville. Le duc y trouva le sujet de la dispute hebdomadaire.

« Puisqu'il y a deux sortes de beauté, la beauté du corps et celle de l'âme, laquelle est à préférer ? »

Bandinelli prit le premier la parole pour dire que sans conteste il fallait reconnaître la priorité à la beauté de l'âme, comme étant permanente, inaccessible à l'âge comme aux autres vicissitudes terrestres, nue et impossible à *maquiller*, à *travestir sous une couche de fard* (il insista sur ces mots), enfin semblable à la voûte du firmament où demeure le Dieu immortel.

— Celui qui ne préfère pas la beauté de l'âme et s'arrête à la beauté du corps avoue par ce choix ses bas instincts. La question qu'a posée Votre Seigneurie Lui permettra de faire le tri entre ses sujets. Florence a trop longtemps toléré dans ses murs des éléments douteux. Que Votre Seigneurie saisisse l'occasion de les éliminer, pour ne garder dans ses murs que les amants de la beauté idéale.

Je voyais Benvenuto frémir à ce discours qui le visait ouvertement. Il ne put se contenir plus longtemps.

— Excellence illustrissime, dit-il, la beauté de l'âme n'est pas facile à percevoir, et plus d'un qui se vante de la posséder se découvre tôt ou tard n'être rien de moins qu'un hypocrite et un fripon. La beauté physique est au contraire immédiatement perceptible et personne ne peut la contester. Un Apollon oblige chacun à se retourner. Il n'a qu'à paraître : voilà sa beauté aussitôt reconnue. C'est pourquoi le grand Marsile Ficin, dont votre cousin Laurent le Magnifique fut à la fois le protecteur et l'élève, soutenait qu'un beau corps n'est que le reflet d'une belle âme, et que dans un corps laid ne peut loger qu'une âme laide. Le premier degré de la beauté est donc un beau corps, une gracieuse anatomie, un physique avenant. De tels avantages ne peuvent prêter au mensonge et servent de garantie à la beauté morale dont ils sont la première et indispensable condition.

Bandinelli répliqua :

— Je vénère comme toi Marsile Ficin et Platon l'incomparable dont il a tiré sa doctrine, mais l'accusation d'hypocrisie et de friponnerie que tu adresses à ceux qui donnent la priorité à la beauté de l'âme regarde à meilleur escient ceux qui ont détourné cette doctrine à des fins déshonnêtes.

— Précise ta pensée, dit le duc, amusé du tour que prenait la querelle.

— Excellence illustrissime, nous en connaissons, ici même à Florence, qui, tombés sous le charme d'une tournure agréable, prétendent ne s'enthousiasmer que de l'excellence morale de son possesseur. Ils jurent qu'en dehors des qualités de son âme, le reste ne les intéresse pas. Par malheur pour eux, ils ne conforment pas tout à fait leur conduite à leur philosophie, et ne tardent pas à révéler la vilenie de leurs intentions. Ah ! ne me faites pas dire ce qui aurait l'air d'une délation.

— Si, si, parle librement, dit le duc, appuyé par les courtisans.

— Ils soutiennent qu'un beau corps masculin n'est que la pointe avancée de la splendeur de Dieu dans la nature, et qu'en dédaigner les agréments serait manquer à ce qu'on doit au Seigneur. Rendre hommage à la beauté d'un jeune homme, voilà le moyen, selon ces effrontés qui ne craignent pas le parjure, d'assurer à l'âme le moyen de recouvrer sa patrie.

— Et la beauté d'une jeune fille ? demanda naïvement le jeune sculpteur Niccolò Tribolo, qui travaillait à une allégorie féminine de la Nature.

— Marsile Ficin était prêtre et chanoine de la cathédrale de Florence, fit observer le prieur de San Marco. Le droit canon lui interdisait de fréquenter les jeunes filles. Aussi ne trouve-t-on dans sa *Theologia platonica* que des exemples tirés de la beauté des jeunes hommes. S'il n'avait pas été tenu par le serment ecclésiastique d'ignorer les grâces de l'autre sexe, de toute évidence il aurait inclus la beauté des jeunes filles dans son système philosophique.

— Excellence illustrissime, dit Jacopo dei Donati, maître parfumeur à l'officine de Santa Maria Novella, voici un excellent sujet de dispute pour notre prochaine rencontre : « Qui, d'un jeune homme ou d'une jeune fille, incarne avec plus d'évidence la beauté ? Sous ce rapport, un sexe est-il supérieur à l'autre ? »

Ces mots firent sourire plus d'un courtisan. Le duc approuva la suggestion et invita Bandinelli à reprendre le fil de son discours.

— Ils osent donc affirmer, Excellence illustrissime, qu'un beau corps masculin est comme un soleil vers lequel ceux qui poursuivent la vérité d'une passion sincère tournent la pointe purifiée de leurs sens.

— Comme tes griefs sont alambiqués, dit le duc. Si tu as une accusation précise à faire, nous t'écoutons.

— N'avez-vous pas entendu parler d'un certain Gherardo Perini qui a réussi à s'introduire dans l'entourage de Michel-Ange ?

— Celui qui l'aide à dégrossir dans la nouvelle sacristie de San Lorenzo les marbres pour les tombeaux de mes cousins Lorenzo et Giuliano ?

— Celui-là même.

Au nom de Michel-Ange, Benvenuto se dressa. Je crus qu'il allait se jeter à la gorge de Bandinelli.

— Pourquoi dérangés-tu notre divin maître ? lui cria-t-il à la figure.

— Parce que je ne garde pas ma langue dans ma poche. Tout *di-vino* qu'il est, je ne suis pas d'*acqua*. Celui que moi et toi honorons du nom de maître n'exerce pas aussi droitement son magistère que ne l'exigent le bon renom et la gloire de Florence.

— Qu'est-ce à dire ? demanda le duc, de plus en plus émoustillé.

— Il interprète à sa manière et tourne à son usage la doctrine de Marsile Ficin. Ce Gherardo est connu des services de police. Plus d'une fois il a fini sa promenade derrière les barreaux de la prison, pour outrage public à la pudeur et racolage contre nature. Monseigneur le barigel ne me démentira pas. Eh bien ! Michel-Ange envoie à ce giton des dessins où il le montre pourvu d'ailes, et des poèmes enflammés qui le comparent à un ange. Je pense, Excellence illustrissime, avoir été cette fois assez clair.

Incapable de supporter plus longtemps l'accusation de duplicité adressée à Michel-Ange, Benvenuto se déchaîna.

— Sais-tu, dit-il au sculpteur, comment on t'appelle à Florence ? On ne t'appelle pas Baccio Bandinelli, mais Buaccio Bandinelli, car ta tête creuse est bien celle d'un bœuf, d'un *bue*.

Bandinelli s'emporta à son tour.

— Tais-toi, sale sodomite !

Il y eut un moment de confusion extrême. Tout le monde, fort gêné, se tourna vers le duc. Le « vice infâme », quoique fort répandu et toléré tant qu'il restait caché, attirait une sanction très sévère à celui qui en était convaincu. Être en faveur à la cour n'assurait pas l'impunité. Une peine de quatre ans de prison aux Stinche et une amende de cinquante ducats d'or punissaient le coupable. Le duc était le premier embarrassé. Il appela le barigel et lui dit quelques mots à l'oreille. Tous attendaient le verdict. On ne comprenait pas que Benvenuto, par sa provocation gratuite, eût forcé Bandinelli à déclarer tout haut ce que chacun prononçait tout bas et sans conséquences pour l'intéressé. À présent, le duc serait obligé de sévir. Le cardinal Ippolito et deux autres dignitaires de l'Église, monseigneur l'évêque de Prato et monseigneur le coadjuteur de Pistoia, assistaient à la dispute.

— Justifie-toi, dit enfin le duc, affectant un air digne.

— Excellence illustrissime, plus encore que l'idée de passer quatre ans en prison, m'afflige le regret de ne pouvoir terminer l'aiguière que vous avez fait la grâce de commander au pauvre artisan que je suis.

Cet exorde habile fit sourire les courtisans et froncer le sourcil aux prélats.

— Mais j'ai trop de respect pour l'Église, continua Benvenuto en s'inclinant devant ces derniers, pour estimer qu'un vulgaire pécheur a le droit de se conduire à sa guise. Moi qui m'y connais en vases et façonne chacun selon son utilité, croyez-vous, messeigneurs, que je néglige celui où on fait des enfants ?

Ce fut un éclat de rire général, auquel le duc s'associa sans tenir compte de la mine de plus en plus longue que tiraient le cardinal et les deux évêques.

Alors, sentant que le vent tournait en sa faveur, Benvenuto apostropha Bandinelli avec une véhémence qui se révéla payante dans une cour où les pires insolences étaient bien accueillies pourvu qu'on y mît la manière et les assaisonnât de sel attique.

— Insensé que tu es ! Tu sors des bornes assignées par la bienséance ! Si ce que tu disais était vrai, je ne serais qu'un vil usurpateur. Quel défaut est-il plus ridicule que la prétention du geai à se parer des plumes du paon ? Plût à Dieu que j'eusse le secret d'un art aussi noble que celui dont tu m'accuses, puisque, d'après ce que l'on dit, Jupiter le souverain de l'Olympe l'a pratiqué dans le ciel avec le prince de Troade Ganymède et que les plus grands empereurs, rois, princes et capitaines du monde s'y sont adonnés ici-bas, Alexandre avec Héphaistion, César avec Nicomède de Bithynie, Hadrien avec Antinoüs, Achille avec Patrocle, Oreste avec Pylade, Nisus avec Eur…

Il s'arrêta net, pour ne pas vexer les courtisans par une trop grande supériorité de savoir. Le duc lui-même pouvait s'agacer d'entendre des noms qu'il ne connaissait pas.

— Quelle impudence serait la mienne, conclut Benvenuto, si j'osais me mesurer à eux ! Que suis-je, hélas, à côté de telles sommités, sinon un pauvre et humble orfèvre, une créature du dernier rang, qui ne saurait se mêler d'affaire aussi merveilleuse ?

Cette bouffonnerie eut un succès incroyable. Le barigel, qui s'apprêtait à envoyer un garde chercher des archers pour conduire le coupable en prison, s'étranglait de rire et ne put donner aucun ordre. Tous se tenaient les côtes. Bandinelli ne savait où se cacher. Lorsque le duc eut repris son sérieux, il commença par adresser du ton le plus solennel un avertissement à Benvenuto.

— Benvenuto, nous t'ordonnons de ne plus enfreindre la loi. Que le remords te soit pour le moment une punition suffisante, mais sache que nous gardons l'œil sur toi et que notre capitaine de police ne tolérera plus d'autre écart.

Il y eut un moment de silence, comme chaque fois que dans une cour le prince réprimande publiquement un de ses sujets. Puis, en bon Médicis dont les ancêtres connaissaient les usages du commerce et ne laissaient jamais une affaire difficile se conclure sans une réconciliation générale des parties, le duc chercha comment rendre confiance à celui qu'il venait de rabrouer. Benvenuto, au courant de ces usages et sûr d'avoir gain de cause, s'était rapproché. Il se tenait devant le duc, incliné, chapeau bas, comme un commis qui attend une gratification après la remontrance que lui a faite son patron.

— Pour seul châtiment, reprit le duc, nous te confions un marbre grec qui a été retrouvé dans nos jardins, une figure de garçon si belle et gracieuse qu'aucune autre ne l'a encore égalée. À charge pour toi de restaurer les parties abîmées. Tu ajouteras à côté de l'enfant, contre sa jambe, un aigle vers lequel il penchera sa tête en caressant le cou de l'oiseau, afin que nous ajoutions à notre galerie de statues un Ganymède. Nous n'en possédons aucun, et l'éloge qui est sorti avec tant d'éloquence de ta bouche nous fait cruellement sentir combien ce manque est préjudiciable à la gloire de nos collections.

Le duc fut acclamé pour ces paroles, et les courtisans s'empressèrent autour de Benvenuto pour commander des sceaux et des médailles à celui qui était rentré aussi triomphalement en grâce. La plaisanterie sur les vases ayant fait le tour de Florence, il n'y eut plus de noces, désormais, dont l'épithalame ne rappelât aux jeunes maris que leur amour étant sujet à distractions, ils devaient prendre le plus grand soin d'en orienter convenablement l'élan. Quant à Bandinelli, il mit longtemps à retrouver faveur et commandes.

19

Comment Benvenuto changea ma vie avant de partir en exil

Le lendemain, en arrivant à l'atelier, je trouvai Benvenuto en pleurs.

— Hélas, Agnolo, je ne me consolerai jamais de la mort de Giovan Battista. Il travaillait l'or et l'argent comme personne. Nul ne polissait mieux l'émail d'une poterie ou ne donnait plus de lustre à un diamant, vrai ou faux. Je m'étais habitué à sa perte, quand cette nuit il m'est apparu en rêve et m'a reproché de ne pas cultiver avec assez de zèle sa mémoire.

— Ce n'était qu'un songe, Benvenuto.

— Ne sais-tu pas que les songes détiennent la vérité ? Giovan Battista m'est apparu au centre de rayons si ardents qu'il m'était impossible de soutenir sa vue. Il m'apostropha rudement. « N'as-tu pas honte de fermer les yeux quand je me montre à toi ? Regarde-moi, si tu ne veux pas être jugé comme le plus oublieux et le plus ingrat des humains. » Je rouvris les yeux en m'écriant : « Ô souverain de mon cœur, ô soleil de ma vie, je ne veux jamais contempler que toi seul, dussent tes rayons m'aveugler ! » Aussitôt les rayons se dissipèrent, Giovan Battista s'évanouit et, dans un nouveau cercle de lumière, au centre de l'embrasement, je vis, semblable à de l'or pur en fusion, une boule de feu qui se changea en un ange d'une beauté indicible. L'ange s'effaça à son tour et fit place à un jeune homme qui avait ta figure et te ressemblait en tout point. Ses boucles comme les tiennes tombaient en cascade sur la nuque, il avait tes joues pleines, tes fossettes, le cartilage transparent de tes oreilles, les mêmes narines que toi, ni trop ouvertes ni trop fermées, les mêmes lèvres irriguées de sang, les mêmes dents faites pour mordre entre lesquelles pointait un bout de langue rose comme la tienne. « Ô Dieu, m'écriai-je, combien grande est ta clémence ! Combien ta puissance est infinie, combien glorieuses tes opérations ! Giovan Battista n'est pas mort, si tu m'as fait la grâce de lui donner un successeur qui le remplace avec non moins d'éclat. Je te remercie du fond du cœur, Dieu d'amour et de beauté. »

Ce récit, enjolivé de beaucoup plus de circonlocutions, exagérations et sottises que je n'en ai rapporté, et ponctué de gestes dramatiques, de nouveaux pleurs et de frappements de poitrine, me causa une telle impression et me priva si absolument de volonté comme de bon sens et de raisonnement, que je me retrouvai, je ne sais par quelle opération miraculeuse, transporté dans la chambre au-dessus de l'atelier et couché dans le lit auprès de Benvenuto. Il me caressait le visage en murmurant des paroles d'une douceur infinie. J'étais comme paralysé, et quand il commença à déboutonner mon pourpoint puis mes chausses, je me soulevai pour lui faciliter la tâche. Il me retourna sur le lit sans rencontrer de résistance. Depuis trop longtemps mes préjugés contrecarraient mon désir. Je me souvins de *l'autre fois* avec Jacopo, impatient et en même temps terrifié que Benvenuto en use avec moi de la même façon. N'allais-je pas me damner à jamais en me laissant *turquifier* ? Et d'abord, la souffrance physique me ferait-elle crier et passer pour béjaune, à vingt ans passés ? Il s'y prit de la manière la plus délicate et tendre du monde. Je ne ressentis rien de ce qu'on dit qu'on éprouve quand c'est la première fois. Je m'endormis aussitôt, non sans l'avoir entendu murmurer – mais n'était-ce pas déjà un rêve, une illusion, née du sommeil qui me gagnait ? : « Elle est encore petite, Agnolo chéri, mais ne t'affole pas, elle grandira à l'usage. »

À vrai dire, le texte italien porte : Ce l'hai ancora piccolo, ma egli crescerà usandolo. *Le lecteur français ne comprendrait peut-être pas le masculin, dans sa langue où les mots qui désignent l'organe de la virilité sont tous, avec un illogisme indigne du pays de Descartes, des substantifs féminins.*

Quand je me réveillai, je n'avais mal nulle part. Benvenuto me tenait dans ses bras.

— Quelle heure est-il ? demandai-je fort inquiet. Les ombres du soir s'allongent. Il faut que je me dépêche. Mon père est mécontent si je rentre après que les cloches ont sonné à vêpres.

— Je vais t'accompagner. Pour calmer ton père, je mettrai ton retard sur le compte d'un travail que j'avais besoin de ton aide pour achever.

Habillés rapidement, nous sortîmes par l'escalier secret. Est-ce un effet de l'amour ? Tout me sembla neuf, à commencer par la maison de via de' Calderai. Je n'avais jamais remarqué la petite cour qui la sépare de la rue, ornée de deux massifs d'hortensias et fermée par une grille dont les pilastres en brique enveloppés de chèvrefeuilles soutiennent deux vases en terre cuite émaillée de la plus jolie façon. En levant la tête, j'aperçus une tourelle suspendue qui s'avançait en saillie au deuxième étage de la façade et devait correspondre à la chambre de Benvenuto. Cet encorbellement pittoresque, coiffé d'un toit en poivrière, donne à la vieille bâtisse l'air d'un petit château.

En route vers Monticelli, la ville m'apparut comme je ne l'avais jamais vue ni odorée ; l'air plus léger ; plus capiteux les effluves qui sortaient des pharmacies ; les couleurs du campanile de Giotto plus lumineuses et plus gaies ; les nuages étirés dans le ciel avec plus d'élégance ; la place du Palazzo Vecchio plus vaste et mieux proportionnée ; la loggia surélevée et couverte qui la borde du côté de l'Arno d'une grâce inimitable. Ce n'était pas l'avis de Benvenuto qui me dit, en me montrant les soldats assis ou couchés sous les arcades, pendant que deux sentinelles, l'arquebuse au poing, montaient la garde aux deux extrémités :

— On l'appelle la loggia dei Lanzi, à cause de ces *lanzichenecchi* chargés de la sécurité du duc. N'est-ce pas une pitié, Agnolo, qu'une si belle loggia, au pied de la tour de notre vieux palais, soit livrée à la soldatesque ? Ces soudards ne sont même pas de beaux garçons. Je voudrais, en la remplissant de statues, la consacrer à nos véritables dieux, qui sont l'art et la beauté.

Sur le Ponte Vecchio, Benvenuto désira saluer son vieux maître Salimbene, dont je fis enfin connaissance. Il était assis sur le seuil de sa boutique, l'air las et désabusé, un échantillonnage de médailles, de cachets et de sceaux posé sur ses genoux dans une boîte vitrée. Lorsqu'il me vit, une lueur pétilla dans ses petits yeux soudain ranimés.

— Est-ce ton nouvel apprenti ? demanda-t-il avec un air de connivence. Ah ! Tu as plus de chance que moi.

Il se plaignit d'avoir à négocier le prix de sa marchandise avec des étrangers de passage qui n'entendaient rien aux secrets de la gravure et de la frappe.

— Les philistins ! Ils ne jugent de la valeur d'un camée, d'une monnaie ou d'une médaille que selon qu'ils trouvent plus ou moins *historique* le profil gravé. Les jeunes pages qui plaisaient tant à Laurent le Magnifique ne font plus recette. Ils me restent sur les bras.

— Dis plutôt « sur les genoux », fit Benvenuto en riant. Que vends-tu le mieux ?

— Les modèles avec barbe plaisent aux Allemands, mais avant d'acheter ils demandent s'il s'agit d'un pape, auquel cas ces hérétiques me rendent la médaille.

— Tu es trop honnête, Francesco ! Embobine-les en faisant passer Jules II pour Charlemagne. *Karl der Grosse*, fit-il en enflant la voix.

Ma mère, qui étendait du linge dans la grange attenante à la boucherie, comprit tout en nous voyant.

— Que Dieu nous vienne en aide ! marmonna-t-elle. J'espère que tu as toujours le crucifix que je t'ai confié la première fois où tu as quitté la maison ?

Elle s'essuya les mains et porta à ses lèvres celui d'ivoire que Benvenuto lui avait confectionné et qu'elle portait attaché au cou par une chaînette de fausses perles. Elle baisa par trois fois la croix du Seigneur. Mon père, si bienveillant d'habitude, accourut furieux. Il me tança, moins irrité, je crois, de mon retard que de la réputation fâcheuse de Benvenuto.

— À quelle heure on rentre maintenant, propre à rien ?

Benvenuto, soit par goût invétéré de la bagarre, soit qu'il se fût entiché de moi plus sérieusement que je n'avais cru, dégaina son poignard, et sans prendre en compte qu'il adressait cette menace à mon père, s'écria :

— Si tu sais couper la viande, moi je sais couper les oreilles !

Ulcéré de ce défi qui justifiait tout ce qu'il avait entendu dire des insolences de Benvenuto, un homme aussi bon que mon père rentra dans la boucherie et reparut sur le seuil armé de l'énorme couteau avec lequel il dépeçait les bœufs. Sans ma mère qui tomba à genoux et les supplia, je ne sais comment les choses auraient tourné. Je trouvais que Benvenuto aurait pu s'exprimer autrement, mais la réaction de mon père me parut encore plus choquante. On n'oppose pas un coutelas de boucher à un poignard d'orfèvre, dans le code d'honneur florentin. Aussi n'opposai-je aucune résistance, quand Benvenuto, rengainant son arme, me dit d'un ton sérieux que je ne lui connaissais pas :

— Agnolo, ta place n'est plus ici. Ramasse tes affaires et suis-moi. Je t'emmène là où tu pourras faire le peintre sans avoir à respecter horaire ni obligation aucune. Le jour, le crépuscule et la nuit seront à toi. Nul ne peut devenir un grand artiste s'il n'est pas d'abord un homme libre. La famille, nécessaire au début de la vie, ensuite te l'empoisonne.

Ni les pleurs de ma mère ni le repentir de mon père qui promit de ne plus contrecarrer ma vocation ne purent me fléchir. Soucieuse de réconcilier les adversaires, ma mère alla chercher dans la cave une bouteille de chianti. Pendant que mon père trinquait avec Benvenuto, je me retirai dans ma chambre pour dire adieu à mon passé. Mes quelques vêtements furent roulés en tapon et ficelés dans un licou que j'avais récupéré sur une vache. Je remplis mes poches des menus objets qui traînaient sur les étagères. En tâtant l'intérieur de ma veste, je sentis quelque chose de rond et de dur. Ce quelque chose était l'image d'Adriana creusée dans l'entaille, *notre* entaille, comme elle disait, lorsqu'elle me la faisait poser sur l'autel de San Vito devant la Vierge de plâtre. Sans réfléchir, au lieu de la remettre dans ma poche, je l'enfonçai dans une fente du mur près de mon lit d'enfant, puis dissimulai la fente avec de la gomme adragante que Jacopo m'avait demandé d'acheter pour lui.

Benvenuto m'installa dans sa chambre puis aménagea en haut de la tourelle, sous les poutres du toit pointu, un petit cabinet où je commençai à peindre. Comme premier essai, je voulus copier un tableau de Jacopo que, insatisfait du coloris de ce *Saint Quentin attaché au pilori*, il m'avait permis d'emporter. Benvenuto m'encourageait. Il me répétait ce qu'il m'avait dit à notre première rencontre :

— C'est le peintre dont tu as le plus à apprendre. Quel dommage qu'il soit d'un caractère si difficile et saisisse chaque occasion de broyer du noir et de se rendre malheureux. Tout Florentin devrait prendre exemple sur Boccace, qui a profité de la grande peste de 1348 pour formuler le bréviaire de la gaieté florentine et universelle : « Il faut fuir ces tristesses et vivre dans la fête. » Lui, pendant la peste de 1523, est allé se claquemurer dans une chartreuse lugubre où il a peint des figures sinistres qu'on prendrait pour des croque-morts. Force sa retraite, apporte-lui ton sourire, amadoue-le par ta bonne volonté. Insiste, même s'il te rabroue. Si tu veux le prendre par son faible, informe-toi de ses manies culinaires et ravitaille-le en conséquence. Je crois qu'il raffole de la tourte aux épinards. Prends des nouvelles régulières de sa santé. Tu n'imagines pas la quantité de déplaisirs que lui cause son estomac. Installe-toi dans la place, observe-le quand il travaille, écoute et suis ses conseils. Sans lui, la peinture ne serait pas entrée dans un nouveau siècle.

Nous dormions ensemble dans le grand lit, où il m'initia aux variantes de l'amour. Il n'y avait pas de soir où il n'inventât quelque nouveauté, et je n'avais pas, en prenant goût à ces finesses, seulement cinq sens en éveil, mais autant que compte de pétales une rose qui s'épanouit. « Tu embellis à vue d'œil ! » me disait-il chaque matin, quand le premier rayon du soleil venait nous rejoindre sur l'oreiller. Ô réveils que je n'ai plus jamais connus ! Je courais à la fenêtre observer comme les chèvrefeuilles happés par la lumière déployaient sur les pilastres leurs lianes à fleurs parfumées. Ce ravissement où j'étais plongé fut pourtant lent à dissiper les restes d'un embarras fait de crainte et de honte. Je me souviens que je ne sortais en promenade qu'à la nuit tombée, quand les apprentis étaient couchés. Circonspection inutile, puisque Benvenuto m'affichait le plus tranquillement du monde, devant ses élèves habitués à la versatilité de ses amours. Il leur ordonna de confectionner à mon intention une panoplie de poignards.

Diego protesta.

— Il ne se destine même pas à l'orfèvrerie !

Benvenuto lui appliqua un soufflet et le menaça de le renvoyer.

Désespéré de la place grandissante qu'il me voyait occuper, le garçon crut qu'en se rendant pathétique il regagnerait les faveurs de Benvenuto. Au réfectoire, ostensiblement, il touchait à peine aux plats, renvoyait son assiette aux trois quarts pleine, refusait les desserts dont pourtant il *allait fou* [*andava matto*]. Il maigrit, s'étiola, devint hâve et laid. À Florence, la politique du pire ne paie pas, ne réussit jamais, et celui qui veut attirer la pitié ne récolte que le mépris. Benvenuto renonça à enduire de fard et finit par délaisser complètement son ancien favori. Un après-midi qu'il m'avait poussé dans l'escalier plus tôt que de coutume, impatient de s'isoler avec moi dans la chambre – sa hâte et le motif de sa hâte n'étaient que trop visibles –, Diego tira l'épée du fourreau dont Benvenuto lui avait naguère ciselé la bouterolle et se jeta théâtralement sur la lame qui le transperça de part en part. Ses camarades n'osèrent pas prévenir tout de suite le patron retiré avec son *chouchou du jour* au-dessus de l'atelier. Le malheureux mourut après un jour d'agonie et fut enterré dans le chœur de San Michele Visdomini. Nous avions caché au prêtre la cause de sa mort. L'atelier se réunit autour de la tombe et récita la prière des défunts.

Benvenuto redoubla de prévenances et de tendresses pour moi. L'anorexie mentale qui avait précédé le suicide de Diego lui avait rappelé l'importance symbolique de la nourriture dans la psyché des jeunes gens. Il choisissait les mets qu'il me montait lui-même dans la tourelle. Il farcit de ses mains une caille qu'il coucha sur un lit de maïs (*granturco*). Double allusion à nos nuits, qui me fit rougir sans m'empêcher de trouver le plat délicieux. « Tu t'en lèches les babines ! » s'exclama-t-il, en passant le doigt sur mes lèvres luisantes du jus de l'oiseau.

Je n'avais plus à interrompre mon travail pour descendre au réfectoire. Quelle chose ardue, pour ne pas dire impossible, que de copier un tableau de Jacopo ! Je pouvais imiter tant bien que mal le dessin, mais tous mes efforts furent inutiles pour le coloris, que Jacopo lui-même jugeait manqué par un excès de jaune, bien que ce jaune tirant sur le moutarde me parût des mieux venus, puisque le supplice de saint Quentin avait consisté, selon *La Légende dorée*, à lui faire avaler, précisément, un mélange de chaux, de vinaigre et de moutarde, avant de le percer de clous et de le décapiter.

— Cherche, Agnolo, cherche. Essaie de retrouver la nuance en incorporant de la poudre de mimosa à de l'écorce de châtaigne. Ne te lève pas lorsque j'entre. Ne te dérange pas pour moi. Je ne t'aime que couché la nuit dans le lit contre moi ou assis le jour devant ton chevalet. Ne te distrais jamais d'un ouvrage entrepris. Je t'ai appris la Vie, maintenant je t'enseignerai l'Idée. L'une sera ta maîtresse, l'autre ton épouse.

Cette pensée me parut d'abord mystérieuse, mais, dépouillée du *concetto* où il avait voulu l'envelopper, elle se réduisait à une prescription fort simple que j'eus tôt fait d'adopter pour devise.

Cette vie à deux, partagée entre les plaisirs et le travail, aurait pu durer je ne sais combien de mois et d'années, s'il n'avait dépendu que de moi. Elle s'interrompit brusquement, après qu'une nouvelle rixe place de la cathédrale et le meurtre de son adversaire qui avait eu l'audace de passer devant la porte d'Or du Baptistère sans fléchir le genou ni incliner la tête, eurent obligé Benvenuto à s'enfuir. Exilé à Rome, il demeura éloigné de Florence pendant plus de vingt ans, laps de temps pendant lequel je ne le vis qu'une seule fois, dans des circonstances, pour moi des plus blessantes, que je raconterai en leur temps. En plus de vingt ans il ne m'envoya aucun message, comme si *le chouchou du jour* n'avait été pour lui qu'un caprice, favori *éphémère* selon la jugeote des apprentis.

Il restait néanmoins présent dans tout ce que je pensais et faisais. Pour ne pas m'éloigner du lieu où j'avais découvert le bonheur, j'emménageai dans deux chambres via Sant'Egidio. Un des plus jeunes élèves de Salimbene quitta l'atelier pour s'installer avec moi. Benvenuto m'avait révélé ma véritable nature. Tôt ou tard, de moi-même, si intimidé par les lois, si peureux de l'opinion que je fusse, je me serais abandonné à ce qui était mon goût, mais je lui dois de m'avoir aidé à le reconnaître plus vite et à l'accepter plus complètement.

AGNOLO BRONZINO
REGARDE PASSER UN ANGE

20

Portrait dans un miroir

Un jeune homme de vingt ans, timide, fluet, de traits encore enfantins, nommé Francesco Mazzola, qui se rendait de Parme à Rome, fit halte à Florence. Il se présenta à l'atelier d'Andrea del Sarto, où affluaient les artistes de passage. Rougissant de son audace, il pria Andrea d'intercéder auprès du duc. Il voulait obtenir la faveur de montrer à Son Altesse un autoportrait qu'il comptait soumettre ensuite à l'approbation de Sa Sainteté Clément VII, dans l'espoir de recevoir une charge à la cour de ce doublement puissant souverain. Neveu de Laurent le Magnifique, le chef de la maison des Médicis et prince suprême de l'Église accueillerait avec plus de bienveillance un solliciteur recommandé par un parent. Une réunion de lettrés et d'artistes fut organisée dans le palais de via Larga. Andrea me permit de l'accompagner.

À peine exposé devant les courtisans, le petit tableau, rond et bombé, du « Parmigianino », comme on l'appelait déjà, souleva stupeur, admiration, perplexités, critiques. On n'avait jamais vu pareil format ni invention aussi étrange. Quel aplomb, d'abord, de se choisir, si jeune, pour sujet de son tableau ! Et quelle excentricité de prendre pour support, non la surface plane d'une toile ou d'une planche, ni un format rectangulaire, mais une calotte hémisphérique de bois ! Pour se peindre de face, le garçon s'était placé devant un miroir rond et convexe, et avait reproduit exactement ce qu'il voyait : non pas une chambre aux murs droits et au plafond horizontal, ni un buste, une tête, une main qui répondent aux proportions anatomiques, mais une chambre, des murs, un plafond, un buste, une tête, une main déformés au-delà de toute vraisemblance et correction par la surface bombée du miroir. Les bords de la fenêtre s'allongent et se recourbent, la porte gondole, les poutres ont l'air de s'enfuir du toit et, dans ce décor inquiétant, où plus rien n'a d'équilibre ni de sens, le jeune homme se tient figé, les yeux grands ouverts, perdu dans un rêve ou égaré dans une vision. Lisse, impénétrable, lointain, sibyllin, il est le pivot énigmatique d'un espace en rotation où la charpente et les meubles gravitent autour de lui.

De longs cheveux séparés par une raie médiane encadrent son visage d'écolier, arrondi encore et boursouflé par le renflement du miroir. Les paupières semblent gonflées de sommeil. Sa tunique est fermée sous le menton par un tour de cou plissé comme on en porte au collège. Sa main est ornée d'un anneau d'or au petit doigt. Il l'a posée devant lui sur un rebord de table et, toujours par l'effet du miroir convexe, où tout ce qui est placé à proximité immédiatc se reflète agrandi alors que le reste diminue avec l'éloignement, la main et le revers en dentelle de la manche peints au premier plan sont énormes par rapport au visage. Excessivement allongée, grossie et déformée par l'illusion d'optique, cette main est une énigme, une absurdité, une provocation.

Bon nombre louèrent le jeune peintre pour la hardiesse de son expérience. D'autres se montrèrent plus réservés ; certains franchement hostiles.

— Cette main !

— Je n'y vois qu'exagération.

— C'est du trompe-l'œil.

— De l'artifice pur.

— Mais non. Du pur réalisme.

— Ça alors !

— Placez-vous devant un miroir convexe, oubliez ce que vous savez des proportions du corps, et vous verrez votre main grossir démesurément.

— Quelle complaisance que de s'afficher ainsi !

— Se prend-il pour Narcisse ?

— Eh ! Oubliez-vous que Narcisse a inventé le portrait ?

— L'autoportrait.

— Narcisse ne put se détacher de l'image qu'il voyait reflétée devant lui. Relisez Ovide.

— J'irais plus loin. Ce tableau est une allégorie de la Peinture. Tout peintre est à la fois esprit – par le regard pensif qui médite, *en retrait* – et matière – par la main qui exécute. D'abord la contemplation, longue, attentive, réfléchie, qui se fait *à distance*, puis le geste, rapide, immédiat, *rapproché*.

— On cite Narcisse à juste titre car la peinture est la *fleur* de tous les arts, dit le duc, fier de rappeler que Florence, dont l'emblème est un lis, était vantée dans le monde comme la *fleur* de toutes les villes.

Les dames de la cour, indifférentes à ces discussions, dont elles ne retinrent pour s'en féliciter que le jugement favorable de Son Altesse, s'alarmaient de trouver à un être si jeune une froideur, une étrangeté lunaires, et aux rares paroles qu'il prononçait un accent mélancolique. Quand on est à l'aube de la vie et qu'on manifeste déjà un talent si remarquable, pourquoi fixer le vague d'un regard angoissé et retenir sur ses lèvres un sourire contraint ? De bouche en bouche le bruit courut que « l'ange » n'était si triste que parce qu'il avait « perdu ses ailes ». Désireuses de le consoler d'un chagrin qu'il n'avouait pas, elles le conduisirent vers une crédence chargée de pâtisseries et de sirops. Il montra une gourmandise qui les rassura. « Il a pris un gâteau à la pistache et deux éclairs au chocolat ! » Ainsi s'exclamaient-elles, ravies que celui qu'elles trouvaient si joli garçon gardât le naturel, la simplicité et les goûts de l'enfance.

— Quelle exquise modestie !

— Il baisse les yeux.

— Et rougit sous les compliments.

— Quelle effrontée rouerie ! Ne vous laissez pas duper, chères amies. L'impertinence de cette main suffit à démentir votre engouement.

— Ah oui, cette main !

Pendant qu'on bavardait autour de moi, j'étais seul à examiner sérieusement le tableau. Il me causait un trouble que je ne m'expliquais pas. Plus j'en scrutais les détails, plus en augmentait pour moi le mystère. Ah ! comme je regrettais le départ de Benvenuto !

Lui seul aurait su me dire si je ne me payais pas de chimères en distinguant, sous les traits frais et puérils du modèle, une prémonition de leur caducité. Je voyais ce portrait à la fois comme celui d'un adolescent à son premier duvet et comme celui d'un vieillard à son déclin. Le grand âge, étant *courbé* par les ans, n'est-il pas porté à voir partout des *courbures* ?

La forme bombée et circulaire était ce qui intriguait le plus. De quel recoin tortueux de son cerveau une telle idée avait-elle jailli ? Francesco nous surprit par sa réponse pleine d'humilité et de candeur. Loin de présenter ce cercle et cette calotte comme une invention de son cru et de se prévaloir d'une trouvaille, il nous affirma qu'il ne les avait pas choisis. Le miroir était un miroir de barbier, le seul miroir à se trouver chez lui. Son père et ses frères aînés l'utilisaient pour se faire la barbe. Aucun autre miroir, soit carré soit rectangulaire, n'existant à la maison, il n'avait pu employer que celui-ci, rond et bombé, sans intention particulière. Lui-même, encore imberbe, n'avait pas besoin de se raser.

— J'ai peint ce que j'ai vu, et j'aurais eu assurément plus de mérite si je m'étais employé à corriger l'erreur d'optique.

Encouragé par un aveu aussi naïf, je voulus engager la conversation. Il venait de terminer un baba et s'essuyait les lèvres. Autant il s'était laissé cajoler par les dames de la cour, autant il s'ingénia à m'éviter. Il se saisit d'un troisième éclair qu'il fourra dans sa bouche. Les lèvres barbouillées de crème, il me faisait signe qu'il ne pouvait me parler. Cette froideur, envers un garçon de son âge, fut remarquée et en étonna plus d'un. Andrea l'expliqua par la « bizarrerie » propre aux peintres. Je songeais à mon maître Jacopo, encore plus extravagant. À la dernière tentative que je fis pour l'aborder, Mazzola me tourna le dos.

L'astrologue de la cour intervint alors. Ce personnage, ancien prisonnier turc, s'était élevé à ce rang grâce à son expérience dans les arts de la magie et de la divination. Il portait un anneau à chaque oreille, un bonnet conique sur ses longs cheveux blancs, une robe noire à manches si longues et si larges qu'elles cachaient ses mains. Le cercle, dit-il, étant la forme première et le principe du monde, comprend dans sa perfection le commencement et le terme de toute chose. Qui se laisse happer par cette hélice est pareil au serpent qui se mord la queue.

Je tressaillis en me souvenant des divers sens que Jacopo donnait à ce dernier mot. Avait-il pensé, dans sa nomenclature, à l'extrémité postérieure du serpent ? Mis en présence de ce tableau, réserverait-il une place au Parmigianino dans la traînée lumineuse qui embrase d'un dernier éclat, selon lui, le corps céleste de la Renaissance ? Le jeune homme serait-il admis, avec Benvenuto, Rosso Fiorentino et moi, dans la grande et mystérieuse famille de la *queue* ?

Secouant les clochettes de son bonnet conique, écartant les bras dans un ample geste oraculaire qui ne découvrit pas davantage ses mains, Yigit Gençlik Abdal Ülkü – tel était son nom complet, très difficile à prononcer, au prix d'un effort qui augmentait son prestige – reprit :

— Celui qu'emporte ce tourbillon court le risque d'être englouti dans les remous qu'il soulève.

À l'improviste, sa voix descendit d'une octave, et il proféra ces mots caverneux :

Tourne tourne sans te retourner
Tourne tourne tu tomberas sur le nez.

— Il peut en perdre la raison, continua-t-il. Une roue qui tourne sans fin crée des hallucinations à rendre fou. Le mouvement perpétuel est fatal à ceux qu'il pousse dans un gouffre sans fond. *Usque ad imum barathrum*, précisa-t-il en latin. L'effroi qui les saisit quand ils découvrent que le début et la fin coïncident et se fondent dans un magma indivisible commence par un sentiment de lassitude et d'ennui. C'est le *taedium vitae*, un écœurement auquel ils ne peuvent résister et qui les entraîne toujours plus loin dans le dégoût d'eux-mêmes, jusqu'à la chute inévitable.

La formule cabalistique causa une profonde impression. Les dames remarquèrent que le jeune homme avait pâli. Craignait-il de *tomber sur le nez*, à force d'étourdissement giratoire ? Une connaissance précoce des secrets de l'univers tourmentait donc cet ingénu ? Il aurait dû, en principe, s'arrêter trois jours à la cour. Dès le lendemain, un magistrat envoyé par le duc lui enjoignit de poursuivre sans délai son voyage. L'affaire avait créé un tel malaise que chacun de nous, même ceux qui l'avaient le plus admiré, se sentit soulagé que le tableau s'éloigne de Florence sous le bras de son auteur marqué d'une prédiction si funeste.

DÉBUTS DANS LA PEINTURE

21

Un retable extraordinaire

Un des plus riches marchands de Florence, versé dans le commerce des peaux et fourrures, messire Ludovico Capponi, acquit dans l'église Santa Felicita, de l'autre côté de l'Arno, non loin du palais Pitti, une chapelle destinée à sa sépulture. Il demanda à Jacopo de lui peindre à l'huile un grand retable sur bois, une *Déposition* à placer au-dessus de l'autel.

De plus en plus ombrageux, Jacopo fit entourer la chapelle d'une haute palissade derrière laquelle il se retira pour peindre sans être vu de quiconque. Le commanditaire lui-même ne fut pas autorisé à suivre son travail. Jacopo mangeait sur place et ne se donnait aucun moment de repos. Comme il avançait très lentement et voyait approcher la date de la livraison, il chercha un aide pour lui peindre les quatre médaillons dont messire Capponi désirait voir ornés les pendentifs de la voûte. Il ne voulait ni d'un novice trop maladroit ni d'un maître susceptible de l'éclipser. Se souvenant de celui qui lui avait servi autrefois de modèle et s'était mis lui-même à peindre, il chercha à savoir si j'avais fait autre chose que deux ou trois saints pour des églises et quelques décors pour le carnaval, peintures mineures dont on disait, dans l'atelier d'Andrea del Sarto, pour encourager leur jeune auteur, qu'elles étaient « prometteuses » – formule qui salue moins l'aurore d'une carrière qu'elle n'escompte malignement son échec.

Satisfait que mes tentatives se fussent réduites à ces essais modestes, assuré qu'il n'aurait pas en moi un rival, Jacopo s'enquit de l'endroit où j'habitais et vint me trouver à la deuxième heure après le coucher du soleil, quand la ville dort et qu'il était certain de ne rencontrer personne. De la via Laura à la via Sant'Egidio, il n'avait qu'une rue à parcourir, via della Pergola, qui passe derrière l'hôpital des Innocents et longe l'archiconfrérie de Santa Maria Nuova. Enveloppé d'une cape dont la capuche lui tombait jusqu'aux yeux, il frappa à ma porte comme sonnaient au campanile de cette église les cloches appelant aux complies. Un spectre me serait apparu que je n'aurais pas été plus saisi. Nos rapports s'étaient relâchés puis interrompus, après plusieurs rebuffades qu'il m'avait fait subir, refusant, même pour moi, quand je le hélais de la rue, d'abaisser son échelle. Je ne pus cacher ma surprise en le trouvant si vieilli, bien qu'il eût à peine dépassé la trentaine. Son front s'était dégarni, ses traits creusés, ses orbites enfoncées, ses épaules voûtées, ses phalanges hérissées de poils. Une barbe dont il ne prenait nul soin, mal taillée et broussailleuse, lui couvrait le menton et les joues jusqu'aux oreilles. Chacun peut constater à quel point ce portrait est véridique, puisqu'il s'est représenté dans le retable de Santa Felicita : c'est lui, en haut à droite, à l'arrière-plan, hirsute, hagard, qui lève au ciel des yeux dolents marqués d'une profonde souffrance. Seul le turban bleu dont il s'est coiffé rappelle sa coquetterie d'autrefois.

Sans même remarquer dans mon atelier la copie de son *Saint Quentin* installée sur un chevalet à la place d'honneur :

— Tu vis seul ? demanda-t-il.

Il furetait dans les deux pièces comme un mari jaloux qui rentre de voyage. Au lieu de me rebeller contre cette prétention de me surveiller, je lui cachai que j'avais un compagnon.

— Qu'est ceci ? fit-il en soulevant la tenture d'un débarras où Maurizio rangeait sa garde-robe.

Ainsi s'appelait le garçon avec qui je couchais et qui était absent cette nuit-là.

— Seigneur Jacopo, c'est une réserve de costumes pour le cas où on me commanderait des tableaux historiques. La cavalcade que vous avez peinte dans votre *Adoration des Mages* a mis ce genre à la mode.

(Le « vous » m'était revenu spontané ; et, plus tard, il me fut difficile de retrouver le tutoiement.)

Cette flatterie ne désarma pas ses soupçons. Il continua à fouiner çà et là et à regarder sous les meubles, comme s'il avait quelque droit sur ma vie privée. J'avançai vers lui un fauteuil. Il l'écarta d'un geste brusque et s'assit sur le coin d'un banc. Après plusieurs minutes d'un silence pénible, il me présenta sa demande. On me croira à peine si j'énumère les conditions saugrenues qu'il me proposait contre une maigre rémunération.

J'avais défense de confier à quiconque la tâche dont il me chargeait. Je devais repousser les curieux quand ils sortiraient de la messe et les tenir à distance de la palissade dont les rares interstices eussent permis de le voir à l'œuvre ; fermer au cadenas la porte de la palissade chaque fois que je m'en irais ; changer de vêtement avant de partir et laisser ma blouse de peintre dans le retranchement, afin que nul ne pût soupçonner à quelle activité il m'employait ; donner le change aux habitants du quartier en balayant chaque matin le seuil de l'église à la manière d'un employé municipal ; enfin renouveler la provision d'œufs durs, de pieds de fenouil et de feuilles d'épinards qui constituaient sa nourriture exclusive, toute autre à l'entendre lui donnant d'épouvantables maux de ventre. Telles étaient les clauses à respecter. En échange, il me reverserait de temps en temps un demi-florin pris sur la somme, très avantageuse pour lui, que lui avait avancée messire Ludovico Capponi.

Tout autre que moi eût ri de l'extravagance de ce marché, fruit d'un esprit obsédé, vétilleux, possessif. Certes, je ne m'attendais pas à être payé généreusement, « oint avec l'huile de saint Jean Bouche-d'Or », comme nous disons à Florence où le florin porte l'image de saint Jean-Baptiste, le prédicateur à l'éloquence merveilleuse ; mais qu'il traitât avec autant de maniaquerie et de pingrerie celui qu'il avait naguère choisi comme élève et choyé comme un fils me frappa douloureusement. Néanmoins, je souscrivis sans discussion à tout ce qu'il exigeait, à la fois parce que travailler sous les ordres d'un peintre fameux dont la réputation était parvenue jusqu'à eux me paraissait le meilleur moyen de rentrer en grâce auprès de mes parents, et parce que les recommandations de Benvenuto m'étaient restées en mémoire. « En dépit de son caractère difficile, c'est celui dont tu as le plus à apprendre. » Jacopo me regarda dans les yeux de telle façon que toute résistance eût été impossible. Malgré le passage des années, il exerçait sur moi le même magnétisme. Je n'avais pas eu à « forcer sa retraite », selon le conseil de Benvenuto, puisque c'était lui qui était venu me chercher. Je ne songeais même plus à le trouver avare. Son regard avait suffi pour me remettre dans l'ancienne sujétion. Au reste, qu'avais-je à craindre ? Je n'étais plus un enfant dont on peut user à sa guise.

Après que j'eus prêté serment de garder le plus profond silence sur le traité et juré d'obéir à chacun des commandements, il m'enjoignit de le suivre. En pleine nuit, rasant les murs, nous quittâmes mon logis et, par l'arrière de la cathédrale, le palais du Bargello, le palais Gondi et la place du Palazzo Vecchio, nous descendîmes vers l'Arno en évitant les carrefours où brûlent les torches plantées au coin des palais par les agents municipaux. Un chat noir croisé sur le Ponte Vecchio le fit tressaillir. Il rebroussa chemin et longea le fleuve jusqu'au prochain pont, le pont Santa Trinità. Sur la placette au fond de laquelle s'élève la façade de Santa Felicita, Jacopo inspecta les environs. Il se signa en apercevant deux chiens qui se disputaient un os (« Fémur de mouton, Agnolo ? – Non, Jacopo, c'est un tibia de chèvre », précision qui lui arracha un cri de frayeur suivi de dix signes de croix supplémentaires). Puis, toujours méfiant et circonspect, il prit la plus grosse des deux clefs accrochées à sa ceinture et ouvrit avec des mines de conspirateur la porte de l'église, qu'il referma avec les mêmes précautions. Au moyen de la petite clef il ouvrit ensuite à tâtons, dans l'obscurité, tout de suite à droite après l'entrée, la porte, basse et étroite, de la palissade. Il la referma derrière nous, se débarrassa de sa cape et alluma plusieurs bougies dont il avait emmagasiné dans un coin de son réduit une provision à soutenir un siège.

De la *Déposition* je ne vis rien, car au lieu de l'éclairer Jacopo éleva au-dessus de sa tête une des bougies pour me montrer sur le plafond les quatre médaillons où j'aurais à peindre les quatre évangélistes.

Dès le lendemain, j'étudiai le retable, stupéfait de la nouveauté des postures, du mépris des bienséances, de la distorsion des corps, de l'incroyable coloris. Partagé entre la surprise et l'embarras, je ne savais que penser d'une œuvre qui ne ressemblait à rien de connu. Elle paraissait achevée, mais Jacopo marchait de long en large, mécontent. Reprenant tout à coup sa palette, ses pinceaux, il me demanda de lui apporter l'escabeau ainsi qu'un chiffon. Il avait peint, derrière le Christ, à l'arrière-plan, posées en plein ciel pour rappeler le supplice, une croix et une échelle, mais si petites, placées à un endroit si invraisemblable et bâclées avec si peu de conviction, qu'on voyait bien qu'il ne les y avait mises que comme des accessoires obligés. Jacopo monta sur l'escabeau et les effaça jusqu'à ce qu'il n'en reste aucune trace.

— Pourquoi les ôtez-vous ?

Il esquissait, à la place, d'un pinceau très léger, un petit nuage.

— La croix et l'échelle, même réduites à cette ébauche minuscule, auraient inscrit le tableau dans un temps et dans un lieu déterminés. Évoquer un événement précis de l'histoire eût transformé en action incidente ce qui ne reste grand que par le mystère qui l'enveloppe. Jésus a été crucifié sur le Golgotha, mais *aussi* sur la colline de San Miniato, sur les hauteurs de Fiesole, sur les contreforts de l'Apennin, partout où il y a un tertre, une colline, une montagne. Avec le nuage, on ne sait pas où l'on est, dans quel pays, à quelle époque. Jérusalem ? Le Golgotha ? La Galilée ? Un désert quelconque ? Le ciel ? On est partout, ce n'est plus un épisode, un moment, c'est l'éternité.

Le petit nuage, en un tournemain, fut *fait* (*fatto*) de rose et de bleu.

« Sic », indique dans une note en bas de page du livre florentin un scoliaste offusqué de la pauvreté du mot. « Bronzino avait d'abord écrit peint (dipinto) *de rose et de bleu. Puis biffé* peint *et mis* teint (tinto). *Enfin choisi* fait, *par on ne sait quelle aberration.* Peindre *et* teindre *ont infiniment plus de classe, et leur pertinence n'est pas à discuter, puisqu'il s'agit d'un tableau. » Plus d'un lecteur, aujourd'hui, formulerait le même reproche : « Pourquoi s'être arrêté au verbe le plus plat ? » Nous ne croyons pas trahir le narrateur en qualifiant de volontaire cette prétendue négligence.* Peint *et* teint *seraient d'un écrivain qui recherche l'effet en variant son vocabulaire. Il n'y a*

qu'une façon de dire bien une chose. S'il a plu, disons : il a plu, et non : la pluie est tombée du ciel, ou pis : nous avons eu affaire à un épisode pluvieux, comme on jargonne aujourd'hui. Bronzino s'en est tenu au mot le plus juste. Quelle leçon de style ! Fait *en dit beaucoup plus que les convenus* peint *et* teint, *en dépit de l'avertissement qu'on lit dans le* Dictionnaire de l'Académie française, *qui condamne l'abus du verbe « faire » et recommande de le remplacer, toutes les fois qu'on le peut, par un substitut plus « coloré », plus « expressif » – qui n'est le plus souvent qu'un cliché.*

— Et puis, ajouta Jacopo, l'échelle et la croix se trouvent dans toutes les Dépositions. Même mon ami Rosso, qu'on a connu plus hardi, n'a pas osé les supprimer de la sienne. Ai-je envie de rester dans l'ornière tracée par les peintres avant moi ?

Je me mis au travail sans tarder, décidé à me cantonner dans le rôle d'un apprenti. C'était mon premier ouvrage important. Choisi presque par hasard, j'avais à justifier la confiance de Jacopo. Il me fournit les dessins des médaillons, ne montant sur l'échafaudage que pour redresser une erreur trop manifeste. Une seule fois il me prit la main pour guider mes pinceaux, sinon il évitait de me toucher. Cette crainte de tout contact avait quelque chose de trop ostensible pour ne pas ajouter à ma perplexité.

Paralysé par la crainte de lui déplaire, je fis tant bien que mal les figures en buste des quatre évangélistes. Elles pourraient être de sa main, tant elles imitent sa manière. N'étant pas de sa main, mais de la mienne, elles ne sortent pas de l'imagerie ordinaire.

Sauf peut-être le saint Matthieu, dont j'ai osé dénuder la poitrine et dresser les tétons.

Pour l'inauguration, l'évêque de San Miniato, qui avait dans son ressort les églises d'Oltrarno, vint bénir le retable. Presque aveugle, il ne le vit pas, ne le regarda même pas. Courtisans, clergé, amis de messire Capponi, parmi lesquels se comptaient beaucoup de marchands, en fourrures comme lui ou en vingt autres matières, presque tous manifestèrent leur désapprobation. L'œuvre était trop neuve, elle bravait avec trop d'insolence les conventions pour ne pas les choquer. L'incertitude sur le nom à donner au retable – *Déposition* ? *Pietà* ? *Mise au tombeau* ? – illustre l'embarras que ses admirateurs eux-mêmes éprouvèrent devant un tableau qui bafouait la tradition avec une audace jugée par eux excessive. On reconnaissait aisément les acteurs du drame sacré : le Christ mort, les porteurs qui soutiennent le cadavre, Marie et quelques saintes femmes en pleurs. Mais on était surpris et gêné de la liberté, voire des incongruités, que le peintre s'était permises.

Ni croix ni échelle, pour qui se prend-il donc ? L'absence de ces attributs canoniques fut sévèrement critiquée, ainsi que je l'avais craint.

On s'offusquait surtout de la pose des divers personnages. Les deux hommes et les deux femmes qui soutiennent le corps du Sauveur s'y prennent de si curieuse façon qu'ils ne semblent pas le *descendre* ni le *déposer*, mais le monter au contraire, le hisser, profiter d'une détente élastique de leurs muscles pour le pousser vers le haut. On les dirait en lévitation, affranchis des lois de la pesanteur par un mouvement qui s'apparente plus à une exhibition chorégraphique qu'à une déploration. Ils flottent dans les airs, sans attaches au sol. Léger paraît le fardeau aux épaules de ces danseurs faits d'une consistance si aérienne qu'aucun d'entre eux ne porte d'ombre. Le jeune homme en rose accroupi au premier plan, qui reçoit sur son dos les jambes du Christ dans une posture acrobatique, a si peu d'efforts à faire pour le soulever qu'il se tient sur la pointe des orteils.

Les couleurs furent un autre objet de scandale : tour à tour acidulées et criardes, ou soyeuses et nacrées. Fortement contrastées, étalées par blocs compacts, elles n'ont de précédent ni par leur invention chromatique ni par leur agencement. Qui avait jamais vu, juxtaposés sans transitions, du rouge carmin, du rose jambon, du rose crevette, du grenade mûre, du bleu ciel, du bleu indigo, du vert pomme, du jaune paille, du jaspe brun, du peau de pêche, du bouton d'or ? Quelle inconvenance, également, qu'aucun des onze acteurs de cette scène biblique ne soit brun ou châtain ! Tous ont les cheveux clairs, blonds ou roux, comme si la Galilée n'était peuplée que de Vikings ; tous les mêmes yeux écarquillés et ronds ; la même expression hallucinée et lunaire. Des pointes d'épingle marron leur tiennent lieu d'iris ; un liseré qui varie du rose au bistre cerne leurs orbites d'une bordure à faire peur.

Quelques spectateurs applaudirent, mais trop bruyamment pour paraître sincères : ils ne voulaient pas manquer ce qui serait peut-être un nouveau style, une nouvelle mode. Messire Ludovico Capponi parut désagréablement surpris. Mais manifester son mécontentement l'eût fait passer, auprès des marchands qui le jalousaient à cause de son exceptionnelle réussite commerciale, pour un nigaud qui s'est fourvoyé dans un placement désastreux. Il comprit le danger et fit signe à son trésorier de compter à Jacopo cinquante sequins supplémentaires.

Personne n'avait levé la tête pour regarder mes médaillons.

22

Voyage à Rome après le sac

En sortant de l'église, je trouvai ma mère qui, avertie de l'événement, était accourue. Intimidée par le carrosse épiscopal stationné devant le perron, elle n'avait pas osé entrer. Les yeux humides, le nez rouge à force d'avoir été frotté, elle m'attendait pour me communiquer la nouvelle.

— Ton père est très malade, Agnolo. Il dit que c'est depuis qu'il a été insulté par ton ami. Il m'a dit : « Va donc voir le Saint-Père, et obtiens de lui une bénédiction pour notre fils ingrat. J'ai quelque chose sur l'estomac qui me pèse comme qui dirait que c'est le sabot de la vache que j'ai dépecée l'autre jour avec la hache de ce vaurien. » Veux-tu venir avec moi ? Nous apporterons au pape un agneau à peine né. Ton père m'a dit d'en prendre un au marché de San Lorenzo. Nous devons nous remettre dans les bonnes grâces du Seigneur. Le pape te bénira, si tu lui apportes un agneau. « *Agnus Dei* », dira Sa Sainteté, dont la bénédiction s'étendra à tes parents et à ta descendance.

Revenu sur ses pas après avoir reçu le congé de l'évêque et empoché de la main du trésorier de messire Capponi le solde de son contrat plus les cinquante sequins de gratification, Jacopo nous avait entendus.

— Je me joins à vous. Je ne suis allé qu'une fois à Rome, ce n'est pas assez pour un peintre. Et toi, Agnolo, renonce à l'espoir de te faire un nom avant de t'être donné le torticolis dans la chapelle Sixtine. Je connais une auberge bon marché à l'entrée de la ville, près de Santa Maria del Popolo.

— Il me semble, dit à Jacopo l'ancien secrétaire du Grand Conseil, que tu sous-estimes les dangers de la guerre. Vous aurez à traverser des régions rien moins que pacifiées. Une trêve a été conclue, mais les hostilités peuvent reprendre d'un jour à l'autre.

Sans nous laisser arrêter par cet avertissement, nous partîmes un matin par la diligence, ma mère, moi, Jacopo et l'agneau ; Jacopo trop absorbé en lui-même pour tenir compte des événements extérieurs ; moi excité par le risque ; quant à ma mère, elle comptait sur l'agneau pour nous protéger.

Par Sienne et Orvieto, étapes où nous n'arrivions que la deuxième ou la troisième heure après le coucher du soleil et que nous quittions dès le petit matin, si bien que je ne pus rien visiter de ces villes célèbres, la voiture nous transporta sans encombre, à travers des régions en effet peu sûres. Les gendarmes de notre escorte eurent à repousser plusieurs fois des soldats débandés dont la seule ressource était de détrousser les voyageurs. Passé Viterbe nous trouvâmes la campagne et les villages dévastés. Autour du lac Trasimène des restes humains, des cadavres de chevaux, des ruines de chaumières incendiées, des arbres carbonisés nous dépeignaient les horreurs de la guerre. C'était peu de temps après le sac de Rome et le pillage des environs par les troupes de Charles Quint. La chrétienté tout entière était encore sous le choc, terrorisée par le déferlement d'une sauvagerie sans précédent. La ville où nous entrâmes était presque déserte. Du sang maculait les façades, on marchait à grand-peine au milieu de débris en tout genre qui jonchaient la chaussée, poutres de chêne, blocs de travertin, brancards de voiture, vaisselle de cuivre, fourneaux à bois, meubles jetés par les fenêtres. L'auberge connue de Jacopo étant fermée, le douanier de l'octroi nous indiqua une pension près du Tibre. Comme Jacopo chipotait sur le prix, je lui promis de contribuer à la dépense en me faisant embaucher dans les équipes qui nettoyaient les rues.

Les Romains s'étaient cachés dans leur maison. Ils osaient à peine en sortir et ne parlaient qu'avec des tremblements dans la voix des crimes et des déprédations commises. Le pape n'avait échappé aux soudards qu'en s'enfermant dans le château Saint-Ange, avec la plupart des cardinaux. On avait saisi les autres à leur domicile et jusque dans les églises où ils avaient cru trouver refuge. Traînés dehors, habillés en femmes, peinturlurés comme des courtisanes ou barbouillés de suie, ils avaient été exposés sur des chars de carnaval et promenés par la ville sous les quolibets de la soldatesque. Cette canaille s'en était prise aux écrivains, comme nous l'assure Pietro Valeriano dans son livre *De litteratorum infelicitate*. Le sort le pire fut réservé aux artistes : affronts, molestations, brutalités, saccage de leurs ateliers. Les reîtres avaient brûlé des tableaux, des tapisseries, brisé à coups de marteau des bustes, émasculé des statues, cassé des œufs sur les fresques, sans réussir à atteindre, heureusement, le plafond de la chapelle Sixtine trop élevé pour ces vandales. Pris de fureur sacrilège, ils avaient uriné sur la Bible à quarante-deux lignes offerte par l'archevêque de Mayence à Sa Sainteté Pie II, mis le feu à une église dans le Transtévère, saccagé le chantier de Saint-Louis des Français, église que le roi de France François Ier, ennemi des Espagnols, faisait construire, près de la place Navone, pour les gens de sa nation.

J'eus pour la première fois des nouvelles de Benvenuto. Il s'était illustré dans la défense du château Saint-Ange en s'improvisant ingénieur des fortifications, puis artilleur et canonnier. Du haut des remparts, il avait visé et tué d'un coup d'arquebuse le connétable de Bourbon en personne, puis blessé d'un boulet de canon le prince d'Orange qui visitait les tranchées. Quand il avait vu dans l'armée de Charles Quint autant de mercenaires allemands, son ardeur combative avait dû redoubler, me disais-je, car je me souvenais de sa colère contre les hommes d'armes tudesques campés à Florence devant le Palazzo Vecchio, sous cette loggia dont il voulait faire un musée de sculpture.

Notre séjour commença par une déconvenue cuisante. Trompés par leurs beaux costumes bicolores et la nonchalance de leur mine pacifique, nous remîmes l'agneau à une compagnie de Suisses qui gardaient

Saint-Pierre, en leur recommandant d'apporter au pape cet humble présent offert par des compatriotes de Sa Sainteté. La pauvre bête fut aussitôt égorgée par leur capitaine, vidée de ses entrailles, mise à rôtir et dévorée.

Pendant que ma mère entrait dans la basilique pour réciter des prières en cherchant à quel saint se vouer, Jacopo, fort content de couper aux embarras protocolaires d'une visite au souverain pontife, se mit en quête de son ami Rosso. La brouille au sujet des dessins était oubliée. Installé depuis plusieurs années à Rome, Rosso y avait peint, pour un retable dédié à la Vierge Marie, un *Saint Sébastien* que nous avions vu en gravure, dénudé jusqu'à l'aine plus bas qu'il n'est permis. Le pagne moulé sur le sexe en accuse la bosse avec une témérité à mon sens excessive. Nos recherches furent vaines : Rosso s'était réfugié à Pérouse après l'humiliation que lui avait infligée une escouade de ces affreux *lanzichenecchi* allemands, *Lanzenknechte*, pour le dire dans leur langage tout en consonnes, guttural, raboteux et barbare. Conduits par un *monsignore* de la Curie auquel les événements avaient rappelé que sans de saines mœurs il est vain d'implorer la clémence de Dieu, ils avaient envahi son atelier, dessiné au charbon une verge (j'allais dire « une queue », mais en cette circonstance le mot sonnerait comme un blasphème) sur le pagne de saint Sébastien, lacéré ses autres tableaux. Puis ils l'avaient dépouillé de ses habits et, tout nu, sans même de chaussures aux pieds, forcé à déménager une épicerie en portant des caisses de sucre et des sacs de farine.

— Te voilà puni par où tu as péché, déclara gravement le *monsignore*, en voyant le malheureux essayer de protéger d'une main sa pudeur sans faire tomber les charges en équilibre sur son dos.

Il renversa par mégarde une jarre. L'huile se répandit sur le dallage que les soudards l'obligèrent à lécher sur une longueur de trois pieds. Avec ce qui restait d'huile au fond d'un tesson, ils lui graissèrent l'anus. L'un d'eux se déboutonna en glapissant : « Voyons voir si ça glisse mieux ! » Le religieux, repentant, eut toutes les peines du monde à empêcher ce crime. Il jeta sa chasuble à Rosso qui s'en couvrit comme il put, avant de prendre la fuite.

Nous n'eûmes pas plus de chance avec Francesco Mazzola, le jeune peintre de Parme, que j'aurais tant aimé revoir. Son autoportrait si étrange lui avait-il gagné les faveurs pontificales ? Avait-il réussi à percer ? Arrêté et ligoté par ces brutes, jeté sur un tas de charbon dans une cave, enfermé à clef, mis pendant trois jours à l'eau et au pain sec, il s'en était mieux tiré que Rosso, mais sans éviter de *tomber sur son nez*, selon la prédiction de l'astrologue, dont la formule à dessein vague pouvait très bien s'appliquer aux sévices qu'il avait endurés. Le choc subi altéra encore son caractère, d'après ses voisins qui nous dépeignirent un être pâle, timide, silencieux, lunatique, en proie à de bizarres hallucinations qui lui faisaient voir les gens avec un cou deux fois plus long que celui qu'ils avaient reçu de la nature. À peine libéré de prison, le pauvre jeune homme s'était empressé de repartir pour la ville de ses parents, en entassant sur une charrette tout ce qu'il avait pu sauver de ses tableaux.

Je pensais sans cesse à Benvenuto, tout en craignant de le rencontrer. Jacopo désapprouvait cette visite. Enfin, je pris mon courage. Sans dire à Jacopo où j'allais, je profitai d'un matin où j'étais censé débarrasser les abords du palais Borghese souillés des détritus lancés des balcons. Benvenuto m'aimait-il encore ? Et moi, qu'éprouverais-je en le revoyant ? Plus de quatre années avaient passé... Il était si célèbre que le premier passant interrogé me donna son adresse. Arrivé devant la porte de son logis – une fort agréable maison, sur les contreforts boisés du Capitole, qui avait en commun avec celle où il habitait à Florence une tourelle en saillie et un escalier particulier – je me trouvai nez à nez avec un jeune fat, freluquet de quinze ou seize ans tout au plus, vêtu de brocart à ramages d'or et d'argent, qui me dévisagea longuement avant de daigner m'adresser la parole.

— Tu cherches Benvenuto ? me dit-il sans me tendre une main fine et blanche qu'il campa sur sa hanche.

— Lui-même.

— Sache qu'il est en ce moment au Colisée.

— Je vais l'y rejoindre.

— Attends. Il n'y est pas seul. Le prêtre sicilien qui doit l'initier à la nécromancie commence les exorcismes.

— La nécromancie ?

— Tous deux, le nécromant et mon maître Benvenuto, traceront d'abord à la craie sur le sol des cercles concentriques. Puis ils brûleront des parfums en récitant des formules à épouvanter les chauves-souris. Quand la nuit sera tombée...

— La nécromancie et les nécromants, que diable cela peut-il être ?

Il bomba le torse en faisant craquer la soie de sa chemise moulante, puis, d'une voix qu'il s'efforça de rendre sépulcrale bien qu'elle eût à peine mué :

— Imprudent, n'invoque pas le diable à la légère ! La nécromancie, c'est l'art de convoquer les légions infernales. Brrr… J'en tremble rien qu'à les mentionner… Tu veux toujours rejoindre Benvenuto ? Tu y tiens vraiment ? J'ai l'impression que tu n'en mènes plus bien large, hein, mon garçon ?

Il me pressa alors de questions.

— Connais-tu la langue hébraïque, la seule connue des démons ? La grecque, en usage chez leurs succubes ? La latine, réservée aux incubes ? Ta virginité est-elle entière des deux côtés, condition pour assister à la cérémonie ? Tu n'auras pas intérêt à mentir, car la chose sera vérifiée par le prêtre sicilien qui t'inspectera à la lueur d'une bougie. Supportes-tu l'émanation fétide des excréments, qu'au plus profond des ténèbres, vers deux heures du matin, pour faciliter l'ouverture des enfers, on répand sur le sol afin de recouvrir l'odeur des parfums ? Peux-tu compter rapidement, sans te tromper, jusqu'à mille, chiffre nécessaire pour faire agir le talisman et dissiper la fumée ?

Il se moqua de moi tant et plus, jusqu'à ce qu'une fenêtre s'ouvrît à l'étage ; je ne vis pas Benvenuto mais le reconnus à sa voix. Il appelait le jeune homme en lui demandant qui était cet *intrus*, dont il ne pouvait pas ne pas avoir reconnu la voix. Il se pencha brièvement à la fenêtre et se rejeta aussitôt en arrière. Étais-je devenu si laid ? Je battis en retraite, humilié et furieux d'avoir été leur dupe.

23

Surprise à la chapelle Sixtine

Jacopo ne me demanda pas comment j'avais employé mon temps. Il ne s'aperçut même pas que je rentrais bien avant l'heure prévue. Ce que je pouvais faire ou ne pas faire lui était complètement égal. Il ne s'enquérait jamais de ce qui m'avait frappé à Rome, moi qui arpentais cette ville pour la première fois, ébloui de ce que je découvrais. Dès qu'il eut obtenu, par un Médicis camerlingue du pape, les sauf-conduits nécessaires, il m'empoigna par le bras et me traîna de force au Vatican. Sans nous attarder dans les Chambres de Raphaël, comme je l'aurais voulu, nous courûmes à travers d'interminables couloirs jusqu'à la chapelle Sixtine, qu'il appelait le Saint des Saints. À juste titre, car il est impossible pour quiconque a porté les yeux au plafond de ne pas en être fasciné, même si – comme c'était mon cas – son goût le porte à préférer la douceur, la discrétion et l'élégance de Raphaël à la *terribilità* de celui qui en impose par sa force plus qu'il ne touche.

Nous demandons la permission de sauter les considérations auxquelles se livre Bronzino. À un préambule si banal ne pouvaient suivre que des lieux communs. Il est peu probable que le jeune homme n'ait pas éprouvé des sentiments personnels sous les fresques de Michel-Ange, mais, intimidé par ce que tout le monde disait d'un ouvrage béni par le pape, célèbre de Paris à Madrid, admiré du monde entier, il n'a pas su ou n'a pas osé les exprimer. Adam créé par Jéhovah sans que leurs doigts se touchent, bien qu'ils tendent le bras l'un vers l'autre et qu'il ne reste entre eux que l'intervalle d'un pouce, le premier homme tiré ainsi du néant par la seule force de l'amour, lui arrache des cris d'enthousiasme. Mais qui ne s'est pas extasié devant cette trouvaille d'abolir le contact matériel pour rendre la puissance du souffle divin ?

Bronzino se livra à une étude méticuleuse de la voûte, approuvé par Jacopo qui compléta son instruction en lui faisant valoir la cohérence de l'ensemble. Ils restèrent longtemps à contempler le merveilleux spectacle, jusqu'à ce que le torticolis annoncé par Jacopo les eût forcés à baisser la tête.

— Tout est clair, Agnolo ? Tu n'as aucune question à me poser ?

— Grâce à vous je comprends avec quelle fidélité à la chronologie du récit biblique Michel-Ange a illustré les étapes de la création de l'univers. Les épisodes sont représentés dans l'ordre exact de leur apparition, la séparation de la terre et des eaux, du soleil et de la lune, des ténèbres et de…

— La Bible mentionne-t-elle que des jeunes gens aient assisté à ces étapes ? Que penses-tu de ces Ignudi ?

J'avais remarqué en effet, car ils sont les premiers à frapper la vue, une multitude d'adolescents nus, variés de physionomie et de posture, qui encadrent au sommet de la voûte, bien qu'on se demande ce qu'ils font là, les neuf scènes tirées de la Genèse.

— Michel-Ange aura voulu associer des anges à cette suite de miracles.

— Des anges ? Est-ce que ces garçons ont des ailes ?

— Non, ils n'ont pas d'ailes.

— Ont-ils les cheveux longs qui leur tombent en boucles sur le cou, ainsi que Fra Angelico, Botticelli, Raphaël peignent les anges et en ont fixé le modèle ?

— Non, un bandeau enserre leurs cheveux.

— As-tu jamais vu des anges aussi musclés ?

— On dirait plutôt des athlètes.

— Et ils sont tout nus, Agnolo.

— Que de bizarreries en effet.

— Le bandeau était la marque des Éros au temps des Grecs, tu peux le constater sur les bas-reliefs de leurs sarcophages. Platon l'a dit dans *Le Banquet* (je cite de mémoire) : « Leur chevelure est si riche, abondante, soyeuse et bouclée qu'ils doivent les cercler d'un bandeau pour qu'ils ne leur tombent pas sur les yeux. Quand on dit que Cupidon est aveugle, on entend par là que toutes les fois où il décoche ses flèches il a retiré son bandeau, car il s'amuse plus de tirer au hasard que de viser une cible. »

— Michel-Ange aurait donc introduit dans la légende chrétienne des personnages empruntés à l'Antiquité païenne ?

— Tu brûles, Agnolo, mais tu n'y es pas encore.

— Je donne ma langue au chat.

— Benvenuto ne t'a donc rien appris !

Je compris à son accent que son hostilité à Benvenuto était due à quelque rivalité érotique, si secrète que nul ne s'en était douté. Il attendit une minute avant de m'abasourdir.

— Ces garçons ne sont ni des anges bibliques ni des Éros païens. Entre les personnages de l'Ancien Testament, Michel-Ange a peint ni plus ni moins que ses amants.

— Ses amants ? Dans le lieu le plus emblématique de la chrétienté ?

— Ses amants, pour en faire une galerie de beaux portraits.

— Mais j'en compte vingt ! m'écriai-je naïvement. En avait-il autant ?

— Observe-les mieux et dis-moi ce qu'ils ont en commun.

— Une charpente robuste, une musculature puissante, un air songeur…

— Laisse l'air tranquille ! Tu ne leur trouves rien de plus remarquable ?

Il devina mon hésitation.

— Allez, dis-le ! Ils ont ce qui t'épate le plus, une grosse queue.

— Jacopo !

— Et puis ?

— Beaucoup s'appuient du bras sur une botte de végétaux ou y sont adossés.

— Une botte de végétaux ? Ne me fais pas rire. C'est une montagne de glands.

— Oh ! dis-je en rougissant, vous exagérez !

Il me fit remarquer qu'ils étaient tous pâles et de peau presque blanche, sauf un, le plus costaud, qui avait des pectoraux saillants et les muscles des bras et des cuisses particulièrement développés.

— En effet, celui-là est bronzé.

— Sais-tu pourquoi ?

— Voulez-vous encore me faire dire une sottise ?

— C'est Paolo di Pietro, le jeune maître plongeur qu'il a follement aimé. Il s'absentait du chantier – combien de fois Jules II lui en fit-il le reproche ! – pour aller prendre avec lui des bains de soleil sur les bords du Tibre, dans un endroit écarté où l'on nage et se sèche nu jusqu'à ce que la souillure vite arrivée oblige à plonger à nouveau.

Il continua de la sorte, rapportant chaque Ignudo à un des garçons avec qui il prétendait que Michel-Ange avait couché. Voilà pourquoi il m'avait emmené à Rome ! Il me citait leurs noms un à un. Sa folie de la queue le reprenait !

Néanmoins, si forte était la sujétion qui me liait à Jacopo que, à peine rentré à Florence, je ne me contentai pas de remplir le programme que m'avait assigné messire Guglielmo Torretti. Il m'avait commandé – ma première commande personnelle – une *Madone à l'Enfant entourée de saint Jérôme et de saint François d'Assise*. Le sujet ne me souriait guère. Saint Jérôme doit être représenté vieux, maigre, en haillons, le teint jaune, les cheveux rasés, le crâne poli comme une citrouille, et saint François habillé de pied en cap d'une bure grise flottante derrière laquelle il n'y a aucun moyen de faire deviner les formes d'un corps. Je m'appliquai de mon mieux à faire un tableau passable, quand, découragé, j'eus l'idée de rajouter deux adolescents nus non prévus par le contrat. Ils seraient assis sur les marches aux pieds de la Madone, avec aussi peu d'à-propos que les Ignudi de Michel-Ange. Prudent, je leur mettrais des ailes, afin qu'on ne m'objecte pas, pour me confondre, que les prendre pour des anges est impossible.

Demi-hardiesse, donc, qui me parut encore trop audacieuse et susceptible de me nuire. La veille du jour fixé pour l'inauguration, une peur affreuse me saisit. J'effaçai les deux adolescents et, à leur place, peignis deux enfançons de trois ou quatre ans, deux de ces *putti* potelés que tout le monde prend plaisir à voir gigoter. Même à ces garçonnets je fis des ailes, pour écarter tout soupçon. L'un d'eux caresse la tête d'un agneau qui appuie son museau sur la jambe de l'autre, les oreilles dressées et les yeux grands ouverts. J'ai voulu par cet ajout adoucir le chagrin de ma mère, qui ne se consolait pas d'avoir vu son offrande mise à rôtir par les Suisses.

Le tableau eut un grand succès et lança ma carrière. Messire Torretti, sa famille et ses amis me félicitèrent d'avoir imaginé ces loupiots. Ils bêtifièrent sur l'innocence des poupons, sans s'apercevoir que j'avais honte, moi, d'avoir capitulé. J'avais introduit dans un tableau sacré un peu de nudité masculine, mais par un compromis de chaisière : ils n'étaient nus, ces angelots, que parce qu'ils étaient beaucoup trop jeunes pour avoir une sexualité quelconque et faire dresser la lance à homme au monde.

24

La famille Allori

La guerre avait repris, la situation politique empiré. On se communiquait en tremblant les nouvelles : l'Ombrie et le sud de la Toscane envahis, Pérouse occupée, Sienne encerclée, Arezzo menacée… Florence elle-même, malgré ses remparts, n'était plus à l'abri. On supputait la date où commencerait le siège. Chacun songeait à organiser sa défense et celle de sa famille. La farine et le sucre vinrent à manquer par suite des provisions entassées chez les particuliers. À caves pleines, à greniers abondants, magasins vides. Les paysans, par crainte des brigands qui infestaient les campagnes, n'apportaient plus le lait et les fruits au marché de San Lorenzo. Les denrées de première nécessité disparurent des éventaires.

Benvenuto m'avait emmené une fois chez le meilleur armurier de Florence, où il se fournissait en dagues et en poignards. J'étais repassé souvent devant la boutique, via dell'Arte della Lana, en face de l'église Orsanmichele. Très pittoresque, reconnaissable entre mille, la maison fait l'angle de deux rues, par un pan coupé surmonté d'un encorbellement. Dans le renfoncement, se trouve un oratoire comme on a l'habitude d'en installer aux carrefours. J'avais remarqué que des roses toujours fraîches, au lieu des habituelles fleurs en papier, remplissaient le vase placé sous l'image de la Madone.

Après la chute de San Gimignano, devant l'imminence du danger, je me rendis chez cet armurier pour me procurer une seconde arme. Le stylet dont Benvenuto m'avait pourvu le jour de notre rencontre ne me paraissait plus suffisant.

Âgé d'une cinquantaine d'années, issu de cette bourgeoisie commerçante qui a fait la prospérité, la force et l'orgueil de Florence, maître Cristofano Allori était un homme de haute taille, de larges épaules, de jambes solides. Chaque phalange de ses doigts noueux se hérissait de poils noirs. Réfléchi, posé, affable bien que taciturne, ami des arts, familier de beaucoup d'artistes dont il avait la pratique, respectueux des lois, scrupuleux sur l'argent, exempt de dettes, citoyen modèle, sans cesse occupé ou par l'entretien de ses articles ou par les comptes de son négoce, son seul défaut était d'être vain de sa barbe, dont il n'aurait pas coupé la moitié pour se guérir d'une fluxion. Il compensait par l'intégrité d'une conduite irréprochable le malheur d'exercer un métier « homicide », comme il disait lui-même. Marqué d'une horrible balafre à la joue depuis qu'il avait reçu le coup d'une arquebuse qu'il nettoyait, il se reprochait comme une faute professionnelle chaque meurtre commis avec une arme qu'il avait vendue.

Pendant que je discutais avec lui de ce qu'il me conviendrait de choisir, son épouse Dianora descendit de l'appartement situé au premier étage et se mêla à la conversation. Beaucoup plus jeune que son mari, grande, élancée, blonde, coiffée à la pisane d'une double natte qui posait sur sa tête une manière de couronne, elle portait au sein son dernier-né, Sebastiano. La petite Alessandra trottinait derrière elle, accrochée à sa jupe. Dans la casserole qu'elle tenait à la main refroidissait de la purée de rave, un des rares légumes faciles à trouver par ce temps de pénurie. Malgré cette apparence de *casalinga* vouée aux occupations domestiques, c'était une femme de tête qui s'entendait aux affaires. Aussi loquace que son mari parlait peu, elle me vanta les différentes sortes d'épées, de poignards, de couteaux, me déconseilla un estoc qui ne m'allait pas à la main, écarta une rapière trop lourde, enfin me recommanda une dague à deux tranchants qu'elle me convainquit d'acheter.

Je racontai mon voyage à Rome en compagnie de Jacopo. Ils déplorèrent avec moi le sort qui avait frappé des artistes aussi affirmés que Rosso et Mazzola. Rosso, après la chute de Pérouse, avait dû s'enfuir à nouveau. On le disait à Sansepolcro, à l'est de la Toscane, auprès de l'évêque Leonardo Tornabuoni, refuge précaire qui ne pouvait être que provisoire. Mazzola, plus chanceux, avait regagné sa ville natale de Parme, mais son état mental, dégradé depuis le sac de Rome, devenait préoccupant.

— As-tu vu Benvenuto ? me demandèrent-ils. Comment va-t-il ? Se plaît-il là-bas ?

J'eus soin de taire ma visite et me contentai de rapporter la renommée qu'il avait acquise en organisant la défense du château Saint-Ange.

— Un Florentin a donc sauvé le pape, dit Cristofano. Tu dis qu'il a pointé lui-même le canon ?

— Et maître Jacopo ? demanda sa femme. Est-il aussi ours qu'on le dit ?

— Sans le camerlingue du pape qu'il connaît assez bien, nous n'aurions jamais eu le sauf-conduit pour entrer au Vatican et avoir accès à la chapelle Sixtine.

— Cet ours a beaucoup de relations, dit Cristofano, dont la parole, brève et sèche, ouvrait sur une pluralité de sous-entendus.

Il pâlit soudain et porta la main à sa joue si affreusement balafrée.

— Ses douleurs le reprennent, dit sa femme.

Ils remontèrent à l'appartement, confiant pour quelques instants la boutique au parfait inconnu que j'étais pour eux.

L'amitié née si promptement entre nous s'accrut au fil des semaines. J'étais devenu un de leurs familiers. Ils me retenaient souvent à dîner. Cristofano avait choisi de s'installer devant Orsanmichele parce qu'une niche pratiquée en face de sa boutique dans le mur extérieur de l'église abrite la statue de saint Georges, patron des armuriers. De son établi au premier étage, il pouvait la voir. Donatello s'était ici surpassé, Benvenuto adorait la statue. Sous l'armure et le bouclier, on devinait le corps. J'aurais été bien hypocrite de ne pas admirer l'art du sculpteur *aussi* pour la beauté du modèle. Je contemplais un instant ses formes avant de frapper à la porte, chargé des quelques provisions que j'avais pu dénicher. Les accointances que j'avais avec un fermier d'Arcetri me procuraient du lait, du bouillon de poule, des œufs.

Une fois que j'avais cru bon d'ajouter à l'intention d'Alessandra un morceau de *panforte* siennois, Dianora me fit observer amusée que la petite n'avait pas les quenottes assez incisives pour mordre dans un gâteau aussi compact. Nous rîmes de ma bévue. C'est ainsi que, admis peu à peu dans leur intimité, je me créais une nouvelle famille pour remplacer celle que j'avais perdue.

Ma mère, pour m'apporter le peu de viande et d'abats qu'elle avait raclés sur l'étal, descendait régulièrement de Monticelli jusqu'à l'endroit dont nous étions convenus, au fond de la place Santo Spirito, à l'angle de la via Sant'Agostino, car elle ne voulait pas traverser l'Arno et entrer « chez les riches », comme elle disait, pénétrée d'une superstitieuse idée de la répartition des quartiers. Mon père étant toujours irrité contre moi, je n'osais pas rentrer à la maison. « La parabole du fils prodigue, ça marche pas avec moi », disait-il à ma mère qui le grondait pour ce blasphème. Il avait déclaré qu'au lieu de tuer un veau pour un garçon aussi dénaturé, il me flanquerait « une branlée à estourbir un bœuf ».

Cristofano, qui se faisait appeler « Tofano » en famille, m'entoura vite de prévenances paternelles. À table, conséquence de son accident, un seul côté de sa figure devenait rouge pendant le travail de la digestion, tandis que la narine opposée enflait. Dianora feignait de ne pas remarquer cette particularité disgracieuse. Un peu fanée, mais sans prendre d'embonpoint, elle attendait un troisième enfant, qu'ils voulaient appeler Lorenzo, comme le duc dont Michel-Ange sculptait la statue.

Dès les premiers jours elle m'avait eu « à la bonne », comme eût dit ma mère dans son franc-parler. Parfois elle me passait la main sur la joue et moi, dans mon ignorance des femmes, je prenais pour un geste de mère une caresse qui était peut-être d'une autre nature. Une occasion fortuite acheva de me gagner son affection. La petite Alessandra ayant voulu jouer avec une poire à poudre dont le cuir bouilli et le renflement en forme d'aubergine la fascinaient, je la lui retirai, par crainte de l'habituer à des jouets dangereux. Elle commença à pleurer, à trépigner, à se frotter les yeux avec des mimiques exagérées. Je m'assis pour la faire sauter sur mes genoux, jusqu'à ce que, ayant abandonné ses grimaces, elle se mît à rire aux éclats. Sa mère nous observa un moment, attendrie du spectacle.

— Quel âge as-tu ? me demanda-t-elle.

— Bientôt vingt-sept ans.

— Vingt-sept ans ?

— Le 17 novembre prochain.

— Es-tu heureux ?

— Mais oui.

— Il ne te manque rien pour l'être complètement ?

— Il est vrai que mon père m'a renié, et que, si je n'avais pas eu la chance de vous connaître, vous et Tofano, et de recevoir ici une hospitalité aussi généreuse, je me sentirais orphelin.

— Mais tu as vingt-sept ans, Agnolo, et tu es toujours célibataire ?

rougis.

— Tu n'as donc pas envie de te marier ?

— Pas plus que Benvenuto.

Elle rit.

— Benvenuto, c'est autre chose. On ne le voit pas marié ! Je plaindrais d'ailleurs sa femme. Toi, tu me fais l'effet d'un garçon sage, les pieds sur terre, auquel il ne manque qu'une épouse et des enfants. Alessandra t'adore ! Tu sais que messire Torretti est un de nos meilleurs clients. Les deux bambins que tu as ajoutés pour égayer le tableau que tu lui as peint prouvent un instinct paternel développé. Ôte-leur les ailes, à ces angelots, ils pourraient jouer entre tes jambes. Tu n'as pas envie d'enfants ? Je t'aiderai à trouver une épouse, si tu veux. Plusieurs des clients de mon mari ont des filles à marier susceptibles de te plaire.

Se méprenant à mon air embarrassé, elle ajouta :

— Mais peut-être… fit-elle en s'approchant, peut-être que les femmes te font peur ? Il est normal qu'une âme un peu noble soit timide. Seuls les jeunes gens vulgaires ne connaissent pas la crainte.

Où voulait-elle en venir ?

Elle répéta sa question, mais cette fois avec un geste assez explicite. Je me dis que son mari ne l'engrossait si régulièrement que pour être sûr de la garder fidèle. La différence d'âge expliquait le fonctionnement un peu particulier de ce couple.

— Tu as peur des femmes, Agnolo ?

— Pas du tout ! m'écriai-je, trop précipitamment pour être cru.

Son visage était tout près du mien. Son haleine frôlait mes lèvres. J'avais si peur qu'elle ne me proposât de coucher avec elle, sous le prétexte philanthropique de « m'initier », que je me souvins d'Adriana pour inventer toute une histoire. J'avais à Monticelli, lui dis-je, une petite voisine que j'adorais. Elle me permettait d'en user avec elle comme le veut la nature. Notre amour qui profitait de la moindre occasion n'aurait pu être satisfait plus complètement. Continuant à fabuler, j'ajoutai que son père (mort depuis longtemps en réalité) nous avait surpris dans une grange. Comme il était d'un rang social supérieur au nôtre, il s'était hâté, par crainte des conséquences, de marier Adriana à un juge des environs. Nous nous étions séparés en pleurant. Elle détestait ce juge et s'était arrachée de mes bras désespérée.

— *Signora* Dianora, comprenez qu'après une telle épreuve mon cœur saigne encore.

— *Poverino*, fit-elle.

Peu après, elle revint, du petit jardin intérieur qui prolongeait sa cuisine, avec un bouquet de roses.

— Allons les déposer devant l'image de la Madone. Nous prierons ensemble pour Adriana.

Bronzino ajoute qu'il s'en voulut d'avoir trompé une si excellente femme, en la prenant par le sentiment. Mais que faire, se demandait-il, avec des gens qui ne s'imaginent même pas qu'on ait envie de vivre d'une autre façon que la leur ? Cependant, ce ridicule « Mon cœur saigne encore » ne cessait de le tarabuster, et il cherchait comment remonter dans sa propre estime par un acte plus courageux.

25

L'oignon

Rentré chez moi après ce conseil si cocasse d'épouser, je n'étais pas fier de moi. Pourquoi avoir menti à Dianora ? Non seulement je m'étais vanté d'une romance insipide, mais, par peur de sa réaction – peur sans fondement, car c'était bien la dernière personne susceptible de me livrer à la police –, j'avais manqué l'occasion de lui apprendre de quel côté penchaient mes goûts. Et maintenant que l'occasion était passée, je devais les lui cacher avec encore plus de soin. Qu'aurait-elle pensé en découvrant que je l'avais bernée par cette fable de quatre sous, au lieu de m'ouvrir à elle par un aveu loyal ?

Un ancien compagnon de Benvenuto rencontré par hasard me sauta au cou. Il m'apprit qu'après la mort de Salimbene et la dispersion de son atelier il était entré au service d'un maître relieur, moyen pour lui de lire les dernières nouveautés imprimées à Florence.

— Connais-tu Francesco Berni, le plus facétieux et réjouissant de nos auteurs ?

Il me donna le recueil de sonnets où ce farceur, en jouant sur les mots, s'amuse à parodier nos grands poètes. Stimulé par un tel exemple, je voulus m'essayer dans ce genre. Le style obscur, ampoulé et burlesque autorise d'incroyables libertés. J'intitulai ce petit écrit : *L'Oignon*, et m'ingéniai à filer une métaphore qui, comprise des lecteurs avertis, resterait du turc pour les autres.

Première astuce : me mettre sous l'égide de Dante, Dante le sacro-saint. Quiconque à Florence évoque un épisode de *La Divine Comédie* s'assure le respect de ses concitoyens. Le moyen est infaillible. Je choisis le passage autobiographique où le Vénérable, en exil à Ravenne après de nombreuses tribulations, se lamente des vexations subies. Chassé jadis de Florence, il espère qu'en reconnaissance de son génie poétique « ceux qui ont l'Arno pour miroir » oublieront leurs querelles, se mettront au-dessus des factions et lui rouvriront les portes de sa ville natale.

... Si quelque jour mes vers
brisent la cruauté qui me tient hors
du beau bercail où je dormis agneau...

La facétie consista à citer de travers, subvertir et dénaturer cette plainte, par *mes soupirs* au lieu de *mes vers*, *bel anneau* au lieu de *beau bercail*, *toi* au lieu de *moi*.

... Si un jour mes soupirs
brisent la cruauté qui te tient hors
du bel anneau où doux est le dormir...

Mon oignon (c'est lui qui parle) se plaint d'être enveloppé de tant et tant de pelures, qu'en écarter les neuf couches pour accéder à son « bel anneau » n'étant pas mince besogne réclame de l'éplucheur un effort dur et obstiné. Il souffre chaque fois que l'exploration reste imparfaite et que, faute de persévérance, le but ultime n'est pas atteint. La satisfaction ne se peut dire complète qu'une fois rejoint le bout rétréci de l'entonnoir. Il faut toucher le fond (est-ce même possible ?) pour avoir droit au « doux dormir ». Acte délicat et ardu, qui demande de la patience et du temps, et dont le résultat n'est jamais assuré. Les neuf couches de pelures renvoient, par une allusion fort claire pour les initiés, aux neuf opérations préparatoires d'une entreprise aléatoire, même quand on est aussi aguerri que Benvenuto. La trouvaille de ce langage codé qui présente un sens et en dissimule un autre me plut beaucoup. C'était le compromis idéal, qui rend possible le dire sans dire.

J'essayai l'effet de mon sonnet, dès le lendemain, sur Dianora. Elle me loua pour la référence au *sommo poeta*, et apprécia le « bel anneau », qu'elle comprit, avec la simplicité d'une épouse, comme la bague nuptiale que, selon un antique usage tombé en désuétude, on n'avait le droit de passer à son doigt qu'après l'écoulement des neuf années qui suivent l'entrée en adolescence, entrée fixée à l'âge de quinze ans. Le temps d'épreuve était tout à fait de son goût. Elle regrettait la disparition de cette coutume. Sans aucun soupçon du second sens caché sous le premier, elle ignora quelle sorte d'anneau à enfiler le poème évoquait pour moi et pour ceux à qui je le destinais en secret. Elle me dit que j'avais forcé un peu le vocabulaire en appelant *anneau* ce qui pour un oignon devrait être appelé avec moins d'impropriété *cœur du bulbe*, mais elle me pardonnait cette approximation, si j'avais voulu rendre plus explicite l'allusion à la « bague de mariage ». Et puis, admit-elle avec une naïveté désarmante, le cœur de l'oignon n'est-il pas la partie la plus reculée, le fin fond du fond, enfoui sous les multiples pelures concentriques ?

Bronzino répète qu'il s'en voulait de duper cette excellente personne, pour laquelle il se sentait une sincère affection, malgré la surprise de l'avoir découverte un peu différente de ce qu'il avait cru. Elle n'avait rien compris à ce sonnet, rien deviné des sous-entendus, rien flairé de ce qu'il renfermait de scandaleux, preuve qu'il était réussi : assez énigmatique pour garantir à son auteur l'impunité, assez audacieux pour se faire admettre dans « la société du mystère » (comme ils s'appelaient entre eux). Il n'avait pas, comme Benvenuto, cette dose d'héroïsme ou d'insouciance, ce panache suffisant pour vivre au-dessus de l'opinion, des lois, de Dieu même. Faute de ce don, affligé d'un naturel prudent, se sachant voué à une existence semiclandestine, il ne pouvait être que content d'avoir à sa disposition une recette pour émettre, inaperçus du grand nombre, à destination des seuls initiés, les signaux nécessaires s'il ne voulait pas rester seul et amer, maudissant le jour où il était né.

Je me permets d'ajouter une réflexion personnelle. Bronzino dit que le détour par l'exagération burlesque était nécessaire au XVIe *siècle pour traiter de certains sujets. Siècle déjà embourgeoisé. Comme on était plus libre deux siècles auparavant ! Je lis dans Boccace qu'une abbesse, au moment d'embaucher un jardinier muet (qui se faisait passer pour muet), estimait que* « egli così senza coda come senza favella fosse ». Coda, *le terme est net, direct, sans ambiguïté. Consultant la traduction de M. Jean Bourciez, professeur à la faculté des lettres de Montpellier, parue en 1952 dans les « Classiques Garnier », version française de référence, constamment rééditée, je lis :* « Elle jugeait sans doute que son tâcheron était inapte à l'amour comme à la parole. » *Voilà qui me fera pardonner d'avoir trop complaisamment, selon certains lecteurs, mis le mot* queue *dans la bouche de Jacopo. La belle édition Diane de Selliers (1999, reprise dans « La Petite Collection », 2010) rétablit le texte, supervisé par Christian Bec :* « L'abbesse imaginait sans doute qu'il n'avait pas plus de queue que de langue. » *Le long bannissement officiel du mot* queue *dans la culture française n'est-il pas la preuve d'un rétrécissement mental et d'un déni de réalité ? Je l'avoue : je voulais donner comme titre à la présente adaptation du livre florentin, tout simplement :* Queues. *Si j'ai cédé aux objurgations de mes amis, c'est que je n'avais pas sous la main un Boccace pour leur montrer à quelle fade et ridicule périphrase conduit l'aversion contre le mot fourni par la nature.*

26

Dilatée comme une courge

Après une période très confuse qui aboutit à un traité signé en Espagne où Charles Quint rétablit Clément VII dans son autorité et attribua le duché de Florence à un jeune homme qui n'avait pas vingt ans, Alessandro de Médicis, petit-neveu de Laurent le Magnifique et fils de Clément VII, la paix sembla revenue ; mais les séquelles du siège, la famine, les débuts d'épidémie, la multiplication des sorties décidées par de courageux volontaires mais noyées dans le sang, la cruauté des assiégeants qui ne donnaient pas quartier, avaient laissé peu de citoyens indemnes. Beaucoup furent atteints dans leurs biens, certains dans leur chair. Le nouveau duc, si jeune, était-il capable d'assainir de telles plaies ? Trop de mes compatriotes avaient eu à subir des épreuves qui, sans s'égaler en barbarie à celle que je vais raconter, leur avaient imprimé des stigmates difficiles à guérir.

Ma mère ne pouvant plus descendre en ville à cause des événements, j'étais monté par exception à Monticelli, dans l'espoir de la voir à l'insu de mon père. En route, je fus surpris par un détachement de mercenaires allemands et fait prisonnier. Ma mine ne leur parut pas correspondre à leur idée de *l'homme*. Le seul fait d'être florentin passait chez ces soudards élevés à la bière pour un indice d'efféminация. Ils commencèrent par m'accabler de quolibets, puis me palpèrent sur tout le corps, de haut en bas et avec de plus en plus d'insistance, jusqu'à obtenir l'effet qu'ils escomptaient. À ma grande honte et malgré mes efforts pour la dissimuler, je ne pus leur cacher mon excitation. C'était le soir, en pleine forêt, dans leur campement au milieu d'une clairière, près du feu de bois empesté de l'odeur de leurs saucisses d'où suintaient des coulées grasses dans une fumée épaisse. Sur un geste de leur capitaine, ils se jetèrent sur moi et m'arrachèrent mes vêtements. Quand je fus nu comme un ver, ils m'examinèrent avec des exclamations si bruyantes et grossières que je me sens incapable de les transcrire. Il y avait dans leurs cris, sous le mépris apparent, une sournoise gourmandise qui ne tarda pas à exploser. Plaqué par dix mains sur une de leurs paillasses, je servis d'exutoire à leur bestialité, car je ne puis appeler du noble nom de désir le rut abject dont ils se défoulèrent sur moi.

Je me relevai si mal en point et courbatu que leur capitaine, pris d'un reste de pitié, me fit raccompagner sur une charrette jusqu'à la route de Livourne où un paysan recueillit celui qu'il prit pour le rescapé d'une embuscade. Il me chargea entre ses cageots de légumes et de fruits et me déposa au marché de San Lorenzo. Je rentrai tant bien que mal à la maison, où je me tins plus d'une semaine enfermé à double tour, plus cloîtré qu'un chartreux. Pendant ma guérison, obsédé par les images et les cris de mes tortionnaires, je cherchai un sujet de tableau qui pût me les faire oublier. En même temps, dégoûté de la ville où de telles choses avaient pu se produire, je songeai à quitter Florence pour un certain temps. Mon étoile ne voulut pas m'abandonner tout à fait, puisqu'une occasion se présenta de réunir mes deux vœux dans un seul projet.

Francesco Maria della Rovere, duc d'Urbino et capitaine général de Venise, avait transporté sa cour à Pesaro, sur l'Adriatique. Il entreprit un voyage d'inspection en Terre-Ferme, pendant lequel il confia la régence du duché à son fils Guidobaldo. Celui-ci, dont c'était la première charge publique, pria Andrea del Sarto de lui indiquer quelque jeune peintre capable de faire son portrait. Andrea (ce fut sa dernière recommandation avant de mourir l'année suivante) me désigna pour cet office. « Même s'il n'a encore rien produit d'important, voilà un garçon d'avenir. »

Pesaro est au bord de l'Adriatique. Logé au palais ducal, entouré d'aises de moi inconnues, j'étais curieux de voir la mer, dont j'avais entendu parler par les voyages de Marco Polo. Ayant dépassé le port et marché jusqu'à la plage, je ne regrettai pas d'être né et d'avoir grandi au milieu des belles collines toscanes, tant cette étendue d'eau sans limites, ce paysage sans dessin ni structure, invariable, monotone, étiré jusqu'à l'infini, cette suite de vagues qui se ressemblent et viennent mourir au même endroit, toute cette uniformité enfin me sembla insipide et de peu de secours pour un peintre. Le génie de Florence est dans le net, l'aigu, le précis. Ce qui est flou, sans lisières, insaisissable, ne mérite pas de fixer le regard ni d'entrer dans un tableau. Le reflux régulier de la houle, la répétition indéfinie de la même ligne d'écume sur le rivage endorment l'oreille sans exciter la curiosité. Je m'assis sur le sable pour suivre des yeux les barques, seules formes distinctes sur cette étendue plate.

À part cette déconvenue, qui me parut bien sotte quand le jeune duc m'eut découvert quel avantage présentent, pour les gens de mon espèce, un port de mer et la sorte de gens qu'on y croise, le séjour m'enchanta et me fut d'un grand profit. À la cour du duc, séjournait le célèbre humaniste messire Baldassare Castiglione, qui nous lisait chaque soir un chapitre du traité qu'il venait d'écrire sur les qualités nécessaires pour être un parfait courtisan et un gentilhomme accompli. Desservi par mes origines plébéiennes, je n'avais pas réussi jusqu'ici à m'en affranchir autant que j'aurais voulu. Sans une *bella figura*, il est impossible de réussir auprès des grands. Fra Macario, qui m'avait persuadé de cette nécessité, avait lui-même une expérience du monde trop limitée pour me former correctement. À Pesaro, soir après soir, je fus instruit de la manière dont il faut se conduire avec les princes.

Guidobaldo n'avait que dix-huit ans. Quel beau jeune homme je découvris ! Barbe noire, moustaches noires, lèvres rouges, front altier, torse puissant, mains longues et fines. Deux yeux magnifiques pour éclairer un visage fier sans être hautain, maintien sérieux sans gravité. Son abord puis ses manières me plurent. Je lui sus gré de renoncer à toute affectation. Il déposa sa dignité pour me traiter en égal et retrouver avec moi la fraîcheur primesautière et la gaillardise de son âge. Très tôt orphelin de mère, il avait été élevé, non à la cour, mais dans un camp militaire, dont il avait gardé quelques libertés de comportement et de langage. Quelques allusions un peu lestes, quelques gestes auxquels il se risqua m'inquiétèrent. « Je suis content de te voir ! » s'écria-t-il d'emblée, en me tirant gentiment par l'oreille dont il retint et froissa le lobe entre ses doigts. Je me demandai quelle conduite j'aurais à tenir s'il me faisait des avances plus précises, assuré d'être obéi, puisque j'étais à ses ordres. Résister m'eût fait perdre le contrat ; céder m'eût placé, étant donné la différence de nos rangs, dans la condition humiliante du domestique qu'on siffle à volonté. Mes craintes n'étaient pas justifiées. Le jeune duc n'était pas de cette famille-là.

J'eus grand plaisir à le peindre, revêtu d'une armure qu'il avait commandée à Milan. Décidé à se faire condottiere, il entendait apparaître en tenue de guerre, l'épée au côté, une main appuyée sur son casque, l'autre sur la tête de son chien. La comparaison de sa cuirasse et de son épée avec les cuirasses et les épées de Florence nous procura notre premier sujet de conversation. Très intéressé par ce que je lui dis de la variété d'armes en vente dans la boutique de Cristofano Allori, il nota le nom et l'adresse. « En face d'Orsanmichele, je retiendrai. » Sa curiosité s'étendit aux équipements de la garde prétorienne dont s'entourait notre nouveau duc. Alessandro ne sortait jamais qu'escorté de trois ou quatre sbires, ce qui n'était pas dans l'habitude de ses prédécesseurs. « Que craint-il donc ? » Je répondis que j'ignorais le motif de telles précautions, et qu'à Florence on s'interrogeait en vain sur ces hommes d'armes dont la présence intriguait.

Alors que j'achevais de peindre en gris-vert, avec des rinceaux dorés, l'armure qui recouvrait Guidobaldo du menton jusqu'au haut des cuisses, il montra quelques secondes d'embarras avant de passer à la charmante spontanéité de l'aveu.

— Il faut que je te fasse une confidence, qui mêle à la politique un sujet plus délicat. Une grave querelle m'oppose à mon père. Tu dois compléter mon portrait par un détail qui pourrait te paraître incongru si je ne t'en exposais auparavant la nécessité. Mon père désire étendre son assise territoriale en unissant à son duché d'Urbino le duché limitrophe de Camerino, petite ville juchée sur un éperon entre deux vallées. Giacopo Maria Varano, duc de Camerino, a pour fille une enfant à laquelle, pour réaliser ses ambitions hégémoniques et s'assurer la mainmise sur cette région des Marches, mon père veut me marier. Or Giulia Varano, si jolie fille qu'elle soit et parée de mille grâces, n'a que onze ans. Combien d'années encore me faudrait-il attendre pour la faire entrer dans mon lit et user d'elle ainsi qu'il convient à un mari ? Moi, j'aime la belle Clarice Orsini, elle a mon âge, peu m'importe que sa dot ne consiste qu'en une forêt de chênes, un troupeau de moutons et un château fort hérissé d'échauguettes et de poivrières démodées, elle est de formes généreuses, elle a des seins comme je les aime, lourds, gros, ronds, attachés à sa poitrine comme deux poires à un espalier, nous sommes épris l'un de l'autre et, vois, ajouta-t-il en me montrant comment sa queue gonflait à vue d'œil, rien qu'à évoquer son nom je me sens saisi d'une ardeur qui demande à être soulagée sans délai.

— Ah ! je comprends, dis-je, pourquoi vous avez voulu être peint en soldat. Ce n'est pas seulement par instinct belliqueux. À un amour impétueux s'accorde une posture martiale. Ce torse est-il bombé avec assez d'aplomb ?

— Le torse ne suffit pas, Agnolo. Ce tableau est un message que j'adresse à mon père. Il faut qu'il comprenne que je n'accepte pas d'attendre quatre ou cinq ans avant que ma femme soit nubile. J'ai besoin d'un vrai mariage, et tout de suite, me suis-tu ? Pour qu'il ne garde aucun doute sur ma détermination, peins dans l'échancrure de la cuirasse une énorme braguette, et arrange-toi pour la faire d'une matière et d'une couleur qui tranchent avec la matière et la couleur du métal. Je veux qu'il constate et admette, et que le monde constate et admette avec lui, que ma virilité est trop exigeante pour ne pas réclamer une satisfaction immédiate. Touche, ajouta-t-il, mais touche donc !

Comme je m'étais reculé, embarrassé, il saisit ma main et la conduisit pour me faire sentir combien son membre était dur et tendu sous l'étoffe. Devant ma mine confuse il éclata de rire.

— Je m'en doutais ! Ne serais-tu pas un peu bougre, pour avoir peur de ce qui te tente ? Moi, si j'ai envie de toucher une bite [*un cazzo*], je la touche, ça ne me gêne pas, parce que les bites je m'en fous, crois-moi. Touche, tâte, soupèse, insiste, si ça peut te faire plaisir. Tu n'as rien à craindre ici. Nous n'avons pas de prison pour les gens comme toi. Par les bateaux qui font escale un jour ou deux et repartent plus loin, par ce monde d'hommes qui naviguent privés de femmes – disons plutôt qu'ils ont choisi cette profession par éloignement naturel des femmes –, les mœurs libres propres aux gens de mer et de passage ont atterri depuis longtemps à Pesaro. Cette licence a d'abord choqué mon père. Il pensait établir les mêmes lois que vous avez à Florence. Puis il s'est ravisé, à l'idée que le port d'Ancône, avec lequel nous sommes en rivalité, attirerait le trafic maritime et supplanterait le port de Pesaro dans le commerce avec l'Orient, si nous avions la sottise de contrôler les marins et de les empêcher de vivre comme ils l'entendent. Allons, mets-toi au travail.

Mort de honte, je dessinai comme je pus une saillie qui me parut déjà passablement emphatique, mais le duc héritier prit le crayon de ma main, en accentua encore le volume, la gonfla, la dilata, la distendit comme une courge et la dressa vers le haut en sorte que la violence de l'érection ne pût être ignorée sous la braguette faite d'un satin très mince et très léger.

— Bourre à fond l'étoffe, aie l'air de pétrir l'énergie qu'elle comprime, colore-la d'un beau rouge coquelicot, enrichis-la de broderies et d'arabesques d'or, afin de convaincre mon père qu'elle n'abrite pas de trésor auquel son fils attache plus de valeur. Et puis, dit-il dans un nouvel accès de gaieté, Giulia prendra peur de cet engin, et sa mère la duchesse en sera encore plus épouvantée pour sa précieuse greluchonne de fillette.

Quand le portrait fut achevé, Guidobaldo se recula de trois pas pour l'examiner. Bien que la protubérance, presque aussi longue et volumineuse que le museau du chien de chasse peint à sa hauteur, fût vraiment énorme, il ne la trouva pas disproportionnée. Il s'en montra au contraire ravi et me félicita d'avoir mis entre ses jambes la preuve de ses ambitions.

— Mon père et le monde seront convaincus. Cette bosse n'est-elle pas plus éloquente que mille discours, exhortations et prières ?

Il me convoqua de nouveau le lendemain.

— Le portrait est parti sous escorte pour Venise, afin que mon père interrompe les négociations avec le duc de Camerino et se persuade que je ne me contenterai pas d'un biscuit sec quand j'aspire à un baba à la crème. La question de mon bonheur est réglée. Mais je me fais du souci pour le tien. La sévérité des lois à Florence t'a rendu bien timide, il me semble. Allons, cesse de rougir. Je trouve que tu n'as pas assez profité des facilités que nous t'offrons ici... Justement, une felouque de marins grecs, des gaillards qui seront bien montés, de peau brune et appétissante, vient d'arriver au port. Veux-tu que j'en parle au capitaine de la Douane ? Tu n'as que dix ans de plus que moi. Quand j'aurai ton âge, je ne supporterai pas de rester un seul jour sans obéir aux lois de la nature... Mais peut-être, ajouta-t-il en notant mon embarras, as-tu laissé à Florence quelqu'un qu'il t'en coûterait de trahir ?

Les marins grecs ayant la réputation d'une extrême brutalité :

— Oui, votre supposition est bonne, répondis-je, encore tout endolori de mes déboires avec les lansquenets.

— Comment s'appelle-t-il ?

Je n'étais pas habitué à des manières aussi franches et directes.

— Maurizio, balbutiai-je.

En réalité, « Maurizio », le garçon avec qui je couchais de temps à autre, sans être uni à lui par aucun lien sentimental ni penser le garder quand j'aurais organisé plus à ma guise mon existence, était un mensonge presque aussi gros que « Adriana ». Guidobaldo comprit tout, mais il feignit de croire que je ne disais que la vérité.

— Tiens, me dit-il en me remettant une somme plus élevée que celle dont nous étions convenus, tu achèteras un cadeau à ton chouchou.

Et, avec un dernier geste de la main, il me cria, comme je m'éloignais :

— À vos amours !

Bronzino fut estomaqué, dit-il, moins par cette façon cavalière de prendre congé, que de l'indifférence joyeuse avec laquelle Guidobaldo traitait quelqu'un de son espèce. Ni blâme, ni réserve, ni même curiosité. Bronzino lui eût-il confié qu'il préférait la confiture d'abricot à la marmelade de pomme, que l'accueil eût été identique. « À chacun son goût ! » C'était la première fois, se dit le jeune peintre, qu'il rencontrait une telle largeur de vues. Tolérance ? Mieux que cela :

refus de juger la vie privée d'autrui. « Ce jeune duc, qui ne me voit pas fait à son image, n'en tire aucune conclusion morale. Ça lui est égal. Il s'en moque. »

Deux explications se présentèrent à son esprit : 1° il n'a pas de morale ; 2° parfaitement heureux avec sa Clara ou Clarice, n'ayant à réprimer aucun désir d'une autre sorte, homme vraiment libre, qui veut ce qu'il fait sans chercher dans ce qu'il fait une couverture à ce qu'il veut, il ne me jalouse pas de ce que je suis, comme ceux qui, n'ayant pas le courage d'être ce qu'ils sont, jalousent et haïssent ceux qui possèdent ce courage. Nous n'avons pas d'ennemi plus dangereux, conclut Bronzino en se souvenant des attaques contre Benvenuto, que celui qui nous condamne parce qu'il est de notre bord sans oser suivre son désir, et nous en veut de vivre ce que sa couardise lui interdit. Avec Guidobaldo je suis tranquille.

Il se serait installé à Pesaro, dit-il, sous la protection d'un prince si exempt de petitesses, s'il avait eu l'espoir que Jacopo pût l'y rejoindre.

27

L'inquiétante rousseur

Sur la route du retour, je m'arrêtai dans la bourgade médiévale de Sansepolcro, à mi-chemin entre Pesaro et Florence, non pour rendre hommage à un des peintres les plus fameux du Quattrocento, mais parce que Rosso Fiorentino s'y était réfugié. Monseigneur Leonardo Tornabuoni, évêque, l'avait recueilli, après qu'il eut erré entre Rome, Pérouse, Arezzo et mainte ville d'Ombrie, des Marches et de Toscane, agité de visions horribles et de cauchemars qui le tourmentaient chaque nuit. De cette visite, je garde un souvenir affreux. Logé dans un deux-pièces exigu, Rosso dépérissait. Le prélat eût mérité le paradis pour sa charité, l'enfer pour sa pingrerie. Qu'on se figure deux chambres de service, sous les combles de la maison du jardinier, pauvrement meublées. Elles lui servaient de chambre à coucher, de cuisine et d'atelier. Faute de chevalet, il devait travailler accroupi ; pour ranger ses pots de peinture, leur trouver un coin dans le placard aux vêtements ; pour se laver, descendre d'un étage ; pour se chauffer, tisonner la braise dans un poêle qui fumait. Le vent sifflait entre les tuiles du toit disjointes. Sans réussir à se relever des humiliations subies pendant le sac de Rome, encore moralement abattu sous le poids des sacs de farine et des caisses de sucre que la canaille tudesque lui avait fait transporter nu, comment eût-il repris courage dans cette cambuse ? L'inconfort, l'exil, la solitude le minaient. Amaigri, voûté, il avait pris dix ans. Où était passée la fougue de son irrévérencieuse jeunesse ? N'avait-il pas, le premier, bravant le modèle imposé par l'Église, osé représenter, dans *Le Mariage de la Vierge* peint pour San Lorenzo de Florence, un saint Joseph jeune, bouclé, robuste, en chemise décolletée, en bottines fantaisie – les mêmes à peu près que celles scandaleuses chaussées par le *David* de Donatello, la coïncidence ne pouvant être fortuite –, les joues pleines et roses d'un adolescent, les cuisses et les jambes nues, la *vis virilis* éclatante, au lieu du vieillard barbu et inoffensif ? Le barbu, c'était lui, maintenant, avec tous les stigmates d'une sénilité précoce – à trente-trois ans seulement –, la voix faible et cassée, la toux fréquente, les gestes lents, les rides, la tenue négligée. Et même cette hypocrisie qui saisit dans leur âge avancé ceux qu'on a connus hardis. Car il m'affirma, à propos de ce tableau de San Lorenzo que j'aimais particulièrement et que je retournais voir :

— Oh ! On s'est mépris sur mon intention. Je n'ai jamais eu l'arrière-pensée qu'on me prête, de peindre un beau jeune homme par amour de la beauté masculine. Un ange m'a tenu la main. Il m'a ordonné de rectifier un lieu commun qui détourne le sens d'un épisode de l'Évangile. On représente saint Joseph toujours vieux. S'il est vieux le jour de son mariage, il n'a aucun mérite à respecter la virginité de Marie. Andrea del Sarto, à qui nous devons tant, notre maître vénéré, a commis cette faute de peindre, dans sa *Vierge au sac* de la Santissima Annunziata, un saint Joseph accablé par les ans. Décati dès la fuite en Égypte, n'est-ce pas le déposséder de sa sainteté ? Jésus est alors à peine né. Où est le miracle si un vieillard est assis à l'écart de sa femme, affalé sur un sac, tout juste bon à lire ? Dans mon tableau, Joseph reste chaste par désir de rester chaste, et non parce qu'il y est contraint par le déclin de ses facultés. Tu as remarqué qu'il tient un lis à la main, droit sur sa tige, comme les chevaliers tiennent leur lance. La chasteté est pour lui un choix, une fierté, un sacrifice décidé librement. S'il respecte sa femme, ce n'est pas que l'âge et la caducité l'y obligent. Les membres que Dieu a voulu que je lui donne, robustes, fermes, bien fournis de chair, de sang, de muscles, sa chevelure abondante, la couleur rose de ses pommettes, la peau de ses cuisses bien tendue, sa poitrine lisse d'adolescent, la coquetterie de son costume, prouvent une virilité exigeante contrecarrée par la seule volonté d'abnégation.

Voilà ce qu'il me fallut entendre de l'ancien complice érotique de Jacopo ! Ils avaient partagé, dans l'atelier d'Andrea del Sarto, le culte de la beauté juvénile sans le déguiser sous des faux-fuyants. Quelle démission de la part de Rosso ! Tendre la peau des cuisses de Joseph, parce que Dieu le lui a enjoint ! Dénuder sa poitrine, sur l'ordre exprès d'un ange ! Apologiser sa chasteté, par vingt détails qui la démentent ! Navré de l'entendre expliquer son amour pour les jeunes hommes par des arguments dont un prêtre aurait pu nourrir son sermon, si stupéfait que je ne trouvai rien à répondre, n'osant même pas lui dire qu'Andrea venait de mourir, je me mis à examiner ses tableaux.

La demi-douzaine qu'il avait pu sauver étaient posés en désordre contre le mur, à côté de ceux récemment peints – l'un d'eux encore recouvert d'une bâche. Tous, les anciens et les nouveaux, trahissaient un esprit altéré. Peut-être à cause de la couleur qui les dominait, qui les plombait, qui en rendait certains livides, qui les ombrait tous d'une lueur crépusculaire, couleur étrangère à la tradition florentine, couleur malsaine et de mauvais augure, qui est celle du feu qui s'éteint ou de la feuille d'arbre qui se décompose. Cette couleur, c'est le roux. Roux, Moïse défendant contre les Égyptiens les filles de Jéthro ; roux, un Christ en gloire ; roux, saint Sébastien ; roux, saint Jean-Baptiste ; roux, les angelots ; jamais noirs ni blonds, mais roux, les cheveux des portraits d'hommes ; rousses, une Ève, une Cléopâtre, une Léda, une Rébecca. Il avait même passé au fusain roux deux admirables nus d'hommes dessinés d'abord rose tendre.

— Toi aussi ! s'exclama-t-il, remarquant mon air consterné. Oublies-tu que mon vrai nom est Giovanni Battista fils de Jacopo Guasparre, et Rosso celui par lequel je l'ai volontairement remplacé ?

— Vous n'êtes pas roux, cependant.

Le voussoiement m'avait échappé, tant l'homme que j'avais devant moi, usé, défait, sans ressort, différait de celui que j'avais connu. Il ne releva pas cet impair, ce qui redoubla mon chagrin. Je me serais offusqué, moi, de ne pas être tutoyé par un ami de plus de dix-huit ans.

— Si j'étais roux par nature, répliqua-t-il, signer « Rosso » ou « Rubeus », comme je l'ai fait quelquefois, serait dire que j'ai le nez au milieu du visage.

— Mais pourquoi avoir choisi un surnom qui ne peut que vous desservir ?

— Comme tout le monde, tu as peur du roux, hein ?

Il enleva alors la bâche et dévoila son dernier tableau, peint sur demande de monseigneur Leonardo Tornabuoni, jaloux des magistrats municipaux pour lesquels Piero della Francesca avait peint autrefois cette *Résurrection du Christ* dont s'enorgueillit Sansepolcro. Rosso avait fait pour l'évêque une *Déposition*. Il aurait voulu prendre le contre-pied exact de l'idéal de clarté et de transparence qui a rendu célèbre l'ouvrage de Piero, qu'il n'aurait pas produit tableau plus confus. Encombré d'une multitude de personnages, ce n'est qu'un amas indistinct de figures. J'en ai dénombré, sans être sûr du compte, une quinzaine, peintes sur fond sombre, dans une pénombre empâtée. Quelque chose de plus sinistre se pourrait-il concevoir ? Une vraie débâcle. Les tons roux, bruns, brunâtres, bronze, plomb éteint, bois de châtaigne, ne sont relevés d'aucune tache un peu vive, à part un turban rougeâtre et une robe bleu acier qui accentuent l'impression de déroute, de faillite. C'est, dans la grisaille, un magma de larves grimaçantes agitées de convulsions spasmodiques. Un des spectateurs, homme ou femme, on ne distingue pas bien, a la tête d'un singe, la Vierge une face de grenouille, une des saintes femmes pas de cou et une bosse. Encore plus choquante non seulement pour les fidèles mais pour tout ami de la peinture est l'image du Christ, un Christ décharné, les côtes saillantes, les bras ballants, plus semblable à un macchabée apporté sur la table d'une salle de dissection qu'au Dieu mort sur la croix pour le salut de l'humanité. Et que dire de la couleur de ses cheveux et de sa barbe ? Carotte terreuse, couleur laide en soi, déplacée pour un cadavre.

Bronzino s'étend ici sur les idées attachées aux roux. Il prétend que les Égyptiens faisaient égorger tous les hommes roux tombés entre leurs mains. Les Sumériens procédaient par décapitation, les Perses en les enterrant vivants sous une couche de fumier. Il cite Aristote : « La couleur rousse est une espèce d'infirmité du poil. » Une épigramme du poète latin Martial : « Rouge de poil, noir de visage, trop court d'une jambe, chassieux d'un œil, tu accompliras un exploit, Zoïle, si tu parviens à devenir un homme de bien. » Plus près de lui, le physicien et humaniste napolitain Giambattista della Porta : « La rousseur des cheveux dénote sottise, prédisposition à l'intrigue, penchant à la trahison, inclination à la folie. » Judas, le traître, ne pouvait être que roux. De même au sujet du renard, bête rusée et malfaisante. Masaccio, enfin, a fait des deux premiers pécheurs, Adam et Ève, lorsqu'ils sont chassés du paradis, deux rouquins.

Ce dernier argument semble sans appel pour Bronzino. Tout en regrettant qu'il ait méconnu l'extraordinaire beauté de la Déposition *qu'il dénigre, sans comprendre que le « magma » décrié ouvrait une nouvelle voie à la peinture, évitons de nous moquer de lui pour sa crédulité, puisque plusieurs des romanciers modernes que nous aimons ont donné dans la même superstition : Balzac, dont le Vautrin, génie de l'enfer, est roux et ses phalanges couvertes de poils « d'un roux ardent » ; Hugo, dont l'infâme Thénardier est rousse ; Flaubert, pour qui « l'odeur des roux » s'infiltre à travers la muraille dans le cabinet de consultation du docteur Bovary ; Zola, dont Nana la fille publique, et Gervaise, l'alcoolique de* L'Assommoir, *ont le vice inscrit dans le roux de leurs cheveux. Bien pis, les plus hautes autorités scientifiques ont dénoncé la nocuité du roux : le criminaliste italien Cesare Lombroso, pour qui les rousses sont spécialement enclines au « crime de luxure » ; le Dr Émile Laurent, médecin des prisons de Paris, d'après lequel, sous l'emprise automatique d'une impulsion morbide, « un homme de lettres distingué ne peut, lorsqu'il rencontre une femme rousse dans la rue, s'empêcher de la suivre ». Enfin, l'adage : « la perfide Albion », ne découle-t-il pas de cet autre préjugé : « Tous les Anglais sont roux » ? Si Bronzino, lui aussi, associe le roux à un maléfice, à un poison, peut-on lui reprocher comme un cliché une opinion partagée aussi bien par des esprits éminents que par la simplicité populaire ?*

Il a même une excuse que les autres n'ont pas : dans sa sortie contre les roux, transpire sa sollicitude pour un ami dont il mesure la déchéance prématurée aux signes de désordre mental qu'il rattache à cette funeste décision de se faire appeler « Rosso ».

28

Cuisant échec

À Florence, on ne parlait que des lubies (pour certains : bravades, pour d'autres : folies) de Jacopo, les uns pour s'en inquiéter, la plupart pour le blâmer de telles extravagances. Il avait quitté la via Laura pour s'acheter une maison via del Fico, à proximité de Santa Croce, dans une zone populaire où les artistes n'ont pas l'habitude de s'installer. Il est vrai que Michel-Ange y avait acquis un terrain, via Ghibellina, tout près de la via del Fico, mais la maison qu'on lui prêtait l'intention de s'y construire était restée en projet. Lors de ses séjours à Florence, il logeait dans le palais ducal, ayant découvert un peu tard les inconvénients d'un quartier sombre et bruyant. Les rues y sont très étroites, et, de surcroît, les toits en saillie. En se rejoignant par leurs auvents, ils interceptent la lumière. On chante, on s'interpelle, on crie d'une fenêtre à l'autre, dans la caisse de résonance que forment les hauts murs resserrés. Autant Jacopo prisait la solitude, autant le silence l'angoissait. Il tendait l'oreille à tous ces bruits, auxquels se mêlaient le heurt des poings contre la porte d'entrée de sa maison, puis le tonnerre des marteaux impatients : amis ou amateurs, on s'empressait sous ses fenêtres, désireux de négocier la commande d'un étendard, d'un blason, d'un décor de carnaval, d'une parure d'autel, voire d'un simple couvercle de boîte – à défaut d'un tableau, qu'ils avaient encore moins de chances d'obtenir. Ils attendaient quelques minutes, debout dans la rue, et repartaient bredouilles, certains pourtant que Jacopo était chez lui, qu'il les avait entendus tambouriner contre la porte et n'avait voulu ni leur ouvrir ni même inventer une excuse pour éviter de les recevoir.

Place Santa Croce, le vacarme est permanent. Carrioles de paysans, voitures de laitiers, théâtres de marionnettes, estrades de bateleurs, badauds, promeneurs, étrangers : l'esplanade retentit de clameurs discordantes. Jacopo venait rôder dans cette cohue, aux heures où il était sûr de ne rencontrer personne de sa connaissance. Le besoin de « têtes », de « types » qu'on ne voit que là le poussait au milieu de cette foule bigarrée.

Il avait choisi, via del Fico, le numéro 4, petite maison de deux étages, la plus basse de la rue, la plus étroite et modeste. La cuisine et la chambre à coucher occupaient le premier étage, une terrasse appuyée contre le mur de la maison voisine le second. Sur la terrasse, il avait construit, à l'ombre d'un arbre qui avait poussé là sauvagement, une pergola pour en faire son atelier. On n'y accédait, comme dans la mansarde de via Laura, que par une échelle et une trappe. Un jour qu'il sortait de sa retraite pour aller acheter des couleurs, je le suivis sans qu'il s'en aperçût. Quel spectacle il donnait ! Tirant la langue aux passants, les narguant par des grimaces, les bombardant d'insultes assez obscènes pour envoyer leur auteur à l'asile ou en prison. Avait-il l'esprit vraiment dérangé ? Provoquait-il à dessein ? Voulait-il éprouver jusqu'où s'étendait son pouvoir ? Les Florentins, trop cyniques pour s'offusquer, sont toujours prêts à jouir d'une excentricité amusante. Devant celles de Jacopo, ils se contentaient de rire en se tapant le front.

Ces questions n'épuisent pas le mystère de sa personnalité. Pourquoi, par exemple, entourer d'un tel secret le lieu de son travail ? Pourquoi l'interdire à ses amis les plus proches ? Même à moi il ne permettait qu'exceptionnellement de grimper par l'échelle jusqu'à la pergola. Je l'appelais du rez-de-chaussée, loué à un menuisier, il ne daignait pas répondre. Une fois, se parodiant lui-même, il me cria de sa fenêtre :

— Te faire monter, chenapan ? *Un corno !*

Raphaël ouvrait son atelier au public, Michel-Ange ne s'est jamais caché ni pour sculpter ni pour peindre. Il organisait pour les groupes des visites à heure fixe sur les échafaudages de la chapelle Sixtine. Les plus grands artistes, sachant qu'ils ne seraient pas eux-mêmes sans le regard d'autrui, recherchent les avis, les suggestions, les encouragements. Le cas de Jacopo peut être dit unique. Un homme de si profondes ressources et merveilleux talent faisait son possible pour se couper de la société et passer pour idiot. C'était, comme le dit Tite-Live du neveu du tyran Tarquin le Superbe, jeune homme forcé de simuler l'imbécillité pour échapper aux injustices et aux cruautés de son oncle, « un bâton d'or recouvert d'écorce ». Pourtant, Jacopo n'était à cette époque en butte à aucune hostilité ; sa fresque de Poggio a Caiano, ignorée de tous, ne pouvait lui nuire ; ses amis et ses admirateurs le portaient aux nues. *La Cène à Emmaüs*, plusieurs portraits d'hommes, *La Visitation* de Carmignano lui avaient rendu la gloire que *La Déposition* de Santa Felicita lui avait passagèrement retirée.

Le prieur de la Santissima Annunziata mit à sa disposition un ancien cellier du couvent, pour qu'il y travaillât aux tableaux de trop grand format pour être peints chez lui. Cette pièce lui servait aussi pour les portraits dont il ne voulait pas faire poser via del Fico les modèles. Le mardi était son « jour », il recevait chaque mardi dans le cellier, et seulement le mardi, commanditaires, amis, curieux ; et encore, pendant les quatre seules heures qui précèdent le coucher du soleil : il avait pris cette autre manie.

Je découvris le portrait qu'il avait fait d'un tout jeune Médicis, nommé Cosimo comme son arrière-arrière-arrière-grand-oncle Cosimo l'Ancien. Descendant de la branche cadette, fils de Jean des Bandes Noires, le garçon n'avait pas plus de quinze ou seize ans. Vêtu en hallebardier, il porte une casaque jaune, des chausses rouges, un béret rouge d'où pend une médaille frappée d'un Hercule. Une main sur la hanche, l'autre appuyée à la hampe de son arme, il regarde devant lui d'un air méprisant ; une chaîne d'or, donnée par Clément VII et passée autour du cou, descend avec ostentation jusqu'au milieu de sa poitrine. Passe encore pour cet étalage puéril de vanité. Le reste de son attitude relève de la provocation. Il cambre sa taille d'un air si avantageux, et met en valeur avec tant d'effronterie ce que le bon goût conseille de dissimuler, qu'un giton ne paraderait pas avec plus d'insolence. Autant Guidobaldo portait en grand seigneur le poids et la plénitude de sa virilité, autant Cosimo ne différait en rien des garnements de la plus basse plèbe qui se déshabillent dans les buissons au bord du fleuve pour se vanter devant leurs camarades de ce qui a poussé entre leurs cuisses. Jacopo ne chercha pas à améliorer le modèle. Il ne vit pas le risque – ou le chercha en connaissance de cause – de donner à un membre de la cour l'apparence d'une petite fripouille, qui exhibe comme un trophée ce qui ne fait la gloire que des vauriens. Jacopo avait-il obéi à la volonté du godelureau, trop jeune pour comprendre le cynisme d'une telle pose ? Le devoir du peintre eût été d'en gommer les excès. Il avait souligné au contraire ce qui était le plus nuisible à la dignité d'un Médicis. Comme il était heureux pour Jacopo que n'appartenant pas à la branche principale celui-ci n'eût aucune chance de régner !

Conscient pourtant qu'il avait dépassé les bornes, Jacopo me demanda de peindre pour masquer le tableau un couvercle amovible, de la taille exacte du tableau. On n'ôterait ce couvercle qu'à bon escient, pour les connaisseurs avertis, afin de cacher l'inconvenance du portrait aux esprits insuffisamment préparés.

— Je dois, me dit-il, te prier d'une grande faveur.

— Elle est d'avance accordée.

— Accepteras-tu, quand tu auras fait ce couvercle, que j'y appose au bas *ma* signature, et non la tienne ?

Bien que la requête fût étrange, j'y acquiesçai.

— J'ai besoin, comprends-tu, de couper court aux médisances.

— Je ferai mon possible pour t'aider.

— Tu ne m'as jamais déçu, toi !

— Que dois-je peindre pour te servir ?

— Une femme.

— Quelle femme ?

— Une femme, pourvu qu'elle soit nue.

— Mais encore ?

— N'importe quelle femme – histoire de rétablir l'équilibre, et pour qu'on ne m'accuse pas de dithyramber les voyous, ajouta-t-il avec un sourire de mépris pour la société qui l'obligeait à cette concession.

L'occasion me parut excellente de me procurer à moi-même une conduite vertueuse. Jacopo signerait le couvercle, mais il me permettrait d'insinuer que j'y avais mis la main. *L'Oignon* commençait à circuler. Mon poème pouvait tomber sous des yeux peu disposés à en admettre la canaillerie. Les bigots d'Oltrarno avaient signé une pétition pour exiger qu'on passât une chemise au saint Matthieu que j'avais peint torse nu sur un des pendentifs de la chapelle Capponi dans l'église Santa Felicita. J'avais donc le plus grand intérêt à opposer aux rumeurs et aux perfidies un certificat de bonnes mœurs. Après tout, Sandro Botticelli avait donné l'exemple, en peignant sa *Naissance de Vénus* ; et pourquoi tout à coup une femme nue, la seule de son immense production, sinon pour se faire pardonner tant de Vierges androgynes, tant de garçons et d'anges encore plus équivoques ?

— Seulement, dis-je à Jacopo, je n'ai pas de modèle… Et je crains de manquer d'imagination.

— Prends un sujet dans la mythologie.

J'ouvris l'exemplaire des *Métamorphoses* dont messire Baldassare Castiglione m'avait fait cadeau à Pesaro et tombai sur le passage suivant. « Révolté des vices dont la nature a rempli le cœur des femmes, Pygmalion vivait seul, sans compagne. Cependant, grâce à une habileté merveilleuse, il réussit à sculpter dans l'ivoire un corps de femme d'une telle beauté que la nature n'en peut créer de semblable. » Les vers enflammés d'Ovide panégyrisent avec un luxe de détails la religion de Vénus Aphrodite. « Revenu de son aversion première, émerveillé, Pygmalion brûle pour cette statue, qu'il nomme Galatée. Il lui donne des baisers et il s'imagine qu'elle les lui rend ; il lui parle, il la serre dans ses bras ; il se figure que l'ivoire cède au contact de ses doigts ; il la caresse, il la palpe, il lui apporte des cadeaux, il approche sa bouche de la sienne. Plus vivante que femme née de femme, il l'appelle sa compagne de lit… »

Je priai le ciel de me communiquer ne fût-ce qu'un dixième de la ferveur qui avait soulevé Pygmalion. Deux domestiques de la confrérie des Servites reçurent l'ordre de poser dans une cellule écartée fournie par le prieur du couvent. Leur physique était des plus ordinaire, leur expression insignifiante. Ils n'étaient ni gros ni maigres, ni beaux ni laids. Costumant à mon idée le dénommé Pietro, modèle de Pygmalion, je le mis à genoux, vêtu d'une casaque verte, d'une culotte rouge, d'une ceinture jaune, de brodequins marron : ainsi attifé, ce n'était pas un modèle d'élégance ! La femme, une brunette appelée Giorgetta, eût été jolie, si on lui avait appris à se montrer plus coquette. Incapable de la peindre couchée, je choisis dans le mythe le moment où elle est encore statue, debout sur son socle. J'ordonnai à Pietro de joindre les mains dans une attitude de niaise idolâtrie et de relever le menton vers Giorgetta. De lui-même, saisi de stupeur par ce qu'il voyait, pétrifié devant sa camarade, lui qui de sa vie n'avait été mis en présence d'une femme nue, il écarquilla deux yeux béats, deux yeux stupides.

Jacopo vint du cellier inspecter mon travail.

— Allons ! Allons ! me dit-il, d'un ton mi-fâché, mi-amusé. Ce n'est pas encore ça qui va me tirer d'affaire ! On peut adorer une femme sans faire une figure aussi sotte ! Pense à Dante, à Pétrarque, à Federigo degli Alberghi dans le conte de Boccace. On va rire de ton amoureux transi et penser que tu as une piètre opinion de celui qu'Ovide décrit avec éloge. Rattrape-toi avec Galatée. Il faut la faire si parfaite de formes et à la fois pourvue d'un tel charme qu'elle allume chez tous le désir. Tu n'en as encore jamais peint, de femme nue ?

Giorgetta, bien que le prieur l'y eût autorisée, refusa de se déshabiller complètement. Elle attacha au bas de son ventre par un nœud qui tenait en place on ne savait comment une affreuse draperie rose, quelque vieux rideau trouvé chez un chiffonnier du marché Sant'Ambrogio.

Le reste du corps était nu. Malgré mon désir de contenter Jacopo, je me sentis si mal à l'aise que je ne sus comment m'y prendre. Je ne connaissais le corps féminin que par les cadavres que j'avais dessinés à la morgue, selon l'exemple donné par Michel-Ange et adopté par tous les ateliers de Florence. La principale difficulté, cependant, était un obstacle intérieur. Que mes futures lectrices me pardonnent ! J'avais honte de la paralysie qui me frappait. J'aurais tant voulu réussir ce tableau, mais qu'y faire, le sujet me laissait froid. Tous mes efforts restèrent vains. Devant un corps de femme, ma veine, mon métier, jusqu'à mon envie de peindre m'abandonnaient. Les seins de Giorgetta me faisaient penser au pis des vaches auquel ma mère se pendait pour les traire. C'était idiot de me laisser aller à cette comparaison. Idiot et spécialement malvenu de ma part, moi qui avais en Dianora l'exemple d'une femme si distinguée, dont les nombreuses maternités n'avaient pas altéré la silhouette. Mais plus me sermonnait mon esprit, plus se cabrait mon pinceau. Non pas que la jeune femme fût plus laide qu'une autre, au contraire, comme je l'ai dit, je la trouvais plutôt avenante. Elle n'en était pas moins femme, et je ne pus m'empêcher de la montrer voûtée, contrefaite, le regard creux et inexpressif, le nez comme un museau : transformée en bête, en vache, vachisée, *avachie*. Une force inconsciente, supérieure à toutes les raisons que me dictait ma raison, m'obligea à faire la plus disgracieuse des femmes jamais peinte.

J'essayais de m'aveugler sur le résultat, quand Jacopo, venu à nouveau en inspection, me tira brutalement de mes illusions.

— Agnolo ! mais c'est un mammifère, pas une femme ! Un remède à l'amour ! Un épouvantail ! Ta

Galatée est hideuse à faire peur. Mal bâtie, le torse trop long, elle se tient tout de travers. Elle avance le ventre et plaque la main sur son sexe, comme si elle voulait prouver qu'elle est vierge, ce qui indique qu'elle ne l'est pas. On dirait une traînée des carrefours, non l'Aphrodite des Grecs ! Ses cheveux ont l'air sales. Deux petites mèches mesquines lui descendent derrière les oreilles. Une stupidité obtuse s'étale sur son visage. Elle a les yeux vides, le regard éteint, et surtout, surtout ! deux mamelles que ce n'est pas possible. Flasques, molles, elles pendouillent comme deux gants de toilette. Je t'avais demandé une femme très belle, irrésistible, capable de disputer aux hommes la primauté de la beauté physique. J'avais besoin qu'on crût, et que la rumeur s'en répandît à Florence, que chacun des deux sexes avait pour moi autant d'attrait. Une Galatée à la prestance indiscutable eût rétabli l'équilibre, en réduisant à néant l'idée que Pontormo ne bande que pour les garçons. On me pardonnait mon hallebardier, et voilà que tu me sors un laideron qui sera un repoussoir pour tous les jeunes Florentins. Un benêt et une guenon : quelle caricature de couple m'as-tu faite là ?

DERNIÈRE IMPRUDENCE

29

Alviso

Après cet échec, je compris la nécessité de redoubler de vigilance, lorsque l'événement me prit au dépourvu. Pourtant, ce fut au début à peine une imprudence, et en rien une folie, car il était entendu qu'Alviso repartirait aussitôt de Florence pour son pays d'origine, terre si éloignée de la Toscane et de l'Italie que nul ici n'aurait jamais le soupçon que j'avais pris pour modèle de saint Sébastien un garçon croisé par hasard. Personne ne se douterait qu'un saint et martyr parmi les plus illustres de l'Église avait été peint sur le vif d'après un inconnu de passage.

Je l'avais rencontré sur le pont ; appuyé au parapet, il contemplait l'Arno. Je m'accoudai à côté de lui, sans oser le regarder. Le soleil se couchait du côté de Pise et ses derniers rayons coloraient de rose et d'orange la lanterne et le dôme de San Frediano. Le spectacle était magnifique. Je ne sais quelle euphorie me gagna. Sans me regarder, il me demanda, dans un mauvais italien, si je savais dans quel port toscan il pourrait s'embarquer pour Raguse. Cette question était surprenante, puisque Raguse se trouve sur la côte dalmate et que le seul port de Toscane est Livourne, sur la mer Tyrrhénienne, séparée de la mer Adriatique par la longueur de la péninsule. Je lui dis que la navigation serait très longue et pleine d'embûches ; qu'il devrait contourner les promontoires de la Calabre, doubler le cap de Santa Maria di Leuca au sud des Pouilles, remonter la côte opposée jusqu'à Bari. Ce périple lui prendrait des semaines, sans compter le danger d'un naufrage dans le détroit de Sicile, entre Charybde et Scylla.

— Tu iras plus vite et plus sûrement par Ancône.

— Ancône ? Impossible. Alguazils mettre Alviso en prison.

Il détacha son regard du fleuve et se tourna vers moi. Grand ? De taille moyenne ? Maigre ? Élancé ? Franc ? Sournois ? Seize ans ? Dix-sept ans ? À découvrir sa figure, ses yeux verts, ses narines doucement palpitantes, ses fossettes creusées dans ses joues pleines, saisi d'une émotion soudaine, confondu, désemparé, j'interrompis net mon cours de géographie. Le mot « adolescent », qui évoque par l'étirement de ses syllabes une beauté vulnérable, n'eût pas convenu à ce garçon déjà robuste. Ce qu'il y avait d'extraordinaire en lui ? Comme une vapeur qui flottait autour de son visage, un fluide qui en émanait, une séduction inexplicable. Alliance de force, de finesse, de brutalité, d'élégance, de ruse, de filouterie, dosées à la perfection. La brise agitait sur son front et autour de ses oreilles des boucles dorées plutôt que blondes. D'emblée je fus à sa merci. De linéaments réguliers, imberbe, il me sourit avec la meilleure grâce du monde, non sans m'interroger d'un regard ironique. Ses yeux étaient grands, sa bouche petite, bien formée, relevée par deux plis moqueurs. Puis, comme s'il avait deviné que le visage ne m'aurait pas suffi, il se recula un peu afin de me faire apprécier son ventre plat, ses longues cuisses musclées moulées dans des chausses à l'ancienne, ses jambes fines prises dans des houseaux lacés. Pour un peintre, c'était une occasion unique de rendre *l'indéfinissable*, *l'indescriptible*, ce type de beauté ni aiguë ni molle, ni d'un vagabond ni d'un éphèbe, ce *sfumato* presque immatériel, d'un genre unique, cette peau ni blanche ni hâlée, ni mate ni brillante mais chaude et satinée, que je n'avais jamais trouvée dans aucun modèle florentin, et que j'aurais voulu toucher avant de la peindre.

Croate de père et Sicilien de mère, croisement de rusticité slave et d'élégance latine, de pureté nordique et de rouerie méridionale, Alviso s'était enfui de Raguse pour se soustraire à la convoitise du gouverneur turc de l'Illyrie. Pour le punir de l'avoir repoussé, celui-ci s'en était pris à son père, négociant en épices et membre du Grand Conseil de la ville. Le pacha à trois queues avait fait jeter le vieillard dans un cachot de l'arsenal. Déguisé en pêcheur, le garçon avait volé une barque et s'était réfugié en Sicile. La felouque de Messine sur laquelle il s'était engagé comme matelot fut arraisonnée par une galéasse espagnole. Enrôlé de force dans la flotte de l'empereur par un lieutenant de Charles Quint, il s'était échappé à l'escale d'Ancône et maintenant, sans argent, perdu sur une terre étrangère, il brûlait de regagner sa patrie et de délivrer son père du despote ottoman. Vrai ou faux, ce récit me fut présenté avec un piquant et une verve joliment romanesques.

J'invitai Alviso à me suivre via Sant'Egidio, où je comptais lui remettre quelques ducats. Pendant le trajet, je me dis : « Renvoie-le immédiatement après lui avoir remis les ducats, *immédiatement après*, quand tu en auras encore la force. » Pour me mettre sous la protection de saint Georges, je fis un détour par l'église Orsanmichele. Malgré ma décision de ne pas tomber amoureux, ma volonté fut prise en défaut. Il monta chez moi, resta modestement debout pendant que j'allais prendre l'argent dans une vieille boîte de couleurs. Au lieu de le congédier tout de suite, comme je m'en étais fait le serment, je lui offris un verre de vin. Il s'assit par terre et leva son verre à ma santé. Je lui promis un cheval pour Livourne. Un baiser fut ma première récompense. Puis il se plia gentiment à mes goûts. C'était pour lui *la première fois.* J'y allai avec le plus de ménagements possible, pour ne pas le rebuter par des exigences *à la turque*, lui qu'il fallait moins que tout autre brusquer de cette manière.

— Je vais faire ton portrait, lui dis-je au petit matin. Reste encore deux ou trois jours. Il est impossible que tu t'en ailles sans me laisser un souvenir.

Cette idée de le peindre en saint Sébastien, bien qu'elle manquât de me perdre, n'était pas si insensée, car au lendemain de la peste qui avait suivi le siège, le culte de ce saint, qu'on invoque contre ce fléau, avait repris de la vigueur, en particulier chez mes amis les Servites de la Santissima Annunziata. Une chapelle qui lui est dédiée dans l'église conserve un ongle de son orteil. Le seul problème était de ne pas me trahir. Si on pouvait avoir le moindre soupçon que mon saint Sébastien était copié sur le corps d'un garçon que j'avais déshabillé, j'étais perdu. Il fallait qu'on le crût imaginé de tête, comme un fruit de ma dévotion, ou inspiré d'une des nombreuses effigies du saint dues à nos divers maîtres. Je dis au prieur que je ne voulais pas que son église restât dépourvue d'un portrait d'une des gloires les plus populaires de l'Église. Giovanni del Biondo en avait peint un pour la cathédrale, Botticelli et Rosso pour Santo Spirito, Perugino pour Santa Maria Maddalena dei Pazzi, Fra Bartolomeo pour San Marco, Sodoma pour la confrérie du Gonfalon.

— Ainsi, dis-je pour conclure, la Santissima Annunziata serait seule à ne pas rendre hommage à celui qui, saint et martyr, a écarté l'épidémie de Florence ? Votre église surpassera toutes les autres par un musée complet de la sagittation. Vous aviez la chapelle, une relique, un ongle, des ex-voto, il vous manquait un tableau.

Ce mot de « sagittation » que j'avais appris de Fra Macario fit son effet. J'avais misé sur la jalousie et la rivalité des paroisses et j'avais gagné. Étourdi par cette énumération de chefs-d'œuvre, saisi de honte à l'idée que lui seul n'avait à offrir à la vénération des fidèles aucune image d'un saint aussi illustre, le prieur me laissa libre d'en peindre une à ma guise, en buste ou en pied. Il me remit la clef du cellier, où j'introduisis nuitamment Alviso sans que personne l'aperçût.

La Fortune me seconda dans la folle imprudence que j'ai alors commise.

Bronzino prétend qu'il n'a jamais été aussi inspiré. Il ne lui fallut que quelques heures pour tracer à grandes lignes le portrait. « Si à un seul de mes ouvrages on peut attribuer quelque mérite, c'est à celui-là. » Alviso s'était déshabillé de lui-même. Bronzino le cadra en demi-figure et le peignit assis, légèrement penché de côté pour que toute ressemblance avec le « portrait de cour » florentin fût impossible, torse bien dégagé, sans descendre plus bas que le nombril ni montrer les cuisses et les jambes, de manière à éluder le ridicule du pagne. Le mince drapé rose qui passe derrière ses épaules et couvre le bras droit laisse voir le creux des clavicules et les cartilages du cou. La poitrine, le bras gauche, les premiers plis du ventre sont nus. La grande innovation, selon le peintre, par rapport à l'imagerie traditionnelle, c'est qu'au lieu de lever les yeux vers le ciel et de s'en remettre à Dieu, comme il se doit pour un saint mis au supplice, il regarde de côté, il lorgne un interlocuteur invisible, à qui il sourit et semble parler ou répondre de sa bouche entrouverte ; et cet interlocuteur, c'est lui, Bronzino, en train de le peindre, et ce que le charmant éphèbe lui murmure du bout de ses lèvres roses, c'est : « Je t'aime. »

Je n'eus garde [*poursuit le narrateur*] d'oublier les flèches. Rosso avait laissé à Jacopo avant son départ pour Rome les deux qui lui avaient servi pour le retable de Santo Spirito, et Jacopo me les avait données. Je plantai l'une sous le sein, près du cœur, au risque d'attirer l'attention sur la délicate aréole du téton ; quant à l'autre, Alviso eut l'idée de la garder dans sa main et de la tourner dans ma direction. Il la posa sur ses genoux et, de l'index, appuya sur la pointe, comme s'il voulait en vérifier l'affûtage.

Instrument homologué du martyre, la flèche est aussi l'arme de Cupidon. Le message ne pouvait être plus clair. « Je t'aime, tu m'aimes, ce dard nous rappellera comme nous nous sommes percé le cœur et pas seulement le cœur. » Le bienheureux dominicain Jacques de Voragine, archevêque de Gênes, auteur de *La Légende dorée*, ne nous donnait-il pas raison au chapitre 23 de ce recueil hagiographique de référence ? « Alors que saint Sébastien exhortait ses amis à mériter la couronne éternelle, il fut soudain illuminé d'une immense clarté. Vêtu d'un voile blanc, un jeune homme lui apparut, qui le baisa et lui dit : "Tu seras éternellement avec moi." »

Grâce au double langage, j'avais dit sans dire, caché en exprimant, tourné la censure sans offenser la légende, infusé dans un tableau de piété catholique les principes de la religion grecque et latine. Je ne mentais pas, car le sentiment religieux que je tenais de ma mère était en moi aussi fort (enfin presque aussi fort, car en nette diminution) que celui qui le combattait.

Le tableau fut monté du cellier et exposé devant le chapitre de la Santissima Annunziata et deux chanoines du couvent de San Marco envoyés en observateurs.

Je comptais sur la pudibonderie des prêtres et des moines pour les empêcher d'en reconnaître publiquement la double nature. Ils s'appuieraient sur le « dit » pour ne pas m'interroger sur le « non-dit », accorderaient leur bénédiction au « chrétien » en restant myopes sur le « païen ». Afin de ménager leur pédanterie, de laisser une prise à leurs critiques et de flatter leur vanité, j'avais eu soin d'omettre plusieurs indications soulignées par Jacques de Voragine. Le piège fonctionna d'abord à merveille. Le prieur, tout content de placer une objection, fronça le sourcil.

— Pourquoi n'est-il pas attaché à un arbre et se tient-il assis tranquillement ?

L'archidiacre, féru comme moi de *La Légende dorée*, cita de mémoire les lignes fameuses : arrêté sur l'ordre de l'empereur Dioclétien et ligoté par des cordes au tronc d'un chêne, Sébastien fut percé de flèches par des archers, qui le criblèrent au point qu'on eût dit un hérisson et le laissèrent pour mort.

— Un chêne, oui, c'est cela, dit le prieur. Tu pouvais copier celui qui pousse au milieu du cloître.

L'archidiacre, plus acerbe, releva que faute d'arbre j'avais évidemment ignoré les cordes, élément capital du supplice. Cela commençait à sentir pour moi le roussi.

Un des chanoines de San Marco, qui tenait au hérisson, se déchaîna tout à coup.

— Un mort, ce florissant jouvenceau qui respire la santé par tous ses pores ? D'un hérisson, ce torse, ces épaules, ces bras, ce cou lisses et intacts ? Ce ventre, poli comme l'ivoire ? Un saint Sébastien, ce polisson qui tripote sa flèche comme si c'était un jouet ?

L'accusation était grave. Le second des chanoines renchérit.

— Où est la palme du martyre ? demanda aigrement le dominicain de San Marco.

Il aurait volontiers, comme c'était la coutume dans son ordre fondé par un Espagnol fanatique, brandi la menace de l'Inquisition.

— Sans la palme, tu nies la transcendance.

Le plus jeune frère des Servites, qui servait la messe du prieur et avait des ambitions, mais ignorait un mot aussi savant que « transcendance », voulut placer un mot d'abord plus facile.

— Où est l'auréole ?

Le prieur le rabroua.

— L'auréole entoure le corps entier et ne convient qu'à Notre Seigneur Jésus-Christ. L'auréole qui n'encercle que la tête doit être appelée plus justement « nimbe ».

Nimbe ou auréole ? Il s'ensuivit une dispute avec plusieurs membres de la confrérie. Les deux chanoines de San Marco n'étaient pas d'accord entre eux. L'un invoquait saint Thomas d'Aquin, l'autre opposait au Docteur angélique le Père de l'Église saint Jérôme. On alla chercher dans la bibliothèque des in-folio volumineux. Cette diversion fit oublier les autres griefs et me sauva. Alviso, à qui j'avais procuré le cheval, galopait pendant ce temps sur la route de Livourne. Une caravelle armée par le duc de Florence devait partir pour la côte dalmate en renfort de la flotte envoyée de Venise contre les mahonnes ottomanes.

Quelques jours plus tard, j'eus l'idée d'entrer à la Santissima Annunziata, pour voir si mon tableau était convenablement éclairé. Il ne se trouvait nulle part, ni dans la chapelle consacrée à saint Sébastien, ni dans aucun endroit de l'église ou du cloître. Un des frères servites me dit que le prieur avait accroché la peinture dans sa cellule, en face de son lit ; un autre qu'on l'avait envoyée au monastère de Vallombrosa, pour remercier l'abbé d'un don de mille stères de bois ; un troisième, qu'on la tenait en réserve dans une cave, pour la prochaine épidémie ; un dernier, que le pape souhaitait l'acquérir pour ses collections. Le prieur, que je réussis enfin à joindre, m'affirma qu'un tableau ne peut être exposé dans une église avant d'avoir été soumis à l'assemblée des fidèles.

Cette assemblée eut-elle lieu ? L'évêque refusa-t-il le *nihil obstat* ? Les dominicains de San Marco eurent-ils gain de cause ? Il y aura bientôt quarante ans que le tableau a disparu, sans que personne ait pu m'en donner des nouvelles. D'Alviso non plus, je n'ai plus rien su, malgré sa promesse de me mander par un des marchands qui cabotent entre la côte dalmate et les Marches ce qu'il en était advenu de son périple et s'il avait réussi à tirer son père de prison.

AGNOLO RACONTE COMMENT IL DEVIENT PEINTRE OFFICIEL DE LA COUR ET COMMENT IL SE VENGE DES CONTRAINTES QU'IL S'IMPOSE

30

Un assassinat politique

Que d'événements en si peu d'années, dans ma vie privée comme dans la vie publique ! Commençons par la vie publique, si riche de rebondissements imprévus.

Même si Charles Quint ne l'avait pas imposé à Florence et marié, par une condescendance jugée honteuse, à sa fille bâtarde Marguerite d'Autriche, faisant ainsi peu de cas de l'ancienneté et de la noblesse de l'illustre maison des Médicis, le duc Alessandro, fils – on disait par pudeur : neveu – du pape Clément VII, n'aurait été ni de mon goût ni de celui de personne ici. Violent, emporté, passionné de jeux militaires, dressant et armant l'une contre l'autre les familles qu'il poussait à des rixes meurtrières où il prenait parti selon sa lubie du moment – ah ! ce n'était plus la chevalerie du temps de Benvenuto, les coups d'épée pour la gloire, le panache des duels improvisés, l'ironie des plaisanteries bien ajustées, mais un laid acharnement sans raison, la morbide obsession du crime –, il régnait par la terreur. Ses brutalités quotidiennes, ses fantaisies sanglantes scandalisaient Florence, mais moins encore, peut-être, que son mépris affiché pour les arts. Ce petit-neveu de Laurent le Magnifique avait pris tous les vices de son époque, et aucune des vertus de sa race. Aux peintres qui voulaient le portraiturer, il répondait par des sarcasmes. Le jeune sculpteur Niccolò Tribolo ayant demandé à faire son buste essuya la honte d'une insulte.

— Ah ! tu as envie de te servir de ton ciseau et de ton marteau ! Cela ne pouvait pas tomber mieux. Munis-toi d'une échelle et d'une hache et rends-toi dans ma pinède de San Rossore qui a rudement besoin d'émondage.

L'immoralité foncière, la vie dissolue, la grossièreté d'Alessandro criaient vengeance. Quand il ne ferraillait pas à tort et à travers dans la ville ou dans les bourgades environnantes, le reste de son énergie passait à séduire les femmes mariées, de préférence les femmes de ses amis, ou à enlever les religieuses de leur couvent – non par jeu, comme naguère Benvenuto, mais pour les déshonorer et les jeter nues au petit matin sur le parvis de leur église. En butte à la haine générale, capricieux, inconséquent, il n'était pas si écervelé qu'il n'entourât ses infamies de minutieuses précautions. Aussi fier de ses gants de guerre en acier que de ses « gants d'amour », comme il disait, en soie, brodés, moelleux, parfumés, il portait le jour une cuirasse, la nuit une cotte de mailles tramée de fils d'or. Il avait pris aux Espagnols leurs hautes bottes à revers, félonie qu'on ne lui pardonnait pas.

De hauts dignitaires, des patriciens en vue, des hommes d'affaires influents partirent en exil volontaire, la plupart pour Venise. Parmi ces *fuorusciti*, qui ne voulaient plus de la tyrannie des Médicis et pensaient aux moyens de rétablir la République, on comptait des hommes de la première valeur, tels le cardinal Niccolò Ridolfi, le banquier Filippo Strozzi auquel ses échanges avec la France avaient permis d'acquérir une immense fortune et de se faire construire via Tornabuoni ce palais cubique aux bossages superbes qui en imposerait à un roi[1], l'ancien gonfalonier de justice Bartolomeo dit Baccio Valori. D'autres, d'un non moins grand prestige, s'étaient réfugiés à Rome, comme l'historien Francesco Guicciardini, ou le banquier et mécène Bindo Altoviti, dont Raphaël, naguère, avait fait un portrait fameux, le plus beau portrait de jeune homme jamais peint jusqu'ici.

L'amitié d'Alessandro, que dis-je ? sa familiarité excessive avec un autre membre de la famille des Médicis, Lorenzo, fils naturel issu d'une branche cadette, surnommé Lorenzino à cause de sa taille fluette et de sa voix de soprano, n'était pas un moindre sujet d'opprobre. À force d'adresse, de services rendus, d'humilité, de railleries, de pitreries,

1. Qui devrait en imposer à un roi. Il en fut autrement pour Sa Majesté Charles VIII, roi de France, dont l'armée occupait Florence. Reçu par le gonfalonier Piero Capponi qui, forcé et contraint, le guidait dans notre ville, il demanda, via Tornabuoni : « Est-ce là la *maison* de Strozzi ? » « Oui, *monsieur* », répondit l'autre, rendant pain pour fouace.

usant tour à tour de la flagornerie, de l'insolence, du persiflage, ce lointain cousin illégitime s'était immiscé puis imposé dans toutes les affaires du duc. Il le fournissait en galanterie ; il lui servait d'entremetteur dans chacune de ses entreprises amoureuses ; c'était son rabatteur, son boute-en-train, son bouffon, son complaisant, son valet, son espion, son souffre-douleur, sa consolation, son âme damnée ; son concubin, son amant, disaient avec dégoût ceux qui profitaient du préjugé pour faire grief à ces deux beaux jeunes gens de ce qu'ils n'osaient reprocher à Michel-Ange ; sa maîtresse, sa putain, sa « salope » (mot forgé à cette occasion, et qu'on ne prononçait qu'en crachant par terre), renchérissaient les plus hostiles au couple.

Tandis qu'Alessandro, dans la salle d'armes du palais de via Larga, s'entraînait avec les plus habiles spadassins à la ruse des coups fourrés et à la perfidie des bottes illicites, Lorenzino se couchait sur le sofa capitonné acheté pour lui à Constantinople. Prétendant qu'une cuirasse était trop dure pour sa poitrine et qu'une épée pesait trop lourd à son bras, il jouait avec un petit couteau de femme, aigu et effilé. Étendu au milieu des fourrures, il en essayait la pointe d'une manière qui le rabaissait encore dans l'opinion. Il prenait un florin d'or et le perçait d'un trou, en sorte que cette monnaie, d'autant plus précieuse que nous traversions des temps difficiles, perdait toute valeur et ne pouvait plus être utilisée. Ce jeu indécent durait jusqu'à ce qu'Alessandro en eût terminé avec sa leçon. Au moins une vingtaine de florins, le revenu d'une famille moyenne pour deux ou trois mois – je connaissais le prix des denrées par l'achalandage de mes parents –, partaient en fumée pendant chaque séance d'escrime, sacrifiés à la lubie de ce pantin.

— C'est mon épée à moi, et je ne veux pas en porter d'autre.

Si bien qu'en le voyant si mou, si lâche, si vain de son joujou, si méprisant de la misère populaire, on ne l'appelait plus : Lorenzino. On accolait à son nom le suffixe le plus infamant de la langue italienne et on l'appelait : Lorenzaccio.

Plus Alessandro témoignait de confiance et de tendresse à son favori, plus celui-ci excitait l'aversion des citoyens ; entre les deux inséparables, le bravache despotique et le couard efféminé, on ne savait qui détester le plus. « Qui est le cul, qui est la chemise ? »

Je me promenais un soir via Larga, dans les environs du palais, quand je vis la silhouette d'un homme jeune se faufiler dans l'ombre. Il soulevait des deux mains quelque chose de dur et de lourd. À la lueur d'une torche plantée sur la façade du palais, je crus voir une cotte de mailles ; aux paillettes d'or qui en émaillaient le tissu, je reconnus la précieuse jaque d'Alessandro. Celui-ci l'avait commandée à un fournisseur lyonnais, spécialisé dans la fabrication de cette sorte de treillage ourdi de métaux rares. Il la portait toujours sous son pourpoint lors de ses expéditions nocturnes. Je crus qu'il l'avait envoyé réparer chez quelque armurier. L'homme que je m'étais mis à suivre se dirigea vers le puits du marché de San Lorenzo. Il s'apprêtait à jeter la cotte de mailles dans le puits, quand il se ravisa et courut plus loin. Comme il s'était retourné pour voir s'il n'était pas épié, ma stupéfaction fut très grande de reconnaître Lorenzaccio.

L'idée de se réhabiliter aux yeux des Florentins par quelque coup d'éclat mûrissait depuis quelque temps chez celui dont la servilité envers son cousin contrecarrait un vœu ardent de gloire et d'immortalité. Sa nature frêle et féminine parlait contre lui ? Il frapperait l'opinion par un démenti spectaculaire. Un nouveau caprice du duc, le dévolu jeté sur une parente à lui, en sorte qu'il se sentait bafoué et blessé personnellement, le décida. Alessandro avait aperçu dans la rue une jolie femme. Il brûla aussitôt de s'en assurer la possession, sans tenir compte que c'était l'épouse de Leonardo Ginori, noble patricien de la ville. Son désir pervers monta d'un cran, lorsqu'il eut appris que c'était la tante par alliance de Lorenzaccio. Le jeune homme avait pour elle beaucoup d'affection et jura au duc qu'il ne tremperait pas dans cette affaire.

Loin de renoncer, Alessandro voulut profiter d'une circonstance aussi favorable. Tout réjoui, il ordonna à son ami de lui faciliter la conquête de sa tante.

— Monseigneur, vous demandez une chose si difficile qu'elle me paraît impossible.

— Et pourquoi donc, corniaud ?

— Ma tante est une femme honnête.

— Il n'y a pas plus de femme honnête, dit le duc en s'esclaffant, qu'un mont de Vénus n'est chauve. Ah ! Ah ! As-tu jamais vu une vulve dégarnie de poils ? Ne sais-tu pas qu'avec des flatteries et des promesses appropriées on attrape les femmes comme les oiseaux par la glu ?

— Eh bien, Monseigneur, attrapons celle-là. Il ne sera pas dit que Lorenzo dit Lorenzaccio aura manqué de parole à son maître.

— Est-ce une question d'argent, bâtard de mon cœur ? Si la pimbêche est par-dessus le marché une pingre, puise à pleines mains dans mon coffre.

Le jeune homme saisit cette occasion de s'illustrer, si l'on peut parler d'illustration pour une action aussi noire. Il feignit de favoriser l'intrigue, tout en faisant traîner l'affaire en longueur, afin d'exaspérer chez le duc un désir qui devint en peu de temps immodéré. Pour mettre à exécution son plan, il commença, comme on l'a vu, par voler la cotte de mailles, qu'on retrouva, des mois plus tard, au fond de l'Arno. Un matin, enfin, il lui confia que sa tante était disposée à le recevoir, cette nuit même, mais à la condition expresse qu'il vînt la retrouver dans sa chambre à lui, Lorenzo, et qu'il y vînt seul, sans son escorte habituelle.

— Petite saleté, tu me prépares un traquenard ? dit le duc.

L'autre éclata de rire.

— Monseigneur, la signora Ginori est si timide et pudique, et tient tant à son incognito, qu'elle ne souffrirait pas que sa faiblesse d'une nuit ait un seul témoin. Flattée de l'intérêt que lui porte Sa Seigneurie, elle entend néanmoins garder les apparences de la vertu. Plus que tout, elle redoute que le secret de votre rencontre ne s'ébruite aux oreilles de son mari.

Alessandro, pressé de la revêtir, chercha en vain sa cotte de mailles à paillettes d'or. Il sonna ses valets, remua les placards avec eux. Le palais fut mis sens dessus dessous. L'armurier du palais affirma tout tremblant que la technique lyonnaise lui étant inconnue, il ne pourrait confectionner qu'une cotte ordinaire ; et encore, il demanda un jour pour la fabriquer : « Où est ma cuirasse, alors ? » La cuirasse avait été démontée pour en fourbir les cubitières et le plastron ; elle gisait en morceaux dans l'antichambre. Trop impatient de courir à son rendez-vous pour craindre de traverser la ville en chemise, le duc, sans ami ni accompagnement d'aucune sorte, sortit seul à la nuit tombée. Avec l'argent qu'il avait pris dans le coffre, Lorenzaccio avait soudoyé les gardes du palais : tant de ducats pour les empêcher de suivre à distance leur maître, comme c'eût été leur devoir, tant d'autres pour les dissuader de donner l'alarme et d'aller à sa recherche passé une certaine heure, ainsi que le même règlement les y obligeait.

Le duc se laissa enfermer dans la chambre de son ami, qui lui promit de revenir avec sa tante et tourna la clef dans la serrure en partant, pour que nul domestique, cria-t-il à travers la porte, entrant par hasard, n'envoyât à l'eau l'entreprise. Le duc approuva la sagesse de son ami. Pendant le dîner qui avait précédé, Lorenzaccio avait eu soin de verser dans son verre un breuvage assez fort pour le plonger dans une légère torpeur, mais trop faible pour lui enlever sa connaissance.

Lorenzaccio revint à la sixième heure de la nuit ; le duc couché sur le lit, nu, tourné contre le mur, à moitié assoupi, ne l'entendit pas approcher. Désireux de jouir de son agonie, Lorenzaccio ne voulait pas le tuer inconscient. Il effleura son épaule d'une caresse prometteuse.

— Monseigneur, êtes-vous prêt ? lui demanda-t-il de sa voix de soprano la plus suave.

Émoustillé par cette caresse et par cette voix, le duc se dressa sur son séant, écarta les bras, crut les ouvrir à celle qu'il attendait. Profitant de ce que la poitrine s'offrait à lui sans protection, Lorenzaccio la visa au cœur et y planta par cinq fois son petit couteau de femme. Comme le duc respirait encore, il enfonça une sixième fois la lame et la tourna et retourna tellement dans le cou de sa victime qu'à force de *chicoter* (j'emprunte ce mot à l'historien Benedetto Varchi) il lui coupa l'artère et lui sépara presque la tête des épaules.

Après avoir fermé à clef la chambre et emporté la clef, il s'enfuit à Venise auprès de Filippo Strozzi.

— Vous voyez cette clef ? lui dit-il. Elle ferme la porte d'une chambre où se trouve le cadavre du duc Alessandro.

— Alessandro est mort ?

— Je l'ai assassiné.

Strozzi, que la réputation de lâcheté du jeune homme rendait incrédule, lui demanda une preuve. Lorenzo sortit de sa poche un mouchoir ensanglanté, marqué des armes bien connues : *A.M.D.F.* Le vieux banquier sauta au cou du justicier.

— Tu es notre Brutus, s'écria-t-il en l'embrassant.

Opinion que partageait Michel-Ange. Les abus d'Alessandro l'avaient tenu éloigné de Florence. Considérant lui aussi le tyrannicide comme un acte légitime, il sculpta à cette occasion, en hommage indirect à Lorenzaccio, pour le cardinal Niccolò Ridolfi, autre exilé à Venise, le buste de l'assassin de César, auquel il donna une figure bien plus mâle que celle du gracile minet – selon l'idée reçue (même un

Michel-Ange n'échappe pas à ce préjugé) que dans une nature efféminée ne peut loger une détermination intrépide.

Le cadavre fut découvert le lendemain matin, après qu'on eut forcé la porte, sur avis des gardes du palais, qui, interrogés, jurèrent de l'avoir escorté jusque-là. À la renverse, dans la position où il avait été tué, les bras ballants jusqu'à terre, la tête à moitié détachée du tronc, le corps vidé de son sang pendait hors du lit. Le médecin du palais, appelé en secret, examina les six blessures et signa l'acte de décès. On tint conseil pour les obsèques. La majorité opta pour un enterrement clandestin, si vive était la crainte qu'un convoi public dans les rues de Florence ne provoquât une manifestation populaire offensante pour le nom encore sacré des Médicis. On attendit la nuit pour rouler le corps dans un tapis et le transporter jusqu'à la petite église San Giovannino et ensuite l'ensevelir, sans apparat funèbre ni cérémonie, sous une simple dalle, dans la vieille sacristie de San Lorenzo.

31

Un portrait compromettant

Les Florentins, malgré le soulagement qu'ils en éprouvèrent, eurent peur que l'assassinat d'Alessandro ne leur porte malchance, car ils relevèrent dans cette suite de dates, d'événements et de circonstances un concours de chiffres si extraordinaire qu'il ne pouvait être dû au hasard. Le duc avait été tué en l'année 1536, à l'âge de vingt-six ans, le 6 du mois de janvier, à six heures de nuit, de six coups de couteau, après avoir régné six ans. La sextuple présence du nombre 6 fut perçue comme l'émanation d'un maléfice dont le pouvoir ne serait peut-être pas éteint par la mort du tyran. Le 6 fut proscrit ; on défendit de l'utiliser dans les comptes d'épicerie comme sur les portes des maisons. Ayant peint six arbres dans le paysage esquissé à l'arrière-plan de ma Galatée, je m'empressai d'en effacer un – ce qui ne rendit pas meilleur le tableau.

Jacopo, superstitieux à un point qui n'est pas croyable, me fit appeler par son domestique Bastiano. Depuis qu'il avait peint pour l'hôpital des

Innocents *Le Martyre des dix mille martyrs* – ces soldats romains convertis par saint Acace et crucifiés avec lui sur le mont Ararat –, il restait obsédé par les chiffres. Bien qu'il eût rempli ce tableau d'autant de personnages qu'un tableau peut en contenir, c'est-à-dire d'un nombre très inférieur à dix mille, et qu'en mettre davantage eût été impossible, l'idée qu'il n'avait honoré qu'imparfaitement son contrat et que les commanditaires pourraient le traduire en justice, cette peur le tourmentait sans plus de répit que de raison.

J'accourus chez lui, via del Fico, comme chaque fois qu'il souhaitait me parler. Il craignait, à présent, que le nombre de martyrs qu'il avait réussi à entasser ne fût un multiple de 6. Sans abaisser son échelle, il me demanda, par l'ouverture de la trappe, combien de fois 6 multiplié par 6, soit 36, entrait dans 10 000. Je n'avais qu'un vague souvenir, depuis mes lointaines leçons avec Fra Macario, de ma table numérique. Il s'impatientait au-dessus de ma tête, je n'arrivais pas à compter.

— 10 000 divisé par 36 égale… 307, dis-je enfin, au hasard.

— Tu es sûr ? 3 plus 7 égale 10, et 10 est protégé de 6 par un rempart de trois chiffres, en sorte que, si tu dis vrai, j'échappe à la malédiction.

Je n'étais pas sûr du tout, mais comment retirer la planche à un homme qui se noie ?

Soudain, il se frappa le front.

— Mais 3 est la moitié de 6. Enfer et damnation ! Tu t'es sûrement trompé. Refais tes calculs.

Pour lui complaire, je fis semblant de recompter.

— En effet, Jacopo, où avais-je la tête ? 10 000 divisé par 36 égale 308.

— Ah ! murmura-t-il, soulagé. De 3 à 8 il y a une barrière de quatre chiffres.

Bastiano assistait à cette conversation, ahuri.

Jacopo recommença à s'agiter.

— Quel âge as-tu, Agnolo ?

— Trente-trois ans.

— Malheureux ! Trois et trois font six, tu as en toi le poison du nombre maudit. Tiens-toi sur tes gardes jusqu'à l'année prochaine. D'ici là, tu as un cap difficile à franchir. Garde-toi de manger de la viande. Évite de pisser sur un rayon de lune. Bois de l'eau de gentiane que tu auras transvasée d'une marmite bouillante dans une bouteille préalablement ébouillantée.

Je tournais déjà les talons pour m'éloigner de ce fou, quand il me rappela.

— Agnolo… Agnolo…

Il semblait de plus en plus angoissé. Penché au-dessus de l'ouverture, il me dit :

— Approche-toi… Plus près…

— Je suis là, Jacopo… Je ne peux pas être plus près…

— Monte…

C'était la deuxième fois seulement qu'il me faisait monter sur la terrasse. La première fois, arc-bouté sur une corde pour maintenir l'échelle droite, il avait procédé à une manœuvre laborieuse. Il utilisa cette fois un ingénieux système de poulies et de contrepoids. Son bonnet mis de travers tenait à peine sur sa tignasse embroussaillée. Même incurie pour la robe de chambre, élimée et malpropre, qu'il avait passée par-dessus une culotte de velours prune ornée au genou d'un nœud bouffant de satin rose. Une moitié de l'atelier était en ordre, l'autre un capharnaüm. Il portait sous le bras un objet plat et rectangulaire, enveloppé dans une couverture. Il l'appuya contre une poutre de la charpente, sous le toit de la pergola.

— Un nouveau tableau ? demandai-je.

— Chut ! fit-il effrayé.

— Mais qui peut nous entendre ?

Sans me répondre, il vérifia si j'avais bien refermé la trappe. Puis il ôta la couverture, et je ne pus retenir une exclamation, en reconnaissant un portrait du défunt duc Alessandro.

— Je croyais qu'il avait toujours refusé de se faire peindre !

Épouvanté, Jacopo me plaqua une main sur la bouche.

— Tais-toi, malheureux ! Ce n'est pas le moment de crier sur les toits que Jacopo a eu ce privilège. Oui, par deux fois le défunt duc est venu ici, seul, sans escorte, dans le plus grand secret. Comme il m'avait vu, la première fois, descendre et remonter à la main mon échelle, il voulut remplacer ce moyen rudimentaire et très pénible par cette machine facile à manier. Le prix du portrait ayant été convenu lors de sa première visite, il revint, en s'entourant de plus de précautions encore. Je dus lui jurer de ne jamais faire état de notre rencontre. Il était en tenue de grand deuil. Clément VII venait de mourir. Le fils naturel voulait, par ce portrait qu'il lui dédiait, rendre hommage à son père. Il ne me le dit pas positivement, partagé comme il était entre la fierté de son origine et la nécessité de préserver la réputation d'un pape. Son demi-aveu ne m'en parut que plus touchant. Il y a mieux, Agnolo. Tu vas être étonné. D'après le costume qu'il avait revêtu et la pose qu'il adopta, je compris qu'il voulait se racheter de ses mauvaises actions, apparaître aux yeux de la postérité comme le digne héritier de Cosimo l'Ancien et de Laurent le Magnifique. Il s'est assis dans ce fauteuil et n'en a plus bougé de toute la longue séance de pose.

Je fus surpris en effet de voir une image aussi inhabituelle d'Alessandro. Habillé d'une sobre houppelande noire serrée au cou, il n'est paré d'aucun bijou. Coiffé d'un béret noir que ne relève ni plume ni médaille, il dessine sur une feuille de papier le profil d'une nouvelle coupole qu'il veut offrir à Florence. Il ne porte aucune arme et, appliqué comme un écolier, tourne vers le spectateur un regard plein de gravité, comme pour le prendre à témoin de l'injustice qu'on lui fait en le traitant de débauché et de pervers, alors qu'il perpétue la tradition de mécénat de sa famille. Le décor dans son dos est aussi modeste que le costume : un mur en bois, une porte entrouverte dans ce mur. Je reconnus le mur de la pergola, et la porte du placard d'où Jacopo rapporta deux assiettes, une seule fourchette et une omelette froide dont il m'offrit la moitié.

— Le duc est mort avant de faire prendre le tableau et de signer la feuille de paiement. J'ai peur, si je le garde ici…

— Personne ne montera sans ta permission.

— Comment en être certain ? Les exilés vont rentrer à Florence et arriver au pouvoir. Suppose qu'ils connaissent l'existence de ce portrait. Pour extirper jusqu'au souvenir de l'homme qu'ils exècrent, ils enverront des agents fouiller mon atelier... Il n'y a pas de cachette ici... Aucun endroit n'est sûr... Je serai perdu... Toi seul peux me sauver, Agnolo, toi seul...

Il avait échafaudé une combinaison des plus biscornue. En quoi pouvais-je le « sauver » ? Il n'avait qu'à le brûler, son tableau, ou à en faire de la charpie, s'il avait peur qu'on le lui impute à crime. Ainsi pensais-je dans ma naïveté, sans savoir qu'aucun artiste ne se résout à supprimer un ouvrage sorti de sa main. Michel-Ange avait l'intention de détruire sa *Pietà* de Florence. La jambe du Christ est ratée, un bras tout de travers. Il brisa quelques morceaux de la statue, mais permit à son assistant de les récupérer. Celui-ci les fixa avec des pivots de métal et dissimula les cassures sous des applications de stuc et de résine. Michel-Ange est mort, la *Pietà* est toujours là.

Jacopo m'exposa son plan avec cette précision méticuleuse qu'on n'observe que chez les esprits dérangés.

N'avait-on pas souvent remarqué, me dit-il, la parenté de nos deux styles ? Même aux amateurs les plus avertis il arrivait de se tromper. Ils lui attribuaient à lui, Jacopo, certains tableaux que j'avais peints, moi, erreur d'autant plus excusable qu'ils savaient que j'avais été à son école. « Dommage que tu aies été si maladroit avec la Galatée. Nous les aurions joués sous jambe », ajouta-t-il en riant. Comme il s'agissait aujourd'hui d'un portrait, genre qui m'allait mieux, il avait pleine confiance dans son stratagème. Dans l'art du portrait, il était fier de m'avoir communiqué sa manière. Il me considérait comme le meilleur élève qu'il eût jamais eu (il me flattait), susceptible même de le surpasser tout en restant fidèle au goût et au savoir-faire qu'il m'avait enseignés. La pose de biais, les mains au premier plan, le pli de la bouche creusé aux commissures des lèvres, le regard lointain, l'accent mélancolique, les teintes brunes et sombres, dix autres détails que je lui avais empruntés prouvaient la filiation.

— Ton magnifique (il me flattait encore) *Portrait de jeune homme à la plume d'oie*, j'ai dû batailler pour t'en faire restituer la paternité, après que Bonaccorso Pinadori, son propriétaire, eut tenté, pour le revendre plus cher, de le faire passer pour mien. « Non, non, ai-je protesté, ce n'est pas un Pontormo, c'est un Bronzino ! Apprenez à reconnaître le plus prometteur de nos jeunes peintres ! Bronzino, fourrez-vous ce nom dans la tête, messire Bonaccorso ! » Eh bien ! mon cher fils, poursuivit-il en me prenant les mains, puisque nous sommes si proches qu'on nous prend facilement l'un pour l'autre et que nous sommes une aubaine pour le marché de l'art, qui t'empêche d'emporter ce portrait et de le présenter comme une œuvre à toi ?

— Merci pour le cadeau ! m'écriai-je, sidéré d'une telle perfidie.

— Attends, tu n'as rien à craindre de ce tour de passe-passe. Tout le monde sait à Florence que je ne peins qu'à ma guise et que personne, même un duc, ne peut forcer ma volonté ni m'imposer une commande. Pour toi, mon cher Agnolo, c'est différent. À ton âge, on obtempère. Tu n'as qu'à dire qu'Alessandro t'avait obligé sous peine de prison à faire son portrait. On t'accordera, sans l'ombre de difficulté, que tu n'avais aucune possibilité de lui désobéir.

Il s'interrompit pour avaler la seconde moitié de l'omelette à laquelle je n'avais pas touché. Sans s'essuyer la bouche, il reprit :

— Récapitulons. Retiens bien la tactique à suivre. Premièrement, tu fais passer le tableau pour tien. Étends dessus une couche de vernis d'une autre composition que celui que j'emploie.

— Dois-je le signer ? demandai-je avec un accent d'ironie qu'il ne releva même pas.

— Surtout pas. Dans cent ans, si l'on s'avise qu'il est de moi, ta signature empêcherait de me le restituer… Deuxièmement, puisque tu as été soumis à un ordre qu'on ne discute pas, tu ne peux être rendu coupable de l'avoir peint. Aucun juge ne te poursuivra : ils auraient trop peur d'être inculpés eux-mêmes d'inciter les peintres à la désobéissance.

En vain protestai-je contre une méthode aussi peu loyale. Il ajouta, pour me convaincre de ne pas différer la supercherie, que le format du tableau me permettait de l'envelopper dans ma cape et de l'emporter sans délai. Bref, il m'entortilla si bien que je redescendis l'échelle avec le portrait sous mon bras.

32

Un despote sur le trône

Un assassin ne pouvant régner (accusé de régicide par le parti fidèle aux Médicis et menacé de mort, Lorenzaccio se cachait d'ailleurs à Venise), à qui reviendrait la succession ? Les Quarante-Huit du Grand Conseil de Florence se réunirent chez le cardinal Cibo mais ne réussirent pas à s'entendre. Une république ? Beaucoup la souhaitaient. Mais qui la dirigerait ? Niccolò Acciaioli, Francesco Vettori, Matteo Niccolini émirent des prétentions qui se neutralisèrent mutuellement. Une oligarchie censitaire ? Un gouvernement collégial, renouvelable de six mois en six mois ? La confusion augmenta, d'autant plus que, de Venise, Filippo Strozzi, Baccio Valori, Filomeno dell'Orto et d'autres exilés avançaient leurs exigences. Le peuple grondait. En me promenant dans les rues, j'entendais sortir des boutiques et des ateliers un raffut de voix irritées :

— Si vous ne savez à quoi vous résoudre et qui mettre à la tête de Florence, appelez-nous à la rescousse, nous les travailleurs, de qui découle la richesse publique.

Le spectre des Ciompi hantait les mémoires. Ces ouvriers de la laine avaient un siècle et demi plus tôt donné l'assaut au palais de la Seigneurie, tué le chef de la police, brûlé des maisons, pillé le trésor communal. Pour empêcher une émeute, le cardinal Cibo réunit une nouvelle fois le Grand Conseil et proposa d'élire le fils naturel d'Alessandro. Chacun se mit à rire, car celui dont on mentionnait le nom n'avait que trois ans, et c'était trop ostensiblement remettre, non seulement la tutelle, mais toute la puissance aux mains du cardinal. Alors Francesco Vettori se leva et proposa un autre Médicis dont il garantissait la valeur.

— Un Médicis ?

— Encore un Médicis ?

— Il n'en est pas question.

Palabres et criailleries à ne plus finir.

— Mais celui que je vous propose s'appelle Cosimo, comme l'illustre fondateur de la lignée. N'est-ce pas une caution suffisante ?

Ce nom eut un effet magique. Cosimo l'Ancien était resté dans notre histoire sous l'épithète superlative de « *Pater Patriae* » qu'on avait gravée sur sa tombe, parce qu'il avait sauvé la ville des factions, régné selon la justice, créé la banque, développé le commerce, protégé Masaccio, financé la coupole de Brunelleschi, commandé la *Judith* à Donatello, recueilli à sa cour les savants grecs chassés de Constantinople par le sultan, assuré le rayonnement intellectuel et artistique de Florence non moins que sa prospérité matérielle.

— Quel âge a votre Cosimo ?

— De qui est-il le fils ?

Ce prince n'avait que dix-sept ans, et son âge parut une dernière objection. C'était le même garçon que Jacopo avait peint deux ans plus tôt en hallebardier, dans une pose et avec une mine provocantes. Mais la crainte d'un soulèvement populaire et l'espoir d'éduquer un si jeune homme aux principes du bon gouvernement décidèrent de son élection. Il n'était pas, comme Alessandro, un bâtard. Un sang très pur coulait dans ses veines. Son père, Giovanni de Médicis, descendant en droite ligne du frère de Cosimo l'Ancien, avait été un condottiere si vaillant et si aimé de ses soldats, qu'après qu'un boulet de fauconneau l'eut emporté sous les murs de Pavie, ceux-ci ne voulurent plus quitter les couleurs du deuil. Pour cette raison, on ne l'appelait depuis sa mort que « Giovanni des Bandes Noires ». Son épouse, Maria Salviati, femme pieuse et d'irréprochable vertu, entrée après son veuvage dans le tiers ordre dominicain dont elle portait l'habit et le voile, jouissait d'une haute considération dans la ville. Elle ne pouvait avoir inculqué à son fils que de bonnes et saines règles de conduite.

Le 28 février arriva un privilège de l'empereur Charles Quint, confirmant que la ville et le duché de Florence appartenaient au seigneur Cosimo. Celui-ci, à l'heure où j'écris, continue à exercer le pouvoir. Promis à une longue vie, plus jeune que moi de seize ans, il est probable qu'il me survivra. Dès ses débuts, il déçut les espoirs, inaugurant son règne par de cruelles représailles. Les *fuorusciti* réfugiés à Venise, hostiles à toute forme de gouvernement qui ne fût pas républicaine et décidés à chasser Cosimo du trône avant qu'il ne l'eût affermi, avaient réuni six mille fantassins et trois cents cavaliers. Ils marchèrent avec cette armée sur Florence, sûrs de pouvoir renverser un prince encore si inexpérimenté et fragile. Leurs plans ayant été déjoués, ils se firent surprendre et battre à Montemurlo, sur les contreforts de l'Apennin. Les chefs se rendirent, sur promesse qu'ils auraient la vie sauve. Conduits prisonniers à Florence, ils furent exposés à la foule, Baccio Valori décapité sans procès, Filomeno dell'Orto pendu à la fenêtre de son palais, le richissime Filippo Strozzi jeté dans un cachot pendant qu'on calculait le montant de sa rançon proportionné à sa fortune. Cosimo, qui craignait de tomber sous les coups d'un tueur à gages payé à prix d'or, fit égorger le banquier dans sa prison. La vengeance du jeune duc n'épargna aucun de ceux qui s'étaient rebellés contre les Médicis. Il envoya à Venise des sicaires les assassiner un par un. Seul Lorenzaccio était si bien caché qu'il échappait à toutes les recherches.

Michel-Ange avait jadis sculpté pour Baccio Valori un *Apollon* nu extrêmement gracieux (gracieux pour Michel-Ange). Cosimo profita de l'anathème jeté sur son propriétaire pour confisquer la statue avec ses autres biens. Il l'exposa, pour sa délectation particulière, dans une salle privée de son palais, à côté du *Bacchus* de Jacopo Sansovino. Plus tard, il compléta cette collection de beaux éphèbes par le *Ganymède* et le *Narcisse* de Benvenuto. De pareils choix ne sont-ils pas bien curieux, de la part d'un homme qui s'est montré si sévère sur les mœurs ? Nous en savons quelque chose, nous qui avons si longtemps espéré qu'avec une telle prédilection pour ce genre de statues il partageât (ou pour le moins admît) les goûts de leurs auteurs. Ce serait un comble, pensions-nous, que de condamner les sentiments d'où procèdent les œuvres qu'on admire. Mais, soit parfaite sincérité et penchant spontané de sa nature, soit profonde dissimulation, le duc resta intolérant. Nous n'avons jamais pu inférer de son admiration pour les Apollons, les Bacchus, les Ganymèdes et les Narcisses quand ils sont de marbre, qu'il portât le moindre intérêt à leurs modèles de chair ni les rêvât sous d'autres formes que métamorphosés en sculptures. À quelle inspiration celles-ci doivent leur beauté, pourquoi semblent-elles de chair et non de marbre, en eut-il jamais le soupçon ?

S'il a effacé la honteuse parenthèse d'Alessandro, l'éclat qu'il a rendu à sa famille est à jamais terni, d'abord par l'assassinat déloyal de ses premiers adversaires, ensuite par la tyrannie avec laquelle il gouverne. En tant qu'artistes, pourtant, nous aurions toutes les raisons de le louer et de nous féliciter de vivre sous le règne d'un aussi grand mécène. Il a fait construire ou aménager une série de monuments et d'institutions qui ont transformé Florence : la galerie des Offices pour les bureaux de l'administration, le salon des Cinq-Cents dans le palais de la Seigneurie pour les audiences et les bals, le palais Pitti et les jardins Boboli de l'autre côté du fleuve, le corridor couvert au-dessus du Ponte Vecchio pour aller d'une de ses résidences à l'autre sans passer par la rue. Il fit creuser en outre le port de Livourne, assez profondément pour accueillir les vaisseaux de haut bord, dont nos sculpteurs sur bois ont orné les proues de belles figures de dauphins et de sirènes.

Bronzino ose à peine le dire, mais la suite de son récit le forcera à l'avouer : lui-même a été un de ceux qui ont bénéficié le plus amplement des largesses de Cosimo. Plusieurs de ses tableaux ont enrichi la collection personnelle du duc. Il n'ignorait pas une des raisons qui dictaient cet intérêt pour les arts : en multipliant les dépenses publiques pour embellir la ville, le duc travaillait au renforcement de son pouvoir. Les historiens ont confirmé la sévérité de ce jugement. Haro sur l'autocrate ! Mais les esprits indépendants, qui se moquent du politiquement correct, les esprits libres, que l'absence de préjugés fait passer pour cyniques, ont souligné les avantages indirects d'un tel despotisme. Sans démentir la cruauté de Cosimo, ils ont eu l'insolence de s'en réjouir. Stendhal, par exemple, affirme que les « haines profondes », les « méfiances éternelles » suscitées par le duc (qui ne mourut qu'en 1574, deux ans après Bronzino) furent le stimulant qui donna « tant d'esprit et de courage aux Italiens du XVIe *siècle, et tant de génie à leurs artistes ».*

Trois ans après son accession au trône, je me souvins du portrait d'Alessandro. Effrayé de le garder chez moi, même si je l'avais recouvert d'une bâche, tremblant d'être dénoncé par un visiteur plus curieux, puisque, à la différence de Jacopo, j'ouvrais mon atelier aux inconnus comme aux amis, j'apportai au palais cette dangereuse pièce à conviction. Sans vouloir dénoncer Jacopo, je me jetai aux pieds du duc, déjà marié à cette époque. Après lui voir avoué que j'étais l'auteur du tableau, j'implorai de sa miséricorde le pardon d'un péché de jeunesse.

— Ne crains rien, me dit le duc en me relevant. Je vais le placer dans mes collections. Après tout, c'était un Médicis, bien qu'enfant bâtard. Une de mes tâches, après tant d'années de désordres et de bouleversements, est de rétablir l'unité de notre maison. Affirmer la continuité de notre dynastie, voilà ma priorité. Me saisir et tirer vengeance de l'impudent qui a osé porter la main sur un des nôtres, n'est-ce pas le moins que je puisse faire ? Michel-Ange y est allé un peu fort, ne trouves-tu pas ? Accoler à ce traître de Lorenzaccio le surnom de « nouveau Brutus » ! Allons donc, ce ne fut qu'un fourbe et un criminel. Mes espions le tiennent à l'œil, crois-moi. Il ne sort à Venise qu'escorté de quatre gardes attachés à son service. N'empêche, il ne perd rien pour attendre, ajouta-t-il d'un air finaud. On ne pourra pas me reprocher d'encenser un assassin.

Il l'a si peu encensé que, dix ans plus tard, quand personne ne se souciait plus de son crime, presque oublié à Florence ou rangé dans les aléas de l'histoire, il l'a puni au sang. Deux sbires réussirent à poignarder Lorenzaccio pendant la seconde où, descendant de gondole, il sautait sur le quai sans protection.

— Sais-tu ? reprit le duc. Le portrait que Jacopo a fait de moi en hallebardier quand je n'avais que quinze ans est bien plus compromettant. Il pourrait en coûter cher à Jacopo de m'avoir donné cette mine canaille. À l'époque, je n'avais aucun espoir de monter sur le trône. J'étais quand même un Médicis ! Le pauvre Jacopo n'a aucun sens politique. Je crois que sous ce rapport tu es plus futé. Récupère le tableau dans son atelier, toi qui es le seul, dit-on, à pouvoir s'y introduire, et apporte-le-moi. Il sera ici en sûreté. Je l'aime parce qu'il est bien peint. Un bel ouvrage aura toujours ma faveur. Bien entendu, tu t'arrangeras pour que le chef de ma police ne soit pas présent quand tu me le livreras… Ah ! encore une chose… Mon portrait à quinze ans inquiéterait la duchesse… Elle se poserait des questions… Je le mettrai dans un cabinet attenant à ma chambre, petite pièce sans fenêtre où elle n'entre jamais. Pas un mot à la duchesse d'un secret qui doit rester entre nous !

33

Je change de quartier et de famille

Avant de raconter quelle place j'ai occupée dans l'histoire de ce règne, je dois – quitte à revenir de quelques mois en arrière dans mon récit – parler de plusieurs événements de ma vie privée. L'un, qui a précédé de peu l'avènement de Cosimo, m'a rendu très heureux ; deux autres m'ont laissé dans la tristesse et le deuil ; tous se rapportent à la peinture et à mon art autant qu'à ma vie privée.

Mes liens avec la famille Allori s'étaient resserrés depuis que Maurizio, sur ma demande, m'avait quitté. Ce compagnonnage ne menait à rien – ce qui ne veut pas dire que, réduit au spécifique des écoliers, qui désarme momentanément l'excitation tout en redoublant le désir de l'utiliser mieux, je n'aspirais pas à un amour durable. Le pauvre garçon vécut comme un drame cette séparation que j'appelais : « fin d'une relation » et lui : « rupture », avec une emphase qui le perdit. En plein désarroi, s'estimant trop peu de chose pour devenir orfèvre, il s'engagea comme mitron chez un boulanger qui le punit, par mille vexations, de sa petite toque de velours posée de côté sur sa tignasse blonde et de son apparence efféminée. Ainsi semons-nous derrière nous, chaque fois que nous montons d'un échelon vers le but auquel nous étions destinés, des victimes dont nous ne sommes pas responsables.

Comme ils m'entendaient me plaindre de l'étroitesse et de l'inconfort de mon logis aménagé sous la toiture, glacial l'hiver, étouffant l'été, où je manquais d'espace et de lumière, les Allori mirent à ma disposition, au-dessus de l'armurerie, un appartement composé d'une chambre à coucher et d'une pièce d'angle. Aérée par deux fenêtres, celle-ci était assez vaste pour me servir d'atelier. Un autre motif me poussait à abandonner mon quartier, un des plus populaires de Florence et des moins indiqués pour mes ambitions. J'avais trop souffert de n'être que le fils d'un boucher. Élevé dans un faubourg, je faisais partie de la plèbe, et à tout moment on pouvait me le reprocher. Via dell'Arte della Lana, j'entrais dans un nouveau monde. Des fenêtres, je voyais l'église Orsanmichele, qui est à mi-chemin des deux édifices les plus prestigieux de notre ville, la cathédrale (le « bel San Giovanni » de Dante) et le palais de la Seigneurie. Équidistante du pouvoir religieux et du pouvoir politique, cette adresse faisait de moi *quelqu'un*. À moins d'être comme Jacopo une force aveugle qui ne tient compte de rien autour de lui, un peintre ne trouve de clients que dans les milieux de pouvoir et d'argent. Je n'étais pas un sauvage comme Jacopo, je manquais de son entêtement superbe. Les projets que je commençais à mûrir avaient besoin d'un cadre approprié.

Les seuls obstacles auraient pu être : premièrement, l'attitude de Dianora à mon égard, son obstination à vouloir me marier, un *homme sans femme* étant pour elle aussi inconcevable qu'une épée sans fourreau ; deuxièmement, la jalousie de Cristofano. Je trouvai le moyen de contourner ces deux obstacles, en avouant à demi-mot, par des allusions glissées çà et là, sans trop me compromettre, que Benvenuto ne m'avait pas enrôlé dans sa société seulement pour m'apprendre l'orfèvrerie.

« Je n'avais que dix-neuf ans », disais-je en manière d'excuse, quand j'étais sûr qu'ils avaient compris ce que j'avais suggéré.

Dianora, que la fable d'Adriana ne trompait plus, n'arrivait pas à se convaincre que j'étais perdu pour les femmes. Elle s'obstina à me présenter des jeunes filles *à ma main.* Elle employait la même expression que pour l'arme *à ma main* qu'elle m'avait vantée le jour où j'étais entré pour la première fois dans l'armurerie. Enfin, trop intelligente pour se duper longtemps et trop généreuse pour me tenir rigueur de ce qu'elle appelait mon infirmité, elle admit, bien qu'à contrecœur, les raisons de mon célibat. Cessant de chercher à me rendre son sexe plus aimable, elle ne fit plus aucune tentative pour me ramener dans la bonne voie.

Ayant observé que les femmes, flattées au fond qu'on leur emprunte un peu de leur caractère, surmontent sans trop de peine le préjugé, mais que l'orgueil masculin supporte mal qu'un homme dans la force de l'âge n'exerce pas pleinement son rôle *viril*, je craignais davantage la réaction de Cristofano.

À mon grand soulagement, la tactique que j'avais adoptée eut encore plus de succès avec lui. L'unique défaut, si je puis dire, de cet homme excellent, était d'être jaloux sans raison. Travaillant toute la journée à fourbir et vérifier le fonctionnement de ses armes, il ne levait la tête de son établi que pour glisser un œil vers sa femme et en surveiller les relations. Sans doute à cette méfiance et suspicion perpétuelle devait-il son humeur constamment taciturne. Dianora, bien qu'elle fût beaucoup plus jeune que son mari, ne l'avait jamais trompé, étant trop dévote pour écouter son instinct. Mais la jalousie est une passion qui se nourrit du moindre indice, et, quand elle n'en trouve pas, au lieu de conclure qu'elle est sans fondement et qu'il n'est point lieu de s'inquiéter, suppose des pièges si adroitement tendus qu'ils échappent à la vigilance le plus tatillonne. Boccace avait répandu l'idée qu'aucune fille d'Ève, jeune ou moins jeune, vierge ou mariée, ne résiste à une aventure. À lire le *Décaméron*, on croirait que la fidélité est aussi rare que la licorne : si le galant ne trouve pas le stratagème, c'est la fausse prude qui échafaude la rouerie. Prétendant qu'elle « succombe », elle a tout manigancé.

Imbu de ces historiettes, Cristofano ne m'eût pas ouvert sa maison avec une telle libéralité, si ce qu'il m'entendait dire de ma familiarité avec Benvenuto n'avait désarmé ses soupçons. Je n'étais pas pour lui un rival dangereux, si j'avais fait partie de cette bande. Classé bougre, je n'étais pas un rival du tout. Pour me témoigner sa confiance, il me permit d'être le parrain de leur quatrième enfant.

Après les aînés, prénommés Alessandra, Sebastiano et Lorenzo, ce garçon fut baptisé Alessandro. Le duc Alessandro régnait encore, et il était d'usage, dans la bourgeoisie de commerce et d'affaires, de se concilier les grâces du prince par un hommage indirect qui lui agréait fort. Je me pris d'une grande tendresse pour cet enfant, qui de son côté me marqua beaucoup d'attachement. Dianora, désintéressée et compatissante, essayait de compenser ce qu'elle appelait ma « triste et stérile solitude » en multipliant les occasions d'exercer mon instinct paternel. Dès que j'arrivais pour peindre, elle m'envoyait le petit Alessandro, qui contracta l'habitude de s'asseoir dans un coin de mon atelier et de suivre les progrès de mes travaux, avant d'être capable, quand il fut plus âgé, de nettoyer mes pinceaux et de me préparer les couleurs. Plus avancé dans les années, il me questionnerait sur les grands peintres de Florence. Dianora me confiait son fils, et nous partions ensemble, main dans la main, visiter les lieux où leur art s'était épanoui. Je l'emmenais dans toutes les églises et dans tous les cloîtres, sauf à la Santissima Annunziata. *La Visitation* de Jacopo fut le seul chef-d'œuvre dont il resta privé. J'aurais été dans l'embarras, s'il m'avait interrogé au sujet de ce petit garçon à peu près de son âge, exposé tout nu au premier plan d'une scène religieuse, et dans une pose si indécente.

Il eut envie de dessiner. Je mis un cahier sur ses genoux et un crayon dans sa main. Il copia les chevaux des Rois mages peints par Benozzo Gozzoli au palais Médicis, puis le chameau de Rébecca sculpté derrière le maître-autel d'Orsanmichele. Jusque dans ses maladresses il montrait des dispositions remarquables. Plus un modèle est simple, plus il est difficile de le rendre, car il rata complètement le paon de Ghirlandaio dans le réfectoire du couvent de San Marco. L'oiseau fut pourvu d'une queue deux fois plus longue qu'elle n'est en réalité. Au lieu d'en reproduire la sinuosité élégante, il la fit droite et raide. Enfin il dessina, avec une certaine habileté, un profil de son père, du côté de la balafre.

J'hésitai à lui en faire compliment, car la coutume à Florence est de ne représenter de profil que les morts, et je ne voulais pas effrayer l'enfant.

— Dessine-moi ton père de face, lui dis-je.

Pendant qu'il mouillait son doigt pour tourner une page dans son cahier, je subtilisai son premier essai pour le jeter dans la corbeille.

Cette vie heureuse et sans histoire s'interrompit brutalement. Quelle n'eût pas été la terreur de l'enfant s'il avait pu penser que le profil dessiné de sa main avait une valeur prémonitoire !

Pris du caprice soudain de posséder une épée de parade enjolivée de brillants, le duc Alessandro avait envoyé son favori dans l'armurerie réputée la meilleure de la ville. J'eus ainsi l'occasion de me faire une idée personnelle de Lorenzaccio. Le dépeindre dénué de scrupules ne suffirait pas. Il y avait dans son caractère les éléments d'une dépravation plus profonde. Pendant qu'il discutait avec Cristofano le prix et la décoration du pommeau, il s'adossa à une table où il vola un poignard qu'il dissimula dans la poche arrière de ses chausses. Puisant à discrétion dans les coffres de son maître, il était assez riche pour s'acheter la boutique tout entière, mais un article n'avait pour lui de saveur que s'il était acquis par la fraude. Seul le *galérable* avait de l'attrait pour lui. Je crois qu'il n'eût jamais commis de crime si le crime avait fait partie des activités permises.

Le larron parti avec son larcin, Cristofano s'appliqua à honorer une commande si profitable à sa renommée. L'épée terminée, il sortit un soir, malgré l'heure tardive, pour la livrer au palais et recevoir la somme stipulée. C'était une des pièces les mieux ouvragées qu'il eût jamais faites. Le pommeau d'ivoire était incrusté de pierres précieuses, la bouterolle du fourreau en or massif. Des inconnus masqués se lancèrent à sa poursuite, l'acculèrent dans une rue sombre, le poignardèrent et s'enfuirent avec l'épée. Pour comble de perversité – laquelle peut être interprétée de diverses façons –, ils lui retirèrent ses braies, en sorte – et c'est le premier sens qu'on donnera à leur geste – qu'il eût honte de se traîner nu par la ville et plutôt que d'encourir un tel déshonneur se laissât mourir sur place. Mais Cristofano était de la trempe à ne pas rougir comme un premier communiant. Il eut la volonté et la force de se traîner jusque chez lui et d'appeler à l'aide. Dianora entendit ses cris et me réveilla. Il avait perdu trop de sang et agonisait quand nous fûmes en mesure de le secourir. Il expira dans les bras de sa femme. Je reconnus l'arme du meurtre. Le poignard homicide encore enfoncé dans son dos était celui que lui avait volé Lorenzaccio.

Comme aucun des enfants n'était en âge de se conduire par lui-même, Dianora accepta ma proposition de les adopter et de pourvoir à leur éducation jusqu'à leur majorité. Je quittai définitivement la via Sant'Egidio pour m'installer via dell'Arte della Lana, au second étage de la jolie maison à pan coupé. L'appartement indépendant dont j'avais désormais la pleine et exclusive disposition, aménagé au-dessus de l'oratoire et embaumé par les fleurs dont Dianora renouvelait le bouquet, était tout à fait de mon goût, malgré le tapage nocturne des vigiles à qui les grandes familles distribuaient du vin pour les mettre de bonne humeur pendant leurs rondes. Mes anciens calculs se sont avérés : habiter une rue du centre, afficher une adresse aussi flatteuse ne me fut pas d'un médiocre soutien quand le nouveau duc eut à choisir son peintre de cour.

Je prévois tout ce que la postérité retiendra à charge contre moi. Mes ennemis ne se feront pas faute de souligner, outre les avantages politiques que j'ai retirés de mon déménagement, celui que m'ont procuré le bien-être et le confort d'un foyer bourgeois. Dianora me gâtait. Elle assurait mon entretien, mes repas. Elle ravaudait mes bas, cousait mes chemises. Elle montait chaque soir remplacer par des neuves les bougies consumées. Si j'étais malade, elle m'envoyait un médecin. M'entendait-elle seulement tousser, qu'elle m'apportait un des élixirs ou baumes de la pharmacie de Santa Maria Novella. Comment être insensible à ces commodités ? Elles m'agréaient d'autant plus qu'elles profitaient à mon travail. Délivré pour la première fois des servitudes ménagères auxquelles j'étais astreint via Sant'Egidio, j'envisageais avec bonheur de me consacrer entièrement à mon art, tout en jouissant de l'appui d'une famille et de la présence d'un jeune enfant à instruire. Je continuerais à vivre *seul*, mais je ne serais plus *isolé*. Peindre, créer serait le *choix* du *solitaire*, au lieu de n'être que le *refuge* de l'*esseulé*.

Pour donner plus de solennité à ma décision, et aussi pour la présenter au quartier comme une initiative désintéressée, exempte de vues sur une veuve détentrice d'un joli capital, je me rendis avec Dianora et plusieurs voisins chez un notaire devant lequel je me déclarai prêt à entrer dans cette famille mais seulement en qualité de subrogé du père, sans remplir les fonctions de mari ni toucher à la fortune réservée aux enfants.

Je n'ai usé de ma nouvelle autorité que pour débarrasser la maison d'un certain Corrado Lamberti, négociant en étamine et fieffé parasite, dont Dianora ne se méfiait pas assez, abusée par son ton melliflue et ses airs de saint homme. Les fadaises qu'il débitait aux enfants me paraissaient très nuisibles au développement de leur esprit. Capitaine de la confraternité du Saint-Sacrement, il leur enseignait toutes sortes de prières, l'oraison de saint Alexis, les lamentations de saint Bernard, le panégyrique de saint François, les laudes de dame Mathilde et je ne sais combien d'autres sornettes. Il se faisait payer ses bons offices en repas copieux, goinfreries de viandes et vins fins. Dianora, à qui je ne savais comment ouvrir les yeux, lui préparait en outre de menus cadeaux, qu'elle disposait sans méfiance autour de son couvert.

Enfin l'occasion me fut donnée de démasquer sa tromperie. Pour se vanter d'être célèbre également à l'étranger, il prétendit (c'était un jour de mars, après le 19, on verra plus loin pourquoi je me rappelle le mois et le jour précis) être revenu de Bruges, d'où il avait rapporté des coupons d'une étamine de laine qu'il étala devant Dianora comme une nouveauté extraordinaire dont elle palpa les rayures en le félicitant de son choix. Sa réputation de prédicateur l'ayant précédé, on l'avait prié, ajouta-t-il, de prononcer dans la cathédrale Notre-Dame le sermon du dimanche. Il avait prêché avec un tel succès, et embrasé d'un tel zèle les béguines, qu'elles avaient ôté leurs sandales pour se faire aussi pauvres que Jésus-Christ.

— Qui sont ces béguines ? demanda Dianora, émerveillée.

— C'est le nom qu'on donne là-bas aux sœurs vivant en communauté, parce que la coiffe qu'elles s'attachent sous le menton par une bride se nomme béguin.

— Ce doit être un joli spectacle que des religieuses coiffées de la sorte !

— En sortant de Notre-Dame enflammées par mon prêche, elles distribuèrent leurs sandales aux mendiants rassemblés sur le parvis.

— Eh bien vous mentez, messire Lamberti, m'écriai-je, exaspéré de voir Dianora si crédule.

À Florence, nous sommes bien instruits de Bruges, depuis que des marchands de cette ville ayant commandé à Michel-Ange la fameuse *Vierge à l'Enfant*, la statue y fut apportée il y a une trentaine d'années par une délégation composée du gonfalonier en personne et de huit membres du Grand Conseil : événement mémorable que mirent à profit les chroniqueurs pour nous détailler en long et en large les us et coutumes si particuliers des Flandres. Lamberti avait dit vrai sur un point mais, insuffisamment renseigné, s'était coupé sur tant d'autres que je n'eus aucun mal à le confondre.

— Vous mentez. Les béguines ne peuvent pas ôter leurs sandales et les distribuer aux mendiants, car en prononçant leurs vœux elles s'engagent à ne marcher que pieds nus. Le jour où elles prennent le voile elles allument un bûcher dans leur jardin et y jettent les chaussures en leur possession, de quelque nature ou forme qu'elles soient, ainsi que leurs bas et tout ce qui les empêcherait de fouler la poussière.

— Ce n'était qu'une image, bredouilla le fourbe.

— Et de plus, seul l'évêque de Bruges est habilité à prêcher dans la cathédrale Notre-Dame. Les mendiants sont proscrits les jours de sermon et ne peuvent se réunir sur le parvis. Vous n'êtes jamais allé à Bruges, vous n'y avez jamais prêché. Quant à votre lot d'étoffes nouvelles, il provient du solde de la Saint-Joseph organisé comme chaque année le 19 mars au marché de Sant'Ambrogio.

Honteux, il déguerpit et n'osa plus jamais reparaître.

34

Morts de Rosso et de Parmigianino

Après l'assassinat du mari de Dianora, deux autres malheurs vinrent attrister mes débuts à la cour. J'appris, par un ami de Benvenuto revenu de France, le suicide de Rosso Fiorentino. La nouvelle me bouleversa sans m'étonner. En revenant de Pesaro à Florence, je m'étais arrêté, comme je l'ai dit, à Sansepolcro, pour le saluer dans son refuge provisoire. J'ai raconté notre entrevue dans le misérable logis prêté par ce ladre d'évêque, le déclin physique et mental de Rosso, l'impression pénible que j'en avais éprouvée. La *Déposition*, si macabre, aux teintes si grisâtres, si brunâtres, cette figure profanatrice de singe parmi les adorateurs de la Croix, ce faciès de grenouille encore plus sacrilège dont il avait affublé la Vierge, autant de grimaces et de blasphèmes dénotant un homme à bout, encore malade de ce qu'il avait subi pendant le sac de Rome. Ces grumeaux de corps exsangues agglutinés dans la pénombre, ces larves terreuses traduisaient son délabrement.

Peu après ma visite, il avait reçu une invitation des plus flatteuse. Le roi de France en personne lui offrait un séjour à sa cour. Malgré la fatigue du voyage, Rosso avait pensé que les nouveautés à découvrir, les curiosités multiples que présente un pays étranger aideraient à sa convalescence. Mais le changement d'air et d'habitudes, la société de nouveaux amis, le travail au service de nouveaux maîtres ne lui avaient apporté qu'un soulagement éphémère. Non pas qu'il eût été traité avec désinvolture par François Ier ni chichement rémunéré ; au contraire, il obtint du monarque des égards et des largesses à hauteur de ses ambitions. Nommé chanoine de la Sainte-Chapelle, logé au palais du Louvre dans l'aile fraîchement ajoutée, largement pourvu de serviteurs et de chevaux, il menait le train d'un seigneur – trop grand train, sans doute, pour un homme mortifié et blessé qu'on pensât à le guérir par la vanité des honneurs.

Quelque temps avant de se tuer, il avait peint à fresque pour la galerie du roi dans son château de Fontainebleau une douzaine de scènes mythologiques, que François Ier environné de sa cour était venu inaugurer. Sa Majesté s'était arrêtée plus longuement devant la *Mort d'Adonis*, peinte comme un suicide (entorse significative à la fable, puisque les Grecs, selon Ovide, faisaient du jeune homme la victime accidentelle d'un sanglier furieux). Le roi avait prodigué plus de félicitations à ce panneau qu'un peintre n'a l'habitude d'en recevoir. Les éloges furent suivis d'une substantielle hausse de sa pension. Les courtisans firent chorus et, attroupés devant cette fresque sans même regarder les onze autres, redoublèrent de compliments et de flatteries. Mais à un organisme atteint dans ses fonctions vitales il ne faut pas appliquer les mêmes remèdes qu'à une gorge enrhumée. Ces faveurs bruyantes, ces louanges inappropriées à une peinture funèbre, ce remue-ménage d'exclamations convenues sans prendre garde au sujet, ce climat de gaieté insouciante qui entoure les festivités mondaines, furent plus que ce que Rosso pouvait supporter. Cette fresque était entre toutes admirable, selon l'ami de Benvenuto qui m'en rapporta une gravure à laquelle manque la touche sépulcrale ajoutée par les couleurs mortes, admirable mais d'un caractère si lugubre (même sans couleurs, en effet) qu'un accueil moins jovial eût été moins blessant pour le peintre. Jamais agonie plus pathétique n'avait été imaginée. Le corps renversé en arrière est agité de soubresauts. Des convulsions secouent les jambes. Un des bras est retombé, inerte, l'autre bat l'air dans un mouvement désespéré. De sa bouche grande ouverte et déformée par le hurlement, il lance un cri sauvage… Rosso eût préféré des critiques, d'où son orgueil eût tiré vanité, des questions sur le détournement du mythe raconté en détail dans *Les Métamorphoses*, plutôt que d'obtenir pour cet ouvrage une reconnaissance superficielle des cavaliers et des seigneurs de la suite du roi.

Au lieu des bavardages frivoles qui l'exaspérèrent, il s'attendait à quelques instants d'attention sinon de recueillement. Il espérait au moins que par un silence de politesse on reconnût ce que pareille fresque lui avait coûté de souffrances. Intolérables lui parurent la bonhomie complimenteuse des courtisans et leur gaieté de commande. Ils ne cessaient de faire remplir leurs verres des meilleurs vins de Touraine et de trinquer à la santé des jolies femmes présentes. La centaine de florins ajoutée à sa pension ne fut pas appréciée davantage. C'était nier sa douleur, que de croire qu'on pouvait l'émousser à prix d'or.

Pour se tuer, il s'entoura du même décor et prit la même pose que son Adonis. Il quitta le château en secret, s'enfonça dans la forêt sous les chênes centenaires, se déshabilla entièrement, ce qui eût été incompréhensible sans la volonté de s'identifier au personnage de sa peinture, se coucha par terre, s'adossa à un tronc renversé et se poignarda. Quand on retrouva son cadavre, la bouche était restée figée dans l'horreur du cri. Comme dans la fresque encore, le bras qui avait frappé pendait le long du corps.

Bronzino interrogea longuement l'ami de Benvenuto. La mort de Rosso, programmée et mise en scène dans les moindres détails, les amena à des réflexions sur le pressentiment qui anime un grand artiste. Son art lui dicte la conduite à suivre ; ce qu'il crée n'est que l'intuition de son destin. Raphaël n'avait jamais peint de jeunes gens qui eussent passé l'âge de trente-sept ans ; la vie pour lui s'arrêtait là ; il mourut lui-même, de mort naturelle, à trente-sept ans. Simone Petruzzi n'avait peint que des villes en feu, et il périt pendant le siège de Lucques dans l'explosion d'une poudrière. Ansaldo Varini, peintre de la vie de saint Denis, suite de tableaux qui se termine par le portrait du martyr portant sa tête entre ses mains, fut lui-même, sur l'ordre de Cosimo, décapité pour avoir pactisé avec les Strozzi. Peut-être, devant la mort qui l'appelait à lui et le pressait de la rejoindre, Rosso a-t-il voulu atténuer l'épouvante du suicide en le décrivant par avance, à tête reposée, comme un événement inéluctable. Le suicide perd de son caractère affreux, s'il n'est que l'accomplissement d'un acte déjà décidé.

À peu près au même moment que Rosso, mourut, à l'âge de trente-sept ans – comme Raphaël auquel il s'apparente par l'élégance du dessin et la grâce du coloris, bien qu'il s'en éloigne par l'étirement des figures et le surpasse par la hardiesse des lignes –, Francesco Mazzola, le peintre de Parme qui nous avait enchantés par son autoportrait dans le miroir. La disparition d'un jeune homme que je n'avais que fugitivement croisé mais qui, par la brièveté même de son séjour à Florence, m'avait laissé cette impression profonde qui s'use dans une fréquentation suivie, la précocité de cette mort, la coïncidence avec celle de Rosso, m'affligèrent profondément. Quelle injustice ! Je voulus me renseigner sur ses dernières années. Invité comme Rosso à Paris, il aurait pu y bénéficier des mêmes avantages et arriver à une grande situation. Mais celui dont le sourire malicieux éclairait encore nos vies et qu'on appelait affectueusement *Il Parmigianino* avait décliné l'offre de François Ier, quand il sut qu'on l'aurait appelé en France *Parmesan*, du nom du fromage qu'on fabrique dans sa ville.

Après le sac de Rome il s'était réfugié dans le nord de l'Italie, vagabondant d'un lieu à l'autre, avant de retourner à Parme et de se fixer chez ses parents. Atteint d'une humeur de plus en plus sombre et mélancolique, il n'honorait qu'avec une extrême lenteur ses commandes ; si désorienté, si perdu, si indifférent à sa réputation, qu'il provoqua la catastrophe dont il fut (ou son démon) le seul responsable. Le contrat passé avec les religieux de l'église Santa Maria della Steccata prévoyait la décoration de l'abside et de l'arc d'entrée du chœur. La totalité de la somme stipulée lui avait été versée d'avance. Il se borna à peindre sur l'arc, de chic, sans grand soin, des guirlandes de fleurs et un feston de petites figures insignifiantes. Un très bel Adam nu peint sur la bordure, à la fois longiligne et musclé, la dernière œuvre qui nous reste de sa main, son testament en quelque sorte, fut le seul article du contrat honnêtement respecté. Il abandonna le chantier sans restituer la plus petite partie de l'argent reçu. Une apathie funeste l'avait gagné. Son propre sort ne l'intéressait plus. Sans protester quand les religieux se tournèrent vers les tribunaux, il se laissa traîner devant les juges, écouta impassible leur verdict et prit docilement le chemin de la prison. Le séjour au fond d'un cachot ne l'aida guère à rétablir sa santé physique, encore moins son équilibre mental.

Sorti de prison, il se réfugia dans une bourgade des environs appelée Casalmaggiore, où il délaissa complètement la peinture pour s'adonner à l'alchimie. Il s'endetta pour se procurer du bismuth vierge, de la racine de mandragore, de l'andronance, du rhaponticum, des plumes d'engoulevent, des cristaux de Bohême, matières rares et coûteuses qu'il pilait dans des mortiers, distillait dans des cornues, purifiait dans des alambics à trois becs. Il s'appliquait à ces opérations avec le sérieux d'un étudiant en médecine. Où était passé l'humour que nous lui avions connu ? Des dames-jeannes énormes et des gobelets minuscules s'alignaient sur les étagères de son laboratoire, mais pas un seul pot de peinture. Partout traînaient sur le plancher des griffes de coq, des flocons de laine, des résidus de gomme adragante, des mèches de cheveux, des coquilles d'œufs. Des pattes de sauterelles voisinaient avec les débris d'une bonbonne dont les parois d'argile réfractaire avaient explosé. Il se faisait livrer chaque mois deux mille œufs en espérant que de leur décomposition procéderait le mercure philosophal. Il poussa la folie jusqu'à chercher le secret de la transmutation dans un bouillon où avaient macéré du lait de louve et de la bave de crapaud mélangés à la goutte précieuse du sang d'un lion tué dans le désert d'Arabie.

Le plus pitoyable fut de le voir, dit-on, toute coquetterie mise de côté, prendre un aspect sauvage et misérable, souligné par une barbe hirsute, de longs cheveux en désordre et un petit chapeau rouge incliné ridiculement sur le front. C'est en brûlant des alcalis, de l'ammoniaque, de l'arsenic et du mâchefer sur un gril au-dessus d'un fourneau d'apocynées vénéneuses qu'il absorba les fumées toxiques fatales à son organisme délabré.

Tourne tourne sans te retourner
Tourne tourne tu tomberas sur le nez.

Ainsi avait prophétisé l'alchimiste de la cour, le Turc Abdal Ülkü, en ce jour où le jeune peintre, encore inconnu, avait présenté à notre duc son autoportrait circulaire. Et voilà que Francesco, à force de tourner dans le cercle, avait fini par « tomber sur le nez », selon l'ancienne prédiction, proférée de cette voix dont la gravité soudain caverneuse nous avait tant impressionnés.

Je m'absentai trois jours pour assister aux obsèques, que suivirent une quinzaine de parents et d'amis. Selon sa demande, on enterra le malheureux dans une chapelle de Casalmaggiore connue sous le nom de Fontana, nu sous deux pinceaux croisés.

En entendant le récit de son agonie et de sa mort, je revoyais le tableau rond. La mort y était déjà perceptible, dans la forme exceptionnelle du miroir, image de la roue qui précipite en bas celui qu'elle a hissé au faîte. Au moment où j'écris, chaque détail m'apparaît à nouveau, avec une précision accrue : la chambre qui bascule, les poutres qui gondolent, le sourire posé au coin des lèvres, le regard flottant dans le vague. Non, jamais peinture aussi belle ni aussi émouvante ne se retrouvera de longtemps. Les larmes me montent aux yeux. Ce sourire, ce regard étaient-ils d'un humain ancré dans la terre, ou d'un esprit déjà happé par l'au-delà ? Je crois comprendre pourquoi, dans tous les tableaux qu'il a faits à Rome puis à Parme, il a étiré démesurément les figures. Ce ne sont que Madones au cou deux fois plus long que dans la nature, adolescents aux membres grêles et aux yeux creux, corps distendus au mépris des proportions anatomiques, gestes inconsidérés d'élan vers une stratosphère chimérique. Il voulait arracher ses modèles à la loi de la pesanteur à laquelle il n'acceptait pas d'être lui-même soumis.

Francesco Mazzola n'est entré dans la vie que sur la pointe des pieds, et dès qu'il a pu, à la première occasion, il s'est éclipsé. La façon dont il est mort traduit son obsession secrète. Soulevé par les fumées qu'il scrutait au-dessus de son fourneau, il a disparu au milieu des vapeurs, tel un génie de l'air qui s'élève entre les nuées.

Une note ajoutée par Bronzino nous prouve qu'il n'était pas dupe de ce qu'il vient d'affirmer. Il ne s'était pas trompé à ce point ! En examinant après l'enterrement les dessins trouvés dans la petite maison de Casalmaggiore, il s'arrêta, abasourdi, devant celui qui représente deux hommes nus debout côte à côte, dont l'un tient, par sa base, le sexe de l'autre, somptueusement dressé, avec les détails du gland. Son commentaire sur ce dessin : « Les prudes diront sans doute qu'il a voulu, à la manière de Raphaël, faire un "Jupiter et Ganymède", ou plutôt un "Achille et Patrocle", les deux hommes paraissant deux adultes du même âge. » De quelle berlue en effet peut-on être victime, lorsqu'on veut ignorer que l'axe sur lequel tourne le monde est un pieu ! Bronzino se rappelle avoir dit de certain dessin de Pontormo : « C'est la première et la seule érection jamais osée en art. » Il corrige cette assertion après un si éclatant démenti. Et saisit l'occasion de réinterpréter l'œuvre entier de Parmigianino, et sa caractéristique la plus voyante, l'étirement exagéré des formes. « Corps distendus, cous deux fois plus longs que nature, gestes inconsidérés d'élan... avait-il noté. C'est mon maître Pontormo qui jubilerait, en voyant un disciple exalter la queue, la queue seule, isolée dans le gonflement dû à l'excitation érotique. Car en fait de queue, celle de Parmigianino est encore plus audacieuse que l'autre, par sa taille et parce qu'elle est tenue par une main caressante. Comprenez-vous maintenant la raison de ces corps distendus, de ces cous deux fois plus longs que nature, de cet Adam nu, longiligne et musclé ? (Entre parenthèses, cet Adam testamentaire n'est-il pas la preuve la plus éloquente de ce qui tourmentait Parmigianino ?) Ces figures exagérément allongées traduisent la volonté et l'effort de réduire chaque partie de l'anatomie humaine à ce miracle de la tumescence. Pareil étirement, Parmigianino en a fait la mesure du bonheur. Le cou est la partie qui ressemble le plus à une queue érigée, sauf qu'elle est par nature trop courte pour créer l'illusion, si on ne la rallonge "au mépris des proportions anatomiques". J'ai suggéré plus haut que Parmigianino s'était tué pour partir en fumée comme un "génie de l'air" et transmuer son enveloppe charnelle en essence volatile. Si je ne barre pas cette interprétation mystique de son geste, c'est parce qu'il m'est impossible de dire crûment la vérité. Je ne peux la confier qu'à cette note, qui ne sera pas imprimée. Un ami médecin m'a confirmé l'intuition que j'avais déduite de ce dessin : "L'obsession secrète de Parmigianino ? Rien moins que poétique ! Il s'est tué parce qu'il ne réussissait plus à bander." »

35

Je peins le nouveau duc en Orphée

Un des patriciens les plus influents de Florence voulut connaître le poète de *L'Oignon*. Âgé de quarante-cinq ans, messire Luca Martini était provéditeur des Marchés, ingénieur hydraulique et militaire, poète lui-même et lecteur passionné de Dante. Je fus frappé par le contraste entre le haut de son visage – front haut et bien dégagé, regard droit, impérieux, air de noblesse naturelle, physionomie d'un homme habitué à commander – et le bas – une barbe noire épaisse qui le dissimulait de la base du nez au menton. La bouche était cachée sous l'abondance désordonnée des poils. J'eus l'impression d'un visage *inachevé*, d'une présence *fuyante*, ou même d'une *duplicité cauteleuse* : il ne voulait pas qu'on pût lire en totalité ce qu'il pensait ou ressentait. Une partie importante de lui-même restait enfouie dans la broussaille qui noyait ses mâchoires.

Avait-il perçu le double sens de mon sonnet ? Voulait-il vérifier si je faisais partie de la « société du mystère » ? J'eus tout lieu de le craindre, car, outre la particularité de s'entourer de très beaux jeunes gens et de s'afficher avec eux dans les cérémonies publiques auxquelles l'appelaient ses fonctions, il me proposa d'en prendre certains pour modèles, m'assurant que les portraiturer soutiendrait ma réputation. Je n'eus garde de l'écouter : peindre de beaux modèles pourrait me perdre, si je me laissais aller à les peindre avec trop de complaisance pour leur beauté. Le nouveau jeune duc, chapeauté et chapitré par sa mère, la très pieuse Maria Salviati, s'était mis en tête de « moraliser » Florence en prônant, avec plus de zèle encore que les prédicateurs du dimanche, le mariage, la famille, la procréation. Lui-même avait, ancrée comme une idée fixe, l'ambition d'une nombreuse progéniture. Obsédé par l'idée dynastique, il avait annoncé qu'il cherchait une princesse à épouser, dont il voulait au moins sept enfants, pour dépasser le nombre fatidique de 6 et en bannir la malédiction. Cosimo se savait en butte à la haine de ceux dont il avait fait pendre, décapiter ou égorger les parents. Ils s'étaient alliés aux Farnese de Parme pour avoir plus de chances de l'abattre. S'il disparaissait avant d'avoir eu un fils, le duché, en vertu de la loi salique, passerait de la famille éteinte des Médicis à celle des Farnese. Plus il aurait d'enfants mâles, moins on aurait intérêt à l'assassiner.

Ravi du couvercle que j'avais peint pour cacher son portrait de jeunesse en hallebardier, il voyait, dans ce couple de Pygmalion et Galatée que je trouvais si manqué, une publicité pour son programme. L'homme, éperdu de dévotion, se met à genoux devant la femme. La laideur de celle-ci n'était pas à ses yeux un obstacle. Il n'admirait que l'attitude, le geste. L'acte de se prosterner et de joindre les mains en contemplant passionnément une idole féminine résumait pour lui la beauté du mariage.

— Où as-tu puisé un tel sujet ? me demanda-t-il.

— Chez Ovide, Monseigneur.

Il ne connaissait pas Ovide et me pria de lui prêter *Les Métamorphoses*, dont je lui avais fait le plus grand éloge.

Quelques jours plus tard il me convoqua de nouveau et me dit :

— Donne-t-on à étudier ce poète dans les écoles ?

— Il est considéré comme un des meilleurs auteurs latins.

— Peut-être, mais bien dangereux, à mon avis, et d'une lecture pernicieuse.

— Les légendes qu'il raconte font partie de notre patrimoine.

Je comptais sur cette formule ronflante pour l'impressionner.

— Comment oses-tu défendre ce fatras de ragots à soulever le cœur ? Achille qui se travestit en fille… Hermaphrodite qui n'est homme qu'à moitié… Diane, Hercule, tous ces dieux qui dégradent leur majesté par des amours contre nature… Jupiter lui-même, qui n'hésite pas à tremper dans ce commerce par des métamorphoses répugnantes… Je veillerai à faire interdire dans les écoles un auteur qui sous prétexte de leur offrir des fables poétiques ne vise qu'à tromper et corrompre les enfants.

Je frémis à ces propos qui confirmaient la menace de *retour à l'ordre moral* qui planait sur nous depuis l'élection du nouveau maître de Florence.

— Cependant, reprit-il, une histoire m'a plu dans ce ramassis d'incitations au vice. Je pense que tu es du même avis que moi.

Comme je restais silencieux, peur d'un nouvel impair, il insista.

— Tu ne devines pas ? C'est le seul personnage parmi ces crevures qui mérite d'être sauvé.

— Orphée ?

— Je sais pourquoi tu as hésité à me répondre. Toi-même tu n'es pas encore marié, n'est-ce pas ? Orphée, en bravant l'épouvante des Enfers pour arracher sa femme aux profondeurs du Tartare, a donné un exemple si éclatant d'amour conjugal qu'un brave garçon comme toi a peur de n'être pas à la hauteur du modèle.

Puis, de but en blanc :

— Peins-moi donc en Orphée.

Le jour fixé, curieux de savoir ce qui se cachait sous ce « donc », je me présentai au poste de garde du palais avec mon attirail.

Je ne fus pas introduit dans la salle d'audience ni dans aucun autre salon, mais directement dans la chambre à coucher de Cosimo, ce qui ne laissa pas de m'étonner. Deux domestiques m'accueillirent et m'aidèrent à installer le chevalet. Le duc entra. Il renvoya les domestiques puis, à ma stupeur, poussa les verrous des différentes portes et se déshabilla jusqu'au dernier vêtement. Tout nu, il s'accroupit devant moi, empoignant une lyre à bras et appelant ses deux chiens qui s'assirent près de lui. Nous étions seuls dans la chambre, à côté de son lit à baldaquin dont la housse était à moitié rabattue et le drap ouvert.

Je crus à une chausse-trape. Bien fait, joli de tournure, musclé par le jeu de paume qu'il pratiquait avec ses gentilshommes, il n'avait que dix-huit ou dix-neuf ans. Sans doute, malgré mes précautions pour les cacher, avait-il entendu parler de mes goûts et, pour me prendre en flagrant délit et se débarrasser d'un peintre qui déplaisait à sa mère non moins qu'il contrevenait à ses vues politiques, échafaudé cette ruse. Faisant comme si je n'avais rien remarqué, je me mis au travail. Impassible en apparence, je mourais de peur qu'il ne me mette à l'épreuve. Il ne se permit pas le moindre geste qui eût avalisé l'hypothèse du traquenard, ni œillade ni sourire de connivence. Une autre idée me traversa l'esprit : en me souvenant de l'*Apollon* de Michel-Ange qu'il avait confisqué pour faire pendant au *Bacchus* de Sansovino, n'avais-je pas à craindre qu'il ne lui fût venu le caprice de ressentir ce qu'éprouvent ces éphèbes dont il collectionnait les statues ? Une seule fois, comme ça, avec un bougre reconnu, sous le patronage des Grecs et de Marsile Ficin… Une embardée qui ne tirerait pas à conséquence… Un simple écart, qui resterait enseveli entre nous dans le secret de cette chambre… Mais non, cette hypothèse ne tenait pas : jamais homme ne se montra plus mal à l'aise de poser nu. Il se plaça de profil pour ne pas exposer son sexe, tout en tournant la tête de côté pour me regarder de face. La posture était si forcée, l'effort musculaire à fournir si violent, l'inconfort de la torsion si manifeste, qu'on voyait bien qu'il n'attendait aucun plaisir secondaire de m'avoir convoqué pour le peindre.

Pendant que je préparais mes pinceaux, il me découvrit son but.

— Agnolo, me dit-il, mets bien en valeur la lyre et les chiens. Si j'ai choisi que tu me peignes en Orphée, c'est pour offrir à ma future épouse un portrait où soient confondues l'image de son mari et celle du héros de la fidélité conjugale. Orphée n'a pas hésité à descendre dans le séjour des ombres afin d'en ramener son épouse morte. Pour le tableau je veux que tu choisisses le moment où je me présente à l'entrée des Enfers ; j'ai fait halte pour reprendre mon souffle avant l'épreuve décisive ; j'ai peur ; j'hésite. Les deux chiens figurent Cerbère qui barre l'entrée de l'abîme ; à vrai dire Cerbère a trois têtes, mais mon troisième chien, cet idiot, a avalé hier un pigeon qui l'a rendu malade. Quant à la lyre, je me prépare à en jouer, afin d'amadouer le nocher Charon. S'il refuse de me transporter sur sa barque, comment traverser le fleuve des morts et rejoindre dans les Enfers pour la rendre à la vie celle dont je suis assez épris pour braver de tels risques ?

Avec la pédanterie naïve du néophyte, il développa de long en large ce qu'il avait lu dans les *Métamorphoses* et me consulta sur le choix du sculpteur auquel il voulait commander une statue d'Hyménée, à placer dans sa chambre à coucher.

— Ma chère épouse – que le ciel m'accorde la grâce de la rencontrer bientôt ! – saura qu'elle est pour moi une nouvelle Eurydice. Ce tableau, continua-t-il après avoir remué un peu la tête pour éviter un torticolis, lui montrera que le mythe vanté par ton Ovide est pour moi réalité. Je dois donc être nu, comme on était nu dans l'Antiquité. Toi seul peux comprendre cette multiplicité de symboles et ce respect d'une coutume que le progrès de la civilisation sous l'influence de l'Église de Jésus-Christ a rendu – heureusement pour le salut de nos âmes – caduque. La calomnie a tôt fait de dénaturer les intentions les plus pures ! C'est pourquoi je me suis déshabillé et enfermé avec toi sans l'aide de mes domestiques, espèce trop basse pour ne pas tout rabaisser. De même, je n'exposerai pas ce tableau devant mes courtisans, race de vipères à qui aucune allégation mensongère ne répugne. Il ne sera vu que de mon épouse qui le recevra en cadeau de noces pour qu'elle le place, en gage de ma fidélité éternelle, au-dessus du lit nuptial.

Son corps, robuste pour son âge, respirait encore la grâce juvénile ; la chair musclée du bras enrobait d'une rondeur élastique l'emboîtement de l'humérus dans l'omoplate ; la peau était bien tendue sur le dos et la cuisse ; mais, dûment averti d'avoir à faire un tableau *moral*, je réussis à ôter du visage toute sensualité, par une petite bouche fermée et dure, la schématisation des sourcils réduits à une ligne épilée, un léger strabisme dans le regard, l'aplatissement des cheveux sur le haut du crâne.

Cosimo se rhabilla de lui-même et ne sonna ses domestiques que pour leur commander du vin et des friandises. Fort satisfait du portrait, il le contempla longuement.

— Les deux chiens sont très bien rendus, me dit-il. Tant pis pour Agénor, cet idiot. Mon maître de musique sera heureux de constater que je tiens ma lyre comme il faut.

J'avais peur qu'il ne me reproche de lui avoir fait une figure crispée, maussade, en contradiction avec l'enthousiasme conjugal qu'elle était censée exprimer. Mais il me dit qu'il était normal qu'Orphée montre de l'appréhension et ramasse ses forces dans une contraction de tout son être, au moment d'affronter le péril. Que d'obstacles à vaincre… Les aboiements et les morsures de Cerbère, la hargne de Charon, la traversée du Styx, la prière à Pluton, dieu des Enfers réputé inflexible, la plongée dans l'abîme… À ce stade précaire de l'expédition, la gaieté, l'exubérance d'une face épanouie eussent été des sentiments déplacés.

Tout à coup je m'aperçus que je m'étais compromis par plus d'un détail. La longue cuisse blanche étirée d'un bord à l'autre du tableau attirait l'œil et fixait l'attention. Tout l'érotisme retiré au visage palpitait dans cette cuisse exposée au premier plan. En regardant avec plus de soin la poitrine, le duc aurait pu s'étonner aussi du téton et de sa saillie brune, que j'avais faite d'une matière drue et granuleuse, et peinte anormalement charnue et exagérément bandée, au lieu du minuscule bouton qui doit passer inaperçu. Enfin pourquoi, en traçant le sillon dans le dos, l'avais-je prolongé de manière à rendre visible la raie naissante des fesses ? Il m'aurait suffi de remonter d'un demi-pouce le coussin, pour éloigner de la future duchesse la pensée que son mari eût un cul. Obsédé et sot que j'étais ! Si l'on additionne ce téton animé d'une vie propre par la hardiesse de sa pointe, la luxure de cette cuisse, la suggestion offerte par les plis du bas-ventre, l'insolence de cette raie, on obtient l'image non d'un duc prêt à gouverner son État, mais d'un adolescent sur lequel il faudrait déverser une bassine d'eau fraîche pour calmer son excitation.

Les vins dont Cosimo remplit lui-même nos verres provenaient des meilleurs crus en réserve dans ses caves. Les amandes importées de Sicile, les pistaches cueillies sur les flancs de l'Etna, les gâteaux farcis de miel et de noix n'auraient pu être meilleurs, mais je n'y pris aucun plaisir. J'étais paralysé par la crainte que le duc ne s'avise de mon étourderie. Il voulait une apologie du mariage, et je lui fournissais une réclame pour les plaisirs interdits. Avec quelle inconscience ne m'étais-je pas découvert ! Mon pinceau avait agi à l'insu de ma volonté. Considérant alors dans toute son étendue le danger qu'il y aurait pour moi à faire poser les beaux jeunes gens que me recommandait avec tant d'insistance messire Luca Martini, je me raffermis dans ma décision de chercher des modèles qui ne me donneraient pas l'occasion de me trahir.

36

Je crée mon style

Fidèle à ma résolution, je ne peignis pendant un certain temps que des femmes, des « dames », appartenant à la haute société – de celles qui s'interdisent tout étalage de sentiment et se gardent en particulier de laisser paraître le moindre indice de gaieté sensuelle. Je fis ce choix afin d'élaborer, à leur contact qui ne m'émouvait pas, un nouveau style qui n'appartiendrait qu'à moi, dépassionné, détaché, lointain, de cette perfection glacée qui brûle comme la surface d'un lac gelé. Quand j'aurais acquis une maîtrise suffisante de ce style, alors seulement j'inviterais à poser les jeunes hommes de messire Luca Martini.

Il me parut judicieux de commencer par un portrait de Son Altesse Maria Salviati, la mère, la directrice de conscience, le chaperon du jeune duc. Elle posa dans son habit du tiers ordre dominicain, robe de taffetas noir, plastron de toile blanche, guimpe blanche de voile transparent. Droite dans son fauteuil, contre un mur gris austère, elle tient sur ses genoux un livre de prières écrit en latin, ouvert à la page du Psaume 66 dont j'eus soin de rendre quelques mots lisibles : *« Deus misereatur nostri et benedicat nobis. »* Les lèvres pincées, l'œil hautain et sec, elle regarde d'un air affreusement dur. Je craignais de l'avoir figée trop ostensiblement en allégorie de la vie dévote, mais Dianora me rassura.

— Cette image d'une ferme et intraitable gardienne des vertus te met définitivement dans les grâces de notre duc. Il verra par la même occasion que ta curiosité des textes latins ne s'arrête pas aux fantaisies licencieuses des auteurs païens.

Madame Lucrezia Panciatichi, mon deuxième modèle, m'aida, par son maintien guindé et raide, à créer cette manière privée d'émotion qui sera peut-être mon passeport pour la postérité. Son mari Bartolomeo l'avait conduite dans mon atelier. Riche négociant, patricien en vue, proche du duc Cosimo, il était à peine plus âgé qu'elle, bien que d'un aspect si sévère qu'on l'eût pris pour son père. La longue barbe à deux pointes qui étirait son visage en doublait la hauteur, la maigreur, la gravité. Assidu à toutes les séances, il se tint constamment silencieux. Il observait mon travail sans donner aucun signe d'assentiment ou d'improbation. Loin de me vexer d'une pareille attitude, je m'en félicitai : cette neutralité, ce mutisme, cette fixité jalouse secondaient mon plan. L'atmosphère glaciale qui se dégageait de sa présence favorisait le style auquel j'aspirais.

J'assis la signora dans un fauteuil en la priant de me regarder bien en face. Dieu, quel air impérieux, comme d'une divinité intouchable ! Pas l'ombre d'un sourire, ni pli aux commissures des lèvres, rien qui pût déranger l'ordonnance étudiée de son visage. Comme elle avait revêtu ses plus somptueux atours, j'eus l'idée d'exploiter le contraste entre sa blancheur de cire et le luxe de sa toilette et de ses bijoux.

Robe de satin rouge aux moirures brillantes, guimpe de dentelle à motifs ondulés, manches bouffantes enrichies de plissés à hauteur des épaules, aiguillettes et crevés à l'avant-bras, ruches de mousseline aux poignets. Sur la tête, tresse roulée maintenue par un bandeau orfévré ; autour du cou, collier de perles et pendentif en or sertissant un rubis ; à la taille, ceinture de joyaux. Artifices, artifices : mais à l'unisson de la signora. Le blanc de ses yeux avait le poli polaire de la nacre, le lactescent de sa peau des reflets de porcelaine, son front, ses joues, son cou, ses doigts la froideur lisse du marbre. Le mari tendit à sa femme un second collier qu'elle étala sur sa poitrine. Même à cette occasion, pas un mot ne fut échangé entre les époux. Entre les maillons d'or du nouveau collier se trouvaient insérées quatre plaquettes d'émail gravées de quatre mots français. Mis bout à bout, ceux-ci formaient une sorte de phrase : AMOUR DURE SANS FIN. Sans doute la devise du couple. Quel besoin d'afficher aussi littéralement leur foi conjugale, pensai-je, en me souvenant de la trouvaille plus inventive du duc. Messire Bartolomeo Panciatichi, fils de commerçants de Pistoia établis à Lyon, était né en France, il avait même été page du roi François Ier, et peut-être, après tout, n'avait-il voulu, par cette maxime qui m'avait paru ostentatoire, que manifester son attachement à la langue du pays qui lui avait donné le jour et où ses parents avaient amassé leur fortune.

Je me rendis compte qu'on ne crée pas un style en se contentant de décrire une toilette et des bijoux. Si minutieusement qu'on s'applique à cette tâche, le résultat ne peut être qu'anecdotique. J'avais réussi, par un mélange savant de gomme arabique, de colle de poisson, de suc d'opopanax et de blanc d'œuf, à transformer la peau en pellicule d'ivoire, mais cela n'était pas non plus suffisant. Aussi, décidé à me lancer dans des recherches plus savantes, je m'efforçai d'établir une sorte de consonance, voire de parallèle entre les différentes courbes repérables dans mon tableau.

L'enroulement de la tresse, l'ovale du visage, le cylindre du cou, l'anse du menton, l'ondulation des deux colliers, le rubis du pendentif, l'arc de la ceinture, le cabochon de la bague pouvaient, si je forçais un peu sur le dessin, paraître enchâssés l'un dans l'autre, de façon à former des cercles concentriques. L'emboîtement de ces diverses sinuosités figea le modèle dans une configuration inspirée de la géométrie. Je fis à Lucrezia des yeux en amande qu'elle n'avait pas et des sourcils arqués qu'elle n'avait pas non plus, mais qui étaient nécessaires à mon ambition de créer un ensemble de lignes arrondies plus proche de l'abstraction que de la réalité. Ce travail me coûta énormément de temps et de peine, mais j'eus l'impression, quand il fut terminé, qu'une nouvelle manière de peindre était née. Pareille stylisation du modèle, personne n'en avait eu l'idée avant moi, pas même Michel-Ange dans ses statues le plus idéalisées.

Satisfait du résultat, le mari me félicita d'avoir peint à l'arrière-plan une niche, arrondie elle aussi, qui donnait à sa femme, dont le portrait s'inscrivait dans la concavité de cette niche, l'aspect, selon lui, d'une « statue peinte ». J'avais complété cet effet en lui posant le bras gauche sur l'accoudoir de son fauteuil. La manche et l'accoudoir, peints au premier plan quoique peu visibles dans la pénombre, reculent un peu plus le modèle et en soulignent l'attitude sculpturale. Isolée dans une perfection stérile, la signora trône, plus lointaine qu'une idole.

À peine eut-elle quitté son fauteuil, que messire Bartolomeo Panciatichi réclama aussi son portrait. Morose, chagrin, toujours à épier sa femme, il incarnait le type du jaloux, au point d'être en lui-même une « forme », la forme du barbon tyrannique. Il resta debout, comme un homme sans cesse aux aguets, qui ne s'accorde pas un instant de relâche. Je n'eus qu'à le peindre tel que je le voyais, avec sa barbe rousse bifide, son nez trop long, ses doigts osseux et crochus comme des serres, ses joues creuses d'insomniaque, ses yeux vitreux qui ne savaient exprimer que l'intransigeance conjugale et la volonté de veiller sans répit à l'honneur de son nom. La dague à poignée d'acier qu'il exhibait sur son flanc et l'horrible chien noir aux yeux jaunes qu'il voulut garder près de lui ne me laissèrent aucun doute sur le genre de mari qu'il était.

Les deux tableaux se trouvaient encore dans mon atelier quand éclata le scandale. On apprit, et le bruit en courut vite malgré l'interdiction de le répandre, que la signora Panciatichi profitait de ce que le mari vaquait à ses affaires pour avoir commerce avec un jeune commis qu'elle introduisait par une porte de service *en plein jour* (« quel toupet ! » clabauderait notre boulangère devant un cercle de commères indignées). Cette intrigue ne pouvait duper longtemps Bartolomeo. Il était allé se plaindre auprès du duc, qui ferma les yeux sur l'assassinat du commis. Confuse et repentante, la dame elle-même, disait-on, avait réclamé le châtiment du coupable. Ce jeune homme était très populaire dans les milieux du commerce. Sa mort dans des conditions atroces provoqua un émoi si considérable que les époux durent se terrer pendant quelque temps dans leur maison de campagne.

La « statue peinte » n'était donc pas si statue que cela. Sa réserve hautaine, loin d'exprimer le pudique souci d'ensevelir au fond de son cœur le trésor de ses émotions conjugales, servait de masque à ses débordements. Une fois ses parures déposées, sa guimpe de dentelle envoyée au diable et sa robe de satin rouge tombée, le sang remontait à ses joues. À son amant qui l'attendait nu sur le lit, elle ne présentait pas une poupée de porcelaine. Je commentais avec Dianora l'affaire, quand une chanson d'une crudité terrible courut par la ville. On en afficha les paroles sur une colonne du Mercato Vecchio, là où des mains anonymes stigmatisent les vices des personnes en vue :

Vas-y à fond dans la luxure
Tu l'effaceras par le crime
Enfonce-le-toi jusqu'au bout
Faut pas t'gêner avec le minou
On t'aime bien belle assassine

Vas-y vas-y une grosse pine
Ça fait du bien au fond du trou
Si ta conscience te turlupine
Étouffe-la dans le sang du crime
Et fourre-le-toi pareil itou.

Sans m'empêcher de juger ordurière cette façon de dénoncer l'infamie de la pimbêche, je me dis que si je laissais mon tableau dépourvu de la moindre allusion à ce qui était de notoriété publique, net comme il était, trop lisse, trop *poli*, il sonnerait faux pour l'éternité.

— C'est pourtant exclu, raisonnais-je en moi-même, que tu donnes dans le genre goujat ou simplement vengeur. Exclu également que tu rendes à ses traits, par quelques touches plus tremblées qui trahissent le trouble et le désordre apportés par le commis, l'animation, la chaleur que tu leur as ôtées par le style. Tu as eu assez de mal à rester distant et froid pour réintroduire maintenant de la « peinture des passions », de la « psychologie ».

Enfin, je crus avoir trouvé. Mon œil était tombé sur le bras du fauteuil peint au premier plan, dans le demi-jour, une branche de chêne torse taillée en accotoir et laissée unie, sans cannelures ni ornements. Ne tenais-je pas une de ces occasions auxquelles je rêvais si souvent, de m'exercer au « dire sans dire » ? Impossible de rien changer dans la robe, dans la coiffure, dans le visage de la signora. Mais là, en utilisant la surface exiguë mais suffisante du bras du fauteuil, j'avais la possibilité de confondre la sainte nitouche sans la déshonorer grossièrement. Avec un pinceau très fin, je fis deux mascarons, couleur bois pour n'être vus que de ceux qui voulaient les voir, l'un à la jonction du dossier, l'autre presque au contact des doigts effilés posés sur le pommeau. Au premier de ces mascarons je donnai la contorsion d'un satyre, à l'autre un mufle animal aussi bestialement expressif que cette main l'était peu.

— Ah ! beauté idéale, tu croyais nous avoir grugés ! me répétais-je en accentuant à chaque mot la grimace des mascarons. Déesse qui nous écrasais sous tes airs supérieurs, voici la vérité rétablie et le fourmillement de tes instincts mis à nu. Messire Panciatichi a de trop hauts appuis, son commerce avec la France est trop utile à l'économie du duché, pour que ta vilenie ne soit pas bientôt étouffée. On oubliera que tu as berné ton mari et que tu as fait assassiner ton amant, mais le tableau restera, et la proximité de ce mufle lourdement animal et de ces doigts à la blancheur d'albâtre, cette cohabitation de la laideur morale et de l'élégance mondaine t'accuseront devant la postérité.

Peu m'importait, au fond, d'avoir démasqué cette hypocrite. Ce dont j'étais fier, c'est d'avoir mis au point la *double lecture*. Au moyen d'un indice en apparence insignifiant, purement symbolique, glissé dans une partie peu éclairée du tableau, j'avais levé le voile, comme un médecin qui établit son diagnostic après avoir sondé les entrailles, sur le secret d'un être humain. En même temps, par la discrétion de l'éclairage aussi bien que par le caractère allusif du détail, je permettais au spectateur d'ignorer ce secret. Le procédé fonctionna à merveille. Messire Panciatichi accrocha dans son salon le portrait de sa femme, dont l'expression altière et le visage impénétrable firent taire les médisances. On admirait le tableau, et l'œil, s'il s'arrêtait un moment sur l'accotoir, glissait aussitôt sur la main, remontait de la main à la manche, de la manche à la robe et de la robe au visage où il se fixait, fasciné par les yeux grands ouverts sans le moindre embarras.

L'honneur des Panciatichi était sauf, mais le mien aussi. On ne put m'accuser de complaisance. J'entendis bien quelques railleries sur mon « habileté » à dissimuler ce qui doit rester ignoré. La double lecture me met à l'abri de telles insinuations. J'eus un vif échange avec messire Luca Martini, qui, furieux de ne pas obtenir le portrait des jeunes gens de sa suite, me décocha une de ses perfidies.

— Faites sauter la crêpe, elle retombera toujours aussi plate.

— C'est à moi que vous faites le reproche d'avoir été plat ?

— On lèche ce qui pourrait mordre.

— Selon vous, j'ai idéalisé la signora ?

— Elle a les courbes, toi la courbette.

— Dites à vos amis de ne pas s'esclaffer comme ça !

— Tu as escamoté sa fausseté.

— Escamoté ? Mais regardez donc, vous et vos amis, où elle s'accoude !

— Dans son jus la mijaurée mijote, fit Raphaël, un des séides de son escorte.

Cette saillie dérida Luca. Il me donna une tape sur l'épaule.

— Pour cette fois, je te tiens quitte.

37

Je deviens peintre de cour

La princesse recherchée par Cosimo fut trouvée. Issue d'une des plus nobles et plus riches familles espagnoles, c'était la fille de don Pedro di Toledo, vice-roi de Naples. Les noces ayant été fixées pour le mois de juillet, la promise arriva en Toscane par voie de mer, débarqua à Livourne et fit son entrée à Florence le 29 juin, jour des saints Pierre et Paul. Sa grâce et sa beauté, d'autant plus frappantes que nous étions habitués à des princesses Médicis laides, éclipsèrent le splendide apparat de fêtes et de cérémonies préparé pour l'accueillir.

Cosimo avait vingt ans, Eleonora dix-sept, Jacopo quarante-cinq, moi trente-six ; Alessandro Allori, mon fils adoptif, quatre ou cinq, je le rappelle pour souligner la précocité extraordinaire de cet enfant avec qui je visitais les églises de Florence. Le duc avait été si content de son portrait en Orphée qu'il me voulut parmi ceux à qui était confiée la décoration du parcours tracé pour le cortège. Arcs de triomphe, berceaux de verdure et portiques fleuris égayèrent nos rues sombres. Don Pedro di Toledo et les dignitaires espagnols furent logés chez les Dominicains, dans les appartements pontificaux aménagés au monastère de Santa Maria Novella. Pour la célébration de leurs offices, on leur affecta une chapelle ornée de fresques dans le style périmé que nous appelons justement gothique, parce que dérivé de la peuplade peu évoluée et d'ailleurs presque éteinte des Goths. Messes, vêpres, matines, laudes, et j'en passe, trois fois plus longues et quatre fois plus nombreuses qu'à Florence, se succédaient sans interruption dans ce décor d'apôtres, de saints, de martyrs anguleux et rigides. On désigne depuis sous le nom de « chapelle des Espagnols » ce qui fut pendant quinze jours un bocal à dévotions. Y a-t-il pour les Espagnols une heure du jour ou de la nuit qui ne soit pas canoniale ? Quand ils en avaient fini avec leurs prières, génuflexions, signes de croix et aspersions d'eau bénite, les gentilshommes se rendaient dans la pharmacie des moines pour y faire emplette de ces articles qui avaient rendu fameuse l'officine du couvent. Ils les utilisaient à leur façon, détournant drogues, baumes et remèdes de leur fonction sanitaire et thérapeutique pour en faire des auxiliaires de la coquetterie masculine. C'est ainsi qu'ils puisèrent dans la confiture d'acanthe pour se confectionner des fixateurs de moustaches, et dans le gel de mimosa pour laquer leurs cheveux.

Comme l'ancien palais des Médicis de la via Larga ne suffisait plus aux nouveaux époux, ils projetèrent d'aller habiter le Palazzo Vecchio (appelé encore en ce temps palais de la Seigneurie), installation qui ne pouvait se faire avant un complet remaniement de la vieille demeure médiévale. Le duc me prit à son service. Mes efforts avaient abouti au titre auquel j'aspirais depuis longtemps. Je devins peintre de cour, rétribué d'une somme mensuelle fixe dont je reversais la moitié à Dianora. Pour mon entrée en fonction, la duchesse posa devant moi dans une robe de brocart d'Espagne, brodée sur le devant d'une grenade en fils de soie. La grenade ne fut pas choisie au hasard : par la ressemblance entre l'éclatement de ses pépins à maturité et l'expulsion des enfants au neuvième mois de la grossesse, ce fruit promet la fécondité. Force opérante des symboles : le couple n'aurait pas moins de douze rejetons.

Pour le fond du tableau, je choisis un bleu d'outremer, qui me sembla préférable au brun trop sombre employé pour mes portraits de « dames ». Cette couleur venant à me manquer, j'en commandai au majordome une demi-once supplémentaire. Fidèle au style que j'avais mis au point et qui trouvait dans le portrait officiel de la duchesse un champ d'application idéal, je m'employai, pour rendre Eleonora encore plus irréelle, à dessiner autour de sa tête un halo plus clair, en sorte que la souveraine n'est pas seulement éloignée du spectateur par sa posture hiératique : elle recule dans les profondeurs du ciel d'où elle se détache au milieu du nimbe qui l'isole.

Au deuxième étage du Palazzo Vecchio, ses appartements privés se composeraient de six pièces en enfilade et d'une chapelle que je reçus l'insigne honneur de devoir peindre à fresque. Un Espagnol est deux fois plus catholique qu'un Italien, mais une

Espagnole est dix fois plus catholique qu'une Italienne. Elle connaît paragraphe par paragraphe son missel, l'ordre des rites, le temps des cérémonies. Elle respecte scrupuleusement la moindre des indications, n'admet aucune entorse à la discipline et s'élève contre tout assouplissement de la liturgie. Eleonora et son entourage poussèrent le duc à m'adjoindre pour conseiller et guide spirituel un prêtre nommé Luigi Robbiano. Les Espagnols doutaient que je fusse assez instruit des Écritures pour éviter les erreurs théologiques, et par-dessus tout on craignait, pour moi comme pour les autres Florentins, l'influence des Églises réformées.

De plus en plus actives du nord au sud de la péninsule, elles gangrenaient le clergé aussi bien que l'opinion. La « nouvelle Babylone » qu'avait dénoncée Luther trônait devant tous les yeux sur les sept montagnes de l'abomination. De Suisse descendait par le Piémont une contestation à peine moins radicale. Bien pis, on citait un événement incroyable, qui en disait long sur le désordre des esprits. En lisant, lors de son passage à Rome, affichée en pleine rue, selon la coutume des satiristes, une sanglante diatribe contre le pape, un philosophe aussi averti qu'Érasme, qui faisait la part des faiblesses humaines et ne tirait pas argument de la dépravation de quelques mauvais prêtres pour jeter l'anathème sur le Vatican, n'avait ni protesté ni donné aucun signe d'étonnement. On l'avait vu hocher la tête, rester calme et passer son chemin.

Le doute, la confusion, le blasphème gagnaient de toute part. Pendant la semaine de Pâques, le frère bénédictin chargé de prêcher à Saint-Pierre avait puisé, pour illustrer le mystère de la Passion, tous ses exemples dans Cicéron. Il avait vanté le dévouement de Regulus, l'abnégation de Curtius et jusqu'au sacrifice d'Iphigénie, mais parmi tous ces cas d'immolation volontaire n'avait soufflé mot des souffrances de Jésus-Christ ! Dans le Sud, un disciple de Luther ou d'Érasme, on ne distinguait plus bien entre les deux, du nom de Juan de Valdés, était apparu à Naples. Il avait imprimé un livre mis aussitôt à l'Index mais lu en cachette jusque dans les couvents. À Bologne, à Parme, à Turin, des moines entraient en rébellion contre leur ordre. Brochures savantes et libelles populaires répandaient l'hérésie. On redoutait que les peintres et les sculpteurs n'en profitent pour prendre des libertés avec le dogme : faute d'être endoctrinés avec la rigueur nécessaire, n'allaient-ils pas tirer prétexte de cet ébranlement général pour innover à tort et à travers dans les sujets religieux ? Le cardinal évêque souligna le danger par une citation de saint Augustin. Ce Père de l'Église et profond connaisseur du cœur humain, avait entrevu le problème il y avait exactement mille cent quarante ans : « Respecter la Vérité ne favorise pas cette ambition de paraître original qui démange les artistes et dévoie les plus honnêtes. »

Après ma première entrevue au palais avec don Luigi Robbiano, celui-ci me raccompagna jusqu'au seuil. Au moment où je prenais congé du prêtre, un homme barbu jusqu'aux yeux apparut à l'autre bout de la place. C'était Luca Martini, je le reconnus aussitôt. Il nous vit et comprit qu'on m'avait flanqué d'un argus. Le lendemain, comme je me rendais au travail, il se posta sur mon passage.

— Tiens, je t'ai apporté en cadeau un livre d'Heures.

Il me tendit un recueil de prières recouvert de velours rouge.

— Que voulez-vous que j'en fasse ?

— Un bon conseil, Agnolo. Tu veux entrer en faveur auprès de la duchesse ? Inutile de te farcir le crâne de sornettes théologiques. Crotte et carotte. À dévote, dévot et demi. Contente-toi de laisser tomber négligemment de ta poche ce livre, quand tu la croiseras dans un couloir.

Raphaël, son favori du moment, éclata de rire, et Luca le récompensa de cette flatterie par une caresse sur la joue. Ne voulant pas me brouiller avec Luca, personnage influent qui m'avait promis des commandes, je serrai les poings sans répondre. Son amitié devenait compromettante. Il m'amusait, j'appréciais sa manière fine de railler, son élégance volontiers caustique, mais je commençais à craindre les libertés excessives qu'il s'autorisait. Jouant de sa ressemblance avec Socrate, dont il avait le front bombé et dégarni, le nez camus, la lèvre épaisse, avec en plus cette pilosité pléthorique que n'avait certainement pas le sage immortalisé par Platon, il ne se déplaçait qu'entouré d'une demi-douzaine de ces fameux jeunes gens qu'il voulait me faire peindre, la « meute », comme ils se désignaient parfois. Seule sa qualité d'ingénieur militaire du duc, lequel utilisait ses compétences pour fortifier les villes d'Arezzo, de Lucques, de Pistoia et garnir de bastions le port de Livourne, l'autorisait à afficher aussi impunément ses goûts. Il se croyait tout permis, sa faveur à la cour lui servant de sauf-conduit.

Il était si sûr de lui qu'il s'irritait de certaines résistances de la part de ceux-là mêmes qu'il estimait devoir être à sa dévotion. Plus d'un compagnon de la « meute » rechignait à devenir son intime au-delà des limites permises. Antonio Serristori, que j'avais en grande amitié, m'avoua son malaise. Luca, me dit-il à demi-mot, se montre parfois trop pressant.

Le conseiller choisi pour me guider dans le programme des fresques n'était autre que le confesseur de la duchesse. Elle l'avait amené de Naples dans sa suite et fait nommer chapelain du palais. Moine de saint Dominique, érudit, connaissant par cœur et avec le numéro des chapitres et des versets les cinq livres de la Loi et les quatre Évangiles, sec, strict, droit comme un cierge pascal, le crâne tondu au bol, don Luigi Robbiano m'avait déplu d'emblée. Sa parole brève et coupante n'était pas d'un esprit ouvert à la discussion. Alessandro remarqua que le scapulaire de velours attaché à son cou sur sa robe blanche était brodé de deux chiens noirs. « Dominicani, *Domini canes* », murmurai-je à l'enfant amusé. Nous montâmes au deuxième étage jusqu'à la minuscule chapelle. Le « chien de Dieu » me donna des instructions précises dictées en partie par l'exiguïté et la configuration des lieux. Sur la coupole, je devais représenter un saint Michel archange au milieu d'une ribambelle de *putti*, en signe de prémonition et de réjouissance pour les bébés ducaux à naître. Comme je préparais mes fusains pour les dessins préparatoires, il me tint ce petit discours.

— Tu vas peindre les quatre murs, en encastrant dans celui du fond un tableau à l'huile, qui représentera la Déposition du Christ. Une Espagnole ne peut entamer sa journée sans méditer sur l'abnégation et le sacrifice du Seigneur, ni mesurer, au supplice qu'ils Lui ont infligé, la méchanceté et l'indignité des hommes. (Le chapelain, au lieu de « méchanceté », employa un terme plus savant, de consonance hispanisante, emprunté au langage ecclésiastique : quelque chose comme « peccaminosité ».) Le mystère de la Crucifixion touche et prépare à celui de l'Eucharistie. Après avoir adoré le Rédempteur sur la Croix, la duchesse voudra communier sous les deux espèces, fermer les yeux et tendre la langue pour recevoir le corps sacré de Notre Seigneur Jésus-Christ. Afin de mettre en évidence le lien entre la Crucifixion et l'Eucharistie, insère dans la foule qui se presse autour du corps de notre Sauveur trépassé deux anges dont l'un tiendra un calice en or, de ceux qu'on utilise pour la messe, et l'autre un voile, de ceux qui protègent les hosties.

« Pour les fresques, le duc souhaite que tu illustres les actions accomplies par Moïse, figure dominante du *Corpus biblicum*. N'oublie pas de faire au prophète deux cornes au sommet de la tête. "D'avoir parlé avec Yahvé la peau de son visage irradiait de deux cornes" – comme il est attesté dans l'Exode, chapitre XXXIV, verset 29 –, excroissances qui ne te sembleraient disgracieuses que si tu ne les entendais pas comme une métaphore des rayons qui émanent de son front. Les cornes matérialisent le pouvoir surnaturel qu'il tire de sa proximité avec Yahvé. Michel-Ange a pris garde à ne pas les omettre dans sa statue. Moïse sans les cornes, marque de son essence divine, ce serait Naples sans le Vésuve, la cathédrale de Florence sans le campanile de Giotto, le Saint-Esprit sans la colombe.

« Tu auras plaisir à traiter les épisodes majeurs de l'histoire de Moïse : "La Récolte de la manne dans le désert", "Le Jaillissement de l'eau par le frappement du rocher", "Le Passage de la mer Rouge". Tous indiquent que le prophète descendu du mont Sinaï a été le précurseur du Christ. Le Christ, par amour pour les hommes, leur donne à manger, comme Moïse leur avait donné à manger ("Récolte de la manne"), Il leur donne à boire, comme Moïse leur avait donné à boire ("Frappement du rocher"). À Pâques, le jour de la résurrection, le Christ organise pour eux le *franchissement* de la vie mortelle à la vie immortelle, comme Moïse avait organisé le *passage* de la mer Rouge. Pour compléter l'*Iter mosaïcum*, restera à peindre "L'Investiture par Moïse de son successeur Josué", racontée dans le chapitre XXVII des Nombres. Moïse vieux cherche à qui confier après sa mort la conduite de l'humanité. Il faut que le Message soit transmis. Quelqu'un doit se tenir toujours prêt à recueillir la Parole et à la divulguer. Imbrique toutes ces scènes l'une dans l'autre, déroule un panorama des Écritures, souligne les correspondances, en sorte que la dévotion de la duchesse trouve chaque matin à se retremper dans le spectacle de la continuité entre l'Ancien et le Nouveau Testament.

Je n'osai dire à don Luigi combien ce programme me semblait ennuyeux. Comment arriverais-je à glisser quelque chose de moi-même dans ce *Corpus biblicum* – qu'il était inutile de citer dans la langue de saint Jérôme pour en faire sentir la pesante machinerie ? À changer, dans cet engrenage de textes codifiés, durcis, figés par une doxa millénaire, un seul élément sans être accusé d'hérésie ? À rester personnel dans un travail dont chaque détail était prescrit ? J'avais l'impression d'être l'élève à qui on demande non de montrer son talent mais de préparer sa copie pour le vidimus.

38

Chez le cordonnier

Impossible de faire des nus, dans la chapelle de la duchesse. Je réussis à déshabiller partiellement quelques jeunes gens en leur imprimant la ligne serpentine empruntée à Michel-Ange, comme j'eus soin de l'expliquer au chapelain. D'abord interloqué de ma hardiesse, il admit qu'elle était justifiée si je m'étais inspiré d'un exemple si cher aux Florentins. Mais la duchesse ? Serait-elle convaincue ? L'incident survenu lors de son installation dans la nouvelle résidence pouvait en faire douter. Le duc avait dû insister pour persuader son épouse, offusquée par un tel voisinage, de venir habiter un palais où elle verrait de sa fenêtre, sans même avoir à se pencher, quelque chose d'aussi indécent que le nu intégral du colossal *David* dressé sur la place.

— Mes jeunes gens, eux, se couvrent honnêtement les *pudenda*, dis-je à don Luigi qui rapporterait à la duchesse que son peintre avait beau être fils d'un boucher, il n'était ni manchot en latin ni ignorant des usages.

Le Passage de la mer Rouge me donna l'occasion de peindre quelques jeunes femmes, en tenue légère adaptée à la circonstance, nageant dans les flots ou s'apprêtant à plonger au milieu des nus masculins. Soulagé, il me complimenta de les avoir faites aussi jolies. « Avenantes », tel fut son mot, plus conforme, sans doute, à la prudence ecclésiastique. « Ce seraient des promises ravissantes, il ne leur manque que l'anneau », ajouta-t-il en rougissant. Restait à peindre *L'Investiture de Josué*, qui me trouva à court d'idées et incapable de figurer une scène aussi ingrate.

Pour me la rendre plus vivante, don Luigi s'aida d'un passage des Nombres et me récita ce qui suit (chapitre XXVII, versets 17 à 20, précisa-t-il avec sa manie des références exactes). « Avant que tu n'ailles te coucher au côté de tes pères, prends Josué, fils de Noun, de la tribu d'Éphraïm, homme en qui demeure l'esprit, pour ne pas laisser ton peuple comme un troupeau sans pasteur. Tu lui imposeras la main, afin que toute la communauté des Israélites et le prêtre Éléazar qui accompagne leurs destinées se rangent sous sa loi et lui obéissent. »

— Et Josué, don Luigi, accepta tout de suite ?

— Non, il fut d'abord effrayé par l'ampleur de la tâche et le poids d'une telle charge. Imagine-le, choisi tout à coup comme responsable de l'avenir de l'humanité ! Tu dois montrer dans la fresque à la fois Moïse qui désigne Josué et Josué qui se refuse à Moïse.

— Don Luigi, vous savez à quel point je respecte les Saintes Écritures, mais ce sujet est absolument impossible à traiter. La « responsabilité » est un fait moral, impropre à être rendu en peinture. Comment représenter un front sur lequel pèse « l'avenir de l'humanité » ? Ne vous fâchez pas. En conscience, je me sens hors d'état d'achever le travail. Qu'est-ce que se faire « imposer la main » par un vieillard au bout de son âge ?

— Moïse tend le bras vers Josué et place sa main au-dessus de sa tête, comme ça, regarde, dit-il en plaçant sa main sur ma tête. Ce geste a valeur d'adoubement. Josué est fier d'avoir été choisi, mais en même temps, pour les raisons que je t'ai dites, il s'interroge, il se méfie, son premier mouvement est de se refuser à Moïse.

— Un autre obstacle m'embarrasse, don Luigi. Je comprends trop bien que Josué renâcle, mais rendre évidente sa dérobade, n'est-ce pas porter atteinte à l'infaillibilité du prophète ? Que diront Leurs Altesses ? Admettront-Elles que la Bible tolère des scènes de doute et d'hésitation ?

Je jetai mes fusains et mes pinceaux et, prenant par la main le petit Alessandro, Sandro comme nous l'appelions en famille, je m'enfuis en courant de la chapelle sans écouter les protestations du chapelain.

Notre maison n'était qu'à peu de distance du palais. Sandro, impatient de s'ébattre après ces longues heures d'inactivité, aurait voulu m'entraîner vers l'Arno pour jouer sur la berge ou se baigner avec moi. Il aimait nager à contre-courant, au milieu du fleuve qui coule assez vite, et j'avais peine à le suivre. « Rattrape-moi », criait-il en riant, car il savait que je n'y arriverais pas. Mais, ce jour-là, j'étais trop soucieux de découvrir le moyen d'exécuter la dernière partie de mon contrat pour lui faire ce plaisir. J'avais besoin de consulter Dianora, de monter dans ma chambre, de réfléchir.

Nous arrivâmes à la maison, devant Orsanmichele. C'était l'heure où les statues dans les niches bénéficient du meilleur éclairage. Sandro attira mon attention sur un petit mouton, orné d'une croix, sculpté au-dessus de la statue de saint Étienne, patron du commerce de la laine.

— Pourquoi avec une croix, Agnolo ? Les instruments des lainiers sont : la tondeuse, le racloir, la carde, le peigne, ai-je bien appris ma leçon et retenu les noms ? Tous ces instruments servent au commerce de la laine, pas la croix.

— Un mouton seul n'aurait pas donné assez de dignité à leur corporation. Le sculpteur l'a transformé par cette croix en « Agnus Dei », comme est invoqué Notre Seigneur Jésus-Christ dans l'ordinaire de la messe.

— Oui, entre le Pater et la Communion, ainsi que me l'a enseigné maman.

Plus loin, devant la statue de saint Matthieu :

— N'est-il pas curieux, demanda-t-il, que la corporation des changeurs d'argent, qui pressurent le peuple, nous a dit un jour ton papa, ait obtenu la protection d'un des quatre évangélistes ?

— Avant de se rallier à Jésus, Matthieu était agent du fisc. Il s'appelait Levi, percevait les impôts et entassait les pièces de monnaie sur son comptoir. Sa conversion eut d'autant plus de valeur. À Florence, dont la richesse repose sur la banque, on le tient en particulière vénération.

— Quelle drôle d'église, continua Sandro. Elle n'a ni façade ni abside. Les quatre côtés sont pareils. Elle est plus haute que large. Elle n'a pas de clocher et aucun endroit pour les cloches.

Dianora nous entendait d'une de ses fenêtres. Elle se pencha et dit à Sandro :

— Arrête. Tu fatigues Agnolo avec tes questions.

— Mais pas du tout, signora. Il possède un joli don d'observation.

Je tenais, en répondant le plus soigneusement possible à ses questions, à dédommager l'enfant pour le bain dans l'Arno dont je l'avais privé.

— En réalité, Sandro, c'était autrefois un grenier, converti plus tard en église. On y engrangeait le blé pour disposer de réserves en cas de disette. Tu vois ces trous dans les étages du haut ? On descendait le grain directement par ces trous et par ce pan incliné qui ressemble à un pont mis de travers.

— Un grenier ! C'est drôle ! Pourquoi l'avoir converti en église ?

— Quand la moisson a été mauvaise les boulangers ont si peu de pain à cuire qu'on n'a plus confiance que dans celui de Dieu.

Il réfléchit un moment, puis :

— Le pain de Dieu est-il aussi nourrissant ?

Un prêtre qui passait près de nous tendit l'oreille. Prudent, j'orientai notre conversation sur le nom du quartier : Calzaiuoli. La via « dei Calzaiuoli » longe un des quatre côtés de l'église, et ce nom de Calzaiuoli s'est étendu à tout le quartier. La famille des Calzaiuoli l'avait pris d'un ancêtre « chausseur », comme la famille des Médicis avait pris le sien d'un ancêtre « médecin ».

— J'ai remarqué, dit-il fièrement, que la rue et les rues avoisinantes d'Orsanmichele comptent un nombre élevé de boutiques de bottiers et de cordonniers.

Je m'apprêtais à rentrer dans l'armurerie et Dianora, du premier étage, nous faisait un signe amical de la main, quand dans la maison d'en face, qui était précisément celle d'un cordonnier, j'aperçus Luca Martini en compagnie de deux fidèles de sa cour. L'un, nommé Raphaël, était celui qui s'était esclaffé quand Luca m'avait donné le conseil de laisser tomber le livre d'Heures aux pieds de la duchesse. « Le velours rouge dont il est recouvert lui prouvera le prix que tu lui attaches et le degré supérieur de ta dévotion », avait-il ajouté cyniquement. Dans l'autre je reconnus mon ami Antonio Serristori, fort réservé au contraire sur le compte de Luca, qu'il accusait de se faire un peu trop assidu auprès de ses disciples sans tenir compte de leur différence d'âge, en effet considérable. Raphaël et Antonio se tenaient debout auprès de Luca assis sur une chaise. Raphaël se penchait à demi, dans une attitude obséquieuse, à côté d'Antonio cambré et rétif.

Luca essayait des chaussures. Les boîtes s'empilaient autour de lui. Aucun modèle ne semblait lui plaire. Curieux de voir pour lequel il se déciderait, j'entrai dans la boutique, accueilli par de cordiales salutations.

— Ah ! je ne sais plus, disait Luca, avec un soupir de lassitude feinte. Très jolis, ces cothurnes, mais la semelle est trop épaisse… Non, mastro Farini, j'aurais l'air de Truffaldino sur la scène… Des brodequins ? Pas de brodequins, s'il vous plaît… M'aimerez-vous dans ces bottes, mes pigeons ? Eh bien, pas de bottes non plus… Voyons plutôt cette paire de bottines. Vous dites que c'est votre dernière création et que personne n'en porte encore à Florence ? Hum ! Je suis tenté… Elles me semblent convenir à mon rang… Mais sont-elles vraiment adaptées ? Qu'en penses-tu, *Raffaello mio* ?

Raphaël ne songeait qu'à flatter Luca. Il hocha la tête en signe d'assentiment puis porta une des bottines à son nez pour en flairer le cuir comme si c'était le plus rare des parfums. Antonio montrait par sa mine qu'il désapprouvait ce choix. Il s'écarta ostensiblement de Raphaël quand celui-ci s'abaissa à ce geste servile de renifler une grolle. Un intrigant, un frotte-manche, voilà ce qu'il était. Un lèche-bottes, pour le dire en donnant pour une fois au mot son sens propre.

— Et toi, Agnolo ?

N'osant ni lui dire que je trouvais ces bottines ridicules ni m'aliéner un homme si puissant, je répondis par une moue interrogative.

— Vous êtes des nuls, doux amis. Vous allez me faire regretter de ne me plaire qu'en votre compagnie. Il me faudrait l'avis d'une femme.

Dianora Allori traversait justement la rue. Elle entra dans la boutique pour ramener son fils à la maison.

— Signora Allori, que dites-vous de ces bottines ? Vont-elles bien avec le reste de mon costume ? Mettent-elles la jambe suffisamment en valeur ? Aurai-je bonne tournure auprès de Leurs Altesses ?

Dianora regarda les bottines dont le cordonnier et son commis, accroupis devant Luca, nouaient non sans mal les lacets. Je ne m'y connais pas en cordonnerie, mais quiconque, je crois, aurait trouvé déplacée pour un homme de cet âge une telle paire de bottines. Attachées à la jambe par un laçage sophistiqué, elles étaient bleues, le cou-de-pied orange, les lanières de l'empeigne dorées. Dianora réprima un sourire, prit Sandro par la main et se hâta de ressortir de la boutique avec son fils.

— Je les prends, dit Luca. Je m'y sens à l'aise. À peine si l'orteil droit est un peu comprimé. *Che bella figura* elles me donneront à la cour ! Ah ! cette séance m'a fatigué. Aidez-moi, Raphaël et Antonio, à les ôter. Vraiment, mastro Farini, vous avez réalisé là un modèle d'un raffinement extrême, qui vous fera honneur quand on les verra à mes pieds. Bleu, orange et doré, vous vous êtes surpassé ! Elles me vont à ravir et soulignent ma cambrure.

Il écarta les jambes, pour permettre aux deux jeunes gens de s'occuper chacun d'une bottine. Raphaël se précipita et se mit à genoux devant son maître.

— Eh bien, Antonio ? Tu bâilles ? Tu n'aides pas ton camarade ?

Antonio, dont la répugnance était visible, avait reculé jusqu'au seuil de la boutique.

Quant à moi, je crus avoir trouvé la solution de mon problème.

— *Eurêka* ! m'écriai-je.

En deux mots j'expliquai à Luca ahuri mon projet.

— Voulez-vous poser pour Moïse ?

Toujours remonté contre moi, il hésitait, mais quand il sut qu'il figurerait, chaussé de ses nouvelles bottines, dans la chapelle privée d'Eleonora, il mesura l'avantage de se rappeler tous les jours à la mémoire de la duchesse. Tous les jours, la duchesse le verrait sur le mur, équipé à la dernière mode.

— Quand as-tu besoin de moi ? demanda-t-il.

— Tout de suite, messire Luca. Viens avec nous, Antonio, pour toi aussi j'ai un rôle.

39

Tableau vivant

Je courus en avant, grimpai à toute vitesse les étages, repris mes fusains et mes crayons de couleur, esquissai la scène de Josué manquante, montrai le croquis à don Luigi. Imbu de sa mission, Moïse est assis sur un rocher qui ressemble à un trône et, de son visage volontaire comme de son bras tendu, émane l'autorité souveraine dévolue au chef et guide des Hébreux. Luca, qui m'avait rejoint avec Antonio, prit sans difficulté la pose, ravi d'occuper cette position dominante. Ayant ma petite idée en tête, je m'arrangeai à son insu pour que sa robe rebiquée laisse à nu son genou et le haut de sa jambe. Devant lui, dans mon dessin préparatoire, j'avais introduit, autour de Josué, un cercle de jeunes gens, ce qui n'est pas contraire aux Écritures, m'affirma avec empressement don Luigi. Il était trop heureux que j'eusse repris le travail pour ne pas me permettre de tricher un peu sur l'orthodoxie.

— Moïse devait *choisir* son successeur, me dit-il, ce qui implique la présence de plusieurs candidats sur le même rang que le fils de Noun, de la tribu d'Éphraïm.

En face de Moïse, assis de dos, don Luigi me servit de modèle pour le prêtre Éléazar. Il se prêta volontiers au jeu, dans sa robe blanche de dominicain, à laquelle je donnai, puisque la scène est en Égypte, les plis abondants et l'ampleur flottante d'un burnous. J'ajoutai une barbe à son menton glabre, et le coiffai du chapeau de paille d'un de mes aides, en forme de cloche à melon. Comme nous étions en pleine Bible, dont les acteurs sont décrits avec des éloges hyperboliques de leur beauté, je pris dans mes gravures, pour en entourer Moïse, les plus beaux modèles de jeunes gens. Vraiment, ce sont les corps le plus magnifiques que j'aie jamais dessinés – mais en cachant leur sexe derrière une de leurs cuisses relevée, pour leur épargner le ridicule du chiffon sur les reins. Chair, muscles, nombril, tétons, ils étalent, malgré cet escamotage pitoyable de la queue, la même perfection anatomique que les dieux de l'ancien paganisme, quand la religion n'était que l'heureuse extension du plaisir de vivre et de la volupté physique.

— Cher Antonio, lui dis-je quand j'eus brossé à grands traits la scène, à nous deux maintenant. Je t'ai choisi pour figurer Josué, qui doit être dessiné sur le vif, comme Moïse et Éléazar. Ôte seulement ta chemise, dis-toi que tu es au milieu du désert égyptien où il est naturel de se déshabiller. Tu vois Moïse, avec sa baguette de commandement ? Imagine que tu sois en face de lui et que, lorsqu'il t'interpelle et te somme de lui obéir en tendant vers toi une main impérieuse, tu aies un mouvement naturel de recul. Oui, comme cela, rejette ton buste et ta tête en arrière, appuie-toi sur un bras et fais de l'autre un geste de dénégation. Tu refuses d'obéir, tu affectes un air courroucé, pour qui se prend-il, celui-là, qu'a-t-il à me donner des ordres comme si je devais obtempérer au doigt et à l'œil ?

J'avais retranscrit à ma façon la scène de la cordonnerie. Au lieu d'une fresque historique, froide, je faisais un tableau vivant : Luca Martini, qui a non seulement le toupet de tendre sa jambe pour qu'on lui délace sa bottine, mais la présomption encore plus effarante de croire aguicher par son genou et le haut de son mollet nus, fait se regimber Antonio, qui profite de l'occasion pour signifier à Luca qu'il entend prendre désormais ses distances. « Josué *se refuse* à Moïse », m'avait dit innocemment don Luigi. Je jouai sur le mot, j'exploitai son double sens, je détournai à mon profit la parole anodine. En se rejetant en arrière par une torsion du buste qui exprime son dégoût, Antonio *se refuse* à Luca. Assez de cette intimité qui lui pèse ! Il a décidé de rompre, non seulement pour préserver sa vie personnelle, mais aussi par flair politique : il se demande si l'ostentation et les vantardises de Luca ne hâteront pas la promulgation de lois qui mettront fin à la relative tolérance dont la meute a bénéficié jusque-là.

Je ne m'étais pas trompé : Antonio fut parfait de naturel en récalcitrant outré d'une exigence abusive.

Satisfait d'avoir rajeuni une scène canonique et injecté dans un sujet convenu le fait divers dont je venais d'être témoin, je me permis quelques accommodements. Antonio n'avait pas une chevelure blonde et bouclée, et il est peu probable qu'on trouvât dans le désert égyptien ce type et cette couleur de chevelure, mais c'est coiffés ainsi, avec d'abondantes boucles dorées, que j'aimais les garçons, depuis la lointaine époque – plus de vingt ans déjà ! – où Jacopo avait transformé, pour la *Visitation*, le noiraud que j'étais en blondin.

— Quelle bonne idée tu as eue, commenta le chapelain qui ne tiqua pas plus sur cette entorse à la vraisemblance qu'il ne m'avait repris sur le nombre et la nudité des jeunes gens groupés autour de Moïse. Le blond est la couleur de l'excellence. Mais les cornes ! Tu as oublié les cornes sur le front de Moïse !

Je n'avais pas mis les cornes parce que je trouvais peu seyant de symboliser par ce vilain appendice les rayons qui font communiquer Moïse avec Dieu. Mais puisque Moïse était copié sur Luca, un sens bien différent m'apparut, et l'occasion d'appliquer mon système de la *double lecture*. Ces cornes, c'étaient celles que plantaient à Luca les jeunes gens qu'il croyait séduire et qui se moquaient du « vieux » chaque fois qu'ils le trompaient pour prendre entre eux leur plaisir. Je me souvenais de ce que m'avait dit Antonio sur le despotisme qui oblige à mentir. Dans ma fresque, il y a deux jeunes gens nus : Josué – Antonio n'avait ôté que sa chemise, mais le bas de son corps étant caché par Éléazar, le spectateur *sent* la nudité intégrale du modèle – et l'adolescent qui est assis à l'extrême droite de la scène, et dont on voit le corps entier. Or, pendant que Moïse lance son ordre présomptueux, en comptant sur l'effet ensorcelant de sa rotule, les deux jeunes se regardent ; leurs yeux, leurs désirs se croisent ; l'attirance qu'ils éprouvent l'un pour l'autre est si visible que j'eus peur d'avoir été trop explicite. Ces deux jeunes gens sont d'ailleurs pareils, d'une charpente et d'une musculature identiques, aussi blonds et bouclés qu'on peut l'être : chacun est le double de l'autre. J'avais peint un couple idéal, dont l'idylle a été interrompue par l'incroyable sans-gêne de Moïse, mais ils ne tarderont pas à regagner le temps perdu quand « le vieux » aura été remis à sa place.

Pour des cornes, celles-ci étaient bien méritées, et je m'amusai à les peindre jaunes, fortes et pointues comme celles d'un bœuf. Don Luigi fut enchanté de la façon dont j'avais rattrapé mon oubli. Il se récria seulement quand il eut découvert que j'avais chaussé Moïse des fameuses bottines bleu et orange à lanières dorées.

Antonio vint à mon secours.

— Elles existent vraiment, don Luigi. Mastro Farini les vend dans sa boutique rue des Calzaiuoli. Pourquoi ce qui est bizarre aujourd'hui n'aurait-il pas été aussi bizarre dans l'Antiquité ?

40

Un couple scandaleux : Vénus et Cupidon

J'étais désormais assez sûr de moi pour portraiturer sans me trahir les plus aimables jeunes gens de la cour. Tête nue ou en béret, sanglés dans des costumes noirs ou vêtus avec coquetterie, parés d'un gorgerin de velours ou ceints d'un col de dentelle, bagués ou les doigts nus, mais toujours impeccables de mise comme de tournure, je les faisais lointains, froids, dédaigneux, impassibles. À l'un je donnai son luth à tenir par le manche, à un autre un livre dont il écarte les pages de son index fuselé. Celui-là tripote une statuette, un quatrième joue avec le médaillon qu'il cache dans le creux de sa paume, un autre encore essaie de dissimuler une lettre – tous assez *distanciés* pour ne pas prêter au soupçon, et chacun avec l'emblème (musical, littéraire, artistique, sentimental, romanesque) qui prouve son rang, sa culture, ses dispositions, ses talents, et indique à quelle altitude le portent son esprit, son cœur.

Personne ne pouvait deviner le tribut que je m'octroyais au passage, quand je supputais qu'on ne me ferait pas trop de résistance. Que de fois la séance de pose se termina de façon moins austère qu'elle n'avait débuté ! Les pinceaux volèrent, les pots de peinture furent renversés, le chevalet jeté à terre, les vêtements piétinés. Quant à Antonio, je ne sais quelle pudeur m'eût retenu. C'est lui qui prit l'initiative.

Un seul me mit dans l'embarras : Ludovico Capponi, petit-fils du Ludovico qui avait commandé la *Déposition* à Jacopo. Vexé que je n'eusse souligné, par le taffetas noir brillant de son pourpoint, les ruches de son tour de cou, la dentelle de ses poignets, la paire de gants serrée dans sa main, que son appartenance à l'élite des patriciens, il exigea de se faire ajouter, au bas de son pourpoint, entre les pans sombres de l'habit, une volumineuse braguette blanche, que je n'aurais jamais osé y mettre de moi-même, bien qu'ayant remarqué sa grosse queue comprimée dans le satin des hauts-de-chausse. Le jouvenceau de dix-sept ans était moins fier de son statut social que de sa virilité – et peu lui importait, évidemment, le dommage qui pouvait résulter pour le peintre d'avoir mis en valeur un détail aussi cru.

(À ce propos, je note que Guidobaldo della Rovere, qui avait promis de me rendre visite à l'armurerie, ne s'y est jamais présenté. Je me demande si mon tableau l'a aidé à convaincre son père qu'il ne pouvait épouser une gringalette d'enfant.)

Malgré mes précautions pour déguiser en supériorité intellectuelle et morale les avantages physiques de ces jeunes gens, des rumeurs, inquiétantes pour moi, couraient dans Florence, depuis que la duchesse avait invité la cour à visiter sa chapelle.

— Il ne s'est pas gêné pour peindre des garçons nus.

— Toujours très beaux, pardi !

— Il sait où se ravitailler, apparemment.

— Mais, de femme nue, on ne lui en connaît qu'une seule, son affreuse Galatée !

(Ce n'était pas vrai : il y avait celle au sein rond du *Passage de la mer Rouge* ; bien fait pour moi, me dis-je, si on ne la remarque : je suis puni d'avoir voulu feindre ce que je ne suis pas.)

— Michel-Ange *lui-même*, renchérit l'adjoint du bargel, a rendu hommage au *gentil sesso. La Nuit* et *L'Aurore* de la chapelle des Médicis témoignent qu'il n'en était pas si dégoûté que cela !

Ce *pardi !*, cet *apparemment*, ce *lui-même* étaient lourds de menaces. Le favori des papes n'avait, bien sûr, rien à craindre. Mais si *lui-même* avait dû se résoudre à faire des statues de femmes nues, il fallait absolument qu'un peintre qui ne jouissait pas de si hautes protections donnât des gages publics de sa moralité.

— Bon, me dis-je, s'il leur faut une femme nue, allons-y carrément, plus franchement en tout cas que Michel-Ange dont les deux statues de la chapelle Médicis sont ternes, épaisses, flasques de gorge, lourdes de bassin, pesamment affaissées. Leurs seins trop écartés ont l'air plaqués sur leur buste. Il les aura sculptées à contrecœur, c'est évident. On dit qu'il est allé en chercher les modèles à Gênes, ville réputée pour la laideur de ses natives, à cause des escaliers à monter et descendre sans cesse, exercice qui secoue et malmène la poitrine. En fait de sensualité féminine et d'érotisme féminin, je vais battre tout ce qu'on a fait jusque-là à Florence, car on ne peut pas dire que la *Vénus* anguleuse de Botticelli soit autre chose qu'un garçon déguisé.

Pour modèle de celle que j'avais en tête, je n'avais pas le choix, aucune de mes gravures de statues grecques ou romaines ne répondant à mon projet : je devais m'aboucher avec une prostituée, puisque, à Florence, nulle femme de la noblesse ou de la bourgeoisie n'eût accepté de prendre la pose que j'avais imaginée. La Marietta, qu'on disait la favorite de l'évêque Giovanni, accepta mes conditions. Elle apparaîtrait de face, toute nue, embrassée par un jeune garçon, nu aussi. Leur posture serait si lascive que j'annonçai mon tableau sous le voile d'un titre mythologique : *Vénus et Cupidon.* Pour le jeune garçon, d'un type également inconnu dans ma collection de gravures, le choix fut plus difficile. Il devait être jeune (Cupidon), mais moins jeune que le Cupidon traditionnel, car je voulais suggérer qu'il se préparait en étreignant Vénus à rien de moins qu'à s'accoupler avec elle. Dianora, voyant mon embarras, me tira d'affaire. Soit qu'elle jugeât indispensable pour mon avenir de réussir dans un genre que je n'avais pas encore pratiqué, soit que son cœur de mère fût aveugle aux conséquences possibles de son geste, elle me prêta Sandro, âgé alors d'une douzaine d'années, pas encore pubère, mais sur le point de l'être. Le gamin dont la voix muait fut enchanté de poser pour moi. Il se passa autour du cou le carquois et les flèches, battit des mains et exécuta une petite danse devant le chevalet. De se montrer complètement nu ne le gênait pas le moins du monde. Son corps délicieusement potelé, sans être gras, ses membres bien découplés, comme on les admire chez un enfant de douze ans et comme on feint d'en détourner les yeux quand il en atteint quinze, ravirent tous ceux qui visitèrent mon atelier.

Je composai mon groupe comme suit. La Marietta, assise de face, le triangle et la bosse du pubis exposés sans voile au premier plan, se laisse embrasser par Sandro. Collé à elle, dans une pose contorsionnée, il tourne vers le spectateur ses fesses rebondies mises en valeur par la cambrure de ses reins. Pressant de sa main le sein de la Marietta dont le téton surgit entre ses doigts, il pose sa bouche sur la bouche de la Marietta, laquelle écarte ses lèvres et tend sa langue au baiser. Blancheur lisse des peaux, rondeur polie des chairs, dévoilement intégral des *pudenda* de la femme (mais pour le sexe, déjà bien formé, du petit Sandro, j'avais promis à sa mère de le dissimuler entre ses cuisses vues de profil), imbrication des corps, franchise des caresses préalables à l'accouplement, baiser à pleine bouche, bout rose de la langue de Marietta bien visible entre les lèvres de Sandro, ce n'était pas un tableau, c'était un outrage public à la pudeur, tel que Boccace lui-même n'aurait osé l'imaginer. À tout hasard, pour amadouer le duc et la duchesse, encore en deuil de Son Altesse mère Maria Salviati, et prévenir une condamnation du tableau, j'eus recours à l'alibi mythologique de la flèche et biblique de la pomme.

— Marietta, vole une flèche dans le carquois de Sandro, brandis-la à bout de bras et feins d'en menacer le polisson. Serre dans les doigts de ton autre main cette pomme.

La flèche et la pomme, selon moi, fonctionneraient comme des signaux d'alarme. Mis en garde contre les dangers d'un amour criminel, le spectateur mesurerait le précipice où conduit tout excès, et l'on ne pourrait pas m'accuser de complaisance.

Quelques figures allégoriques complétèrent le tableau, propres à souligner le caractère peccamineux (l'hispanisme de don Luigi m'avait plu) de l'action représentée et l'échec inévitable d'une conduite aussi immorale : le Temps qui se raille de la jeunesse (impitoyable sur ses égarements) ; la Vérité qui attend son heure (sans se presser, sûre comme elle est de pulvériser au moment voulu le mensonge des plaisirs illicites) ; par terre des masques, images de déception et de tromperie. Le *putto* joyeux et rieur qui arrive en dansant (j'avais copié ses pas sur ceux de Sandro) et s'apprête à jeter sur le couple une pluie de roses porte à sa cheville gauche des grelots de fête, mais, par précaution encore, j'eus soin de mettre sous son pied droit une branche hérissée d'épines.

Dianora resta muette. Surprise ? Gêne ? Bouleversement de découvrir que son fils n'était plus un enfant ? Indignation de la pose que j'avais choisie ? Je vis bien que ses préjugés contre les peintres, qu'elle avait mis de côté par amitié pour moi, se rallumaient tout à coup. Il était trop tard pour changer la pose, mais elle m'enjoignit de changer la tête de Sandro. Qu'on ne reconnaisse pas son fils dans ce garnement éhonté ! J'obéis, à regret. Le nez, les yeux furent modifiés, mais pas la bouche, incorporée trop étroitement à celle de Marietta. Je colorai ses cheveux en roux, en hommage (compris de moi seul) à mon défunt ami Rosso.

La cour vint examiner mon ouvrage. Effrayé par ma témérité, je crus nécessaire de prendre les devants. La duchesse, qui avait reconnu la Marietta, s'était renfrognée tout de suite, car cette *créature*, d'après ce qu'on disait à Florence, l'emportait sur toutes les autres par la variété des services qu'elle offrait à ses clients. Sûre de ses avantages, elle passait pour ratisser large dans les rangs de la cour. Elle avait eu le gonfalonier, puis le provéditeur de la Mer, elle était maintenant avec un évêque. Peut-être se hisserait-elle jusqu'au duc ?

— Excellences, dis-je en m'adressant au duc et à la duchesse, il n'y a rien de trop hardi dans cette peinture, et qui puisse choquer la bienséance, puisqu'elle stigmatise ce couple scandaleux par tous les procédés que fournit à un artiste honnête le répertoire des allégories. Ce garçon et cette femme sont punis de l'audace d'avoir cédé à une passion irraisonnée, qui ne tient aucun compte des plus élémentaires convenances. Regardez cette pomme, symbole parlant du péché, regardez cette flèche, instrument de la vindicte, regardez ces épines, non moins vengeresses, regardez le Temps qui prévoit la caducité de leurs serments, regardez la Vérité qui guette impatiente qu'éclate l'imposture d'une union aussi folle, regardez ces masques qui annoncent la fin des illusions, prenez note de toutes ces métaphores du châtiment qui frappe inéluctable les luxurieux, ceux que Dante a mis dans le deuxième cercle emportés par le vent noir. Ce tableau qui a l'air d'une peinture du bonheur révèle en réalité quel mirage est le bonheur, quand il est obtenu dans des conditions aussi manifestement contraires à la religion et à la morale.

— Décidément, mon cher époux, nous ne pouvons pas garder ce tableau. Pensez-vous à nos enfants, à l'innocence de ces petits êtres ? Voulez-vous leur donner en exemple cette traînée sans vergogne et ce gamin effronté ? Francesco n'a que quatre ans, Giovanni, votre préféré, n'en a que deux. Votre vénérée mère Maria Salviati dont nous avons à peine inhumé le corps sanctifié (elle se signa) se retournerait dans sa tombe.

Après s'être assurée que l'ambassadeur de France était absent :

— Vous m'avez fait part, reprit-elle, de votre intention d'envoyer un présent au roi François Ier.

— Mais pas un présent de cette sorte !

— Son entourage est assez dépravé pour agréer une telle abomination. Nous sommes fort bien renseignés sur le cynisme et l'avilissement de cette cour.

— Mais songez-vous à l'image qu'on retiendrait de notre ville, si l'on pouvait penser que nos mœurs sont aussi dévergondées ?

— Songez-vous, mon époux, à l'éducation que Dieu vous enjoint de donner à vos fils ?

— Je suis d'accord, dit enfin le duc, soucieux de s'épargner une scène de ménage. Oui, il est temps d'assurer notre paix avec la France. Les hostilités ont suffisamment duré. Pour enterrer la hache de guerre, envoyons ce cadeau en gage d'alliance et d'amitié.

— Puis-je présenter une objection à Leurs Altesses ? demanda messire de Vigo.

— Parle, dit le duc.

— La syphilis était inconnue en Italie jusqu'à l'entrée des troupes françaises.

— Eh bien, n'est-ce pas une raison de plus pour mettre sous les yeux des Français les ravages qu'elle provoque dans nos régions ? dit la duchesse.

— Ma chère épouse, vous parlez d'or.

— Que Leurs Altesses y songent, ce sont les soldats de Charles VIII, de Louis XII et de François Ier qui nous ont apporté ce fléau. Il ne serait peut-être pas très diplomatique de faire présent à François Ier d'un tableau où il verra comme un blâme. Notre cher Bronzino n'y est pas allé avec le dos de la cuiller.

— Ne nommons-nous pas cette calamité : « mal français » ? dit le provéditeur de la Santé.

— *Morbus gallicus*, renchérit don Luigi.

Le duc se tourna vers moi.

— Agnolo, assombris encore, s'il te plaît, cette face si affreuse, afin qu'elle devienne presque invisible, et que Vénus monopolise l'attention. Escamote ce qui fâcherait, dans ce tableau, une cour qui passe pour très frivole. Tous nos rapports nous disent que le roi François Ier est grand amateur de femmes, et que pour lui plaire chacun de ses gentilshommes lui cède à tour de rôle pour une nuit son épouse. Il a fait placer dans son château de Fontainebleau des tableaux représentant des femmes dans leur bain. Elles s'ébrouent et jettent autour d'elles en riant des giclées d'eau qui retombent en gouttelettes sur leurs seins dont elles se pincent mutuellement les mamelons.

La phrase trop longue, l'air déluré, l'intonation indulgente étaient déjà suspectes. Le détail des « mamelons » trahit le duc. Il avait appuyé avec une insistance trop gourmande sur les deux *m* déjà si évocateurs en eux-mêmes. L'Espagnole fixa sur lui son regard le plus noir et ferma son éventail d'un coup sec. Il s'adressa au chef de sa police et lui dit d'un ton sans réplique :

— Vous ferez partir le tableau dès ce soir pour la France. Préparez une escorte digne d'un roi – même si celui-ci, ajouta-t-il à voix basse pour sa femme, est perdu de désordres et de vices.

41

Sens caché du surnom Bronzino

Pour me dédommager de cet effort vers la moralité (couronné d'un résultat suprêmement immoral !), je me jetai dans la poésie. Marietta ou Vénus, je la trouvais laide, moi, cette femme que j'avais peinte. La femme sans les atours qui atténuent la rondeur des hanches, sans la gaine qui comprime le ventre, sans les bijoux qui estompent la masse graisseuse des seins, la femme nue, étalée, déballée, me déconcerte, m'éloigne, et ce que tant d'autres lui trouvent de si attrayant reste pour moi une énigme. Ils ont un goût contre nature.

Bronzino compte bien que les lecteurs sursauteront devant ce qu'il vient d'écrire, et il s'amuse de leur indignation, car il tient en réserve le moyen de la désarmer. Nous le savons friand de ces conteurs dont le sujet unique semble être – mais ne l'est pas – la duplicité et la rouerie du sexe féminin. Matteo Bandello était mort récemment, et son œuvre connaissait un regain de popularité auprès des Florentins, d'autant plus qu'il avait été évêque. Aux yeux des prudes effrayés de prendre goût à de telles gaillardises, la dignité épiscopale servait de nihil obstat.

Bronzino cite celle de ses historiettes qui n'est certainement pas la moins cocasse et surprenante. Un certain Porcellio, adepte de ce que saint Paul appelle « le vice innommable » (et nous apprenons en passant qu'on disait à Florence d'un hérétique de cette espèce qu'il « préfère la chair de cabri à tout autre mets » et « se plaît à aller en sabots sur terrain sec », deux métaphores savoureuses qu'on aimerait remettre en vigueur), ce Porcellio, donc, sentant venir la mort, demande à se confesser. Un moine dominicain accourt à son chevet ; très vite ils en viennent au carnis peccatum, maximum delictum, *et le prêtre, averti par la femme de son pénitent, demande à celui-ci s'il n'a jamais péché contre nature. Porcellio se récrie : « Moi, contre nature ? Jamais, de toute ma vie. » Il est absous et béni par le prêtre, qui ne peut mettre en doute la sincérité d'une confession faite à l'article de la mort. Mais quand il sort de la chambre, l'épouse qui sait à quoi s'en tenir et craint que le diable n'emporte l'âme de son mari, persuade le prêtre de retourner auprès de l'agonisant et de lui arracher la vérité. Il en résulte ce dialogue. « Porcellio, tu nies avoir péché contre nature, alors que tu es plus chargé de ce péché que si tu avais sur le dos toutes les pierres de notre Duomo ; ta femme m'assure que tu aimes bien plus les jeunes garçons que la chèvre n'aime le sel. » Large sourire de Porcellio. « Oh ! Oh ! révérend père, vous n'avez pas su m'interroger. Me divertir avec les jeunes garçons m'est plus naturel que le boire et le manger, et vous me demandiez si je péchais contre nature. »*

La plupart des lecteurs, ajoute Bronzino, ne retiennent de ce conte que l'ingénieuse duperie qui a permis à Porcellio de recevoir l'absolution sans être parjure. Mais pour lui, l'historiette a un sens plus profond. Sous une forme imagée et parlante, Bandello pulvérise les lieux communs sur la nature, la morale, etc. Si la grande majorité des hommes sont bruns, s'ensuit-il que la couleur blonde doive être dite contre nature ?

Soit, mais lui-même tombe dans le piège, lorsqu'il décrète, parce qu'il ne les aime pas, « contre nature » l'amour des femmes. Élevons à ce propos la plus ferme protestation contre l'image caricaturale qu'il donne de nos compagnes, dont une petite minorité seulement est en surpoids – et encore, les grosses, quand l'excès de chair est harmonieusement distribué, et les rotondités s'équilibrent, manquent-elles de charme ? Bronzino aurait dû se rappeler la prédilection de son ami Guidobaldo pour le « baba à la crème ».

Mes petites compositions en vers circulaient dans le cercle très privé de jeunes patriciens que la loi n'eût osé inquiéter. Ils se sentaient libres et couchaient à l'envi entre eux ou avec des bardaches de rencontre, si ce n'est que, avertis des intentions du duc, soucieux de leur sécurité et unis par la conviction qu'on peut suivre à loisir ses penchants à condition de n'en rien ébruiter, ils demandaient à contrôler mes poèmes. Un comité de censure de trois membres fut désigné pour valider ou écarter mes trouvailles : Cecchino Salviati (sans rapport de parenté avec Maria Salviati), Donato Donati, gentil sans plus, enfin Ugolino Martelli, le plus jeune, sans duvet encore sur la lèvre, et le plus discret d'entre nous. Comme il était charmant, avec ses grands yeux gris, tristes et candides, auxquels pour rien au monde je n'aurais voulu voir une expression plus enjouée ! L'approbation de cet imberbe valait pour moi un imprimatur. Mais d'autres dans la meute le trouvaient timoré, surtout Cecchino Salviati, le plus effronté, et d'ailleurs détesté d'Ugolino, qui avait toujours refusé ses avances. Petit, noiraud, essayant de faire oublier sa taille par des initiatives toujours plus provocantes, irrité qu'on le crût parent de feu la mère du duc si haïe, Cecchino ne voyait dans les recommandations de prudence d'Ugolino que pleutrerie et pusillanimité.

Ma préférence allait toujours au genre bouffon et parodique, qui fait passer pour des plaisanteries les hardiesses les plus risquées. Comme les fous qui peuvent se permettre de clamer la vérité parce qu'on met leur franchise sur le compte de la folie, ce qui autorise à ne pas prendre cette vérité au sérieux, je me servais de la facétie pour rendre permis le défendu. Bandello aurait été un bon maître pour la prose ; Francesco Berni restait mon modèle pour les vers. Quiconque imitait ses poésies mettait les rieurs de son côté. Il avait enchanté les Florentins par son *Orlando innamorato* où il se moquait tour à tour de Pétrarque et du Tasse, tournant en dérision le lyrisme ampoulé du premier comme l'idéal héroïque du second. Qu'on dise de moi : « C'est notre nouveau Berni », et j'étais sauf, à l'abri des poursuites, toute référence à un auteur célèbre assurant l'impunité dans une ville où autrefois le jeune Michel-Ange, encore inconnu, s'était justifié ainsi devant les magistrats choqués par l'audace de son *David* : « Celui de notre révéré maître Donatello ne vous semble-t-il pas dix fois plus hardi, nu sous son chapeau à fleurs ? »

Me souvenant de ce que m'avait dit Benvenuto de la suprême inconvenance de cet article de demoiselle planté sur un corps d'adolescent (« Quel toupet, quand même ! »), je me risquai à ce quatrain :

On dit que Donatello
a fait un David culotté.
J'apprécie, je savoure le culot
mais plus encore David déculotté.

Ugolino se rebiffa, Cecchino applaudit.

Je rallongeai mon poème sur l'oignon, qui avait tellement plu, par quatorze vers non moins burlesques.

Donc si je puis à juste titre montrer
que l'oignon en chacun de ses replis
invite à l'amour, qui a envie de me reprendre ?
Croyons que la nature
ayant à faire un monde uni
qui embrasse le ciel et la terre
nous a donné pour modèle l'oignon
dont on retrouve la forme dans notre coupole
dans l'embouchure d'un fleuve à méandres
dans l'orifice arrondi du zéro
dans le trou de l'entonnoir
et dans toute cavité circulaire
à explorer de haut en bas
d'un seul coup et jusqu'au fond.

« Envie de me reprendre » eut un succès fou. Ils prononçaient « re-prendre » en détachant les syllabes.

— Hum ! fit Ugolino en levant sur moi ses yeux tristes, n'est-ce pas un peu osé ? « D'un seul coup », tu y vas fort ! Comme tu expédies ça ! J'aimerais mieux qu'on y aille plus mollo… À ta place…

Tous s'esclaffèrent.

— Plus mollo ! Plus mollo !

Il s'arrêta net, rougissant de l'impair qu'il venait de commettre.

— Il lui faut des préliminaires, à ce minet.

— Parce qu'il a du mal à y entrer, le pauv' chou…

— Dis-nous, petit, combien de fois tu as fait flanelle ?

— La chair de cabri, ça se mange cru !

— Mais dans « fleuve à méandres », tu l'as, le mollo ! dit en riant Giannettino Doria, fils du sévère amiral génois Andrea Doria. Il saisissait chaque occasion de s'échapper de Gênes pour venir s'amuser avec nous.

Pour lui, si dégourdi et futé, je fis l'éloge de la galère et des galériens, en vers onomatopéiques où j'imitais avec tant de souplesse rythmique et d'équilibre harmonieux le mouvement des rameurs d'avant en arrière et d'arrière en avant qu'il était difficile, me dit-il pour me complimenter, de ne pas reconnaître dans ce va-et-vient cadencé les pratiques auxquelles recourent les forçats pour soulager leur peine.

— Tu te fais appeler Bronzino, me dit un jour Cecchino Salviati. Tu es né Agnolo di Cosimo Tori, si je ne me trompe. Qui, même dans notre cercle, s'est avisé que dans ce « petit bronze » se cache un mignon sens métaphorique ? Bronzino… Bronzino… M'est avis en tout cas que notre ami Ugolino est un peu trop béjaune pour l'avoir devinée, cette fleur de rhétorique… « Petit bronze », eh ! eh ! il serait plaisant que tu adresses à ce blanc-bec un poème où tu lui déclares pourquoi tu as adopté ce pseudonyme. Tourne-lui quelque chose sur *l'airain* et ses potentialités linguistiques. C'est avec *les reins* qu'on s'envoie en *l'air, hein* ? Mais non, vas-y carrément, sinon on pourrait croire que ton bronze n'est pas susceptible de fondre. Évoque l'œillet sombre, enfoncé dans la mousse, couleur de bronze, dont la corolle froncée est la porte d'accès au paradis.

Après que j'eus refusé de suivre son conseil, l'impudent revint à la charge.

— J'ai trouvé, Agnolo ! J'ai vu en songe un oiseau volant à travers les airs. Il tenait dans son bec un pinceau en forme de queue, et je ne m'en étonnai pas, car l'assonance de *penna* (plume d'oiseau), *pennello* (pinceau) et *pene* (pénis) m'a fourni la clef de mon rêve.

La proposition me séduisit. Le souvenir d'une tendre nuit avec le petit Ugolino aux yeux tristes m'inspira ce poème.

Le Pinceau

Est-il quelqu'un qui ne soit aise de parler
des choses qu'accomplit le pinceau
né de poils de blaireau ou de queue de porc ?

Est-il homme assez arriéré et bestial
pour ne pas chercher à prolonger
par les mots le plaisir ressenti à manier
un outil aussi bien emmanché ?
Qui s'étire sur le lit ou se retourne dans les draps
en des poses moins pénibles qu'il ne semble,
qui veut être peint par-devant,
qui par-derrière,
qui préfère se cacher,
qui préfère se montrer,
qui se tient droit, qui s'incline,
je ne saurais compter les mille et un
actes divers et diverses postures.
Sachez que la variété plaît à tous.
La monotonie du modèle unique
Ferme les yeux sur l'oreiller.
Ce que nous aimons se présente
un soir à l'endroit l'autre soir à l'envers.
Pour le faire par-derrière ou par-devant,
en oblique, en travers, en perspective,
en raccourci ou en extension,
il suffit que le pinceau
ne ménage pas sa peine.

À part Ugolino, qui tiqua sur le mot « queue » et m'en conseilla la suppression, le cercle se délecta de mon poème dont il apprécia le double sens. « Queue » fut mis aux voix. Non seulement on insista pour que je le garde, mais on organisa un banquet, pour le plaisir de m'en nommer le *maître queux*. Cecchino disposait d'un grand appartement avec vue sur l'Arno. Soirée mémorable, au cours de laquelle nous dévorâmes douze quartiers de mouton et de bœuf sautés dans une poêle dont nous tînmes à tour de rôle la *queue*.

Queue de poêle
Poils de queue

chantonnaient-ils en grillant les pommes de terre.

Comme je leur avais confié mon dessein d'écrire l'histoire de ma vie, ils me firent jurer d'employer, chaque fois que j'entrerais dans les détails, le mot « queue » au lieu du mot « sexe ».

— « Queue » est vulgaire, protesta Ugolino.

Les autres se récrièrent.

— « Sexe » est scientifique.

— Anatomique.

— Organique.

— Physiologique.

— Ecclésiastique.

Nous n'avions pas invité Luca Martelli, en sorte que j'étais le plus ancien de la bande. Nous entrâmes à la *queue leu leu* dans la salle du festin. Ludovico Capponi, propriétaire du volumineux engin, fut désigné pour être majordome et nous offrir les mets : comme ça nous pourrions la toucher, la palper, sa braguette, et en soupeser le contenu, chaque fois qu'il nous frôlerait pour nous servir, les bras chargés de plats et dans l'impossibilité de cacher son excitation. Une corbeille d'oignons trônait au milieu de la table.

— Il n'y a décidément *qu'eux* qui soient dignes de nous fournir notre emblème, s'exclama Cecchino.

Les vins coulèrent au-delà du raisonnable. L'un de nous s'était procuré auprès du maître d'hôtel de la duchesse trois caisses, provenant de la réserve de vins napolitains qu'Eleonora avait apportés avec sa dot, de ce délicieux lacryma-christi qui mûrit sur les flancs du Vésuve. Ludovico – c'était lui – se garda de nous dire de quelle monnaie il les avait payées, mais nous devinions sans peine comment cette vieille tarlouze s'était remboursée.

Je répugne à perdre mon contrôle, et donc évite de boire. D'habitude, pour ne pas être tenté, je ne touche même pas à mon verre. Ce soir-là, l'orgie dégénérant, comment résister ? J'aurais voulu terminer la nuit avec Ugolino, mais le vin m'endormit sur les genoux de Raphaël, un de ceux pour qui j'éprouvais le plus d'antipathie. Il se vanta le lendemain de m'avoir *eu.*

FÉLICITÉS, DEUILS, ATTENTES, APPRÉHENSIONS

42

Jacopo dans le doute

Sandro aimait se baigner dans l'Arno, autant pour le plaisir de nager que pour me défier à la course. Je le suivais à grand-peine, il était sûr de gagner. Sa mère lui avait confectionné un caleçon à raies blanches et bleues qu'il était impatient d'étrenner. Il me tannait tant et si bien que je sortis un matin à la première heure, pour étudier si le fleuve ne m'offrait pas un coin moins périlleux ; les plages sont rares pour ne pas dire inexistantes ; à une distance plus ou moins grande de la rive, au-delà des galets qui descendent peu à peu sous l'eau, le courant s'enfonce brusquement pour devenir profond et rapide.

Alors que les rues étaient encore désertes (il ne s'y serait pas risqué autrement), quelle ne fut pas ma surprise de trouver Jacopo assis sur le parapet, à califourchon, le dos tourné à la route de Pise, une jambe pendant au-dessus du vide. Sa barbe n'était ni rasée ni taillée. De grosses larmes coulaient sur ses joues. Il avait chaussé des pantoufles de deux paires différentes, et ses habits, enfilés en désordre et d'une propreté douteuse, pendaient sur son corps amaigri. Il lisait un petit livre dont il soulignait au crayon des passages.

— Tiens, me dit-il à brûle-pourpoint, sans montrer le moindre étonnement de notre rencontre à une heure si matinale. (Il ne m'avait même pas salué.) Vois par ce livre combien j'ai été sot de tout miser, dans ma *Déposition*, sur la brutalité des contours et les juxtapositions crues de tons. Et dire que j'ai entraîné Rosso dans cette voie et qu'il s'est peut-être tué après avoir pris connaissance de ces lignes !

C'était un opuscule de ce Léonard de Vinci que nous vénérions. Il était mort depuis plus de vingt ans, mais nous conservions précieusement son souvenir. Michel-Ange nous intimidait, par sa puissance créatrice, la *terribilità* de son caractère. Il ne se gênait pas pour tenir tête aux papes et désobéir à leurs ordres. Nous le jugions hors d'atteinte et inimitable ; il nous dominait de trop haut ; comment suivre un aigle sur les cimes ? Quand nous avions besoin de conseils pratiques, de réconfort pour nous tirer d'embarras, nous les cherchions chez Léonard, dont la sagesse équilibrait le génie. Loin de braver les pouvoirs, il avait recherché leur protection. Ne disait-on pas qu'il était mort dans les bras du roi François Ier ? Pour moi, c'était le modèle politique à suivre. Sans se brouiller avec personne, il avait su rester indépendant. Courtisan, peut-être, mais exempt de courtisanerie. Je comparais sa barbe soignée et lisse à celle hirsute de Jacopo, sa mise toujours impeccable aux défroques de mon ancien maître. On peut se consacrer à son art sans négliger sa tenue.

Son œuvre était aussi *accommodante* que son caractère. Il écrivait comme il peignait, avec le souci de se rendre accessible. Jacopo avait crayonné : « Hélas ! » en marge des passages que voici.

La jambe, jusqu'à son point de jonction avec la cuisse, forme le quart du poids total de l'homme.

Tu noteras avec une extrême diligence les proportions respectives des tendons et des nerfs.

Le gros orteil est la sixième partie du pied.

Le maximum de grosseur du mollet représente le tiers de sa hauteur.

Le bras quand il est plié, représente quatre têtes.

Ô toi qui te crois habile en peinture tout en ignorant l'anatomie, prends garde de n'être à côté d'un vrai peintre que ce que le rebouteux de campagne est à côté d'Avicenne.

— Ne suis-je qu'un *rebouteux de campagne*, Agnolo ? Ai-je si mal calculé les proportions ? N'ai-je fait que recoller au hasard des orteils au cou-de-pied ?

— Calme-toi, Jacopo !

(Je n'osais lui dire qu'il n'avait rien calculé du tout, et qu'il aurait dû être fier, justement, d'avoir envoyé promener l'anatomie, sans prendre la mesure ni de l'orteil ni du mollet.)

— Me calmer ? Écoute la suite.

Les couleurs vives charment la foule et trompent le vulgaire, mais le véritable artiste veut plaire à l'élite et non point au grand nombre. Son orgueil et son but ne sont pas dans les couleurs brillantes, mais dans une sorte de miracle qui s'accomplit, dans le tableau, par la lumière et l'ombre qui donnent du relief à ce qui est plat. Celui qui, dédaigneux de l'ombre, la sacrifie aux couleurs, ressemble au bavard qui sacrifie le sens général du discours à de vaines et sonores paroles.

— Tu entends ? Tu entends ? Il me cloue au pilori des bavards ! Mes rouges, mes bleus, mes roses ne valent pas plus que des coups de cymbales ! Le montreur d'ours qui cherche à *charmer la foule* de Santa Croce est mon frère !

Évitez surtout la dureté des contours. Que les bords des ombres sur un corps jeune ne soient pas mortes, ne soient pas de pierre, mais légères, insaisissables et transparentes comme l'air, car le corps humain lui-même est transparent ; tu peux le vérifier et t'en convaincre en regardant le soleil à travers tes doigts.

— Comme tout cela est vrai ! Comme tout cela est vrai ! dit Jacopo de nouveau en larmes. J'ai donné dans les « couleurs brillantes », dans la « dureté des contours », dans les « ombres de pierre »…

Posant le livre sur le parapet et tendant vers le soleil qui se levait sur l'Arno au-dessus du campanile de Santa Croce ses deux mains diaphanes colorées de rose par les rayons, il ajouta :

— Nous sommes arrivés trop tard, Agnolo. Nos aînés ont tout inventé, tout pris ! Perugino a pris le sentiment, Fra Angelico les anges, Titien le coloris, Raphaël la forme, Michel-Ange l'expression, Corrège la grâce, Léonard le mystère. Si les seules innovations que nous avons cru apporter à la peinture font l'objet d'un jugement aussi méprisant de la part d'un aussi grand maître, que nous reste-t-il ? À jeter nos pinceaux ! Toi, ajouta-t-il en pointant son doigt dans ma direction, j'ai ouï dire que tu fais *commerce* de tes œuvres. Plaise au ciel que des jaloux t'aient calomnié et que tu ne sois pas tombé si bas que de te commettre avec nos princes !

Attristé de voir Jacopo dans cet état, irrité qu'il retourne contre moi son mécontentement de lui-même, je le quittai, perplexe et en grande agitation. Tout était-il faux dans ce que j'avais entendu ? Je partis au hasard, sans direction précise. Peintre de cour ! Il ne me l'avait pas envoyé dire ! Je longeai le fleuve, je regardais autour de moi. Tout ce que je voyais, à ma droite le Carmine et Santo Spirito, à ma gauche Santa Trinità et la via Tornabuoni, le Palazzo Vecchio, la cathédrale, tout portait la marque de la soumission aux Médicis. Sans les Médicis, qui les protégeaient et leur donnaient les moyens de vivre, Florence n'aurait eu ni Masaccio, ni Ghirlandaio, ni Brunelleschi, ni Donatello. La mère de Laurent le Magnifique était une Tornabuoni ! À force de vivre seul, Jacopo divague, il perd le sens des choses. Végéter dans son antre, est-ce là le destin d'un peintre ? Léonard est Léonard, Bronzino doit être Bronzino. Puis, sans transition, le doute me reprenait : et s'il avait raison ? Si le désir d'être original et de rompre avec le passé n'était qu'une posture de débutant ?

Une anecdote qui courait dans Florence me fut d'un grand secours pour sortir de ce dilemme et régler ma conduite. Pour une fois, je trouvai en Michel-Ange un antidote à Léonard. On riait beaucoup de la mésaventure arrivée autrefois à un seigneur aussi ladre que riche. À vingt-huit ans, dépité d'être reconnu seulement comme le sculpteur du *David*, alors qu'il aurait voulu l'être également comme peintre, Michel-Ange avait monté un stratagème. Messire Agnolo Doni, propriétaire de la moitié des pressoirs à huile et de la totalité des tanneries, dont il connaissait comme tout le monde l'avarice, lui ayant commandé une *Sainte Famille* sur bois, le jeune homme fit en sorte que le prix ne fût pas fixé avant le commencement du tableau. Quand celui-ci fut à moitié achevé, messire Doni s'enquit auprès du peintre de quelle somme il lui serait redevable. Michel-Ange demanda soixante-dix écus, ce qui était excessif pour un débutant. L'acheteur se récria et voulut marchander. Le jeune homme, impavide, porta aussitôt son prix à cent quarante écus. Messire Doni s'obstina à chipoter. Le prix monta à deux cent quatre-vingts. Il s'empressa alors de payer, de peur que ce prix, en doublant toujours, ne mette le tableau hors de portée de ses moyens. La cour et la ville firent des gorges chaudes du grigou. Conséquence inattendue pour Michel-Ange : sa carrière s'en trouva accélérée, sa cote multipliée par quatre. Le pape Jules II avait eu vent de sa témérité ; et, jugeant qu'un peintre aussi jeune n'aurait pas eu ce toupet sans être sûr de son génie, il lui confia la décoration de la chapelle Sixtine.

Quelle illumination pour moi, qui me sentais toujours coupable devant Jacopo de songer à ma position dans le monde ! Je tenais la preuve qu'on peut être pragmatique et soucieux de réussir sans se déshonorer, et que vendre cher ses ouvrages n'est pas un devoir secondaire pour l'artiste.

43

Nouveaux événements

« Bronzino doit être Bronzino. » Cette résolution une fois prise, je m'empressai d'imiter Michel-Ange (dans le seul domaine où je pouvais l'égaler) : en vendant mes tableaux à un prix exagéré. Seuls les premiers personnages de Florence étaient assez riches pour accepter mes prétentions. Je peignais le duc et la duchesse, la duchesse et le duc, lui à tous les âges, sous des armures de guerre – de plus en plus fier et *bellimbusto*, selon les progrès qu'il pensait accomplir, en habileté à gouverner, en rouerie diplomatique, en compétence militaire, en vaillance conjugale –, elle éternellement jeune, figée dans sa hauteur castillane. Je peignais leurs fils, à plusieurs reprises Garcia et de nombreuses fois Giovanni – préférés, ce dernier surtout, à l'aîné Francesco. Je peignais leurs filles, quatre filles pour huit garçons, le ciel nous a vraiment bénis, répétait la duchesse. Consulté sur cette distribution inégale des sexes, le savant de la cour, don Carlos Menegal de Masoller y Camporeal, diplômé de Salamanque, cita Aristote, selon lequel la conception d'un embryon femelle est due à un fléchissement de la vigueur séminale.

Le duc s'inquiéta.

— Fléchissement passager ?

— Passager et fortuit, Altesse.

Don Luigi intervint.

— Moins fortuit que cela. Reconnaissez dans cette diminution d'énergie la main de la divine Providence. La nécessité supérieure de suspendre la procréation de garçons pour engendrer des créatures indispensables à la procréation de nouveaux garçons explique cette baisse temporaire.

— L'équation quatre sur douze est un chef-d'œuvre de stratégie génésique, opina gravement Giovanni de Vigo, le chirurgien qui accouchait la duchesse.

— Cher époux ! murmura celle-ci.

Bébés, poupons, bambins – un nouveau-né tous les ans ! –, cette ribambelle de marmots me fournissait un travail routinier pour un salaire avantageux. Sans compter le bénéfice principal, qui était de m'assurer, contre les curiosités indiscrètes, la solidité d'un sauf-conduit officiel. Aurait-on voulu enquêter sur ma vie privée, mes papiers étaient en règle. Si le duc et la duchesse me confiaient leurs enfants, c'est que rien dans ma conduite ne donnait prise au soupçon. Le style froid, impersonnel, restait mon enseigne et mon sésame. « Peintre de cour » : je jouissais de l'impunité et des privilèges attachés à ce titre.

Les contraintes ? Je m'en rattrapais par les poèmes, dont seuls les initiés percevaient l'effronterie.

Anguille

Croyez-vous qu'elle est morte
après qu'on lui a coupé la tête
et qu'on l'a mise la pauvrette
à frire à feu non doux ?
Croyez-vous qu'elle gît
Fourbue de l'effort fourni
à grésiller tout son soûl ?
Pas du tout elle ressuscite
tend de nouveau le cou
frétille
gigote
se tient prête à recommencer
en redemande un coup
tant le fond de la poêle
est pour elle délicieux.

Prison

Il n'est pas d'endroit plus doux
que telle prison qui se referme
sans qu'il faille serrure ou verrou
pour qu'on y reste jusqu'au terme.
Il n'est pas d'endroit plus doux
Que là où le dur devient mou
à peine ce qui était mou
devient-il dur et ferme.

Macaronique enroulement de spirales ! Qui s'aviserait du secret enfoui dans les plis de vos volutes ? Je me permis aussi quelques tableaux satiriques, pour me dédommager des pensums habituels. Le duc, à qui le double portrait, croqué de face et de dos, de son nain Morgante avait déjà plu, rit beaucoup en voyant comment j'avais peint sans chercher à l'embellir, à part la suppression d'une verrue nasale, la poétesse Laura Battiferri, créature sèche, longiligne, maigre, revêche, agrémentée d'un nez aquilin, de cheveux ramassés en chignon et de doigts osseux. Le duc ne la supportait que parce que la duchesse s'était entichée de ses stances à sainte Anne.

— Une vraie pimbêche, me dit-il. Une chouette à mettre en fuite le diable lui-même ! Dommage que tu lui aies ôté sa verrue.

Benvenuto, après vingt ans d'exil, reparut à Florence. J'étais à l'armurerie quand il entra pour s'acheter de nouvelles armes. « Agnolo ! Tu es ici ! » Il m'embrassa chaleureusement, sans se souvenir de l'épisode romain, ou feignant de l'avoir oublié. Je fus heureux de le revoir, mais, résolu à le tenir à distance, je n'eus garde de rejoindre la bande qu'il avait immédiatement recrutée. Bien m'en prit de n'avoir plus avec lui que des rapports cordiaux. L'âge ne l'avait pas assagi. Toujours prompt à dégainer son poignard, entouré d'une nuée de vauriens, il courait jour et nuit en quête d'aventures périlleuses dont l'excitation lui était nécessaire. Vols à l'étal des marchés, assaut aux carrosses dont ils dételaient les chevaux, enlèvements de religieuses, rixes sans motif avec des inconnus, jusqu'à quand ces prouesses resteraient-elles impunies ?

Le duc se montra magnanime. Jaloux de la salière en or que Benvenuto avait orfévrée pour François Ier et toute l'Europe élevée aux nues, il passa l'éponge sur son crime passé, ferma les yeux sur ses friponneries présentes, feignit de s'en amuser. Pour souligner qu'un Médicis, quand il a affaire à un artiste, met de côté les autres considérations, il lui commanda une grande statue, en bronze cette fois. Ce matériau est plus coûteux et plus noble que le marbre ; plus difficile également à travailler. Il ne peut l'être sans un grand nombre de modèles préparatoires et de moulages. La statue, selon la volonté du duc, représenterait un héros de la mythologie grecque (nous ne comprîmes que plus tard ce choix, étrange pour le mari d'une Espagnole) et serait placée dans la loggia dei Lanzi, en face du Palazzo Vecchio qu'il venait de quitter pour s'installer dans une résidence plus conforme à ses ambitions dynastiques. L'accroissement régulier de leur progéniture avait obligé les époux à choisir, de l'autre côté de l'Arno, le palais Pitti qu'ils avaient fait encore agrandir.

Cette commande dont je félicitai Benvenuto répondait à son vœu. Je me rappelais la conversation où il avait déploré que cette loggia placée au cœur de Florence n'abritât que de lourds et grossiers lansquenets, au lieu de servir de vitrine à des œuvres d'art. Il n'avait pas caché au duc qu'il lui faudrait une dizaine d'années pour venir à bout de la statue. Elle ne devait pas être indigne du *David* de Michel-Ange, dont elle serait voisine et auquel, épreuve redoutable, on la comparerait. Le duc, sans trouver à redire à la longueur d'un tel délai, promit de mettre à sa disposition l'atelier, les aides, la cire, le bronze, les fourneaux, les soufflets, le bois à brûler, enfin tout le nécessaire en personnel et en matériaux.

Soudain, le bruit courut dans la meute que messire Luca Martini avait recueilli et logeait chez lui un apprenti sculpteur, son nouveau favori, très jeune, d'une grâce et d'une beauté merveilleuses. Jaloux, il l'empêchait de sortir seul. Il ne l'emmenait jamais en promenade et ne l'avait encore présenté à personne, sous prétexte qu'il souffrait de la poitrine et que le contact d'inconnus pourrait nuire à sa santé. Un Adonis, vraiment ? Nul d'entre nous ne l'avait aperçu. Bien qu'il n'eût pas vingt ans, il avait obtenu, grâce à son protecteur, la commande d'une statue.

Il s'appelait Pierino, et quand on sut qu'il était Pierino da Vinci et rien de moins que le neveu du grand Léonard, étant né de son dixième frère et dans le même village de Vinci, la curiosité monta de plusieurs degrés. Ses parents l'avaient appelé Piero, en mémoire de son grand-père ser Piero da Vinci, père de Léonard son oncle et de Bartolomeo son père. L'enfant était si joli qu'on l'appela tout de suite Pierino. Il avait donné un premier signe d'intelligence en choisissant le métier de sculpteur plutôt que celui de peintre. Le fardeau des inévitables comparaisons ne pèserait pas sur ses épaules. Sa première statue révéla un talent encore fragile, mais elle eut beaucoup de succès, pour la principale raison qu'on voulait plaire à messire Luca Martini, alors au sommet de son pouvoir. Mieux en cour que jamais, il venait de recevoir une double consécration.

Le 11 novembre 1540, pour riposter à l'Académie des « Enflammés » récemment fondée à Padoue dans le cadre de cette université si fameuse, nos patriciens les plus influents avaient institué l'Académie des

« Humides ». Leur but : confirmer la suprématie de Florence sur Padoue et sa prééminence dans tous les domaines de l'esprit et de l'art. On n'était admis dans ce cénacle qu'après avoir prononcé avec succès une « leçon » sur un sujet philosophique. Je crus utile de consolider ma position en présentant ma candidature. Après que j'eus développé, en vers pour me prévaloir d'un atout supplémentaire, le parallèle entre peinture et poésie – « La peinture est une poésie qui se voit », avait écrit Léonard à la suite d'Horace (« *Ut pictura poesis* ») –, je fus élu à l'unanimité. « Grand Apelle et non moindre Virgile » : ainsi me salua publiquement Luca Martini, un des membres fondateurs. Mais s'il croyait me séduire par cette flagornerie, il en fut pour ses frais. Il comprit de lui-même le ridicule de cette exagération. Je vis ses pupilles, qui s'étaient allumées d'une étincelle subite, s'éteindre aussi brusquement. Le contraste étonnant entre ces deux regards accrut mon animadversion pour un personnage capable de dissimuler aussi promptement son désir, comme le renard qui s'éloigne en trottinant pour cacher son dépit de voir lui échapper une proie.

Tous les beaux esprits siégeaient dans ce cénacle, où je retrouvai plusieurs de ceux dont j'avais fait le portrait, Benedetto Varchi, l'expert en pétrarquisme, Niccolò Tribolo, le sculpteur de fontaines, Antonio Francesco Grazzini, l'auteur d'historiettes assez lestes écrites sur le modèle de Boccace, Bartolomeo Panciatichi, l'homme d'affaires à barbe bifide qui avait fait assassiner l'amant de sa femme Lucrezia, le cardinal Hippolyte, le poète et archevêque (de Bénévent près de Naples) Giovanni della Casa, ainsi que les époux

Bandini et autres citoyens du premier rang unis par la conviction que Florence avait recueilli le legs de l'Antiquité.

Puisque l'Académie réunissait les « Humides », chacun de ses membres dut s'affubler d'un nom de poisson. Grazzini choisit celui de *Lasca* (« Gardon ») pour compenser par la modestie du sobriquet l'immodestie de ses contes, Luca Martini celui de *Luccio* (« Brochet ») approprié à sa nature carnassière, Bartolomeo Panciatichi celui de *Torpedine* (« Torpille ») comme avertissement à ceux qui chercheraient à porter atteinte à son honneur conjugal, moi celui de *Triglia* (« Rouget ») en souvenir des fritures roulées dans la farine que ma mère préparait le vendredi.

Le duc comprit l'avantage de prendre sous sa protection l'Académie et de la loger dans une salle de son palais : ainsi garderait-il le contrôle d'esprits naturellement séditieux. Dans l'intention de nous flatter, il décida de l'appeler *Accademia Fiorentina*, en hommage à l'Académie athénienne de Platon. Les bustes de Platon, de Virgile, de Dante et de Pétrarque furent posés aux quatre coins de la salle. Par la même occasion nous fûmes débarrassés de nos noms ridicules de poisson. Des auditeurs libres assistaient aux séances. J'y rencontrai pour la première fois le jeune Giorgio Vasari, promis à un si bel avenir. Il me parut le type de l'intrigant sûr de lui, antipathique mais nullement méprisable, puisqu'il semblait posséder les moyens de ses ambitions. « C'est ce qu'on appelle un *entrant* », me susurra Grazzini, sans s'expliquer sur cette expression dont le sens m'échappa. Luca Martini, après une leçon très habile sur la *Théologie platonicienne* de Marsile Ficin, fut porté par Cosimo à la présidence de l'Académie. Le contact de la chair, avait-il conclu, est nécessaire, mais à condition de n'être qu'une étape.

— L'âme, prisonnière du corps, s'en libère progressivement en s'élevant par degrés, comme sur une échelle, jusqu'au sommet de la béatitude. Mais on n'accède à celle-ci que par l'entremise des sens, cette condition est essentielle.

Tout le monde ne paraissait pas convaincu. Grazzini ricanait sous cape, d'autres s'interrogeaient du regard.

— Les sens... Les sens... Revendication d'un païen !

Les plus savants marmonnaient en latin :

— Platon vivait *ante gratiam.*

Giovanni della Casa, avec l'autorité que lui conférait sa dignité ecclésiastique, trancha la discussion :

— Aujourd'hui, Platon serait chrétien, sans avoir à changer un seul mot à sa philosophie. Il ne reconnaît de légitimité au corps que s'il sert de tremplin à l'âme et favorise son essor... Le langage de l'Église n'est guère différent... *Per aspera ad astra...*

— La duchesse elle-même sera conquise par l'idéalisme des Anciens, affirma don Luigi.

Peu après – juste au moment où Pierino apparut –, le duc, par une seconde libéralité, nomma Luca provéditeur de Pise. Il avait pour mission d'assécher les marais dans la plaine humide et bourbeuse qui entoure cette ville. Du littoral jusqu'aux montagnes de Carrare, les étendues de marécages faisaient peser des menaces sur la santé publique.

Dans le portrait qu'il me commanda avant son départ, Luca déploie devant le spectateur la carte topographique de la région à drainer, où figure à l'encre rouge le tracé exact des routes, des fossés, des canaux, ainsi que l'emplacement prévu pour les exhaures et les pompes. Jugeant habile de rehausser sa majesté, je mis un peu d'ordre dans sa barbe qui, de broussailleuse, devint imposante. Reconnaissant, il me promit de m'obtenir une commande pour la prestigieuse église pisane des chevaliers de Santo Stefano.

— M'emmènerez-vous à Pise ?

— Tu seras logé dans ma résidence.

L'espoir de rencontrer dans une ville trop petite pour le cacher longtemps ce Pierino, objet de rumeurs de plus en plus excitantes, me décida.

44

Pierino

Les Médicis possédaient à Pise un palais. Le duc le mit à la disposition de Luca Martini qu'il venait de promouvoir à la dignité de gouverneur de la Province maritime, titre à ajouter à celui de provéditeur des Marécages. De la chambre où l'on me conduisit, je vis dans toute son ampleur la courbe de l'Arno, bordée avec moins de fantaisie et plus uniment qu'à Florence – et pourtant, de quel ravissement ne fus-je pas saisi ! Plus grande simplicité serait impossible, beauté plus nue et plus grave. Ici, nulle impression subalterne de pittoresque comme celle que donne le Ponte Vecchio avec ses maisons disparates posées en encorbellement sur le fleuve, mais quelque chose de pur et d'immédiat, qui n'a pas besoin d'ornements ni d'accessoires pour rassasier la vue. La campagne dans le fond est une plaine sans relief. À ce paysage étale correspond la parfaite uniformité des façades. Alignées en demi-cercle sans rien qui les distingue, égales sous leurs persiennes vertes dont la couleur s'allie à l'ocre du crépi, elles ne varient que d'un étage en plus ou en moins. L'arc qu'elles dessinent en épousant la sinuosité du fleuve suffit à leur donner du caractère. L'œil ne s'attache à aucune en particulier. Toutes plaisent sans étonner, par le charme de l'évidence. On se lasse des détails, alors que la répétition du même fixe et subjugue le regard par la suppression de la curiosité. Je descendis sur le quai. Les maisons se reflétaient dans l'eau, avec un tremblement qui n'en troublait pas l'unité. Accoudé au parapet, je fus distrait de ma contemplation par une voix familière.

— Agnolo, tu es donc arrivé !

À cette pointe de mordant qu'il ne pouvait s'empêcher de mettre dans l'exclamation la plus banale, je reconnus la voix de Luca. Il sortait du palais, accompagné d'un jeune homme qu'il me présenta. Je restai muet et idiot.

— Serrez-vous la main, dit Luca.

Il se méprenait sur mon silence, qu'il attribuait à l'émotion de me trouver devant le neveu de l'illustre Léonard.

Le prestige qui s'attache à un nom oriente d'emblée nos sentiments envers la personne qui le porte : sans doute, mais la stupeur dont je fus pris avait une cause bien plus profonde. Pierino eût été le garçon de course de Luca, que mon saisissement n'eût pas été moindre.

Tous les beaux jeunes hommes que j'ai connus – et je ne puis me plaindre qu'ils n'aient pas été nombreux – peuvent se contenter de louanges humaines ; la supériorité de celui-ci, la finesse et l'élégance de ses traits, la noblesse de son port, l'éclat de ses yeux, le dessin de sa bouche, la courbe de ses lèvres outrepassent de si loin les ressources du langage, que l'éloge le plus hyperbolique accuserait la pauvreté des mots. Un incident qui survint, et dont je ne soupçonnais pas la gravité, me tira momentanément d'embarras. Malgré le beau soleil et la tiédeur d'une matinée de printemps, une quinte de toux secoua Pierino. Luca déplia une écharpe qu'il tenait roulée sous son bras et la lui noua autour du cou.

— Vous avez connu votre oncle ? dis-je étourdiment. Oh ! quelle chose merveilleuse ce dut être que d'avoir grandi à ses côtés et profité de son enseignement !

— Il était mort depuis au moins onze ans lorsque je suis né.

Ce fut dit d'une voix douce et exempte de reproche, et cette voix était comme la musique accordée au visage le plus parfaitement dessiné et à la peau la plus souple qui se pût jamais concevoir. La bévue que j'avais commise me permit de rougir sans qu'on pût attribuer à sa vraie cause le désarroi qui me paralysait. Pour ne pas me trahir, j'évitai de regarder Pierino et ne m'adressai qu'à Luca.

— Messire, êtes-vous satisfait de la façon dont les travaux que vous dirigez avancent ?

— La tâche est gigantesque, mais la statue que vient de terminer Pierino pour la colonne de la place du Marché aux herbes suffit à mon bonheur. Suis-nous, c'est à deux pas d'ici, on vient de la mettre en place.

— Il a d'autant plus de mérite, me dit-il en aparté, que le climat ne lui vaut rien. Les miasmes toxiques exhalés des marais attaquent sa poitrine. Je ne les aurais pas crus si nocifs.

Du palais des Médicis à la place du Marché aux herbes, la distance est très courte. Pierino dut s'arrêter plusieurs fois et se tenir au parapet pour reprendre haleine. Juchée sur la colonne, je vis une statue féminine. Allégorie de la Richesse agricole, m'expliqua Luca, elle a été voulue et payée par les vendeurs de fruits et légumes. « Ils se sont cotisés. C'est une commande votée par le peuple. Le duc n'a rajouté que cent ducats. » Descendue du ciel, messagère de Flore et de Pomone, la Richesse agricole paraît s'être posée à l'instant, comme un oiseau à la recherche d'une proie. La corne d'abondance qu'elle tient dans ses bras, débordante de productions végétales, promet libations et plaisirs à celui qui se laissera enlever. Un enfant pelotonné à ses pieds la regarde extasié, et l'on devine qu'il ne résistera pas longtemps à l'invite.

Version prude de l'enlèvement de Ganymède, pensa Bronzino, déjà si excité (et plein d'espoir semble-t-il) qu'il se laissa aller à la réflexion suivante (que nous traduisons en termes plus modernes) : « Soucieux de ne pas choquer les Pisans, moins familiers de la culture antique que les Florentins, Luca avait-il conseillé ce compromis édulcoré ? Ou était-ce Pierino qui en avait eu l'initiative, pour prévenir Luca, par cette contrefaçon plaisante du mythe, qu'il aurait tort de se prendre pour Zeus, car avec lui, Pierino, le coup du bec et des serres, ça ne marcherait pas ? » J'espérais tellement, dit Bronzino, que le jeune homme n'avait pas cédé aux avances du vieux ! « Échec au rapt », appelait-il en lui-même la statue, pour se convaincre que Pierino profitait des largesses de Luca sans le payer de retour.

— Agnolo, me dit Luca, je voudrais que tu fasses le portrait de Pierino. N'est-ce pas une commande qui fera honneur à ton pinceau ? ajouta-t-il avec emphase.

Mon cœur battit à se rompre.

— Il n'a que vingt ans à peine, mais ne tarde pas, me dit-il à voix basse, car je le crois gravement atteint et de complexion trop fragile pour l'air empoisonné de Pise. Je t'en prie, hâte-toi de fixer pour moi son image. Tu auras pour ce travail autant de ducats que tu veux.

Je ne songeai même pas à me scandaliser de son égoïsme. J'aurais dû lui demander pourquoi il ne renvoyait pas le malade à Florence. En fait d'égoïsme, je n'étais pas en reste. Fixer l'image de Pierino ! Il n'y avait rien qui ne me parût à la fois plus impossible à réussir et plus excitant à entreprendre.

— Rentre chez toi, dit Luca. Tu tiens à peine debout. Rentre, je t'accompagne.

— Il n'habite pas au palais ?

— La proximité du fleuve lui est déconseillée.

Luca me permit de les suivre jusqu'à la maison dont il avait loué pour Pierino le deuxième étage, à l'angle du Borgo Stretto, la rue principale de Pise, et du vicolo San Michele, ruelle étroite bordée de jasmins odorants, propice à un conte des *Mille et Une Nuits* comme à une embuscade. Un lit à deux places meublait une des chambres. Dans l'atelier, grand et lumineux, ouvert sur les deux rues, je vis plusieurs blocs de marbre de Carrare ainsi qu'un bloc de « pierre grise », le fameux gypse de Pise, d'où commençait à se dégager une statue de Dionysos. Pierino l'avait privé d'un bras pour lui donner l'air d'un antique, et doté d'une expression lascive conforme au dieu des bacchanales. Lové contre sa jambe, un satyre plus petit et hilare lève vers lui une tête enamourée.

Ce portrait fut l'entreprise la plus éprouvante de ma vie. Je me disais sans cesse : « Supportera-t-il ces longues séances de pause qui épuiseraient l'homme le mieux portant ? » Je les faisais durer, enchaîné par le pouvoir de sa beauté, tout en me reprochant de lui imposer cet effort. Dix fois je fus tenté de passer outre à mon devoir de réserve. Devais-je rester coi et inerte, alors qu'il me provoquait ? Le doute n'était pas possible, il prenait les devants. Ses yeux : ils me regardaient sans ciller, vifs, brillants, fiers, décidés, *quémandeurs*, braqués sur moi non pas comme un modèle est attentif à son peintre, mais avec la fixité anxieuse de celui qui ne veut pas *en rester là*. Sa bouche : la même impatience en gonflait les contours. D'un frémissement imperceptible, il me tendait ses lèvres. De quelle joie brillaient-elles ? C'était Alviso *redivivus*, mais un Alviso *désintéressé.* Luca assistait aux séances. S'il n'avait pas été présent, je ne sais comment je serais resté assis sur mon tabouret. Muets, n'étions-nous pas dix fois plus éloquents et hardis qu'en paroles ? Je me demande comment notre connivence lui échappa.

— C'est un sculpteur, me dit-il, qui n'a pas d'égal dans sa génération. À côté de son portrait, place le modèle réduit du groupe auquel il travaille.

Ce groupe, comme je l'ai mentionné, représente Dionysos et un jeune satyre de son escorte. Le dieu nu enveloppe d'un sourire si gourmand le garçon qui, également nu, se frotte à sa cuisse tout joyeux, qu'on devine où et comment cela finira. Luca, sans doute, ne pensait qu'à faire de la publicité à son protégé. La liberté scandaleuse du couple mythologique fut pour Pierino et pour moi le signal. Le dieu de l'amour et du vin serait le garant du pacte établi entre nous.

Je réussis à terminer le portrait sans me départir de mon calme ni bâcler les finitions, grâce à la méthode impersonnelle que je m'étais fixée. Luca parut regretter que j'eusse représenté Pierino aussi froid et lointain.

— C'est ma manière, lui dis-je. Vous savez bien que je ne peins pas autrement. Le style n'est pas affaire de température.

Pierino me remercia de ma discrétion en battant pour la première fois des paupières. Il profita de ce que Luca avait le dos tourné pour sortir de sa poche une feuille de papier, griffonner dessus quelques mots, rouler la feuille et me la glisser dans la main.

Luca m'emmena ensuite jusqu'à la belle place des Chevaliers de Santo Stefano et se fit ouvrir leur église par don Emiliano, vicaire de l'ordre. Ayant reçu la commande d'une Nativité, j'en avais esquissé plusieurs versions au crayon, sans être satisfait d'aucune. À présent, sous le coup de cette nouvelle aventure, j'en étais tout à fait mécontent. Je me sentais mille fois plus joyeux que les figurants de cette crèche. Malgré l'accumulation de personnages les plus variés (anges, *putti* volants, bergers, paysans), l'ensemble restait convenu. Le message de Pierino était contre ma cuisse, il me brûlait la cuisse, mais la présence de Luca m'empêchait d'en prendre connaissance.

Soudain l'inspiration me vint, sous forme de deux ajouts de mon cru qui auraient pu m'envoyer au bûcher. Don Emiliano fut si frappé de la rapidité avec laquelle j'exécutai sous ses yeux ces deux nouvelles figures qu'il n'y vit que du feu (si je puis dire, car s'il avait vu *réellement* le feu que j'y avais mis, il m'aurait demandé à quels passages des Écritures je me référais, pour cesser tout à coup d'être *froid*). Agenouillé devant le berceau de paille, Joseph dépose aux pieds du nouveau-né, comme s'il n'avait pas trouvé d'offrande plus distinguée pour fêter l'événement, un... panier d'*oignons*. La femme campée au premier plan, symétriquement à Joseph, ne détonne pas moins ; les Évangiles ne la mentionnent pas, de même qu'ils ne signalent pas les oignons ; je ne l'ai introduite que pour placer dans sa main un rouleau semblable à celui que Pierino m'avait remis.

45

L'amour

Que la nuit fut longue à venir, et avec quelle hâte impie, adorateur du soleil, je l'invectivais parce qu'il ne quittait pas le ciel assez vite ! Enfin, je m'échappai du palais et courus au rendez-vous. Par le quai et le Borgo Stretto assombris, j'arrivai à la maison d'angle. De quelques bonds au deuxième étage, je n'eus pas besoin de frapper. Pierino m'attendait derrière la porte et m'ouvrit. Il avait préparé deux coupes remplies d'un vin doré.

— À Dionysos ! s'exclama-t-il.

— À Dionysos !

Dédiées au dieu de l'amour et plusieurs fois renouvelées, les libations de ce nectar, aussi délicieux au goût que plaisant de couleur, éteignirent en nous les dernières timidités. Il se rapprocha de mon visage, je tendis mes lèvres. Baisers, etc.

Cette phrase interrompue, ce raccourci, encore moins cet et cetera *ne sont de Bronzino. Ou plutôt, il avait commencé par évoquer assez exactement les préliminaires habituels, quand il se ravisa et conseilla de ne pas imprimer (mais en omettant de les biffer) des descriptions fatalement ampoulées, convenues, répétitives et qui, à les relire, lui semblèrent ridicules. L'éditeur a passé outre à cette recommandation. Nous croyons être fidèles à la mémoire du peintre en ne reproduisant pas ce qu'il avait jugé inopportun de publier. Qu'il nous suffise de cet* et cetera *: chaque lecteur le développera d'après sa propre expérience. Persuadés comme Bronzino que la littérature est impuissante à rendre compte des progrès de la séduction érotique autrement que par des clichés (à moins qu'elle n'accepte de se montrer très grossière), nous estimons l'ellipse plus suggestive et attrayante que la minutie descriptive, pour la raison qu'un fait raconté dans ses moindres détails ne laisse à l'imagination plus rien à deviner. Qu'est-ce qu'un plaisir dont on ne peut faire un tremplin pour le rêve ? Quant aux périphrases, elles prêtent trop souvent à rire et, lorsqu'on voit que Bronzino a raturé : « nos bouches collées n'étaient plus ni l'organe de la parole, ni le canal de la respiration », on ne regrette pas qu'il ait fait lui-même justice de ce tarabiscotage.*

La suite de son récit, bien plus directe et rapide, mérite d'être gardée.

Je lui arrachai sa chemise. Il m'entraîna vers la chambre, une statuette de terre cuite se brisa sur le pavement, nous poussâmes du pied les morceaux, il me culbuta sur le lit, nous devînmes dans une minute un seul individu. Une heure ou deux heures s'employèrent à plus de jouissances que je n'en avais jamais goûté avec personne. L'exercice ne fut pas aussi facile pour lui ni sans désagrément temporaire, car il m'avoua qu'il était vierge. Mais de quelle énergie n'était-il pas habité ! Étourdi, épuisé par cette surabondance de volupté, je me déclarai à bout de forces, quand il m'apparut que sa vaillance n'avait pas faibli. Certain indice ne ment pas. En dépit d'une maigreur qui dessinait ses côtes et ses muscles avec une précision anatomique, il gardait de si étonnantes réserves qu'il aurait pu en remontrer à un étalon.

Embarrassé de rester à côté de lui sans pouvoir répondre à son élan ni le délivrer de son excitation, je me rhabillai dans l'obscurité et lui proposai une promenade. Il n'insista pas, se rhabilla aussi. La nuit était tiède et parfumée. Par le Borgo Stretto, dont la lune argentait les arcades, nous remontâmes jusqu'à la place des Miracles. La tour fameuse se détachait sur le ciel pur. Je crus bon de déclarer surfaite la réputation de cet édifice.

— Dire que sa célébrité, m'écriai-je sottement, n'est due qu'à une erreur d'emplacement ! Elle ne pencherait pas si on ne l'avait construite sur un terrain meuble. Et si elle ne penchait pas, elle n'intéresserait personne.

Il me reprit, avec le sérieux réprobateur de son âge.

— Droite, elle intéresserait encore plus, parce qu'on en apprécierait mieux l'architecture, l'alternance des pleins et des vides, la plate-forme supérieure, la cage du clocher. L'admirer pour son inclinaison est aussi bête que la dénigrer à cause des imbéciles qui s'extasient parce qu'elle réussit à tenir debout. Les deux réactions sont également inappropriées. Elle n'est pas amusante, elle est belle. La curiosité qu'elle suscite l'empêche de la voir telle qu'elle est.

La cathédrale et le baptistère étaient fermés, une porte du Campo Santo entrouverte. Quelle funeste inspiration me poussa à entrer ? Autour de la pelouse centrale plantée de cyprès et de roses, les immenses galeries du cimetière s'allongeaient devant nous, sur les quatre côtés, telles les allées d'un cloître. Dallé de pierres tombales, solennel dans la pénombre, ouvert sur la pelouse par des arcades aux chapiteaux sculptés, ce portique rectangulaire deux fois plus long que large abrite les sépultures des évêques et des premiers citoyens de la ville. Nous avancions en silence, saisis par la majesté du lieu. De temps à autre un oiseau s'envolait d'une niche invisible et nous frôlait de ses ailes noires. Les touffes d'herbe et les roses huilées par l'humidité de la nuit, le pelage soyeux des cyprès luisaient au milieu du cloître. La lune qui brillait sur les colonnes de marbre s'infiltrait jusqu'aux épitaphes gravées en lettres latines. Benozzo Gozzoli, le peintre qui éblouissait mon père par l'or dont il avait rehaussé l'éclat des Rois mages, avait affresqué sur les murs du cimetière des scènes de l'Ancien Testament. L'une d'entre elles nous frappa : écrit en lettres capitales couleur feu, le mot SODOMA surmontait la porte d'une ville d'où s'enfuyaient parmi les flammes, poursuivis par des anges, la foule des maudits voués par l'Éternel à l'exécration. Les remparts s'écroulent derrière eux, l'abîme engloutit les maisons, dans un chaos horrible dont on croit entendre le fracas.

Pierino me regarda en souriant. Nous avons vaincu, me disait ce sourire, de telles superstitions.

Tout à coup il s'accrocha à mon bras. Au bout du couloir, éclairée par un rayon oblique, on voyait, peinte dans un style beaucoup plus ancien, une cavalcade de seigneurs huppés et de dames de haut lignage buter sur deux évêques couchés dans leurs cercueils et mangés par les vers. Le décor idyllique d'une haute futaie de chênes rendait ce spectacle encore plus macabre. Pierino ne put retenir un cri. Je lui dis que c'était là un « Triomphe de la mort » comme on aimait à en peindre au Moyen Âge, époque, heureusement révolue, de pestes et d'épidémies. Il se serra contre moi sans rien dire. Je l'entraînai en hâte hors du cimetière, et l'air frais de la nuit parut le soulager, quand il contribua sans doute à aggraver son mal.

Pise nous enchanta. Le silence des rues désertes, l'ombre mélancolique des statues de marbre dressées en bordure ou dans un renfoncement des places sans préoccupation de symétrie, le mystère des inscriptions gravées en abrégé sur les socles, les fleurs de lis en relief sur la façade des palais, la simplicité uniforme des maisons, le calme provincial de cette cité endormie, tout répondait à nos sentiments. Le hasard d'une voirie sinueuse nous ramena dans le vicolo San Michele. Nous fûmes de nouveau l'un à l'autre, sans la violence première. Ce furent des étreintes plus lentes, plus profondes, plus conscientes du bonheur qui nous était échu. Insensiblement, la torpeur succéda à l'effort, l'abandon remplaça les caresses, le sommeil nous sépara. Nos yeux se fermèrent, tandis que nos jambes restaient enlacées.

Combien de temps dura ce bienheureux engourdissement ? Sans nous apercevoir que le jour brillait au-dehors, nous étions encore assoupis, lorsqu'un pas résonna dans l'escalier. Luca, qui possédait la clef de la maison, inquiet de ne pas voir paraître Pierino pour le lait et les brioches du matin, était accouru. Il vint droit à la chambre à coucher, poussa la porte, nous aperçut dans le lit, arracha le drap, poussa un cri de rage, apostropha Pierino avec la grossièreté du dépit.

— Bravo, la sainte nitouche ! On fait sa mijaurée avec moi, mais on se met à la colle avec le premier venu !

Il m'agonit à mon tour, si aveuglé par la fureur qu'il confondit les mots du dictionnaire.

— On verra si la duchesse sera contente de confier ses enfants à un pédéraste !

Nous courions un affreux danger. Luca ne pouvait nous dénoncer sans se trahir lui-même, mais son pouvoir de nuire restait intact. Il lui suffisait de retirer sa protection et sa pension à Pierino, et le pauvre garçon, privé de commandes, n'aurait plus aucun moyen de subsistance. Quant à moi, s'il voulait me perdre, Luca n'en était pas à une calomnie près. Par exemple, il n'avait qu'à répandre le bruit à Florence que, tout en feignant de peindre avec le plus grand sérieux sa ribambelle de marmots, j'appelais la duchesse la « pondeuse » et la comparais à une poule qui lâche à intervalles réguliers ses œufs. « Peintre de cour, lui ? Allons donc ! Savez-vous comme il se nomme lui-même ? Il se nomme peintre de basse-cour, c'est comme je vous le dis. »

Je décidai de jouer mon va-tout.

— Vous vous trompez, messire, il ne s'agit ni d'une intrigue préméditée, ni d'un caprice sans lendemain, ni même d'une vulgaire capitulation des sens. Entre Pierino et moi, c'est un grand amour qui est né, d'adulte à adulte, un de ces amours entiers et sublimes que Platon dont vous êtes si grand connaisseur et si brillant apologiste définit comme l'union de deux âmes qui se reconnaissent et aspirent à se fondre, tels Achille et Patrocle sous les murs de Troie. *Le Banquet* que vous avez traduit dans une version qui fait autorité, *Le Banquet* que vous citez souvent comme la référence philosophique absolue, ne pose-t-il pas comme condition préalable à la fusion des âmes l'entente intime de deux créatures désireuses de n'en faire qu'une ? Cette volonté les aide à recouvrer les ailes qui leur permettent de regagner, loin au-dessus des imperfections de notre monde, leur véritable patrie.

Luca se demanda si je me moquais de lui, mais la vanité l'emporta. Il eut un petit rire de gorge, qui pouvait signifier aussi bien la satisfaction d'entendre répéter les principes de son enseignement à l'Académie, que l'indulgence pour celui qui les appliquait littéralement. Nourri au néoplatonisme de Marsile Ficin, croyant (ou feignant de croire) à la nécessité de passer par l'étape éphémère du corps pour arriver au terme du voyage, qui est la béatitude éternelle, il ne cessait de répéter dans ses leçons que la communion des esprits prend appui sur l'accord physique, comme le toit du temple repose sur le péristyle ; et voilà qu'il découvrait, sans trouver de parade à mes sophismes, toute l'ambiguïté et la fourberie de cette doctrine.

— Couvrez-vous, dit-il d'une voix radoucie, après avoir observé Pierino couché tout nu sur le ventre.

Il n'avait pas songé, dans son épouvante, à ramener sur lui le drap. L'insistance et l'avidité mal dissimulée de ce regard me prouvèrent que Luca voyait pour la première fois ce dont il avait longuement et en vain convoité la possession. Je surpris dans son œil écarquillé la fixité stupide du rapace qui a laissé échapper sa proie.

Sur ma lancée je poursuivis :

— Pierino a perdu très jeune son père Bartolomeo. Sa mère est restée à Vinci où elle vit toute seule, vieille et mal portante. Il lui passe la moitié de la somme que vous avez la bonté de lui allouer chaque mois.

— Je sais, dit-il avec un accent qui me toucha. Elle mourra de misère si je laisse Pierino sans ressources, et d'abord de chagrin si je lui apprends que son fils ne prend pas le chemin de se marier et de lui donner des petits-enfants.

Les jours suivants, je restai enfermé avec Pierino dans la maison d'angle. Trop faible pour sortir, où puisait-il assez d'énergie pour ce que réclamait notre amour ? Chaque rémission de sa maladie fut exploitée sans ménagement. C'était moi à présent qui me montrais insatiable, pressentant que le temps nous était compté. Son état empira. D'interminables quintes de toux terrassèrent ce corps délabré. Sa jeunesse parut fondre dans la violence des spasmes qui le menaient à l'agonie.

Luca venait nous rendre visite chaque matin, à l'heure où il pensait que nous étions levés et habillés. Il avait changé complètement d'attitude, apportait des confitures au malade, des potions sédatives, des pastilles contre la toux, me parlait en mots polis, soit que notre aventure l'eût ému, soit par calcul cynique : le garçon qui s'était donné une fois ne serait plus intraitable.

Enfin, après avoir pris mon avis, il l'installa au palais, dans une chambre qui donne sur l'Arno. Des domestiques pouvaient accourir en cas de besoin ou partir à la recherche de médicaments. Il l'entoura de tant de soins que sa sollicitude m'attendrit, même si je n'étais pas dupe : semblables prévenances avaient aussi pour but de le ravir à moi et de reprendre l'ascendant perdu. « Laisse-moi faire », disait-il, lorsque je m'approchais du lit pour changer Pierino ou lui apporter le soulagement d'un remède. Je prenais ces mots comme une accusation implicite : il me reprochait de l'avoir conduit par mes exigences égoïstes à ce degré d'exhaustion. N'étais-je pas le premier à m'accuser d'avoir abusé d'un organisme que la chasteté avait préservé jusque-là ? Quand peu d'espoir subsistait, Luca dépêcha un messager à Florence pour prier le duc de lui envoyer à franc étrier son médecin.

46

Une mort, puis une autre

La mort ne cessa plus de voleter comme une chauve-souris dans la chambre où le malade agonisait. Le médecin de Florence entra avec l'air dédaigneux de l'homme supérieur qu'on a dérangé sans tenir compte de son mérite.

« Ventre gonflé, côtes saillantes, respiration hachée, gorge sèche, pouls faible, réflexes pupillaires nuls, scrotum rabougri, bourses plates, membre inerte », dit-il en tâtant de partout le jeune homme et en le retournant pour lui mettre l'index dans le cul. Le malheureux, à bout de forces, se laissa tripoter. « Je le chatouille sur la plante des pieds, il ne bouge pas. Je tape sur sa rotule, itou. Je palpe, j'enfonce, rien. Mauvais, mauvais tout cela. Réaction nulle égale organisme en déroute. Lésion des poumons, compliquée de la *malaria paludis*. J'ordonne des décoctions de gingembre, de la tisane de fenouil et du repos, beaucoup de repos. Faites-le uriner le plus souvent possible. Cent ducats pour la consultation, messire, cinquante pour le déplacement, vingt sols pour l'avoine de mon cheval. J'aurai vraiment de la chance s'il ne pleut pas sur le chemin du retour. »

Luca lui exprima son mépris en lui remettant le double de la somme exigée. Il se maudissait, à présent, d'avoir emmené Pierino dans une zone aussi insalubre. Le malade, cependant, ne donnait aucun signe d'angoisse. Apaisé, il attendait sereinement sa fin. À sa place, j'aurais comparé avec désespoir le petit nombre d'ouvrages que j'avais terminés à l'ampleur des conceptions ensevelies à jamais dans mon esprit. Il planait, lui, à une autre altitude. Pas une fois il ne se lamenta sur le naufrage de ses ambitions. Gardait-il pour l'autre monde plus de souvenirs de notre brève passion que de ses longues heures passées à sculpter ? Je le crus d'après ses regards posés fixement sur moi dès qu'il avait la force de soulever les paupières. « Ton nom est sûr de passer à la postérité », lui disais-je, sans éveiller dans son œil la moindre lueur de fierté. Il ne s'inquiétait pas de savoir quelle valeur pouvaient avoir ses statues. Bientôt il ne répondit plus à la pression de ma main. Une seule fois nous le vîmes s'agiter. Il voulait qu'on le transporte devant la fenêtre, en sorte qu'il puisse regarder une dernière fois l'Arno. Je me dis que c'était pour graver dans sa mémoire le décor où nous nous étions rencontrés.

L'infection progressa avec une rapidité qui accusa l'impéritie du charlatan. Je me souvins de la médecine recommandée autrefois par Benvenuto. Blessé à la poitrine, on l'avait soigné avec succès en lui appliquant à l'endroit où avait porté le coup une tuile rougie au feu et arrosée de vin grec. Pourquoi grec ?

Je ne sais, mais Luca envoya en chercher deux bouteilles à Florence.

Un berger de treize ou quatorze ans qui passait sur la rive de l'Arno avec son troupeau de moutons accepta de monter et de jouer pour nous de sa flûte. Il croyait que nous l'avions appelé pour une naissance, selon l'usage populaire d'accueillir en musique un nouveau-né. Il entra dans la pièce et s'installa près de la fenêtre sans voir Pierino couché dans le fond. De joyeuses harmonies s'élevèrent, ornées de tendres modulations, quand tout à coup le petit musicien entendit râler. Il s'approcha, aperçut le moribond. Épouvanté de découvrir ce nez pincé par l'agonie, ces deux mains plus blanches que le drap, il se sauva sans réclamer le ducat promis.

Luca marchait de long en large, je restais prostré près du lit. Nous décidâmes de mettre fin à notre rivalité et de sceller la réconciliation par un geste solennel. Nos deux voix se joignirent pour supplier la Vierge Marie Mère de toutes les Douleurs de sauver Pierino. Le garçon était si faible qu'il glissa dans la mort à notre insu. Nous étions à la fenêtre pour faire entendre au ciel notre prière, quand il rendit son dernier souffle. « Pierino n'a plus besoin de rien », me dit Luca qui était revenu à son chevet. Il lui ferma les yeux. Nous nous relayâmes toute la nuit au pied du lit funèbre, un cierge à la main.

Luca obtint du cardinal archevêque, qui ne pouvait rien refuser au provéditeur de Son Altesse, un service dans la cathédrale et une sépulture dans le Campo Santo. Cet honneur n'est réservé qu'aux prélats et aux très hauts dignitaires. Je parcourus à nouveau, derrière les quatre moines de San Michele in Borgo qui portaient le cercueil, les galeries du cimetière où si peu de temps auparavant, par un bonheur retombé à présent en poussière comme les cadavres inhumés sous les dalles, j'avais atteint au sommet de la félicité humaine. La noblesse et le clergé de Pise suivaient le convoi, auquel s'étaient joints les marchands de fruits et de légumes, les fleuristes et les herboristes du marché, par gratitude envers celui qui avait orné leur place d'une si belle statue de la Richesse agricole.

Je ne voulus pas quitter Pise sans être retourné sur les lieux de nos promenades. J'attendais la nuit pour être seul, sous la lune qui commençait à décroître. Hébété, marchant au hasard des rues, j'aurais voulu que la tour tombât tout à fait et m'écrasât sous son poids.

Luca était redevenu sec et lointain.

— Je t'ai obtenu une seconde commande, me dit-il à quelques jours de l'enterrement. Mets-toi au travail. C'est le seul remède efficace.

J'aurais été sot de croire qu'il cherchait à me consoler. Il entendait se débarrasser de moi par cette commande, m'empêcher de lui demander des comptes de la mort de Pierino, mettre un point final à cette histoire.

C'est mentir de prétendre qu'une émotion extrême inspire. Cette toile peinte sous le coup du désespoir, par un esprit hors de soi qui avait perdu ses repères, est mauvaise. Le chapitre de la cathédrale voulait, pour la placer sur l'autel des Grâces, un saint Bartolomeo, celui des douze apôtres écorché vif, qui brandit sa dépouille comme un trophée. L'Église ne tient pas en grande vénération et se garde de proposer comme modèle cette figure dont le supplice est si repoussant qu'il décourage les plus pieux de prétendre à la canonisation. Par pure coïncidence, le fabricien avec qui je signai le contrat et qui avait autorité sur le chapitre s'appelait Bartolomeo, Bartolomeo Forcoli, comme on peut le constater par le nom écrit au bas du parchemin.

— Fais-nous un bel écorché, me dit cet homme avec l'air d'un gourmand qui attend son dessert. Enfonce-nous Michel-Ange, qui a raté son affaire avec cette peau flasque qui pend dans son *Jugement dernier*. Une simple peau, c'est trop facile ! Ils se prennent pour qui, à la chapelle Sixtine ? Nous voulons mieux, Agnolo, nous voulons les os, nous voulons la charpente, nous voulons le détail de la carcasse, et pas seulement la membrane qui les enveloppe.

Je m'acquittai de ce travail en automate, le cerveau vide, les yeux secs. Le père de Pierino s'appelait aussi Bartolomeo. Il était mort jeune, de la même infection. J'aurais voulu être emporté par cette maladie. Je m'efforçais de tousser, je m'ingéniais à maigrir, je creusais mes joues, je me blanchissais le visage et les mains à l'aide de carbonate de plomb, dans l'espoir que la phtisie serait déclenchée par les signes qui en sont les symptômes ordinaires. Enfermé dans une chambre au dernier étage du palais, sous les combles, le dos tourné à l'Arno, je ne voulais voir personne. Luca respecta mon besoin d'être seul. Son domestique m'apportait les repas, auxquels je touchais à peine.

En remettant aux religieux mon ouvrage, je m'aperçus que j'avais peint le torse décharné, les côtes saillantes, le squelette de Pierino. Horrifié, je voulus reprendre le tableau pour le détruire. Mais il plut fort aux chanoines, enchantés de constater, par ce spectacle affreux, que le prix à payer pour être inscrit dans le martyrologe est trop exorbitant pour ne pas autoriser des accommodements avec la sainteté. Ils décrétèrent qu'on peut rester excellent chrétien sans renoncer aux services d'un cuisinier.

Luca s'en alla à Carrare hâter la livraison d'un bloc de marbre acheté naguère pour une statue équestre de Son Altesse le duc Cosimo.

— Toi, regagne Florence, me dit-il. Je vais fermer le palais. La statue sera exécutée sur place, à Carrare, pendant que je veillerai aux fortifications de Livourne.

Je n'avais pas le cœur de quitter tout de suite la ville où je voulais revivre, encore et toujours, chaque moment de notre aventure, mais l'idée que cette statue dont Pierino avait reçu la commande allait être confiée à Niccolò Tribolo et dressée sur la place des Chevaliers de Santo Stefano en présence de Tribolo et non de Pierino dont le nom serait déjà oublié, cette idée me fit prendre Pise en horreur et me décida à rentrer.

À mi-chemin, au confluent de l'Arno et de l'Elsa, dans une campagne verdoyante, à peu de distance de la bourgade d'Empoli où en d'autres circonstances je serais aller repérer la maison natale de Jacopo, je fis halte pour laisser reposer et boire mon cheval. Hésitant à plonger le museau dans le torrent boueux, il lapait l'eau jaune agitée de violents tourbillons, quand j'entendis des piétinements et des bêlements derrière une haie de roseaux. Bientôt une main écarta les cannes, et le jeune berger que le moribond avait mis en fuite vint s'asseoir à côté de moi.

— Oh ! Ici je peux vous en jouer ! s'écria-t-il de sa voix enfantine où des accents plus sombres annonçaient la mue. J'aurais tant de plaisir à vous la faire entendre ! Là-bas, ce n'était vraiment pas possible ! Vous n'aviez pas peur, vous, de ce macchabée ? Je l'ai fabriquée moi-même dans un roseau. Regardez, j'ai évidé la tige que j'ai ensuite percée de trous.

Une petite tête de faune sculptée au canif dans un bout de bois pendait par une ficelle à l'instrument.

Il se coucha dans l'herbe, posa sa tête sur mes genoux, porta la flûte à sa bouche. Une musique si délicieuse qu'elle adoucit pour un instant mon chagrin monta dans le crépuscule. Il se retourna ensuite et se mit sur le ventre, pour exécuter des passages qui demandaient plus d'agilité. Appuyé sur les coudes, les jambes nues relevées, il gonfla les joues, arrondit les lèvres, remua les jambes en alternance. Je voulus lui remettre une piécette. Il se leva d'un bond, s'enfuit et disparut derrière les roseaux.

— Comment t'appelles-tu ? lui criai-je.

Il était déjà loin, avec ses bêtes restées au bord du fleuve.

— Ton nom, s'il te plaît ?

— Je m'appelle Pierino.

L'écho étira son nom.

— Pieri-i-i-no !

Il se mit à chanter. Sa mélodie, très pure, un peu traînante, chargée de la mélancolie du soir, s'harmonisait à l'allongement des ombres.

— Pierino ! lui criai-je. Reviens ! Reviens Pierino ! Pierino !

Il s'arrêta de chanter, ne répondit pas. Je me frayai un passage à travers les roseaux qui craquèrent sous les pas de mon cheval. Je tirai l'animal par la bride et descendis jusqu'au fleuve. Les moutons prirent peur et se sauvèrent. Je m'avançai vers le garçon. Il était couché dans l'herbe, les jambes écartées, sa flûte à la bouche. Il me vit approcher en tremblant.

Quels mots prononçai-je alors ? Quels gestes m'échappèrent ? J'étais si égaré que je n'ai le souvenir que de la face épouvantée de Pierino qui s'était mis debout et me faisait face. Nous étions à quelques pas l'un de l'autre. Je continuai à avancer. J'étais tout près de lui. Il recula, pétrifié, puis, tout à coup, laissant tomber sa flûte, détala et alla se jeter dans le fleuve, dont le courant rapide était creusé de tourbillons. Le pauvre enfant ne savait pas mieux nager que moi. Je vis sa tête flotter un moment, ses bras battre l'air et projeter l'eau en tous sens, puis il coula dans un remous.

47

Sandro devient mon assistant

Un paysan m'hébergea dans sa grange où le brouillard d'une épaisse léthargie, étrangère au sommeil vrai qui répare, ne me procura ni repos ni soulagement. Le lendemain, de bonne heure, je regagnai d'une traite Florence. J'avais hâte de retrouver Sandro. La présence de cet enfant ne m'eût pas guéri, mais du moins distrait de mon chagrin. En entrant dans la boutique je tombai sur Sebastiano, le fils aîné, avec lequel je n'étais pas en bons termes. Vaniteux, paresseux – *mangiamaroni*, comme l'appelait Dianora –, incapable de diriger l'armurerie, il l'eût laissée péricliter sans le soutien de sa mère. Enfant, il m'évitait. À présent, imbu de la puissance paternelle dont il se croyait investi, il se posait en champion de l'honneur familial. Ses sœurs ne pouvaient se promener sans son autorisation. « Votre père ne l'aurait pas permis », leur disait-il chaque fois qu'elles voulaient sortir. Le dimanche, il les emmenait sous sa garde au couvent de San Marco, dont un moine était le confesseur de la famille. Mon amitié pour Sandro, l'affection qu'il me témoignait, notre familiarité grandissante lui déplaisaient. Sebastiano n'aimait ni la peinture ni les peintres. Comme il me voyait d'un œil mauvais instruire son frère dans les rudiments du métier, il n'y avait aucun moyen qu'il n'inventât pour le soustraire à mon influence.

— Où est Sandro ? lui demandai-je.

— À Sienne, en apprentissage chez un pâtissier.

Il l'a forcé, me dis-je. En mon absence, il l'a contraint à s'exiler. Jamais Sandro n'avait montré le moindre intérêt pour la cuisine, les plats sucrés, les gâteaux. Stupéfait, mécontent, accablé par ce nouveau coup, je montai à mon appartement, et tout de suite ma vue s'arrêta sur un tableau que je ne connaissais pas. Qui l'avait posé là, sur mon chevalet ? Quel en était l'auteur ? De qui était-ce le portrait ? Avais-je devant moi une fille ? Un garçon ? Le modèle était très jeune ; de quinze à seize ans ; d'une beauté certaine mais d'un sexe ambigu. Plein de curiosité, j'examinai ce visage, où j'hésitais à reconnaître Sandro. Si c'était lui, quel changement ! Comme il s'était affermi et ses traits affinés pendant mon séjour à Pise ! La bouche est encore enfantine, mais les yeux divergents, comme ceux d'un adulte, et l'expression pensive. Vêtu d'une blouse de peintre bleue et d'une chemise blanche retenue au col par un lacet lâche, coiffé d'un béret bleu à oreillettes et à visière, il tient d'une main un pinceau, de l'autre une palette. Le pouce apparaît par le trou. On ne voit pas ce qu'il peint – sans doute se peint-il lui-même, reflété dans un miroir. La tête légèrement inclinée vers le spectateur, il le regarde d'un air ironique, un sourire fin au coin des lèvres. L'air de lui dire : « Eh oui ! Tu ne t'y attendais pas, mais c'est bien moi ! »

Une semaine plus tard, étant revenu de la Santissima Annunziata où j'avais négocié, bien que je n'eusse pas le cœur à travailler, un contrat avantageux – le chapitre me gardait sa confiance –, je tournais en rond dans l'atelier. De temps en temps je m'arrêtais, toujours aussi perplexe devant le portrait du garçon en bleu. Dans la pièce se trouvait un renfoncement où j'avais l'habitude de ranger derrière un rideau mes pots de couleurs et mon attirail de peintre. J'entendis un léger bruit, le rideau ondula, un éclat de rire jaillit du renfoncement, je vis en surgir Sandro, qui avait voulu me faire la surprise.

— Tu t'es peint toi-même ? Tu es l'auteur du tableau ?

— Est-ce qu'il est totalement raté ?

— *Va in culo !* Je ne l'aurais pas laissé sur le chevalet.

Il me sauta au cou, je l'embrassai avec effusion. « Mon fils ! Mon fils ! » dis-je en pleurant.

Dianora, qui m'avait entendu monter l'escalier, parut à ce moment sur le seuil et se joignit à nos embrassades.

— Mais tu pleures, Agnolo ! dit-elle en se reculant.

— Votre fils me fait penser à un artiste qui vient de mourir… très jeune, quoique déjà affirmé… à peine plus âgé que Sandro.

— Comment s'appelait-il ? Peut-être en avons-nous entendu parler ?

— Il s'appelait…

Je n'arrivais pas à dire le nom. Un nœud à la gorge m'étranglait. Les deux Pierino, les deux morts *par ma faute*, se superposaient dans mon sanglot.

— Pie… Pierino… Pierino da Vinci.

— Ce débutant qui a fait sensation quand on a dévoilé sa statue dans la cour du Palazzo Vecchio ?

J'inclinai la tête.

— Il est mort ? Quel malheur ! Le duc avait présidé à l'inauguration ! Rappelle-moi le sujet.

— « Samson et le Philistin. »

— Il en a tué mille avec une mâchoire d'âne ! s'exclama Sandro, tout excité par cette histoire qu'avait racontée pendant son prêche un moine de San Marco.

— Tais-toi, lui dit sa mère. Trouves-tu que ce soit un jour à rire ?

Penaud, Sandro courba la tête et prit la mine de circonstance.

Abrégeons cette scène. Autant Bronzino est à l'aise quand il cerne une pensée qu'il circonscrit dans une ligne précise par des mots dont il gouverne avec autorité l'agencement, autant il se montre peu habile à suggérer les instants où la vie se suspend en soupirs et se dissout en silences. Moments d'intense émotion, moments inexprimables *qu'il ne sait pas, justement, comment* exprimer. *En somme, certaines caractéristiques du peintre – bannissement de l'incertain, du flou, ignorance du* sfumato *vaporeux, netteté du dessin, précision des contours, souci d'accuser les lignes, impuissance à* dire l'indicible – *se retrouvent telles quelles chez l'écrivain. Il a du mal aussi à s'approprier le langage des enfants, trop spontané pour cet esprit réfléchi.*

— Il est mort ? Si jeune ! (Elle s'essuya les yeux.) Voilà décidément pour l'art une année désastreuse.

Rentré hier de Sienne, Sandro m'a appris que Giovan Antonio Bazzi y est mort de misère. Comme personne ne voulait prendre soin de lui, il s'était retiré dans le Grand Hôpital, où il est mort seul, ignoré.

— Le grand Bazzi est mort ! m'exclamai-je. Seul, dans la misère ! C'est impossible ! Lui que Raphaël tenait en si haute estime !

Ici, développement sur l'amitié de Raphaël et de Bazzi : comment Bazzi, son aîné de six ans, avait accueilli à Rome, dans le milieu raffiné d'esthètes qui entourait Jules II, le petit provincial d'Urbino aux épaules étroites et à la pâleur de femme, débarqué inconnu dans la capitale du monde, égaré parmi ces géants qui s'appelaient Michel-Ange et Bramante ; comment Bazzi et Raphaël avaient travaillé ensemble, pour le banquier Agostino Chigi, dans son palais romain de la Farnesina ; comment, au Vatican, dans le coin droit de la fresque de L'École d'Athènes, *Raphaël, désormais le plus fameux des deux, avait tenu à placer près du sien le portrait de son ami : les deux têtes se touchent presque, Bazzi au premier plan, en robe blanche et béret blanc, Raphaël derrière lui, effacé, dont on ne voit que la tête et le béret noir ; comment Raphaël, ne pensant pas avoir suffisamment payé sa dette, était intervenu auprès de Léon X pour que le pape confère à son ami la croix de chevalier. Précisions utiles, qui intéresseront les historiens mais ont l'inconvénient de ralentir le récit au moment où la vie de Bronzino arrive à un tournant.*

— Dans la misère, oui. Voilà ce que c'est de vivre sans femme, reprit-elle. Pierino était certes trop jeune pour en avoir une. Je le dis toujours : une influence féminine est nécessaire au bonheur des artistes. Seule une femme peut comprendre l'homme supérieur, car elle vit pour les sentiments, quand lui s'abstrait dans ses pensées. Elle seule devine ce qui lui manque, prévient ses besoins, veille à son bien-être dont il ne se soucie pas mais sans lequel il s'étiolerait fatalement. Quand il doute, elle a la foi pour deux. Quand il triomphe, sa joie est décuplée par la joie de sa compagne. Rien n'est plus triste qu'un succès qu'on ne partage pas ! La gloire devient alors un fardeau. Mon pauvre Cristofano me l'a dit un jour : « Sans toi, j'aurais moins de goût à forger la garde de cette épée. » Depuis combien de temps n'as-tu pas revu Jacopo : sais-tu qu'il extravague ? Un vrai sauvage ! Il refuse de voir quiconque. On lui passe sa nourriture par l'entrebâillement de sa porte. Un jour on le retrouvera mort sur sa terrasse. Seule une femme pourrait le sauver, le ramener à la raison, car seule la femme est capable d'abnégation et de dévouement. Humble, discrète, silencieuse, active en sous-main, tu la trouveras derrière la plupart des chefs-d'œuvre, bien qu'elle ne revendique jamais la part qu'elle y a prise.

Un cri monta d'en bas. Réclamée par Sebastiano qui s'embrouillait dans les comptes et l'appelait à l'aide, elle se tut, ramassa les pans de sa robe et courut vers l'escalier. Je l'avais laissée parler. Essayez d'interrompre une femme qui s'exalte à l'idée que les femmes sont venues sur terre pour « sauver » les hommes ! Dianora partie, je restai seul avec Sandro.

— Faut pas pleurer, dit-il. J'suis là !

Cette confiance naïve dans son pouvoir de me consoler dissipa pour un temps mon chagrin.

— Alors, mon tableau il est pas si mal que cela ? Vous l'aimez un peu ? Je l'ai peint en cachette, mastro Debellis m'en aurait empêché... Maman gémit sur la fin lamentable de Bazzi, mais, entre nous, il ne l'a pas volée ! J'ai assisté à la dernière course de chevaux barbes sur la grand-place de Sienne. Il avait un cheval qu'est arrivé premier, avant même celui du cardinal Petrucci. Le héraut précédé d'un tambour et de deux trompettes appela le propriétaire pour lui remettre le prix. « Messire Bazzi, votre cheval a gagné. Son Excellence Monseigneur le podestat vous félicite et vous invite à recevoir la bannière brodée réservée au vainqueur. » Une de ces voix solennelles, oh là là ! à intimider un mécréant... Et là-dessus, nouveau roulement de tambour et nouveaux coups de trompettes... Mais lui, faut croire qu'il était pire qu'un mécréant... Il s'avance du fond de la place, traverse la foule et dit à voix forte : « Mon nom d'état civil est Bazzi, mais mon nom d'artiste est Sodoma ! » Ce nom a-t-il un sens spécial, pour faire tant de grabuge ? Tandis que les jeunes gens répétaient en se moquant et en se tapant sur les cuisses « Sodoma ! Sodoma ! », quel charivari du côté de la tribune où se tenaient les officiels et les vieux ! Ils paraissaient très en colère. Le premier échevin de la ville se dressa et d'une voix encore plus forte cria : « Pourquoi claironner par toute la ville un nom aussi honteux ? » La foule, indignée, grondait et voulait lui interdire d'aller chercher sa récompense. Dites-moi, Agnolo, peut-être lui en voulait-on parce qu'il s'amusait à nourrir chez lui toutes sortes d'animaux bizarres ? Un blaireau, une fouine, une guenon, un corbeau, trois hiboux, un « tiercelet » qu'on m'a dit, je ne sais pas quelle espèce de volatile ce peut être, des poules mauresques, d'autres bêtes encore, vilaines et puantes, l'une plus que l'autre, dont la présence incommodait ses voisins. Est-ce pour cela qu'il était si mal vu ? Avant de partir pour l'hôpital, il avait ouvert la porte à sa ménagerie, et la guenon s'était amusée à sauter partout sur les gens, à chier sur eux et à se cramponner aux vieilles femmes. Les artistes sont-ils souvent aussi marteaux ?

— Pierino, dis-je, était l'être le plus doux qui eût jamais existé, tout le monde l'aimait et lui voulait du bien. Tout le monde…

Sandro crut décent de se recueillir un moment, les yeux baissés en signe d'affliction. Son naturel reprenant vite le dessus, il se jeta dans mes bras :

— Je serai votre Pierino !

Sa fraîcheur m'étourdit. Je le serrai contre moi. Il m'embrassa. Par inadvertance, il effleura ma bouche de ses lèvres. Je me dégageai brusquement.

— Tu seras toujours mon fils bien-aimé, dis-je en le repoussant.

— J'vous déplais ? s'écria-t-il, surpris par mon geste.

— Sandro, je t'aime beaucoup. Je vais demander à ta mère qu'elle abandonne l'idée de te faire pâtissier. Avec les dons que tu montres, ce serait un crime de ne pas te consacrer à la peinture.

— N'en parlez pas à mon frère ! La peinture horripile Sebastiano, parce qu'il y comprend rien et qu'il vous jalouse. Il serait capable de m'envoyer garder les vaches dans la montagne !

— Ne t'inquiète pas. Ta maman cette fois te protégera. Tu sais déjà peindre, continuai-je en examinant avec lui son tableau ; mais il reste des erreurs à corriger. Le pouce qui tient la palette est incorrect, le drapé de la manche douteux. On te critiquera pour le béret à oreillettes. On dira que tu ne t'en es coiffé que faute de savoir peindre une oreille, la partie la plus difficile à peindre dans un corps humain. Et puis tu as l'air un peu emprunté, comme si tu t'étais laissé figer par ton miroir. Tu as eu tort de ne pas dégager ton cou. Un cou bien rond, bien blanc, bien solide donne de l'assise à un portrait.

Une idée me vint tout à coup. Le chapitre de la Santissima Annunziata m'avait commandé un très grand tableau d'autel. Le contrat stipulait que je devais le livrer dans dix-huit mois, dernier délai.

— Écoute, Sandro, jamais je n'en viendrai seul à bout. Il mesurera plus de deux toises de hauteur, une toise et trois pieds de largeur. Veux-tu me servir d'aide ? À partir d'aujourd'hui je t'engage.

Il battit des mains puis courut derrière le rideau et en rapporta un paquet rond et plat enveloppé dans un papier aux armes de Sienne.

— Regardez, je l'ai préparé et cuit moi-même.

Il déballa un gâteau rond, plat, très dur, compact, farci d'amandes et de fruits confits, spécialité siennoise qu'on appelle *panforte*, plaisant euphémisme pour une gâterie déconseillée aux mâchoires insuffisamment robustes. Je me souvins de m'être procuré une de ces galettes pour la petite Alessandra, au temps de la famine. Sa mère m'avait taquiné pour ce choix.

— Le pauvre Pierino, dis-je sans retenir mes larmes, aurait été trop faible pour y goûter. Il était si débilité par la maladie qu'il ne se nourrissait plus que de bouillons et de fruits écrasés.

— Mais vous pleurez encore ! C'était donc un artiste si rare que cela ? Vous n'avez pas pleuré pour Rosso Fiorentino, vous n'avez pas pleuré pour Francesco Mazzola. Un artiste qu'on admire doit donner du courage. Vous aimiez bien Rosso, mais vous n'avez pas pleuré pour lui. Avez-vous pleuré pour Andrea del Sarto, avec qui vous avez débuté ? Quand vous prononcez son nom, vos yeux restent secs. Pourquoi pleurez-vous seulement pour Pierino ?

Je ne répondis rien. Craignant d'avoir été malpoli, il prit un air contrit et rejoignit Dianora et Sebastiano dans la boutique. Cinq minutes après, je l'entendis chanter.

48

Enquête de Sandro à Pise

Il était trop futé pour ne pas subodorer un mystère. Ma douleur lui paraissait excessive pour la mort d'un garçon à peine connu. Il avait compté le nombre de jours que j'avais passés à Pise et conclu que trois ou quatre semaines de camaraderie ne justifient pas un deuil aussi long. Prostré, le pinceau à la main, je restais de longues heures sans peindre, malgré le délai assez bref fixé pour un tableau d'autel de dimensions aussi imposantes. Il montait, de plus en plus inquiet, me demander si « ça allait » et quand, avec son aide, je reprendrais le travail. À peine si je desserrais les lèvres. Il m'apportait des friandises, elles restaient à rassir sur l'étagère. Le *cannolo* sicilien n'eut pas plus de succès que les sfogiatelles toscanes. Il eut l'idée, pour me plaire, de copier dans son cahier de dessins toutes les statues de Pierino qu'il put repérer dans Florence, puis d'en composer une sorte d'album qu'il vint m'offrir en rougissant.

— C'est une chose de peu de valeur, mais qui vous rappellera les belles qualités de votre ami.

Je le félicitai pour son travail et lui dis qu'il avait rassemblé pratiquement l'œuvre complet.

— Pratiquement ? J'en ai oublié une ?

— Aucune de celles qui se trouvent à Florence. Mais il y en a une à Pise qu'évidemment tu n'as pu dessiner.

Dianora avait un frère viticulteur à Calci, à deux heures de marche de Pise, distance aisée à franchir pour un gaillard de quinze ans. Sandro obtint de sa mère la permission d'aller passer une semaine chez son oncle. Il avait l'intention, nous dit-il, de compléter mon album. « Je déposerai de ta part des fleurs sur la tombe de Pierino, veux-tu ? » C'étaient là les motifs avoués. Il ne révéla à personne la cause secrète de son voyage. Moi-même, je ne devinai pas ce qui l'avait décidé à partir. Dianora le mit un matin dans la diligence. Il apportait à son oncle un couteau à émonder les vignes prélevé dans les réserves de l'armurerie.

Pendant son absence, je surpris une discussion entre Dianora et Sebastiano à mon sujet.

— Je veux me marier, disait-il.

— À la bonne heure, mon fils.

— Mais il y a un obstacle.

— Je t'écoute.

— Où me loger avec ma femme ?

— Les appartements vides ne manquent pas à Florence.

— Maman, je veux rester avec toi.

— Ta femme n'apprécierait pas d'avoir sa belle-mère sur le dos.

— La solution existe.

— J'espère n'avoir pas deviné.

— Je prends l'appartement qu'il occupe.

— Il le loue régulièrement.

— Donne-lui son congé.

— Tu oublies qu'il vous a élevés, toi, ton frère et tes sœurs !

— Dans quelle intention, il faudrait le savoir !

— Qu'es-tu en train d'insinuer ?

— Il a déploré la mort de Sodoma.

— Sodoma est un grand peintre, Sebastiano.

— Et une belle ordure.

— Ses tableaux sont très recherchés.

— Par quel genre d'amateurs, hein ?

— Leur vie privée ne nous intéresse pas.

— Celle du peintre non plus ?

— Encore moins.

— Ah ouiche ! Le prénom que tu m'as donné, il l'a sali dans son tableau.

— N'est-ce que cela ? On a toujours peint saint Sébastien nu, sans trop se préoccuper qu'il soit attaché sans vêtements à un arbre.

— Mais personne ne l'avait jamais peint d'aussi grande taille, ni aussi déshabillé, avec tout ce qu'il faut cacher bien en vue, impudeur particulièrement malséante pour un martyr chrétien.

— L'Adam de Masaccio, le David de Michel-Ange sont encore plus nus.

— L'Adam *était* plus nu. Dieu merci, les moines de Santa Maria del Carmine ont obtenu qu'on remédie à ce scandale. Quant au David, le duc a décidé de lui faire appliquer une feuille de vigne.

— Sur plainte de la duchesse Eleonora, une Espagnole, étrangère à notre culture.

— La nudité, la beauté, les avantages physiques doivent être l'apanage des femmes exclusivement.

— Notre locataire en a peint une qui bat toutes les Vénus connues, en beauté, nudité et avantages physiques, comme tu dis. Le duc en a été si choqué qu'il n'a pas voulu la garder. Il l'a envoyée en cadeau au roi de France.

Déconcerté, Sebastiano chercha un nouvel angle d'attaque.

— Enfin, maman, tu devrais te renseigner.

— À quel sujet, s'il te plaît ?

— Ce n'est pas moi qui l'insinue. Toutes les rumeurs concordent.

— Des ragots, si je comprends ta pensée.

— Ne lui reproches-tu pas toi-même de ne pas songer à se marier ?

— Je ne le lui reproche pas, je le regrette pour lui. Un artiste est avant tout un homme libre.

— Libre de manquer de moralité, si c'est ça que tu veux dire.

À ces mots, Dianora n'y tint plus.

— Et toi, beaucoup de choses te manquent. À commencer par la capacité de faire marcher l'armurerie. Aucun nouveau modèle n'a été créé depuis la mort de ton père, et le palais se fournit maintenant chez notre rival. Combien de temps garderons-nous nos pratiques ? Certaines ont déjà cessé de venir. Sans le loyer que nous paie Agnolo, et qu'il m'a proposé d'augmenter depuis qu'il a reçu cette commande pour la Santissima Annunziata, nous serions peut-être en faillite et contraints de vendre la boutique que ton père nous a laissée prospère et florissante.

Touché à son point faible, Sebastiano grommela puis se tut. Je ne pensais pas que le frère de Sandro me fût si hostile.

Messire Luca Martini, revenu de Carrare à Pise pour y achever les travaux d'assainissement, accueillit Sandro que Dianora lui avait recommandé. Touché que le garçon montrât tant d'intérêt pour Pierino qu'il n'avait même pas connu, il le conduisit dans l'atelier du Borgo Stretto, où tout était resté en l'état. Sandro demanda et obtint l'autorisation d'avoir la clef pour revenir compléter son album par la copie des œuvres laissées inachevées. De nombreuses esquisses en plâtre, des modelages de cire attendaient sur les étagères, ainsi que des piles de dessins au fusain et de croquis à l'encre. Sandro épousseta, rangea, classa, inspecta, fureta partout dans l'atelier, mais sans dénicher le moindre indice en rapport avec le but qui l'avait amené. Il apporta et disposa sur le grand lit où nous avions été si heureux (mais il ne le savait pas et s'expliquait mal, m'a-t-il avoué plus tard, la présence de ce meuble dans l'atelier d'un sculpteur) les diverses ébauches à copier.

Son oncle le laissait très libre, ses cousins étaient de petits paysans sans intérêt pour lui. Il se rendait chaque matin à pied de Calci à Pise, et trouvait une charrette pour le trajet du retour. Il flâna dans le marché, interrogea les vendeurs de fruits et légumes, les marchands d'herbes et de fleurs. Tous se souvenaient du très jeune homme qui venait leur demander des conseils pour que la statue de la Richesse agricole servît utilement aux besoins du commerce. Tous louèrent sa tournure, sa bonne grâce, sa simplicité, son humilité, son désir de les aider. Cette statue leur avait porté chance en amenant un surcroît de clients vers la place. Ils lui parlèrent d'un peintre qui avait l'âge d'être son père et accompagnait le jeune homme. Sandro interrogea aussi le portier du palais Médicis, les gardes ; il essaya de soutirer quelques informations aux domestiques. On le renvoya comme un gamin.

Il était sur le point de renoncer lorsque, en nettoyant le poêle de l'atelier, il vit au milieu des cendres une feuille manuscrite en partie épargnée par le feu. Il la retira, l'examina avec précaution, de peur d'en casser le papier racorni, crut reconnaître les minuscules caractères de mon écriture. Les domestiques envoyés du palais par Luca avaient jeté au feu sans discernement les papiers de Pierino. N'en subsistait que ce qui sembla à Sandro, d'après les lignes de longueur égale, un poème. De plus en plus intrigué, il essaya de déchiffrer mes pattes de mouche. Il trouva parmi les instruments de travail du défunt une loupe dont celui-ci se servait pour le détail des ongles. Enfin, dans le demi-jour, Sandro réussit à lire.

Le premier quatrain avait traversé presque intact les flammes. Des parties de mots avaient brûlé, faciles à reconstituer.

Si la fleur aimable et à toute autre sup [...]
bien qu'enclose en son bourgeon l'emporte
sur chacune en rondeur, parfum et coul [...],
que sera-t-elle, ouverte sous les doigts d'Am [...] ?

Une fleur « supérieure » qui s'ouvre sous les doigts d'« Amour » ? Énigme pour Sandro. Que signifie

« rondeur » pour une fleur ? Il se décourageait à nouveau, d'autant plus que le second quatrain, noirci par la fumée, était illisible, à part *fruit acerbe* et *pas plus de fraîcheur au fond d'un puits*. Du premier tercet surnageaient quelques mots : *le noir abîme avant l'aurore*, *corolle qui s'ouvre*, *rosée qui humecte*.

Seul le dernier tercet n'avait subi aucun dommage :

Et cette rose si elle triomphe
même jeunette et repliée en son âge
ne me rendrait pas fou épanouie ?

Au bas du poème, Sandro lut :

Al mio dilett [...] ierino,
rosa non sol [...] del mio cuore.

Il comprit tout à l'instant, avec cette merveilleuse divination des enfants qui, dépourvus d'expérience et ignares en amour, saisissent d'un coup une énigme dont des générations d'érudits ne viennent à bout. Il comprit le grand lit, il comprit l'image de la fleur, il comprit de quels doigts je parlais, il comprit le complément sous-entendu (*non soltanto*) de *cuore* et le double sens de la rose, rose non seulement pour mon cœur, il rapprocha ce qu'il savait de l'extrême jeunesse du sculpteur avec les métaphores du bourgeon, de la maturité incomplète, du futur épanouissement, enfin il comprit pourquoi, encore sous le choc de la tragédie, je ne pouvais prononcer qu'en larmes le nom de Pierino.

49

Je résiste à Sandro

À peine revenu à Florence, il monta quatre à quatre l'escalier, entra en trombe dans mon atelier, courut à moi, m'étouffa dans ses bras, s'écria qu'il voulait être totalement à moi.

— Je ne suis qu'un bourgeon, un bourgeon qui ne demande qu'à éclore.

J'hésitai à comprendre.

— Sous les doigts qui écarteront ses pétales.

— De quoi me parles-tu ?

— Tu l'as écrit, Agnolo, dit-il en me tutoyant pour la première fois. Je n'ai rien inventé.

Il me récita à l'oreille mon sonnet, enjolivé de ces « pétales » qui n'étaient pas dans le poème.

Je me dégageai, et, pour lui signifier qu'il n'était pas question entre nous de ce qu'il paraissait souhaiter, je me mis à esquisser des figures sur la grande planche de bois posée depuis longtemps contre le mur par deux domestiques de la Santissima Annunziata. Les Servites de Marie m'avaient commandé une *Résurrection du Christ*.

Sandro s'assit à côté de moi, déconfit. En vérité, j'avais un vif désir de ce beau garçon. S'il avait été blond, je n'aurais peut-être pas résisté. Ses yeux bleus, contrastant avec ses cheveux noirs, ajoutaient à l'ambiguïté enfantine de ses traits le charme d'une heureuse erreur de pigmentation. Des sourcils bien dessinés, deux fossettes creusées dans ses joues brunes, un nez droit aux narines très mobiles, une bouche déjà mûre pour cet âge complétaient les séductions que j'étais décidé à repousser.

Trop d'obstacles se dressaient entre nous : la jeunesse excessive et la virginité de Sandro, notre différence d'âge trop considérable pour ne pas engager ma responsabilité, ma répugnance naturelle à tout rapport de domination, la crainte d'abuser de sa faiblesse en poussant dans une fausse direction un organisme encore fragile, les égards que je devais à sa mère dont je ne voulais pas tromper la confiance, enfin la crainte que Sebastiano pût me dénoncer.

Sandro, constant, persévérant, obstiné, ne chercha pas à forcer ma réserve. Chaque jour, par sa présence muette, par les regards anxieux dont il suivait chacun de mes gestes, par les menues attentions dont il m'entourait, par son silence même de jeune lévite qui ne trouve pas de paroles pour s'adresser à son dieu, il faisait patiemment mon siège, se contentant de me rappeler qu'il était là, à ma disposition, livré, abandonné, consentant à tout, pour le moment que j'aurais choisi. Il avait épinglé à sa blouse une copie de mon sonnet dont il avait complété à son idée les parties manquantes. Jamais il ne lui échappa un mot ou un geste qui m'obligeât à le rembarrer. Un pot de peinture se renversa une fois sur sa culotte. Il était sur le point de se déshabiller devant moi quand il se ravisa. Pour ne pas me montrer ses jambes nues, il courut se changer derrière le rideau.

Embarrassé de son adoration, je ne pouvais l'empêcher de s'asseoir à mon côté. Selon nos conventions, il esquissait dans les coins du tableau les figures secondaires. À tout moment il s'interrompait pour me regarder travailler. Je dus lui interdire de se mettre à genoux pour me tendre les pinceaux. Il posait le sien par terre et reportait sur moi ses grands yeux. Je devais me fâcher pour le forcer à peindre ; il aurait progressé plus vite sans cet amour qui le minait.

J'avais résolu de ne pas céder avant qu'il n'eût atteint sa vingtième année. Alors, mûr et déjà expérimenté, il aurait eu des aventures, peut-être avec des filles, son corps aurait décidé pour lui, et de toute façon, si ses goûts n'allaient pas vers les filles, il aurait comparé mon âge déclinant à sa jeunesse florissante, et sans doute ne serais-je plus pour lui qu'un vieil oncle auprès de qui on a envie d'échanger des idées, de se perfectionner dans le métier, mais avec qui on n'engage pas sa vie amoureuse.

Un impair commis dans ma *Résurrection* garde la trace de cette période. J'avais, selon l'usage, peint au premier plan les trois soldats qui gardent le tombeau. Découvrant qu'il est vide, ils tombent à la renverse. Par quelle inconséquence dénudai-je entièrement un de ces jeunes militaires, peint en raccourci ? On ne voit que le haut du corps, mais le buste arqué et la tête rejetée en arrière mettent en relief la saillie des tétons.

— Un soldat, dit Sandro, n'est jamais nu quand il est en service.

J'inventai sur-le-champ un prétexte.

— Il s'est déshabillé pour dormir.

— Un soldat en service, un soldat qui garde un tombeau, se déshabiller ?

— Il fait chaud en Galilée.

Sans relever cette sottise, il me dit :

— Mais s'il dort, Agnolo, pourquoi a-t-il les yeux grands ouverts ? Peut-on dormir sans fermer les yeux ?

— Tu as raison, Sandro, je n'y avais pas pensé.

Je fermai les yeux de mon soldat et accentuai par le pli de la bouche et la rigidité du cou l'impression d'un profond sommeil.

Second témoignage du trouble où j'étais : pour les deux anges qui flanquent le Christ dans son ascension, je demandai à Sandro de me servir de modèle. Il accepta avec enthousiasme et posa pour les deux, en figures inversées. Tout le monde l'a reconnu, dans ces deux corps minces aux hanches à peine marquées sous un buste étroit. Anatomie provisoire, au seuil de la maturité. Le nombril est encore enfantin. Gracieusement androgynes, à peine s'ils paraissent avoir plus de quinze ou seize ans. Même les visages ressemblent à celui de Sandro. Le ventre, jusqu'aux plis de l'aine, est rendu sans tricher, le galbe des jambes et des cuisses modelé avec soin, mais le sexe escamoté sous un voile. Autant par égard pour sa mère qu'afin de me protéger de la tentation, j'avais fouillé dans le magasin de mes accessoires à la recherche d'une écharpe de tulle pour le couvrir décemment.

Cette écharpe de tulle a déconcerté les historiens, du vivant même de Bronzino qui fait allusion aux controverses nées à propos de ce bout de tissu. De la part de celui qui les avait habitués à une franchise totale, un accès d'hypocrisie aussi insolite a conduit ses admirateurs aux plus fausses déductions. Jamais auparavant, bien éduqué sur ce point par Pontormo, il n'avait recouru au ridicule de masquer les pudenda. *Comme on l'a vu, il s'arrangeait pour ne pas avoir à les peindre, soit en relevant la cuisse de son modèle assis de profil, soit en ne présentant celui-ci que de trois quarts, soit en coupant le tableau au niveau des hanches.*

L'opinion prévaut que, effrayé du tapage qu'avait soulevé Michel-Ange en montrant dans son Jugement dernier *de la chapelle Sixtine le Christ et les saints entièrement nus, puissamment sexués et poilus, il a voulu prévenir un nouveau scandale. On cite la fameuse lettre de l'Arétin écrite à Michel-Ange en novembre 1545 :*

« Est-il possible que vous, à qui votre condition "divine" inspire le dédain de la condition des hommes, ayez commis ce péché dans le plus grand sanctuaire de Dieu, au-dessus du premier autel de Jésus, dans la plus grande chapelle du monde ? Les païens, dans leurs statues de Vénus, se servent des bras et des mains de la déesse pour couvrir les parties de son corps à cacher. Mais ici, pour un chrétien qui attache moins de prix à l'art qu'à la foi, c'est un véritable affront que l'indécence avec laquelle vous figurez les martyrs, les saints et les vierges. Quant au geste de saisir un damné par les organes génitaux, il ferait baisser les yeux de honte

dans un lupanar. Votre ouvrage eût été bienvenu dans l'étuve de thermes romains ou la salle d'attente d'un prostibule, il détonne dans un chœur grandiose qu'il avilit par ses obscénités. Ornez-en une salle de bain, à la rigueur, proposez-le pour le harem d'un Turc mahométan, mais ne souillez pas le sanctuaire où le successeur et l'élu de saint Pierre est choisi pour monter sur le trône. »

L'autorité de l'Arétin, ce juge redouté jusque des papes, le projet qu'on prêtait au Saint-Père de faire appel à un braguettone *pour poser des caleçons sur les nudités de Michel-Ange, la crainte d'être lui-même l'objet d'une dénonciation, la place d'honneur où serait exposée sa* Résurrection, *dans la tribune de la Santissima Annunziata, derrière le maître-autel, toutes ces circonstances expliqueraient, selon les historiens, que Bronzino ait cherché à désarmer les critiques par ce morceau d'étoffe entortillé à la va comme je te pousse et dont on se demande comment il tient, sinon par l'opération du Saint-Esprit.*

Or, il ne savait rien de cette lettre, qui n'avait pas été publiée. Bronzino, à qui nous rendons la parole, nous livre le secret de cette précaution vestimentaire.

Des polémiques romaines sur *Le Jugement dernier*, des attaques contre Michel-Ange, seuls de faibles échos nous étaient parvenus. Outre les motifs que j'ai dits, un autre, plus puissant encore, m'avait poussé à cette pudibonderie qui m'a valu autant de blâmes que de louanges : ne pas donner de fausses idées à Sandro en lui faisant croire que j'étais prêt à lui céder. Plus il m'assiégeait de son désir, plus je me sentais le devoir de le décourager. Son enthousiasme à poser pour les anges l'avait trahi. Je l'ai ceint d'un pagne pour le tenir à distance, distance qu'il aurait voulu raccourcir en profitant de la fiction angélique pour se présenter nu.

L'adjonction de ce voile [*bien léger, sinon transparent !*] fut le suprême hommage rendu à la mémoire de Pierino. Je n'allais pas changer si vite d'objet de dévotion, sortir dès à présent de mon deuil pour faire place à un vivant.

50

Giorgio Vasari se heurte à Jacopo Pontormo

Cris, bousculades, applaudissements, vivats, pétards, mirlitons, tintements de marmites entrechoquées, roulements de tambour, que se passait-il ? De ma fenêtre, nous vîmes au bout de la via Orsanmichele défiler une foule excitée. En provenance de la cathédrale, elle descendait la via dei Calzaiuoli en direction du Palazzo Vecchio. Je me précipitai avec Sandro au rez-de-chaussée. Dianora discutait sur le seuil avec Sebastiano et un client de l'armurerie. J'avais aperçu celui-ci plusieurs fois et Dianora m'avait appris à m'en défier. Messire Jacopo Polverini, auditeur fiscal, était un potentat dont le physique démentait le caractère. Gras, massif, rubicond, sans cou, la nuque emmanchée sur les épaules, il semblait n'être intéressé que par le vin et la bonne chère. Cette apparence débonnaire le rendait d'autant plus redoutable, car l'embonpoint, le visage jovial, le triple menton, les bajoues flasques, le teint qu'on appelle ironiquement « fleuri » n'annonçaient pas ou faisaient vite oublier la férocité avec laquelle il exerçait ses fonctions. Rien n'échappait à sa vigilance. Il avait la haute main sur la censure et dirigeait les services de police. Bien pis : un suspect dont il voulait se débarrasser avait peu de chance de couper à la prison. Les tribunaux se hâtaient de le déclarer coupable.

Quand nous le rejoignîmes, il pointait son index vers la cohue de plus en plus nombreuse et bruyante.

— Ne craignez rien, disait-il à Dianora. Il ne s'agit pas d'une émeute. J'approuve l'exultation de cette foule qui profite de cette occasion pour témoigner son attachement et sa gratitude au fameux peintre Giorgio Vasari. C'est lui le héros qu'on acclame. Suivi par la cohorte de ses admirateurs, il se dirige vers l'imprimerie du Palazzo Vecchio où il va prendre livraison du grand livre qu'il a composé et qui marquera une date pour l'histoire de l'art.

— Ce livre où sont écrites, comme on nous l'annonce depuis longtemps, les vies de nos meilleurs peintres, sculpteurs et architectes ?

— Mes services ont examiné son ouvrage et n'ont rien trouvé à y blâmer.

— *Imprimatur*, *nihil obstat*, dit Sebastiano.

Ne connaissant que ces mots de latin, il joignait le pédant au servile.

Dianora se tourna vers moi.

— Peut-être ta biographie y figure-t-elle ?

Sebastiano intervint à nouveau.

— Peuh ! dit-il pour m'être désagréable, ça m'étonnerait fort. Vasari n'a pas d'estime pour les artistes vivants. À part Michel-Ange évidemment, il n'en a inclus aucun dans la centaine de noms qu'il a retenus, tout le monde le sait.

— Pas même Pontormo ?

Je courus avec Sandro assister au spectacle. Dianora confia la boutique à son fils aîné et se dépêcha pour nous rattraper, sans penser que messire Polverini pourrait se vexer d'être planté là. Une cinquantaine de personnes escortaient dans la rue principale un homme vêtu de beaux habits. Bien qu'il parût avoir à peine quarante ans, une longue et épaisse barbe noire et une gravité doctorale lui donnaient l'air d'un professeur d'université. Plus petit que ceux qui lui faisaient fête, il marchait dressé sur la pointe de ses pieds. Bottillons à talonnette, cape noire à l'espagnole, toque de velours cramoisi à plume blanche, tête bien droite, mâchoire tendue en avant, il bombait le torse et regardait autour de lui pour vérifier l'effet de ce costume. Debout devant leur seuil ou penchés à leurs fenêtres, les gens se pressaient pour le voir. Derrière le cortège, un valet revêtu de la livrée des Médicis conduisait une haquenée blanche harnachée d'un riche caparaçon.

L'atelier de Lorenzo Torrentino, imprimeur officiel du duc et détenteur d'un quasi-monopole dans le duché, se trouvait plus bas dans la rue, entre Orsanmichele et le Palazzo Vecchio. Son Altesse avait voulu cette proximité, afin de surveiller, avec l'aide de l'auditeur fiscal logé au premier étage du palais, le moindre volume qui sortait des presses. Esclave de sa femme Eleonora et du confesseur de sa femme, notre connaissance le dominicain don Luigi, le duc tatillonnait de plus en plus. Mœurs, religion, politique, comment se conduire, comment penser : Florence devait donner l'exemple, en ces temps troublés où l'on commençait à mettre en doute les principes de l'Église et les fondements de la doctrine catholique.

Vers l'imprimerie, les gens affluaient de toutes parts. J'avais plusieurs fois discuté avec Sandro de cet ouvrage tant attendu, dont plusieurs chapitres circulaient depuis un an ou deux. L'idée générale en était connue. Tout le monde en débattait, tout le monde donnait son avis, sans connaître l'ensemble. Enfin, on allait pouvoir le lire en entier. J'achetai les deux gros tomes, près de mille pages in-quarto. Sandro déclara qu'il reviendrait les chercher avec la brouette pour les porter à la maison.

Giorgio Vasari ressortit de l'imprimerie, accompagné jusqu'au seuil par Lorenzo Torrentino. Sous les cris et les acclamations, il s'achemina par le Borgo dei Greci vers la résidence que le duc avait mise à sa disposition. Quatre hommes portaient derrière lui sur une sorte de litière tendue de velours rouge plusieurs exemplaires de son ouvrage. Le reste des admirateurs suivaient à distance respectueuse. Tenue à grand-peine par la bride, la haquenée blanche caracolait en tête. Vasari répondait aux vivats qu'on lui lançait des fenêtres par d'amples gestes de ses deux mains moulées dans des gants de velours gris perle.

Tout à coup, du côté opposé, apparut Jacopo, qu'on n'avait plus vu en ville depuis des mois. Lui aussi avait entendu parler des *Vies*. Ignorant qu'aucun artiste vivant n'y figurait, anxieux de savoir comment on l'avait traité, il accourait aux nouvelles. Il portait une blouse déchirée, des chausses trouées et maculées de couleurs, un bonnet posé de travers d'où pendaient des mèches grises.

À hauteur du palais Gondi, Jacopo trouva le chemin barré par le cortège. Peu s'en fallut que, dans sa précipitation angoissée, il ne se cognât contre Vasari. Celui-ci recula pour l'éviter. J'eus le cœur serré en voyant Jacopo dans cet état. Non seulement ses loques révélaient une incurie désolante, mais il avait la maigreur et la mine hâve d'un homme qui ne mange pas à sa faim. Les os qui saillaient sous la peau de son visage en dessinaient déjà le squelette. Je souffrais pour lui. Florence ne pardonne pas à celui qui ne se hausse pas au-dessus de la foule comme « une citadelle de lui-même ». Nous avions tous lu *Le Prince* de Machiavel. Dissimuler les faiblesses qui excitent au mépris, donner une continuelle estime de sa personne, soutenir son image par un air de force et de grandeur, quitte à vivre au-dessus de ses moyens, c'est un devoir pour quiconque aspire à la gloire. Qui se comporte en vaincu donne des armes à ses détracteurs. En même temps, si je comparais cette épave au pompeux favori du duc, si je confrontais les tableaux sublimes de mon ancien maître à ceux de Vasari – honnêtes mais ne dépassant pas la moyenne de ce qui se faisait à Florence –, Jacopo ne me parut guère à plaindre. Le contraste entre les guenilles du bohème et les atours du courtisan invitait à se demander si le statut social d'un artiste est nécessairement en rapport avec sa valeur.

Jacopo se recula lui aussi et, après une révérence cérémonieuse, demanda à Vasari :

— Alors, messire Giorgio, comment se porte votre illustre Seigneurie ?

— Mais fort bien, messire Jacopo. Autrefois j'étais pauvre comme toi et maintenant je me trouve riche de trois mille écus ou plus. Vous me preniez tous pour un moins que rien, lors de mes premiers essais chez Andrea del Sarto dont j'ai quitté l'atelier au bout de quelques semaines, chassé par vos moqueries. À présent il n'y a personne qui ne me porte une haute estime. Je jouis de la faveur spéciale de Son Altesse. Le duc me loge et m'entretient. J'étais vêtu de hardes, et maintenant je m'habille de velours. J'allais à pied, et maintenant je dispose d'une monture et d'un palefrenier qui en prend soin. Je mangeais du pain frotté d'ail, et maintenant gélinottes et perdreaux arrivent tout cuits dans mon assiette. Les églises se disputent mes tableaux. Je dois refuser les commandes, même les plus alléchantes, tant les offres sont nombreuses. Le duc veut que je décore de fresques la salle des Cinq-Cents. À Pise, les chevaliers de Santo Stefano me réclament des graffiti pour la façade de leur palais. J'ai écrit un livre de mille pages, et on me ramène chez moi en procession. Aussi, cher Jacopo, mon illustre Seigneurie se porte aussi bien que possible et souhaite à la tienne autant de succès. Que Dieu te garde.

La réaction de Jacopo à ces flèches empoisonnées me navra. Il perdit contenance, devint blême et resta étourdi, comme s'il ne voyait plus que l'étendue de sa misère, au lieu de celle de son génie.

Dianora l'emmena chez elle pour le réconforter. Il s'assit dans un coin de la cuisine. Toisé par Sebastiano qui marmonnait des mots hostiles, prostré devant son assiette, sans porter la cuiller à sa bouche ni toucher à son morceau de pain, il nous regardait par en dessous. J'eus le malheur de l'exhorter à manger, en lui disant sottement que cela lui ferait « du bien ». Aussitôt, il me dévisagea avec haine.

— Suis-je homme à mettre mon « bien » dans un plat de haricots ?

Il jeta par terre l'assiette, renversa le tabouret et s'enfuit, oubliant dans sa hâte son bonnet. Je courus derrière lui. Les habitants de ces beaux quartiers, accoutumés à n'y croiser que des passants d'une certaine élégance, se retournaient sur ce gueux. Il se sauva par le Borgo degli Albizzi. Retranché dans sa maison de via del Fico, il n'en bougea plus de plusieurs mois.

Mettant à profit mes relations à la cour, j'interrogeai messire Giovanni di Vigo, médecin et chirurgien du duc, sur un cas aussi étrange. Il me réclama une foule de précisions supplémentaires. Que mangeait-il habituellement ? À quelle heure se levait-il ? Ne se risquait-il jamais hors de chez lui ?

— Il ne sort plus, depuis sa rencontre avec Vasari.

— Même la nuit ? Même en cachette ?

— Comment le savoir ?

— Autre chose : quand il marche, n'a-t-il pas tendance à se courber, à se pencher en avant, comme s'il avait envie de se servir de ses bras également pour marcher ?

— Non, je n'ai pas remarqué qu'il eût la moindre ressemblance avec un quadrupède.

— Observez mieux la prochaine fois. Une allure de quadrupède, c'est cela. Vous avez dit le mot, *homo quadrupedans*. Ce serait un symptôme typique. Encore un renseignement, auquel j'attache la plus grande importance. L'entend-on parler tout seul, quand il travaille sur sa terrasse ?

— Oui, ça lui arrive.

Le médecin baissa la voix.

— Et... Aboie-t-il quelquefois ? Lui arrive-t-il d'aboyer ?

— Messire, que voulez-vous me faire dire ?

— Écoutez, je comprends que ma question vous ait surpris. Je vous promets que le secret restera entre nous. Mais la réponse que vous allez m'apporter sera décisive. L'avez-vous entendu aboyer ?

Partagé entre le rire et la fureur, je ne sus que répondre.

Il se rapprocha de moi pour me confier à l'oreille :

— L'aboiement est la seule preuve qui me manque pour confirmer mon diagnostic.

— Votre diagnostic ?

— *Cynanthropie.*

J'écarquillai les yeux, de plus en plus abasourdi.

— La *cynanthropie*, cher Agnolo, c'est une mélancolie spéciale, très peu fréquente, voire disparue, qui s'empare de celui qui se prend pour un chien. Oui, pour un chien. Il sort de préférence la nuit, *nyctalops*, il a envie de marcher à quatre pattes et il aboie. Si Jacopo n'aboie pas, je serais très déçu. Guettez-le sous ses fenêtres, postez-vous devant sa maison aux heures où le contrôle social se relâche, où les derniers restes de respect humain s'évanouissent, enquêtez auprès des habitants du quartier. De véritables *cynanthropes*, affectés de cette sorte particulière d'hypocondrie, *cinica hippocondria*, découverte par Hippocrate, étudiée et analysée par Galien, on en trouve si rarement ! Il y a quarante ans que je cherche à en attraper un !

51

« Manière » ou « style » ?

La lecture des *Vies* nous prit deux ou trois semaines, assis côte à côte et penchés sur le livre. Notre familiarité s'accrut, sans modifier notre rapport. À aucun moment Sandro ne tenta d'outrepasser la limite que je lui avais fixée. Jamais nos têtes ne se touchèrent. Nos mains ne se frôlaient que rarement, et seulement par inadvertance. Le premier qui avait fini une page mouillait son doigt pour se préparer à tourner la suivante. Quand il me tutoyait, je n'en éprouvais plus de gêne. Comme s'il avait pris son parti de ma réserve, il s'abstenait de toute manifestation qui m'eût mis dans l'embarras.

Que d'heures agréables à parcourir ces *Vies* ! L'ouvrage fourmillait d'anecdotes ; nous apprîmes quantité de bizarreries amusantes, que nous rapportions ensuite à Dianora. Le peintre le plus extravagant avait été Piero di Cosimo : déchiffrant les taches sur les draps, les crachats collés aux murs, les ruisseaux d'eau sale par terre, les entrailles d'un chien mort qui ont explosé au soleil, il lisait dans ces lignes informes et laides à soulever le cœur toute espèce de figures nobles et fantastiques, des chevaux, des batailles, des citadelles, des architectures utopiques. Soucieux de ne perdre son temps à allumer du feu, il ne se nourrissait que d'œufs durs, cuits non pas pour chacun de ses repas, mais par cinquante à la fois. Jacopo, me dis-je, pourrait en faire autant. Je ne m'étonnerais pas qu'il achète au marché sa nourriture pour un mois, quitte à la laisser se gâter. Dianora racontait aux clients de l'armurerie l'incident des haricots. Un homme se dévoile, disait-elle, par ses manies alimentaires, et elle était reconnaissante à Vasari d'abonder en ces sortes de détails.

En ville, c'est de *l'idée générale* qu'on discutait le plus. Débattue à l'Académie et approuvée par les académiciens, les esprits restés fidèles à l'idéal républicain la combattaient avec de sérieux arguments. Quel ouvrage de propagande nous a-t-il donné là, privé de l'objectivité qu'on aurait attendue d'un historien ! Publiée avec l'imprimatur de l'auditeur fiscal, c'était, disaient-ils, l'œuvre d'un courtisan avide d'honneurs et de prébendes, les *Vies* n'ayant d'autre but que d'établir la suprématie artistique de l'Italie sur le reste du monde, de la Toscane sur le reste de l'Italie, et de Florence sur la Toscane. « Les autres villes, pfuit ! comme si elles n'existaient pas. » Saint-Pierre de Rome, Saint-Marc de Venise, les cathédrales de Pise, de Sienne ? Éclipsés par Sainte-Marie des Fleurs. Les Chambres de Raphaël ? Des « curiosités » de second ordre. Le « sieur » Vasari, comme ils l'appelaient dédaigneusement, le « sieur » Vasari, « fils de rien, tirant son nom de son grand-père potier, fabricant de vases, *vasaio, vasaro* », mendiait les bonnes grâces du duc Cosimo sans reculer devant aucune flagornerie.

— Je ne nie pas l'intention politique, disais-je à Sandro, mais elle n'invalide pas son travail.

Comment le garçon, dont le père avait été assassiné par un Médicis, n'eût-il pas honni cette famille ? Son antipathie s'étendait à celui qui l'encensait.

— L'odieux personnage ! Oser se railler de Jacopo, en pleine rue ! Étaler vaniteusement ses petits succès, devant celui qui a sacrifié sa réputation à son œuvre !

— D'accord avec toi, Sandro. C'était sa vengeance, pour l'affront subi autrefois dans l'atelier d'Andrea del Sarto. Ne le juge pas sur cette pique due à un ressentiment compréhensible. Pour l'histoire de la peinture florentine, quel reproche pourrait-on lui faire ? La théorie qu'il soutient, étayée par des centaines d'exemples, a le mérite d'embrasser les trois siècles et de trouver pour chaque artiste particulier une *raison d'être* dans le tableau d'ensemble. Résumons. La peinture à Florence, en ascension continue, serait passée par trois âges : *l'âge de l'éveil*, au sortir de la barbarie gothique (Cimabue, Giotto, Orcagna, valeureux pionniers) ; un *deuxième âge*, celui de *la maturité* (Paolo Uccello, Fra Angelico, Masaccio, Piero della Francesca, le quinzième siècle en général) ; le *troisième âge*, le nôtre, celui du seizième siècle, l'âge de l'accomplissement, de *la perfection*, qui s'est ouvert avec Botticelli, épanoui avec Léonard, pour culminer, de nos jours, avec Michel-Ange.

— Mais ensuite ? Un *quatrième âge* est-il possible ?

— Oui, possible et même arrivé, mais forcément inférieur au troisième, car à la perfection ne peut succéder que le déclin.

Sandro secouait la tête et donnait des signes croissants d'impatience.

— Le déclin ? Jacopo passera-t-il à la postérité comme le premier *décadent* de ce *quatrième âge* ? *En déclin* par rapport à ses devanciers ? Et toi, comme celui qui a continué à *descendre la pente* ? Vous qui avez sorti la peinture florentine de l'ornière et rajeuni des sujets cent fois rebattus, il vous accuse de *déchoir* !

— Sandro, tu exagères. Vasari ne méprise ni Rosso ni Mazzola. Il a trouvé à les caser dans son système. Jamais le mot de *décadence* ni aucun terme désobligeant n'est venu sous sa plume. Cherchant comment les *situer* dans sa grille, épris comme il est de classification, il a créé pour eux (et pour nous aussi, les vivants, auxquels il fera nécessairement une place dans la prochaine édition de ses *Vies*), une notion et un mot. La notion et le mot de *maniera*. Ne pouvant être que des épigones de Michel-Ange, puisque celui-ci a porté notre art à la perfection, nous peignons *dans la manière* de ce maître absolu.

— Je ne suis pas d'accord. En disant que Jacopo et toi vous peignez *dans la manière* de Michel-Ange, Vasari insinuera que vous peignez *après* un autre, *d'après* cet autre, en émules et rivaux de cet autre, et non pour obéir à *votre* goût. N'avez-vous pas un tempérament, des ambitions, un idéal qui vous sont *personnels* et n'appartiennent qu'à vous ? Il me semble, ajouta-t-il malicieusement, que lorsque je pose en ange devant toi, seul compte pour toi ce qui s'offre à ton regard. Tu te fiches pas mal de ce que Michel-Ange aurait fait.

Ne voulant prêter l'oreille au sous-entendu renfermé dans ces mots, je me contentai de répondre :

— Mais l'idée des corps en spirale, de la ligne serpentine… ?

Sandro fronçait les sourcils, mécontent.

— Je n'aime pas ce mot de *maniera*. Pourquoi ne pas dire que Michel-Ange a marqué votre génération au point de vous forcer à vous distinguer par un *style* qui vous soit propre ?

— Entre « manière » et « style », quelle serait la différence ?

— Une différence fondamentale, Agnolo. Si le mot de « manière » arrive à prendre, si Vasari parvient à vous faire passer, toi, Jacopo, Rosso Fiorentino, Francesco Mazzola, pour « maniéristes », s'il réussit à vous coller cette étiquette, c'est toute l'histoire de la peinture qui va être faussée. On dira de vous que vous faites des « manières » ; qu'il n'y a en vous qu'affectation, recherche du rare, de l'insolite, sophistication, minauderie, complaisance dans l'artifice, goût du fabriqué ; un pas de plus, et vous voilà des *maniérés*. De *maniéristes* à *maniérés*, le glissement est inévitable. Songe au retentissement que pourrait avoir ce terme excessivement péjoratif si la postérité vous l'applique. Vasari ne conçoit pas que l'art, dédaignant d'*imiter* la nature, nourrisse l'ambition de *créer*. La révolution que vous apportez, Jacopo et toi, passe infiniment les innovations antérieures. Vous êtes les premiers à vous éloigner, sciemment et superbement, de la simple reproduction de ce qui est.

S'échauffant peu à peu, il poursuivit :

— Vous inventez, vous recréez le monde, vous le remplissez de figures bizarres, de poses inusuelles, d'anatomies tordues, de faces hantées, qui n'ont rien de commun avec ce qu'un œil observe. Notre perception des choses en est bouleversée, vous nous les rendez neuves, inédites, comme si vous nous aviez appris à marcher la tête en bas et à les regarder par en dessous, *de l'autre côté*... Et ces expériences, vous ne vous y livrez qu'en oubliant les leçons de la nature, de même que les hermétistes à la recherche de la pierre philosophale s'écartent de ce qu'enseignent les sciences naturelles. Devant vos tableaux, seuls les esprits superficiels s'arrêteront aux ressemblances avec les modèles antérieurs. Ils pointeront le doigt, en effet, sur « les corps en spirale », ils pontifieront sur « la ligne serpentine », pour souligner l'influence de Michel-Ange. Vasari leur a ouvert la voie, lui qui n'explique l'art que par l'histoire de l'art. Ce sera l'éternelle avanie infligée à l'art, tant qu'il sera commenté par des historiens et non par des artistes. Ces gens-là ignorent que l'artiste véritable imite au début un ancien, précisément pour se dégager de son influence et voler de ses propres ailes. Où se trouve la source de vos créations ? En vous, et non dans le désir de vous inspirer – ou au contraire de vous affranchir – de vos prédécesseurs. Tu es toujours prêt à partir, toi, pour des terres que personne n'avait visitées.

« Cependant, reprit-il, le défi est si énorme que tu me sembles en prendre peur quelquefois. Tu donnes des signes de prudence comme si tu te méfiais des excès auxquels veut t'entraîner ta fantaisie. [*Sandro appelle « fantaisie » ce que nous appelons « fantasmes ».*] Oh ! je ne te le reproche pas ! Je comprends parfaitement que tu ressentes le besoin de *te raccrocher* à des catégories éprouvées, comme un nageur de fond se cramponne à une bouée où il reprend haleine. Ainsi as-tu souvent choisi l'art du portrait, qui exige la ressemblance avec le modèle. Tu as cherché même à être “peintre de cour”, “peintre officiel”. Je me suis longuement interrogé là-dessus, interloqué par ce qui me semblait être une contradiction. Comment pouvais-tu concilier œuvre personnelle et obéissance au pouvoir ? J'ai fini par admettre que tu n'avais fait ce choix que pour te protéger, en quelque sorte, de toi-même. Peindre le duc, la duchesse, leurs enfants, leur entourage, c'est opérer, *en toi-même, pour toi-même*, un rétablissement salutaire, reprendre pied dans un pays connu. Ces hauts personnages veulent être *identifiés* immédiatement. Quand tu les *embellis*, ce n'est qu'en accentuant leur beauté *naturelle*. Tes portraits de cour t'interdisent de t'éloigner de *ce qui est*. Ils te forcent au respect du modèle. Ils te rassurent. Tu ne t'es spécialisé dans ce genre que pour te fixer des jalons et suivre une route balisée. Tu n'as jamais oublié ce qui est arrivé à Rosso Fiorentino, à Francesco Mazzola : pour avoir poussé l'expérience jusqu'au bout, ils n'ont pas survécu. Tous les deux sont morts fous, victimes de leur témérité. Pour ne pas finir comme eux, tu devais, tu le dois encore, rendre à ton regard, de temps en temps, sa vision *normale*. Tu passes par des crises de *conformisme.* N'ai-je pas raison ? Je t'en prie, abrège la durée de ces crises, n'hésite plus à regarder *au-dedans de toi.* Être *soi-même*, n'est-ce pas pour un artiste la plus haute ambition ? Appuie-toi sur moi, si tu as besoin d'un repère, si tu sens que le sol s'enfonce et que tu vas perdre pied. Rosso Fiorentino était seul, égaré dans la cour de France, Francesco Mazzola était seul, perdu dans ses spéculations alchimiques. Ni l'un ni l'autre n'avaient de rempart contre la folie. Je sais que tu crains également pour Jacopo. Jacopo est seul, lui aussi, on peut se demander s'il ne perdra pas la raison, à force d'isolement. Toi, c'est différent. Tu n'es pas seul, tu ne le seras jamais. Je suis à tes côtés, je ne te quitterai pour rien au monde, tu auras toujours en moi ton garde-fou. Laisse de côté les portraits et l'imitation de la nature.

Ainsi parla-t-il longtemps. Quoi d'étonnant que cet enfant soit devenu un grand peintre, s'il avait déjà à son âge une divination si aiguë, et de ce que nous cherchions à faire, Jacopo et moi (et de ce qu'avaient cherché à faire Rosso et Mazzola), et du frein qui m'empêchait, moi, de réussir à « inventer » avec la même aisance et aussi témérairement que mon ancien maître et que mes camarades ?

Piqué au vif par ses remarques, je décidai, pour apporter un démenti à ses craintes, de faire de lui un portrait qui renverserait tout ce qu'on classe sous ce nom.

— Je vais te peindre en saint Jean-Baptiste.

— Nu dans le désert ? s'exclama-t-il joyeux.

— Avec ce bout de tissu.

— Ah ! non !

Il ne voulait pas de cette étoffe bleue sur le sexe, mais je le convainquis que nous devions prendre cette précaution contre Sebastiano qui pouvait entrer à tout moment dans l'atelier et emmagasiner un nouveau grief contre le favori de sa mère.

— Je lui dirai, s'il monte, que saint Jean-Baptiste étant le patron de Florence, je ne fais que rendre à notre vénéré protecteur dont le baptistère de notre cathédrale porte le nom l'hommage d'un sujet obéissant. Pour persuader ton frère, aucun des attributs canoniques du Précurseur ne doit manquer. Cherche dans mes affaires la peau de bête qu'Andrea del Sarto m'a léguée, la croix, un phylactère, une coupelle pour bénir, une cuvette où tu mettras un peu d'eau, tout ce qui est nécessaire à notre fiction.

Il fouilla dans mes placards et réunit les accessoires requis. Puis, ayant passé le voile bleu entre ses cuisses, il s'assit en tailleur sur le plancher.

— Non, Sandro. Puisque tu veux du *style*, ne t'assieds pas n'importe comment. Prends la posture la moins spontanée, la plus contraire à celle que tu as adoptée de toi-même. Replie-toi, pelotonne-toi, contorsionne-toi, tiens à bout de bras la coupelle, j'accentuerai encore l'impossibilité de cette pose.

Le raccourci de la cuisse gauche, le pivotement des épaules, si forcé que le bras droit tendu de côté semble presque reposer sur cette cuisse, le buste soumis à une rotation excessive, les muscles contractés au mépris d'Avicenne, l'équilibre du corps compromis par l'élongation et l'enchevêtrement des membres, ces différentes entorses à *ce qui est* font de mon tableau une illustration de ce que Sandro avait appelé le *style*.

— Bravo, me dit-il. Quelle gifle à l'art du portrait ! Les sinuosités invraisemblables, les solécismes anatomiques, les paquets de muscles en torsades, cette manière folle de brandir la coupelle, insultent aux lois de la nature. On se demande comment je reste assis sans basculer ni tomber à la renverse. La peau de bête tient par miracle à mon épaule. Enfin, ce saint Jean-Baptiste est dans une position qui s'écarte tellement des possibilités physiques d'un être humain qu'il ne serait pas en mesure d'administrer le baptême.

52

L'Inquisition entre en scène

La nouvelle se répandit très vite. Avant qu'elle n'eût commencé à filtrer, nous l'apprîmes, Dianora, Sandro et moi, par deux hommes entrés un soir dans l'armurerie avec des mines de conspirateurs. Nous ne les connaissions pas, ils transportaient avec précaution ce qui ressemblait à un grand tableau, enveloppé d'une couverture. Après un dernier coup d'œil dans la rue, ils refermèrent soigneusement la porte et déposèrent leur fardeau dans un coin sombre de la boutique. Sebastiano, par bonheur, s'était absenté.

— Nous savons que le peintre Agnolo di Cosimo dit Bronzino habite ici, dit le premier.

— C'est moi, leur dis-je.

— Alors, gardez ce tableau et mettez-le en lieu sûr, dit le second.

— Quel tableau ?

— Le vôtre. N'avez-vous pas autrefois peint un Christ en croix pour messire Bartolomeo Panciatichi ?

— Oui, j'ai peint un Christ en croix pour ce seigneur.

— Un Christ en croix comme les autres Christs en croix ?

— Pas tout à fait. Il m'avait donné des instructions précises.

— Qui modifient l'image traditionnelle du Rédempteur ?

— En quelque sorte… On peut le dire comme ça, oui.

— Cela ne vous a pas étonné ?

— Je me souviens de certains détails auxquels il semblait tenir.

— Ces détails ne vous ont-ils pas semblé… curieux ?

— C'était une commande. Je n'avais qu'à obéir.

— Nous sommes des amis de messire Panciatichi et faisons partie du même cercle, dit le premier.

— Le cercle ?

— Vous courez vous aussi les plus grands risques, dit le second. Messire Bartolomeo Panciatichi vient d'être traduit devant le tribunal de l'Inquisition, et la signora Lucrezia son épouse est en passe de le rejoindre sur le banc des accusés.

L'Inquisition ! Il n'y avait pas de Florentin si assuré de son innocence qui ne tremblât en entendant ce nom. L'Inquisition venait d'Espagne. C'était une institution typiquement espagnole, aussi étrangère que possible au tempérament italien. En Espagne on aime la violence, le sang, on organise des corridas, devant une assistance frénétique. Mettre à mort des animaux ! Rien ne serait plus odieux à un Italien. À Rome, César Borgia, fils d'Alexandre VI Borgia, Espagnol de Valence, avait essayé d'implanter place

Navone des courses de taureaux. Il dut y renoncer, faute de public. À Naples, en 1536, Charles Quint avait présidé une corrida place Carbonara, mais la petite foule qui y avait assisté ne s'était déplacée que pour voir l'empereur. La violence, le sang répugnent aux Italiens. L'Espagne nous les avait apportés une première fois par ses armées, elle nous envoyait à présent ses juges ecclésiastiques. Après les brutalités militaires, les sévices religieux. Le bruit courait que l'Inquisition disposait d'une salle de torture dans les caves du Palazzo Vecchio. Chargé de fers, emprisonné dans un collier à pointes qui lui entraient dans le cou, le suspect y était mis à la question.

— Leur procès va s'ouvrir dans moins d'une semaine, dit le premier.

— Ce sera pour la conduite immorale de la signora, fis-je sur un ton dégagé qui trahissait plutôt qu'il ne dissimulait la frayeur que me causait cette suite d'allusions mystérieuses.

Ils haussèrent les épaules.

— Vous voulez parler du caprice de la signora Lucrezia pour le jeune commis de son mari ? demanda le second. Il n'y avait là nulle matière à procès. Un coup de poignard dans une rue sombre, et tout fut dit. L'affaire qui nous amène est autrement grave.

— Mais en quoi ce tableau…

— C'est une pièce à conviction, qui accablerait messire Panciatichi.

Son compagnon ajouta :

— Et qui mettrait en péril les membres du cercle si elle était produite devant le tribunal.

— Dois-je détruire mon tableau ?

— Surtout pas ! Quand notre cause aura triomphé, il nous servira d'enseigne.

— Qu'en faire pour le moment ?

— Avez-vous un grenier, une cave sèche ?

— Une cave, dit Dianora, pour notre provision de vin et de bois.

— Cachez-y le tableau, en sorte que les gens de messire Polverini, s'ils viennent fouiller par ici, ne puissent tomber dessus. Il n'est pas impossible que l'Inquisition envoie ses propres agents.

Dianora se saisit d'une chandelle et conduisit les deux hommes dans la cave. Le tableau était de dimensions si imposantes qu'ils le descendirent avec peine dans l'escalier en colimaçon. Ils l'ensevelirent sous un monceau de bûches. Sandro prit soin de ménager des interstices pour le protéger de l'humidité. Les deux inconnus poussèrent devant le tas un tonneau si lourd qu'ils nous demandèrent notre aide pour le bouger, puis remontèrent en silence et se faufilèrent hors de l'armurerie avec les mêmes précautions qu'ils avaient prises en arrivant.

— De quoi suis-je coupable ? demandai-je à Dianora.

Pâle d'inquiétude, elle avait compris de quoi il retournait. Il y avait longtemps, me dit-elle, qu'elle s'alarmait des progrès en Toscane de plusieurs variétés d'hérésie. Selon elle, je m'étais laissé manipuler.

— Agnolo, tu ne te méfies pas assez de ce qu'elles renferment de contraire à la vraie foi.

— Et messire Panciatichi... ?

Né à Lyon, élevé à Lyon, messire Panciatichi retournait souvent dans sa ville natale, où les idées calvinistes, en provenance de Genève, ville qui n'est pas très distante de Lyon, gagnaient rapidement du terrain. Sans doute était-il en contact avec des philosophes et des théologiens acquis à la Réforme, français ou suisses.

— Il aura subi leur influence. Le « cercle » que ces deux hommes ont mentionné doit être une de ces associations clandestines dont les membres complotent contre l'Église… Te souviens-tu que messire Panciatichi t'ait donné des consignes, quand il t'a demandé de faire son portrait et celui de sa femme ?

— Non, il est arrivé avec son chien, elle avec ses bijoux, je n'ai eu qu'à les peindre.

— Ce chien, ces bijoux, tu en parles comme de simples accessoires. Peut-être étaient-ce des signes de reconnaissance où la police n'a eu aucun mal à déceler des preuves ? Ces deux hommes semblaient particulièrement inquiets pour le tableau qu'ils t'ont prié de cacher. Te rappelles-tu les détails auxquels ils ont fait allusion et que tu n'y aurais pas mis de toi-même ?

— En effet, j'avais reçu des instructions étranges, dont le sens m'avait échappé. Ne devais-je pas, pour le Christ…

— Chut ! fit-elle, épouvantée. Redescendons à la cave pour vérifier si le tonneau masque bien la cachette.

Celle-ci semblait sûre. Dianora referma la porte à clef et enfonça la clef dans sa poche.

— Une cave fermée à clef, dit-elle en se ravisant, éveillera les soupçons.

Elle tendit la clef à son fils qui la remit dans la serrure.

— Laisse la porte ouverte, lui ordonna-t-elle. Faisons-leur savoir que nous n'avons rien à dissimuler.

Elle envoya Sandro s'enquérir si l'armurerie faisait l'objet d'une surveillance. Il explora le quartier, remonta vers la cathédrale, descendit vers l'Arno, courut d'un côté jusqu'à la Badia, de l'autre jusqu'au palais Strozzi, revint nous dire que tout était tranquille à un quart de lieue à la ronde.

— Dorénavant, fais plus attention, me dit-elle. Le duc, poussé par la duchesse et par leur confesseur, ne transige pas sur cette matière. Il a placé partout des espions. Messire Polverini a ses propres indicateurs, l'archevêque a les siens. Personne n'est à l'abri d'une arrestation. Méfie-toi en particulier de don Luigi. L'Inquisition, créée par saint Dominique, a été confiée aux moines de son ordre. Si même un personnage aussi puissant que messire Panciatichi n'est plus sûr de l'impunité...

J'étais surpris que Dianora fût aussi bien renseignée sur les progrès de l'hérésie. D'où tenait-elle ses informations ? Aussi miséricordieuse envers la personne physique de ces hérétiques qu'elle était hostile à leur doctrine, elle tira d'un tiroir secret deux opuscules interdits qu'un de ces renégats, ancien médecin de la famille et parrain de son fils aîné, le docteur Marco Ridolfi, confiant dans la bonté de son cœur, l'avait suppliée de mettre à l'abri. Quelle n'avait pas été sa frayeur, continua-t-elle, que d'entendre frapper, en pleine nuit, le mois dernier, à la porte de l'armurerie. Traqué, disait-il, par les sbires du capitaine de justice qui avaient envahi sa maison, le docteur Ridolfi, hors d'haleine, pieds nus et en chemise, avait fui par le fond de son jardin sans avoir eu le temps de s'habiller. Par compassion pour ce malheureux, elle avait accepté de cacher les textes litigieux, malgré le risque couru pour elle et ses enfants.

Elle les avait lus, mortifiée de découvrir chez des chrétiens des pensées sacrilèges que seul pouvait leur avoir dictées Satan.

L'un de ces textes, intitulé *L'Alfabeto cristiano*, était l'œuvre d'un théologien espagnol qui pour échapper à l'Inquisition de Cuenca en Castille s'était réfugié à Naples, ville réputée plus tolérante, où la corruption des mœurs favorise celle des esprits. De ce Juan de Valdés, italianisé en Valdesso, esprit faux et pervers, le vice-roi don Pedro di Toledo ne s'était pas assez méfié malgré les remontrances de sa fille Eleonora plus lucide. De Naples, *L'Alfabeto cristiano* avait remonté la péninsule et gagné des adeptes jusque dans Rome, jusqu'en Toscane, jusqu'à Venise. L'autre opuscule, *Il Beneficio di Cristo*, mis également à l'Index, brûlé devant la basilique Saint-Marc, avait pour auteur Benedetto da Mantova, disciple de Juan de Valdés, moine au couvent vénitien de San Giorgio Maggiore puis recteur de l'abbaye Santa Maria di Pomposa avant d'être arrêté et emprisonné.

— Agnolo, mesures-tu l'énormité de son crime ? Avoir été à la tête d'une grande abbaye et se trouver tout à coup destitué, dégradé, excommunié, jeté au cachot comme un malfaiteur…

Pour ces suppôts de l'hérésie, m'expliqua-t-elle, on est un « juste » sans fournir d'autre preuve que la foi en Dieu. Luther soutient que les rites auxquels obéissent les chrétiens ne correspondent à aucun engagement sérieux et relèvent de l'idolâtrie. Allumer un cierge devant un autel, accrocher des ex-voto à la statue d'un saint, donner une aumône à la sortie de l'église, célébrer les fêtes carillonnées, partir en pèlerinage : il n'y a là, selon cet apostat, que des formes vides de sens, des simagrées qui servent de masques à la corruption, à la simonie, au trafic des indulgences. Sacrifier à de telles singeries ne fait que souligner le manque de conviction religieuse. Même l'empressement à la messe du dimanche ne serait qu'une gesticulation qui cache l'indifférence à Dieu. Il prétend enfin que peindre la Madone et les saints, remplir les églises de tableaux et de statues, fait partie des grimaces qui encouragent à l'hypocrisie.

— Luther, dis-je, a été scandalisé par ce qu'il a vu à Rome. À Sainte-Marie du Peuple, sous la Vierge de Pinturicchio, le prêtre vendait des certificats de confession. Un chanoine de Saint-Pierre, appuyé à la *Pietà* de Michel-Ange, prenait dix sequins d'or pour une bénédiction pontificale. Son compère remettait au pigeon un billet d'attestation, signé de la signature anticipée, bien entendu fausse, du Saint-Père.

— Est-ce une raison pour exiger la suppression des images, et nous faire une religion froide, austère, grise, à nous ôter l'envie d'assister aux offices ?

— Mais si c'est le seul moyen de la purifier ? dit Sandro avec qui j'avais eu l'occasion de discuter des idées du moine allemand.

Elle gifla son fils.

— Tu ferais mieux d'aller te confesser d'une aussi sotte pensée ! Cours à Orsanmichele allumer un cierge devant l'autel de Notre-Dame-des-Grâces.

Puis, se tournant vers moi :

— Retiens soigneusement les titres de ces deux ouvrages : *L'Alfabeto cristiano* et *Il Beneficio di Cristo.* C'est par eux que le pus de la Réforme s'écoule en Italie. Il pourrait bien corrompre, à leur insu, jusqu'au travail des peintres. Messire Panciatichi t'a compromis, tu ne t'en es même pas aperçu. À l'avenir, ne sois pas aussi innocent. Regarde dans quel pétrin je me suis mise. Qui détient chez soi un de ces volumes ou est surpris à le lire est d'emblée suspect de pactiser avec l'impiété. L'évêque nous a enjoint de méditer, comme étant la référence suprême et indiscutable, l'Épître de Jacques frère de Jésus. Ainsi que le frère du Seigneur l'a écrit en s'adressant aux chrétiens de Jérusalem : « À quoi sert-il, je vous le demande, que quelqu'un dise : “J'ai la foi”, s'il n'a pas les actes ? »

Déplorant une fois de plus mon ignorance des textes canoniques, elle alla prendre dans sa chambre le Nouveau Testament dont elle me lut le chapitre où l'apôtre développe sa pensée.

« Qu'un frère ou une sœur soient nus et manquent de leur nourriture quotidienne, si l'un d'entre vous leur dit : “Allez en paix, réchauffez-vous, rassasiez-vous”, sans leur donner ce qui est nécessaire à leur corps, à quoi cela sert-il ? Ainsi en est-il de la foi : si elle n'est pas accompagnée par des œuvres, elle est tout à fait morte. Notre père Abraham n'a-t-il pas été justifié par les œuvres quand il a offert sur l'autel son fils Isaac ? »

Pauvre chère Dianora ! avons-nous envie de dire, en voyant avec quelle obstination elle cherche à mettre en garde Bronzino contre les déviations théologiques et à le maintenir dans ce qu'elle estime être le droit chemin. Après saint Jacques, elle lui cite saint Paul et l'exhorte à relire l'Épître aux Romains, pour le bien et le salut de son âme, mais aussi – inquiète comme elle est des suites possibles de son imprévoyance – pour qu'il ait à sa disposition un lot de citations prouvant qu'il a de bonnes et saintes lectures au cas où il serait interrogé.

53

Le procès

Le procès des époux Panciatichi dura plusieurs semaines, à huis clos, dans un souterrain du Palazzo Vecchio, sous un plafond bas et voûté où la lumière du jour n'entrait que par des soupiraux grillagés. Nous eûmes un compte rendu régulier des séances par Sandro, qui avait réussi à se faire embaucher comme garçon de bureau. Chargé d'allumer et d'entretenir les torchères sur la table du tribunal et aux quatre coins de la salle d'audience, d'apporter les registres, de tailler les plumes, de remplir les encriers, il feignait d'être absorbé par ces tâches mais ne perdait pas un mot de ce qui se disait. Puis, fidèlement, il nous faisait le récit des interrogatoires. Appuyé sur ses coudes, monseigneur don Diego de Miranda, émissaire du Saint-Office de Madrid, présidait les débats. « Dur et sec à faire peur. » Le premier assesseur n'était autre que don Luigi Robbiano. Sandro l'avait reconnu d'emblée à sa robe et à son scapulaire blancs, qui tranchaient sur les soutanes noires des autres juges. Pâle, maigre, tondu et rasé de frais, il gardait les mains enfouies dans ses manches, sauf quand il s'énervait, frappant alors, de ses doigts osseux, une suite de petits coups secs sur le registre ouvert devant lui.

Les séjours en France de l'accusé furent passés au crible. Avait-il été reçu par les Frères de la Vie Commune ? Participé au banquet où fut conspuée « la Prostituée de Babylone » ? Contribué au financement d'une édition d'Érasme ? Approuvé la suppression du sacrement de pénitence ? À Lyon, sa ville natale, où il se rendait si souvent, reçu, peut-être même hébergé des émissaires de Genève ? Fréquenté le « cercle de Meaux » – nom d'une de ces associations clandestines dont la mention nous avait intrigués ? Approché son fondateur, pseudothéologien et vrai traître, le sieur Jacques Lefèvre d'Étaples, qui se faisait appeler *Faber Stapulensis*, pour mieux tromper les esprits crédules par la pompe de ce nom frauduleusement latinisé ? Chacune des réponses était contrôlée, et plus d'une fois la séance fut levée en attente d'une vérification. Dianora m'exhortait à m'enfuir de Florence. Son frère m'accueillerait volontiers à Calci. Pourquoi m'inquiéterait-on ? lui disais-je. Ne connaissant rien à ces affaires, je n'aurais aucune peine à me disculper. On avait apporté au tribunal et dressé sous les yeux des juges mes deux portraits des Panciatichi. Dans celui de Bartolomeo, la présence de l'affreux chien peint à côté de son maître déclencha d'acerbes critiques : un molosse noir, méchant, aux yeux jaunes, qui ne pouvait être qu'un défi et une insulte à l'Inquisition, affirma don Luigi en cognant sur la table, puisque les Dominicains, qui l'avaient instituée, étaient justement dits *Domini cani*, chiens de Dieu, mais des chiens attentifs au salut des âmes, des gardiens inspirés du Seigneur, pas cette bête au mufle de Satan.

Quant au portrait de Lucrezia, c'était bien pis. Il servait de vitrine effrontée aux idées honnies. J'ai parlé de ce collier, cadeau de son mari, largement étalé sur sa poitrine. Les quatre plaquettes d'émail insérées entre les maillons d'or et gravées des quatre mots AMOUR, DURE, SANS, FIN, que j'avais lues comme une devise conjugale, proclamaient, selon les juges, sous cette forme à peine cryptée de spire qui tourne autour du cou sans interruption ni ordre précis des mots, bien autre chose : l'infinie circularité de l'amour de Dieu envers les hommes. SANS FIN AMOUR DURE SANS FIN AMOUR DURE SANS FIN… Or la confiance dans l'amour infini et inconditionnel de Dieu, confiance qui suffit à assurer le salut du pécheur, sans que celui-ci ait à le conquérir par ses œuvres, constituait un des points cardinaux de l'hérésie. L'aveu était signé, pour ainsi dire, par l'emploi de la langue française, un des deux véhicules de la Réforme.

— En somme, conclut don Luigi, ce bijou, enroulé comme un serpent, représente la fraude la plus habile et la plus venimeuse qu'un menteur ait jamais conçue pour faire entrer en contrebande une marchandise prohibée.

— Mais le *Livre d'Heures de la Vierge* que la signora Lucrezia a ouvert devant elle, objecta Bartolomeo, ne prouve-t-il pas sa parfaite orthodoxie religieuse ? Il est relié en précieux maroquin rouge et, de plus, écrit en latin, la langue de saint Jérôme, de saint Augustin, du Docteur angélique et des théologiens les plus respectés.

Par égard pour son sexe, on avait laissé chez elle, sous bonne garde, la femme de Bartolomeo.

— Parlons-en, de ce livre d'Heures, dit le président du tribunal, avec un fort accent espagnol. Où la signora Lucrezia a-t-elle choisi de le poser, et pourquoi le tient-elle de cette façon ? Le livre est posé sur ses genoux et sa main recouvre le livre, en sorte qu'elle semble le repousser plus que se préparer à le lire.

— Elle se moque bien de ce qui y est écrit, affirma le second assesseur, chanoine de Santa Maria Novella, qui espérait de son empressement à approuver le président une promotion plus rapide.

— Pourrait-elle manifester avec plus d'insolence son dédain de ce très saint ouvrage ? dit don Luigi.

Le président ordonna aux scribes de joindre le grief d'hypocrisie à celui d'hérésie.

— Elle a cru nous tromper avec un artifice qui dénonce au contraire son peu de dévotion.

Les séances suivantes s'ouvrirent sur de nouveaux soupçons.

— Monseigneur, dit don Luigi au président, je crois que l'or dont cette dame s'est parée n'est pas plus innocent que les plaques d'émail qu'elle porte autour du cou. Je suis venu de bonne heure ce matin étudier certains détails de son costume et de sa parure. Je voulais vérifier mon pressentiment. Entre le diadème, le collier, la broche, la ceinture et la bague, je n'ai pas dénombré moins de cinq bijoux où l'or étincelle. « L'or... L'or... » me disais-je, et cet or éveillait en moi un souvenir confus. Il n'était pas possible qu'il y en eût tant sans qu'un étalage aussi voyant présentât quelque valeur symbolique. J'ai envoyé mon valet au dépôt des livres interdits pour qu'il m'en rapporte *Il Beneficio di Cristo.* Écoutez ce que dit l'excommunié Benedetto da Mantova dans son exécrable opuscule : « Puisque la vie du Christ, dont l'imitation doit nous guider, fut une marche glorieuse vers le soleil étincelant de la Vérité, nous devons faire en sorte que notre foi réformée, débarrassée des superfétations romaines et restituée dans son éclat et sa vertu évangéliques, purifiée, rajeunie – *affinée comme l'or dans le creuset de l'orfèvre* –, resplendisse de nouveau *ad majorem gloriam Dei.* » *Comme l'or*, messieurs, avez-vous bien entendu ? *Notre foi réformée et affinée comme l'or dans le creuset de l'orfèvre...* Ces renégats voudraient nous faire croire que leur apostasie est de l'or pur comme celui des bijoux exhibés par la signora.

— Et ces mascarons sur l'accotoir du fauteuil ? demanda le président.

Bartolomeo crut tenir le *dulcis in fondo* qui ne suffirait pas à l'acquitter, mais lui vaudrait quelque indulgence.

— Excellence, ce sont les grimaces de l'hérésie, répondit-il avec un aplomb dont l'excès le trahit. Elles ne peuvent susciter que l'horreur.

— Nous savons parfaitement à quoi renvoient les contorsions de ce satyre et la laideur de ce mufle animal. Ne nous forcez pas à revenir sur un épisode de votre vie privée que nous aurons la charité, pour vous et pour la signora Lucrezia, de taire en ce lieu où ne se débattent que les saintes affaires de la religion.

Don Luigi objecta que cet épisode de la vie privée des époux Panciatichi était au contraire une pièce à conviction. Pas de signe plus infaillible de la fausseté et perversité de la doctrine de la justification par la foi que cette complaisance au péché de lubricité. L'intrigue avec le commis, connue de tout Florence, n'avait pas duré moins de trois mois. Commettre l'adultère, de la part de l'épouse, et fermer les yeux sur l'adultère de l'épouse, de la part de l'époux, qui malgré sa réputation d'être un jaloux l'avait toléré si longtemps, n'était-ce pas manquer à la fidélité conjugale, laquelle est précisément une de ces œuvres que la foi doit produire pour ne pas rester lettre morte ?

Le président approuva.

— *Objectionem admittemus*, dit-il. Nous ne pouvons être en paix avec Dieu, si nous nous contentons pour lui plaire de la seule confiance que nous avons en Jésus-Christ. « Heureux l'homme à qui le Seigneur n'impute aucun péché », a prononcé David dans une de ses plus mémorables sentences. *Nullum peccatum.*

Les indices pour condamner les époux paraissaient cependant bien insuffisants, quand don Luigi apporta la preuve décisive. Ayant appris l'existence du *Christ en croix* que m'avait commandé autrefois messire Panciatichi, il mit en chasse ses espions, qui l'informèrent que deux hommes à la mine suspecte de conspirateurs avaient récemment traversé la ville avec un grand tableau enveloppé d'une couverture. Arrêtés, incarcérés, soumis à la question, ces deux hommes étaient passés aux aveux et avaient révélé l'endroit où le tableau était caché. Trois sbires envoyés à l'armurerie l'avaient saisi en fouillant dans la cave. Dianora, qu'ils voulaient embarquer, pour complicité dans une affaire criminelle, protesta qu'on l'y avait déposé à son insu. Comme preuve de sa bonne foi, elle allégua qu'ils avaient trouvé la porte de la cave grande ouverte.

— C'est vrai, dirent-ils.

— Or cette porte est pourvue d'une serrure et d'une clef, comme vous pouvez le constater. Le mécanisme fonctionne à merveille. N'aurais-je pas utilisé cette précaution élémentaire, si j'avais eu quelque chose à cacher ?

— C'est plus que probable, reconnurent-ils, après avoir essayé la serrure et la clef.

Cet alibi évidemment ne pouvait couvrir l'auteur du tableau. Le lendemain, dans l'aube glaciale du petit matin, deux sbires vinrent m'arrêter. « Habille-toi et suis-nous. » Ils me poussèrent, enchaîné, devant le tribunal. Je vis entrer Sandro. Plus mort que vif, il déballa le tableau et l'exposa devant les juges.

Je l'avais terminé en présence de messire Panciatichi, pointilleux sur le moindre détail, et maintenant je me souvenais de ses consignes avec précision. Elles ne m'avaient pas, au début, semblé dévier de l'iconologie traditionnelle. Il voulait un Christ jeune, mince, nu, les bras écartés, la tête inclinée en avant, un linge autour des hanches, les deux pieds posés l'un sur l'autre et transpercés par le clou. Soit. Jusque-là, dans les traits comme dans l'attitude, rien qui ne différât de la coutume pour ce thème rebattu. Mais ensuite, pour lui obéir, j'avais dû m'écarter du modèle des crucifixions usuelles. Il était revenu pendant les dernières séances contrôler et rectifier mon travail. Soucieux que je comprenne sa pensée, il m'apportait les gravures de tous les Christs en croix peints ou sculptés à Florence.

— Voilà les exemples à ne pas suivre, disait-il. Tu as trop insisté sur les signes de souffrance. Réduis-les au contraire, gomme-les le plus possible, au point qu'ils passent inaperçus. Le Christ encore gothique de Donatello à Santa Croce, dont tu t'es inspiré, appartient à une époque que nous pouvons considérer comme révolue. Son visage est creusé jusqu'à l'os, ravagé, ses cheveux collés par la sueur de l'agonie, le sang ruisselle sur sa poitrine par les lèvres béantes de la plaie. C'est une œuvre à oublier, qui reflète les croyances du Moyen Âge. Nous avons de nouvelles idées aujourd'hui.

Il m'enjoignait de polir et de lisser le corps comme si c'était de l'ivoire ; aucun élément narratif ne devait évoquer le parcours de douleur, la succession des tortures, le « chemin de croix ».

Je me rappelais chacune de ses paroles.

— Qu'aucune trace de persécution ne soit visible. Efface tout souvenir du Calvaire. Remplace le Golgotha par une simple niche peinte en gris, neutre, vide, qui servira de fond au tableau. Omets les témoins de la scène. Supprime les intermédiaires. Ni anges qui volettent autour de la croix, ni soldats qui jouent aux dés, ni apôtres éplorés, ni Mère au désespoir soutenue par saint Jean. Que personne ne se lamente aux pieds du Seigneur. Suggère que le salut offert aux hommes par le sacrifice du Christ ne repose que sur la foi dans le Christ.

Un conseil plus bizarre m'intrigua.

— Fais aux ongles du Christ le même ovale régulier, poli, intact, que celui que tu as fait pour les ongles de mon épouse.

Et moi, sans me douter, malgré cette dernière recommandation, que le refus de « l'angoisse eschatologique romaine » constitue un des points forts du valdésianisme, j'avais peint en fin de compte un Christ très différent des Christs habituels : c'est un nu dans toute sa pureté ; détendu, lisse, sans contraction ni spasme ; il dort, abandonné au sommeil. Sans personne qui l'assiste ou le pleure, il est dans le silence d'une solitude qui n'a rien de tragique ; au lieu d'être cloué sur la croix, il pourrait avoir choisi cette position pour méditer. Deux seules couleurs : l'ivoire uni de la chair et le gris de la niche en *pietra serena*, cette pierre tendre bien nommée.

L'« invulnérabilité » du Seigneur, proclamée par les valdésiens, fait partie de leurs affirmations jugées le plus sacrilèges. Ils nient que le supplice de la croix ait laissé des stigmates dans sa chair.

Le second assesseur se leva pour examiner de plus près mon tableau.

— Où est la plaie ouverte sur le flanc par le coup de lance ? Où est le sang répandu par le Sauveur ? me demanda-t-il d'un ton sévère.

Don Luigi ramassa les pans de sa robe et s'approcha à son tour.

— Je ne vois, dit-il, qu'un corps immaculé, indemne de toute blessure.

Je leur indiquai – à peine visibles en effet, puisqu'ils sont le contraire d'une exhibition doloriste – les très minces filets de sang que, sur les instructions de Bartolomeo, j'avais peints sur le socle de la croix, au bout des doigts de pied. Ils suintent des orteils en traits imperceptibles, ils descendent sur le socle, ils débordent du cadre, ils s'échappent du tableau en direction des vivants, pour embrasser les vivants dans le sacrifice du Christ mort – illustrant l'idée valdésienne majeure, cette circularité de l'amour de Dieu condamnée par le pape. Sept filets exactement, le nombre des dernières paroles prononcées par le Christ, sept lignes ténues d'un rouge sombre qui se distingue à peine du bois brun de la croix.

— On les voit à peine. Il faudrait une loupe, proféra le président, qui, sans se déranger pour vérifier leurs dires, faisait confiance à ses assesseurs. Est-ce que pour toi, le sang du Sauveur n'est pas l'instrument de la rédemption ? Ignores-tu qu'il a été versé en abondance ? Sous-estimes-tu le prix qui a dû être payé pour notre rachat ? Tu as l'air de dire que tout s'est passé en douceur. En quoi le creux paisible de cette niche évoque-t-il l'horreur de la montagne du Crâne ? Où est Marie, où est saint Jean, où est Marie Madeleine, où sont les saintes femmes pour qui le sacrifice du Christ et l'effusion de son précieux sang ont été les preuves de sa divinité ? Où est *l'appareil de la mort* ?

Les sbires qui m'encadraient m'entraînèrent hors de la salle, pour laisser les juges délibérer. Je ne me faisais pas d'illusions sur mon sort : présenter un

Christ aussi *désincarné* revient à nier la nécessité de la messe et de l'eucharistie.

Bartolomeo, dont ils voulurent entendre à nouveau le témoignage, me disculpa entièrement : je n'avais fait, affirma-t-il, qu'obéir à ses ordres, dont il m'avait caché la signification. On apporta les Évangiles, sur lesquels il jura avoir dit la vérité à mon sujet. On me reconduisit dans la salle.

— Toi, tu es libre, me dit le président. Déliez-le. Nous te renvoyons des fins de la poursuite. Va, rentre chez toi, *in nomine Dei. Pax tecum*, ajouta-t-il avec un signe de croix.

Au moment où, debout entre les assesseurs et le reste des juges qui s'étaient levés avec lui, il allait prononcer avec la solennité d'usage le verdict de culpabilité des deux principaux prévenus, un grand bruit se fit entendre dans les couloirs du tribunal. Messire Jacopo Polverini, auditeur fiscal, l'âme damnée de Son Altesse, accourait essoufflé du palais. Aussi vite que le lui permettaient ses grosses jambes courtes et sa masse adipeuse, il se précipita dans la salle. Quelques mots murmurés en hâte à l'oreille du président sauvèrent les époux Panciatichi. Ils auraient été condamnés à la prison et à la saisie de leurs biens, sans l'intervention du duc Cosimo, dont la banque tirait de substantiels profits des affaires menées en France et en Italie par l'accusé. La peine fut réduite à une abjuration publique suivie d'un mois de pénitences et d'exercices spirituels sous la direction de don Luigi.

— Tu l'as échappé belle, me dit Dianora.

54

Benvenuto à l'œuvre

Pour se faire pardonner vingt-deux ans d'absence (Rome, puis Fontainebleau) et rentrer définitivement en grâce auprès de Cosimo toujours jaloux de son séjour en France et inquiet des faveurs qu'il y avait reçues du roi François Ier, Benvenuto pressa le duc de lui fournir un sujet pour la fameuse statue dont ils étaient convenus, destinée à prendre place dans la loggia dei Lanzi.

La vue du *David* de Michel-Ange irritait le duc ; moins pour des scrupules moraux, comme c'était le cas de la duchesse, que par ressentiment politique. Le *David* datait de l'époque où les Médicis avaient été chassés de Florence. Le gouvernement républicain avait alors choisi, pour symboliser les vertus civiques – courage, droiture, amour de la liberté –, des héros bibliques : David, le jeune berger vainqueur du géant philistin Goliath, et Judith, la veuve juive, victorieuse du général assyrien Holopherne qui assiégeait Béthulie. La *Judith* de Donatello, triomphante, implacable, non moins désagréable au duc, reléguée jusque-là dans la cour du Palazzo Vecchio, avait été installée devant la façade. Il n'était pas question, évidemment, d'enlever ces deux statues, unanimement admirées, de l'endroit le plus en vue de Florence ; mais le duc décida de leur opposer, pour leur faire contrepoids, des héros puisés dans la mythologie antique, tels que les Médicis, friands d'Apollons et de Mercures, les avaient toujours privilégiés. Un Médicis avait commandé naguère, à Baccio Bandinelli, un *Hercule vainqueur de Cacus* ; plus tard Bartolomeo Ammannati sculpterait pour Cosimo un *Neptune maître des flots*.

— Que dirais-tu d'un Persée ? demanda le duc à Benvenuto.

— Le fils de Zeus qui a décapité Méduse ?

— Et libéré la princesse Andromède.

— Excellence, je veux bien régler son compte à l'horrible Méduse, la vider de son sang par son cou tranché, mais, pour la princesse Andromède, qui est, je suppose, jeune et belle, vous savez que mon ciseau la ferait tout de travers, sans rendre justice à sa beauté.

Le duc ne put s'empêcher de rire.

— Coquin, nous t'apprendrons à aimer les femmes ! En attendant, si tu as peur de rater la jeune et belle princesse Andromède, tu la relégueras sur le socle, dans un bas-relief plus facile à sculpter. Ton souverain t'y autorise. On n'ira pas regarder, dans cet endroit peu visible, si tu as commis des maladresses.

C'était la plus importante commande que Benvenuto eût jamais reçue.

Il décida de se surpasser. Que le héros brandisse la tête de Méduse, soit, mais pourquoi si haut, pourquoi à bout de bras ? Ce bras tendu à la verticale, cette pose étirée qui fragilise la statue, l'équilibre du corps compromis par le déhanchement des jambes dont l'une s'appuie sur le tronc décapité de la Gorgone, le sabre étroit à la pointe recourbée perpendiculaire aux cuisses, ces défis ajoutaient aux problèmes ordinaires de la fonte les difficultés d'une conception audacieuse – si contraire à tout principe de stabilité, disait-on, qu'elle paraissait impossible à réaliser. Stimulé par de tels doutes, Benvenuto brava les obstacles avec sa crânerie habituelle.

Il avait installé sa fonderie dans le jardin de la maison dont le duc lui avait accordé la jouissance, via della Pergola, 59, derrière l'hôpital des Innocents, non loin de la Santissima Annunziata. Quand le modèle en cire fut prêt, il le revêtit d'une chape de terre qu'il pourvut d'une solide armature. Il construisit ensuite un fourneau à capsules qu'il remplit complètement de bois de pin acheté à un forestier des Abruzzes et qu'il chauffa pendant deux jours et deux nuits. Les ouvriers creusèrent une fosse profonde de six brasses. Entouré de cordages, on descendit le moule dans cette fosse à l'aide de cabestans ; elle fut remplie de blocs de cuivre et de morceaux de bronze qu'on disposa en couches régulières et avec des interstices suffisants avant d'y mettre le feu. Épuisantes et sans garantie de réussite, ces opérations durèrent plusieurs jours ; les ouvriers se relayaient ; Sandro, enthousiasmé par l'extravagance du défi, se joignit à eux. Benvenuto, présent sur tous les fronts, ignorait la fatigue. Quant à moi, n'ayant pas assisté à ces péripéties et ne les connaissant que par ouï-dire, je me garderais d'en parler avec plus de détails, puisque Benvenuto, dans le récit de sa vie, poursuivi avec persévérance depuis les années si lointaines où il m'en avait fait lire les premières pages, ne manquera pas de nous les rapporter avec les précisions qui débordent mes compétences techniques.

Bronzino a été déjà bien trop long, ne trouvez-vous pas ? On n'y comprend plus rien, à ces fourneaux, fosses, flammes, moules, armatures, cabestans, chapes, capsules et interstices.

Après soixante heures sans dormir et vingt-quatre sans manger, Benvenuto, à bout de forces, regagna sa chambre dans la maison, persuadé que la fusion était en bonne voie et aucun danger plus à craindre. Pour que j'assiste au prochain décoffrage de la statue, Sandro courut me chercher. « Vite, Agnolo, le grand moment est venu ! » Sebastiano chercha en vain à nous retenir. Anxieux du résultat, nous nous approchions du jardin quand nous entendîmes un grand bruit. Ce n'étaient que lamentations, cris, imprécations contre le sort. « Tout est perdu. » « Il ne peut nous venir de secours que du ciel. » « Pauvres que nous sommes, il va nous chasser ! » Les ouvriers et les aides s'égaillaient dans le jardin. L'affolement les poussait de côté et d'autre. Privés de leur bon sens, ils se laissaient tomber dans l'herbe.

Enfin Benvenuto, tiré de son sommeil par le vacarme, apparaît sur le seuil de la maison, accompagné de son élève et modèle favori. Le jeune Ferrando di Giovanni da Montepulciano se frotte les yeux, bâille, s'étire, grimace : tous les moyens sont bons à cet effronté pour nous prouver qu'en plein désastre il a partagé tranquillement la sieste et la couche de son maître. Celui-ci court à la fonderie, trouve tout le monde hébété, quelques-uns en proie à une agitation stérile, la plupart abattus, sans réaction, certains anéantis. Il avise le premier de ses aides, à genoux sur le pré, les mains jointes.

— Que fais-tu ?

— Je prie pour l'heureuse issue de votre entreprise.

— Ce n'est pas le moment de prier, triple fainéant, mais d'agir.

Il rugit, s'élance, découvre l'accident. Le bois avait manqué et le métal s'était refroidi, de manière à former, selon le terme de métier que j'appris alors, un « gâteau ». Benvenuto reprend courage, en insuffle autour de lui, transforme cette aventure déjà exceptionnelle en exploit mémorable.

— Du bois ! s'écrie-t-il, cherchez-en partout où il peut y en avoir. Achetez-le à la livre chez le boulanger, et s'il le faut, au prix de son pain. S'il refuse, dévalisez son bûcher. Courez à travers la ville, défoncez les portes, arrachez les fenêtres, démontez les échafaudages, volez les planches dans les chantiers.

Il s'avise que le toit de la fonderie est en chêne, bois qui fournit le feu le plus vif. Aussitôt de se saisir d'une hache et d'abattre les poteaux qui entraînent dans leur chute la toiture. Ainsi les alchimistes brûlaient-ils leur mobilier pour alimenter le fourneau du Grand Œuvre. L'incendie dans la fosse se rallume, la fusion reprend. Le gâteau commence à mollir. Mais alors c'est le métal d'alliage qui manque.

— Vite ! crie Benvenuto à ses ouvriers. Prenez dans mon atelier toutes mes assiettes, mes plats, mes écuelles, mes cuillers d'étain, la vaisselle d'argent, les aiguières à moitié terminées.

Ces trésors sont jetés dans le brasier qui dévore à l'instant bronze, plomb, argent, lingots de fer, saumons bruts, ciselures merveilleuses. Seul Ferrando ne participe pas à cet autodafé. Je le vois chiper au passage une salière en or et la cacher sous sa blouse. Benvenuto s'empare d'une longue perche et sonde le gouffre : il constate que le bronze a dépassé la tête de Méduse. La statue est sauvée !

55

Le salaire d'un chef-d'œuvre

Le duc, quand il eut appris le succès de l'opération, voulut voir la statue. Il se rendit au jardin avec la cour, qui ne resta pas avare de compliments. J'étais, moi, enthousiasmé. Sandro, fou de joie, bondissait à travers le jardin. Le duc parut apprécier l'ouvrage, mais, comme les sots qui craignent de perdre la face en admirant trop vite, il dit à Benvenuto :

— Ta statue n'est pas mal, mais je ne suis pas sûr qu'elle plaise à mon peuple. Tu dois maintenant la faire placer sous la loggia, les gens pourront l'examiner de tous les côtés et en remarquer les défauts. Ce qui a belle allure dans l'espace resserré de ce jardin paraîtra tout différent en plein air. La place publique décidera.

Le jour de l'inauguration officielle, le 27 avril, le duc et la duchesse se tenaient à une fenêtre basse du Palazzo Vecchio, derrière une grille, avec leurs invités, parmi lesquels se comptaient, en plus des hauts dignitaires civils et ecclésiastiques, les principaux sculpteurs de Florence. Cosimo et Eleonora étaient revenus exprès du palais Pitti, quatre fois plus vaste, où la multiplication de leur progéniture les avait contraints de déménager. J'ai appelé souvent « Palazzo Vecchio » l'antique édifice dont la haute tour crénelée demeure légendaire. Mais j'aurais dû l'appeler, jusqu'à ce déménagement, « palais de la Seigneurie », selon sa dénomination médiévale. Il ne parut « vieux » et ne reçut cette épithète qu'après avoir été délaissé pour la nouvelle résidence.

Dense était la foule agglutinée devant la loggia. On connaissait le sujet de la statue ; on savait pourquoi le duc avait voulu opposer au *David* de Michel-Ange ce *Persée* ; on se demandait si celui-ci avait quelque chance de rivaliser avec celui-là ; on ouvrait les paris. Bien des Florentins y perdirent leurs ducats. La place était devenue (et elle l'est restée) un champ de bataille entre le héros biblique et le héros mythologique. Qui gagnerait, du vainqueur de Goliath ou du champion d'Andromède ? Entre l'Antiquité des Écritures et l'Antiquité païenne, le combat s'annonçait sans merci.

À peine la bâche enlevée, la statue dévoilée et le fils de Zeus en plein soleil, les souverains et leurs invités donnèrent le signal des applaudissements. De toutes parts les acclamations fusèrent, les cris de fierté, les vivats d'allégresse. « Michel-Ange a trouvé son successeur ! » Le duc envoya un de ses gentilshommes dire à Benvenuto qu'il serait dédommagé selon son mérite. Sous le coup de l'émotion, j'écrivis quatre sonnets à la louange de Benvenuto. Pour un tel chef-d'œuvre, des dithyrambes n'auraient pas été suffisants. Les deux têtes, celle de Persée et celle de

Méduse, sont d'un raffinement extrême ; tout à fait semblables d'ailleurs. L'analogie est frappante : ovale de même forme et de mêmes dimensions ; bouche, fossettes, nez pareils ; chevelures bouclées à l'identique ; il n'y a pas jusqu'à l'expression qui ne soit similaire. Persée retient son triomphe, l'horreur ne défigure pas Méduse. Chacun s'apparente à l'autre par la stupeur muette qu'ils partagent.

On argue de cette similitude pour reprocher au sculpteur un manque d'imagination. À mon avis, c'est au contraire un signe de grande pénétration, que d'avoir donné le même visage au vainqueur et à la vaincue. La ressemblance des deux têtes est d'autant plus étonnante que l'une est celle d'un homme, l'autre celle d'une femme. Une secrète connivence, un pacte inconnu d'eux-mêmes unissent victime et bourreau, comme les deux moitiés d'un hermaphrodite idéal. Je me souvins du jour lointain où Benvenuto m'avait emmené à Prato et montré, dans le chœur de la cathédrale, la fresque de fra Filippo Lippi. Chargé d'illustrer les *Histoires de saint Jean-Baptiste*, le moine avait imaginé sous les mêmes traits exactement le martyr décapité et Salomé qui présente à Hérodiade la tête du mort sur un plat.

Une seule voix détonna dans le concert d'éloges. Une vingtaine d'années auparavant, Baccio Bandinelli avait sculpté et fait dresser devant le Palazzo Vecchio, à côté du *David* de Michel-Ange, le groupe d'*Hercule et Cacus* (mais sans concours de peuple ni liesse). Tout le monde connaissait la vieille inimitié entre Baccio et Benvenuto, leur dispute autrefois devant la cour, le jeu de mots assassin sur Baccio/

Buaccio. Sollicité, à son retour de France, de donner son avis sur la statue de son rival, Benvenuto en avait profité pour se venger de celui qui lui avait raflé jadis le titre et les prébendes de sculpteur officiel.

— Vous me demandez ce que je pense de cet Hercule ? Mon Dieu, je pense que si on lui coupait les cheveux, il ne lui resterait plus assez de crâne pour contenir sa cervelle. On ne sait pas si sa face est celle d'un homme ou d'un bœuf. Ses deux grosses épaules ressemblent aux deux paniers du bât d'un âne. Sa poitrine et ses muscles m'évoquent un grossier sac de melons qu'on ferait tenir droit appuyé sur un mur. Son dos, enfin, a l'air d'une calebasse hypertrophiée.

Bandinelli n'avait pas oublié l'outrage. L'occasion lui parut bonne de prendre sa revanche. Rendant pain blanc pour fouace, il critiqua chaque détail du *Persée* avec autant de mauvaise foi que de perfidie. Le geste était d'une emphase ridicule ; le sang qui dégoulinait du cou de la Méduse rendu avec une insistance macabre écœurante ; la statue ne résisterait pas aux intempéries, etc. Sur son conseil, le duc diminua de moitié la somme promise à Benvenuto. Sans l'intervention de la duchesse, qui voyait dans cet ouvrage une allégorie pieuse du triomphe du bien sur le mal, il n'aurait reçu qu'une aumône.

Hors de lui, Benvenuto se tourna vers l'*Hercule*, qui était toujours en place à côté du *David*, et dit qu'il avait omis, le jour où on lui avait demandé son avis, de mentionner la particularité la plus méritoire de cette statue.

— Je pense, aurais-je dû ajouter, que ses bras pendent sans la moindre grâce, et qu'on pourrait intervertir sans dommage ses mollets et ses cuisses, comme si le sculpteur n'avait jamais vu un homme nu vivant.

Alors Baccio, qui autrefois l'avait déjà dénoncé pour le même crime, ressortit l'accusation terrible.

— Le sodomite a parlé ! s'écria-t-il.

Cette fois la duchesse fut la première à demander l'application de la peine. L'auditeur fiscal appuya sa requête. Le cardinal tonna contre l'offense faite à Dieu. Don Luigi dit qu'il ne fallait pas scandaliser les enfants. Les espions de Polverini fournirent un témoignage accablant pour Benvenuto. Il fut convaincu d'entretenir une relation contre nature avec son apprenti Ferrando da Montepulciano, mineur. L'attitude de celui-ci pendant la fonte, la paresse qu'il avait affichée tandis que les autres s'affairaient, son air passif et alangui au milieu de la panique générale, le désordre de ses vêtements à peine réparé après la sieste (une sieste, alors que l'atelier était en ébullition !), sa chemise ouverte sur sa poitrine imberbe, tous ces indices furent rapportés en détail et allégués comme preuves. L'auditeur fiscal en tira la conclusion.

— Sans la certitude que tout lui est permis, vu les *services particuliers* qu'il rend à Benvenuto, aurait-il osé paraître dans cette tenue et se tenir à l'écart, sans se joindre aux efforts de ses camarades ?

Moi seul, heureusement, avais surpris le vol de la salière, et le coup d'œil de Benvenuto qui s'était aperçu du larcin sans intervenir. Baccio voulut achever de confondre l'auteur du *Persée* en pointant le doigt vers les talonnières, seul vêtement du héros tout nu, et, par suite de cette bizarrerie choquante, sacrilège exaltation de sa nudité. Benvenuto eut gain de cause sur ce point, en rétorquant qu'il n'avait fait que s'inspirer du *David* immortel de Donatello. On courut vérifier ses dires. L'adjonction de courtes jambières à un corps entièrement dévêtu remontait à 1433. Cent vingt ans s'étaient écoulés sans que personne eût crié au scandale. Tous les autres griefs furent retenus, la peine maximale réclamée. Il y avait nu et nu. Les fesses du *Persée* fournirent l'argument imparable : moulées avec une complaisance trop visible, elles dénonçaient avec éclat les goûts du sculpteur. Pendant que la foule s'écoulait, je dis à Sandro de ne pas s'inquiéter, car jamais un Médicis ne permettrait un tel affront au génie.

Avant de regagner le palais Pitti, le duc appela Benvenuto. Sincèrement navré, mais trop faible pour s'opposer à la coalition de l'épouse, du cardinal et du dominicain, il l'attira dans un angle du salon et lui remit de la main à la main une bourse bien garnie, en lui glissant à l'oreille :

— Je t'avais prévenu… Si tu avais mieux soigné Andromède…

La gloire qu'il s'était acquise par son *Persée*, les éloges reçus de la population qui les renouvelait chaque jour en jetant au pied de la statue des bouquets de fleurs ne suffirent pas à protéger Benvenuto. Il fut condamné à payer une amende de cinquante écus d'or et à être enfermé pour quatre ans dans l'affreuse prison des Stinche, sans compter la privation à vie de ses charges. La « meute », dont chaque membre aurait pu être incriminé, trembla en apprenant le verdict. Nous tînmes plusieurs réunions secrètes, pour examiner les moyens de nous défendre si la police venait à nous cuisiner.

Benvenuto envoya une supplique au duc pour demander un allègement de sa peine.

— Que Votre Excellence la commue en interdiction de quitter la ville. Qu'Elle me défende même de m'éloigner du logis qu'Elle m'a si généreusement alloué. Comment pourrais-je terminer dans l'obscurité d'un cachot le crucifix de marbre auquel je travaille et auquel je veux maintenant, pour le salut de mon âme, consacrer tous mes soins ?

Cette sollicitude pour son âme toucha la duchesse. La perspective d'un beau crucifix excita la dévote. La peine de Benvenuto fut commuée en quatre années de réclusion dans sa maison.

Sandro venait d'avoir dix-neuf ans. C'était devenu un très beau garçon, musclé par la nage, hâlé par le grand air, mais plus que jamais, après ce verdict si lourd de présages funestes, je devais repousser la tentation d'une aventure pour laquelle Sebastiano m'eût immédiatement dénoncé.

56

Une lettre de Michel-Ange

Le duc reçut de Michel-Ange une lettre qu'il me transmit par son chancelier. Parlant au nom de tous les peintres, sculpteurs et architectes, *l'ottimo creatore* – superlatif qu'on lui accolait désormais – adjurait Cosimo de réparer une « injustice ». Le « discrédit » attaché, disait-il, à la pratique de la peinture, de la sculpture et de l'architecture, nuit au prestige de Votre duché. Les artistes, gent qui contribue le plus à sa gloire, ne sont pas considérés d'après leur importance et leur dignité. Selon une hiérarchie qu'il priait Son Excellence de bien vouloir réviser, l'usage de les cantonner dans la catégorie, subalterne et dédaignée, des « travailleurs manuels » – usage peut-être justifié autrefois, à l'aube de la peinture, quand Giotto enfant dessinait par terre avec un caillou – constituait de nos jours, à la suite des progrès accomplis, une absurdité flagrante.

Accroupi à mes pieds, la tête appuyée contre ma jambe, pendant que je lui lisais la lettre, Sandro m'écoutait attentif. Sur cette dernière phrase il m'interrompit. Il ne comprenait pas de quelle hiérarchie ni de quelle « catégorie subalterne » se plaignait Michel-Ange. Les mots « injustice » et « discrédit » l'avaient déjà interloqué.

— Où veut-il en venir ? En quoi se sent-il lésé ? Que réclame-t-il ?

Résumons. Le ton scolaire n'allait pas à Bronzino. Le lecteur bâillerait à ses développements. Que seul ce qui est nécessaire pour comprendre la lettre de Michel-Ange soit rapporté ici. L'Université, expliqua Bronzino à son apprenti, distingue les arts en deux catégories, dont la première, dite « élevée » et noble, domine de haut la seconde, déclarée « commune ». La cour, l'opinion, la coutume ont ratifié cette classification. À la première catégorie ressortissent les arts « libéraux », la seconde regroupe ceux dits « mécaniques ». Les arts libéraux englobent les sept grandes disciplines enseignées à l'Université : la grammaire, la dialectique, la rhétorique, la géométrie, l'arithmétique, l'astronomie et la musique.

— Pourquoi, demanda Sandro, appelle-t-on ces arts : libéraux ?

— Parce qu'ils sont le propre de l'homme qualifié de libre.

— Et les autres ?

— Les autres se ressentent des conditions dans lesquelles travaillent ceux qui les exercent. Armuriers comme ton père, bouchers comme le mien, menuisiers, charpentiers, relieurs, tisseurs, tailleurs, chapeliers, potiers, cordonniers, corroyeurs, ferblantiers, forgerons, médecins, pharmaciens, tous travaillent en se servant de leurs mains, à la différence de ceux qui pratiquent les arts libéraux et se contentent de réfléchir, de spéculer.

— Mais les artistes ?

— Comme le rôle de la main et l'importance des outils sont essentiels dans le travail des peintres, des sculpteurs et des architectes, on les relègue eux aussi dans la catégorie inférieure des arts « mécaniques ».

— En somme, ce ne seraient que des praticiens, des exécutants ?

— Des employés, presque des domestiques. Voilà exactement l'objet des doléances exposées par Michel-Ange au duc et le sens de la supplique qu'il lui adresse. Écoute la suite de sa lettre.

Sandro s'étendit et se coucha sur le dos, les mains croisées derrière la tête, les yeux mi-clos, un genou relevé.

« Excellence, ce que je peins ou ce que je sculpte n'aurait pas d'existence si ma seule main y prenait part. En vérité, tout ce que produit ma main n'est que l'aboutissement de ce qui s'est d'abord élaboré dans mon esprit. Sans l'opération intellectuelle qui la précède et en détermine le sujet, en clarifie l'intention, en prépare les modalités, parfois en précise jusqu'aux moindres détails, l'œuvre d'art n'existerait tout simplement pas. Votre Excellence s'est étonnée qu'il m'ait fallu huit ans pour finir ma nouvelle *Pietà.* Si j'avais été un simple ouvrier, je me serais mis au travail devant le premier bloc de marbre venu et l'ouvrage aurait été terminé en quelques mois. Mais je ne suis pas un simple ouvrier. La *fatica di corpo* qui abaisse la personne a été bien moindre que la *fatica di mente* qui l'élève. Avant de commencer un ouvrage, je projette en esprit la forme que je veux lui donner, j'établis le nombre et l'identité des personnages à y inclure, je prémédite la disposition qu'ils auront, je fixe les gestes et l'expression qui révéleront leur âme. L'œuvre a été virtuellement achevée avant d'avoir reçu un début d'exécution. Le travail ne sera que subsidiaire. L'œuvre est réalisée sans avoir besoin d'être matérialisée. De toute éternité, elle *était là*, créée et incréée.

« Ce n'est pas tout : reste la question du matériau. Je dois me procurer non pas un quelconque bloc de marbre, mais celui précisément où le groupe que je me suis formé au-dedans de moi se trouve contenu. Un seul bloc convient à ce travail ; aucun autre ne m'irait, car le bloc d'où elle sort est à la statue ce que sa cellule est au prisonnier. Le sculpteur extrait de sa gangue l'image qu'il y a vue inscrite, comme le geôlier ouvre au détenu qui a été libéré la porte de son cachot.

« Que Votre Altesse se rappelle le jour où je Lui ai demandé une escorte pour aller explorer les montagnes de Carrare. Malgré mon grand âge, je me suis hissé sur ces pentes abruptes, coulé dans ces gorges inhabitées, faufilé entre ces précipices. Il m'a fallu une semaine de marches exténuantes, d'ascensions périlleuses, le piolet dans une main, l'aune dans l'autre, le fusain entre les dents, le compas derrière l'oreille, avant de repérer un bloc qui eût non seulement les dimensions voulues, mais où la sculpture que j'avais en tête fût en quelque sorte dessinée et modelée par avance dans tous ses détails, de manière qu'il n'y ait plus qu'à enlever à l'aide du ciseau la matière qui empêche de voir par les yeux du corps ce qui est déjà entièrement constitué devant ceux de l'esprit. J'ai fait graver un immense M sur ce bloc, afin qu'une équipe d'ouvriers revienne avec les instruments de découpage et de levage appropriés pour le détacher de la montagne et le transporter sur des rouleaux jusqu'à mon atelier.

« Que Votre Excellence juge d'après cet exemple si le sculpteur comme le peintre n'est qu'un simple artisan, qui se contenterait de mettre à effet une commande reçue de l'extérieur, ou si ne mérite pas d'être traité sur un autre pied celui qui poursuit une vision et de sa vision fait une œuvre. J'invoque ici notre *sommo poeta*, qui au moment de faire paraître dans *Le Paradis* les figures de Cimabue et de Giotto, cherche pour les qualifier un mot qu'il ne trouve pas dans la langue latine. La langue latine ne connaît et ne reconnaît que l'*artifex* – mot dont a hérité la langue toscane et qu'il juge insuffisant. Il en veut un qui ne désigne pas seulement le “faire” du peintre, le travail de la main, mais d'abord celui de la pensée. Ce mot qu'il cherche n'a jamais existé. Alors, par un coup d'État, il l'invente. Oui, c'est Dante, l'orgueil de notre patrie, qui, conscient qu'une œuvre de peinture dépend de l'opération mentale qui a précédé son exécution par la main, a substitué au mot latin, insuffisant et démodé d'*artisan* celui florentin, louangeur et approprié d'*artiste.* Ce mot qui n'existait pas, *artista*, il l'a forgé. Chacun de nous, Excellence, peintre, sculpteur ou architecte, n'est pas un simple artisan, manipulateur de la matière, mais un véritable *artiste*, et ce sera la gloire de Votre règne, gloire qui rejaillira sur la Toscane tout entière, que d'avoir imposé ce mot aux Académiciens engagés dans la rédaction du Dictionnaire.

« Giotto, que nous avons laissé par terre avec son caillou, n'a pas tardé à se saisir d'un pinceau. De creux et puéril qu'il était, son cerveau s'est meublé, enrichi, nourri de pensées abstraites. Sans une étude approfondie des textes bibliques, aurait-il rendu avec tant de profondeur les épisodes de l'Histoire sainte ? Sans une lecture attentive des *Fioretti*, peint dans la chapelle Bardi de Santa Croce une *Mort de saint François* aussi pathétiquement juste ?

« Passons aux modernes. Faute de connaître à fond les arts libéraux, le peintre n'était considéré, dans l'ancienne classification, que comme un modeste technicien, à l'instar du charron qui répare une roue. Cette objection n'a plus de valeur aujourd'hui. Depuis un siècle, peintres et sculpteurs rivalisent en curiosités intellectuelles et en expériences spéculatives. Les tableaux, où les lignes de profondeur doivent converger en un point de fuite unique, reposent désormais sur la maîtrise des mathématiques. Avant d'être devenu familier des lois de la perspective, Paolo Uccello n'aurait pu réaliser les trois illustres *Batailles*, ni Piero della Francesca *La Légende de la vraie Croix* dans l'église San Francesco d'Arezzo, la troisième ville de Votre duché. Quant à la science de l'anatomie, autre art dénommé libéral, n'est-elle pas indispensable à qui veut dégager les os, les muscles et les tendons d'un corps et juger avec discernement de la proportion entre les membres ? Et la musique, donc ? Luca della Robbia comme

Donatello, avant de dégager du marbre, pour les tribunes de notre cathédrale, les chœurs et les danses des enfants, ont étudié les modalités du chant, la position de la bouche et des joues pendant l'émission des notes, le fonctionnement du larynx et des cordes vocales, l'effort imposé à la voix quand elle entre en concurrence avec les tambourins, les fifres et les cymbales. Qui ne voit, enfin, qu'une distance aussi grande que celle qui sépare Constantinople des colonnes d'Hercule distingue l'architecte du tailleur de pierres ?

« J'ajoute que la connaissance des arts libéraux ne sert à certains artistes que pour en détourner sciemment les principes ; elle ne leur est pas moins nécessaire. Ainsi Francesco Mazzola, dit le Parmigianino, quand il a peint le cheval blanc de sa *Conversion de saint Paul*, ne lui aurait pas fait ce cou et ce chanfrein d'une longueur invraisemblable, s'il en avait ignoré les mesures correctes : pour disloquer le réel et le pousser jusqu'à l'hyperbole, il faut en connaître avec exactitude les proportions. J'admire qu'on se voue pendant des mois et des années aux études avec l'intention audacieuse de passer outre à l'enseignement reçu. Loin de commettre un sacrilège, le créateur ne fait que revendiquer ses droits. Les savants établissent les lois pour que les artistes y contreviennent. Sans un corps de doctrines communes, quelle transgression serait possible ? Dans la petite église Santa Felicita, à peu de distance du palais Pitti où réside maintenant Votre Altesse, celui que je considère comme le premier peintre de Votre duché aurait-il osé, sans une étude attentive de l'astronomie, peindre en violet un ciel qu'aucun télescope n'a vu de cette couleur ?

« Aussi je prie très humblement Votre Excellence de promulguer un arrêt où ceux de notre profession, qui n'est manuelle que pour un quart, l'autre relevant du seul intellect, seront reconnus comme des hommes de savoir. L'œuvre d'art digne de ce nom jaillit tout entière de la tête qui l'a conçue. Nous ne sommes pas des *Fabricants*, nous sommes des *Maïeuticiens*. Nos instruments nous seraient inutiles si nous n'avions au préalable une image très nette de l'ouvrage que leur seule fonction est de mettre au jour. Votre Excellence pourrait-elle imaginer un accoucheur qui manierait ses fers en ignorant quels organes renferme le ventre de la parturiente ? Cette supposition est aussi incongrue et offense autant la vérité que la relégation des beaux-arts au rang d'activités mécaniques. Une casserole n'est qu'un produit en cuivre, une couverture n'est qu'un produit en laine, car un ustensile de cuisine, un élément de la literie n'ont qu'un but utilitaire. Une peinture de Pontormo, d'Agnolo Bronzino ou une sculpture de Benvenuto Cellini est une *cosa mentale* avant d'être un objet matériel. »

— Il te cite ! s'écria Sandro en rouvrant les yeux.

Il se leva d'un bond et battit des mains. Moi, c'était d'entendre Jacopo mentionné comme « le premier peintre de Votre duché » qui me bouleversa, au moment où mon vieux maître – qui n'avait jamais étudié l'astronomie ! – donnait des signes de plus en plus inquiétants de désordre et d'épuisement.

57

Amants

Sandro était si ému que *l'ottimo creatore* – certains commençaient à dire *il Divino* – m'eût recruté dans sa chevalerie qu'il voulut recopier la lettre pour l'apprendre par cœur. Je ne partageais pas son enthousiasme. Non pas qu'elle ne me parût aussi légitime que belle, et que, écrite par une telle autorité, un prestige supplémentaire ne l'auréolât. Mais j'entrevoyais les conséquences qui pourraient en découler si cette conception de l'artiste *libre* venait à supplanter, comme il était probable, l'ancienne théorie des arts. Ma politique, jusqu'à présent, avait été de me cacher sous le masque du peintre *officiel*, qui s'applique à la minutie des détails sans rien faire apparaître de sa vie privée. L'épisode Alviso, l'épisode Pierino m'avaient immunisé contre la passion sans contrôle. Or, la supplique de Michel-Ange ouvrait la porte à l'expression *personnelle* ; elle incitait les peintres à demander tôt ou tard à leur *moi* de guider leur pinceau. Les forces obscures qui gouvernent leur vie intérieure s'engouffreraient dans le tableau. Ils seraient amenés à *passer aux aveux.* Qui d'autre que Michel-Ange pouvait se permettre cette folie ? Il fallait être sûr de son impunité comme l'était l'auteur du *David* pour avoir osé peindre à l'arrière-plan de *La Sainte Famille* du tondo Doni quelques figures d'éphèbes nus qui se lutinent sans pudeur. Totalement étrangers au sujet, ils trahissent une nostalgie grecque et païenne incompatible avec le dogme chrétien.

Échaudé une première fois par le procès Panciatichi, une seconde fois par la condamnation de Benvenuto, forcé de me tenir sur mes gardes avec un redoublement de prudence, de plus en plus inquiet de l'emprise grandissante de l'Inquisition sur la vie privée des citoyens, je me félicitais de la sagesse montrée jusqu'alors en ne me découvrant que de façon très épisodique et partielle, sans révéler mon secret. Le statut d'« artisan » m'allait donc très bien. Plus que jamais je voulais rester *neutre.* Me borner à une observation objective et rendre ce que j'observais aussi précisément que possible, telle était ma doctrine, dont j'étais d'autant plus satisfait que la richesse des robes et le luxe des bijoux dont étaient parés mes modèles justifiaient la méticulosité nécessaire pour en fignoler les détails.

Sandro fut de l'opinion contraire. Cet enfant commençait à peindre ; fils de la nouvelle génération, il ne se reconnaissait pas dans une classification qui remonte au Moyen Âge. L'idée d'être un « domestique » au service de la cour et de se contenter de raconter le faste des mariages et des naissances ou de décorer les palais princiers répugnait à son ambition : il voulait peindre ce qu'il avait envie de peindre. Et, en peignant ce qu'il avait envie de peindre, afficher *qui* il était. Moins par infatuation que pour répondre aux attentes de son siècle, il aspirait à être *quelqu'un*, sans être bloqué par la religion de l'incognito.

Pour commencer, il me suggéra de renoncer au costume traditionnel des ouvriers : longue tunique serrée à la taille par une courroie, manteau qui descend jusqu'à mi-jambe, bonnet de laine. Déjà au siècle dernier, Donatello avait montré la voie en arborant avec fierté une garde-robe neuve offerte par un admirateur. Composée d'un justaucorps de brocart, d'un capuchon bordé de fourrure et d'une petite cape rose, pareille tenue manifestait à elle seule l'aspiration à sortir de l'anonymat.

— Distinguons-nous ! Osons montrer que l'artiste recèle un individu !

— Mais il est de notoriété publique, lui dis-je, que Donatello rendit ces vêtements au bout de quelques jours. Il les jugeait trop ostentatoires pour le fils d'un cardeur de laine.

— Aujourd'hui, il les eût acceptés, Agnolo. Être fils d'un cardeur de laine, ou comme toi d'un boucher, n'est plus un obstacle. Ayons le courage de nous *singulariser*. Et d'abord, remplaçons *l'uniforme* par un habit de fantaisie.

Avec un de ses premiers gains, il s'acheta une petite cape rose semblable à celle qu'il s'imaginait avoir été donnée à Donatello. Sa hardiesse, cependant, se borna à l'emplette de ce joli vêtement, car je ne le vis le porter qu'à la maison, et hors de vue de sa mère, quand il me rejoignait dans l'atelier, où cet accessoire pouvait passer, en cas d'une visite inopinée de Dianora ou de Sebastiano, pour un déguisement nécessaire à un tableau d'histoire.

Mes prudences, ma fidélité au statu quo l'impatientaient. Je ne me déciderais donc jamais à franchir le pas ? Il venait d'achever pour l'église du Pensionnat de Fuligno une grande *Crucifixion* sur le modèle de mon *Christ*, sauf qu'il avait ajouté au pied de la croix un saint Jean nu et musclé d'une extrême indécence, que seule leur ingénuité n'avait pas dissuadé les religieuses d'exposer aux yeux des petites orphelines.

Il monta un jour avec un air si mystérieux que je m'attendais à quelque révélation. Nous étions seuls dans l'atelier, au deuxième étage de la maison. Dianora avait emmené Sebastiano à San Miniato al Monte, de l'autre côté de l'Arno, où ils devaient prendre livraison d'un lot de pertuisanes à restaurer. Pour interdire l'entrée aux voleurs, ils avaient en sortant fermé à clef l'armurerie.

— Te rappelles-tu le jour où tu m'as peint en saint Jean-Baptiste ? Quelle pose extraordinaire tu m'avais contraint à prendre !

— Je voulais éprouver les possibilités de la fameuse « ligne serpentine » ; pousser l'expérience jusqu'à ses dernières limites.

— Non, ce n'était qu'un prétexte. Je vais te dire ce qui te motivait : le désir de me voir nu devant toi. Pensais-tu alors n'être qu'un *manuel* ? J'occupais ton esprit avant d'être dessiné par ta main.

J'hésitai à comprendre ce langage, si nouveau entre nous.

Mais lui, sans pitié, indifférent à mon embarras, poursuivit :

— Tu as saisi le premier alibi venu. Un saint Sébastien eût été trop direct, tandis qu'un saint Jean-Baptiste ménageait ta peur de *passer outre*. La peau de bête, la croix... Mais tu avais, logée au plus profond de toi, mon image complète. Tu n'as eu qu'à la dévoiler pour qu'elle saute, comme aurait dit Michel-Ange, des yeux de l'esprit à ceux du corps. Ne crains rien, ajouta-t-il en me voyant regarder par l'escalier si personne ne nous écoutait. Ils sont sortis, et tu le sais très bien. Ah ! Quand cesseras-tu d'être aussi pusillanime ? L'écharpe bleue que tu avais posée pour la décence, où donc l'as-tu mise ?

— La voilà.

— Écoute, je te propose une nouvelle expérience. Je vais me mettre dans la même tenue qu'autrefois, ne garder que ce voile, mais changer de pose, et tu verras que tu portais ma forme en toi avant de la projeter sur la toile.

Il se déshabilla à l'abri de mes regards et, couvert décemment, revint s'installer près de mon chevalet, mais au lieu de s'asseoir comme jadis, il se coucha à demi sur le dos, à même la natte de paille étendue sur le plancher et, appuyé sur un coude, étala son corps et ses membres dans une posture que même l'Arétin eût rougi à décrire. Sans ajuster le tulle à sa taille, il l'avait simplement posé au bas du ventre. L'étoffe en était si transparente et légère qu'on distinguait sous le tulle la tache plus sombre du pubis.

— Prends tes pinceaux, recommence à me peindre, et dis-moi si l'opération à laquelle tu te livres est une opération *mécanique* ou si...

Je ne le laissai pas finir. Appliqué à un corps de dix-neuf ans, à une anatomie aussi splendidement juvénile, ce mot de *mécanique* détonnait comme eût fait un coup de hache assené sur un Ignudo de la Sixtine. Le rusé était arrivé à ses fins. Un signe qui ne trompe pas ajouta à sa bravade ironique le défi d'une provocation directe. Je jetai mes pinceaux, arrachai mes vêtements. Le voile bleu avait déjà volé au loin. Il me renversa par terre, aussi vigoureusement « armé » que Michel-Ange le disait de Tommaso dei Cavalieri. En pleine lutte il me disait : « Ne sommes-nous pas depuis longtemps l'un à l'autre ? » Je lui fis deux fois ce qu'il ne me fit qu'une, conformément à la loi de l'âge qui oblige à compenser trente ans d'écart par une démonstration d'énergie.

Quand nous fûmes provisoirement rassasiés, il me dit :

— Agnolo, si tu veux me plaire tout à fait, jure-moi, quand tu vas te remettre à peindre, de n'avoir plus peur d'être toi-même. Tu t'es trop longtemps confiné dans un rôle qui n'exprime pas ta vraie personnalité. J'ai compté les portraits que tu as faits de notre duc : pas moins de douze ! De la duchesse : au moins neuf ! De leurs rejetons : presque tous y sont passés, Francesco, cinq fois, c'est l'aîné, mais aussi Garcia, deux fois, Giovanni, trois fois ! Jusqu'au petit dernier, Ferdinando, une fois, sans compter les fillettes. Mesure ce qu'il t'en a coûté, de jouer au peintre de cour, qui demande à leur nourrice de forcer les enfants à se tenir tranquilles. Il t'a fallu contrôler ton pinceau, idéaliser ces mômes, respecter le *bon genre*. À présent, libère-toi ! Peins ceux que tu aimes, et peins-les avec la même fougue que tu les aimes ! Cesse de te parjurer. Pierino da Vinci a eu de la chance, lui, de vaincre tes prudences ! Le portrait que tu as fait de lui et que j'ai vu à Pise contredit et annihile tous les portraits compassés auxquels t'ont obligé le duc et les membres de sa famille.

« Mais je suis sûr, reprit-il après un silence, qu'il y a d'autres ouvrages de toi que je ne connais pas, où tu t'es laissé aller plus librement, sans cette armure qui te paralyse.

Je me résolus alors à quelque chose que je m'étais toujours interdit. J'ai raconté plus haut comment le *Saint Sébastien* peint jadis pour la Santissima Annunziata avait disparu sans laisser de trace : soit enfoui dans une cave de l'église, soit détruit par les moines, soit confisqué par le pape ou encore vendu à l'étranger. Or, avant de le livrer aux moines, pressentant que ce tableau leur déplairait, j'en avais fait une copie, aussi belle, peut-être même plus belle que ce qu'on appelle "l'original". En peignant pour la seconde fois Alviso, je m'étais senti transporté, mon désir s'était enflammé à nouveau. Ce duplicata plus exalté, plus amoureux, je m'étais juré de ne le montrer à personne, pour ne le réserver qu'à mon usage personnel, comme le médaillon d'un être aimé qu'on retourne contre sa peau pour le mettre à l'abri des indiscrétions.

— Viens, dis-je à Sandro en sortant de l'atelier pour l'emmener dans ma chambre.

Je tirai le tableau de la cachette aménagée sous mon lit. Il me tardait de lui prouver que je n'étais pas celui que je paraissais être : derrière sa façade de réserve et de froideur, un être de passion n'avait attendu que lui pour ressusciter.

Il regarda le tableau.

— Qui est-ce ?

— Un saint Sébastien commandé par les Servites de...

— Allons, allons... Comment s'appelait-il ?

Je rougis.

— Alviso.

— Il y a longtemps ?

— Plus de vingt ans peut-être.

— Comme il était beau ! s'écria-t-il, sans aucun accent de jalousie. Et tu as eu la chance de coucher avec lui ! (Me ferais-je jamais à un langage aussi direct ? pensai-je en l'écoutant.) Tu sais quoi ? Tu as refusé autrefois que je sois ton nouveau Pierino, quand tu avais tant de chagrin de sa perte, tu te souviens ? Eh bien maintenant, tu ne peux pas me refuser d'être ton nouvel Alviso.

Pour me prouver que l'âge n'était pas un obstacle entre nous, il se mit de nouveau dans la position où je n'aurais pu me refuser à son invite sans avouer le déclin de mes facultés. Le lit n'était qu'à une place ; mais nous y étions plus confortablement installés que sur la natte de l'atelier. Avant qu'il ne s'assoupît, j'eus le temps de lui murmurer dans le creux de l'oreille :

— Tu es mieux que mon nouvel Alviso. Tu es ma *cosa mentale*.

58

Visite de l'émir Bayazid

L'époque n'était pas facile pour deux amis. (Sandro m'eût dit : « Quel reste de prudence t'empêche d'écrire : *deux amants* ? ») La duchesse avait envoyé chercher en Espagne une escouade de prêtres plus sévères que l'accommodant clergé florentin. Sous l'influence de son épouse, le duc, dont le cerveau se rapetissait avec les années, s'enfonçait dans une dévotion de plus en plus soupçonneuse. Messire Lapo Berardi, le secrétaire d'État, encourageait cette bigoterie par les mesures les plus aptes à le mettre en faveur auprès de son maître. Non seulement une armée d'espions professionnels quadrillait la ville, mais les habitants des différents quartiers, payés un écu par délation, trouvaient profit à dénoncer leurs voisins. Les adeptes de Valdés, avertis, ne se réunissaient qu'en secret. Visée en premier lieu, l'hérésie religieuse n'était pas la seule pourchassée. Un décret obligea les prostituées à porter un ruban jaune. Les mouchards signalaient à la police les récalcitrantes. Puis, à la stupeur générale, on afficha dans les paroisses, à la porte de chaque église, la liste des jeunes hommes de plus de vingt-cinq ans non mariés. Le duc exprima l'intention d'encourager les unions conjugales par une taxe sur le célibat.

Pareille lubie – comment appeler autrement une initiative si contraire aux intérêts des artistes et en rupture si choquante avec le mécénat des Médicis – lui monta au cerveau peu de temps après la visite à Florence de l'émir Bayazid, fils du Grand Sultan Soliman II. En marge des tractations commerciales, Cosimo s'était promis de demander au prince par quel moyen – lois du gouvernement, impositions spéciales, sortilèges du climat, vertus des simples, prodiges de l'herboristerie – la population ottomane se reproduisait en telle abondance, alors que le duché manquait d'enfants. Le défrichement des terres et l'assainissement des marais exigeaient des milliers de bras supplémentaires, la sécurité des frontières une armée dix fois plus fournie.

Le fils du Grand Sultan fut reçu avec tous les honneurs. Le ballet du théâtre La Pergola dansa une turquerie dans la cour du palais Pitti, suivie d'un banquet de cent couverts. L'émir ne parut guère impressionné par cette pompe. Il remercia poliment le duc, tandis que les gens de sa suite ne cachaient pas leur mépris, d'abord pour la mesquinerie du spectacle, l'insuffisance des décorations et des costumes, ensuite pour la maigreur du festin, la parcimonie des services de viandes et de poissons, la pauvreté de la vaisselle, comparées au luxe et à la magnificence déployés à Constantinople en de telles occasions. Ils se moquaient aussi de la petitesse et de l'obscurité de nos églises confrontées à la splendeur de leurs mosquées. Je me suis renseigné depuis : un de nos ambassadeurs auprès de la Sublime Porte m'a confirmé que leur civilisation était très en avance sur la nôtre. Pour la médecine, le calcul algébrique, l'astronomie, pour la poterie et la céramique, pour les sciences du paysage et de l'irrigation, ils nous surpassaient de beaucoup. Si la peinture des visages et des corps avait été permise chez les musulmans, est-il même sûr que nous aurions gardé la primauté dans ce domaine ?

Bayazid ne sembla apprécier sans réserve que la beauté de nos femmes.

Au bout d'une semaine de festivités diverses, il demanda où étaient les jardins. « Les jardins ? Quels jardins ? » Le duc Cosimo et ses courtisans se regardèrent, interloqués. « N'importe quels jardins », dit l'émir. Il regarda le duc avec un mouvement de tête significatif, comme s'il faisait allusion au problème qu'ils avaient soulevé lors de leurs entretiens privés. « En Orient, reprit-il, nous ne pouvons vivre sans jardins. » L'embarras fut grand : il n'y avait aucun jardin à Florence, ni grand ni petit. « Où promenez-vous vos femmes ? » demanda encore le visiteur. Nous dûmes avouer que les berges du fleuve étaient leur seule promenade.

— Ne connaissez-vous pas l'histoire d'Enki, le premier jardinier de l'humanité ?

Le duc pria l'émir de nous la raconter.

— À peine les fruits de son jardin furent-ils mûrs, qu'Enki apporta en cadeau à la belle Outtou des pommes, des poires et des raisins. Il inonda ensuite de sa semence la belle Outtou. La première offrande eut lieu le jeudi, la seconde le vendredi.

Le duc et ses courtisans hésitaient à comprendre. L'émir, pour expliciter la légende du sagace Enki et de la belle Outtou, se contenta de citer le proverbe turc :

— À sol infertile, femme inféconde.

La création d'un jardin fut aussitôt décidée. L'émir accepta de retarder son départ pour aider le duc à trouver le meilleur emplacement. Le duc proposa tour à tour un quadrilatère entouré de murs, derrière la place San Marco, puis l'enclos d'un ancien jeu de paume. Bayazid déconseilla l'un et l'autre choix.

— Un lieu clos est sans doute propice à l'intimité, mais, par la barrière qui l'entoure, il freine l'élan indispensable aux effets que semble poursuivre Votre Altesse, si j'ai bien compris Votre Altesse.

Comme le duc le raccompagnait jusqu'à l'appartement mis à sa disposition au premier étage du palais Pitti, l'émir, s'étant penché par la fenêtre, montra la colline nue qui montait en pente douce derrière le palais. Il s'exclama :

— Voilà l'endroit idéal pour un jardin !

— Quoi ? Cette jachère ? Ce terrain bombé, bosselé, auquel on a donné par dérision le nom de Boboli ?

— Ce terrain ouvre sur le ciel. Plantez ici des arbres, aménagez des allées et des parterres de fleurs. Multipliez les fontaines, les ruisseaux, les cascades. Taillez des marches d'escalier comme à la Corne d'or. L'amour est un sentiment qui se développe mal dans un lieu fermé ; il lui faut un décor élargi jusqu'à l'univers.

Le duc manda son architecte, qui n'était autre que Niccolò Tribolo. J'eus la douleur de revoir celui qui avait fait pour Pise la statue de Cosimo dont Pierino aurait dû recevoir la commande. Tribolo esquissa sur-le-champ un projet que l'émir approuva.

— Gardez à ce jardin le nom de Boboli. Pourquoi dites-vous que ce terrain a été nommé ainsi par dérision ? Je vois dans ce redoublement du *b* l'insistance sur le beau, le bienfaisant, le bénéfique. J'y vois un *baume* pour vos anxiétés touchant la raréfaction des naissances, l'espoir d'une abondance de *bébés* pour votre beau duché de Toscane, l'assurance d'une multitude infinie de *berceaux*, la garantie de milliers et de milliers de *biberons*, la promesse d'innombrables *babils* enfantins. Boboli, le *b.a.-ba* de la *béatitude*.

Restait la question des fleurs à planter dans le futur jardin. La duchesse voulait des lis, des roses, des narcisses, des magnolias, des arums, des seringas.

— Des fleurs de toute espèce, pourvu qu'elles soient blanches. Le blanc, couleur de la virginité, proclamera la santé morale des futures mères.

— Comme les bannières rouges flottent sur une troupe en guerre, ajouta le duc. Dans notre langue, le même mot, *candido*, désigne la couleur blanche et la vertu d'innocence.

— Dans mon pays, répliqua Bayazid, si je présente une rose blanche à une femme, c'est pour lui signifier que je ne lui offre qu'un amour platonique, et qu'en aucun cas je ne la toucherai. L'amourr est une guerrre. (Il fit rouler les *r* avec un bruit de tambour.) Plantez des fleurs rouges ou de couleur très voyante. Nous faisons grand usage en Turquie du pavot et de la centaurée, dont nous avons des plantations tout le long de l'Euphrate et autour des bassins lacustres de Pisidie, qu'Allah ne les assèche pas !

S'étant aperçu que la duchesse, à la mention du dieu des infidèles, égrenait le chapelet accroché sous l'étoffe ouatée de sa douillette, Bayazid fit une pause. Trop grand seigneur pour se déconcerter, il reprit :

— Un pavot accompagné de ses glands prêts à s'ouvrir ne pourrait fournir un meilleur symbole au dessein dont vous ne m'avez pas fait mystère. L'idée d'épanouissement n'est-elle pas liée à la couleur rouge ? Un de vos poètes (c'est Dante qu'il mentionnait avec cette désinvolture, le mécréant !) n'a-t-il pas écrit qu'une pivoine vermeille est le plus bel ornement du paradis ? L'amour sans volupté est une rose blanche qui n'a pas eu le bonheur de virer au rouge. (« Est-ce un autre proverbe turc ? » demanda le soir à son mari la duchesse embarrassée par cette allusion.) Comme l'aurore empourpre le ciel, le pavot écarlate incendiera vos parterres…

Il parla, il parla sans fin, il éberlua ses hôtes par des affirmations outrées, des métaphores obscures, des amphigouris sucrés, des opinions extravagantes. Il dit par exemple que le Prophète avait créé le feu pour que les voitures de pompiers soient rouges, et l'eau pour que le ciel soit bleu. La naissance des grenouilles était due, selon lui, au frottement de la cigale contre le gecko. Il les ébahit et il les charma. Le cadeau qu'il leur remit au moment du départ – un croissant de saphir monté sur un diadème en or – ne fut pas étranger à l'impression très favorable qu'il leur laissa. Mais sans doute n'eussent-ils pas renoncé au lis blanc et au lotus diaphane sans une catastrophe qui leur rappela les paroles de l'émir sur la symbolique des couleurs.

Peu de temps après qu'il eut regagné Constantinople, deux des fils du couple ducal, Giovanni, le préféré de son père, et Garcia, le préféré de sa mère, escortés de nombreux amis, furent envoyés dans la pinède giboyeuse qui borde la mer entre Pise et Livourne. L'expédition devait durer plusieurs semaines, puis, quand ils se seraient bien amusés, les chasseurs songeraient à la mission plus sérieuse confiée aux deux fils : capturer un cerf mâle de grande envergure et trois biches que le duc voulait envoyer à son ami ottoman pour lui rendre sa libéralité.

Les jeunes gens établirent leur quartier général à Pise, dans le palais où j'avais habité. Une nuit que par pleine lune ils se promenaient place des Miracles entre les monuments dont le marbre étincelait, lisse et poli comme de la glace, ils décidèrent, par un caprice qui aurait pu être charmant, de ne plus s'habiller qu'en satin blanc, de cette étoffe qui brille, chatoyante et lustrée. Giovanni piqua au revers de sa veste un cœur d'hortensia blanc, et Garcia, pour rester dans le ton, se coiffa d'une toque ornée d'une plume de cygne. Aucun des accessoires choisis par leurs compagnons ne désaccorda l'unisson.

Pour gagner la pinède et en revenir, la petite troupe à cheval traversait matin et soir la plaine boueuse qui environne la ville, pendant que les ouvriers de Luca Martini continuaient à en drainer les canaux. Les miasmes délétères pesaient lourdement sur la plaine. Les jeunes gens éprouvèrent de la difficulté à respirer. Trop pris par les plaisirs du bain et de la chasse, ils n'avaient cure de leurs malaises. Ils nageaient dans la mer et s'étendaient sur le sable, leurs vêtements blancs jetés à côté d'eux, leur peau blanche livrée au soleil. Leur santé se détériora en quelques jours, sans qu'aucun voulût renoncer à des battues si gaies, à des baignades entre garçons, exemptées de contraintes. Alarmé de leur pâleur, le médecin du palais les consigna, mais trop tard, dans leurs chambres. Ils moururent un à un, encore plus vite que mon pauvre Pierino. Giovanni, le premier atteint des deux frères, eut la force d'attendre Garcia afin que leur dernier soupir fût commun.

Pour les parents inconsolables, les huit enfants qui leur restaient ne suffirent pas à réparer la perte des deux favoris. Les corps furent ramenés à Florence, exposés devant l'autel de San Lorenzo, enterrés dans la crypte. Le duc décréta un deuil de trois jours. On le voyait errer dans Florence sans escorte, indice de son désarroi. Il s'attendrissait sur les mères en train d'allaiter leur enfant. Oubliant d'être avare, il leur distribuait des aumônes. Les gamins ricanaient : « Tiens, il attache son chien avec des saucisses. C'est bien la première fois ! » Il fit teindre ses chemises, ses jabots, ses revers, la duchesse ses bas, ses dentelles : tout ce qui était blanc dans leur garde-robe prit les couleurs de l'arc-en-ciel. Le jardin Boboli se couvrit de violettes, de coquelicots, de lilas mauves, de jacinthes bleues.

59

Déménagement

Encourager la famille, favoriser par une politique plus active le repeuplement de la Toscane, prouver à la duchesse, par la même occasion, qu'il était décidé, aussi fermement que don Luigi et qu'elle-même, à éradiquer le « vice » florentin, devint pour le duc une obsession. La taxe sur les célibataires de plus de vingt-cinq ans, je dus, comme les autres, m'en acquitter. Ordre fut donné aux couvents d'installer dans leur parloir un centre de consultation pour accueillir les jeunes gens des deux sexes désireux de se marier et de s'initier à la puériculture. Les médecins spécialisés dans le traitement des maladies d'enfants durent ouvrir un dispensaire pour les habitants de leur quartier. Le duc renonça à une partie des terrassements prévus sur les berges de l'Arno pour endiguer les crues. L'argent économisé servit à financer l'aide aux ménages nécessiteux. Parmi les mesures prises, la plus saugrenue visa les aubergistes. Jusque-là, le verrou de leurs chambres était fixé à l'intérieur, selon le principe qu'un couple a le droit de s'enfermer. Ils furent sommés de le dévisser et de le revisser à l'extérieur, afin que la police pût vérifier à tout moment le sexe des personnes couchées dans le même lit.

Les beaux-arts furent mis à contribution. Le duc fit rénover, place de la Santissima Annunziata, l'hôpital des Innocents dont la façade est ornée de douze médaillons en terre vernissée. Chacun représente, comme on sait, un nouveau-né enveloppé de ses langes. On les débarrassa de la poussière et des enduits noirâtres qui avaient terni l'éclat bleu et blanc du vernis. Andrea della Robbia et ses poupons de porcelaine furent vengés de quatre-vingts ans d'incurie.

Dianora approuvait la taxe sur le célibat. Nous eûmes à ce sujet plusieurs discussions qui tournèrent à l'aigre. Elle m'accusa de manquer de cœur parce que je ne me montrais pas assez affligé par la mort des enfants du duc que j'avais portraiturés tant de fois. De plaisante et moqueuse qu'elle était jusque-là, la guerre qu'elle me faisait parce que je restais garçon devint pesante et hargneuse. Je compris qu'il me serait difficile d'habiter sous son toit plus longtemps. Son esprit si large, son âme si charitable s'étaient rétrécis avec les années. Je ne lui avais rien dit de mes nouveaux liens avec Sandro, doutant fort qu'elle m'eût témoigné la sympathie et la cordialité d'autrefois.

Je l'entendis un jour au marché faire chorus avec les commères du voisinage pour s'indigner d'un nouveau scandale provoqué par Benvenuto. Il avait adopté et installé chez lui deux apprentis, nettement plus jeunes que l'âge légal, en jurant devant le magistrat des Pupilles qu'ils avaient seize ans.

— Que craignez-vous ? demandai-je à Dianora.

— Il va les corrompre.

— Il va développer leur esprit, leur enseigner les secrets du modelage et de la fonte, ils seront dans une ambiance stimulante, qu'ils n'auraient jamais connue en restant dans leur famille.

— Des enfants ont besoin de leur père et de leur mère. Qui s'occupera de leur linge, chez Benvenuto ? Qui leur apprendra à être de bons citoyens ? Jamais l'esprit de famille, si nécessaire à la conduite de la vie, ne sera inculqué à ces malheureux.

— Préféreriez-vous qu'ils grandissent entre des parents ignorants, abrutis ?

— Tu exagères toujours, tu caricatures ! Pourquoi pas alcooliques, pendant que tu y es ?

— Pourquoi pas en effet ? La loi ne retire pas l'autorité à deux parents alcooliques qui battent leurs enfants, mais dénient à un génie de la sculpture le droit d'installer chez lui des mineurs pour leur transmettre son savoir.

— Ouiche ! Le médecin devra soigner ce qu'il leur aura transmis !

Elle perdait la tête, elle déparlait dès qu'on mettait en doute les principes d'éducation classiques. La « mère » en elle, la genitrix possessive qui se croit seule capable d'élever des enfants et en revendique la direction exclusive, avait supplanté la femme généreuse, la femme de cœur. J'hésitais encore à partir, quand un incident qui aurait pu avoir des conséquences dramatiques me décida. Ayant monté à pas de loup l'escalier, Sebastiano faillit nous surprendre. Sandro n'eut que le temps de se couvrir au-dessous du nombril d'un bout de rideau qui traînait par terre et d'empoigner un trident pour le portrait supposé d'un Neptune, le dieu de la mer censé être nu quand il émerge des flots. À l'affût d'une preuve qui lui aurait permis de me dénoncer, Sebastiano nous épiait depuis longtemps. Impatienté de sa surveillance, las d'être toujours sur le qui-vive, je me résolus à déménager. J'avais d'ailleurs besoin d'une pièce plus spacieuse, où nous pourrions emmagasiner nos tableaux. Sandro serait sous peu majeur. Je l'emmènerais, il serait mon élève officiel, selon les meilleures traditions des ateliers florentins.

Les recherches furent laborieuses, à cause de la pénurie des logements. Les guerres avaient poussé dans Florence, à l'abri de ses murs, la population des villages voisins. Nous étions d'accord, Sandro et moi, pour nous établir loin du centre : réflexe de « marginaux » qui ne veulent pas vivre sous l'œil du pouvoir. La famille ducale avait quitté le Palazzo Vecchio mais la police y était restée. Un guetteur, au sommet de la tour, faisait les cent pas entre les créneaux. Les parages du marché Sant' Ambrogio, derrière Santa Croce, auraient eu ma préférence, si je n'avais craint d'y rencontrer Jacopo. Ses sorties étaient de plus en plus rares, mais il lui arrivait de descendre de sa terrasse et d'acheter sur un coup de tête un tonneau entier de pommes qu'il roulait dans le dédale des rues jusqu'au bas de sa maison. D'autres fois il remplissait d'œufs, de petits pains et d'os de jambons deux énormes cabas qu'il traînait péniblement. Je n'aurais pas vu sans douleur les vauriens du quartier courir après mon ancien maître et le houspiller.

Pour finir, nous choisîmes près d'Ognissanti, sur le Lungarno, à la sortie de la ville du côté de Pise, au dernier étage d'un immeuble d'où le regard embrassait la forêt des coupoles et des tours, un appartement composé d'un atelier, très vaste, et d'une petite chambre à peine suffisante pour le grand lit. L'atelier et la chambre n'étaient séparés que par un rideau. En cas de perquisition, un tel état des lieux eût révélé notre secret, mais nous étions bien trop amoureux pour nous inquiéter de cette imprudence.

Sandro devenait un bon peintre. Avec d'autant plus de mérite que pour lui le métier se présentait un peu plus compliqué qu'il ne l'avait été pour les générations précédentes. La cote de Titien et de l'école vénitienne ne cessant de grimper en Toscane, il s'interrogeait et se tourmentait au sujet de cette nouvelle mode. L'impondérable, le flou, le tremblement chromatique, si différents des à-plats en usage à Florence, devait-il les introduire dans ses tableaux ? Comment concilier avec la rigueur du dessin le chatoiement de la couleur ? Fallait-il se résoudre à diluer les objets dans un éparpillement d'atomes lumineux ? Un tableau de Véronèse envoyé en présent au duc avait particulièrement troublé Sandro. Dans ce portrait de femme en robe paille, la chevelure blonde qui retombe sur les épaules en ondulations transparentes est peinte en traits si vaporeux qu'elle se confond avec les plis, les sinuosités et les moires de l'étoffe, sans qu'on distingue où s'arrêtent les cheveux, où commence le corsage. C'est un ruissellement d'une seule tenue ; du jaune pâle en fusion qui se répand comme de l'or.

— Sandro, je sais que l'équilibre est difficile à trouver. Moi-même, je me demande si je n'aurais pas dû faire plus de place aux effets de lumière. Venise, où Jacopo m'avait emmené très jeune, fut si peu de mon goût, que par réaction j'ai rejeté tout ce qu'auraient pu m'enseigner ses peintres. Je jugeais trop *vénusien* leur style, tu me comprends ? Peut-être me suis-je restreint inutilement...

Un matin que de notre observatoire nous observions le panorama étendu sous nos yeux :

— Regarde, lui dis-je, nous avons la chance d'assister au lever du soleil. Où trouver un art des transitions plus subtil que dans cette aurore ? Du violet à l'orange, du rose au bleu, la modification est insensible, le glissement continu. Il n'y a pas de plus grand peintre que le soleil. Le voilà qui effleure le sommet de la tour du Palazzo Vecchio ; puis qui s'abaisse vers les tours et les dômes moins élevés, tour du Bargello, dôme de la cathédrale, campanile de Giotto, là-bas clocher de Santa Croce ; il frôle la coupole de San Lorenzo ; il touche ensuite les façades des palais et des maisons ; plus bas encore, les arbres, les fontaines ; ses rayons enfin descendent jusqu'au pavé des rues et des cours. On dirait un pinceau qui dessine avec de la lumière. Voilà le grand art, continuai-je (non sans lui avouer, par ce panégyrique du dégradé, du fluctuant, du *sfumato*, les limites de ma propre manière trop assujettie à la discipline du dessin), le grand art qui consiste à modeler ce qu'on représente sans montrer le bord des surfaces. Où se trouve la limite entre l'ombre et la lumière dans ce que le soleil fait jaillir de l'obscurité ? Essaie de poser le doigt sur les contours qui émergent sous tes yeux et bougent à mesure qu'il détache les choses de la pénombre où elles étaient enfouies quelques secondes plus tôt. La ligne de démarcation, tu ne réussiras pas à la détecter. Ainsi en devrait-il être de la peinture : ne pas fixer le regard du spectateur sur une figure immobile, mais le faire rêver qu'elle pourrait être différente, ou qu'elle pourrait être ailleurs, lui donner l'illusion qu'elle n'est devant lui que pour un instant, prête à changer de position ou à s'en aller.

Sandro avait à peine achevé pour l'église de la Santissima Annunziata un *Saint Sébastien* qui lui avait coûté beaucoup de temps et d'efforts.

— Donne-moi franchement ton avis, me dit-il.

— Voilà un nu plus *convenable* assurément que celui que j'avais peint autrefois. Le prieur ne fera aucune difficulté pour accepter le tien. Il le mettra en bonne place à côté des reliques. Le modelé est juste, la carnation bien rendue, sauf que l'air ne circule pas autour de sa figure, et que le linge dont tu as sagement entouré ses hanches a la lourdeur d'un tissu empesé. Puisque la victime est attachée à un arbre en plein vent, il faudrait, pour qu'on croie vraie cette draperie, qu'elle donne l'impression de remuer. Elle pend comme une culotte qu'on a retirée de la lessive.

Sandro était devenu livide.

— Quant aux archers, continuai-je sans prendre garde à sa pâleur soudaine, tu leur as ôté toute possibilité de se mouvoir ou d'adopter une attitude différente. Ils sont collés sur le fond, sans qu'on puisse en faire le tour par l'imagination. Comme des vignettes, ils n'ont qu'une face, ils sont réduits au seul aspect qu'on en voit. Le sang ne court pas dans leurs veines. Tu t'es contenté de marquer leur emplacement. Ton dessin est trop méticuleux pour laisser de la vie à tes personnages.

Que n'avais-je gardé pour moi mes réserves ! Le pauvre garçon se précipita sur un couteau de chasse à deux tranchants qu'il avait emporté de l'armurerie. Il creva et lacéra sa toile avant que je n'aie pu intervenir.

60

Filiation, trinité, adoubement

Curieux du mystère où s'enfermait mon ancien maître, Sandro me faisait raconter mes souvenirs.

— Ne pouvons-nous lui rendre visite ?

— Il ne reçoit personne.

— Essayons toujours.

— Tu vas être déçu.

L'échelle était remontée, la trappe fermée. Il se trouvait donc au logis. Je l'appelai, il ne répondit pas. Nous l'entendions marcher sur la terrasse. Il allait et venait, puis s'arrêtait, tendait l'oreille. J'eus beau lui crier qui j'étais, et qu'un jeune admirateur était venu avec moi, il fit comme s'il n'entendait pas.

— Tant pis, dit Sandro. Je lui aurais dit que si on pouvait comparer la peinture moderne à un arbre, il serait, lui, le tronc sur lequel avaient poussé nos deux branches. Tu es né de Jacopo comme moi je suis né de toi. Cette filiation, je veux la rendre publique. Les moines de la Santissima Annunziata me réclament une fresque pour remplacer le *Saint Sébastien* qui t'a paru si mauvais. Ne proteste pas. J'ai bien fait de le détruire. Pour sujet, je leur ai proposé une *Sainte Trinité*, excellent prétexte à ce que j'ai en tête. Les moines ont acquiescé. Ils m'ont ouvert leur cloître intérieur, et demandé de décorer la chapelle qu'ils ont consacrée à saint Luc.

Fameux était ce cloître (appelé « des morts » parce que les moines y sont enterrés) depuis qu'Andrea del Sarto y avait peint sur une lunette les parents du Christ pendant la fuite en Égypte. Joseph appuyé à un gros sac de jute lit dans un livre pendant que la Madone accroupie veille sur son enfant. Le peintre a merveilleusement indiqué ce qui distingue la sainteté *moyenne* de Joseph, de la sainteté *transcendante* de Marie : Joseph est étendu *à l'écart*, dans une attitude nonchalante, relâchée, il se *laisse aller* au bonheur de la halte, tandis que Marie serre le nouveau-né sur ses genoux et forme avec lui une pyramide dont la compacité traduit la haute conscience qu'elle a de sa mission. Inquiète, tendue, elle reste sur ses gardes, aux aguets. Michel-Ange tenait ce *Repos en Égypte*, sujet entre tous rebattu, pour le plus beau jamais peint. « Je ferais vingt lieues avec plaisir, disait-il, pour le revoir. »

Jacopo, toujours sarcastique, sans s'épargner lui-même, m'avait dit une fois :

— Le sac contient les provisions de la famille : pour la première fois un peintre s'est soucié des moyens d'existence de ces trois exilés, perdus sans le sou en terre étrangère. *Va in culo* pour les Évangiles, qui ne prennent pas en compte les contingences matérielles : serait-on saint et prédestiné à sauver le monde, il faut bien se nourrir. J'aimerais savoir ce qu'il y avait dans ce sac. Sûrement pas des trognons de chou comme ceux que mona Lisa m'a refilés et qui m'ont flanqué la colique.

Sandro ne se lassait pas d'examiner la fresque d'Andrea.

— C'étaient déjà nos couleurs ! s'exclamait-il, frappé des bleus et des roses si semblables.

— Dis plutôt que nos couleurs étaient déjà les siennes. Premier de notre lignée, c'est lui qui nous a engendrés. Nous découlons de lui. Andrea, *qui generavit* Jacopo, *qui generavit* Bronzino...

— *Qui generavit* Sandro. Mais, ajouta-t-il, Andrea est mort avant ma naissance. Notre trio est au contraire bien vivant. Tu sais l'idée qui m'est venue ? J'espère qu'elle ne te choquera pas. Les moines attendent une *Sainte Trinité* canonique. Sans manquer au respect que je leur dois, c'est à *Notre Trinité*, qui est *la Sainte Trinité de la peinture*, que je veux dédier ma fresque.

— *Notre Trinité*, comment cela ? Garde-toi de tout sacrilège.

— J'ajouterai à la fresque, dans le bas, deux médaillons. À gauche, le portrait de Jacopo, à droite le tien, chacun avec son nom respectif, écrit en abrégé : IA. PM. d'un côté, AN. BR. de l'autre. Quant à moi, je n'aurai pas la présomption de mettre mon portrait à côté des vôtres. J'ai réfléchi au moyen de me glisser entre vous. Ma signature suffira. Je signerai de mon nom, entre vos portraits.

— Tu signeras : Alessandro Allori ?

— Non : A. B., en abrégé.

— A. B. ?

— Alessandro Bronzino.

Je le regardai, abasourdi.

— M'acceptes-tu comme « le second Bronzino » ? Je t'en supplie, ne refuse pas. En filigrane derrière la Trinité de l'Église, il y aura, secrète, ignorée des moines, connue de nous seuls, mais ratifiée plus tard par la postérité, la Trinité de la Peinture. La Trinité généalogique des trois peintres qui ont maintenu la primauté de Florence sur Venise.

Le déménagement à Ognissanti, l'installation de notre perchoir, les réservoirs d'eau à fixer sur le toit, les meubles à fabriquer empêchèrent Sandro de se mettre tout de suite à l'œuvre. Il essaya de remplacer le rideau tiré entre la chambre et l'atelier par une cloison de briques. Les briques, de mauvaise qualité, s'effritèrent sous les coups de son marteau.

— Tant mieux, une séparation en dur aurait signifié que nous nous cachons. Zeus démolit à mesure ce que Dieu édifie, s'exclama-t-il, assez content d'avoir résumé par une pirouette le fossé entre les religions.

Par les pans mal joints du rideau, que le moindre courant d'air écartait, on apercevait fort bien le grand lit. Ses scrupules l'obligèrent ensuite à ne travailler que très lentement.

Je ne voulais pas être en reste. Pour rendre la pareille à Sandro, je mis à profit une commande des franciscains de Santa Croce. Devant leur peindre une *Descente du Christ aux limbes* avec de nombreux personnages, je résolus de nous y représenter tous les trois, quitte à tricher un peu sur les obligations du contrat. J'avais conscience, à cette époque, que mon talent diminuait, sans doute à la suite du tarissement de mes forces vitales, mais aussi par la faute des nouvelles conditions que nous imposait Cosimo. *L'ordre moral* ramenait pudeurs, conventions, feuilles de vigne, pagnes. Les vexations, les injonctions absurdes se multipliaient : défense d'exposer en public un tableau sans autorisation préalable de la censure ; de faire croiser les jambes à un saint, à une sainte ; de montrer Adam et Ève tels qu'ils étaient avant la chute ; de peindre un nu viril intégral. La menace qui pesait sur *Le Jugement dernier* de la chapelle Sixtine, dont le pape annonçait la prochaine destruction, se répercutait sur le travail des peintres. La sublime lunette de Poggio a Caiano aurait été impossible aujourd'hui. Je parlais souvent de cette lunette à Sandro, qui mourait d'envie de la connaître, mais la villa restait fermée.

— Tu avais vraiment quinze ans lorsqu'il a eu le culot de te peindre ainsi ?

— À peu près.

— Le Gheri le laissa faire ?

— Le pape lui avait laissé carte blanche et tout lui était permis pourvu qu'il réussisse à donner une image de l'Âge d'or tel que son père Laurent le Magnifique l'avait rétabli à Florence.

— Quelle audace, quand même, il a eue !

Aujourd'hui, seuls les *putti* de moins de cinq ans pouvaient être peints dans l'état de nature. Le duc était si tatillon qu'il fixa par décret l'âge limite : cinquante-neuf mois.

— Plus de queues, seulement des quéquettes, me dit Sandro par une plaisanterie qui accusait son désenchantement.

Autour des hanches de Ganymède, ordre d'entortiller un bout de tissu. Les statues en pied d'Antinoüs furent détruites ; on ne garda que les têtes, parfois les bustes. Je me sentis humilié de devoir affubler de draperies plaquées artificiellement le Christ et les habitants des limbes, alors que je n'avais pas de consignes pour les personnages féminins. Autant, me dis-je, exploiter l'occasion. Pour me donner un certificat de bonne conduite, je voulus montrer que je m'y connaissais en femmes. J'en peignis plusieurs les seins nus et généreusement rebondis. Le jour de l'inauguration, les franciscains fermèrent les yeux sur ces gorges épanouies, mais les prêtres espagnols, relevant leur indécence pour un tableau d'autel, protestèrent auprès du duc. Celui-ci les fit taire en arguant que de « belles mamelles » offensent moins la religion qu'elles n'encouragent à la maternité. Pour moi, la stratégie se révélait payante. Il faut avoir l'esprit mal tourné, affirma-t-il, pour trouver « lascives » des poitrines faites manifestement pour allaiter et assurer la santé et l'accroissement de la population. Ce cafard de don Luigi appuya son maître en citant *L'Amour sacré et l'Amour profane*, la célèbre allégorie du Titien dont une gravure parvenue à Florence avait intrigué la cour.

— Ce n'est pas un tableau, c'est une devinette, avait glapi le nain Morgante. Beaucoup de nos dames ont donné leur langue au chat. Pour moi, il est exclu que celle des deux femmes qui est toute nue et dont l'anatomie est si appétissante personnifie l'Amour sacré. Si vous me persuadez du contraire, la prochaine fois j'irai à la messe à poil.

— Silence, bouffon, dit don Luigi. Il n'y a que toi pour ignorer que l'Amour sacré n'a pas besoin de vêtements. L'Amour profane, parce qu'il est usurpé, captieux et faux, se déguise à l'aide de parures et de bijoux. Le vêtement est synonyme de mensonge.

L'évêque approuva.

— *Vestimentum mendax.*

Morgante s'esclaffa.

— Ça, par exemple ! Ma mère Ève a donc eu tort de m'apprendre à m'habiller. Moi qui me suis donné tant de mal pour cacher ma bosse ! Que Votre Altesse soit assez bonne pour supprimer la corporation des tailleurs, et interdire l'enseignement de la couture aux filles !

Il déboutonna sa culotte et se tortilla en feignant de vouloir la baisser.

Ceux de la meute qui étaient là n'eurent pas envie de rire. On commentait à voix basse, en attendant que la foule s'écoule de l'église, le dernier exploit de messire Jacopo Polverini. Un homme arrêté par la police et condamné sans procès venait d'être pendu sur la place du Marché. Un écriteau accroché à son dos portait cette inscription en lettres capitales : SODOMITE. Le corps se balançait au-dessus des commères sans les dégoûter ; elles continuaient à chipoter sur le prix des légumes.

— Tu as bien fait, me dit Sandro, de mettre autant de femmes nues dans ton dernier tableau.

Une concession, oui, une prudence nécessaire, mais elles renforçaient *l'ordre moral* et, par conséquent, accéléraient le déclin de la peinture florentine. Ce serait la fin d'une époque, si la beauté et la nudité de l'homme, qui avaient fait la renommée de Florence, devenaient un objet de honte et de réprobation. À force d'encourager certaines mœurs et de proscrire les autres, le duc nous privait de l'idéal grec, ruinait notre inspiration, tuait l'esprit de la Renaissance. Supprimer des tableaux le corps masculin, c'était désavouer plus d'un siècle de notre art, répudier la gloire des Médicis. À ce train, Venise triompherait bientôt de Florence, les formes molles éclipseraient les lignes nettes, les poitrines florissantes les torses plats. L'art adipeux succéderait à la peinture et à la sculpture maigres.

— Nous ne le permettrons pas ! déclara Sandro.

Il trouva le mot qui nous rendit notre gaieté :

— Tant que nous serons en vie, Vénus ne volera pas le sceptre à David !

Ma consolation, dans ce *Christ aux limbes*, fut de réaffirmer la filiation de grand-père à père et de père à fils établie par Sandro. Je mis Jacopo à l'arrière-plan, sa tête apparaît au-dessus du bras du Christ, tout près de la tête du Christ, à un endroit qui n'est pas le moins discret du tableau. Œil inquisiteur, front courroucé, il veille, scrute, interroge, menace. Je n'avais pas voulu le faire méchant, mais tel que je l'aimais : sur ses gardes, soupçonneux, épouvanté par la méchanceté du monde. Je me suis peint moi-même sous les traits du roi David, en haut à gauche, vêtu d'un manteau bleu, David à la double nature, roi et musicien, comme j'étais à la fois peintre et poète, chrétien et païen, soumis et rebelle à l'Église. Quant à Sandro, bien qu'il ne pensât pas mériter cet honneur et cherchât à me convaincre de ne pas le mettre si en vue, il occupe la place centrale, à côté du Christ, sous le bras droit du Christ, dans l'angle que fait ce bras avec le corps. En vérité, on ne voit d'abord que lui et on retourne sans cesse à lui. L'œil examine brièvement les autres personnages et revient en hâte à celui qui les domine. Cette œuvre est à la gloire de Sandro. Je l'ai peint torse nu jusqu'à la limite de l'aine. Son beau visage ovale, son air sérieux, son buste splendide, le modelé de ses épaules et de ses bras, il n'est pas jusqu'aux plis de son ventre et à l'exquise cavité de son nombril qui n'illuminent la composition tout entière. Il insista pour croiser les bras sur sa poitrine et lever les yeux vers le Christ en signe d'obéissance. Isaac qui tend son cou à l'immolation n'a pas une attitude plus soumise. Cette humilité dans la posture réparerait, me dit Sandro, l'insolence de l'emplacement. Identifié au fils mythique d'Abraham, il serait *le Fils* par excellence.

— Ne suis-je pas le dernier de la lignée ?

61

Cornelia

Je vieillissais. Ma vigueur déclinait. Nous profitions moins souvent des facilités du grand lit pour nous préparer agréablement au sommeil. Je notais jour après jour, avec effroi, le déclin de mes capacités. En même temps qu'elles devenaient plus faibles, fléchissait mon envie de Sandro. Crépuscule, irréversible, et de mon désir, et des moyens de le satisfaire. Anxieux dès que le soir approchait, je redoutais l'heure attendue naguère avec tant d'impatience, et cette peur de la nuit et de l'intimité nocturne ne faisait qu'accroître les risques de fiasco. *Je n'y arrivais plus.* D'un cœur trop généreux pour se moquer de mes défaillances, et d'une nature trop délicate pour insister, Sandro prenait les devants.

— Je me sens fatigué ce soir, Agnolo. Remettons ça à demain.

Loyal, il me confessait de petites aventures dont je n'avais garde de le décourager. Ses récits restaient vagues, il ne mentionnait aucun nom, je conjecturais qu'il descendait au bord du fleuve, là où se nouent des rencontres sans lendemain. Nous étions devenus tellement « père et fils » que le sexe n'était plus entre nous qu'une attache accessoire. Confisquer sa jeunesse ? Pour rien au monde. L'artiste ne s'accomplirait que si l'homme trouvait à s'épanouir. Il peignait de mieux en mieux. Fier et heureux de ses progrès, j'en tirais plus de plaisir et d'excitation que je n'en avais à m'étendre sous lui ou à l'étendre sous moi. Après dîner, quand je le sentais nerveux et impatient de sortir, je lui disais sans aigreur :

— Va te promener, je tombe de sommeil.

Il jetait sur ses épaules la petite cape rose, ajustait sur ses boucles une toque de velours et, dans ce costume qui lui seyait à ravir et lui donnait la plus jolie tournure de Florence, il me souhaitait la bonne nuit. Je l'accompagnais de mes vœux. Il ne rentrait parfois qu'au petit matin, après que le coq des moines d'Ognissanti avait chanté. Je feignais de dormir pour ne pas l'inquiéter par mes insomnies. Il se coulait dans le lit à côté de moi et s'endormait aussitôt. À qui riait-il dans ses rêves ?

Le sexe prit fin entre nous d'une façon aussi brusque qu'inattendue et curieuse. Il me demanda la permission de lui présenter « quelqu'un », une « personne » dont il avait fait connaissance « depuis un certain temps », appréciait la gentillesse, la bonne éducation, et eu l'occasion d'apprécier « les qualités morales ».

— Que d'inutiles détours ! Pourquoi vouloir te justifier ainsi ?

— C'est que… J'ai peur que tu ne sois un peu surpris, Agnolo.

Quelle que fût la « personne » qui l'accompagnerait, je promis à Sandro de lui réserver le meilleur accueil, puisque ce « quelqu'un » était de son choix. Pourvu, me disais-je en moi-même, qu'il ne se soit pas entiché de quelque voyou, du type de ceux dont s'entoure Benvenuto. À l'heure dite, je vis entrer à son bras une ravissante jeune fille.

— Cornelia, dit-il en rougissant.

Un certain embarras marqua notre entretien. Lui avec une fille ! Mille pensées affreuses m'assaillirent : « Quelle vulgarité ! Vingt ans, et déjà engagé dans la voie ordinaire ! Il n'est donc pas différent des autres ! Pour faire comme eux, par peur de se singulariser, il se met à la colle avec une *fiancée* ! »

Puis j'en vins à des considérations plus blessantes pour moi, mais plus raisonnables. « La première fois, s'est-il donné à moi sans amour ? Quand je l'ai pris et qu'il s'est laissé prendre, n'a-t-il fait que suivre, sans goût particulier, peut-être à contrecœur, l'obligation, commune aux apprentis florentins qui n'y attachent aucune importance, de coucher avec leur maître ? »

Tous ces mois vécus ensemble me revinrent à l'esprit. « A-t-il jamais eu un seul transport sincère ? » Quelle torture de chaque instant ! Je fouillais dans le passé, à la recherche du moindre indice. « Ce qui était si essentiel à mon bonheur n'a-t-il été pour lui, tout ce temps, qu'une corvée ? L'habitude, si douce pour moi, de dormir ensemble, ne l'a-t-il subie que pour me plaire ? » Pis encore : « Serait-il *intéressé* ? Chacun de ses gestes d'amour, chacun de ses mots de tendresse, chacune de ses petites attentions, la somme de ce que je prenais pour des élans spontanés, n'a-t-elle été que calcul, acompte sur l'avenir ? », pensée que je chassai aussi vite que je l'eus conçue.

J'hésitais sur la conduite à tenir. Fallait-il montrer de la jalousie ? Réagir aigrement ? Lui reprocher de m'avoir « trompé » ? Ce genre me parut ridicule. Aucun pacte ne nous liait. Je n'étais pas son suzerain, ni lui mon vassal. On dit « posséder » pour « faire l'amour », mais nous n'étions jamais tombés dans ce travers, de prendre une libre offrande pour un titre de possession.

Cornelia était charmante. Ses cheveux noirs frisaient dans son cou, ses joues n'étaient ni trop pleines ni trop caves, le sourire y creusait d'adorables fossettes, sa démarche avait beaucoup de grâce. Ses lèvres d'un rouge vif gonflées d'un sang jeune s'entrouvraient sur de petites dents très blanches – quand les miennes, désormais, tiraient sur le jaune. Ses bras nus montraient une peau fraîche et dorée, sans les veines qui saillaient comme des vers de terre sur le dos de mes mains ni les tavelures qui accusaient mon âge trop crûment. Le peu de temps qu'ils restèrent, elle ne dit que quelques mots, et pas une sottise. Je comprenais qu'il eût du goût pour cette fille. Imbécile que j'étais, de n'avoir pas deviné à quelle fin était destinée la petite cape rose ! Je m'en voulus de ne pas avoir donné assez confiance à Sandro pour qu'il m'avouât plus tôt cette liaison. Je me sentis tout à coup plus vieux que le demi-siècle pesant sur mes épaules. Quel beau couple ils faisaient ! Sandro fut entièrement absous après que j'eus entendu Cornelia l'appeler à plusieurs reprises :

— Alessandro, *caro* Alessandro *mio*.

Il continuait à me préférer, s'il ne permettait qu'à moi seul de l'appeler « Sandro ». L'emploi du diminutif affectueux restait mon privilège. Et puis, je n'avais jamais appelé Sandro « *caro* Sandro ». Ce *caro* sentait la fade convention d'un sentiment factice. Quant au *mio*, c'était la marque d'une péronnelle, qui croit que parce qu'elle a couché avec un garçon elle a des droits sur lui.

Le lendemain, croyant qu'il avait à se faire pardonner :

— À quoi penses-tu, Agnolo ? Je ne voudrais pas que tu te fasses des idées... Ne sois pas triste pour Cornelia... Cornelia ou une autre, tu sais... (Il accompagna ces paroles d'une moue qui ne me parut pas très sincère.) Ce qui compte, c'est toi et moi. Ne sommes-nous pas unis jusqu'à la mort ? Jusqu'à la mort et même au-delà... Comme Tristan et Iseult, aucun hasard ou circonstance au monde ne réussira à nous disjoindre...

Au-delà de la mort... Qu'avait-il voulu dire ? Je ne pensais pas qu'il prendrait au pied de la lettre le mythe poétique de Tristan et Iseult. Je lui avais acheté chez l'imprimeur Torrentino, dans la version italienne de Politien, l'histoire du navire enchanté, du philtre magique et de la passion fatale contrecarrée par le roi Marc. Il la lut, la relut plusieurs fois, s'en récita des vers par cœur. L'enchantement littéraire de cette légende, l'évocation des ciels de Cornouaille et des forêts gaéliques le touchaient moins que la similitude qu'il trouva entre l'amour interdit des amants et cette autre forme d'amour impossible tentée par notre couple. Dans son esprit, les deux histoires se confondaient. Et il voulait couronner la nôtre par le même dénouement que celui du conte médiéval. Serions-nous moins obstinés, moins fidèles que Tristan et Iseult ? Incapables de soulever notre amour jusqu'à la même apothéose ?

Sans me prévenir, Sandro négociait avec les prêtres de la Santissima Annunziata un accord secret. Il me dit seulement que le mur qu'il avait commencé à peindre dans la chapelle de saint Luc ne serait pas l'unique élément qui nous la rendrait précieuse. Il avait imaginé un moyen encore plus éloquent d'afficher notre amour sous les yeux de la postérité.

Nous partagions toujours le même lit, nous dormions ensemble, allongés côte à côte, mais il s'écoulait quelquefois deux ou trois semaines sans contact physique entre nous. D'un commun accord nous évitions même de nous toucher, et chacun, s'enveloppant dans son drap, souhaitait bonne nuit à l'autre, comme les couples mariés qu'une longue assuéfaction a détachés peu à peu. Seul un bécot du bout des lèvres remplaçait le profond baiser d'autrefois. Je lui proposai de scier le grand lit et d'en faire deux lits à une place – réplique prosaïque de l'épée placée par Tristan au milieu du lit qu'il partageait avec Iseult. Pour toute réponse, il m'annonça qu'il avait fait le nécessaire pour que la mort elle-même n'eût pas le pouvoir de nous séparer.

— J'ai pris avec les moines des dispositions dans ce sens. Malgré son caractère exceptionnel, ma requête a été acceptée. La sinopia préparatoire de la *Sainte Trinité* leur a tellement plu ! Nous serons ensevelis côte à côte, dans la chapelle de saint Luc, au pied de ma fresque. Je te rejoindrai, lorsque la Parque aura coupé mon fil. (Je lui avais appris à dire « la Parque » au lieu de « la volonté de Dieu ».) Ainsi, inhumés dans la même tombe, nous serons unis à jamais, par un lien plus fort que celui du sang, plus durable que celui de la vie.

LA TRAGÉDIE DE PONTORMO

62

Le Grand Chantier

Jacopo ne soulevait jamais la trappe sans s'être assuré que je venais seul. Sauvage pour tous les autres – les familiers non moins que les inconnus –, il leur faisait dire par son valet Bastiano qu'il était sorti, alors qu'on l'apercevait fort bien, de la rue, aller et venir sur sa terrasse. D'autres fois, il leur criait que Jacopo Pontormo avait déménagé et habitait maintenant à telle adresse imaginaire qu'il inventait sur l'heure. Celui que Michel-Ange avait loué en termes dithyrambiques – « Il nous entraînera jusqu'à des hauteurs célestes » – attirait aussi bien des admirateurs sincères que de simples oisifs. Certains jours, la rue se remplissait de badauds. Jacopo avait planté devant la porte d'entrée un cactus géant dont les raquettes épineuses barraient l'accès de la maison.

Tous n'acceptaient pas d'être traités aussi mal. On prenait pour du mépris sa volonté d'isolement. Qu'il ait été lunatique, je l'accorde, mais ses traits de grossièreté, dont on lui a fait grief, ne s'expliqueraient pas sans *la volonté* de paraître grossier. Doux de nature, il poursuivait une stratégie, incomprise tant qu'on attendra d'un artiste la même civilité que d'un courtisan. Un homme ne largue pas les amarres qui le retiennent à la société sans avoir foi dans son génie. Certains n'hésitaient pas à traiter Jacopo de malade – d'autres poussaient le dépit jusqu'à le déclarer fou. S'accommodant fort bien de ces calomnies – elles le mettaient à l'abri des curieux –, il lui arrivait de vider un seau d'eau sale sur la tête d'un groupe d'importuns particulièrement bruyants et indiscrets. Pourtant, quel usage faisait-il de cette claustration ? Depuis les portraits, déjà anciens, de monsignor della Casa, archevêque de Bénévent, et de mona Maria Salviati, mère du duc Cosimo, il n'avait plus rien peint. Plus rien, au moins apparemment, car avec son goût des cachotteries on n'était pas à l'abri d'une surprise.

Un jour où, l'ayant trouvé fatigué, j'eus l'imprudence de lui conseiller de partir quelques jours en vacances, il se fâcha :

— Vacances, *un corno* ! Ne sais-tu pas, Agnolo, que je hais ce mot et cette notion ? Ah ! je ne m'attendais pas à ce que toi, tu me confondes avec la masse de ceux à qui le travail est un poids. Ne reconnais-tu pas dans ce mot de « vacances » (il cracha par la fenêtre sur le cactus) un dérivé du latin *vacuus* ? *Vacuus*, c'est-à-dire vide, inoccupé. Un rempart *vacuus*, c'est un rempart sans défenseurs. Un champ *vacuus*, un champ sans moissons. Un trône *vacuus*, un trône vacant. Un livre *vacuus*, un livre dépourvu d'intérêt. Bel idéal, pas ? Y a-t-il mot et notion plus laids, plus pernicieux que le mot et la notion de « vacances » ? Mot et notion qui incitent les médiocres à rester médiocres et les esprits de valeur à perdre un temps précieux pour la création. Et tu voudrais que je me plaise dans des moments de *vacuité* ?

Ma suggestion tombait spécialement mal, car depuis quelque temps il s'était lancé, sans en avertir personne, dans une gigantesque entreprise. On s'étonnait de voir dans l'église San Lorenzo, paroisse et mausolée des Médicis, centre religieux et politique de Florence, le chœur fermé par de hautes palissades. Les murs s'étaient-ils fissurés ? Mais non : comment croire qu'un architecte aussi soucieux d'éternité que Filippo Brunelleschi eût construit une église nécessitant d'être consolidée après seulement cent vingt ans ? J'eus tout de suite le pressentiment que Jacopo n'était pas étranger à cette affaire. Avait-il reçu la commande d'une fresque ? Hypothèse la plus probable, les murs du chœur étant nus. À moins qu'il ne s'agît d'un tableau de trop grandes dimensions pour être peint chez lui.

Don Agostino Lupini, prieur de San Lorenzo et homme de vaste culture, s'était rendu plusieurs fois via del Fico accompagné du secrétaire du duc. J'étais le seul à le savoir, car ces entrevues n'avaient lieu que la nuit, dans le plus grand mystère. Sans Bastiano, à qui j'allouais une somme régulière pour être renseigné sur les faits et gestes de son maître, je n'aurais pas eu connaissance de ces visites. Quel en était l'objet ? Il fallait un puissant motif pour que Jacopo les eût acceptées. Bastiano, qui avait introduit les visiteurs puis s'était retiré sans assister aux discussions, ne sut rien me dire.

Un matin que j'étais sorti très tôt pour aller toucher un reliquat au palais des Panciatichi pour le tableau d'une Madone que, soucieux d'éteindre les derniers soupçons, ils m'avaient recommandé de conformer au modèle traditionnel et béni par l'Église de « Mère à l'Enfant », j'aperçus Jacopo qui, avec ses précautions habituelles, se glissait le long des murs. Avant de traverser une rue il regardait à droite et à gauche si personne ne le voyait. De loin, je le suivis. Par des détours invraisemblables, comme un voleur qui cherche à brouiller sa trace, il gagna l'église San Lorenzo, pourtant toute proche. Je le rejoignis devant la porte au moment où il s'apprêtait à entrer.

— Quelle surprise nous prépares-tu, Jacopo ? Ce n'est pas le hasard qui t'a amené jusqu'ici.

Il me répliqua d'un ton rogue :

— N'a-t-on pas le droit de se promener ?

— Toi, te promener sans but ? Perdre ton temps à flâner ? Je ne te crois pas.

Il balbutia avec effort :

— Il y a du vrai dans ce que tu dis.

— Avoue-le, Jacopo, je ne te trahirai pas : cette palissade autour du chœur, c'est toi qui l'as fait construire.

Sa réponse fut moins embrouillée que ce que je craignais d'après son embarras. Assez clairement, il m'exposa les raisons qui avaient amené le duc à lui proposer ce travail. Depuis que Michel-Ange avait terminé dans la chapelle Sixtine son *Jugement dernier*, œuvre critiquée mais reproduite partout en gravure, commentée à l'envi, colportée dans le monde, présentée comme *l'événement* du siècle, Cosimo souffrait mal que Rome eût enlevé à Florence la suprématie dans les arts. À ce dépit s'ajoutait l'irritation d'avoir perdu le contrôle politique du Saint-Siège, quand au pape Clément VII de la maison des Médicis avait succédé, sous le nom de Paul III, Alessandro Farnese, ennemi juré de Florence.

— Aussi ai-je reçu la commande d'une grande fresque en trois parties qui couvrira les murs du chœur et redonnera l'avantage à notre ville. Je peindrai des scènes du Paradis, du Jugement dernier et de la Résurrection. Mais le comble – Jacopo se rapprocha de moi pour me parler à l'oreille, bien qu'à cette heure matinale il n'y eût personne autour de nous – c'est que le secrétaire du duc m'a laissé entendre que pour braver Paul III, son maître est prêt à une importante concession. Le duc fermera les yeux si mes fresques reflètent çà et là un peu de ce qu'on sait être ma sympathie pour certaines idées... tu me comprends ?... N'est-ce pas une sorte d'encouragement à les illustrer ? Don Agostino a fait quelque difficulté sur ce point. Mais comme il ne peut espérer de Paul III le chapeau, il a finalement consenti. Pour se venger du Saint-Père qui ne le fera jamais cardinal, il est prêt à favoriser l'hérésie.

Cette perfidie tombait mal, appliquée à quelqu'un d'aussi parfaitement étranger aux intrigues personnelles. Comme j'aurais l'occasion de le découvrir, don Agostino plaçait l'art et les problèmes de l'art au-dessus de ses intérêts et peut-être même de ceux de l'Église. Le « chapeau » n'était pas dans ses projets.

— Et donc... ?

— Je suis autorisé à manquer de respect à la curie romaine. Le duc Cosimo a écrit à son agent à Rome qu'il se ferait « non seulement luthérien, mais turc » pour rétablir la primauté de son État. Quitte à être excommunié, il s'opposera par tous les moyens à ce qu'un Farnese ravisse à un Médicis la prépondérance en Italie. Vois si je n'ai pas les mains libres…

— N'est-ce pas t'exposer à un péril extrême ? dis-je en lui rappelant que j'avais été traîné devant le tribunal de l'Inquisition pour mes portraits des époux Panciatichi et pour mon *Christ* exempt de stigmates. Qui sait si le duc conseillé par don Luigi ne te tend pas un piège pour avoir le prétexte de faire enlever de l'église Santa Felicita ta *Déposition* qui dérange ? Je n'arrive pas à croire qu'il se relâche de sa politique de rigueur.

Sans répondre à ma question :

— J'ai relu, me dit-il, *L'Alfabeto cristiano* et *Il Beneficio di Cristo*. En plus de mes sujets habituels d'admiration, j'y ai trouvé une idée très intéressante pour un peintre. Juan de Valdés et Benedetto da Mantova sont d'accord pour affirmer que les corps des saints ne doivent être montrés que « jeunes, intacts et nus ».

— Par dérision de leur pouvoir, sans doute ? Pour discréditer leur culte ?

Il approuva d'un hochement de tête, puis me répéta plusieurs fois, sur un ton de plus en plus exalté, et cette fois sans craindre d'être entendu, bien que nous fussions toujours sur le parvis de l'église vers lequel commençaient à affluer par dizaines les fidèles pour la première messe : « Jeunes, intacts et nus », ce qui me jeta dans une grande appréhension de ce qui pourrait advenir s'il profitait de la permission accordée pour donner libre cours à sa fantaisie. (*Ses fantasmes.*)

Le soleil se levant sur Florence nous enveloppa de sa lumière. Je pus examiner Jacopo et constater à quel point la solitude, la réclusion, les souffrances, les privations, le défaut de vie saine avaient creusé les joues, affaissé les mâchoires, raviné le visage ; les yeux s'étaient enfoncés dans les orbites et formaient – comme dans ses anciens tableaux, l'analogie était frappante – une sorte d'antre noir au fond duquel passaient je ne sais quelles terribles visions. Les yeux ronds et hallucinés qu'il avait donnés autrefois à ses anges étaient devenus ses propres yeux ; mêmes cavités profondes, même iris marron foncé, mêmes paupières rougies ; il s'était conformé *physiquement* aux figures qu'il avait peintes jadis, par cette extraordinaire prescience de leur avenir qui est le privilège des grands artistes. Ils projettent sur la toile ce qui leur arrivera vingt ans plus tard. Ils écrivent leur histoire quand nul ne la connaît encore – et eux moins que personne. Je lus néanmoins beaucoup de volonté dans ce visage : les signes de détermination n'y étaient pas moins évidents que ceux d'égarement.

« Jeunes, intacts et nus » : vers quel désastre courait-il ? Le concile convoqué à Trente par le pape Paul III pour barrer le chemin à la Réforme poursuivait ses travaux. La deuxième session avait commencé. Pour désarmer les critiques de Luther contre le relâchement des mœurs italiennes et ôter la pierre de scandale, les pères conciliaires s'étaient hâtés de proscrire le nu de l'art religieux. Un des prélats avait tonné contre les images peintes « avec une beauté qui excite la luxure », expliqué cette indécence par « l'appât du gain », et assimilé le goût de montrer un corps dans l'état de nature à la recherche d'un « lucre honteux ». Quelle aubaine pour le duc Cosimo ! Il profiterait de cette sortie contre le nu pour renforcer *l'ordre moral* à Florence.

Nous entrâmes dans l'église. Jacopo m'introduisit derrière la palissade et me montra les murs destinés aux fresques, récemment passés à la chaux. Ce chantier l'occuperait jusqu'à sa mort – soit pendant dix ans. Il y travaillerait continûment, sans manquer un seul jour. Mais l'ouvrage avait de telles proportions qu'il prévoyait avant de le commencer qu'il n'en viendrait pas à bout sans aide. Pressentant qu'il mourrait avant d'avoir achevé ce qu'il considérait comme l'œuvre de sa vie, il voulait être sûr qu'elle serait complétée selon ses instructions.

— Jure-moi d'obéir aux directives que je te laisserai, me dit-il.

L'accent était si solennel que l'engagement demandé ne pouvait être pris à la légère.

— Jure-moi qu'aucune influence, de quelque côté qu'elle s'exerce, politique, morale ou religieuse, aucune pression, venue du duc, du cardinal ou du pape lui-même, ne te conduira à modifier les parties déjà peintes. Ne cède ni aux intimidations ni aux menaces. Elles seront nombreuses et insistantes. Complète les vides si je ne n'ai pas eu le temps de le faire, mais n'apporte aucune retouche, de quelque ordre que ce soit, aux figures que j'aurai terminées.

Prêter serment ne suffit pas. Jacopo me poussa hors de la palissade, referma à clef le portillon, cacha la clef dans une poche intérieure de sa blouse, descendit la nef en regardant à droite et à gauche, puis m'entraîna hors de l'église. Marchant aussi vite que le lui permettait une légère claudication de la jambe gauche, nous remontâmes la via dei Ginori et la via San Gallo jusqu'au couvent de Sant'Apollonia, qu'il se fit ouvrir par un ancien élève qui avait pris les ordres. Il alla droit au réfectoire où Andrea del Castagno avait peint autrefois, pour l'édification des moines, une *Ultima Cena* que distingue un Judas remarquable de noirceur, au propre et au figuré. Les apôtres, alignés derrière une table recouverte d'une nappe blanche, entourent le Christ, sauf Judas, assis devant la table, isolé, à l'écart, en robe marron très sombre, déjà exclu de leur communion par cet éloignement et par la couleur de son habit.

Jacopo me saisit par le poignet et dirigea mon regard sur le disciple qui avait vendu son maître.

— Quels sentiments t'inspire ce renégat ? me demanda-t-il sur un ton mélodramatique.

Je dis qu'il me faisait horreur.

— Ne remarques-tu pas un détail qui à lui seul stigmatise sa trahison ?

— Sous chaque apôtre, le peintre a inscrit son nom. Judas est le seul qui ne soit pas nommé.

— Bien vu, Agnolo. Il n'est pas nommé parce qu'il est *innommable.* Jure-moi que tu te pendras s'il t'arrive d'être parjure à la parole que tu m'as donnée.

63

Jacopo tient son journal

Avant de me permettre de franchir à nouveau la palissade derrière laquelle il s'était mis à peindre, il m'apprit qu'il tenait un journal. Comme Benvenuto autrefois son autobiographie, il souhaitait me le faire lire, mais peu à peu seulement. Pas plus de deux ou trois pages par jour, qu'il extrayait d'une liasse salie et chiffonnée, et me tendait par le portillon entrebâillé. Je les lui rapportais le lendemain, il m'en remettait d'autres avec les mêmes précautions. Au moindre bruit qui s'élevait dans l'église, il m'arrachait des mains les feuillets qu'il m'avait confiés, les serrait contre lui et se barricadait à nouveau.

Contrairement à Léonard de Vinci qui écrivait de droite à gauche en caractères minuscules pour rendre ses carnets presque impossibles à déchiffrer, il me parut que Jacopo, malgré son affectation de mystère, ne cherchait pas le secret. Un écrivain public n'a pas une écriture plus claire ni plus facile à lire. En dix jours j'eus tout lu. Il ne racontait pas sa vie, comme Benvenuto, mais se contentait de notes brèves au sujet de ses tracas personnels. Tout en persistant à me refuser de le regarder peindre, il m'accordait cette marque de confiance déjà inouïe, de m'introduire dans le labyrinthe de ses pensées les plus intimes.

« Pauvre Jacopo ! commençais-je par me dire, il ne s'est pas flatté ! » Ce n'étaient que doléances à propos de sa santé, apitoiements sur soi-même, récriminations contre les médecins. Je cite quelques articles de cette pénible litanie. « Dysfonctionnement d'estomac ou de la tête. » « Douleurs continuelles aux flancs, aux jambes, aux bras ou aux dents. » « Fièvre et estomac irrité. » « Bile sanguinolente et blanche. » « Ventre gonflé. » « Écoulements permanents. » Il s'observait avec une minutie pathétique et tirait du délabrement de son organisme les plus étranges conclusions. « Ne pas consommer trop de viande et surtout celle de porc, à partir de la mi-janvier n'en mange pas parce qu'elle est très fiévreuse et mauvaise et que les poches d'humeurs et de catarrhes se découvrent en février, mars et avril, quand survient le dégel. » La lune aurait la propriété de congeler les aliments, même en été, en sorte que manger trop par *plenilunio* n'est pas contre-indiqué, sinon que, par la suite, venant dissoudre ce qui a augmenté en densité sous l'effet du froid, un temps doux et humide occasionne gonflements, nausées, diarrhées, catalepsies et autres calamités physiologiques. Selon Jacopo, deux figues mangées au lieu d'une suffiraient à déclencher la chute d'une goutte d'humeur : en tombant du cerveau au cœur, celle-ci provoquerait l'apoplexie. Au cours d'un orage il convient de s'abstenir de viande bouillie comme de gâteau au miel et de poires rouges. Par temps de pluie, rien n'est égal à la bourrache cuite et aux légumes frais pour se protéger du mal de gorge.

— Mais pourquoi, me disais-je, raconter par le menu et en toutes lettres, sans recourir à un langage codé, de telles fadaises ? Publiées, elles ridiculiseraient leur auteur. Il approche de la soixantaine, c'est entendu, mais quelle santé de fer ! Personne ne serait capable de rester comme lui douze heures de suite sur les échafaudages !

Il s'était rapproché des moines dominicains de Santa Maria Novella, pour obtenir la permission d'accéder à leur officine pharmaceutique, dont les salles décorées avec magnificence ouvrent directement sur le cloître. Sans regarder les peintures des plafonds ni les anges en bois doré qui se déhanchent dans les embrasures, il courait inventorier le contenu des vitrines et des étagères, anxieux de découvrir de nouvelles drogues. Vases, boîtes, fioles, burettes, cornues, chaque récipient porte une étiquette dont il analysait minutieusement les termes. Les décoctions les plus saugrenues avaient sa préférence, comme les « extraits d'herbes à la bardane », qui favorisent la dépuration physiologique et l'élasticité de la peau, ou une préparation à base de charbon et de fenouil, propre à l'expulsion des gaz. À quoi sert la passiflore ? demandait-il aux moines. Et la filoselle ? Et l'échinacée ? La mélisse apporte-t-elle autant de bienfait qu'on le dit ? La propolis apaise-t-elle efficacement les irritations du larynx ? Don Flaiano, chef de la pharmacopée dominicaine, lui prescrivait de la *rosa canina* pour faciliter la circulation, de l'*alea composta* qui stimule l'énergie, du *cardo Mariano* pour le foie, de l'ail huileux pour les vaisseaux lymphatiques, de la valériane contre les spasmes. L'atelier de via del Fico fut encombré de *pappa reale*, gelée souveraine contre toute espèce d'indisposition. Jacopo se découvrait sans cesse de nouveaux troubles, dont aucun remède, à l'entendre, ne le guérissait ni même le soulageait, à l'exception du *quiesco*, poudre bleuâtre extraite de l'indigotier, qui l'avait gratifié d'une sensation de bien-être égale à celle que procure un profond sommeil. Enfin, il fit l'acquisition d'un *pot-pourri*, qui est une sorte d'urne en terre cuite, de toute petite taille, fermée par un couvercle, qu'on remplit d'un mélange de pétales séchés, de feuilles macérées, de graines de lavande, de poudre de cannelle. Une fois par semaine, le mercredi, quatre heures après le lever du soleil, il ôtait le couvercle et laissait s'exhaler du pot, pendant trois quarts d'heure exactement, un bouquet d'arômes épicés qui avaient la propriété, affirmait-il, d'assainir l'air de ses poumons.

Plus nombreuses encore, plus bizarres et plus insignifiantes s'accumulent les annotations sur les repas et la nourriture. « Le soir j'ai soupé d'un peu de viande séchée rôtie qui m'a donné soif et lundi soir d'un chou et d'une omelette ; le mardi soir d'une moitié de tête de cabri ; le mercredi soir de l'autre moitié frite, beaucoup de raisins secs, vingt deniers de pain et des câpres en salade. » Loin d'être occasionnelles, ce genre de remarques, accompagnées souvent du prix des denrées, reviennent avec insistance. Je connaissais tout, jour par jour, de ses menus, du « bon petit rognon d'agneau » à la « salade d'endives », du « pain de romarin » à la « tarte feuilletée à la viande », des « œufs mollets au fromage » à « l'anguille de l'Arno ». J'avais le cœur serré en le voyant descendre dans ces moindres détails et surtout éprouver le besoin de les consigner avec une méticulosité d'apothicaire, voire une pingrerie de charbonnier. « Ce jour-là j'ai commencé à prendre soin de moi et j'ai fait durer trois jours trente onces de pain, c'est-à-dire dix onces par repas, c'est-à-dire une par jour en buvant peu. » Une autre fois : « J'ai rempli le tonneau avec le vin de Piero dont j'avais prélevé dix-sept fiasques et pour le remplir il a fallu treize fiasques ; il m'en est resté quatre et avant j'en avais eu jusqu'à ce jour six, de sorte qu'en tout ça fait vingt-trois fiasques. »

Ah ! voilà que j'apparaissais dans son journal. « Dimanche matin j'ai déjeuné avec Bronzino de poulet et de veau. » C'était tout pour ce jour-là. Je pensais qu'il me citerait souvent, depuis qu'il acceptait de venir déjeuner ou dîner chez moi, la via del Fico étant trop loin de son chantier. En effet, il mentionnait chaque fois mon nom, mais sans autre commentaire que le détail des plats que je lui avais servis. « La veille de Noël, soupé chez Bronzino d'une bécasse. » « Dimanche matin, boudin de sang noir et boulettes de foie chez Bronzino. » « Dimanche j'ai déjeuné avec Bronzino, de bouillon et de vermicelles. » « Vendredi soupé chez Bronzino, poisson, citron et œufs », etc., etc. Vrai tout cela, mais ce qui ne l'était pas, c'était qu'à ma table nos propos se fussent bornés à épiloguer sur les plats. Au contraire, il ne semblait prendre que peu d'intérêt à la nourriture ; posant ses couverts, il m'expliquait avec passion, et si longuement que je devais lui rappeler de manger sa bécasse ou sa perche avant qu'elle ne refroidisse, ce qu'il entendait peindre sur les murs de San Lorenzo. Or, de ces conversations excitantes (Sandro écoutait bouche bée), pas une mention n'est faite dans son journal, à croire qu'il ne venait chez moi que pour la commodité de la cantine, et non pour m'y exposer ses idées. Ma maison lui servait d'université, de laboratoire, de tribune, il vérifiait sur moi le bien-fondé de ses vues, il me demandait conseil et assistance pour ses expérimentations, mais on eût dit, d'après ses notes, que je n'étais que son cuisinier.

Est-ce pour cela qu'il m'y appelait « Bronzino » et non pas « Agnolo », comme il le faisait lors de nos discussions orales ? Façon de me mettre à distance, de m'exclure de ce qui lui tenait à cœur, de nier que je puisse lui servir à autre chose qu'à remplir son assiette ? Je ne cite qu'un exemple : au lieu de noter la controverse qui nous avait opposés certain mercredi d'avril, ne figuraient dans ses souvenirs que les « sept onces de pain » et les « deux onces d'amandes » mangées en ma compagnie. Moi, je me rappelle tout, et je vais essayer de reconstituer ce qui a été dit.

Après une journée de travail, il veut me prouver qu'il n'est femme au monde qui ne soit lourde, massive, raide, laide et empotée. Il se fonde sur des exemples pris dans la peinture et la sculpture. La *Judith* de Donatello n'est-elle pas le seul échec de ce sculpteur ? *La Nuit* et *L'Aurore* de Michel-Ange des hommasses à faire peur ? Ni ma *Galatée*, inqualifiable navet, ni la *Vénus* qu'il a lui-même peinte d'après un carton de Michel-Ange, ni les *Baigneuses* et les *Vénus* de Giambologna ne peuvent démentir son assertion que le corps féminin est indigne de fournir un sujet à l'artiste.

Sa mauvaise foi est si évidente que sur le moment je ne trouve rien à répondre.

— Benvenuto ne s'est risqué qu'une fois à reproduire une anatomie féminine, et regarde le résultat ! L'horrible *Nymphe* en bronze faite pour le roi de France ! Pesante et mal bâtie ! Un véritable épouvantail, avec ses mollets de charretier et sa tête d'abrutie !

Songeant à la jolie Cornelia et désireux surtout de ne pas blesser Sandro, j'objecte enfin que notre incapacité de rendre la beauté de la femme ne reflète que notre propre goût et l'impuissance de la « meute » à imaginer que d'autres hommes aient des inclinations différentes.

De là, la discussion s'est élargie. Ne parler des femmes qu'à travers les tableaux et les statues, est-ce parler vraiment des femmes ? Les œuvres des peintres et des sculpteurs ont-elles valeur de témoignages ? Seront-elles exploitées par les futurs historiens comme des documents sérieux ? Dans cent ans, deux cents ans, auront-ils raison de s'appuyer sur nos tableaux et nos statues pour estimer que Florence a manqué au seizième siècle de belles femmes ?

— Ce serait aussi arbitraire, dis-je, que s'ils jugeaient toutes les Vénitiennes très belles, n'en connaissant d'autres que celles peintes par Giorgione, Titien, Véronèse ou Palma.

Revenant à son idée, Jacopo souligne que si les femmes dont nous faisons des tableaux ou des statues ont un air exagérément viril, l'ambiguïté caractérise également nos jeunes hommes, avec cette différence, fondamentale, que lorsque nous peignons ou sculptons de jeunes hommes avec des traits efféminés, l'œuvre est le plus souvent réussie, et réussie avec éclat, tels le *David* de Donatello ou le *Narcisse* de Benvenuto. Au contraire, lorsque Michel-Ange sculpte sans les enjoliver ses modèles féminins, il produit des viragos.

— Entre ces hommes féminins et ces femmes masculines, dit Sandro pour résumer le débat qui commence à s'enliser, il y a tout l'écart qui éloigne un aimable androgyne d'un disgracieux hermaphrodite.

64

Fou ou faisant semblant de l'être ?

J'avais par bonheur pris des notes, car je n'ai trouvé dans le journal de Jacopo aucune trace de cette discussion, pas plus que des nombreuses autres sur des thèmes aussi intéressants.

Consterné par ma lecture, mais refusant de croire que Jacopo s'était contenté d'enregistrer ses petits embarras d'intestins sans ourdir quelque ruse pour dissimuler entre les lignes un contenu moins piteux, j'examinai à contre-jour les feuillets. Peut-être s'était-il servi d'encre ordinaire pour débiter des balivernes, et d'encre sympathique pour transmettre le fond de sa pensée ? Comme la seiche qui s'enveloppe d'un nuage pour se rendre invisible, avait-il cherché, en distillant ces fariboles, à s'en faire un écran ? Cette recherche ne donna aucun résultat. Il n'y avait rien d'autre dans son journal que ce que chacun pouvait y lire.

J'examinai alors plus soigneusement la graphie, comment il formait les mots, comment il les espaçait, ou les resserrait, espérant surprendre dans le désordre de l'écriture des signes cliniques de folie. En vain. L'écriture est régulière, aérée, sans ratures, chaque lettre moulée, chaque page divisée en lignes rigoureusement horizontales, de même espacement et de même longueur. Jacopo manie sa plume avec une incontestable maîtrise. On ne peut donc attribuer à aucun désordre d'esprit, ni profond ni passager, le choix des sujets traités. S'il se cantonne dans des remarques insipides, c'est de propos délibéré, en pleine possession de sa raison. Sauf que... Une chose curieuse, quand même, que je n'avais pas d'abord remarquée, mais qui me frappa à la seconde lecture : la main, par endroits, semble avoir tout à coup dérapé, sans cause apparente. Une ligne tombe en zigzag. Une autre, bien que la place n'ait pas manqué pour la mettre à la suite, déborde sur la page au verso. Plus loin, une phrase biffée a été remplacée par la même phrase, au mot près. Mais ces indices sont trop légers pour mettre en doute la santé mentale de Jacopo.

Je dus me rendre à l'évidence : ce journal qui aurait pu être un document inestimable sur la pensée et l'art du plus grand peintre de notre temps n'offre qu'une collection de banalités indigentes, d'obsessions étriquées, de phobies mesquines. La première ménagère qui rentre du marché ne note pas autrement sur le registre de ses emplettes la liste des fromages et des légumes qu'elle a entassés dans son cabas. Qu'importera à la postérité que Jacopo ait mangé des prunes le lundi, des cerises le mardi et jamais de fruits le dimanche ? Son approvisionnement, l'adresse de ses fournisseurs, son état de santé et le bulletin météorologique du jour, est-il possible, se dira-t-on, qu'il n'ait pas eu de sujets de préoccupation plus élevés ?

Riche des immenses aperçus qu'il m'avait ouverts, je jugeais désolant qu'il ne voulût laisser de lui que ce portrait d'un homme fixé sur l'obscure fermentation de ses entrailles, le détail de ses courses alimentaires, le calcul de ce qu'elles lui coûtent. Mais tel était bien son propos, comme j'en eus bientôt la confirmation.

— Ce journal, garde-le, me dit-il quand je lui eus rapporté les dernières pages. Mets-le précieusement de côté, enferme-le dans quelque lieu sûr, jusqu'au moment où tu jugeras bon de le divulguer. Il sera mon sauf-conduit posthume. Trouve un imprimeur pour le publier ou un scribe pour en faire des copies.

J'aurais cru qu'il me demanderait de le détruire. De saisissement, je restai muet et stupide. Il noua les liasses dans un ruban jaune puis me tendit le paquet. Haussant la voix, il ajouta d'un ton solennel :

— J'y tiens comme à la prunelle de mes yeux. Après ma mort, tu le feras circuler afin que le pape, les évêques, le duc n'ignorent plus qui je suis. Je veux que le monde entier sache qui était vraiment Jacopo Pontormo.

« Il faut être fou pour confier sa gloire à un document aussi misérable » : telle fut ma première réaction. Cependant, sa conduite n'était nullement celle d'un fou. Discipliné dans le travail, strict sur les horaires, il venait chaque matin à San Lorenzo au lever du soleil, il en repartait chaque soir aussi ponctuellement, après avoir ôté sa blouse et remis ses habits de ville. Des habits sales, c'est vrai, des habits déchirés, presque des guenilles : il avait gardé cet air de bohème hirsute qui avait si fort irrité Vasari quand ils s'étaient croisés dans la rue, mais cette négligence vestimentaire est d'usage chez les peintres, et Jacopo forçait à peine sur la coutume. Pour démentir le diagnostic de folie, il suffit de cette simple observation : la rencontre avec Vasari avait eu lieu bien des années auparavant, on n'avait jamais pensé alors à invoquer le désordre mental, tant il paraissait naturel pour un artiste de vouloir se distinguer d'un courtisan.

Mais pourquoi, dans son journal, se montrer aussi maniaque ? Apparaître aussi détraqué ? Pourquoi donner des preuves aussi évidentes qu'on est maniaque et détraqué ? Pourquoi passer sous silence ceux des aspects de son caractère qui s'inscriraient en faux contre une telle image ?

« Afin que le monde sache qui était Jacopo Pontormo... » Qu'on sache quoi ? Qu'il était un maniaque ? Un détraqué ? Un aliéné ? Tout à coup, ces mots que je me disais en moi-même furent une illumination. Maniaque ? Sans doute. Mais c'est une conséquence du goût de la perfection. Détraqué ? Pas du tout. Aliéné ? Vous êtes encore plus loin du compte. Nous ne parlons pas du même homme. Il y a erreur sur la personne. Comprenez-vous donc, à la fin ? *Il est loin d'être fou. Mais il tient à se faire passer pour tel. Il a de puissantes raisons pour qu'on le croie gravement malade, atteint d'une lourde pathologie, ne travaillant et ne peignant que sous l'emprise du délire.*

« Fou. » Son projet est de se faire passer pour fou, j'en étais maintenant convaincu. Et ce projet correspond à une stratégie précise, rendue nécessaire et urgente par la nature des fresques qu'il peint derrière sa palissade. Je compris tout en un éclair. Elles seront si *personnelles*, ces fresques, si choquantes pour les fidèles, si révoltantes pour le clergé, si inacceptables pour le pouvoir, que le seul moyen de les préserver du blâme, peut-être de la destruction, est de présenter leur auteur comme n'ayant pas toute sa raison. Un dérangé mental n'excite ni la colère ni la réprobation, il n'éveille que le rire ou la compassion. Il peut s'exprimer comme il veut, puisqu'il est fou. On n'est pas forcé de croire un aliéné quand il agite ses grelots, puisqu'il les agite comme un enfant son hochet. *Cela ne tire pas à conséquence.* Comme il bat la campagne, il est libre de dire n'importe quoi. Le fou est par définition innocent, on ne saurait le tenir responsable ni de ce qu'il fait ni de ce qu'il pense. Il est déséquilibré : qu'il divague tranquillement. Dans toutes les civilisations on respecte celui qu'un dieu inconnu visite. Le roi de France, d'après ce que nous a dit Benvenuto qui a suivi François Ier dans les rues de Paris, s'incline devant le pauvre d'esprit qui l'insulte.

Depuis quand Jacopo travaillait-il à se faire passer pour fou ? Ma conviction fut vite faite. Le projet d'une œuvre scandaleuse était dans sa tête depuis très longtemps, alors même qu'il n'avait encore aucune possibilité de la réaliser ni même aucune chance qu'on lui confiât un chantier assez important pour la mettre à exécution. Sans savoir quand et où se présenterait l'occasion, il se préparait à la saisir. Avec quelle patience n'avait-il pas échafaudé sa stratégie ! Tout y avait concouru, depuis ses premiers essais à la Santissima Annunziata et à Poggio a Caiano, tout continuait à y concourir, je m'en apercevais à présent : ses vêtements débraillés, sa tenue de vagabond – en contradiction flagrante avec sa rigueur dans le travail, sa régularité dans les horaires, la sévérité de sa discipline –, ses manières brusques, son parti pris d'incivilité, son mépris des usages, l'extravagance de son échelle, le truquage de son journal, la publicité qu'il entend donner à des vétilles. Loin de garder pour lui seul le récit de ses petites misères, peu différentes après tout de celles du commun des mortels, il veut, *de toute sa volonté*, que son journal où il les affiche avec complaisance et les grossit à dessein circule après sa mort. *Tout ce qui est sorti d'un cerveau aussi dérangé sera déclaré nul et non avenu.* Il n'y a pas jusqu'aux dérapages subits de sa main et le remplacement d'une phrase par une phrase identique, un zigzag impromptu, une fausse rature ajoutée çà et là, qui ne soient intentionnels. Son écriture est *naturellement* si ordonnée et régulière que le plus sensé des hommes ne la renierait pas.

Quelle habileté dans tous ces stratagèmes ! Quelle foi dans son travail et quelle volonté passionnée de mettre à l'abri par cette ruse une œuvre qu'il sait menacée ! *Qu'on me traite d'imbécile et de simple d'esprit, tant mieux, s'il faut payer ce prix pour que mes fresques soient sauvées. Puisqu'elles auront été peintes par un fou, elles auront le droit de dire la vérité, et elles l'imposeront aux générations futures.*

Pour assurer la survie du message, Jacopo discréditait son auteur. Est-il plus bel exemple d'un homme qui, sacrifiant sa personne à son œuvre, s'expose aussi nuement à la risée de la postérité ?

65

Iconoclaste

Mais peut-être était-il vraiment fou ?

Une nuit que je me promenais dans les parages de Santa Croce, entre l'église et le marché Sant' Ambrogio, j'entendis un bruit de verre cassé puis des coups de marteau. Ils résonnaient d'un mur à l'autre, rebondissaient sur le pavé, se répercutaient au loin. Le forcené ne se souciait pas de les étouffer. Le silence et l'obscurité les amplifiaient dans la ville endormie. Ils provenaient d'une ruelle sombre, éclairée seulement par le cierge qui brûlait dans un petit oratoire renfermant quelques statuettes et fixé dans le renfoncement d'une maison. L'iconoclaste qui en avait brisé la vitre tapait à coups redoublés sur les figurines. Je m'approchai, décidé à m'opposer à un geste de nature à faire pendre son auteur. Que surviennent des agents du guet, et l'on dresserait à nouveau, pour celui qui avait mutilé des saints et dégradé un tabernacle, sacrilège passible d'emprisonnement mais le plus souvent de mort, la potence sur la place du Vieux-Marché. Je risquais moi-même d'être impliqué dans ce crime, pour en avoir été le témoin. À ma stupéfaction, je reconnus Jacopo, au moment où il décapitait saint Laurent dont la tête roula par terre et finit dans le caniveau. Il avait déjà brisé le nez et un doigt de la main droite de la Madone et pulvérisé le capuchon de saint François et un bout de sa sandale. Autour de la Vierge en majesté, se tenaient à genoux les deux saints avec leurs attributs.

— Arrête ! criai-je à Jacopo. Tu n'es pas fou ?

Le mot m'avait échappé. Sa réponse longue et détaillée me prouva que son geste, loin de manifester une crise soudaine, incontrôlée, constituait l'aboutissement d'une réflexion menée de longue date et nourrie par la lecture de textes ardus – ce qui ne veut pas dire qu'il n'entrât, dans cette réflexion même, des idées délirantes. Ce n'était pas la première fois que je me demandais si le mouvement religieux et philosophique de contestation qui soulevait alors l'Europe n'avait pas quelque peu dérangé son cerveau. Il cessa de cogner, posa son marteau sur le rebord de l'oratoire, essuya de sa manche son front et son cou en sueur, sortit de sa poche une pomme, la croqua avidement, recracha les pépins, enfin me débita ce discours fiévreux :

— Saint François et saint Laurent, toujours eux, ces charlatans de la cajolerie, ces escrocs du chouchoutage ! Comme ils s'y entendent pour nous tromper ! Parler et sourire aux oiseaux, fanfaronner dans les flammes, promettre aux hommes un soulagement de leurs peines ! Pourquoi pas, tant qu'on y est, saint Roch, qui les aurait prétendument guéris de la peste, ou saint Martin, avec sa moitié de manteau ? Alors qu'il n'y en a que deux seuls à leur avoir dit la vérité ! Saint Paul et saint Augustin, oui, dont tu ne verras jamais les statues ou les portraits, dans aucun oratoire, dans aucune église, nulle part ! Oubliés, niés, escamotés, évincés de la dévotion populaire comme de la prédication ecclésiastique ! Et pourquoi ? Parce qu'ils ont osé, sans les ménager par des consolations lénifiantes, proclamer l'impuissance radicale des humains à se débarrasser de la macule originelle. « L'océan passerait sans laver la souillure. » Essayez donc, prêtres, moines, évêques, cardinaux, papes, essayez donc d'élever des remparts pour protéger les âmes de la désolation ; empilez les prières, les messes, les hosties, les sacrements, les ex-voto, les abstinences, les fondations pieuses, les actions charitables, les entreprises de bienfaisance (il me récitait la litanie des « œuvres ») pour fléchir la colère du Seigneur. Je ris de vos efforts pour échapper à la damnation. Ce ne sont que poussifs marchandages, combines lamentables, spéculations mercantiles, déshonorantes superstitions, lâches idolâtries, que repousse l'implacable Créancier. En quoi saint François, saint Laurent et les autres professionnels de l'intercession (*sic*) se distinguent-ils des dieux païens qu'on pouvait suborner par des promesses, des vœux, des offrandes ? En quoi la Madone devant laquelle on allume un cierge diffère-t-elle de Vénus à qui on sacrifiait une génisse nouveau-née ? Ah ! Ah ! L'un avec son gril et l'autre avec ses stigmates ! Faites-moi rôtir un quartier de porc et plantez-y le couteau ! C'est une abomination sacrilège que de vouloir commander à Dieu. Le contraindre à descendre du ciel pour se loger dans des figurines de bois outrage sa divinité. Les sorciers ne s'y prennent pas autrement pour invoquer par leurs incantations la farandole des succubes et des incubes, la ronde des diablotins et des lutins. La seule dignité de l'homme est de se laisser couler au fond de son désespoir, sans attendre du ciel appui ni soulagement d'aucune sorte. Qu'il regarde sans trembler les conséquences de la chute ! Arrière les bannières, les châsses, les oratoires, les processions, les communions, les pèlerinages, les aumônes, les jeûnes, les pénitences, les mortifications, formes déguisées, formes hypocrites du péché. L'homme est trop corrompu pour se sauver de lui-même. Chacune de ses initiatives porte la marque de son impureté. Il n'est pas d'amnistie ni de pardons pour la descendance d'Adam. Arrière la Vierge Marie, arrière les saints et les saintes, qui par leur empressement à intervenir insultent à la toute-puissance de la Grâce. À l'homme parvenu au dernier degré de la déchéance, tu voudrais que ses œuvres donnent des mérites ? *Dies irae ! Dies amara !* Conspuez le culte de la Vierge, le culte des saints, le culte des reliques ! Supprimez les sonneries de cloches et les concerts des anges ! Ne croyez qu'en Dieu dont le courroux vous anéantira !

Dans ce flot de paroles décousues, mais enchaînées avec la logique de ceux qui voient au-delà de ce que le regard embrasse, dans cette logorrhée, habituelle aux grands solitaires qui passent des journées et des semaines sans ouvrir la bouche puis soudainement éclatent, je reconnaissais les enseignements de Juan de Valdés et de Benedetto da Maiano, mais d'abord l'expression de son propre désespoir. Il avait trouvé dans les écrits des Réformés italiens l'écho et la justification du pessimisme qui le rongeait depuis toujours. Enfant, n'avait-il pas vu ses parents et toute sa famille ravis en quelques heures par la peste ? Ensuite, que la vie lui avait-elle apporté, sinon des freins à son ambition et des obstacles à ses rêves ? Et puis non, j'essaie de trouver une origine à ses convictions et à sa mélancolie, de les expliquer, alors que la grandeur de son pessimisme était d'être sans causes, infondé, absolu, métaphysique. Jacopo souffrait dans sa chair la tragédie de l'homme irrémédiablement tombé. Mais de là à saccager un lieu de prière ! Il y avait entre sa pensée permanente et son geste occasionnel la distance qui sépare une opinion respectable d'un acte insensé.

Il hésitait à reprendre son marteau. Changeant d'avis, il s'empara d'une paire de ciseaux qui pendait à sa ceinture et entreprit de lacérer la robe de velours brodée d'étoiles qui enveloppait la poupée en bois de la Madone. Je cherchais, par de nouvelles objurgations, à prévenir ce forfait encore plus épouvantable. Comme il ne m'écoutait pas, je pris sa main et tentai de retenir son bras. Il se retourna contre moi et brandit les ciseaux sous mon nez. J'eus à peine le temps de m'enfuir. Il me lança dans le dos une pomme qui roula à mes pieds. Je l'entendis s'acharner à nouveau contre les statuettes.

Encore aujourd'hui, quinze ans après les faits, j'hésite à trancher. Était-il dans son bon sens ? Ou bien *posait-il au dément* ? Pouvait-il ignorer les conséquences pénales d'un pareil attentat ? Le vandalisme, ultime pièce de sa stratégie. Aucun des juges qui l'interrogeraient ne penserait qu'un homme ayant toute sa tête ait pu commettre un si énorme blasphème. Tous diraient : « C'est un fou ! Il ne se rend pas compte de ce qu'il fait. »

66

Dans le chœur de San Lorenzo

Enfin, je fus admis dans le chœur. Il entrouvrit le portillon, le referma dans mon dos, poussa le verrou. Ce que je vis m'atterra.

Imaginez un étalage, une bousculade, un foisonnement, une surabondance, une prolifération, une débauche, un déchaînement, une apothéose d'hommes nus, tout nus, embrassés, enlacés, entassés, emmêlés, encastrés, agglutinés, dans les postures les plus lubriques soulignées par les détails les plus scabreux. Comparé à cet amoncellement de chairs exclusivement masculines emboîtées l'une dans l'autre, le *Jugement dernier* de Michel-Ange, qui les étale sans les rapprocher, paraît aussi bénin qu'un livre d'images pour classes primaires.

« Résurrection des âmes », cette exhibition de poses indécentes ? « Jugement dernier », ce grouillement d'obscénités anatomiques ? De quel nom appeler une aussi folle bravade ? « Triomphe des… » ? Des queues, oui : je ne trouve pas d'euphémismes pour adoucir ce qui s'exposait si crûment. Il y en avait de toutes les tailles et de toutes les sortes, au repos, flasques, à demi gonflées, toutes raides, tendues, pendantes, dressées, jeunes, vieilles, fripées, debout, repliées au creux du ventre ou volumineuses entre les jambes écartées, molles comme de la flanelle ou dures et glorieuses comme de l'onyx. Le Christ en gloire au centre du chœur, jeune, nu, souriant, ne semblait être cloué sur la croix que pour faire admirer la sienne, à demi bandée. Les glands et les méats, minutieusement fignolés, avaient dû coûter beaucoup d'heures et de peine, en particulier dans la recherche des couleurs, la variété des nuances, du rose vif au rose pâle, du rouge violacé au parme affaibli.

— Était-ce vraiment le lieu, Jacopo, d'appliquer ta science du dégradé ?

— *Dégradé*... *Dégradation*... murmura-t-il, absorbé dans je ne sais quel rêve.

Se moquait-il de moi ? À quel désastre il courait, il aurait fallu être stupide pour en douter. Je ne pus dissimuler mon effroi.

— Tu m'as juré de ne rien modifier ! s'écria Jacopo, qui avait épié ma réaction.

— Non, non, mais...

— Il n'y a pas de mais.

— Je voudrais être sûr...

— Manquerais-tu à ta parole ?

— Que dit don Agostino ? Approuve-t-il ?

— Tu es le premier à voir mes fresques.

— N'as-tu pas peur de ce qu'il va penser ?

— Il m'a laissé les mains libres.

— Si large d'esprit qu'il soit, il doit tenir compte de ses paroissiens, consulter le chapitre de l'église, prendre l'avis des évêques, avoir le *nihil obstat* du cardinal.

— Le Christ est venu sauver et rétablir dans sa gloire ce qu'il y a de plus noble dans le corps humain et que seule l'hypocrisie des prêtres essaie de faire passer pour bas et honteux.

J'aurais pu croire qu'il délirait, si l'ensemble des peintures ne prouvait la cohérence d'un esprit sain, un art très sûr de la composition et la maestria d'un grand technicien. Ces fresques, il vaudrait la peine de les décrire par le menu (*Adam et Ève*, *Déluge universel*, *Bousculades de fidèles*, *Jugement dernier*) pour en sauver au moins le souvenir, avant qu'on ne donne l'ordre, comme il n'est que trop probable, de les voiler ou même de les anéantir. On accusera Jacopo de luxure, d'incitation au stupre, de pornographie ; on le condamnera et on détruira son œuvre pour outrage à la Divinité, impiété et blasphème. Il ne restera aucune trace de l'ouvrage où il n'a fait que porter à son apogée les principes de la Renaissance florentine. Que la perfection du monde soit résumée dans la beauté d'un corps viril, que l'homme nu soit le miroir de l'univers, n'est-ce pas l'enseignement le plus important et le précepte le plus sacré qu'elle a reçus de la Grèce ?

Jacopo avait tiré de cette philosophie des conséquences évidemment excessives. Il aggravait son cas en ajoutant au néoplatonisme de Marsile Ficin des éléments de doctrine empruntés à Juan de Valdés. Dans son *Jugement dernier*, aucun ange, aucun apôtre, aucun patriarche, aucun martyr, aucun prophète, aucun saint, aucun pape ne figure auprès du

Christ ; élimination de la Vierge, source des pratiques mariales qui ont obscurci la religion ; élimination de Pierre et de ses clefs, symbole par excellence de l'autorité pontificale ; remplacement des Enfers, épouvantail à l'usage des crédules, par le Déluge, phénomène naturel ; bannissement de tous les supports de la piété traditionnelle, mépris de tous les relais de la dévotion catholique. Ni messes, ni confessions, ni génuflexions ou signes de croix, ni intercessions d'aucune sorte : aucun des nombreux personnages peints sur les scènes réparties entre les trois murs, qui ne proclame à la fois la gloire et la damnation de la chair.

L'accumulation et l'enchevêtrement des hommes nus occupent la totalité de l'espace disponible. Pas de fissure ni de répit dans cette cohue. Ils se pressent, collés ensemble, frottés l'un à l'autre, plaqués l'un contre l'autre, enchâssés l'un dans l'autre, fondus l'un dans l'autre, comme si un gigantesque aimant avait entremêlé leurs membres, magnétisé leurs peaux, amalgamé leurs corps dans une bacchanale effrénée.

— La Grèce et la Grâce… dit-il dans un nouveau murmure.

Pour la seconde fois, j'eus l'impression qu'il me narguait avec ses jeux de mots, bien qu'il parût obéir à quelque transport intérieur.

Dans le bas des fresques quelques paysages à peine esquissés me rappelèrent l'ancien goût de l'auteur de la fresque de Poggio a Caiano pour les scènes de plein air. Voici une femme qui traverse à gué la rivière et lève les yeux vers le Christ au lieu de s'inquiéter si l'eau qui lui arrive déjà à la taille n'est pas trop profonde. Cette scène à première vue étrange vient tout droit de *L'Alfabeto cristiano.*

— Tiens, compare avec le texte, me dit Jacopo.

Il me tendit l'exemplaire qu'il avait toujours avec lui.

Écrit à Naples sous forme de dialogue avec la comtesse Giulia Gonzaga, celle-là même dont l'Arioste a fait l'éloge dans le dernier chant de l'*Orlando furioso* et Sebastiano del Piombo le portrait, le livre de Valdés est un ouvrage didactique, mais entrecoupé, comme chez Platon ou Érasme, de paraboles et de fabliaux.

— Vous est-il jamais arrivé, donna Giulia, de traverser un fleuve à gué ?

— Oui, souvent.

— Avez-vous noté que si vous ne tenez pas le regard obstinément fixé sur la rive qui fait face, si vous cherchez à sonder le courant avec un bâton, ou si vous vous laissez distraire par un poisson qui saute de l'eau, par une planche qui dérive, par un remous sous la surface, vous courez le risque de perdre pied et de vous noyer ?

— Oui, je l'ai noté.

— Et aussi que le seul moyen de ne pas éprouver de vertige au milieu du courant est de ne jamais quitter des yeux la terre qui est de l'autre côté ?

— Oui, je l'ai remarqué également.

— Sans vous égarer en vaines prières à saint Christophe, patron des voyageurs, ni invoquer saint Antoine, qui arriva de Lisbonne à Padoue en marchant sur les flots, ou saint Pierre et son frère saint André, qui naviguaient en barque sur le lac de Génésareth,

d'autant plus attentifs à ne pas chavirer qu'ils faisaient vivre leur famille du produit de leur pêche ?

— Sans recourir à ces implorations oiseuses qui ne sont que de vaines superstitions et n'empêchent pas de tomber tout bonnement à l'eau.

— Donc, quand vous traversez le fleuve des choses de ce monde, faites en sorte de ne pas regarder l'eau, afin de ne pas connaître le sort de ceux qui sondent le milieu du gué, perdent l'équilibre, s'affolent, gesticulent et se noient ; et loin d'attendre aucun secours d'une main qui n'ira pas vous chercher au milieu du courant, gardez les yeux fixés opiniâtrement sur le Christ.

Quand j'eus refermé le livre :

— Joli conte. Mais il me semble que tu ne l'as pas suivi jusqu'au bout, dis-je en montrant saint Cosimo avec son caducée de médecin. Si saint Christophe, saint Antoine, saint Pierre, saint André et tous les saints (« *tutti quanti* », fit-il en écho) sont à proscrire du Jugement dernier, pourquoi as-tu fait exception pour celui-là ?

— Ordre impératif de Son Altesse. Le prieur m'a fait jurer de le respecter. C'est la seule concession à laquelle j'ai dû me résoudre pour obtenir de fermer le chœur par une palissade dont il m'a confié la clef sans en garder le double. Serment contre serment. Mais viens voir, ajouta-t-il avec un accent malicieux, comme je me suis vengé.

Il me désigna, en bas du mur de gauche, une image si petite que je ne l'avais pas d'abord aperçue. Un homme en habits et parures ecclésiastiques, que je reconnus pour un des curés de San Lorenzo, s'affaire devant un autel. Je dus me pencher pour reconnaître l'hostie, minuscule point blanc entre ses mains.

— Que dis-tu de cela, Agnolo ? N'est-ce pas beaucoup plus fort que si j'avais supprimé toute allusion à la messe ? Ne pas mettre de messe du tout aurait préservé le prestige de ce rite, par l'aura de mystère qui enveloppe une omission. J'ai peint une messe, mais réduite à une vignette si mesquine que l'officiant et l'autel seront catalogués immédiatement comme des accessoires inutiles de la superstition.

Il rit mais sa face s'empourpra aussitôt d'une rougeur apoplectique.

— Non seulement inutiles mais nuisibles, reprit-il avec l'accent de la folie. Ce sont des gens comme eux, à tiare, à crosse, à froc, à soutane, à chasuble, à goupillon, qui s'évertuent par leurs patenôtres et leurs simagrées à nous cacher la splendeur de la machine qui a la modestie de se recroqueviller quand elle est au repos mais à peine lui en fournit-on l'occasion se dresse et revendique la suprématie dans le monde. Évêques, ministres du culte, moines, papes sur leur trône, ermites dans le désert, tous s'abritent sous l'autorité de saint Jérôme, selon lequel le jugement de Dieu sur la Rome antique est une condamnation inflexible de l'idolâtrie des païens. Mais dis-moi, Agnolo : ce que te montrent tes yeux, ce que touchent tes doigts, ce qui frémit sous leur pression, n'est-il pas plus probant que les raisonnements de tous les docteurs de l'Église et puissances sacerdotales ? N'es-tu pas disposé à déclarer huitième de l'univers, plus admirable encore que le phare d'Alexandrie ou le colosse de Rhodes, cette merveille qui l'emporte sur toutes les autres, chétive et minable tant qu'elle dort, mais que le plus léger excitant soulève et transfigure ? Elle était tassée sur elle-même, piteuse, insignifiante, et voici qu'elle s'étire, impatiente. Elle semblait morte, elle ressuscite. Flasque, et elle bondit. Fanée, et elle fuse. Vide, et elle explose. À bout de forces, et elle remet ça.

J'eusse préféré ne pas entendre les confidences qui suivirent.

— Remarque que j'ai quelque raison de lui en vouloir. Elle n'obéit qu'à elle-même, la fourbe, dans une parfaite indépendance ; aussi généreuse un jour qu'avare le lendemain ; certaines fois tu la sollicites en vain, elle refuse de t'obéir ; quelle humiliation ! D'autres fois elle gambade quand tu n'y pensais pas, et rien alors ne peut freiner son élan. Quelle joie, mais teintée de l'appréhension de sa prochaine dérobade. Nous sommes entièrement soumis à sa volonté. Elle te réveille de ta torpeur lorsque tu aspirais au repos ; elle renâcle au moment où tu mettais en elle tous tes espoirs. La perfide ! Elle te déçoit aussi souvent qu'elle comble ton attente. Muette, secrète, imprévisible, elle te mène à sa guise. Tantôt tu la bénis pour sa complaisance, tantôt son refus t'exaspère. Avec ou sans ton accord, elle se dresse ou se couche ; que tu lui en donnes ou non l'autorisation, elle exulte ou défaille. Vivant de sa vie propre, elle déjoue ta surveillance, se rit de tes ordres, trompe tous tes calculs. Ah ! c'est elle la reine du monde, et vraiment fou est celui qui en a honte au lieu de la vénérer et de l'exposer avec la pompe et la cérémonie qui lui sont dues. Tu peux commander à ton âme de prier, de se repentir, de s'humilier ; tu peux imposer à ton corps une journée de jeûne et de sacrifices ; tu peux priver ton estomac de nourriture, ton cerveau de sommeil ; tu peux forcer la terre à te donner des fruits, ou, à l'inverse, laisser au sol infertile le temps de reprendre des forces ; mais *elle*, tu ne l'obligeras pas à se mouvoir et à te servir si telle n'est pas sa disposition.

Ainsi Jacopo me faisait-il part, d'abord de ses prouesses passées, puis des déboires physiologiques qui surviennent avec l'âge et mortifient les vieillards. Il semblait n'éprouver aucun embarras à me mettre au courant du déclin de ses facultés, mais moi, j'éprouvais un malaise grandissant à l'entendre enrober et enflammer sous les flots d'une rhétorique insensée ce qui n'était après tout que la confession d'une petite infirmité sénile, de moi bien connue. De peur qu'il ne finisse par remarquer ma gêne et s'en offenser, ou que la honte de s'être permis un tel aveu ne le remplisse de confusion, je me penchai à nouveau pour examiner un détail sur le mur. Il s'arrêta de parler pour suivre mon regard.

Au milieu du Déluge, parmi la foule qui se hâtait de quitter la vallée pour gagner la montagne, je vis un pauvre hère en haillons, semblable aux gueux qui tendent la main à la sortie de la messe. Posté dans le chemin sur le passage des fuyards, il les implore d'une pièce de monnaie, d'un morceau de pain. L'aumône fait partie des « œuvres » les plus recommandées par l'Église. Jacopo avait trouvé le moyen de la tourner elle aussi en dérision. Les rescapés qui passent en courant pour échapper à la montée des eaux, que déposent-ils sur la paume grande ouverte du mendiant ? Des cailloux.

— Pour les autres pratiques religieuses, tu as sans doute raison, Jacopo. Mais n'est-ce pas bien cruel, murmurai-je, de rabaisser également la charité ?

67

La première mort de Jacopo

Jacopo, comme il l'avait pressenti, mourut avant d'avoir achevé la partie haute des fresques. Restait à peindre le meurtre d'Abel, le sacrifice d'Isaac, à finir deux ou trois scènes secondaires et quelques paysages laissés à l'état d'esquisses. Âgé de soixante-deux ans, il succomba à un mal non identifié. Délabrement de l'organisme ? Erreur d'alimentation ? Avait-il ingurgité deux figues au lieu d'une, et la goutte, descendant du cerveau au cœur, avait-elle provoqué, selon la comptabilité superstitieuse de son journal, l'apoplexie ? Fatigue excessive ? La veille de sa mort, il travaillait encore sur l'échafaudage.

Nous l'enterrâmes, moi, Sandro et son domestique Bastiano, à la Santissima Annunziata. En dehors de nous trois, personne ne suivit le cercueil. Des émissaires du cardinal, qui s'étaient fait remettre par Bastiano la clef du portillon, étaient allés à San Lorenzo prendre un aperçu des fresques. Les bruits couraient déjà. *Outrage... Blasphème... Apostasie... Du jamais vu... Une pure et simple abomination...*

Et nos épouses ?... Et nos enfants... ? Deux Servites de Marie récitèrent la prière des défunts. Don Agostino, retenu hors de Florence par une réunion de son ordre, m'envoya de Bologne une oraison funèbre si courageuse, si émouvante, d'une si noble élévation d'esprit, que je ne pus retenir mes larmes en la lisant à haute voix devant la bière encore ouverte. Sandro et Bastiano pleuraient. Jacopo fut inhumé dans le cloître des Vœux, au pied de sa *Visitation.* Deux autres moines avaient creusé sa tombe, à l'endroit où il avait pour la première fois, en exploitant mon innocence, donné les signes de la passion qui déborderait sur les murs de San Lorenzo.

Après la cérémonie, les quatre moines rentrèrent dans leurs cellules, Sandro et Bastiano retournèrent via del Fico pour vider l'atelier. Le lendemain, le secrétaire du cardinal me rejoignit devant les fresques que j'étudiais pour savoir comment les terminer. Cet homme me déplut d'emblée. Mains potelées, nez pointu, air chafouin. « Disparaître si jeune... Quel dommage pour la peinture... Une vraie perte... La volonté du Seigneur... » Il essaya de me consoler par quelques mots de cet acabit, qui sonnaient aussi faux qu'un air de trompette dans une messe des morts, puis en vint au fait, sans quitter le ton doucereux.

— C'est vous l'héritier spirituel de Jacopo Carrucci, dit Pontormo ?

— Il m'a confié cet honneur.

— Le testament qu'il nous a remis en fait foi.

— J'exécuterai ses volontés.

— A-t-il émis quelque regret au sujet de certains de ses tableaux ?

— Pas que je sache.

— Aucun ne lui a laissé des remords ?

— Il n'en a jamais exprimé, du moins à ma connaissance.

— Je pense, en particulier, à la *Déposition* qu'il a peinte autrefois pour l'église Santa Felicita.

— Des remords, pourquoi ?

— Nous jugeons (il appuya sur le *nous*) que le petit nuage peint en haut du tableau, à gauche de la Sainte Vierge, bien en vue, est non seulement déplacé, mais d'une suprême inconvenance.

— Un nuage, inconvenant ?

— Parce que, à l'endroit qu'il occupe, au sommet de la composition, aurait dû apparaître l'image de Dieu, Dieu le Père qui s'apprête à recevoir Son Fils descendu de la croix. Ainsi entendons-nous le double mystère du sacrifice et de la charité. Mesurez-vous la gravité de l'erreur théologique ? Et l'étendue de notre indulgence ? *Nous* avons la bonté d'appeler « erreur » ce qu'un mot plus lourd de conséquence aurait désigné plus justement.

Je baissai la tête sans répondre.

— *Amen*, reprit-il, presque trente ans ont passé. Ne revenons pas là-dessus. Réparer la faute serait d'ailleurs impossible. Malheureusement, loin de s'amender avec l'âge, Jacopo n'a cessé d'agir sans jugement. Dans ce dernier ouvrage, il a passé toute mesure.

Devinant où il voulait en venir, je m'apprêtai à la bataille.

— Il vous a sans doute chargé de terminer son travail ?

— Avec des consignes précises.

— Vous êtes-vous engagé à les observer strictement ?

— La veille de sa mort, il est revenu sur certains détails auxquels il tenait, m'a-t-il dit, « comme à la prunelle de ses yeux ».

— Vous a-t-il autorisé à apporter des modifications à ce qu'il avait peint ?

— Non. Il a même insisté sur ce point. « Agnolo, je te défends de rien changer. Promets-moi de laisser chaque chose telle qu'elle a été peinte, sans y apporter la moindre retouche. »

— L'avez-vous promis ?

— Oui.

— L'avez-vous promis par serment ou d'un simple hochement de tête ?

— Par serment.

— Devant Dieu ?

— Devant Dieu.

— Voilà qui *nous* cause du souci, reprit-il en se frottant le menton.

Puis, brusquement :

— Vous souvient-il du tableau que vous avez peint, il y a longtemps de cela, pour la Santissima Annunziata ? Un *Saint Sébastien*, qui n'y avait pas sa place.

— Il a été détruit.

— Non, il fut remisé dans une cave où il se trouve toujours. L'autre jour, par le plus grand des hasards, en faisant mettre en perce une futaille de vieux vin, les moines ont remis la main sur ce fruit du péché. Communication nous en a été faite aussitôt.

— Il est chez eux ? Dans leur couvent ? Je le croyais perdu !

— Mieux vaudrait qu'il eût disparu, volé, rongé par les vers ou détruit par l'humidité, tant l'image qu'il présente offense un des plus illustres martyrs de l'Église. Comment avez-vous pu vous permettre une telle inconvenance ? Elle mériterait une excommunication, lancée du haut de la chaire, *ex cathedra*. Cependant, reprit-il après avoir observé sur mon visage l'effet de cette menace, notez bien que notre pardon ne vous est pas refusé. Infinie est la miséricorde de l'Église. Ses bras sont ouverts aux pécheurs qui ont battu leur coulpe. Nous serions prêts à mettre sur le compte de la jeunesse un aussi grave égarement, mais je ne voudrais pas, *mon cher enfant*, qu'on produise ce tableau comme pièce à charge contre vous au cas où vous jugeriez inutile de corriger les fautes, mensonges et blasphèmes dont Jacopo s'est rendu coupable ici. Il serait impie de ne pas vouloir réparer ce qui est un outrage à l'Église comme à la piété des croyants. Nous comptons sur vous. Le peintre officiel de Son Altesse n'a aucune excuse pour donner l'aval de l'art à des hérésies aussi pendables.

Le mot *pendables* dut lui paraître teinté d'un humour incongru.

Il se reprit :

— Aussi abominables.

— Mais la promesse solennellement jurée ? Que va penser don Agostino ?

— Notre Très Saint-Père a reçu de Notre Seigneur Jésus-Christ le pouvoir de délier de sa parole celui qui s'est sincèrement repenti de l'avoir donnée sans la réflexion nécessaire. Vous avez été l'élève de Jacopo, je comprends donc vos scrupules à trahir la confiance d'un ancien maître. Ces scrupules vous honorent, et Dieu en tiendra compte. Mais il se trouve des cas où la fidélité deviendrait de la faiblesse. Pis que de la faiblesse : une criminelle obstination. Supposons que vous héritiez d'une maison avec la clause qu'aucune réparation ne devra être faite : accepterez-vous qu'il pleuve dans votre chambre à coucher sans monter sur le toit remettre les tuiles en état ? L'auteur du legs n'aura certainement pas voulu que vous pâtissiez du don qu'il vous a fait. Ainsi en est-il de tous les testaments : l'important est de savoir les *interpréter*, sans être obnubilé par un respect aveugle que le donateur serait le premier à désavouer. *Mon cher enfant*, je suis sûr que Dieu vous dictera la conduite la plus conforme à la charité chrétienne.

Je revins la tête basse. Ils me tenaient, avec le *Saint Sébastien* retrouvé dans la cave. Déchiré entre mon devoir de fidélité à Jacopo et la crainte de cet affreux chantage, je prenais tantôt un parti, tantôt l'autre. Ce combat dura plusieurs semaines, jusqu'à ce que Sandro, révolté par ma lâcheté, m'eût menacé de m'abandonner si je trahissais mon serment. J'ai donc terminé les peintures du chœur selon les directives de Jacopo, sans rien reprendre aux figures déjà peintes. Pour le sacrifice d'Isaac, je fis poser le jeune frère de Bastiano. J'avais une dilection particulière pour cet épisode de la Bible, car le couteau et le mouton me rappelaient la boucherie de Monticelli et le métier de mon père.

68

La seconde mort de Jacopo

Le cardinal recommandait d'annuler l'inauguration et de laisser la palissade en place, jusqu'à ce que le pape eût statué. Mais le duc ne voulut rien entendre : l'œuvre destinée à rétablir la suprématie de Florence sur Rome devait être présentée *in magna pompa*. Il ordonna une cérémonie publique, à laquelle furent convoquées les autorités politiques et religieuses. On avait disposé devant le chœur deux rangs de fauteuils. Derrière le duc et la duchesse, s'assirent le cardinal évêque et les coadjuteurs ; derrière le cardinal évêque, le prieur de San Lorenzo, don Agostino Lupini. Pendant qu'on attendait le dévoilement, je le surpris à discuter à voix basse avec le marguillier, penché sur son épaule. Les deux hommes semblaient en vif désaccord. Le marguillier rentra penaud dans la sacristie. La nef était bondée de dignitaires et de notables qui jouaient des coudes pour être les premiers à régler leur opinion sur celles du duc et du cardinal.

On démonte la palissade. Aux cris de stupeur qui fusent, puis de dégoût et de colère, à la violente réprobation qui se peint sur les visages, aux grimaces épouvantées qui les tordent, aux médailles qu'on tripote sur les plastrons, aux signes de croix précipités, je comprends que ces fresques sont condamnées.

Le cardinal est le premier à s'exprimer. Habile, sans se prononcer sur l'objet du scandale, ce qui mettrait tout le monde mal à l'aise par l'insistance portée à des détails scabreux – et le rendrait lui-même suspect s'il montrait d'avoir pris goût à cet étalage d'obscénités –, il se cantonne dans la théologie.

— Supprimer les saints dans une représentation du paradis, quelle impiété sans précédent ! Croire que sans leur entremise ni l'assistance des anges les âmes monteront directement au ciel pour être accueillies par Dieu, quel orgueil démoniaque ! Il aurait dû garder au moins un intercesseur, parce que celui-là est le fondement de notre Église. Michel-Ange lui-même s'est gardé d'une pareille impiété. Dans son *Jugement dernier* pourtant si équivoque, saint Pierre qui plaide pour le pardon des défaillances humaines occupe la place la plus voisine du Christ. Pourquoi ce saint est-il indispensable ?

Monseigneur Bufalmaco, évêque d'Empoli, qui brigue le siège de Pise, comprend que le cardinal veut rafraîchir la mémoire du duc, souvent chapitré par la duchesse pour son ignorance phénoménale des Écritures.

— Il s'appelait de son vrai nom Simon fils de Jonas et c'est le Christ qui le surnomma « Rocher » ou « Pierre » en lui disant : « Tu es Pierre, et sur cette pierre je bâtirai mon église. »

— « Et je te donnerai les clefs du Royaume », s'empresse d'ajouter la duchesse.

— Altesse, reprend le cardinal, il est évident que le peintre nommé Pontormo n'a pas supprimé par étourderie saint Pierre et le symbole des clefs, mais animé d'une présomption satanique. Cet homme déniait toute autorité à notre Saint-Père et déclarait nul et non avenu le pouvoir romain.

De tous côtés on se récrie. « Un attentat si effronté est-il tolérable ? » « C'est l'œuvre d'un renégat ! » « Qu'on fasse disparaître un tel sacrilège ! » L'absence d'intercesseurs, ai-je besoin de le souligner ? les erreurs théologiques, les libertés prises avec le dogme ne sont pas la première cause de ce tollé : ils n'osent mentionner ce qui les révolte – mais les fascine, je le vois à la direction de leurs regards, qui se baissent horrifiés mais se relèvent aussitôt et fixent l'abomination. Bouleversé à l'idée que dix ans d'efforts vont être annihilés, je me sauve pour ne pas éclater en sanglots.

Sandro me rapporta qu'on avait noté ma fuite, souligné ma part de responsabilité dans le crime et délibéré sur mon sort. Sans la duchesse Eleonora qui prit ma défense en souvenir de la chapelle que je lui avais peinte et des nombreux portraits que j'avais faits de ses enfants, j'aurais été déféré devant le tribunal de l'Inquisition. Don Agostino plaida aussi en ma faveur. Il fut destitué pour son courage et envoyé en pénitence dans un faubourg très éloigné, avec interdiction de sortir du couvent de San Salvi. Je n'ai revu cet homme exceptionnel que sept ans plus tard, dans une circonstance que je relaterai en son temps.

Les fresques seront-elles détruites sans attendre ? Et comment ? Ordonnera-t-on qu'elles soient frottées ? Grattées ? Corrodées sous l'effet d'un acide ? Badigeonnées à la chaux ? Leur accordera-t-on un sursis ? On parle à Rome de faire couvrir par Daniele da Volterra les nudités du *Jugement dernier* de Michel-Ange. Mais caleçonner toutes celles de San Lorenzo paraît une tâche impossible. Il y en a tant ! Et si étroitement soudées l'une à l'autre ! Chacun dans Florence donne son avis. Qui opine pour le raclage des parties incriminées, qui pour la commande d'une autre fresque qui serait superposée à celle-ci. La palissade a été remontée et l'objet d'horreur soustrait à la vue du public.

Un événement politique accroît notre anxiété. Les Farnese n'occupent plus le trône pontifical : Paul IV, le nouveau pape, est un ami des Médicis, mais en même temps un des pourfendeurs les plus acharnés de l'hérésie. Cosimo, changeant aussitôt de bord, s'est mis à défendre les positions de Rome. Que les Réformés, proclame-t-il, ne s'attendent plus à bénéficier de son indulgence. Il les pourchassera sans pitié – annonce qu'il faut prendre d'autant plus au sérieux qu'il cherche à obtenir du Saint-Père que celui-ci élève à grand-duché le duché de Florence, promotion qui ferait de lui un « monarque régnant ». Ce revirement fait peser sur les fresques de San Lorenzo une menace bien plus grave que l'anathème du cardinal.

Néanmoins, il manquait le coup de grâce. Ces peintures sont d'une originalité si profonde et d'une perfection si admirable que leur seule beauté, comme le pense Sandro, les aurait préservées du désastre, dans une ville où l'amour de l'art a toujours triomphé des oppositions morales comme des sanctions religieuses. Soucieux de me rassurer, il me rappelle comment Savonarole, au siècle dernier, bien qu'étant à la tête du gouvernement, muni des pleins pouvoirs et adulé des Florentins, s'est discrédité aussi rapidement qu'il les avait séduits. Son autorité diminua du jour où il leur eut enjoint de porter sur les places publiques, pour les brûler sur des feux de joie, non seulement des livres, des bijoux, des coffres, des toilettes, mais aussi des tableaux. Ils se révoltèrent contre le moine quand il leur ordonna de livrer au bûcher le *Saint Sébastien* de Pérugin et la *Vénus* de Botticelli.

Pour condamner à mort les fresques de Jacopo, il fallait qu'une sommité du milieu artistique, un spécialiste indiscutable, déclarât qu'elles étaient *manquées en tant que peinture.* Le discrédit jeté sur ce chef-d'œuvre par un homme unanimement respecté autorisera le duc à en décréter, *au nom de l'art*, la suppression.

Giorgio Vasari, il fallait s'y attendre, s'est chargé de la besogne. Le supplément des *Vies* vient de paraître, où figure la biographie de Jacopo. Avec une perfidie sans égale, Vasari ne couvre de compliments ses premiers ouvrages que pour assassiner le chœur de San Lorenzo.

« Il a rendu la Résurrection des morts avec une telle confusion qu'elle ne sera pire ni plus réelle quand elle se produira. Sur le mur du milieu il y a une file de nus qui se tiennent par la main, s'accrochent, s'agrippent et s'empoignent n'importe comment par les jambes et les bustes, se faisant l'échelle pour monter au Paradis. »

Tout est sans style et disproportionné, ajoute-t-il, le peintre s'est égaré en fantaisies et élucubrations, il n'a respecté aucune des règles fixées depuis Giotto, on ne comprend rien à tant d'incohérences, si bien qu'on n'y prend aucun plaisir.

« Je lui reprocherai encore de n'avoir observé ni ordre, ni règle, ni mesure ; de n'avoir pas varié sa couleur, et de n'avoir tenu aucun compte de la perspective. Il y a trop de têtes et elles sont toutes pareilles. En un mot, le dessin, le coloris et l'ajustement de ses figures ne sauraient offrir plus triste aspect. »

Le traître ne donne pas les vraies raisons de ce verdict. Il voudrait nous faire croire que seul l'historien de l'art, le savant, l'érudit, l'a prononcé. Qui lui accordera de n'avoir obéi qu'à la probité scientifique ? Parler de « têtes » quand tout le monde sait qu'une autre partie du corps est visée ! Dire qu'elles sont « toutes pareilles » quand chaque queue est peinte avec le souci de les différencier, et que la réussite de cet effort constitue un exploit sans précédent ! Élus et damnés ne s'empoignent pas « n'importe comment » mais en visant la partie précise qu'ils ont envie de tâter. En réalité, préoccupé de garder la faveur du duc, dont il attend une commande importante pour l'aménagement du palais des Offices, il masque sous un jugement esthétique un acte d'obédience courtisane. Il admet en privé que Jacopo n'a jamais été aussi magistral, mais le reconnaître publiquement déplairait à Cosimo qui va, personne n'en doute plus, sacrifier un chef-d'œuvre à son ambition. L'idée de recevoir la dignité si convoitée de grand-duc lui tourne la tête. Il se jetterait à genoux devant le pape, il lécherait le bois de son trône.

S'il ordonne la destruction du chœur de San Lorenzo, si ces grappes de nus emboîtés avec génie disparaissent sous la chaux ou la pioche des démolisseurs – que je meure avant d'assister à une telle catastrophe ! –, la plus grande tragédie de l'histoire de la peinture sera consommée.

69

Intrigue à la cour

Une suite d'événements imprévus, liés par le fil mystérieux du destin, s'il m'est permis de parler comme Politien dans sa *Fable d'Orphée*, apportèrent une diversion à notre inquiétude pour les fresques. Simple amourette au début puis scandale politique, l'affaire mettait la ville en émoi. Nous ne fûmes pas les derniers, Sandro et moi, je l'avoue, à courir aux informations, malgré le caractère frivole de ce qui se colportait. Les diverses péripéties de cette histoire passent l'imagination. Je ne vais en rapporter dans ce chapitre que les premiers rebondissements. Nous en verrons plus loin la suite encore plus stupéfiante.

La banque des Salviati, bourgeois parmi les plus puissants de Florence, avait ouvert à Venise une succursale au coin du Canal Grande et du rio San Polo. Le directeur de l'établissement, Giovan Battista Bonaventuri, s'était montré si adroit et discret dans la conversion des ducats en florins et dans le reste des opérations financières – assurances de cargaisons, escomptes sur les lettres de change, prêts sur gage – que Cosimo l'avait choisi pour être un de ses agents secrets dans la République Sérénissime. De l'autre côté du Canal Grande, en face de la banque, l'antique palais Cappello, proche des *fondamenta* où débarquaient de Raguse, de Smyrne et d'Orient les denrées et les épices, reflétait ses fenêtres en ogive, ses balcons ajourés, ses dentelles de pierre dans les eaux du canal agitées par le va-et-vient des péottes. Le vice-capitaine général Bartolomeo Cappello et sa seconde femme Lucrezia Grimani habitaient ce palais.

Bianca, la fille du premier lit de Bartolomeo, avait à peine seize ans lorsque commença l'aventure. Le jeune neveu de Giovan Battista, Pietro Bonaventuri, garçon beau et hardi, sans morale ni scrupules, s'était attiré par ses rixes et ses trafics de faux bijoux une réputation détestable à Florence. Ses parents, d'une branche moins fortunée, le confièrent à son oncle dans l'espoir que la tutelle d'un homme si avisé, le travail dans une banque et des responsabilités sérieuses amenderaient et disciplineraient le vaurien. À peine arrivé et installé devant son comptoir, il songea comment tirer parti de son séjour dans une ville qu'on lui avait présentée comme très libre. S'étant approché de la fenêtre, il remarqua la jeune fille assise sur le balcon du palais Cappello. Plus étendue qu'assise, renversée dans une chaise longue d'où elle laissait pendre ses bras nus, elle n'avait le buste couvert que d'un tulle transparent d'où jaillissaient une magnifique paire de seins, teints en rouge par une décoction de cochenille, selon la mode importée d'Amérique, jugée nécessaire pour durcir et bander les mamelons.

Bianca Cappello se distinguait par des traits d'une beauté si exceptionnelle et par une carnation dorée et soyeuse si rare que nul ne pouvait résister à leur charme. Sa belle-mère Lucrezia Grimani, sèche, possessive, jalouse, vraie marâtre, la tenait sous clef ; privée de promenades, de sorties, de distractions, la pauvre enfant n'avait le droit que de paraître sur le balcon et blondir ses cheveux au soleil. Un chapeau de paille à large bord sans fond préservait la pâleur ambrée de son teint.

Pietro lança un caillou qui vola au-dessus du canal et tomba aux pieds de Bianca. Elle leva les yeux. Les jeunes gens se sourirent. Pietro envoya un baiser de la main. Bianca ne fut pas en reste. Sa chambrière se mit à l'œuvre. Les billets d'amour portés d'un palais à l'autre précipitèrent l'intrigue. Je n'entrerai pas dans le détail des serments, des dithyrambes, des pudeurs, des revirements, des alarmes. L'ardeur des sens n'était pas seule à stimuler Pietro : la mère de Bianca avait légué à l'orpheline une dot de six mille sequins d'or à toucher le jour de son mariage. Pietro examina les abords du palais Cappello. L'entrée d'honneur sur le Canal Grande était gardée jour et nuit. Par une poterne de côté, donnant sur le rio San Polo, les fournisseurs livraient le bois, les provisions, les caisses de valpolicella. La chambrière se procura par ruse une clef de cette porte. Une nuit, avec la complicité de deux gondoliers, Pietro réussit à s'introduire dans le palais. La chambrière pendant le dîner avait versé dans le verre de vin du majordome un élixir soporifique. Elle banda les yeux au jeune homme et lui vola un baiser avant de le conduire par un escalier de service jusqu'à la chambre de Bianca.

Séduire une jeune fille patricienne était puni à Venise de la peine capitale. Elle-même serait cloîtrée à vie dans un couvent. La lingère n'avait pu être achetée. Il était à craindre qu'elle ne fît un rapport sur les taches qu'elle aurait découvertes en changeant les draps. Les amants se sauvèrent par une nuit de novembre, d'abord sur une barque de pêcheur jusqu'à Chioggia puis à dos de mulet. Pris en chasse par les gens des Cappello, ils franchirent l'Apennin au prix d'horribles difficultés. Évitant la grand-route, ils se faufilaient par des gorges à peine praticables et côtoyaient, sur des sentes si étroites qu'ils pensèrent plusieurs fois tomber dans le précipice, des ravins au fond desquels bouillonnait une eau noire. La nuit, Pietro allumait des feux pour écarter les loups. Dans une grotte à l'abri de la pluie et du vent un colosse qui se faisait passer pour ermite partagea avec eux son pain rassis, mais voulut se payer de son geste en abusant de la jeune fille. Ils s'enfuirent sous la tempête en abandonnant le mulet. Enfin, ils parvinrent à gagner sains et saufs Florence, où ils se réfugièrent chez les parents du jeune homme, dans leur maison, place San Marco. Un dominicain du couvent, soudoyé pour donner aux fuyards la bénédiction nuptiale, valida leur union.

Venise ne décolérait pas. De cruelles représailles frappèrent les complices. Giovan Battista Bonaventuri fut incarcéré dans une basse-fosse où il mourut de pleurésie. Le majordome du palais Cappello, la chambrière et les deux gondoliers furent pendus sans procès. La République protesta officiellement auprès du duc et réclama la restitution du couple. Cosimo, agacé de cette intrusion étrangère mais peu soucieux d'ouvrir une crise diplomatique avec ses voisins, convoqua les jeunes gens au palais Pitti, en présence de l'envoyé de Venise. Le prince héritier Francesco, fils aîné du duc, âgé de vingt-deux ans, demanda à assister à l'entrevue. Ce n'était pas sans arrière-pensée. Féru d'équitation, il avait aperçu Bianca place San Marco, où se trouvent les écuries ducales. Elle avait gardé l'habitude de prendre le soleil à sa fenêtre, demi-nue. Amoureux fou de ses tétins dès le premier coup d'œil, Francesco plaida pour Bianca et lui obtint sa grâce, contre la promesse faite à l'envoyé de Venise d'interdire aux chevaliers pisans de Santo Stefano de faire la course sur mer dans les eaux de l'Adriatique.

Ce jeune prince était né riche de talents et de mérites, comme on le verra. Sans tarder, il s'employa à conquérir Bianca, qui n'était pas si éprise de son compagnon de fugue qu'elle ne jugeât à leur prix les avantages d'une liaison plus brillante. Francesco caressa le mari, le promut à l'emploi lucratif de chef de sa garde-robe, procura au jeune fat enchanté de cette aubaine des armes, des chevaux, un attelage, des maîtresses. Il installa le couple via Maggio (en réalité « Maggiore », c'est-à-dire la plus grande) qui va du pont Santa Trinità au palais Pitti. La belle demeure fut restaurée, surélevée d'un étage, pourvue d'un portail à bossages, la façade décorée de dessins en grisaille. *Putti*, sirènes, monstres marins et autres animaux fantastiques apprivoisés par l'art ornèrent de gracieux graffiti les quatre étages. Les armes parlantes des Cappello, un grand « chapeau » à rubans, surplombèrent le portail. La liaison étant devenue publique, la rumeur se répandit qu'un souterrain creusé jusqu'au palais Pitti reliait l'habitation des époux à l'aile où résidait Francesco.

Les commentaires, les plaisanteries, les quolibets allaient bon train. Le sobriquet de « Pietro Cornes d'or » ajouta au piquant de l'affaire. Sandro fut un des rares à s'offusquer d'une intrigue qui flattait le goût des Florentins pour les histoires lestes enlevées avec esprit. Depuis Boccace, le désir ne s'était pas moqué des principes avec autant de naturel. Un petit souffle de gaieté entra dans l'air étouffant de la cour.

— Est-il vrai, Agnolo, que le prince héritier t'a demandé de faire le portrait de Bianca ?

— En deux ou trois exemplaires.

— J'espère bien que tu vas refuser.

— Impossible.

— Toi, apporter la caution de l'art à une… une… ?

— C'est dans ton intérêt aussi. Nous devons ménager Francesco, qui a hérité des préjugés de sa mère.

— Qu'en sais-tu ?

— Il a refusé d'accorder à Benvenuto une remise de peine pour son affaire avec le petit boulanger. Les espions au service du palais auront vite fait de nous dénoncer, nous aussi. Entrer dans les bonnes grâces de Francesco, nous attirer sa protection est indispensable.

— Mais pas au prix d'une bassesse. La chanson qui court sur Bianca met les points sur les i. On lui conseille de s'acheter des manchons de dentelle, de s'habiller d'une robe jaune aux manches rouges et de se coiffer d'un voile couleur moutarde.

— Le costume et l'attirail des prostituées, je sais. Francesco aura été blessé d'une telle chanson. Blessé et humilié. S'il voit que je prends le parti de Bianca, il nous laissera tranquilles, et, le cas échéant, empêchera la police de venir nous inquiéter. Je vais donc peindre la jeune femme en flattant son portrait. À moins, repris-je devant sa mine butée, que tu ne veuilles prendre les devants, donner au duc un gage de bonne conduite et couper court aux rumeurs qui nous menacent, en me quittant pour aller vivre ostensiblement avec Cornelia ?

À ces mots il pâlit, puis se jeta dans mes bras et me jura que cette fille comptait beaucoup moins pour lui que je ne le pensais. La voir de-ci de-là, l'emmener en promenade sur le *corso* le long du fleuve, parader à son bras dans la petite cape rose dont elle aimait caresser le velours, bavarder de choses et d'autres qui n'avaient aucun rapport avec la peinture, passer ensuite quelques moments chez elle à la mignoter (il ne le niait pas), cela lui suffisait. Il « lui voulait du bien », c'est tout ; elle lui permettait de se détendre après les heures de travail. Partager son existence, s'installer ensemble ? Jamais. L'essentiel, c'était sa vie avec moi, à l'atelier, dans mon intimité.

— Jour et nuit, Agnolo.

Il prit dans un tiroir le diamant que Benvenuto m'avait donné autrefois avant de s'enfuir à Rome et traça de la pointe sur notre miroir à barbe les mots suivants :

SANDRO AMA AGNOLO
DI GIORNO COME DI NOTTE

Je l'embrassai à mon tour. Passé le moment des effusions, je repris :

— Tout le quartier te voit sortir de chez moi le matin et sait par la femme qui prend soin de notre ménage qu'il n'y a qu'un lit dans l'atelier. Notre situation reste précaire. Benvenuto n'est pas le seul que persécute l'État. Le Polverini a profité du départ de Michel-Ange et de son installation à Rome pour condamner à trois ans de prison le petit Gherardo, que le grand homme, tout le monde est au courant, n'utilisait pas seulement comme modèle. La bienveillance de Francesco nous est donc nécessaire. Toi encore, tu as l'alibi de Cornelia, tandis que moi, qui me tirera d'affaire ?

— Si c'est comme tu le dis, je romps publiquement avec Cornelia, et je reste avec toi partager les mêmes risques que toi.

— Bianca est très belle, j'aurai plaisir à la peindre. Réussir le portrait d'une belle femme clouera le bec à ceux qui me reprochent ma galerie de beaux jeunes gens et insinuent que le portrait de la poétesse Laura Battiferri n'est si bon que parce que le modèle est si laid. Toi aussi, si on te le propose, accepte de faire le portrait de Bianca. Qu'avons-nous à nous mêler de la vie privée de nos princes ?

Bianca était si vaniteuse qu'elle commanda son portrait à tous les peintres de quelque renom. Sandro dut s'exécuter comme les autres. Il avait le projet, sinon d'enlaidir Bianca, du moins d'en rabaisser la superbe. Je ne sais comment (ou plutôt je devine par quels moyens habituels, de ceux qui la rendaient irrésistible) elle parvint à désarmer ses préventions. Mettant de côté toute intention hostile, il fit un admirable tableau. Peut-être n'eut-elle pas besoin de manœuvres et fut-il vaincu par l'éclat de sa beauté. Les traits réguliers, le front haut, les sourcils fins, le nez long et droit pouvaient donner l'image d'une âme sereine et bonne, en contraste avec le port de tête décidé, le regard impérieux, le menton rond et volontaire, la bouche petite et vorace qui trahissaient l'énergie, l'ambition immodérée, l'opiniâtreté prédatrice.

70

Le nouveau duc

Cosimo était vieux et fatigué. Sa femme Eleonora avait « rendu son âme à Dieu » en accouchant de son douzième enfant. Elle venait d'avoir quarante ans. Très éprouvé par ce nouveau décès, inconsolable de la mort de ses deux fils Giovanni et Garcia, le duc reporta sur la troisième de ses filles, Isabelle (vingt ans), une passion faite de son chagrin conjugal, de sa douleur paternelle, de son déclin physique et d'un sursaut de sa vitalité. Sandro fut le témoin involontaire d'un événement que je ne puis passer sous silence. Toujours hanté par la menace qui pesait sur les fresques de San Lorenzo, j'avais pensé au moyen de capter les bonnes grâces de ce cafard de Vasari. Pour grimper à sa place sur les échafaudages où il peinait à achever la décoration du gigantesque salon du Palazzo Vecchio, je lui avais proposé l'aide d'un garçon de vingt-deux ans, agile, robuste, insensible au vertige. Sandro comprit mon intention et accepta de grand cœur cette tâche. Chaque matin, à la même heure, il se rendait au palais, et n'en ressortait que le soir, également à heure fixe. Les gardiens du palais pointaient le moment de son arrivée et celui de son départ. Il me rapporta la scène qu'il avait malgré lui surprise.

Alors qu'il peignait, caché par les planches de son échafaudage, un des compartiments du plafond, il vit entrer dans le salon Isabelle. C'était vers midi, l'air au-dehors était brûlant, la vaste salle, haute de quelque dix toises, la seule pièce du palais un peu fraîche. Ignorant que quelqu'un se trouvait là-haut, se croyant à l'abri des regards, la jeune fille tire les rideaux, enlève sa robe, abaisse les bretelles de son justaucorps, découvre sa gorge, petite, ronde, bien dure. Elle se couche sur un divan et s'endort. Bientôt Cosimo entre à son tour et aperçoit sa fille, plus qu'à moitié déshabillée. Il lorgne ses seins, son ventre ; à la naissance des cuisses, sous le voile du sous-vêtement, fixe le regard sur la tache noire de sa toison. Les yeux du duc, me dit naïvement Sandro, « brillaient dans la pénombre ». Il alla mettre le verrou aux portes ; bientôt Isabelle jeta un cri, mais à ce cri, Sandro ne vit plus rien, car il ferma les yeux et feignit de dormir.

En se relevant, Cosimo se souvint que cette salle devait être celle où peignait Vasari ou son aide. Il leva les yeux au plafond, et vit l'échafaudage. À l'instant même l'idée lui vint qu'un spectateur pouvait avoir assisté à son crime, et cette idée, dans un cœur comme le sien, fut suivie immédiatement du désir de se débarrasser de ce témoin. Il monta doucement à l'échelle ; arrivé à la plate-forme, il trouva Sandro qui, couché sur le dos (il avait eu soin de ne pas se tourner vers le mur), dormait dans un coin. Il s'approcha du jeune homme, tira son poignard, le lui approcha lentement de la poitrine pour s'assurer qu'il dormait pour de bon, sans faire semblant. Sandro ne bougea pas, sa respiration resta calme et égale, et Cosimo, convaincu que l'aide de son peintre favori n'avait rien vu ni entendu, remit son poignard au fourreau et s'en alla. À l'heure où il avait l'habitude de finir de peindre, Sandro descendit de l'échafaudage et sortit du palais. Ce sang-froid le sauva ; s'il avait pris la fuite, il était perdu : car partout où il se fût réfugié, le poignard ou le poison des Médicis eût été le rejoindre.

Sandro, révolté, me demanda de le relever de sa mission : il se sentait incapable de continuer à peindre batailles, victoires, festins, apothéoses à la gloire d'un prince aussi dénaturé.

— Tu es fou, lui dis-je. Prends bien soin au contraire de te rendre demain au palais à l'heure à laquelle tu as l'habitude de t'y rendre. Assure-toi que les gardiens t'ont vu passer. Remonte sur ton échafaudage comme si ce que tu avais vu n'était qu'un songe. Chantonne, garde l'air joyeux de celui qui n'est préoccupé que de son travail.

Loin de se laisser tourmenter par le remords, Cosimo, de plus en plus aigri par l'âge et par les infirmités, récriminait contre la Providence. Un jour qu'il se plaignait d'être abandonné par Dieu et prenait à témoin don Luigi, celui-ci le réprimanda sévèrement et lui imposa pour pénitence un pèlerinage à la Madone de l'Impruneta. Le duc se retira alors des affaires et, sans abdiquer, en céda la direction à Francesco.

Le nouveau duc a trois passions : les femmes, les arts et les sciences naturelles. Féru de minéralogie, de toxicologie, d'alchimie, de botanique, il collectionne les métaux, les cristaux, les pierres dures, les gemmes, les plantes. Il croise les diverses drogues qu'il se procure à la pharmacie de Santa Maria Novella, pour en extraire, en y ajoutant des herbes cueillies à Poggio a Caiano, certains élixirs de sa composition, dont l'odeur âcre et violente n'a pas été du goût des moines. La pommade à l'ambre, qui a fait le tour de l'Europe, est de son invention. Il n'y a espèce d'expérience à laquelle il ne s'adonne, par ennui de ses charges publiques autant que par impatience d'innover. Les beaux-arts occupent le reste de son temps. Le palais des Offices avait été construit pour abriter des bureaux. Désireux d'avoir à sa disposition une galerie pour les tableaux accumulés par sa famille et entassés dans les caves, il a transformé le second étage en musée. Je suis resté son peintre officiel, et il s'appuie sur mes conseils pour mettre de l'ordre dans ces trésors et compléter les collections.

— Que de souvenirs de l'Antiquité et du paganisme ! s'exclama-t-il en parcourant les quarante-cinq salles de peinture. Je comprends que ma mère n'ait jamais cherché à mettre en valeur ni à exposer des œuvres si contraires à l'idéal espagnol.

J'avais fait acheter *La Madone au long cou* de Francesco le Parmigianino, mais aussi le *Saint Sébastien* de Pérugin, celui de Sodoma encore plus provocant, dont Sandro alla à Sienne négocier l'acquisition ; les deux *Hercule* de Pollaiolo et son *Combat d'hommes nus* ; un autre « combat d'hommes nus », celui de Rosso, déguisé sous le nom de *Moïse défendant les filles de Jéthro* ; enfin le *Dionysos* de Pierino, avec le jeune garçon dévêtu appuyé à sa cuisse, statue sacrée à mes yeux, trop précieuse pour être laissée à Pise, abandonnée dans un dépôt.

— On n'était pas gêné, en ce temps ! fit le duc, d'un air mi-figue, mi-raisin, mais plus amusé, au fond, que choqué.

Soucieux d'être agréable au nouveau maître de Florence, et pressé d'améliorer mon image après un aveu si explicite de mes goûts, je lui offris d'installer dans le salon d'honneur en forme de rotonde un tableau que je savais être plus de son gré que du mien, la *Vénus* dite « d'Urbino », peinte par Titien pour le duc des Marches, dont le fils n'était autre que ce Guidobaldo della Rovere dont j'avais fait naguère le portrait, lors de mon séjour à Pesaro. Nous étions restés en bons termes, sans nous revoir jamais. Il m'avait permis d'acquérir ce tableau pour les Offices, malgré l'opposition de son père. Francesco, en regardant cette odalisque nue allongée voluptueusement sur un lit défait, la main posée à la jonction de ses cuisses, rougit jusqu'aux oreilles. Il avait fort bien deviné que sous le nom de « Vénus » le peintre avait représenté une femme « de petites mœurs ». De ses doigts recourbés et enfoncés dans son vagin, elle se manstupre sans aucun embarras devant le spectateur. Déjà suspect aux yeux de l'Église à cause de sa liaison avec Bianca, le duc ne voulait pas envenimer le conflit, si peu dévot qu'il fût. Aussi écarta-t-il ma suggestion.

Je lui proposai alors de remplacer cette gourgandine par la *Vénus* moins impudique de Botticelli, qui couvre ses seins d'une main et son sexe de l'autre.

— Un de ses seins seulement, Agnolo. L'autre est découvert en entier.

— Mais si menu, si enfantin…

— Son Éminence n'a-t-elle pas annoncé sa visite ? me demanda-t-il toujours aussi inquiet. N'as-tu rien de plus séant à mettre en valeur ?

Nous nous décidâmes pour *Le Couronnement de la Vierge* de Filippo Lippi et le *Léon X* de Raphaël.

L'idée lui vint d'utiliser une partie du premier étage pour une école de tapisserie, à condition que tous les sujets soient empruntés à la Bible et fassent une sorte de propagande à sa loyauté religieuse. Je fus le premier à qui il commanda un carton.

— Je te laisse le choix de l'épisode, pourvu que tu le prennes dans les Saintes Écritures. N'est-ce pas ton maître Jacopo qui a traité avec succès les aventures de Joseph en Égypte ? Illustre-les à nouveau, de façon qu'elles me recommandent à Son Éminence. Regarde, j'ai préparé les didascalies pour les différentes scènes possibles.

« Joseph, prince des songes. » « Joseph vend du blé à ses frères. » « Joseph prend dans ses bras Benjamin. » Cet épisode m'inspirait déjà plus. « Rencontre de Joseph et de Jacob. » « Jacob bénit les fils de Joseph. » Pour une autre scène, le duc avait élaboré une beaucoup plus longue légende. Je sautai sur l'occasion. « Joseph, repoussant les avances de la femme de Putiphar, se sauve du lit où elle était nue sous les draps. Plutôt que de souiller une couche sanctifiée par le mariage, il laisse entre les mains de la dévergondée un pan de son manteau. » Le duc avait calligraphié ces deux phrases en belles lettres rondes, pour être sûr que Son Éminence, affligée d'une forte myopie, ne pût ignorer qu'il avait compris sa faute et en faisait amende honorable et publique. Pour ma part, il y avait longtemps que j'avais envie de rappeler cet exemple à Sandro. Ah ! Sandro, me disais-je, pourquoi n'as-tu pas imité Joseph ? Céder à la première femme venue, était-ce digne de toi ? Ne pouvais-tu lui abandonner ta petite cape rose et t'enfuir ?

Sandro examina le dessin où je l'avais pris pour modèle de Joseph, vêtu d'une tunique transparente adhérant au corps. Ses boucles, ses lèvres, les muscles de son bras, la pointe de ses seins, la cavité de son nombril, sa démarche, c'était lui tout craché. À la femme de Putiphar, représentée aux trois quarts hors du lit, toute nue, j'avais donné les traits de Cornelia, non sans accentuer le gonflement de ses mamelles, qui apparaissaient grasses et bouffies. Il comprit tout. Ma déception, ma douleur, mon ressentiment.

— Tu sais, me dit-il, les choses entre Cornelia et moi se sont passées exactement de la même façon. Elle m'avait emmené chez elle, je n'y entendais pas malice, je croyais qu'elle vivait sous la surveillance de ses parents alors qu'elle habitait seule son petit appartement. Elle me fait entrer dans sa chambre, et là, tout à coup…

— C'est elle qui a pris l'initiative ?

— Pardonne-moi. La curiosité m'a poussé. J'ai été lâche. Et puis…

— Quoi ?

— Je voulais me rendre certain, en quelque sorte, que toi seul comptais. Ne m'as-tu pas dit un jour que, sans avoir fait l'expérience de ce qu'on ignore, on ne peut être sûr de ce que l'on aime ?

— Une fois, je veux bien, mais ensuite…

— On ne se dépêtre pas comme ça d'une fille.

— Ce fut si agréable que cela ?

— Elle vous colle.

— Cornelia avait deviné qu'elle te plaisait. N'ai-je pas raison ?

— Pourquoi ces questions, Agnolo ? Elles ne servent qu'à te faire souffrir.

— Rien ne m'ôtera de l'esprit que tu as pris goût à cette fille.

— Mes amis ont tous une fiancée.

Je fus touché qu'il ne fît pas allusion à mon âge pour justifier cette liaison.

71

Les deux mariages de Francesco

De tous les arts, celui de la politique est celui qui intéresse le moins Francesco. Occupé à mettre au point la pommade à l'ambre, il a négligé de se rapprocher de sa cousine Catherine de Médicis, devenue reine de France. C'était le seul moyen de combattre le parti espagnol. Pour avoir la paix, il abandonne le gouvernement de l'État aux prêtres dont le pouvoir a redoublé.

Bianca rêvait – non : déterminée comme toujours, Bianca avait résolu, coûte que coûte – de devenir, quoique mariée elle-même, la femme légitime du nouveau souverain. Un obstacle en apparence infranchissable coupa court à cette ambition. Pour des convenances dynastiques et des calculs de politique européenne, son père obligea Francesco à épouser Jeanne d'Autriche. Sœur de Maximilien II, roi de Bohême et de Hongrie, empereur germanique, celle-ci se trouvait être la nièce de Charles Quint. Cosimo avait conclu le mariage de son fils par l'entremise du pape et reçu en échange la promesse, si longuement attendue, qu'il recevrait le titre, le sceptre et les prérogatives de grand-duc – comme c'est arrivé en effet, quelques années plus tard, lorsque Pie V l'eut couronné sur le Capitole.

De même que j'avais assisté, autrefois, à l'arrivée d'Eleonora di Toledo, je voulus, en compagnie de Sandro, être parmi les premiers à découvrir le visage de notre nouvelle princesse. Nous nous postâmes au débouché de la route de Bologne, pour voir passer le cortège en tête duquel Jeanne d'Autriche fit son entrée dans Florence, au son des fifres tyroliens de sa suite et des canons de notre forteresse. Fluette et pâle fillette, elle n'avait que dix-sept ans. D'un blond fade, très laide, avec le nez trop fort, le front trop haut et trop étroit, la lèvre inférieure proéminente et le menton en galoche des Habsbourg, elle chevauchait une haquenée blanche qui frappa davantage que sa chétive et *brutta* personne. Bianca regardait d'un balcon. Je vis s'épanouir sur son visage la joie d'avoir cette pauvrette pour rivale.

Les douze écuyers ducaux en livrée jaune furent supplantés, dans l'admiration des spectateurs massés le long du cortège, par les vingt-quatre pages que Maximilien avait prélevés sur sa garde personnelle ; ils avaient la plus jolie tournure du monde, dans leur justaucorps de velours frisé bleu azur. Benvenuto se vanta plus tard d'avoir réussi à en enlever un pendant qu'ils défilaient. Il amena chez lui ce garçon de quinze ans, le plia à son désir (« *le sauta*, comme ton langage est parfois ampoulé ! » m'aurait dit Sandro) malgré les cris du petit, le fit taire par le don d'une émeraude, enfin au bout d'une heure le reconduisit dans le cortège exactement à la place d'où il l'avait soustrait. De ce rapt audacieux et qui aurait pu lui valoir, cette fois, de trois à cinq ans de prison, personne n'avait rien vu, personne ne sut rien. « Ne montre ton émeraude qu'une fois rentré à Vienne, et dis que tu l'as gagnée au jeu », recommanda-t-il au jouvenceau. De tous les exploits de Benvenuto, c'est peut-être le plus fameux, à cause de l'énorme impudence de son crime, et pour sa désinvolture à se jouer du danger.

Splendide fut la cérémonie nuptiale. Après la messe chantée dans la cathédrale, les estafiers du duc jetèrent à poignées sur le parvis au milieu de la foule hosannante des pièces d'argent et d'or qui rebondirent sur le pavé en tintant. Le vin coulait gratis de tonneaux disposés aux carrefours. Du pain, des amandes, du miel des ruches du jardin Boboli, des fromages de chèvre enveloppés dans des feuilles de vigne, distribués dans chaque rue, accrurent la joie publique. Ce fut le seul jour de liesse pour la triste princesse, et sa dernière illusion. Francesco la relégua dans des chambres intérieures du palais, d'où elle ne sortit plus que pour de rares cérémonies officielles. Enceinte chaque année, entourée de ses seules dames d'honneur, elle n'avait d'autres affections que celles qu'elle avait laissées à Vienne. Aigrie de se sentir non seulement négligée par son mari mais déclassée, elle, fille et sœur d'empereur, dans un milieu de banquiers, elle noyait son chagrin dans la bière dont les chariots de son escorte avaient apporté à Florence des tonneaux. On plaignait la recluse, on blâmait le duc de la délaisser, on admirait sa résignation, on s'étonnait qu'en se nourrissant de choucroute, de salaisons et de ces lourdes pitances en faveur dans l'Europe centrale elle restât aussi rachitique, mais les malheurs et les vertus de cette infortunée n'effaçaient pas à nos yeux la tare d'être vraiment trop laide. Nous n'eûmes même pas à faire son portrait, tant son mari la trouvait maigre et disgracieuse. Il lui reprochait surtout d'avoir pris la place de Bianca.

Un jeune valet, de tournure médiocre, le visage criblé de croûtes de varicelle, choisi précisément parce qu'il ne prêtait pas au soupçon, avait accès à sa chambre à coucher, où il apportait, car elle ne se levait guère de son lit, le gibier en sauce et la forte cervoise à celle qu'on croyait confite dans le regret de son pays. Le drôle réussit à se faire aimer. Leur intrigue eût passé inaperçue, s'il n'avait eu la sottise d'aller s'en vanter dans les cuisines. Le duc, averti, se vengea selon l'usage florentin. Comme dans les fabliaux de nos conteurs, le *cornuto* s'arrangea pour sauver son honneur en punissant à la fois, du même geste inattendu et brutal, l'épouse adultère et l'amant effronté. « Viens », dit-il au jeune valet. Il l'emmena dans la chambre conjugale, le fit déshabiller entièrement et coucher sur le tapis, au pied du lit, cul à l'air. Puis, sous les yeux de son épouse, il écarta les fesses du coupable, se mit en position et le sodomisa copieusement. La nouvelle s'en répandit aussitôt dans Florence. Passé le premier moment d'hésitation, l'exploit tourna à l'avantage de Francesco. Notre duc a retrouvé, disait-on, par le miracle de l'atavisme familial, la virtuosité de son glorieux ancêtre, Laurent le Magnifique (en réalité un oncle très lointain), qui n'en usait pas autrement avec les apprentis sculpteurs conviés dans son jardin de San Marco.

Enfin, prise dans une bousculade à la sortie de la Santissima Annunziata où elle avait voulu invoquer le secours de la Madone pour sa huitième grossesse, la duchesse fit une chute, accidentelle ou provoquée. On la rapporta dans ses chambres évanouie. Elle mourut en quelques heures, âgée d'à peine trente et un ans. Comparées à la pompe du mariage, les funérailles étonnèrent par leur modestie. Les tentures noires des monuments publics disparurent vingt-quatre heures après la mise au tombeau dans la crypte de San Lorenzo. Il se murmura que la période fixée habituellement pour le deuil d'une princesse aurait par sa longueur contrecarré les projets de Francesco.

Peu après la mort de Jeanne, un nouveau scandale secoua l'opinion. Par une nuit sans lune, alors que Pietro Bonaventuri rentrait chez lui du prostibule où il venait de quitter une de ses maîtresses, une demi-douzaine de sicaires embusqués sur le pont Santa Trinità l'attaquèrent en traître. Il se défendit avec courage, transperça d'un coup de poignard un de ses agresseurs, en saisit un autre à bras-le-corps, le jeta dans le fleuve, puis s'enfuit à toutes jambes. Il avait distancé ses adversaires et croyait s'être mis en sûreté, mais six autres assassins l'attendaient via Maggio, sur le seuil de sa maison. Blessé de plus de vingt-cinq coups d'épée, il fut laissé pour mort devant le beau portail de sa demeure. Les sicaires barrèrent avec des charrettes les deux extrémités de la rue pour empêcher les secours d'arriver. Après une nuit d'agonie dans la rue déserte, il expira d'hémorragie au petit matin.

Les amants avaient la voie libre, mais le confesseur du duc, le tout-puissant don Lorenzo Davidico, prieur de Santa Maria Novella, jugeant suspects ces deux veuvages survenus coup sur coup, s'opposa à leur mariage. Bianca réussit – personne ne sait par quels artifices – à circonvenir le prêtre. Celui-ci revint trouver le duc et lui ordonna de consoler en l'épousant la malheureuse veuve écrasée si jeune sous un deuil si affreux. Le dimanche suivant il prononça en chaire, dans son église ornée de l'illustre *Trinité* de Masaccio, un sermon sur l'amour.

— *Caritas est Deus !* Dieu, le Dieu unique en trois personnes, comme vous l'enseigne la sainte Trinité peinte ici sur le mur, Dieu n'est que charité, c'est-à-dire Amour. L'Amour, mes frères, absout du mal, de quelque façon qu'il ait été commis. L'Amour justifie le pécheur toutes les fois que celui-ci aime non pas du bout de ses lèvres mais du fond de son cœur. Nous nous sommes assuré que tel était bien le cas. Le mystère de l'Amour vous réunira bientôt dans l'auguste nef de notre sainte cathédrale. Qui oserait s'opposer à l'accomplissement de l'Amour ? Éclairée par la grâce divine, Son Altesse n'a pas voulu continuer à vivre dans le reniement de son âme. Dieu légitimera son union et en consacrera la pureté par le plus inviolable des liens, celui qui détruit l'adultère et régénère le coupable.

Trois mois ne s'étaient pas écoulés depuis la mort de la première épouse que les nouvelles noces furent célébrées, avec moins d'éclat mais sans être tenues secrètes. Du vin de meilleure qualité, du pain plus blanc que la première fois, de la farine, du maïs et du riz, distribués en abondance sur les places, ne suffirent pas à désarmer la méfiance populaire. Le bruit courut que le spectre de Jeanne, à peine la nuit tombée, nageait dans l'Arno entre deux eaux, à contre-courant, comme si la défunte voulait remonter jusqu'à la source pure du fleuve et s'abreuver aux eaux limpides dont la fraîcheur la laverait des humiliations endurées. Francesco eut alors une idée de génie. Connaissant le pouvoir du Beau sur ses sujets, il accrocha dans une salle du rez-de-chaussée de son palais la vingtaine de portraits qu'il avait fait faire de Bianca, et ouvrit cette salle au public. On défila pendant huit jours, huit heures par jour. Tous les griefs furent oubliés, toutes les félonies pardonnées, devant ce visage qui avait inspiré aux peintres des tableaux si parfaits.

Aucune trace ne serait restée du premier mariage de Francesco, si Bianca ne s'était engouée du costume des vingt-quatre pages qui avaient escorté Jeanne d'Autriche. Elle demanda au duc de remplacer par leur joli justaucorps de velours bleu azur l'affreuse livrée jaune des écuyers florentins.

72

Comment Sandro se vengea

Indigné par cette suite de trahisons, de parjures, de crimes, Sandro voulait m'empêcher de continuer à peindre Bianca. J'en étais au quatorzième ou quinzième portrait. Pour m'épargner de transporter au palais mon attirail – c'est du moins ce qu'elle prétendait –, elle montait de plus en plus souvent dans l'atelier. Elle frappait à la porte et sans attendre d'être invitée à entrer s'installait sur un coussin, pose qui l'obligeant à relever ses jupes découvrait ses jambes jusqu'au-dessus des genoux. Silencieux dans son coin, Sandro restait buté et maussade. Elle lui apportait de petits cadeaux dont il la remerciait à peine.

— Tu n'as pas aimé mon lis d'argent ?

Sandro répondait par une moue. Deux jours après, de plus en plus engageante :

— En voici un tout en or.

Il posait le bijou sur la table sans même le regarder.

— *Non fare il muso così.*

Sandro s'obstinait à bouder.

— *Ti sono amica.*

Je lui avais appris l'interjection favorite de Jacopo.

— *Amica, un corno !* murmurait-il.

— De tous les portraits qu'on a faits de moi, le tien est celui que je préfère.

Cette flatterie le laissait insensible. Piquée de sa résistance, alarmée de voir diminuer son pouvoir de séduction, elle m'inquiétait par son entêtement à vouloir l'essayer sur Sandro. N'était-elle pas femme à nous dénoncer s'il se montrait trop revêche ? J'étais bien loin de prévoir jusqu'où elle pousserait l'effronterie.

— Sandro, lui dit-elle un jour, tu partages la vie d'Agnolo ?

— Nous avons le même atelier, Signora, et vous le savez bien.

— Et puis ?

— Nous travaillons ensemble.

— C'est tout ce que tu as à me dire ?

— Je suis l'élève d'Agnolo et je peins sous sa direction.

— Allons, pas de faux-fuyants avec moi. Je t'ai demandé si tu partageais sa vie.

— Qu'entendez-vous par là ?

— J'entends que tu contreviens à la loi.

Par la fente du rideau que nous avions eu l'étourderie de laisser entrouvert on apercevait la chambre à coucher. Elle jeta un regard appuyé sur le grand lit puis se tourna vers Sandro en souriant. Les draps froissés et en désordre, les oreillers jetés par terre témoignaient qu'on n'avait pas seulement dormi dans ce lit.

Je crus nécessaire d'intervenir.

— Nous savons, Altesse, que votre bienveillance nous protège et que nous n'avons rien à craindre.

Sans daigner me répondre, elle se tourna vers Sandro.

— À une condition, *Sandrino mio*.

Elle le fit asseoir à côté d'elle sur le coussin à peine assez large pour deux personnes et, par les agaceries dont elle le chatouilla, ne rendit que trop clair ce qu'elle exigeait de mon compagnon. En bonne Cappello, elle mit au service de son manège tout l'attirail du jargon érotique appris à Venise de sa chambrière.

— Je te mets au défi de ne pas vouloir naviguer dans mon port, quoique j'aie, grâce à Dieu, de quoi largement te recevoir, même si tu voulais caboter à ton bon plaisir et dresser le plus grand mât qui eût jamais été ; et même, si tu voulais te réfugier dans mon petit golfe, il n'y manque pas de place où on pourrait facilement le mettre à la rade, l'ancrer et hop ! l'engloutir.

Elle filait ses répugnantes métaphores et ses triviales exclamations en tâtant la poitrine et les hanches de Sandro sans tenir compte de ma présence ; je n'existais pas à ses yeux ; j'aurais pu aussi bien ne pas être là. Déjà mortifié de compter pour si peu, quels ne furent pas ma surprise et mon chagrin de voir Sandro obéir à cette impudente. Elle le saisit par le bras, l'entraîna derrière le rideau, il n'essaya même pas de protester, et bientôt, par les soupirs, les râles et les gémissements qui leur échappèrent, je n'eus plus aucun doute sur la docilité de Sandro.

Elle partie, je ne pus retenir ma colère.

— Sandro, toi…

— Idiot, ne dis rien !

Il m'embrassa.

— C'était nécessaire.

— Te laisser embobiner comme cela !

— Ne te fâche pas ! Il fallait payer ce prix pour notre sécurité.

— Oh ! Le sacrifice ne t'a pas été trop pénible, apparemment !

— J'ai sauvé notre couple.

— En couchant avec cette garce !

— Préférerais-tu me voir en prison et séparé de toi pour toujours ? Crois-tu que j'ai pris le moindre goût à la chose ? Si tu savais ce qu'elle pouvait minauder, dans son affreux charabia ! « Écarte les colonnes de mon temple », « Force la porte du précipice », et quantité d'autres niaiseries… Et moi, pour abréger, je l'ai foutue d'un coup. Elle me tapait déjà sur les nerfs : maintenant, elle m'est odieuse.

Néanmoins, quand Bianca lui commanda son portrait en Vénus, il se plia à cette nouvelle injonction. Elle venait d'acheter, près de Santa Maria Novella, les fameux jardins Rucellai, et voulait décorer le casino bâti sous les châtaigniers séculaires.

— Il y a, lui dit-elle, dans le salon de ce casino un mur encore vide. Je veux que tu m'y peignes en déesse de l'amour. Elle dort, abandonnée, une main posée sur son ventre, l'autre sur l'herbe où elle est couchée. Inspire-toi de Giorgione, de Titien, ils s'y connaissent en femmes mieux que celui que tu appelles ton maître. Il a transformé la Battiferri en épouvantail ! Je compte sur toi pour rendre justice à l'épouse du plus noble seigneur qui ait jamais régné sur Florence. Il faut que je me montre imposante jusque dans le sommeil. Je ne veux pas ressembler à une gourde. Tu appelleras cette allégorie *Le Repos.*

— Je comprends, dit Sandro, que ce tableau doit être peint de telle sorte qu'il plaise à votre noble époux quand il viendra vous rejoindre dans ce casino acheté pour le recevoir.

— Écoute, *Sandrino mio*, tu m'es sympathique, et je veux te confier un secret que le duc lui-même ignore. Il est enfoui là, au plus profond de mon cœur, ajouta-t-elle en se frappant théâtralement la poitrine. J'étais encore enfant, lorsque Paolo Caliari de Vérone souhaita faire le portrait de ma mère. Mon père lui défendit de poser nue, si elle voulait rester *une femme d'honneur*. Seules les *traînées*, ajouta-t-il en la giflant, ont le front d'abolir toute pudeur. De contrariété, elle tomba malade, et cette maladie la conduisit au tombeau.

— J'espère que tu ne crois pas un instant à cette fable ! dis-je remonté contre Sandro. Elle a voulu t'attendrir par un souvenir d'enfance, c'est la méthode classique des rouées.

— Au lieu de te gendarmer, Agnolo, trouve-nous une meilleure protection. Bianca tient tellement à ce tableau ! Ce n'est pas un caprice de sa part, mais l'accomplissement d'un vœu très ancien. Rien ne lui importe autant, m'a-t-elle affirmé, que de venger sa mère du soupçon injuste et infamant formulé autrefois par son père, et du coup affreux qu'il lui a porté. En prenant la pose qui avait été refusée à sa mère, elle réparera ce double affront. Si mon tableau lui plaît, nous serons définitivement hors de danger. Très superstitieuse, elle a une foi aveugle dans le pouvoir des images.

J'étais curieux de voir comment il s'y prendrait pour peindre, dans la pose relâchée d'une Vénus, sans exagérer la mollesse d'un corps qui commençait à s'empâter, celle qu'il prétendait haïr. Accompagné de Cornelia, il partit un matin avec son matériel. Pendant trois jours il s'enferma dans le casino. La présence en tiers de Cornelia était pour moi la caution que Sandro ne me tromperait pas avec cette Messaline.

Une fois de plus, le résultat me surprit. Je n'aurais pas cru Sandro capable d'exalter avec autant d'éclat la beauté de la femme vénitienne. Même endormie, Bianca gardait un maintien souverain. Le sommeil faisait ressortir son port de reine. Les doigts posés délicatement entre les cuisses et le majeur enfoncé dans le sexe (seule la première phalange restait visible du doigt plié à l'intérieur) laissaient entendre qu'elle n'avait besoin de personne pour se satisfaire. Parfaitement autonome, elle se suffisait à elle-même et ne courait après les hommes que pour vérifier l'efficacité de ses charmes. Sous ses yeux clos, on sentait encore son regard fixe, sa majesté froide.

— Attends pour juger de mon travail, me dit-il. Il manque un complément à mon ouvrage. Nous irons l'ajouter cette nuit.

Les jardins Rucellai n'étaient pas très éloignés de notre maison. Nous sortîmes vers minuit. Cornelia nous rejoignit sur le quai de l'Arno, piazza alla Carraia, à l'orée de la via della Vigna Nuova, et nous

nous dirigeâmes tous trois vers le casino, à une heure du matin, par la rue déserte. Sandro portait un seau de peinture jaune et Cornelia un jeu de pinceaux, de ceux qui servent à écrire en rouge sur un mur les avis à la population. La porte du casino était ouverte, la Vénus éclairée en plein par la lune. Sous le tableau, Cornelia traça en grosses lettres jaunes – Sandro lui avait demandé ce service car on aurait pu reconnaître son écriture – le sonnet suivant :

Revenants importuns, songes épouvantables,
Accourez et troublez les loisirs du Repos.
Emportez-la, l'horrible putain jaune
Avant qu'elle s'en tape, un autre de béjaune.

Lémures malfaisants, striges, vampires, diables,
Spectres, larves hideuses et autres suppôts,
À la goule ne demandez pas l'aumône,
Emportez-la, l'horrible putain jaune.

Noire est la nuit du vice,
Plaise au ciel que la putain
Se chope une sacrée chaude-pisse.

Ah ! dit-elle, que c'est vilain,
Qu'est-ce qui coule entre mes cuisses
Et fout par terre mon entrain ?

— Pas mal, pas mal, dis-je à Sandro. Mais faisons comme l'Arétin, dont les sonnets sont *colla coda.*

— À queue ?

(Jacopo n'avait pas pensé à cet emploi dans l'éloge de son mot fétiche.)

— Il ajoute une queue d'un tercet monorime, dont le premier vers n'est qu'un simple hémistiche rimant avec le dernier vers du tercet précédent.

— Et cela donne… ?

— Par exemple :

Par mon vit d'airain,
Tu mens en disant ton entrain,
C'est moi qui l'ai foutu, ton vagin.

Cornelia, qui avait commencé à écrire machinalement, se rebiffa devant ces vers orduriers. Elle se jeta en pleurant dans les bras de Sandro.

— Cornelia, lui dis-je, il y a certainement quantité de vers meilleurs, mais âme plus noire que celle de Bianca ne s'est pas rencontrée souvent. Elle se prend pour une créature *poétique*, et nous n'avons fait que rétablir la vérité. Elle expiera enfin ses forfaits, la jolie Altesse. Moins que toute autre, superstitieuse comme elle est, elle rira des songes. Les fantômes nocturnes convoqués à son chevet empoisonneront son sommeil.

— Vous êtes bien cruels.

— Sais-tu tous ses crimes ?

Et de lui énumérer les morts qui auraient dû charger sa conscience, si elle avait été accessible au remords : Giovan Battista Bonaventuri, le directeur de la banque Salviati à Venise, mort de pleurésie en prison ; le majordome du palais Cappello, châtré et pendu ; la chambrière de Bianca, amputée de la langue et pendue ; les deux gondoliers qui avaient favorisé sa fuite, pendus après avoir eu les mains coupées ; Pietro, assassiné traîtreusement ; la duchesse Jeanne d'Autriche, jetée à terre et piétinée.

— Et moi, violé, murmura Sandro.

73

La revanche de David

L'incident n'eut pas de suite, car Francesco, à peine averti par ses espions, ordonna d'effacer l'insulte et de fermer à clef le casino. Une équipe de nettoyeurs recouvrit d'une couche de peinture bleue les quatorze vers du sonnet et leur queue. Le duc n'eut pas de soupçons sur l'identité des auteurs, puisque c'est à nous deux, moi et Sandro, qu'il accorda la faveur exceptionnelle de présider à la décoration d'un cabinet de curiosités qu'il faisait aménager au Palazzo Vecchio. Il avait déniché, en explorant chaque recoin du vieux bâtiment, une pièce exiguë, plus longue que large, contiguë au grand salon dont elle était séparée par un mur sans porte de communication : endroit idéal, pensa-t-il, pour mettre ses trésors à l'abri des indiscrétions et les protéger contre les voleurs.

Un cabinet de ce genre est dit *studiolo*, car il sert à la fois de lieu privé d'exposition (tableaux, statues, stucs, joyaux, médailles, fragments de roche, bézoards, fossiles, pour la délectation de quelques visiteurs choisis), de chambre secrète et intime (fauteuils, miroirs, accessoires de toilette) et de bureau d'étude (tables, balances, instruments de mesure et d'optique). Après le mécénat éclatant de son père, et l'impossibilité d'enrichir Florence de nouveaux monuments qui ne paraissent pas chétifs en comparaison des Offices, du Corridor sur l'Arno, du palais et des jardins Pitti, Francesco attachait la plus haute importance à cette commande. Impatient de s'inscrire dans la tradition des Médicis et de faire honneur à la réputation de sa famille, il m'indiqua les grands thèmes à traiter, en me laissant carte blanche pour le recrutement des peintres. Ils choisiraient eux-mêmes comment illustrer ces thèmes.

Passionné comme il était par les divers aspects et manifestations du monde physique, entiché de toute espèce de pierres, métaux, poudres, substances minérales et végétales, raretés de verre, de soufre, de charbon, féru de symbologie atmosphérique, magnétique, cosmologique, cosmique, il voulait faire de ce cabinet, plus encore qu'une « boîte à surprises », une sorte de temple dédié à la nature. Résumé des connaissances de son siècle, ce sera en même temps le legs le plus prestigieux de son règne. Chacun des murs est consacré à un des quatre éléments.

On n'accède à ce cabinet, après un parcours tortueux à travers des corridors sombres, que par une porte invisible ouverte par un ressort dont le duc et son majordome possèdent seuls le secret.

Je peignis, pour les lunettes placées aux deux extrémités de cette « chambre des merveilles » – comme le *studiolo* ne tarda pas à être surnommé par les rares familiers du duc admis à y pénétrer –, les portraits en médaillon de Cosimo et d'Eleonora.

Hasard ou de propos, les artistes que j'avais invités pour orner de figures les quatre éléments rivalisèrent dans l'exaltation du corps viril, sans avoir reçu de ma part aucune espèce de consigne ou de recommandation. Je les aurais plutôt mis en garde contre un parti si téméraire. D'eux-mêmes, ils ressuscitèrent l'Âge d'or. Ce fut l'ultime miracle florentin, le suprême épanouissement de la liberté dans l'art. Ces trente-six panneaux, serrés l'un contre l'autre sur deux rangs, sont à classer, malgré leur petite taille, tout de suite après la chapelle des Bardi à Santa Croce, la chapelle Brancacci à Santa Maria del Carmine, le cloître des Vœux à la Santissima Annunziata, parmi les plus hauts témoignages du génie de notre peuple – avec, pour le *studiolo*, cette différence considérable qu'il ne s'agit plus, comme chez Giotto, Masaccio, Andrea, Rosso et Jacopo, d'épisodes de la vie religieuse puisés sagement (enfin, pas sagement du tout pour Jacopo) dans les Évangiles ou dans *La Légende dorée*, mais de personnages issus de l'époque et de la philosophie païennes : le goût mythologique, qui favorise l'adoration du beau masculin, s'y affiche hardiment, sans limites ni entraves. De quelle splendeur ce culte n'a-t-il pas embrasé la *queue* de la Renaissance !

Hercule, Apollon, Persée, Mercure, Neptune, Zéphyr, Ulysse, Alexandre, Darius, Jason, Phaéton, Pluton, Énée défilent sur les parois, presque ou entièrement dévêtus, comme il était d'usage dans l'Antiquité. Bien mieux, des scènes de genre, des réunions exclusivement masculines, d'où les femmes sont par définition proscrites, furent introduites entre les dieux et les héros. Compagnonnages d'ouvriers, camaraderies d'officine, agrégations de baigneurs et de soigneurs mâles, coteries d'atelier, phratries de thermes sanctionnèrent la revanche de David sur Vénus. *L'Atelier de lainerie*, *Les Bains de Pozzuoli* (Eau), *La Chute d'Icare* (Air), *La Mine d'or*, *L'Extraction des diamants* (Terre), *La Fonderie du bronze*, *La Forge de Vulcain, La Verrerie* (Feu) : autant de prétextes à multiplier les jeunes hommes nus, dans les vagues de la mer, la vapeur des étuves, la moiteur des souterrains ou le rougeoiement des fourneaux.

Qui connaît Mirabello Cavalori ou Girolamo Macchietti ? Ces deux artistes d'exception ont sacrifié une « grande » carrière à la confection de tableaux miniatures. Moins modestes, ils auraient laissé un nom. Dans « l'atelier de lainerie » du premier s'affairent au travail du cardage et du filage, dans « les bains de Pozzuoli » du second s'abandonnent aux doigts des masseurs des silhouettes minces, nerveuses, élancées, pures et nues comme des statues sortant du moule. Anatomies déliées dans le mystère de leurs articulations, échines creusées par le jeu des muscles, membres emboîtés souplement à leurs jointures, cuisses polies par la sueur de l'effort, queues lustrées par les ablutions, c'est l'harmonie du monde reflétée dans la perfection des corps.

Ces deux peintres, contemporains et du même âge que moi, vivaient ensemble et partageaient le même lit. Ils « contrevenaient à la loi », comme Bianca eût dit, d'autant plus chers à nos cœurs qu'ils nous avaient avoué ne s'être résolus à pareille audace que stimulés par notre exemple. Leur union n'était ni moins étroite ni moins notoire que la nôtre. À leur sujet, Sandro me dit un jour avec sa naïveté habituelle : « Chacun baise l'air, croyant que l'autre y est. »

Cavalori voulut laisser un témoignage de leur amour. Témoignage codé, qu'il présenta à Francesco comme une allégorie de « l'amitié ». C'est un tableau d'assez grandes dimensions, qui représente un jeune homme de face, très beau, le visage rond et lumineux, les yeux grands ouverts respirant loyauté et franchise, vêtu à la grecque d'une tunique courte qui s'arrête à mi-cuisse, d'un manteau à manches courtes jeté sur l'épaule et de sandales à lacets. Il écarte d'une main les pans de son manteau pour indiquer, de l'index de son autre main, un cœur rouge fixé à sa poitrine et portant la devise : « PROCUL PROPE » (Loin et Près). Au-dessus de la tête du jeune homme se lit une autre devise, écrite en lettres rouges : « HYEMES ET VER » (Hiver et Printemps). Une troisième, toujours en lettres rouges, orne le bord inférieur de la tunique : « MORS ET VITA. » Les mêmes serments que j'avais échangés avec Sandro ! Voyages, saisons, destin : nous nous étions juré que rien, dans aucun ordre de la vie ou de la mort, n'aurait le pouvoir de nous séparer. Cavalori est allé encore plus loin que nous dans l'élan fusionnel, puisque, m'a-t-il confié, le visage de ce jeune homme ne cause un si grand trouble au spectateur (c'est vrai, la sérénité hallucinée qu'il dégage n'est pas tout à fait de ce monde) que parce qu'il résulte de l'amalgame de leurs deux visages.

Deux colonnes de marbre à l'arrière-plan du tableau symbolisent l'une la fidélité, l'autre la concorde. Francesco méconnut ou feignit de méconnaître les diverses allusions. Cavalori emporta le tableau chez lui, et, mécontent que le duc ait pu être aussi facilement trompé, rajouta sur le socle d'une des colonnes une petite scène en grisaille qui ne laisse plus aucun doute sur la nature de leur couple. On voit deux jeunes gens nus, de la plus grande beauté, peints de face. L'un, à l'agonie, renversé à terre et appuyé sur son bras, la tête inclinée sur l'épaule, se meurt. L'autre, debout à côté de lui, les jambes écartées pour ne pas vaciller, se tord les mains dans un geste de désespoir : c'est Achille pleurant son amant Patrocle blessé d'un coup de lance par Hector.

Quelques statues de bronze placées dans les niches de malachite complètent la décoration du *studiolo* – sculptées de façon si malencontreuse qu'on n'aurait pu trouver meilleur moyen de mettre en valeur le travail des peintres. La matrone baptisée Junon fut une concession nécessaire au goût de Francesco. Giovanni Bandini ne s'est jamais montré aussi maladroit. Il la flanqua d'un paon dont le jabot hypertrophié souligne l'embonpoint du modèle. Je demandai au jeune Giambologna de me faire pour la paroi « Feu » un Apollon. Je ne m'attendais pas à quelque chose d'aussi maniéré et déhanché. (« Maniéré » est ici le mot qui convient.) Le dieu se contorsionne de telle manière que ses ornements, sculptés dans tout le détail de leur morphologie généreuse, reposent entre ses cuisses, sous son ventre rebondi, comme des bijoux à l'intérieur d'un écrin. Il se penche pour regarder l'appareil que tout homme lui envierait, mais modelé dans chacune de ses trois parties avec la minutie excessive d'un carabin à son épreuve d'anatomie. Le piquant, c'est que cet Apollon voisine avec le médaillon où j'avais peint Eleonora. La duchesse, dont le regard est dirigé précisément vers ce qui était pour elle un sujet de scandale, pince les lèvres du même air offensé et revêche qu'elle avait dû prendre autrefois quand, jeune épousée, elle avait aperçu de sa fenêtre du Palazzo Vecchio le géant nu de Michel-Ange.

Pour le mur réservé à l'élément « Eau », Sandro peignit à l'huile sur ardoise *La Pêche des perles*. De tous ses tableaux, c'est peut-être le plus réussi. Je n'aime pas l'épithète « étrange » par laquelle les écrivains médiocres croient donner de l'attrait à ce qu'ils sont incapables de décrire. Mais comment qualifier autrement ce tableau ? Les nuages roses du fond, les îles dans une lumière bleutée, les barques posées dans le lointain comme des signes sur la mer, les têtes émergeant de l'eau, l'écume soulevée par les bras des nageurs, l'entassement des corps au premier plan, les coquillages précieux dans les mains de sirènes, les voltiges des plongeurs entre les rochers qui affleurent, le mélange de poésie fantastique qui suggère l'infini et de réalisme méticuleux qui oblige à regarder les détails, cette alliance improbable de contraires donne l'impression d'un monde qui n'existe qu'en rêve, précis et mystérieux.

Habilement, pour ne pas indisposer le duc, Sandro a intercalé, sur le rivage et dans la mer, sous les arbres et dans les barques, entre les pêcheurs naturellement déshabillés, des femmes non moins nues, aux seins impeccablement sphériques, océanides à nageoires de poisson ou trieuses de perles, créatures fabuleuses ou solides ouvrières, qui arrachèrent cette exclamation à Francesco charmé de voir des globes d'une rotondité si parfaite :

— Elles ont la peau aussi claire et transparente que la nacre !

Sandro écoutait donc mes conseils de prudence. Par un détail pourtant (qui n'est nullement un détail mais le point focal du tableau) il voulut me signifier qu'il restait fidèle à la « meute » et pouvait même m'en remontrer. Son mépris des convenances aurait pu lui coûter cher. Jamais je n'avais eu cette audace de dénuder un derrière masculin aussi impudemment. J'avais peint des dos d'hommes dans *Le Passage de la mer Rouge*, pour la chapelle d'Eleonora, mais en prenant soin de ne les montrer que des épaules à la taille et de couper la fresque au niveau des reins. Il a mis, lui, au milieu de son tableau, dans le centre géométrique où en aboutissent toutes les lignes, en sorte que les regards des spectateurs convergent vers ce personnage, un pêcheur nu de haut en bas. En train d'escalader une roche escarpée, il prend appui sur ses bras et ses genoux, tend ses muscles lombaires et bombe les globes de son cul. Dans un dernier effort, il lève très haut une jambe par un geste qui lui écarte les fesses, souligne la raie, dévoile et ouvre grand le troisième œil.

Comment le duc a-t-il pu avaler cette bravade ?

74

Les funérailles de Michel-Ange

Pour l'anniversaire de mes soixante ans, qui tombait le 17 novembre de l'année 1563, Sandro m'avait préparé de longue date une surprise. Il eut beau se dépêcher, négliger ses autres contrats pour finir à temps, travailler jusque tard dans la nuit et revenir épuisé, elle ne fut prête que plusieurs semaines après le jour fixé. Au soir du 18 février de l'année suivante, 1564 de notre ère, je souligne cette date avec solennité – trois pages plus loin on comprendra pourquoi elle restera comme un tournant dans l'histoire universelle –, il manifesta pendant le dîner une curieuse impatience. Le lendemain, je n'eus pas à le secouer de son sommeil, c'est lui qui me réveilla et me tira du lit. Nous sortîmes de bonne heure, en direction de Santa Maria Novella. Un cavalier couvert de poussière passa en trombe devant nous. Il s'arrêtait aux carrefours, embouchait un cor de chasse et criait à tue-tête une nouvelle incompréhensible tant il s'égosillait. Puis il repartait ventre à terre et au prochain croisement de rues recommençait à s'époumoner devant les badauds ébahis.

— Qu'annonce-t-il ? Un retour de la peste ? Un soulèvement à Sienne ? Une nouvelle invasion de Charles Quint ?

On s'interrogeait d'un groupe à l'autre, on haussait les épaules, chacun ensuite rentrait chez soi. Les cloches se mirent à sonner au campanile de la cathédrale, le canon de la forteresse à tonner. Intrigués par ce remue-ménage, nous arrivâmes au monastère, où tout paraissait calme. Sandro m'introduisit, avec des airs de conspirateur, dans le réfectoire qu'il avait décoré, sur la demande des moines, d'une fresque dont ils lui avaient laissé le choix du sujet. Son parti avait été vite pris : raconter certaines des histoires de Moïse, en Égypte ou dans le Sinaï. Quelles histoires ? Les mêmes que j'avais racontées avant lui dans la chapelle d'Eleonora, et pourquoi ? Parce que c'étaient les mêmes et qu'il ne pensait pas qu'on pût en choisir de meilleures. Je reconnus, à gauche de la porte d'entrée, sur le mur en arceau, avec une exactitude dans l'imitation qui tenait du pastiche, une scène qui m'avait donné beaucoup de mal autrefois.

— Regarde, l'homme couché au bord du ruisseau est copié sur le tien. Tu te rappelles ? Il y a vingt ans de cela. Don Luigi t'avait enjoint d'illustrer, pour la nouvelle duchesse, au Palazzo Vecchio, dans sa chapelle, à gauche de la fenêtre, l'épisode de la Bible dénommé « Le Frappement du rocher ». D'un coup de bâton sur la falaise, en plein désert de sable, Moïse fait jaillir une source, et l'homme se met à plat ventre pour boire avidement.

— Une figure qui n'avait rien d'exceptionnel ! Tous mes efforts se concentraient sur le mur opposé.

De quelle couleur faire les cornes que je devais planter à Luca Martini ? Je suis très touché que tu te sois souvenu de cette époque. Tu n'étais encore qu'un enfant ! Quel âge avais-tu ? À peine dix ans, il me semble.

— Tu voulais d'abord les faire orangées, ces cornes, avant de te décider pour le jaune.

— Tout le monde fut content de cette scène avec Josué. Pourquoi as-tu choisi de t'inspirer de mon panneau le moins réussi ?

Il éclata de rire.

— Si peu réussi que, sans t'en apercevoir, tu as fait six doigts à la main droite de l'homme qui boit. Les doigts sont écartés sur le sol, le compte est vite fait. J'ai voulu, en quelque sorte, réparer après coup ton erreur.

Tel était Sandro : la dévotion dont il m'entourait ne le privait ni de son jugement ni de sa malice.

— Six doigts, Agnolo ! J'ai découvert ta bévue après le déménagement d'Eleonora au palais Pitti. J'étais chargé de faire le tri entre les tableaux, les tapisseries, les statues en marbre et en bronze, les meubles, les bibelots à emporter dans sa nouvelle résidence. Occasion d'explorer les étages du Palazzo Vecchio, et en particulier les chambres et la chapelle de l'appartement de la duchesse. Six doigts ! Je n'en croyais pas mes yeux.

Je ris avec lui de mon étourderie. Nous nous demandions comment la duchesse ne s'en était pas aperçue, ni personne de son entourage, quand nous entendîmes un bruit précipité de pas qui accouraient dans notre direction. Un moinillon nous cria de loin, essoufflé :

— Michel-Ange est mort hier à Rome !

Le prieur et l'intendant, hors d'haleine, comprimant de leurs mains boudinées leur gros ventre, rejoignirent le moinillon. Nous nous embrassâmes en pleurant. Quel vide, soudain ! Il suffisait qu'un homme eût disparu, pour qu'une époque prît fin.

En ville, les bruits les plus étonnants circulaient déjà. Michel-Ange s'était étranglé avec l'arête d'un poisson pêché dans ce lac d'Averne que Virgile avait indiqué comme l'entrée des Enfers. Un bloc de travertin, détaché du Colisée, l'avait assommé. Pendant qu'il sculptait une Pietà, la Madone s'était libérée du marbre et d'un geste passionné l'avait pris dans ses bras, serré contre elle, étouffé. Nul ne songeait que le grand âge du défunt était une explication suffisante. Léonard, dont la longévité était célèbre, n'avait vécu que soixante-sept ans. Lui, quatre-vingt-huit ! On ne voulait pas qu'il fût mort de vieillesse, à un homme si exceptionnel ne convenant qu'une fin spectaculaire. Plusieurs prodiges corroboraient cette opinion. Les chiens errants de Rome avaient hurlé toute la nuit jusqu'à l'heure fatale et couru comme des fous. Ces pauvres animaux, pensai-je, ont été les premiers à sonner le glas de la Renaissance. La mort était survenue au sixième coup de minuit, moment précis où un aigle avait survolé le Capitole, et une chouette chuinté son hululement lugubre sur les ruines du Palatin. Des courriers étaient partis aussitôt porter la consternation dans toutes les villes d'Italie.

Le corps avait été exposé aux Santi Apostoli, mais les proches de Michel-Ange s'étaient introduits pendant la nuit dans l'église pour le coudre dans un sac et l'emporter clandestinement. Ils voulaient le ramener à Florence, sa patrie, contre la volonté du pape qui entendait confisquer la mémoire du grand homme. La somptuosité des obsèques attirerait à Rome l'Europe entière, et rendrait un peu de lustre à son règne terni par les schismes d'Allemagne, de Suisse et d'Angleterre.

Le prieur nous quitta pour courir aux informations. « Pas si vite ! Attention à votre cœur ! » lui cria l'intendant, plus ménager de sa santé, qui s'en alla derrière son maître en trottinant. Sandro et moi, sans bouger, hébétés, laissions couler nos larmes. Nous n'avions jamais rencontré celui qui nous laissait orphelins. Le prieur réapparut, soudain ragaillardi. Le corps arriverait bientôt dans nos murs et recevrait une sépulture provisoire au Palazzo Vecchio. Où aurait lieu la cérémonie funèbre ? Étant donné ma position éminente à la cour, me dit-il, ne pourrais-je intercéder auprès de Cosimo ou de son fils, afin que l'hommage solennel ne fût pas confié aux franciscains de Santa Croce mais aux dominicains de son couvent ?

Il y eut de longs pourparlers. Cosimo, grandi soudain par l'événement, excité par la perspective d'une cérémonie fastueuse à présider, secoua sa léthargie et sortit de sa retraite. Agacé de la rivalité entre les ordres religieux, il trancha : les obsèques n'auraient lieu ni chez les franciscains ni chez les dominicains, mais à San Lorenzo, église et mausolée des Médicis.

Il prit le deuil, et Florence prit le deuil avec lui. Le feu d'artifice prévu pour la fête du Christ-Roi fut annulé. Les fontaines se turent, le provéditeur des Eaux ayant coupé les canaux d'adduction qui alimentent les bassins. Sur la place du Palazzo Vecchio, on mit un brassard noir au bras blanc du *David.*

Les plus grands honneurs furent rendus au défunt. On tendit de noir la nef de San Lorenzo et, devant les chapelles latérales, on suspendit des panneaux coloriés pour commémorer les principaux événements de sa vie : la rencontre avec Laurent le Magnifique au jardin de San Marco ; l'inauguration du *David* sur la grand-place ; les travaux de fortification de Florence contre Charles Quint ; la visite inopinée de Jules II sur l'échafaudage de la chapelle Sixtine ; l'aménagement de la chapelle des Médicis dans la Nouvelle Sacristie de San Lorenzo ; la présentation à Pie IV du modèle de la coupole de Saint-Pierre. On montra le sculpteur debout, au milieu d'un nuage de poussière, acharné à extraire les statues de leur gangue ; le peintre à genoux, pendant qu'il travaillait à la *Sainte Famille* commandée par Angelo Doni ; le poète assis, à l'écoute des Muses, couronné de lauriers par Apollon. L'Arno était symbolisé par les roseaux de sa source, le Tibre par les limons de son embouchure : paysages emblématiques, à la gloire des deux villes qu'il avait marquées du sceau de son génie, celle où sa carrière avait commencé, et celle où elle avait pris fin. Brossées à la hâte, car éphémères et destinées à être enlevées dans quelques jours puis détruites, ces peintures à l'eau n'en constituaient pas moins une nouveauté extraordinaire. C'était la première fois qu'une biographie en images, découpée en tableautins, était consacrée à un artiste. Cet honneur, réservé jusque-là aux souverains, aux chefs de guerre, aux héros mythologiques, glorifiait pour une fois le pouvoir créateur.

Au milieu de l'église, sous la croisée du transept, on dressa en bois et en plâtre un énorme catafalque à trois étages surmonté d'un obélisque en forme de pyramide sur lequel la Renommée, accourue dans ses voiles agités par le vent, soufflait dans une trompette. Quatre artistes reçurent la mission de décorer ce monument, par quatre figures allégoriques qui représenteraient l'Architecture, la Sculpture, la Peinture et la Poésie. Michel-Ange avait surpassé tous ses prédécesseurs dans chacune de ces disciplines. Vasari se chargea de l'Architecture ; à Benvenuto fut confiée la Sculpture ; à Sandro la peinture ; à moi, la Poésie.

Vasari créa un incident qui faillit gâcher la cérémonie. Incapable, même en cette circonstance solennelle, de se départir de sa vanité, il prétendit placer l'Architecture un peu en avant du catafalque, comme étant la plus noble des quatre disciplines ; tandis que la Sculpture, la Peinture et la Poésie devaient se contenter de paraître en retrait. Offensé, Benvenuto se fâcha, menaça de planter là les préparatifs, et il fallut l'intervention de Cosimo pour apaiser les esprits.

Jamais pompe n'égala en splendeur l'appareil des funérailles : je le dis sans craindre d'ajouter la goutte d'un cliché au flot de rhétorique qui gonfla dans toute l'Europe les comptes rendus de l'événement. San Lorenzo, si lumineux d'habitude, était méconnaissable. On avait enlevé des autels et remisé dans la sacristie ceux des objets du culte, en argent et en or, qui brillaient. Les drapeaux ornés de la fleur de lis pendaient en berne. Les tentures noires, les lampes des autels obscurcies sous des voiles noirs, les fenêtres masquées avec des draps noirs s'harmonisaient à cet office des ténèbres. Ne restait d'autre éclairage que la lueur blafarde, parcimonieuse, vacillante des cierges dressés autour du catafalque comme une haie de sentinelles.

Entre deux files de tambours dont un crêpe noir amortissait les roulements, escorté de hallebardiers qui avaient retourné leur arme contre le sol, recouvert d'un drap noir à glands d'or, le cercueil entra dans l'église porté sur leurs épaules par les quatre auteurs des Allégories, en présence de Cosimo, de Francesco, de Bianca et de la cour. Le légat du pape, les dignitaires ecclésiastiques de Toscane, les membres de l'Académie au complet, les ambassadeurs étrangers, les provéditeurs, les magistrats de haut rang, les principaux notables, les délégués des corporations, tous nu-tête et sans épée, s'avançaient en procession, au milieu d'un concours immense de peuple. Un tapis noir posé sur les dalles étouffait les pas. L'envoyé du sultan de Constantinople fermait la marche, suivi de trente janissaires en grand uniforme, hauts de six pieds.

Le cardinal monta en chaire et prononça l'homélie : le *Talent* du défunt avait écrasé l'*Ignorance*, son *Zèle* mis en fuite la *Paresse*, sa *Gloire* étranglé l'*Envie*, sa *Vertu* éradiqué le *Vice*, sa *Piété* dompté l'*Hérésie*. Pause. On crut la leçon terminée après ces fades paroles. Le cardinal étendit les mains, réclama le silence. Un dernier mot était nécessaire. Il tenait à mettre en garde les fidèles, la population de Florence et les nobles étrangers accourus. Une très grave calomnie devait être dissipée.

— L'enlèvement du jeune Ganymède, qu'on trouve si souvent dessiné par Michel-Ange, a été l'objet d'interprétations si diffamantes que je vous dois, mes frères, de rétablir la vérité. Ce rapt ne figure rien d'autre, dans un esprit imbu de sentiments sacrés, que le ravissement de l'*Âme*, quand, saisie par l'impatience d'arriver au *Paradis*, elle s'élance impétueuse vers le ciel. Regardez-la, emportée dans les griffes de Yahvé tout-puissant. Elle s'accroche à Celui qui l'enlève et l'élève toujours plus haut. Quel vertige ! Quelle ivresse ! Aucune métaphore ne peindrait avec plus de justesse ce désir ardent qui s'empare de tout homme lorsque, oppressé par la vie sur terre, avide de quitter cette vallée de larmes pour rejoindre les anges sur l'échelle de Jacob, il rêve au moment d'être admis à la contemplation de *Dieu*.

Dieu… Dieu… Dieu… Les sentiments sacrés… L'âme… Le ciel… Ces mots roulaient sous les voûtes avec des accents enflammés. J'eus toutes les peines du monde à retenir Sandro de faire un esclandre. « Quelle honte, ce galimatias de chaisière ! » dit-il à voix haute, recouverte heureusement par le fracas des grandes orgues entonnant le *Dies Irae*. On avait dressé devant le catafalque un portrait en buste de la poétesse romaine Vittoria Colonna, amie spirituelle de Michel-Ange, avec qui il avait échangé des lettres sur l'immortalité de l'âme et des sonnets élégiaques sur l'Amour platonique délivré de la chair, mais, ni sur le cercueil ni sur le monument funéraire, n'était accrochée la plus petite effigie des nombreux garçons avec qui il avait bel et bien couché.

75

D'où naît le grand artiste

Tout le monde s'étant retiré, Bronzino resta seul avec Sandro et un sacristain. Il les envoya prendre les dimensions du mur où le vieux Cosimo lui avait demandé de peindre saint Laurent sur le gril. Pendant qu'il songeait avec regret au temps où il aurait été possible de représenter nu le martyr – tout en se disant qu'avouer cette fixation sur un tel détail risquait de lui nuire aux yeux de la postérité –, un homme se détacha d'un pilier derrière lequel il se tenait caché et s'approcha de lui. Bronzino reconnut don Agostino Lupini, l'ancien prieur rappelé d'exil mais sans retrouver sa charge. Sa haute stature s'était voûtée. Celui qu'il avait admiré naguère pour son courage à défendre les fresques de Jacopo s'appuyait sur un bâton dans la nef obscurcie. Sa barbe et ses cheveux noirs, bien taillés, prenaient à la lueur des cierges des reflets roux. Il ne s'adressa pas tout de suite à Bronzino. Il suivait des yeux Sandro qui aidait le sacristain à tirer les rideaux devant les fenêtres et à ôter les tulles noirs des lampes d'autel. Les deux hommes rapportèrent de la sacristie pour les remettre en place les objets d'or et d'argent, puis commencèrent à souffler sur les cierges autour du catafalque. Il y en avait quatre-vingt-neuf, autant que les années vécues par le défunt.

Ne changeons pas un mot à la conversation qui suivit. Elle nous paraît digne, par ses paradoxes, par ses défis aux idées reçues, d'un ces dialogues entre Socrate et ses disciples que nous rapporte Platon.

— Il est charmant, ton jeune ami, n'est-ce pas ? me demanda don Agostino.

Je pris un air indifférent.

— Ne nie pas ce qui vous a unis et peut-être vous unit encore. Ne nie pas non plus ce qui t'a uni autrefois à notre regretté Jacopo.

— Qu'entendez-vous par là, mon Père ? dis-je embarrassé.

— Tu sais très bien ce que j'entends.

— Est-ce bien le jour et le lieu de m'adresser un blâme qui, venant de vous… ?

— Ce n'est pas un blâme, Agnolo. Ton talent, tu le dois en grande partie à ton vice. Tout au plus pourrais-je regretter qu'une telle source te soit nécessaire, et que Jacopo, comme toi, y ait puisé le meilleur de son inspiration. À Dieu ne plaise que je tourne ce regret en reproche et que je vous souhaite de vous plier aux lois !

— Et vous me dites cela tranquillement !

— Plus tranquillement que jamais, après le spectacle d'aujourd'hui.

— Avec ces idées, mon Père, comment faites-vous pour rester dans l'Église ?

— Non seulement j'y reste mais, de ma retraite forcée à San Salvi, après mûre réflexion, j'ai demandé à entrer dans la section toscane de l'Index.

— Cette congrégation qui exerce la censure sur les livres et sur les tableaux ?

— Qui décrète s'ils méritent ou non d'être livrés au public, qui décide de leur sort, qui ordonne parfois leur destruction.

— Vous rentrerez en grâce auprès du Saint-Siège, dis-je un peu aigrement.

— La volonté de repentir à laquelle mes supérieurs ont attribué ce zèle n'a été pour rien dans ma décision.

— Quel motif vous y a donc poussé ?

— Le désir d'aider les artistes.

— En fermant les yeux sur les libertés qu'ils se permettent ? À la bonne heure alors !

— Au contraire : j'entends les leur interdire par tous les moyens de coercition possibles.

— J'ai du mal à vous comprendre...

— L'exemple de Jacopo n'a-t-il pas suffi à t'instruire ? Regarde à quoi il a abouti, faute de respecter aucune limite... Un vrai désastre... Mais ce cas est extrême, laissons-le de côté pour le moment. Ce que je viens de voir a une portée plus générale, et nul spectacle, comme je te l'ai dit, n'aurait pu me conforter davantage dans mon opinion.

— Michel-Ange doit se retourner dans son cercueil en vous écoutant ! m'écriai-je.

— Autour du catafalque, reprit-il sans se décontenancer, se sont trouvés réunis les quatre artistes le plus en vue de Florence. Sur ces quatre artistes, deux partagent ton goût. Ils tombent, avec toi, sous le coup de la justice, qu'elle soit rendue par les ordonnances fragiles des hommes ou administrée par le tribunal suprême de Dieu. Michel-Ange lui-même était un réprouvé, à qui seules sa célébrité et la protection de certains papes ont évité des poursuites.

— Voulez-vous dire que la postérité ne retiendra de nous que ce stigmate ?

— La postérité dira : Michel-Ange Buonarroti, Benvenuto Cellini, Agnolo Bronzino, Alessandro Allori ont vécu *en marge*, *en opposition* à ce qui leur aurait rendu la vie plus confortable. Parfois en guerre ouverte avec l'ordre établi ; sinon, exposés aux aléas et aux risques d'une vie clandestine. Giorgio Vasari, lui, s'est toujours conformé à la religion, à la morale. Il s'est marié, il n'a jamais contrevenu à la décence, il s'est gardé de tout écart. Un homme au-dessus de tout soupçon, le modèle du bon citoyen.

— L'admirez-vous pour cela ?

— Ton ironie tombe mal. Je ne l'admire pas, je le plains.

— Vous le plaignez ?

— Des quatre artistes qui tenaient les cordons du poêle, c'est le seul qui soit resté médiocre.

— Médiocre ! Pourtant, quelle glorieuse carrière !

— La carrière est glorieuse, en effet, mais l'œuvre ? Je ne veux pas te flatter, Agnolo, mais tu resteras, toi, avec Michel-Ange, Benvenuto et Alessandro, dans l'histoire de l'art, alors que lui ne restera que dans l'histoire politique. On dira de lui : ce fut un habile courtisan et il a servi son maître avec zèle.

Statues équestres sur les places, palais des Offices, Corridor sur l'Arno, salon des Cinq-Cents...

— Dont il achève de décorer les murs.

— De peintures si ternes et si vilaines qu'on n'en voudrait pas chez soi. N'est-il pas bien curieux que le seul à avoir observé les convenances, le seul *régulier*, soit également le seul à faire piètre figure ?

— Ce sera une coïncidence, dis-je, sans deviner où don Agostino voulait en venir.

— Une coïncidence ? Benvenuto a payé cher l'indécence de son *Persée.* Quatre ans d'assignation à résidence ! Toi-même, tu n'as échappé que de peu à l'Inquisition. La supposée hérésie de ton *Christ* n'était pour monseigneur don Diego de Miranda et ses assesseurs qu'un prétexte, je te l'apprends si tu ne le savais pas. Alessandro, en partageant ta vie et ton lit, n'est guère plus en sûreté... Tous, vous défiez le pouvoir, plus ou moins frontalement. On vous tient à l'œil et, à la moindre occasion, si la police veut faire un exemple...

— Au mieux, une lourde amende, au pis, la prison, quand ce n'est pas le bannissement !

— Dans ton cercle d'amis, vous supportez mal cette épée de Damoclès. Chacun proteste, crie à l'attentat. On vous tord le cou en vous empêchant de vous exprimer librement, on vous assassine ! Et Michel-Ange lui-même ! A-t-il assez insisté sur les stratagèmes auxquels il devait recourir pour déguiser ses sentiments !

Je comprenais de moins en moins ce qui incitait don Agostino à me tenir des propos dont l'étrangeté redoubla.

— Vous devriez vous féliciter de cette sévérité, au contraire, et louer l'Église, et le duc, la duchesse, et toutes les mères, et tous les pouvoirs, d'exercer sur vous une surveillance aussi stricte. L'exemple de Vasari démontre que n'avoir à exprimer que des idées et des sentiments recommandables et approuvés par le grand nombre est une fatalité pour l'artiste. Ne rien devoir réprimer le condamne au médiocre. On reste banal, quand ce qu'on a envie de dire est permis. Privé de contraintes, l'esprit s'étiole. Sans obstacles à contourner ou à franchir, tu perds la main. La fantaisie à laquelle tu lâches la bride n'a plus ni ambition ni but. Admis d'emblée, fêté sans réserve, tu cesses d'être quelqu'un. Plaire à tous, c'est se renier. Tu n'existes que par ce qui te dresse contre la société.

Interloqué, je me demandai si j'avais bien entendu.

— Voulez-vous dire, mon Père, qu'une vie de hors-la-loi profite plus à l'œuvre d'art qu'une existence rangée ?

— Peut-être.

— Quoi ? Est-il nécessaire de vivre dans le péché pour réussir un tableau ?

— Dieu me garde d'un tel blasphème ! Mais je constate que Michel-Ange, Jacopo, toi, Alessandro, Benvenuto, qui avez vécu ou vivez au mépris de la loi religieuse et morale, êtes devenus de grands artistes, alors que Vasari, fidèle à la légalité, enfoncé dans le conformisme, n'est resté qu'un exécutant de deuxième zone. L'absence de tout obstacle entrave la création artistique au lieu de l'encourager.

Après l'instant de silence qu'il me laissa pour digérer ses paradoxes, il reprit :

— Qu'est-ce que l'art ? me demandais-je, pendant que se déroulaient les obsèques. C'est une construction symbolique. Dire les choses en clair n'est pas d'un grand artiste. Insensés que vous êtes, de réclamer la liberté ! Demandez au contraire qu'on vous tienne encore plus serrés. Protester contre la censure ? Essayer d'assouplir l'opinion ? Vous êtes fous. Sans le pouvoir de la censure, sans la dictature de l'opinion, vous seriez privés de ce qui vous force à vous surpasser. Je vous y obligerai, moi, de mon poste à la congrégation de l'Index. Si je me suis porté volontaire pour cette charge, c'est dans votre intérêt, comprends-tu ? Louvoyer, trouver des voies de traverse, *dire sans dire*, voilà le moyen d'être fort. Biaise, renonce au sot idéal de *l'épanchement*. Votre pente, je vous interdirai de la suivre.

Par sa taille imposante, par sa voix forte et caverneuse, par la conviction dont il était animé, je crus voir dressée devant moi la figure du Grand Inquisiteur.

— Le mois prochain, reprit-il en frappant le sol de son bâton, tu auras une occasion unique de vérifier ce que je viens de te dire. Le duc Cosimo organise une nouvelle solennité en l'honneur de Michel-Ange. Une de ses statues, qui n'avait pas encore trouvé d'emplacement, va être installée dans le grand salon du Palazzo Vecchio et inaugurée par une harangue du cardinal.

— Le *Moïse*, sans doute ?

— Non, le *Génie de la Victoire*.

Grande fut ma stupeur d'apprendre que la statue en question, exposée à cet endroit, servirait d'enseigne à notre ville. En effet, le sculpteur s'est représenté lui-même dans cette statue, et il y prend la plus singulière des postures. On le reconnaît parfaitement, sous les traits de ce vieillard barbu soumis à la domination d'un éphèbe. Il est recroquevillé aux pieds de ce garçon à peine sorti de l'adolescence, qui, dressé de toute sa hauteur, appuie un genou sur son dos et dresse fièrement au-dessus de celui qu'il a réduit à sa merci la splendeur d'une jeunesse et d'une nudité triomphantes. Pour rendre l'œuvre encore plus choquante, le garcon qui surplombe le vieillard terrassé, le vainqueur qui le subjugue de sa beauté et l'humilie par son arrogance, est le portrait craché de Tommaso dei Cavalieri, un de ses derniers amants, plus jeune de quarante ans. Lui aussi, on le reconnaît parfaitement. Comme il est de notoriété publique, Michel-Ange se déclare par cette œuvre l'esclave de Tommaso.

— Ce n'est pas possible, dis-je abasourdi, qu'une allégorie aussi criante de la passion et de la servilité amoureuses devienne la vitrine de Florence ! L'écart des âges augmente encore le scandale.

— Le cardinal a prévu l'objection. La harangue qu'il prononcera devant le duc et la cour circule déjà dans le diocèse, et ce que j'en connais me prouve autant l'intelligence de l'orateur que le génie de Michel-Ange. Son Éminence nous invitera à voir dans cette sculpture la « Victoire de la Foi venant à bout de l'Hérésie », et louera son auteur d'avoir donné à l'Église un gage aussi éclatant de sa loyauté.

— L'Église ! L'Église ! m'exclamai-je sur le ton de la plus vive indignation, oubliant que don Agostino était un membre éminent du clergé. Vous louez l'intelligence du cardinal ; je l'accuserais plutôt d'hypocrisie !

— Oh ! tu aurais tort de n'accuser que l'Église. Elle ne sera pas la seule à détourner le sens des statues, des peintures, et à pratiquer la fraude sur les œuvres d'art. Sois sûr que tous les pouvoirs, présents et à venir, qu'ils soient religieux ou laïques, tous les manuels d'histoire de l'art, tous les spécialistes de la sculpture florentine, tous les laudateurs de la Renaissance, tous les professeurs d'université, tous les guides qui conduiront les visiteurs dans le Palazzo Vecchio, tous les pères et toutes les mères de famille continueront à ânonner avec les ducs, grands-ducs, Éminences et souverains pontifes : « Victoire de la Foi venant à bout de l'Hérésie. » Ils s'en tiendront à cette seule interprétation, que Michel-Ange ne récuserait d'ailleurs pas. Elle n'est fausse que parce qu'elle est incomplète. Si tu la prives de son double sens, cette statue, cessant d'être énigmatique, scandaleuse, unique au monde, entre dans le cadre convenu de la Contre-Réforme. Pareille ambiguïté, Michel-Ange l'a voulue. Imagine qu'il se soit permis de montrer plus crûment sa passion pour l'éphèbe, par une étreinte, par un baiser, par un échange de regards, que sais-je ? le résultat eût été une œuvre à sens unique, donc molle, dépourvue de mystère, un banal aveu de sa vie privée, au lieu d'être un miracle, un sommet de la statuaire. Sous le masque d'une image pieuse, à glisser dans le missel des premiers communiants, le message est cent fois plus fort.

— Les fresques peintes par Jacopo, dis-je en montrant la palissade restée en place dans le chœur, ne peuvent évidemment donner le change. Elles disent sans ambages, tout uniment, ce qu'elles ont à dire.

Vous ne les aimez sans doute pas ? Personne ne gardera le moindre doute sur les tourments et les obsessions de Jacopo.

— En effet, comment faire semblant de les ignorer ? C'est en quoi justement il a commis une erreur. Je ne dis pas que l'œuvre ne soit pas belle et ne nous enthousiasme pas, toi et moi, par la maîtrise du dessin et la science des couleurs, mais elle eût gagné à être moins évidente. Il a cru qu'il pouvait *tout dire, tout*, renoncer au double langage, s'avancer à découvert, étaler ses fantasmes, s'y abandonner sans retenue. Il s'ensuit un *laisser-aller* dans la conception d'ensemble, qui en diminue la valeur. Ce pêle-mêle de corps est la négation du corps. Les *Ignudi* de Michel-Ange au plafond de la Sixtine peuvent passer pour des anges, les siens ont l'air de gitons délurés, de ceux qu'on ramasse sur les bords de l'Arno. (Comment le sait-il ? me demandai-je.) Aucune ambiguïté chez Jacopo, aucun détour qui pique notre curiosité et crée entre les initiés ce courant souterrain d'admiration qui est le signe de la vraie gloire.

— Oui, vous avez raison, ses goûts, ses hantises, comment les méconnaître ?

— Les conséquences d'un aveu si direct risquent d'être calamiteuses : aucun argument ne pourra être invoqué pour la défense de ces fresques. *Les nus de Jacopo sont ce qu'ils sont, punto e basta.*

Il frappa le pavé d'un nouveau coup de bâton.

— Quel alibi pourrais-tu présenter, le jour où on aura décidé de les détruire ? Elles ne signifient rien d'autre que ce qu'elles montrent. Au fait, les bruits les plus sinistres continuent à courir. Je parle pour demain quand l'irréparable est peut-être déjà accompli. La palissade une fois retirée, j'ai bien peur qu'on ne découvre dans le chœur que des murs blanchis à la chaux.

— Vous pensez donc, mon Père, que la répression, loin de nuire aux artistes, favorise leur travail ?

— Oui, s'ils sont incapables, comme le regretté Jacopo, de se fixer eux-mêmes des limites. Oh ! tu vas me haïr ! Je te le répète aussi fortement qu'il m'est possible : vous avez tort de crier contre les interdits. Vous ne mesurez pas quels dommages en résulteraient si on vous laissait la bride sur le cou. Le relâchement de la censure débiliterait votre énergie. L'Index vous sauvera. Je vous mettrai, à votre corps défendant, des garde-fous contre *l'effusion*, miroir aux alouettes de notre époque. Je serai féroce pour vos velléités d'indépendance. *On ne peint pas ce qu'on a envie de peindre, si on veut être un véritable peintre.* La possibilité de vous exprimer par voie directe, en supprimant ces subterfuges, échappatoires, faux-fuyants, masques, ruses, tout ce qui constitue l'essence même de l'art et lui donne sa tension, une telle possibilité ne pourrait que vous nuire. Félicite-toi de vivre dans une ville où le vice reste frappé d'exclusive.

— Peut-être. Mais le prix à payer est bien lourd. Je ne devrais peut-être pas m'en plaindre devant vous. La souffrance d'être obligé de me contraindre a gâché longtemps ma vie et mon plaisir de peindre. J'étais né pour manifester mes sentiments, m'exprimer avec franchise, parler avec mon cœur.

— Parler avec ton cœur ! Manifester tes sentiments ! *Sancta semplicitas !* Quel niais programme !

Heureusement que tu as été empêché de le suivre. Tu n'aurais fait que des croûtes. Le prieur de la Santissima Annunziata m'a montré ton *Saint Sébastien.* Y a-t-il plus belle déclaration d'amour que la flèche posée horizontalement dans ta direction par celui que tu avais choisi comme modèle ? La poésie de ce geste est dans le secret qu'il n'avoue pas. Un saint Sébastien peint en pied pour sa seule nudité cesse d'être une œuvre d'art : ce n'est plus qu'une publicité pour le goût interdit. Tu as l'air dubitatif, mais crois-moi : le jour où les artistes auront toute latitude pour étaler ce qu'ils ne peuvent montrer aujourd'hui qu'obliquement, les Bronzino ne seront plus que des Sodoma.

Il s'interrompit brusquement, lança un long regard vers Sandro qui vidait insouciant les bobèches, poussa un soupir, dévisagea une dernière fois le garçon, s'éloigna. J'entendis son bâton marteler avec force le dallage, après qu'il eut disparu dans les ténèbres.

La masse noire du catafalque n'était plus éclairée. L'église envahie par les ombres du soir m'enfonça dans des pensées mélancoliques. S'il est vrai, me disais-je, que la censure ecclésiastique, le rigorisme de Cosimo, la bigoterie de la duchesse, l'étroitesse des familles, l'hostilité de l'opinion nous ont été profitables et que ces circonstances apparemment peu propices nous ont permis de réinventer la peinture, faut-il en déduire que le progrès des mœurs entraînera un déclin de notre art ?

Sandro croit ce progrès inévitable. « Notre génération le réclame, ne cesse-t-il de me répéter. J'ai trente ans, Eleonora est morte, Cosimo a la goutte et finira par mourir. Francesco a dû donner des gages à son père pour occuper le trône. Sera-t-il aussi inflexible que son père ? Il n'a émis aucune réserve en découvrant les peintures du *studiolo*, et la raison qui m'incline à penser qu'il en comprend l'enjeu, c'est qu'il s'est bien gardé de les montrer à son père. »

Ces déductions, cet espoir énoncés avec une confiance joyeuse ne dissipent pas la perplexité qu'ont fait naître en moi les paroles de l'ancien prieur de San Lorenzo. Cher don Agostino, je ne vous hais pas. Vous m'avez fait comprendre ce qu'il y a de grand dans l'Inquisition, quand on la pratique à votre manière. Mais quel trouble est le mien – admettez-le aussi –, depuis que vous m'avez amené à me poser cette question : ce qui est le plus insupportable aux artistes n'est-il pas précisément ce qui leur est le plus salutaire ?

76

Le dindon de Sandro
(Note de l'éditeur moderne)

Ainsi, sur cette note anxieuse, s'arrête le récit que j'avais déniché dans la bouquinerie de Borgo Ognissanti. Le libraire, chez qui je retournai, dans l'espoir de tomber sur d'autres trésors, connaissait très bien, contrairement à ce que j'avais pensé, l'énorme valeur, historique et intellectuelle, du livre qu'il m'avait vendu pour 40 euros. Seulement, étant vieux, il continuait à raisonner comme au temps de sa jeunesse, lorsque Pontormo, Rosso Fiorentino, Parmigianino, Bronzino, Allori, presque ou tout à fait inconnus, n'intéressaient personne. Le seul à avoir surnagé était Benvenuto Cellini. Pour intéresser ses étudiants aux portraits apprêtés et posés de Bronzino dont il projetait devant eux des diapos du musée des Offices, un professeur influent avait risqué un mot d'esprit. « Voici, s'était-il exclamé, le fondateur de l'école photographique. » *D'Andrea del Sarto lui-même n'existait aucune monographie. Quand j'eus dit au libraire que l'époque actuelle se passionnait pour ces peintres, il s'en montra tout heureux, sans regretter la perte de quelques milliers d'euros. Il m'entraîna vers Ognissanti pour me montrer l'emplacement où avaient vécu Bronzino et son jeune ami Allori, dans une maison au bord du fleuve, détruite lors des combats de rue de 1944 entre partisans italiens et soldats du maréchal Kesselring.*

Puis, m'invitant à boire un café, il entra dans le bar tenu par les deux lesbiennes. La fille à la forte carrure et au bandeau de garçon se tenait à sa place habituelle, devant la machine Lavazza.

— Pour moi, dis-je en lui faisant un clin d'œil, ce sera un cappuccino.

— Avec le chocolat ? me demanda-t-elle du même air complice.

Le libraire, qui buvait toujours corretto *son café (« corrigé », que j'aime cette expression !), eut droit à un doigt d'alcool dans sa tasse.*

— C'est moi, me dit-il, quand elle se fut éloignée pour encaisser les quatre-vingts centimes d'un client et lui remettre le ticket de caisse que celui-ci doit garder jusqu'à une distance de cent mètres du bar et présenter à un contrôle éventuel de la brigade antivol comme preuve qu'il a payé – et seuls les Napolitains, dans l'opinion mondiale, passent pour malhonnêtes ! –, c'est moi, dit le libraire, qui leur ai fourni les deux affiches de Tamara de Lempicka placardées en face de leur comptoir.

— On peut dire que vous avez tapé dans le mille !

Sans relever ma mauvaise plaisanterie, il poursuivit d'un ton grave :

— Je n'avais pas d'autre moyen pour faire revivre Pontormo.

— *Ah ça ! fis-je, étonné. Quel rapport y a-t-il entre Pontormo et cette avant-gardiste ?*

— *Ne savez-vous pas que Tamara, qui se voulait si moderne, ne reconnaissait une dette qu'envers un seul peintre classique ?*

— *Pontormo ?*

— *Exactement. Elle ne se cachait pas de lui avoir pris ses aplats de couleurs mates, ses corps blancs ou roses, ses anatomies élastiques, ses yeux caves, ses poses déhanchées, toute cette sophistication de formes et de couleurs. Elle avait même envie de peindre, me disait-elle, une Vénus inspirée de la sienne, pourquoi y a-t-elle renoncé ?* [Vénus avec Cupidon *: en réalité, un des tableaux ratés de Jacopo, mais une Vénus camionneuse, de quoi plaire à la tribu saphique.*] *À chacun de ses passages à Florence elle venait me trouver, et me demandait de la conduire à Santa Felicita qu'elle n'arrivait jamais à retrouver dans le dédale des rues. C'était une originale, une Polonaise. Elle teignait en noir ses cheveux et collait ses accroche-cœurs avec de la gomina. J'étais jeune, elle me fascinait.*

De Jacopo à Tamara, du magasin d'antiquités au bar des filles de Lesbos, la boucle était bouclée, comme on dit, lorsqu'on ne trouve pas d'autre explication à des coïncidences extraordinaires.

Le libraire me ramena dans sa boutique et ouvrit avec mille précautions un tiroir où il conservait, soigneusement enroulé dans un châle de laine, un morceau de miroir à barbe cassé.

— *Je ne sais, me dit-il, comment cette relique a survécu. Regardez.*

Je lus, fort déchiffrable encore malgré la disparition de certaines lettres, l'inscription que Sandro avait tracée avec une pointe de diamant sur la surface bombée du miroir, le jour où Bronzino l'avait soupçonné d'être capable de le quitter pour aller vivre avec Cornelia :

O AMA AGNOL
DI IOR COME D NOTT

Je pris congé du libraire sur la promesse qu'il me tiendrait informé en cas de nouvelles découvertes. Certains des faits que raconte Bronzino avaient été prouvés par les érudits. Le reste échappe à toute vérification, non seulement les sentiments des divers acteurs, mais un grand nombre d'épisodes dont ne subsiste aucune trace dans les archives. Ne se sont-ils pas néanmoins produits ? Pourquoi en douter ? La bonne foi, les scrupules historiques de Bronzino, son souci de s'en tenir à la vérité me semblent évidents. L'inscription du miroir est à elle seule un gage de sincérité, et il me semble que ce morceau de verre retrouvé dans les ruines de la maison détruite est le miracle dont nous avions besoin pour croire à l'authenticité du récit.

J'ai repéré, près de Santa Croce, sur la gauche de l'église, dans la rue qui continue à s'appeler via del Fico, la petite maison jaune, la terrasse suspendue, l'arbre qui l'ombrage. Allez voir, c'est au numéro 3. La propriétaire actuelle m'a permis de monter au dernier étage et de constater que la trappe est toujours en place, même si un petit escalier à vis a été ménagé à côté. Cette femme qui a voulu garder intact ce vestige historique a déploré avec moi l'incurie des pouvoirs publics, à moins qu'ils n'aient cédé au veto permanent de l'Église : nulle plaque toponymique ne signale la maison de Jacopo, honneur accordé à celle de Benvenuto Cellini, 59 via Pergola, où il a fondu le Persée. *L'armurerie au flanc d'Orsanmichele a évidemment disparu, mais la maison d'angle à pan coupé qui abrite un tabernacle est toujours là, voisine du* Saint Georges *de Donatello, du moins de la copie en bronze qu'on en a faite après avoir mis à l'abri au musée du Bargello l'original en marbre.*

Une seule fois on surprend Bronzino dans l'erreur, quand il affirme qu'Allori tenait un des cordons du poêle, lors des obsèques de Michel-Ange. C'est une chose établie, que le quatrième artiste à avoir eu ce privilège, en même temps que Giorgio Vasari, Benvenuto Cellini et Bronzino lui-même, n'a pas été Allori, beaucoup trop jeune, mais le sculpteur et architecte Bartolomeo Ammannati, l'auteur quinquagénaire du Neptune *place du Palazzo Vecchio. Afin de justifier cette entorse à la vérité, Bronzino a brouillé les rôles, car les quatre disciplines n'étaient pas représentées par ceux qu'il a indiqués, mais respectivement par : Vasari pour l'Architecture, lui-même pour la Peinture, Ammannati pour la Sculpture, Cellini pour la Littérature. Mais qui, je vous le demande, pourrait taxer de mensonge un trouble de mémoire excusé par l'amour ?*

Nous ne le chicanerons pas non plus d'avoir omis de signaler la mort de Benvenuto, en 1571. Pour lui, après la mort de Michel-Ange, plus rien n'avait d'importance, l'histoire était finie. Une des dernières œuvres de Benvenuto fut le très beau Crucifix *de marbre blanc, commencé depuis longtemps, qu'il offrit à Cosimo. Cosimo le relégua au fond d'un grenier, parce que le Christ était tout nu. Francesco, devenu grand-duc à la mort de son père, en fit présent au roi d'Espagne. Philippe II s'empressa, pour la même raison, de le remiser dans un souterrain du monastère de l'Escorial. On ne l'en a ressorti que dénaturé et enlaidi par un pagne en plâtre. Qu'eût répondu l'ancien prieur de San Lorenzo, devant cet exemple propre à mettre en doute le bien-fondé de ses thèses ? Pourquoi ne pas dire* tout *de la beauté d'un corps ? Bronzino avait oublié de lui demander s'il ne riait pas des feuilles de vigne appliquées systématiquement sur les statues grecques et romaines entassées par les papes dans les musées du Vatican.*

Bronzino est mort lui-même en 1572, le 23 novembre, six jours exactement après que Sandro, qui s'était souvenu d'une recette apprise lors de son lointain apprentissage de pâtisserie à Sienne, lui eut confectionné le gâteau d'anniversaire de ses soixante-neuf ans. Nous le savons par un chroniqueur de l'époque, qui, frappé de cette coïncidence presque parfaite entre la date de la naissance et la date de la mort, a recueilli l'anecdote du gâteau. Le tardif Martyre de San Lorenzo *ne comptera pas au nombre des chefs-d'œuvre de Bronzino. Les figures sont raides, et la nécessité où il s'est cru, après sa conversation avec don Agostino, d'en voiler les* pudenda *l'a conduit à un style d'une dignité convenue.*

Deux ans après, ce fut au tour de Vasari. Il avait dessiné, et ordonné qu'on exécute, pour le tombeau de Michel-Ange élevé contre le mur droit de Santa Croce, un monument funèbre qui s'est révélé d'une laideur insigne. On ne comprend pas pourquoi, sinon par une ultime faveur accordée par les princes à leur favori, n'a pas été mise à la place de cette pyramide surchargée de lourdes statues allégoriques et d'emblèmes pesamment funèbres l'admirable Pietà *que le sculpteur avait faite expressément pour en orner sa sépulture, et qui fut déposée dans le transept de la cathédrale.*

Alessandro Allori, l'ultime survivant de la section picturale de la « meute », est mort en 1607. Parmi ses bons tableaux, mentionnons une Suzanne et les vieillards, *peinte avec l'intention naïve de suggérer qu'une femme nue ne peut intéresser que des vieux – et une* Annonciation, *qui se serait mieux distinguée des innombrables toiles sur ce sujet, si les chérubins qui volettent au milieu des nuages et assistent au miracle n'étaient pas entortillés dans des voiles ridicules. Le très bel ange Gabriel qui tend une branche de lis à la Vierge avec un regard plein d'amour pourrait être un autoportrait – et la Vierge elle-même un portrait de Cornelia, s'il est vrai que le tableau a été peint à l'époque ou en souvenir de leur liaison.*

On se rappelle qu'il s'était vanté auprès de Bronzino d'avoir obtenu des Servites de Marie d'être enseveli à côté de son maître dans la chapelle de saint Luc. Tous deux ont bien reçu une sépulture commune, mais leur tombe se trouve dans la petite église San Cristofano degli Adimari, les moines de la Santissima Annunziata ayant découvert horrifiés le lien qui les avait unis.

Le dernier geste émouvant de Sandro a été de compléter dans la villa de Poggio a Caiano une fresque qu'Andrea del Sarto avait laissée inachevée dans le grand salon, près de la fameuse lunette : façon de réaffirmer son attachement au premier peintre de leur lignée. Dans le Tribut à César, *Andrea avait peint toutes sortes d'animaux exotiques déposés par les nations vaincues aux pieds du général vainqueur : une girafe, un hippopotame, un chameau, des singes, un perroquet. Sandro ajouta au premier plan un gros dindon, hommage humoristique d'un « coq d'Inde » à l'émule d'Alexandre, émule resté timide, puisqu'il n'était pas allé, lui, plus loin que l'Égypte.*

Mais pourquoi ai-je qualifié ce geste d'émouvant ? Parce que le dindon est tenu entre ses bras par un jeune garçon qui est une réplique du petit Bronzino peint autrefois par Jacopo dans le cloître de la Santissima Annunziata. L'enfant est aussi déshabillé que dans la fresque de la Visitation, *les jambes pareillement écartées, les cheveux ébouriffés de la même manière, l'indécence du modèle et le culot du peintre aussi crûment étalés. D'Andrea à Sandro, la répétition du même... Je me surpris à murmurer l'antienne qui récapitulait leur filiation :* « Andrea del Sarto, qui generavit Jacopo Pontormo, qui generavit Agnolo Bronzino, qui generavit Alessandro Allori... »

Il tenait à son idée, Sandro, car sous le socle qui soutient le dindon et auquel s'appuie le jeune garcon nu, il a tracé en lettres capitales :

ANNO DNI M.D. XXI ANDREAS
SARTIUS PINGEBAT
ET A.D. MDLXXXII ALEXANDER
ALLORIUS SEQUEBATUR.

Sequebatur : il « suivait », il continuait, en 1582, fidèle à sa famille spirituelle, la grande aventure commencée en 1521. Andrea n'avait pas signé sa fresque.

En mettant l'un sur l'autre leurs deux noms, Sandro posait le dernier sceau d'alliance sur quatre générations de peintres.

Pour le reste, il ne s'est pas montré aussi ferme, et la qualité de sa peinture s'en est ressentie. Disons d'un mot qu'il s'est rangé, à tous points de vue. D'abord, quatre ans après la mort de Bronzino, il s'est marié, ce qui relance la conjecture que sans sa dévotion inconditionnelle à Bronzino il se fût tourné plus tôt vers les femmes – mais je ne crois pas à cette hypothèse, étant d'avis qu'il y avait en lui une tendance conformiste dont Bronzino l'avait protégé, et par laquelle il s'est laissé vaincre une fois qu'il s'est trouvé orphelin. Comment expliquer, autrement que par la peur de rester en marge, sa grande palinodie de 1590 ? Il a accepté publiquement, lors de la réunion plénière annuelle de l'Académie, pour définir le quatrième âge de la peinture florentine, le terme de maniérisme, contre lequel nous l'avons vu élever jadis une protestation si vigoureuse et si juste. Qualifier péjorativement de maniéristes ceux en qui il voyait autrefois un clan d'esprits secrets et rares ne le gêne plus. L'avantage d'être réunis sous une étiquette, très facile à identifier et commode pour les universitaires dépourvus de jugement personnel, l'a amené à cette capitulation, pour lui et ses amis.

Se souvenait-il seulement que, pour se sentir plus proche de Pontormo et de Bronzino, il avait matérialisé leur union par une « Trinité de la Peinture », œuvre droite et virile, d'un seul jet, aussi peu maniérée que possible ?

Quant au grand-duc Francesco et à Bianca Cappello, don Luigi dirait qu'ils ont payé pour la noirceur de leurs *crimes. Francesco avait un frère cadet, sixième enfant mâle de Cosimo, Ferdinando de Médicis, qui, cinquième dans la ligne de succession, n'avait aucun espoir de régner. On l'avait consolé en le faisant cardinal : à quinze ans, sans avoir reçu la tonsure ni les ordres, le voilà, avec ses beaux cheveux blonds jusqu'aux épaules, pourvu d'abbayes et de prébendes. Deux de ses aînés, on l'a vu, Giovanni et Garcia, moururent de malaria. Est-ce tout à fait sûr ? Ils ont pu être empoisonnés, avec tous leurs camarades, de manière à déguiser en épidémie accidentelle l'élimination de deux obstacles au trône. On s'est même demandé, à la lumière de l'événement qui me reste à raconter, si les deux autres aînés, Pedricco et Antonio, étaient morts de mort naturelle.*

Restait un dernier obstacle, Francesco lui-même. Ferdinando organisa, à Poggio a Caiano, dans la belle villa dont son frère lui avait laissé la disposition, un festin en l'honneur du grand-duc et de sa femme. Une omelette soufflée leur fut servie en dessert, à laquelle, par souci, dit-il, de ne pas gonfler davantage un ventre dont il les invita à palper l'excessive corpulence, il ne toucha pas. Le lendemain matin, on trouva morts dans leur lit son frère et sa belle-sœur. Les historiens ne s'entendent pas entre eux sur les causes de ce double et subit décès. Il s'est murmuré que Ferdinando s'était posté avec un pistolet devant la chambre des mourants, pour en interdire l'accès aux médecins. Il prit solennellement le deuil, fit rendre en grand appareil les honneurs funèbres à son frère, hâta la construction de la chapelle des Princes destinée à être le mausolée des grands-ducs, jeta la pourpre aux orties, épousa Christine de Lorraine, en eut huit enfants, maria sa nièce Marie, fille de Francesco, au roi de France Henri IV. Bianca, elle, était si unanimement détestée, que son corps fut jeté dans la fosse commune, au milieu des victimes de la peste. Notre époque, si friande de réhabilitations, n'a pas songé à ériger en icône celle qui aurait pu inspirer un film à Greta Garbo ou à Marlene Dietrich.

Le plus navrant reste à dire. Ce qu'avait prédit don Agostino ne s'est que trop avéré. Les fresques de Jacopo, masquées pendant quelque deux siècles par la palissade maintenue en place dans l'attente d'une décision pontificale, ont été détruites en 1735 sur l'ordre de Clément XII. Né Lorenzo Corsini, c'était pourtant un Florentin, qui aurait dû faire passer la gloire de sa patrie avant la protection des familles. Le bruit a couru que la majorité des cardinaux l'avait obligé à cette décision. Que peut un pape contre l'omnipotence de la curie ? Du chœur de San Lorenzo ne subsiste aucune trace, pas le moindre lambeau. Tout a été gratté, raclé, arraché, éradiqué, anéanti. La plus grande tragédie de l'histoire de la peinture a été consommée. Des bombes de la Deuxième Guerre mondiale ont pulvérisé par malchance les fresques de Benozzo Gozzoli au Camposanto de Pise, celles d'Andrea Mantegna aux Eremitani de Padoue, des tremblements de terre, des crues, des inondations ont causé maint dégât aux œuvres d'art en Italie, mais le dommage est dix fois moindre. L'attentat, volontaire et criminel, perpétré contre le chef-d'œuvre de Jacopo, dont les quelques dessins préparatoires qui en restent laissent deviner la beauté extraordinaire et unique, nous a privés d'un complément indispensable de la Renaissance.

On voit toujours celle-ci comme un effort vers la netteté des contours, l'harmonie des lignes : son idéal aurait été la perfection apollinienne. C'est sans doute vrai de Bronzino encore, mais pas de Jacopo, plus novateur quoique plus ancien. Jacopo à la fin de sa vie prônait le désordre des formes, il embrouillait l'anatomie, il réduisait les sexes à un seul, les hommes à leur queue. Cette embardée irrationnelle, visionnaire et prophétique ouvrait un chapitre nouveau de l'histoire de l'esprit humain. Don Agostino, fidèle à son éducation humaniste, ne pouvait pas comprendre ce qu'il considérait comme un relâchement de la forme. En disant : « Le pêle-mêle des corps est la négation du corps », il énonçait une hiérarchie des valeurs et formulait une esthétique, que les époques suivantes ont frappées de péremption. Des peintres aussi différents l'un de l'autre que Heinrich Füssli et William Blake, Edward Burne-Jones et Odilon Redon, Edvard Munch et Arnold Böcklin, Mikhaïl Vroubel et Francis Bacon, mais également attirés par la confusion et l'emmêlement des corps, auraient pu, si Jacopo avait tenu un livre d'or, y inscrire leurs noms. Comme Lucian Freud, qui décolle la peau des visages et la traite en membrane malléable. Ou Franz Marc, dont les frissons panthéistes cherchent à capter le grand flux naturel. La gravitation de l'humanité autour des organes du plaisir n'est pas une découverte de la psychanalyse. Et Tamara de Lempicka ? Une Polonaise, comme m'avait dit le libraire, une Nordique elle aussi, à qui plaisait follement un peintre boudé par les Italiens.

Parmi les merveilles signalées par Bronzino, on a restauré avec soin la villa de Poggio a Caiano. L'éclairage par des rampes intégrées au plafond permet d'apprécier, dans la fresque scandaleuse, le détail anatomique des queues du garçon et du chien. Même sollicitude a été apportée au studiolo *de Francesco. Les tableaux dont la plupart avaient été dispersés ont été retrouvés, réunis, remis dans leur cadre et à leur place d'origine. La « chambre des merveilles » est maintenant ouverte au public. On n'a plus besoin de parcourir un dédale de corridors ténébreux pour y parvenir. Une porte, percée pour la relier au grand salon du Palazzo Vecchio, en rend l'accès facile, au prix d'un léger supplément sur le billet. La gloire du seizième siècle florentin tient tout entière dans la trentaine de peintures et les quatre statues de cet espace minuscule. Les familles cependant ont obtenu cette concession : ce que vous voyez de l'admirable* Pêche des perles *d'Allori est dénaturé* – dé-naturé, *privé de ce qu'a voulu la nature – par le voile peint sur* le troisième œil.

Le portrait de Guidobaldo della Rovere est exposé au palais Pitti, mais accroché dans un angle si écarté et privé de lumière, qu'on soupçonne les conservateurs, moins courageux que ceux de Poggio a Caiano, de ne l'avoir relégué dans ce coin sombre que par espoir de soustraire à la curiosité des visiteurs l'audace dont Bronzino était capable, quand il se sentait couvert par la protection d'un seigneur.

Déroutés par la froideur de ses portraits, n'ayant pas l'œil du baron de Charlus pour détecter sous l'insensibilité apparente le feu et le paroxysme de la beauté, certains doutent encore de l'emportement de son génie. Que ceux-ci montent au deuxième étage du Palazzo Vecchio et découvrent la chapelle d'Eleonora.

Choix de tableaux, de dessins et de fresques qu'on peut consulter pour une lecture plus imagée du roman

Table

AGNOLO BRONZINO
PARLE DE SES ENFANCES
AUPRÈS DE SON MAÎTRE JACOPO PONTORMO

AGNOLO BRONZINO
RACONTE CE QU'IL PENSE DEVOIR
À BENVENUTO CELLINI

AGNOLO RACONTE COMMENT IL DEVIENT PEINTRE OFFICIEL DE LA COUR ET COMMENT IL SE VENGE DES CONTRAINTES QU'IL S'IMPOSE

FÉLICITÉS, DEUILS, ATTENTES, APPRÉHENSIONS

LA TRAGÉDIE DE PONTORMO

Du même auteur :

Ramon, 2009, Grasset.

Romans

L'Écorce des pierres, 1959, Grasset.
L'Aube, 1962, Grasset. Nouvelle édition, 2003.
Lettre à Dora, 1969, Grasset.
Les Enfants de Gogol, 1971, Grasset. Nouvelle édition, 2003.
Porporino ou les Mystères de Naples, 1974, Grasset et Le Livre de Poche ; rééd. « Les Cahiers rouges ».
L'Étoile rose, 1978, Grasset et Le Livre de Poche ; rééd. « Les Cahiers rouges ».
Une fleur de jasmin à l'oreille, 1980, Grasset.
Signor Giovanni, 1981, Balland. Nouvelle édition, 2002 et Le Livre de Poche.
Dans la main de l'ange, 1982, Grasset et Le Livre de Poche.
L'Amour, 1986, Grasset et Le Livre de Poche.
La Gloire du paria, 1987, Grasset et Le Livre de Poche.

L'ÉCOLE DU SUD, 1991, Grasset et Le Livre de Poche.
PORFIRIO ET CONSTANCE, 1992, Grasset et Le Livre de Poche.
LE DERNIER DES MÉDICIS, 1994, Grasset et Le Livre de Poche.
TRIBUNAL D'HONNEUR, 1996, Grasset et Le Livre de Poche.
NICOLAS, 2000, Grasset et Le Livre de Poche.
LA COURSE À L'ABÎME, 2003, Grasset et Le Livre de Poche.
JÉRÉMIE ! JÉRÉMIE !, 2006, Grasset et Le Livre de Poche.
PLACE ROUGE, 2008, Grasset.
PRESTIGE ET INFÂMIE, 2010, Laffont, « Bouquins ».
PISE 1951, 2010, Grasset et Le Livre de Poche.
ON A SAUVÉ LE MONDE, 2014, Grasset et Le Livre de Poche.

Opéra

LE RAPT DE PERSÉPHONE, 1987, Dominique Bedou. Musique d'André Bon, CD Cybelia 861.

Voyages

MÈRE MÉDITERRANÉE, 1965, Grasset et Le Livre de Poche. Nouvelle édition augmentée de photographies de Ferrante Ferranti, 2000.
LES ÉVÉNEMENTS DE PALERME, 1966, Grasset.
AMSTERDAM, 1977, Le Seuil.
LES SICILIENS, en collaboration avec Ferdinando Scianna et Leonardo Sciascia, 1977, Denoël.

LE PROMENEUR AMOUREUX, *De Venise à Syracuse*, 1980, Plon et Presses Pocket.

LE VOLCAN SOUS LA VILLE, *Promenades dans Naples*, 1983, Plon.

ETERNA SICILIA (photographies de Luigi Mormino), 2000, Bruno Leopardi, Palerme.

SENTIMENT INDIEN, 2005, Grasset.

IN VOLO SULLA SICILIA (photographies de Luigi Nifosi), 2008, Arsenale Editrice, Vérone.

Voyages avec photographies de Ferrante Ferranti

LE BANQUET DES ANGES, *L'Europe baroque de Rome à Pragues*, 1984, Plon.

LE RADEAU DE LA GORGONE, *Promenades en Sicile*, 1988, Grasset et Le Livre de Poche.

AILES DE LUMIÈRE, 1989, François Bourin.

SÉVILLE, 1992, Stock.

L'OR DES TROPIQUES, *Promenades dans le Portugal et le Brésil baroques,* 1993, Grasset.

SEPT VISAGES DE BUDAPEST, 1994, Corvina/IFH.

LA MAGIE BLANCHE DE SAINT-PÉTERSBOURG, 1994, Découvertes Gallimard.

PRAGUE ET LA BOHÊME, 1994, Stock.

LA PERLE ET LE CROISSANT, 1995, Plon, « Terre humaine », et Terre humaine Pocket.

SAINT-PÉTERSBOURG, 1996, Stock.

RHAPSODIE ROUMAINE, 1998, Grasset.

PALERME ET LA SICILE, 1998, Stock.

BOLIVIE, 1999, Stock.

MENTON, 2001, Grasset.

SYRIE, 2002, Stock.
ROME, 2004, Philippe Rey.
SICILE, 2006, Actes Sud/Imprimerie nationale.
VILLA MÉDICIS, 2010, Philippe Rey.
PALAIS SURSOCK, 2010, Philippe Rey.
NAPLES, 2011, Imprimerie nationale.
BAROQUE CATALAN, 2011, Herscher.
TRANSSIBÉRIEN, 2012, Grasset et Le Livre de Poche.
SIBÉRIES, 2013, Imprimerie nationale.
L'ALGÉRIE ANTIQUE, 2013, Actes Sud.
LE PIÉTON DE ROME, 2015, Philippe Rey.
MÉDITERRANÉES, 2015, Imprimerie nationale.
ADIEU, PALMYRE, 2016, Philippe Rey.
FLORENCE, 2016, Philippe Rey.

Essais

LE ROMAN ITALIEN ET LA CRISE DE LA CONSCIENCE MODERNE, 1958, Grasset.
L'ÉCHEC DE PAVESE, 1968, Grasset.
IL MITO DELL'AMERICA, 1969, Edizioni Salvatore Sciascia, Rome.
L'ARBRE JUSQU'AUX RACINES, *Psychanalyse et création*, 1972, Grasset et Le Livre de Poche.
EISENSTEIN, *L'Arbre jusqu'aux racines II*, 1975, Grasset et Ramsay-Poche Cinéma.
LA ROSE DES TUDORS, 1976, Julliard ; nouvelle édition augmentée, 2008, Actes Sud.
INTERVENTI SULLA LETTERATURA FRANCESE, 1982, Matteo, Trévise.
LE RAPT DE GANYMÈDE, 1989, Grasset et Le Livre de Poche.

LE MUSÉE IDÉAL DE STENDHAL, en collaboration avec Ferrante Ferranti, 1995, Stock.

LE MUSÉE DE ZOLA, en collaboration avec Ferrante Ferranti, 1997, Stock.

LE VOYAGE D'ITALIE, *Dictionnaire amoureux* (photographies de Ferrante Ferranti), 1998, Plon et Tempus.

LE LOUP ET LE CHIEN, *Un nouveau contrat social*, 1999, Pygmalion.

LES DOUZE MUSES D'ALEXANDRE DUMAS, 1999, Grasset.

LA BEAUTÉ, 2000, Desclée de Brouwer.

ERRANCES SOLAIRES (photographies de Ferrante Ferranti), 2000, Stock.

L'AMOUR QUI OSE DIRE SON NOM, *Art et homosexualité*, 2001, Stock.

DICTIONNAIRE AMOUREUX DE LA RUSSIE, 2004, Plon.

L'ART DE RACONTER, 2007, Grasset et Le Livre de Poche.

DISCOURS DE RÉCEPTION À L'ACADÉMIE FRANÇAISE ET RÉPONSE DE PIERRE-JEAN RÉMY, 2008, Grasset.

DICTIONNAIRE AMOUREUX DE L'ITALIE, 2 volumes, 2008, Plon.

L'ÂME RUSSE, 2009, Philippe Rey.

AVEC TOLSTOÏ, 2010, Grasset et Le Livre de Poche.

RUSSIES, 2010, Philippe Rey.

DICTIONNAIRE AMOUREUX DE STENDHAL, 2013, Plon.

ACADÉMIE FRANÇAISE (photographies de Ferrante Ferranti), 2013, Philippe Rey.

RÉPONSE AU DISCOURS DE RÉCEPTION DE DANIÈLE SALLENAVE À L'ACADÉMIE FRANÇAISE, 2013, Gallimard.

AMANTS D'APOLLON, 2015, Grasset.

CORRESPONDANCE INDISCRÈTE (avec Arthur Dreyfus), 2016, Grasset.

Traductions

UNE ÉTRANGE JOIE DE VIVRE ET AUTRES POÈMES, *de Sandro Penna*, 1979, Fata Morgana.
L'IMPRÉSARIO DE SMYRNE, *de Carlo Goldoni*, 1985, Éditions de la Comédie-Française.
POÈMES DE JEUNESSE, *de Pier Paolo Pasolini*, 1995, Gallimard.
POÉSIES, *de Sandro Penna*, 1999, Grasset, « Les Cahiers rouges ».
MONGOLIE, *d'Alberto Moravia*, 2015, Grasset (in *Allant Ailleurs*).

PAPIER À BASE DE
FIBRES CERTIFIÉES

Le Livre de Poche s'engage pour l'environnement en réduisant l'empreinte carbone de ses livres. Celle de cet exemplaire est de :
550 g éq. CO_2
Rendez-vous sur
www.livredepoche-durable.fr

Composition réalisée par PCA

Imprimé en France par CPI
en février 2019
N° d'impression : 3032239
Dépôt légal 1re publication : mars 2019
LIBRAIRIE GÉNÉRALE FRANÇAISE
21, rue du Montparnasse - 75298 Paris Cedex 06

72/9210/0